江苏高校哲学社会科学重点研究基地基金资助（2015ZSJD010）
江苏高校品牌专业建设过程资助项目

方回《瀛奎律髓》研究

田金霞 著

中国社会科学出版社

图书在版编目(CIP)数据

方回《瀛奎律髓》研究/田金霞著. —北京：中国社会科学出版社，
2015.12

ISBN 978 - 7 - 5161 - 7403 - 6

Ⅰ.①方… Ⅱ.①田… Ⅲ.①唐诗—诗歌研究②律诗—诗歌研究—
中国—宋代 Ⅳ.①I207.22

中国版本图书馆 CIP 数据核字(2015)第 309976 号

出 版 人	赵剑英
责任编辑	陈肖静
责任校对	刘 娟
责任印制	戴 宽

出 版	中国社会科学出版社
社 址	北京鼓楼西大街甲 158 号
邮 编	100720
网 址	http://www.csspw.cn
发 行 部	010 - 84083685
门 市 部	010 - 84029450
经 销	新华书店及其他书店

印刷装订	三河市君旺印务有限公司
版 次	2015 年 12 月第 1 版
印 次	2015 年 12 月第 1 次印刷

开 本	710×1000 1/16
印 张	26
插 页	2
字 数	446 千字
定 价	96.00 元

凡购买中国社会科学出版社图书，如有质量问题请与本社营销中心联系调换
电话：010 - 84083683

目　　录

前　言

　　《瀛奎律髓》是宋末元初诗坛翘楚方回所编选评注的一部唐宋律诗选集，对唐宋诗学（尤其是唐宋律诗学）进行了全面的总结。全书入选诗人三百八十人，入选诗歌两千九百九十二首，几乎囊括了唐宋两朝重要诗人的重要律诗作品；方回通过具体的诗歌点评，对唐宋律诗学的重要问题，如古诗与律诗之争、唐宋诗之争、唐宋诗体派、律诗格法、诗人诗作等都提出了独特的见解，对宋末元初诗坛积弊更是进行了有力的针砭；它集评点、摘句、诗格、诗话、论诗诗等诸种批评形式于一身，典型体现了宋代选本批评形式的"包容性"①。不仅如此，此书在有清一代受到广泛重视，成为清代唐宋诗论争的重要舞台，在此展开论争者不乏二冯、查慎行、何焯、纪昀、许印芳等学界巨匠。可以说，《瀛奎律髓》是全面审视唐、宋、宋末元初及清代诗学的重要诗学著作。因此，20世纪以来，相关研究层出不穷，成果颇为丰硕。然而，整体来说，其研究尚缺乏系统性，研究视野有待拓宽，问题意识相对薄弱，有些学术空白也亟待填补。鉴于此，本书在广阔的学术背景下对《瀛奎律髓》的重要诗学问题进行全面深入的探讨，以期推进其研究的进一步深入。

一　研究现状

　　作为全面总结唐宋律诗学的重要诗学著作，《瀛奎律髓》问世之初便盛极一时，以钞本或刊本的形式在士林间广泛传阅，陈栎等学界巨匠甚至字圈句

---

　　①　张伯伟《中国古代文学批评方法研究》云："选本发展到宋代，从体制上看已经到达极致，成为一种包容性最强的文学批评形式。摘句、诗格、诗话、评点，几乎都可以在选本中得到包容。"（中华书局 2002 年版，第 296 页。）

点，以评点的形式对其展开了批评讨论。明末及有清一代，它再次成为关注的热点，详加批点者有二冯、查慎行、何焯、纪昀等十数家之多。20 世纪三四十年代，方回及其《瀛奎律髓》研究一度引起学术界的广泛关注，朱东润、方孝岳等都曾撰文发表见解。八九十年代至今，它更是诗学研究领域不可忽视的重要话题，出现了颇多值得关注的成果。汇评本有李庆甲《瀛奎律髓汇评》①，专门论著有詹杭伦《方回的唐宋律诗学》②、潘柏澄《方虚谷研究》③等，学位论文有许清云《方虚谷之诗及其诗学》④、孙凯昕《方回研究》⑤、邱光华《方回诗学研究》⑥、王剑《方回〈瀛奎律髓〉研究》⑦、李囡囡《从〈瀛奎律髓〉看方回论宋诗》⑧、康莉《〈瀛奎律髓〉的"晚唐"观研究》⑨ 等（按，文师华《金元诗学理论研究》⑩、李成文《宋元之际诗歌研究》⑪ 等也有专章论及包括《瀛奎律髓》在内的方回诗学），专业论文则有许总《论〈瀛奎律髓〉与江西诗派》⑫《论清人评〈瀛奎律髓〉之得失及其启示》⑬、莫砺锋《从〈瀛奎律髓〉看方回的宋诗观》⑭、查洪德《关于方回诗论的"一祖三宗"说》⑮、王奎光《方回的"吴体"诗论及其诗学批评意义》⑯、高利华《论方回的江西宗派学说及其对陈与义的评价》⑰，等等。这些成果，对方回及其以《瀛奎律髓》为代表的诗学成就进行了较为全面深入的研究。概言之，主要有以下几个方面。

其一，方回其人。方回的生平经历、品行修养和思想风貌等，学界都已

---

① （元）方回选评，李庆甲集评校点：《瀛奎律髓汇评》，上海古籍出版社 2005 年版。
② 詹杭伦：《方回的唐宋律诗学》，中华书局 2002 年版。
③ 潘柏澄：《方虚谷研究》，新文丰出版公司 1978 年版。
④ 许清云：《方虚谷之诗及其诗学》，博士学位论文，台湾东吴大学，1981 年。
⑤ 孙凯昕：《方回研究》，博士学位论文，复旦大学，2010 年。
⑥ 邱光华：《方回诗学研究》，博士学位论文，首都师范大学，2012 年。
⑦ 王剑：《方回〈瀛奎律髓〉研究》，硕士学位论文，上海师范大学，2003 年。
⑧ 李囡囡：《从〈瀛奎律髓〉看方回论宋诗》，硕士学位论文，东北师范大学，2008 年。
⑨ 康莉：《〈瀛奎律髓〉的"晚唐"观研究》，硕士学位论文，暨南大学，2007 年。
⑩ 文师华：《金元诗学理论研究》，博士学位论文，上海师范大学，2000 年。
⑪ 李成文：《宋元之际诗歌研究》，博士学位论文，南京大学，2006 年。
⑫ 许总：《论〈瀛奎律髓〉与江西诗派》，《学术月刊》1982 年第 6 期。
⑬ 许总：《论清人评〈瀛奎律髓〉之得失及其启示》，《江海学刊》1982 年第 5 期。
⑭ 莫砺锋：《从〈瀛奎律髓〉看方回的宋诗观》，载莫砺锋《唐宋诗歌论集》，凤凰出版社 2007 年版，第 508—524 页。
⑮ 查洪德：《关于方回诗论的"一祖三宗"说》，《文史哲》1999 年第 1 期。
⑯ 王奎光：《方回的"吴体"诗论及其诗学批评意义》，《文学遗产》2008 年第 4 期。
⑰ 高利华：《论方回的江西宗派学说及其对陈与义的评价》，《社会科学战线》2004 年第 6 期。

作了较多的探讨。生平经历方面，詹杭伦《方回的唐宋律诗学》对其先祖事略、生平仕历、子女情况、诗学道路、交游情况作了较为详细的考述。潘柏澄《方虚谷研究》、毛飞明《方回年谱与诗选》① 所梳理的年谱，为其生平研究提供了重要的文献资料。品行修养方面，詹杭伦《周密〈癸辛杂识〉"方回"条考辨》一文在"尽可能详尽地占有与其有关的全部材料，又经过认真、细致、严密的分析判断"的基础上，对周密《癸辛杂识》所载"乙亥上书"、"率郡降元"、"仇远作寿诗与方回结怨"、"遍括富室金银"、"结怨乡里"诸事一一进行了分析辩证，并对周密攻讦方回的原因进行了思考②。文章借助翔实的文献资料，以客观公允的批评态度，将历史真实呈现于眼前，对于"知人论世"地探讨方回其人及其诗学具有重要的启发意义。罗超《方回降元之文化诠释》则"以历史考证与文化分析相结合的方法"，揭示了方回降元之举是陈腐的南宋文化的必然结果③，思考颇为独特深入。思想修养方面，詹氏《方回的唐宋律诗学》从道统论、无极论、致知论、心境论、因革论五个方面论述方回的思想风貌，最为全面翔实④。陈良运《中国诗学批评史》⑤、邱光华《方回审美主体心境论考释》⑥ 主要探讨其心境论，也都有所创获。史伟《论方回诗学观点的形成历程及渊源》⑦ 则详细梳理了方回的诗学历程。

　　其二，方回的唐宋诗观。梳理方回的唐、宋诗分期论以及对各期代表作家的评价，通过分析方回对唐、宋诗歌美学风格（特别是江西诗派和晚唐诗风）的批评探讨其诗学倾向，是学界研究其唐宋诗观的主要内容。其中，关于方回诗学倾向的探讨最为值得关注。受二冯、纪昀等影响，学界比较普遍的观点是方回论诗以宋诗为标准，坚持"江西"门户，顾易生、朱东润、方孝岳等人皆持此论。顾氏等所著《宋金元文学批评史》认为方回注重宋诗的艺术风格和思想内容，以意脉论诗，这都表明其论诗持宋诗的眼光。同时指出，"能以宋人的眼光看待宋诗，所论自有真切会心之处"，然而，这样也难以避免地具有了较深的门户观念⑧。朱氏《述方回诗评》以方回"为江西派

　　① 毛飞明：《方回年谱与诗选》，杭州大学出版社 1993 年版。
　　② 詹杭伦：《方回的唐宋律诗学》附录二，中华书局 2002 年版，第 236—250 页。
　　③ 罗超：《方回降元之文化诠释》，《殷都学刊》2001 年第 2 期。
　　④ 詹杭伦：《方回的唐宋律诗学》，中华书局 2002 年版，第 24—42 页。
　　⑤ 陈良运：《中国诗学批评史》，江西人民出版社 1995 年版，第 415—421 页。
　　⑥ 邱光华：《方回审美主体心境论考释》，《中国文化研究》2010 年第 2 期。
　　⑦ 史伟：《论方回诗学观点的形成历程及渊源》，《廊坊师专学报》1998 年第 1 期。
　　⑧ 顾易生、蒋凡、刘明今：《宋金元文学批评史》，上海古籍出版社 1996 年版，第 944—947 页。

中之修正者"来解释方回论江西诗派得失互参的现象，又说"以其人之精到细密，论诗可以独抒己见，自成一家，而乃为宗派之见所误，毕生陷于矛盾之中而不自觉"①。方氏《〈瀛奎律髓〉里所说的"高格"》也是以方回为江西诗派的"后劲"、"护法"和"救弊者"，并明确指出他所建立的门户"即是所谓一祖三宗之说"②。对此，莫砺锋在《从〈瀛奎律髓〉看方回的宋诗观》一文中提出异议：方回"消除了对唐诗的绝对崇拜心理，摆脱了以唐诗为绝对典范的评判标准"，和之前的评论家相比，他对唐宋诗"首次表现出一种平等、自信的心态"③。查洪德《关于方回诗论的"一祖三宗"说》则从发展的角度考察，认为后期的方回突破了"一祖三宗"说，转而主张转益多师，他是"从宋人论诗各守门户到元人论诗不立门户之间的过渡"④，这显然也不同于单纯地将方回视为"江西"后劲的观点。

　　其三，方回的批评标准。方回论诗提倡的格高、意到、语工、平淡、清新、韵味、圆熟等，都已进入学者的研究视野。研究较为充分的是格高论。方孝岳《〈瀛奎律髓〉里所说的"高格"》、郭绍虞《中国文学批评史》、⑤ 敏泽《中国美学思想史》⑥、邓绍基主编《元代文学史》⑦ 等对格高的内涵作了探讨，大致认为，格高既与诗人的品行学养直接相关，又与诗歌本身的情感内涵和审美风格密不可分，其内涵颇为丰富复杂。当然，一味追求"格高"难免会生出枯涩艰硬的弊端，学界认为，方回提出的"平淡"、"细润"、"圆熟"等诗论观念，正是对"格高"论的有力补充。李庆甲《瀛奎律髓汇评》"前言"⑧ 是其中颇具代表性的成果。至于实现格高的途径，康莉《论〈瀛奎律髓〉中的格高及其实现途径》⑨ 将其概括为四个方面：通过工整的对仗实现，通过变换对仗方式实现，通过"一轻一重说"实现，借助疏密相参的词语搭配实现。关于平淡的内涵以及方回以此为标准所进行的批评实践，学界

　　① 朱东润：《中国文学论集》，中华书局1983年版，第50、60页。

　　② 方孝岳：《中国文学批评》，生活·读书·新知三联书店1986年版，第129、134页。

　　③ 莫砺锋：《从〈瀛奎律髓〉看方回的宋诗观》，载莫砺锋《唐宋诗歌论集》，凤凰出版社2007年版，第510页。

　　④ 查洪德：《关于方回诗论的"一祖三宗"说》，《文史哲》1999年第1期。

　　⑤ 郭绍虞：《中国文学批评史》，百花文艺出版社1999年版，第106—112页。

　　⑥ 敏泽：《中国美学思想史》，齐鲁书社1987年版，第219—221页。

　　⑦ 邓绍基主编：《元代文学史》，人民文学出版社1991年版，第391—392页。

　　⑧ （元）方回选评，李庆甲集评校点：《瀛奎律髓汇评》"前言"，上海古籍出版社2005年版，第5页。

　　⑨ 康莉：《论〈瀛奎律髓〉中的格高及其实现途径》，《天中学刊》2010年第3期。

也已经作了相对深入的研究。许总《论〈瀛奎律髓〉与江西诗派》指出方回"平淡"论的内涵是"绚烂之后归于平淡，经过惨淡经营的功候达到妙造自然"①，张少康、刘三富《中国文学理论批评发展史》② 认为方回重视自然天真、富有韵味的倾向与苏轼较为接近，都是比较重要的观点。另外，阐释意到见解较为独到的是顾易生等所著《宋金元文学批评史》，书中指出唐宋作诗有情、意之分，方回论诗首重"意脉"，正体现了宋人祖述杜甫的诗学精神。贾文昭《关于"清新"——读方回论诗札记之一》③ 等文对清新的探讨、李光生《方回〈瀛奎律髓〉之"格高"、"韵味"论》④ 等对韵味和圆熟的探讨也都有一定的创获。需要指出的是，认为方回以格高、平淡等标准论诗体现的是江西诗派的论诗标准，是学界比较普遍的倾向。莫砺锋在《从〈瀛奎律髓〉看方回的宋诗观》中提出不同的见解，认为方回是"以他自己心目中的风格论为准尺来衡量唐诗的"⑤。

其四，方回的诗法论。相关的研究成果颇为丰富。然而，其中大多成果或对方回诗法予以彻底否定（如邓绍基主编《元代文学史》认为，方回"步江西诗派之后尘，大讲'句法'、'字眼'，不仅毫无新意和建树，而且有时议论近于酸腐"⑥），或旨在梳理叙述具体技法，研究并不深入。真正将诗法论放在方回诗学体系中深入挖掘其内涵和价值，且达到较高的理论高度的，当以王奎光对"吴体"的研究最为突出。其《方回的"吴体"诗论及其诗学批评意义》不仅将"吴体"的内涵界定为"全拗"的杜甫七律，全面梳理出方回的"吴体"诗观，更在此基础上揭示出方回"吴体"论旨在提升江西诗派地位、打击江湖诗派的诗学批评意义，将诗法论研究推向一定的深度。其《论方回〈瀛奎律髓〉中的"拗字"格法》⑦ 一文以同样的思路对方回的"拗字"诗法论进行的探讨也值得关注。

其五，《瀛奎律髓》的成书、体例与版本。围绕成书与体例展开研究的，一是卞东波《方回〈瀛奎律髓〉成立考》，文章一方面概括了是书的选诗条

---

① 许总：《论〈瀛奎律髓〉与江西诗派》，《学术月刊》1982年第6期。
② 张少康、刘三富：《中国文学理论批评发展史》，北京大学出版社1995年版，第113—117页。
③ 贾文昭：《关于"清新"——读方回论诗札记之一》，《文艺理论研究》1998年第6期。
④ 李光生：《方回〈瀛奎律髓〉之"格高"、"韵味"论》，硕士学位论文，暨南大学，2004年。
⑤ 莫砺锋：《从〈瀛奎律髓〉看方回的宋诗观》，载莫砺锋《唐宋诗歌论集》，凤凰出版社2007年版，第524页。
⑥ 邓绍基主编：《元代文学史》，人民文学出版社1991年版，第392页。
⑦ 王奎光：《论方回〈瀛奎律髓〉中的"拗字"格法》，《中国韵文学刊》2007年第4期。

例，另一方面，又从文献角度，对其引用唐人选唐诗、宋人总集、宋诗话等资料作了详细的考证，并对方回"对于唐宋时代的诗学文献也基本能持实事求是的态度，能客观地指出其疏失"的评注态度给予了充分的肯定①。一是张哲愿的博士论文《方回〈瀛奎律髓〉及其评点研究》，辟专门章节对是书的选诗和评诗体例进行溯源和详细分析②。还有杨波的硕士论文《方回〈瀛奎律髓〉的唐诗观》，将是书的编纂缘起归结为三点：传播诗道，接引后学；对盛世文治的眷恋；追求立言不朽③。关于版本的研究，主要是詹杭伦在《方回的唐宋律诗学》附录《方回著述考》④中的考述和祝尚书在《宋人总集叙录》⑤中的讨论，二者所论着重于国内刊刻本。

其六，《瀛奎律髓》清人评点。许总《论清人评〈瀛奎律髓〉之得失及其启示》对查慎行、二冯、纪昀、吴汝纶四家评点之得失作了全面的审视。詹杭伦《清人五家〈瀛奎律髓〉评本得失论》于四家之外，又考察了许印芳评点的得与失⑥。徐美秋博士学位论文《纪昀评点诗歌研究》则从"有关杜甫及江西诗派"、"指出方回论诗的几个主要病根"、"肯定方回的'精确之论'"三个方面对纪昀的《瀛奎律髓》评点作了较为深入细致的考察⑦。

二　选题意义

通过对 20 世纪以来方回及其《瀛奎律髓》研究成果的梳理总结，不难看出，学界在此领域已作出了较多的努力：相关问题大多已被论及，研究视角时有创新，富有创见性和启发性的结论也时有得出。这些成果的出现，将方回及其诗学研究推向了一定的深度。然而，总体来说，就《瀛奎律髓》专书展开的专题研究论著及论文都相对较少，研究的系统性和整体性尚嫌不足。关于《瀛奎律髓》的研究在以下两个方面仍相对薄弱。

一是问题意识和开拓性尚有欠缺。具体体现在：

1. 某些核心问题长期被忽视。最为典型的就是"诗之精者为律"这一直抵方回诗学核心而又关乎宋末古诗与律诗之争的关键问题，仅有朱东润先生

---

① 卞东波：《南宋诗选与宋代诗学考论》，中华书局 2009 年版，第 176—203 页。
② 张哲愿：《方回〈瀛奎律髓〉及其评点研究》，花木兰文化出版社 2008 年版，第 11—26 页。
③ 杨波：《方回〈瀛奎律髓〉的唐诗观》，硕士学位论文，河南大学，2005 年，第 6—8 页。
④ 詹杭伦：《方回的唐宋律诗学》附录一，中华书局 2002 年版，第 228—235 页。
⑤ 祝尚书：《宋人总集叙录》，中华书局 2004 年版，第 437—461 页。
⑥ 詹杭伦：《方回的唐宋律诗学》附录三，中华书局 2002 年版，第 251—281 页。
⑦ 徐美秋：《纪昀评点诗歌研究》，博士学位论文，复旦大学，2009 年。

以彻底否定的形式予以批评（按，其《述方回诗评》认为，"虚谷之论谓诗之精者为律，一若除律以外，不足言精，又其论推崇少陵以为江西初祖，一若少陵之诗，其精处尽在五七律中，而按之实际，皆不尽然，此为虚谷入手第一谬处"[①]），其实尚未真正进入论者的研究视域，尚须进一步深入挖掘。

2. 在重要问题的探讨上存在陈陈相因之嫌，缺乏深入思考的开拓意识。(1) 关于宋末唐宋诗之争背景下的方回唐宋诗观及"一祖三宗"说，除上述莫砺锋《从〈瀛奎律髓〉看方回的宋诗观》等少数成果之外，学界仍承袭清人之论，较为普遍地视方回为江西诗派之护法，认为偏主宋诗是其主要的诗学倾向，并未在广阔的诗学背景下探讨其批评唐宋诗的深层意旨。上述查洪德文虽指出方回后期的诗学主张转向转益多师，却忽视了《瀛奎律髓》本身就是方回兼取众长诗学观念的有力实践；(2) 关于方回的诗歌格法论，学界也已经给予了较多的关注。但是，学界往往就诗法而言诗法，对其讲论诗法的本质及深意缺乏深入的理解，甚至在某种程度上存在误解；(3) 关于是书之版本，学界的讨论主要停留在国内刊刻本，至于海外刻本、通评本、选评本、汇评本的全面考察，则是亟须填补的学术空白；(4) 关于清人评点，现有成果仅止于评判诸家评点之得失，显然还不够深入；何焯的评点尚未进入批评视野，也是一大缺憾。因此，在梳理考察《瀛奎律髓》诸评点本的基础上，对诸家评点所反映出的诗学思想进行深入探究，并从诗学接受的角度对方回诗学进行全面关注以提出建设性的见解，也是尚待挖掘的学术空间。

二是研究视野有待拓宽。《瀛奎律髓》是方回诗学的一部分，也是对唐、宋及宋元转型时期诗学的全面总结，又在清代掀起一股接受高潮。当前的研究大多较为拘狭，缺乏对唐、宋、宋末元初及清代诗学背景的整体观照，一叶障目而不见森林，显然无益于研究的深入。因此，将其置于唐、宋、元及清代诗学的广阔背景下进行全面深入的考察，是有待进一步拓展的广阔研究空间，也是促进《瀛奎律髓》研究走向新的高度的必由之路。基于以上两点，将《瀛奎律髓》置于广阔的诗学背景下进行全面系统的考察，对其所关涉的重要诗学问题再加思考或重新审视是非常必要且颇具学术价值的。本书也正是致力于此，力求对《瀛奎律髓》研究作出新的开拓。一方面，考论结合。广泛搜集国内外《瀛奎律髓》的刊刻本和评点本，在整理原始资料的过程中把握方回诗学的重要方面，从而提出并深入解决问题。

---

①　朱东润：《中国文学论集》，中华书局 1983 年版，第 47 页。

另一方面，比较分析。与唐宋诗学批评家纵向比较，以见方回诗学在继承中的创新性；与宋末元初严羽、周弼、刘克庄等诗学批评家横向比较，以见方回诗学在融入宋末元初诗学潮流同时所展现的独特性。再者，点面结合。以《瀛奎律髓》为切入点全面观照唐、宋、宋末元初、清代诗学及方回诗学，同时在准确把握诸朝诗学与方回诗学的基础上实现《瀛奎律髓》研究的深入。

三　主要论点

本书分为六章，对《瀛奎律髓》的编纂、体例、诗"体"论、诗"格"论、版本和清人评点进行全面深入的探讨。

（一）《瀛奎律髓》编纂研究

编纂者方回与编选《瀛奎律髓》直接相关的若干细节问题，一直为学界所忽略；是书的编纂时间也需进一步明确；其编纂背景和编纂目的也尚未引起学界的足够关注。这些都是本章要讨论的问题。

1. 编纂者与编纂时间。本节主要解决四个问题：一是《瀛奎律髓序》是方回所作。对于《瀛奎律髓》卷首题署为"紫阳虚谷居士方回撰"的总序，笔者认为确系方回所作，方氏自编诗文集《桐江续集》收入此序是最有力的证据，清人吴宝芝的质疑并无道理。二是"家于歙，尝守睦"的生平经历见证了方回的诗学历程。生于"江西"诗风盛行的歙地，又长期宦游寓居偏好晚唐诗风的浙西，这一经历对方回打破门户、提倡兼取的诗学观念的形成具有重要意义，也是其编选《瀛奎律髓》的重要指导思想。三是原序所署之"宋"当是后人所加。方回所作总序，又有题为"宋紫阳虚谷居士方回撰"者，对此，后世颇有争议，大多认为方回终于元且非宋代遗民，《瀛奎律髓》又编成于元，题署称"宋"有失查检。其实，对比《桐江集》及《桐江续集》的署名方式，可知，"宋"当是后人所加。四是编成于至元二十年（1283），欲再作修改而未能。是书编成于至元二十年，是学界一致认可的。然而，我们也要看到，是书的编选过程颇为漫长，编成以后方回本想再作修改却未能如愿，从书中的评点文字我们不难发现这些信息。

2. 编纂背景。家学渊源、诗学历程、师友交游是方回编选《瀛奎律髓》的重要背景。熟稔《诗经》之学、精于律诗、欣赏劲健诗风的家学风气，对方回的影响在于：对《诗经》"思无邪"之"体"与"兴、观、群、怨"之

"用"深有见解，钟爱备受时人非议的律诗，欣赏瘦硬峭健的诗歌风格，且论诗极为重视家学传承，这不仅直接促成了《瀛奎律髓》的编选，而且也在书中得到了充分的体现；以《苕溪渔隐丛话》为诗学启蒙读本，初期偏爱王安石式的工丽精致，梅尧臣、张耒式的平淡风味，后期则改调"江西"，以气格为尚，这一艰辛曲折的诗学探索历程对《瀛奎律髓》的编选目的、编选体例以及选诗评诗都产生了直接的影响；陈杰、阮秀实等师长影响方回形成了兼取唐宋的诗学倾向，而张道洽、赵与东等至交则在方回形成格高、平淡的批评标准的过程中具有不可忽视的作用。

3. 编纂目的。方回编选《瀛奎律髓》的主要目的在于针砭宋末元初诗坛上的诸种流弊。具体说来，一是改变诗歌沦为行乞之具的尴尬境地，重振风雅诗道；二是为晚唐、"江西"、理学诗歌救弊；三是提高律诗地位。

4. 书名释评。"瀛奎律髓"，即唐宋律诗之精髓。"瀛奎"，体现了方回兼取唐宋、打破门户的诗学态度；以"律"为"五七言之近体"的规定，表现了强烈的辨体意识，对后世颇有启示；"髓"，是方回对编选是书的期许，通过诗歌选评，他确实在很大程度上揭示了律诗的要旨和精髓。

（二）《瀛奎律髓》体例研究

是书在体例上集选本、评点于一身，既充分汲取前人的优秀成果又有所创新，也颇值得关注。

1. 总体格局。是书总体上按照以类选诗，次以分体，以人系诗，以时系人，总序结合小序，圈点兼之评注的体例进行编选，在具体的编排上也难免失序紊乱之处。但是，像事类中杂入"拗字"、"变体"二体类，"节序类"以节序编次取代以时系人等不合体例之处却是方回为更好地表达其诗学思想而有意为之。在诗学观念与编选体例之间所作的这一取舍，正体现了方回诗学的勇于创新与独具匠心。

2. 分类体例。分类编排是《瀛奎律髓》在编选体例上尤为值得关注之处。方回选择以类编排的主要原因包括：诗学传承及宋代诗学风气的影响，唐宋诗歌题材趋于丰富多样的诗史实际以及便于后学研习的考虑。分类选诗不仅体现了方回对诗人及诗歌的准确把握、对不同诗歌题材的深细理解和对唐宋诗题材差异的独到见解，而且以同类题材类比的论诗方式也是颇益于后学的巧妙选择。当然，分类选诗也有诸多弊端，大致体现在归类标准不一、归类难以确定、归类过于随意、为求备类而选诗不精等几个方面。

3. 选诗体例。在诗人、题材、体式方面，《瀛奎律髓》对选诗对象都作了明确的规定；以杜诗为中心、因佳句而选诗、因易学而选诗、因个人喜好而选诗、为发抒感慨而选诗等是其重要的选诗原则；是书对诗题、诗注以及所选组诗的处理有创获也有缺憾，本节对此进行了客观详细的评述。

4. 诗评体例。方回序云："所注，诗话也。"故而，《瀛奎律髓》的诗评内容非常广泛，包括诗歌赏析、作者介绍、诗作编年、校勘辨误、注解征实、发抒感慨等诸多方面。选、评互补也是本书体例上的一大特色：在评语中大量列举好诗佳句、因人选诗论诗、列举反面例证是对选诗的补充；"论诗类"所选六首论诗诗则是以选补评的典型例证。

（三）《瀛奎律髓》诗"体"论研究

方回的诗"体"论，能够自成一家的，一是关于律诗这一诗歌体式的批评，二是关于唐宋诗歌体派的独特见解。

1. "诗之精者为律"论。这是方回诗论的核心之一。为了论证这一诗学观念，方回从以下四个方面作了积极努力：其一，巧妙结合时人的复古观念，将律诗纳入诗统体系之中；其二，强调律诗与古诗本质功用上的相通，客观看待二者体制上的差别；其三，从诗法技巧、审美风格、诗人素养等方面，力证律诗难作难精；其四，以陈、杜、沈、宋为"律诗之祖"，借以推尊律体。方回强调"诗之精者为律"，其最终目的是为精于律诗创作而弊病丛生的宋末"江西"后学与晚唐体诗人救弊；在复古诗论盛行的宋末文坛上，他巧妙地借助古诗来肯定律诗，方式颇为巧妙；相对于复古论者贵古贱今的诗学观念，方回推崇古诗又不废律诗，表现了更为通达的诗史观。

2. 唐宋诗体派论。方回将唐宋诗歌划分为老杜派和"昆体"两大体派，又于老杜派之中划分出"晚唐派"与"江西派"，并勾勒出两大体派的清晰脉络：老杜—贾、姚—"晚唐体"—"四灵"—宋末"祖许浑、姚合为派者"；老杜—黄庭坚、陈师道、陈与义、吕本中、曾几等—赵蕃、韩淲。图示如下：

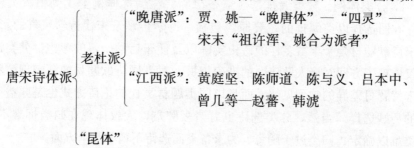

唐宋诗体派　　　　"晚唐派"：贾、姚—"晚唐体"—"四灵"—
　　　　　　　老杜派　　　宋末"祖许浑、姚合为派者"
　　　　　　　　　　　"江西派"：黄庭坚、陈师道、陈与义、吕本中、
　　　　　　　　　　　　　曾几等—赵蕃、韩淲
　　　　　　　"昆体"

这一独具特色的体派论具有重要的诗学批评意义：为"江西"后学与晚

唐体诗人指出了自救与他救相结合的救弊途径；将拘守门户的"江西"与晚唐体诗人统一归于"老杜派"，其实是借杜诗提倡打破门户、转益多师。然而，方回为救宋末晚唐诗弊而将"昆体"排斥于"老杜派"之外，并不符合客观事实，对后学也有一定的误导。

（四）《瀛奎律髓》诗"格"论研究

方回的诗"格"论，包括对诗歌气格和诗歌格法的批评。

1. 气格论。所谓气格，与诗歌创作主体的内在修养直接相关，经由具体的诗歌技法得以实现，表现为诗歌文本的情感格调和审美风格。方回在诗歌气格上的理想追求其实同时包括"格高"和"平淡"。本节所要解决的问题，一是从诗歌主体的品德涵养和学问修养、诗歌本身的情感内涵和审美风格两方面深入挖掘方回所谓"格高"、"平淡"的内涵；二是着重讨论方回提供的操作性较强的实现"格高"、"平淡"的途径，即拗字、虚字、变体等诗歌技法；三是探寻"格高"、"平淡"论的诗学意义，既在于提高律诗地位，也在于针砭宋末"江西"与晚唐诗弊。

2. 格法论。在详细梳理阐述方回的章法论、句法论、字法论、对法论、律法论的同时，本节进一步提出申论以期正确理解其诗歌技法论：方回是在重视诗歌本质的前提下讲论诗法的；他讲究"活法"，最终以"无法"为旨归；为救弊而大倡变体，其实，主张变体不可常作、学诗当从正格入才是其对诗歌变体的真正态度。

（五）《瀛奎律髓》版本研究

研究对象包括刊刻本、通评本、选评本和汇评本。其中，对海外刻本、通评本、选评本版本情况的梳理与考论是本书堪称弥补学术空白的一大创获。

1. 刊刻本。关于国内刊刻本，本节在学界现有成果的基础上，有以下几点新的思考：（1）元刻本和明代国初刊本应该存在，不能轻易否定；（2）首都图书馆所藏巾箱本并不是元刻本，而应该是明代嘉靖年间建阳书坊所刊巾箱本；（3）《天禄琳琅书目后编》、《国朝宫史续编》等所载元刻本有误；（4）明代书坊翻刻龙遵叙本多有作伪"以充元刊"者，很容易被误认为元刻本。关于海外刊刻本（主要是朝鲜和日本刻本），成化三年（1467）龙遵叙刊本于成化十一年（1475）传入朝鲜，尹孝孙等据以刊刻的朝鲜成祖朝刊本是海外最早的刊刻本，也是今所知见朝鲜、日本诸刊本的祖本。图示国内外知见刊刻本的源流情况如下：

明成化三年紫阳
书院龙遵叙刊本

国内
- 明嘉靖间坊刊巾箱本
- 清陈士泰刻本
- 清吴宝芝刻本

国外：朝鲜成祖朝刊本
- 朝鲜中宗朝刊本
- 朝鲜活字印本
- 日本宽文十一年刊本
- 日本文化五年刊本

2. 通评本。即全面批阅本，包括二冯评点本、查慎行评点本、何焯评点本和纪昀《瀛奎律髓刊误》。其中，二冯和何焯评点本因未曾刊刻，主要靠辗转传抄而流传，版本情况极为复杂。本节将详细考察各本的存在现状，并对传抄过程中出现的问题进行梳理和思考。

3. 选评本。以现存三种重要的选评本为考察对象，即纪昀《删正方虚谷瀛奎律髓》四卷、许印芳《律髓辑要》六卷和吴汝纶《桐城先生评选瀛奎律髓》四十五卷。

4. 汇评本。主要考察分析李庆甲《瀛奎律髓汇评》所取得的成就与存在的缺憾。

（六）《瀛奎律髓》清人评点研究

深入探讨二冯、查慎行、何焯、纪昀、许印芳五家评点：二冯评点的特色在于表现出尊崇晚唐诗风的诗学倾向，提倡美刺比兴的诗教传统，主张增强学问修养，强调破题粘题、起承转合的章法结构。"意"、"格"、"法"兼顾是查慎行的独特之处，其笺评结合、对比论析的评点方式也颇有益于后学参悟。何焯评点的特色则表现在善于用"疏"的批评方式、重视考证校勘的严谨批评态度、尊唐亦不抑宋的通达诗学观念以及重本质功用而轻形式技法的诗论理念。纪昀评点旨在刊正拘守门户之误、舍本逐末之误、"矫语古淡"之误和因人论诗之误，虽不乏精彩之见，对方回诗学观念的判断与批评却存在着明显的主观偏见。许印芳的《律髓辑要》不仅在诗歌编选上独具匠心，他巨细无遗地讲论诗法，又在律诗新变上用力颇深，也表现了颇为卓绝的识见。诸家论诗虽各具特色，但是，提倡美刺比兴、重视诗歌技法、强调学问修养、反对门户之见却是他们共同的理论主张，而这也恰恰是方回在《瀛奎律髓》中所着力探讨的。因此，通过详细考察诸家评点了解《瀛奎律髓》在清代的传播与接受情况，并从这一侧面全面了解和深入把握方回的诗学观念，是本章的重要研究目标。

另外，附录部分附列的"方回交游考"，考证梳理了方回与八十位师长友朋的交游情况；"《瀛奎律髓汇评》失收何焯评点辑补"，从上海图书馆所藏两大稀见评点本——过录有许士模抄冯舒、冯班、查慎行、何焯评点本及过录有沈廷瑛抄冯舒、冯班、何焯评点本《方虚谷瀛奎律髓》中辑录李庆甲《瀛奎律髓汇评》失收的何焯评语一万余言。

田金霞

2015 年 6 月

于淮阴师范学院文化创意产业研究中心

第一章　《瀛奎律髓》编纂研究

　　研究一部诗学著作，其编者情况、编纂时间、编纂背景、编纂目的及书名含义是首先要解决的问题。关于编者方回，文中将重点关注与《瀛奎律髓》编选直接相关的书前总序是否方回所作、"家于歙，尝守睦"的生平经历对其诗学思想形成的意义以及总序题署称"宋"等几个问题；关于编纂时间，笔者认为是书最终编成时间是至元二十年（1283），但是其编纂应该经历了较为长期的过程，方回本有继续修改之意，但最终未能如愿；家学渊源、诗学历程、诗友交游是直接影响是书编选的重要背景；其编纂目的，除了学界所提出的指导后学、立身扬名等之外，更重要的还是针砭时弊：改变诗歌沦为行乞之具的尴尬境地以重振风雅诗道，为晚唐、"江西"、理学诗歌救弊，提高律诗地位；至于"瀛奎律髓"的含义，即唐宋律诗精髓，这是方回对是书的定位和期待，通过精心编选和用力评点，他确实达到了这一目的。本章将对上述问题一一展开讨论。

第一节　编纂者与编纂时间

　　关于编纂者方回的生平行事，詹杭伦《方回的唐宋律诗学》、毛飞明《方回年谱与诗选》、潘柏澄《方虚谷研究》等著作中皆已论及，本书附录"方回交游考"部分也对其交游情况作了较为详细的考证，因此，本节不再一一考述。方回《瀛奎律髓序》前有题署："紫阳虚谷居士方回撰。"序文又有："方回者谁？家于歙，尝守睦，其字万里也。"[1] 其中涉及几个与是书编纂直接相

---

① （元）方回选评，李庆甲集评校点：《瀛奎律髓汇评》"序"，上海古籍出版社 2005 年版，第 1 页。

关的问题，是本节讨论的重点：其一，《瀛奎律髓序》是不是方回所作；其二，"家于歙，尝守睦"的生平经历见证了方回的诗学历程，对《瀛奎律髓》编纂具有重要意义；其三，备受非议的原序中所署"宋"字当是后人所加；其四，至于是书之编纂时间，正是序中所谓"至元癸未良月旦日"。

一　《瀛奎律髓序》是方回所作

《瀛奎律髓》书前有一总序，题署为："紫阳虚谷居士方回撰。"然而，关于此序是否方回所作，存在争议。明成化三年（1467），皆春居士龙遵叙将是书付梓刊刻时，作序云："先生自序谓……"① 认为其编者正是作序的方回。清人吴宝芝对此提出异议："右序相传谓虚谷所作，然词义浅鄙，且亦非当时文体，即与虚谷他文亦不甚相类，疑是后人赝作。吕晚村、曹叔则两先生本俱不载，然旧本有之，今亦未敢遽芟，录存以俟识者辨之可也。"纪昀对吴氏之说予以批驳，肯定其为方回所作："此篇笔意与此书小序、评语皆相类，未必不出于虚谷，吴氏亦曲为解脱耳。甲午五月于四库官书中检得虚谷《桐江续集》，中有此序，非赝作也。"②

笔者认为，此序当是由方回自己所作。首先，吴氏提出疑义的理由并不充分。"词义浅鄙"、"非当时文体"本有见仁见智之主观色彩；吕晚村、曹叔则都是清代人，他们所藏版本不载此序，与此序是否方回所作并没有直接关系。其次，此序见于《桐江续集》。《桐江续集》是方回自编的诗文集。集中有《编续集戏书》"朝衣已当酒家钱，更卖山中二顷田。尽听小姬辞别院，单留老马伴残年。假令埋骨终无地，断许知心独有天。一事差强今晚辈，桐江续集又千篇"③，可想其编书状貌；又作《桐江续集序》述是集之编纂概况，并表明其诗学观念④。《瀛奎律髓序》见于是集卷三十二，应该也是方回自己

---

① （元）方回选评，李庆甲集评校点：《瀛奎律髓汇评》附录一，上海古籍出版社 2005 年版，第 1809 页。
② （元）方回选评，李庆甲集评校点：《瀛奎律髓汇评》"序"，上海古籍出版社 2005 年版，第 1 页。
③ （元）方回：《桐江续集》卷九，《四库全书珍本初集》本，第 12136 页。
④ 按，方回：《桐江续集序》称："诗自壬午（1282）至戊子（1288），二十卷，卷百首。"〔（元）方回：《桐江续集》卷三十二，《四库全书珍本初集》本，第 12474 页。〕今存《四库全书珍本初集》本收诗自癸未（1283）始，于乙巳（1305）止，共三十六卷，前二十八卷为诗，后八卷为文，与序言并不吻合。对此，詹杭伦认为"此称二十卷者，盖系初编，以后续有编辑，皆入此集"（詹杭伦：《方回的唐宋律诗学》，中华书局 2002 年版，第 225 页），是有道理的。当然，在流传过程中，其诗文也有散佚，故方回所谓壬午（1282）年所作诗歌于集中已不可见。

编入。既然如此，方回自作此序也就比较可信了。纪昀以此为依据来驳斥吴氏之说，是比较有说服力的。

二 "家于歙，尝守睦"的生平经历见证了方回的诗学历程

方回世居徽州歙县（今安徽歙县），《先祖事状》云："歙之方氏皆东汉贤良洛阳令赠太常方公储之后。回先高祖以上家于斯，世为歙州歙县人，后更名徽州。"① 其诗文中亦常以歙人自称，如《送叶亦愚序》称："歙人方回万里为之序。"②

睦，即睦州郡，隋置。北宋宣和三年（1121）改为严州，南宋咸淳元年（1265）升为建德府，元至元十四年（1277）改为建德路。方回诗文中对此称谓不一，睦州、严州、建德，以及境内之桐江皆用以指称此郡。方回于南宋德祐元年（1275）七月知建德府，时年四十九岁。其《七十翁五言十首》其九自注云："陆务观六十二岁知严州，后八十五卒，平生诗万首。予四十九领此郡，七年，今七十。"③ 次年正月十八日，南宋朝廷奉玺纳土降元。二十日，临安府易守。方回坚守孤城半月之后，于二月六日率郡归降。归元之后，"改授知建德府事兼管内安抚使，遥授衢、婺招讨使。明年，至元十四年丁丑夏四月，改授嘉议大夫、建德路总管兼府尹。十六年己卯入觐。秋七月迁通议大夫依旧任。十七年春庚辰还郡。十八年辛巳夏六月初一日，代者总管周府尹克敬至，解任"④。守郡七年，解官后又留居五年，方回先后寓居此郡达十二年之久，一直到元至元二十三年（1286）迁居杭州之前。"余守桐江七年，解官留居五年，凡一纪而后去"⑤，"生世能几，严州十二年"⑥，"予家歙官睦，上下一水间，驾无所有之轻舟，归而若于紫阳山之下，其志也"⑦。睦州一段经历及感慨时常形诸笔端。他又以"桐江"名其集，足以见出对十二年睦州生活之珍视。

生长于安徽歙县又长期寓居浙江建德的生活经历，见证了方回的诗学历

---

① （元）方回：《桐江集》卷八，《续修四库全书》影印宛委别藏钞本，第482页。
② （元）方回：《桐江续集》卷三十二，《四库全书珍本初集》本，第12470页。
③ （元）方回：《桐江续集》卷二十二，《四库全书珍本初集》本，第12306页。
④ （元）方回：《先君事状》，《桐江集》卷八，《续修四库全书》影印宛委别藏钞本，第490页。
⑤ （元）方回：《寄题桐君祠》，《桐江续集》卷十八，《四库全书珍本初集》本，第12256页。
⑥ （元）方回：《重至秀山售屋将归十首》其五，《桐江续集》卷十一，《四库全书珍本初集》本，第12162页。
⑦ （元）方回：《寓宅十咏序》，《桐江集》卷一，《续修四库全书》影印宛委别藏钞本，第364页。

程，也促成其兼取唐宋的诗学思想最终形成。正如方回《柳州教授王北山诗序》所云："近诗人两派，浙土诗纤弱，江乡诗突兀。"① 占据宋末诗坛主导地位的"江西"诗与晚唐诗在存在状态上表现了鲜明的地域性特征，"江西"诗在江西一带（包括与之相邻的安徽省内）颇为繁盛，浙地则主要被晚唐诗风笼罩。方回家乡歙县位于安徽省东南部，紧邻江西，他少年求学即主要游历于安徽、江西两省。其诗学道路上的第一位导师歙人吕午作诗"不喜雕刻"，偏爱方回《喜雪》"平明万人喜，此雪几年无"句②，明显倾向宋诗风调，迹近"江西"；引导其大悟诗道的陈杰也是宗法"江西"，极赏其"马上飞花点弊裘，客心随雁起汀洲。忽思前夜一犁雨，焉用平生百尺楼"、"诗思如相避，登城忽见之。不惊双野鸭，自在一寒陂"等宋调。在他们的指导下，尊尚宋调、师法"江西"是方回早期主要的诗学倾向。[当然，对方回影响极大的陈杰、阮秀实等人虽偏尚"江西"，但也不废唐调。同样，方回早期诗学虽以宋调为主，但这并不是其唯一的诗学倾向。例如，他早年曾"入天目谒洪后岘，（洪）取《半山集》看读，凡佳句必再三拈掇之"③，晚年编选《瀛奎律髓》高度肯定王安石诗歌，甚至以其《唐百家诗选》为入选诗歌的依据④，这显然是少年时期形成的诗歌观念影响使然。] 具体而言，他所尊尚与师法的主要是以张耒、梅尧臣为代表的平淡诗风，和从杜甫到黄庭坚、陈师道、陈与义一脉相承的格高风调。关于此，其《送俞唯道序》述之甚明："予作诗六十年，弱冠在乡里无硕师，竹坡吕左史实警发之。俾读张文潜诗，有味，欲学其体。……二十六还家，以诗投郡守魏静斋。其兄己斋守宣城，赠《梅圣俞集》，又欲学梅圣俞。……归而友人罗裳相与抄诵少陵、山谷、后山律诗，似未有所得，别看陈简斋诗，始有入门。于是改调，通老杜、黄、陈、简斋玩索。"⑤ 建德作为浙地重镇，其诗风以晚唐为主。方回前后居住此地长达十二年之久，自然难免受到晚唐诗风的浸染。如果说，师法"江西"而又濡染晚唐的诗学倾向最初是由安徽至浙江的地域因素所造就的话，那么，这

① （元）方回：《桐江续集》卷三十三，《四库全书珍本初集》本，第 12491 页。

② （元）方回：《宋故中奉大夫右文殿修撰致仕歙县开国男食邑三百户赠华文阁学士通奉大夫吕公家传》，《桐江集》"补遗"，台湾"国立"中央图书馆 1970 年影印本，第 636—645 页。

③ （元）方回：《送俞唯道序》，《桐江集》卷一，《续修四库全书》影印宛委别藏钞本，第 376—377 页。

④ 方回述其选入许浑《春日题韦曲野老村舍》的原因："以荆公尝选此诗，予亦不弃。"［（元）方回选评，李庆甲集评校点：《瀛奎律髓汇评》卷十，上海古籍出版社 2005 年版，第 339 页。］

⑤ （元）方回：《桐江集》卷一，《续修四库全书》影印宛委别藏钞本，第 376—377 页。

种并尊唐宋、兼取众长的诗学态度到后来已全然成为方回的自觉追求。这一追求在其后来迁居杭州期间，直至去世都没有改变。这在他的诗学交游中得到了体现。如，浙江淳安县人胡方，以宗法唐诗自居，对宋诗颇为不屑，甚至明确表示："吾不为宋诗！"方回对其尊唐抑宋的诗学偏见进行了严厉的批评，且循循善诱道："无徒曰'吾不为宋诗'！黄、陈其宋诗乎？欧、苏、周、程其宋之文、宋之学乎？"① 这是旨在以宋诗救晚唐之偏弊。再如，安徽休宁人孙嵩，诗风"清劲而枯淡，整严而幽远"，是典型的"江西"风味②，至元二十二年（1285）、二十五年（1288），孙嵩多次以新作诗歌见示，方回皆予以充分肯定，"忽似再生萧德藻"、"已应突过李之仪"、"直须陶谢与同时"③、"苏门逸响追长啸，湘浦余情续远游"④ 等赞誉之语不一而足，这应该是出于矫正建德晚唐纤弱诗风的考虑。至元三十年（1293）十一月、元贞元年（1295）九月，方回再论及孙氏诗歌时，则毫不隐讳地指出其缺憾："元京诗大着迹，严而欠宽"，"吴（按，吴式贤）华孙（按，孙嵩）枯，回犹未之满"⑤，并不偏袒"江西"诗风。《瀛奎律髓》编选于方回寓居建德时期，书中主张打破门户、提倡兼取，以晚唐救"江西"之弊，又以"江西"补晚唐之失，正是这一时期诗学思想的典型体现。

三 原序所署之"宋"当是后人所加

序前题款，又有题为"宋紫阳虚谷居士方回撰"者。明成化三年龙遵叙刻本，龙氏序曰："《瀛奎律髓》四十九卷，宋紫阳方虚谷先生之所编选。"⑥ 清代吴宝芝重新付梓刊板，亦依此说，其《重刻记言》云："若夫是书之编成于元时，而虚谷亦非终于宋，而仍标之以宋者，亦从原本之旧称也。"⑦

题署称"宋"，引起纪昀的强烈反感，他严厉批驳并纠正道："或题曰

---

① （元）方回：《跋胡直内诗》，《桐江集》卷四，《续修四库全书》影印宛委别藏钞本，第428页。
② （元）方回：《孙元京诗集序》，《桐江续集》卷三十二，《四库全书珍本初集》本，第12472页。
③ （元）方回：《题孙元京近诗》，《桐江续集》卷九，《四库全书珍本初集》本，第12134页。
④ （元）方回：《次韵孙元京见过言诗》，《桐江续集》卷十六，《四库全书珍本初集》本，第12236页。
⑤ （元）方回：《与曹宏斋书》、《柬二》，《桐江集》卷五，《续修四库全书》影印宛委别藏钞本，第446—447页。
⑥ （元）方回选评，李庆甲集评校点：《瀛奎律髓汇评》附录一，上海古籍出版社2005年版，第1809页。
⑦ 同上书，第1817页。

'宋紫阳虚谷居士方回撰'。虚谷终于元，不应仍题曰'宋'，其人亦非渊明比，不得援晋征士例，宜改题曰'元方回'。"① 方回于宋亡之际率郡降元，气节有亏，同时的周密在《癸辛杂识》中列其一生"十可斩"事，更是致其人品大为后世讥诮②。纪昀位高爵显，作为封建思想的卫道者，他屡屡引用周氏之论，对方回大加挞伐："文人无行，至方虚谷而极矣。周草窗之所记，不忍卒读之"③，"回人品卑污，见于周密《癸辛杂识》者，殆无人理"④。所以，对于题款中有"宋"字，他甚为不满，甚至援引陶渊明书甲子之事以贬之。纪昀以封建道德观念为绳尺，主观偏向过于强烈，持论难免有失允当。其《佩韦斋文集提要》所论更是偏激："禾序又称：'紫阳方侯亦以文名，尝序公集，载其遗事，如作传然，且以能保晚节而心服之'云云。紫阳方侯，即歙人方回，宋末为睦州守，以州降元，元擢为总管者也。此本佚去此序，殆后人以德邻高节不减陶潜，不欲以回序污之，故黜而刊削欤？"⑤

方回卒于元，《瀛奎律髓》亦编选于入元之后，若题"宋"字，的确有失查检。检《桐江集》、《桐江续集》，方回所作文章并无一篇以"宋"自署的，《瀛奎律髓序》题署中的"宋"字很可能是后人在传抄过程中误加上的。而且，通过龙遵叙序可知，他所访得的诸家抄本，序言中应该就已经题署方回为"宋"人了。

四　编成于至元二十年，欲再作修改而未能

方回《瀛奎律髓序》云："至元癸未良月旦日。"至元癸未，即元世祖至元二十年（1283）。良月，指十月。《左传·庄公十六年》："公父定叔出奔卫，三年而复之，……使以十月入，曰：'良月也，就盈数焉。'"⑥ 古人以盈数为吉，数至十则小盈，故以十月为吉祥之月份，即良月。后世便以良月代称十

---

① （元）方回选评，李庆甲集评校点：《瀛奎律髓汇评》"序"，上海古籍出版社2005年版，第1页。

② 关于周密《癸辛杂识》所载方回情事，詹杭伦《方回的唐宋律诗学》附《周密〈癸辛杂识〉"方回"条考辨》一文作了详细考辨，可参看。（中华书局2002年版，第236—250页。）

③ （元）方回选评，李庆甲集评校点：《瀛奎律髓汇评》附录一，上海古籍出版社2005年版，第1826页。

④ （清）纪昀等：《钦定四库全书总目》卷一百六十六《桐江续集提要》，中华书局1997年版，第2204页。

⑤ （清）纪昀等：《钦定四库全书总目》卷一百六十五《佩韦斋文集提要》，中华书局1997年版，第2192页。

⑥ 杨伯峻编著：《春秋左传注》，中华书局1981年版，第202页。

月。旦日，意为太阳初出时或明日、第二天。用以指称具体日期时，则特指农历初一日。如宋人赵彦卫《云麓漫钞》卷八载："正月旦日，世俗皆饮屠苏酒。"① 可知，方回作此序的具体时间是至元二十年十月一日。

那么，《瀛奎律髓》是否也是同年编成的？答案是肯定的。我们可以从方回评语中发现端倪。方回《生日戏歌》云："予生宝庆之三岁（1227），五月十一日己未。"② 卷十三注白居易《戊申岁暮咏怀二首》云："言言能道心事。予年五十七岁选此诗，深愧之。"③ 方回五十七岁，正是至元二十年。同卷注赵宾旸《次韵方万里雨夜雪意》："宾旸嘉定十五年壬午（1222）生，今年六十有二。"所谓"今年"恰好也是作序的至元二十年。既然卷十三"冬日类"于是年编订，书前总序也作于是年，我们可以推知，《瀛奎律髓》编成于至元二十年，编成之后方回即于同年为之作序。此时，方回已解建德路总管之任两年，所以序云"尝守睦"。当然，编选点评如此一部皇皇巨著——选入诗歌近三千首，涉及诗人近四百位，用以校点参阅者几乎包括唐、宋两朝大部分别集、选集、总集、诗话，偌大的工作量，应该不是仅仅用一年的时间就能完成的。评韩琦《乙巳重九》所云"此亦当入'节序'，而选诗已定，故附此"④，评韩淲《九日破晓，携儿侄上前山仁立，佳甚》所云"'节序诗'编次已定，故附此'秋日类'中"⑤，或许能印证这一猜测。方回编选是书的目的之一是指导后学作诗，以方回在当时文坛的地位和名气，很可能每编成一卷或数卷，便被四处传抄，善于把握商机的书商第一时间将之刊刻也未尝没有可能，因此，编选较早的"节序类"就因为已成定稿而不易改动了。

另外，方回编成是书之后，本有再行修改订补的打算，但是不知什么原因而没有付诸实施，因而留下了些许遗憾。如，评张耒《雨中二首》其二："'夜雨暗江天'，待别本检补。"⑥ 又如，选唐明皇《送贺知章归四明》仅两

① （宋）赵彦卫撰，傅根清点校：《云麓漫钞》卷八，中华书局1996年版，第138页。

② （元）方回：《桐江续集》卷四，《四库全书珍本初集》本，第12086页。

③ （元）方回选评，李庆甲集评校点：《瀛奎律髓汇评》卷十三，上海古籍出版社2005年版，第491页。

④ （元）方回选评，李庆甲集评校点：《瀛奎律髓汇评》卷十二，上海古籍出版社2005年版，第459页。

⑤ 同上书，第466页。

⑥ （元）方回选评，李庆甲集评校点：《瀛奎律髓汇评》卷十七，上海古籍出版社2005年版，第666页。

句："此诗会稽有石刻，朱文公为仓使时读之，最喜起句雄健，偶忘记后六句，当俟寻索足之。"① 再如，评姜夔《送朝天集归杨诚斋》云："此一首合予意，容更详之。"②

第二节　编纂背景

《瀛奎律髓》的编纂不是偶然的，在主观上和客观上都存在着一定的必然性。对此，我们可以从家学渊源、诗学历程、师友交游三个层面加以探讨。

一　家学渊源

歙县方氏精于《诗经》之学，自方回之父琠向礼部陈请于徽郡贡擢《诗经》且首中是科之选以来，方氏族中以此科中第者屡有其人。方氏一族又颇重诗文（尤其是律诗），诗风大多劲健，且重视世代相传，以延此家风。在此家学风气熏染之下，方回对《诗经》"思无邪"之"体"与"兴、观、群、怨"之"用"深有见解，钟爱备受时人非议的律诗，欣赏瘦硬峭健的诗歌风格，论诗又极为重视家学传承。这些都直接影响了《瀛奎律髓》的编选。

方回《先兄百三贡元墓志铭》云："徽郡贡擢《诗经》自庆元元年乙卯始，由先君有请于礼部也。而先君首中是选，故徽之言《诗》学者，自歙邑方氏始。先君既入学登名，嘉定九年丙子，先叔父先贡元琛复中是选。至宝祐三年再见乙卯，而先兄百三贡元崇又中是选。是经是选前乙卯以方氏创之后，乙卯造物者仍以异之方氏。"③ 方氏家族不仅对宋代徽州《诗经》之学有开启风气之功，更是深有研究，屡中是科之选。方回耳濡目染，对《诗经》之学亦颇有创见。他赞同孔子论《诗》所指出的诗歌体用论："子曰：'《诗》三百，一言以蔽之，曰：思无邪。'此诗之体也。又曰：'小子何莫学夫《诗》？可以兴，可以观，可以群，可以怨，近之事父，远之事君，多识于鸟兽草木

---

① （元）方回选评，李庆甲集评校点：《瀛奎律髓汇评》卷二十四，上海古籍出版社 2005 年版，第 1020 页。按，此诗之后又有《知章年八十六卧病，上表乞为道士还乡，上许之。舍宅为观，赐名千秋，仍赐鉴湖剡水一曲，诏令供帐东门，百僚祖钱，御制赐诗云》一首，系唐明皇诗全篇，吴孟举认为"似是后人补入，非虚谷原本"，是有道理的。

② （元）方回选评，李庆甲集评校点：《瀛奎律髓汇评》卷三十六，上海古籍出版社 2005 年版，第 1437 页。

③ （元）方回：《桐江集》卷八，《续修四库全书》影印宛委别藏钞本，第 503 页。

之名.'此诗之用也."① 这一观点作为方回诗学思想的重要组成部分,对于
《瀛奎律髓》的编纂具有直接的指导作用。首先,"思无邪"之本旨。"思无
邪"的传统诗说在南宋受到激烈挑战,朱熹突破传统,大胆指出《诗经》中
存在"淫奔之诗",在当时引起轰动,成为经学史上一场空前的革命。方回虽
承袭朱子之学,却并不盲从此论,坚持"思无邪"之说,并对此做出了合理
的解说:"《桑中》、《溱洧》非淫奔者自为之诗。彼淫奔者有此事,而旁观之
人有羞恶之心,故形为歌咏以刺讥其丑。……予妄意以为采诗观风,诗亦史
也。郑、卫之淫风盛矣,其国岂无君子者与好事者,察见其人情状,故从而
歌咏之;其所以歌咏之,盖将以扬其恶,虽近乎戏狎而实亦足以为戒也。文
公以为淫奔者自为是诗,则其人亦至不肖太无耻矣,恶人之尤也,圣人何以
录焉?"② 他认为所谓"淫奔之诗"乃旁观者所为,旨在"扬其恶"、"以为
戒",从而达到劝励风俗的目的,与"思无邪"之旨正相一致。因此,他并不
一味排斥艳情诗,专选"风怀"一类,有序曰:"晏元献《类要》有'左风
怀'、'右风怀'二类,男为左,女为右,今取此义以类。凡倡情冶思之事,
止于妓妾者流,或托辞寓讽而有正焉,不皆邪也。其或邪也,亦以为戒而不
践可也。"③ 一方面肯定艳冶之诗多有寓托、不害性情之正,另一方面意图借
此规劝箴讽、使归于正,不难看出,这正是基于他对"思无邪"的独到见解。
其次,"兴、观、群、怨"之功用。孔子评价《诗经》功用的"兴、观、群、
怨"之说,方回也深为认可,并将其贯穿于《瀛奎律髓》的编选意旨之中。
他以"登览类"为首卷,即是强调触物兴感。"山岩类"小序云:"登览诗,
专取登高能赋之义。山岩则不但登览,大岳、崇岭、小丘、幽洞、崖岩、磴
石之游戏,皆聚此。"④ 和"山岩类"之"游戏"不同,"登览类"更着重于
"登高能赋"、言志兴怀,将其置于四十九卷之首,方回之意图甚为明了。至
于观风俗、知得失,在"风土"、"昇平"、"节序"、"晴雨"等类别中都有明
显体现。"宴集"、"送别"、"远外"等社交主题的类别,则充分体现了诗可以
"群"的功能。最为值得关注的是方回对"诗可以怨"的理解。他专列"忠

① (元)方回:《笺注唐贤三体诗法序》,载(清)陆心源《皕宋楼藏书志》卷一一四,《清人书
目题跋丛刊》本,中华书局1990年版,第1293页。
② (元)方回:《可言集考》,《桐江集》卷七,《续修四库全书》影印宛委别藏钞本,第470页。
③ (元)方回选评,李庆甲集评校点:《瀛奎律髓汇评》卷七,上海古籍出版社2005年版,第
276页。
④ (元)方回选评,李庆甲集评校点:《瀛奎律髓汇评》卷三十三,上海古籍出版社2005年版,
第1376页。

愤"一目：

> 世不常治，于是有《麦秀》、《黍离》之咏焉。庾信《哀江南赋》，亦
> 人心之所不容泯也。炎、绍间，有和江子我诗者，乃曰："成坏一反掌，
> 江南未须哀。"子我以为何其不仁之甚。惟出于荆舒之学、京黻之门者，
> 例如此。今取其"可以怨"者列之，不特臣于君、子于亲，凡门生故吏、
> 学徒，于主、于师皆与。①

刚刚经历改朝换代、痛恨小人蠹坏朝政的方回，面对人心不古、道德渐衰的社会风气，高举"诗可以怨"的大旗，以怨诗讽喻现实、警醒时人，为拯救世风做出了积极努力。"忠愤类"的编选无疑为《瀛奎律髓》增添了夺目的光彩。

方回先辈以能诗文而称者，当属其父琢与八叔父璪。方琢"时文、古文俱精，尤精诗律，太学义、论、策，学者习传"，然其卒时方回年仅三岁，尚不及闻其过庭之教，后来经由八叔父方璪之教益，始得承其先君之学。方回《先君事状》记其事曰："先八叔父尝取（先君）所为东汉党锢及隐逸四皓等策为回讲解，取诸史传，先令检勘出处，讲后令回覆衍其详，回于是文思涌进。又尝举先君所赋句并取《渔隐丛话》及古人佳作，令回参考互证，回于是心嗜为诗。……为回言，尝见先君巴州学碑立榛莽间，文甚古典。先姊夫汪且斋、上饶应公弥正并尝为回言先君诗笔健峭，先君蜀中诗文有青册三大编，三十年前不知为何人所匿，诸叔父之家皆烬于火，今遂无一存者。尚有手泽一二，回平生行以自随。"② 仅就诗歌而言，方琢精于诗律，诗风健峭，这无疑对方回编撰律诗专选、欣赏瘦硬健峭诗风具有重要影响。至于方璪，作为启蒙师长，也以其深厚的诗文学养直接影响着方回。方回在《叔父八府君墓志铭》中记载："（八叔父）记问淹贯，精诗粹文，有南渡遗风。……自五六岁教回至十七岁。先是，回之诸兄皆师府君，久之，或便他师散去。然，于时名师岂有出府君右者？府君念回可教，特留回一人听，朝往暮还，教不俱时，亦不如世俗为具文课业。风日稍佳，府君心无事，小楼面山临树，信

---

① （元）方回选评，李庆甲集评校点：《瀛奎律髓汇评》卷三十二，上海古籍出版社 2005 年版，第 1346 页。

② （元）方回：《桐江集》卷八，《续修四库全书》影印宛委别藏钞本，第 487—488 页。

手展几间书，且诵且说，回立而听，听竟俾回自诵自说。或回所说有新意，大喜；或窒滞涩缩，立谯责，不少恕，必至于融液贯通而后辍。异时诸兄或对偶、训诂、议论诱不进辄遭呵叱箠挞，其去也，恐当为此，惟回不然。"①方璂精于诗文，一时名师难有出其右者。他以独特的方式教诲方回，循循善诱，俾其自悟；喜其进益，责其滞涩，喜则不吝赞誉，责亦绝不少恕。方回不惮其严苛，十数年如一日，求精进取，从而受益匪浅，打下了坚实的诗学基础。

方回对家学的影响感受至深，因此，他论诗重视追溯家学渊源、强调探讨家学风气。《瀛奎律髓》中屡有此论。最典型地体现在论杜诗家法上。杜甫尝言"诗是吾家事"②、"吾祖诗冠古"③，鉴于此，方回非常注重挖掘与发现杜审言和杜甫诗法的渊源关系。如"此杜子美乃祖诗也。'楚山'、'汉水'一联，子美家法"④，"起句（'明月高秋迥，愁人独夜看'）似与其孙子美一同，以终篇味之，乃少陵家法也"⑤。他将杜审言与陈子昂、沈佺期、宋之问并举，推为唐律诗之祖，也是基于这一诗学观念。

二　诗学历程

方回以《苕溪渔隐丛话》（按，下文简称《丛话》）为诗学启蒙读本，后又转益多师，出入唐宋，由初期偏爱王安石式的工丽精致，梅尧臣、张耒式的平淡风味，到改调"江西"，以气格为尚，经历了一段艰辛曲折的诗学探索历程，最终形成较为成熟的诗学观念与颇为圆通的诗学态度。《瀛奎律髓》的编纂正是这一诗学历程的产物。

先看《丛话》对方回诗学的启蒙意义。方回多次明确指出，《丛话》乃其诗学启蒙读本。《渔隐丛话考》曰："回幼好之（《丛话》）。先君所藏川本在八叔父元圭家，回师也。昼夕窃观，学诗实自此始。后又求麻沙本观之，一再

---

① （元）方回：《桐江集》卷八，《续修四库全书》影印宛委别藏钞本，第501—502页。

② （唐）杜甫：《宗武生日》，（唐）杜甫著，（清）仇兆鳌注：《杜诗详注》卷十七，中华书局1979年版，第1477页。

③ （唐）杜甫：《赠蜀僧闾丘师兄》，（唐）杜甫著，（清）仇兆鳌注：《杜诗详注》卷九，中华书局1979年版，第767页。

④ （元）方回选评，李庆甲集评校点：《瀛奎律髓汇评》卷一，上海古籍出版社2005年版，第3页。

⑤ （元）方回选评，李庆甲集评校点：《瀛奎律髓汇评》卷二十二，上海古籍出版社2005年版，第905页。

亡，一再买，不一本矣。"①《诗思十首》其九亦曰："苕溪渔隐老，家在绩溪东。苦学多前辈，评诗出此翁。"②方回比勘众本，反复研读，深得胡氏评诗之意，对其编排体例也是赞不绝口。他所编选的《瀛奎律髓》受其影响至深，较为突出者，在于以下几个方面。一是拯救诗道的诗学志向。胡仔《丛话》后集序曰："诗道迩来几熄，时所罕尚；余独拳拳于此者，惜其将坠，欲以扶持其万一也。"③方回也正是有感于宋末诗道渐衰，为矫正轻俗卑弱、真趣全无、拘泥板滞、粗豪拙劣的诗坛流弊而编选是书，受胡氏影响甚为明显。二是重视宋诗的诗学倾向。《丛话》罗列大家、名家一百二十人，其中北宋有九十人，占百分之七十五，从而打破了贵古贱今的偏见，给予宋诗足够的重视。《瀛奎律髓》在入选诗人和诗歌上也都体现了重视宋诗的明显倾向。在入选的三百八十位诗人中，宋人有二百一十七人，占百分之五十七；选诗两千九百九十二首，宋诗有一千七百六十五首，占百分之五十九。在诗坛力倡复古的呼声中，方回将宋诗置于与唐诗对等，甚至高于唐诗的地位，这无疑是对胡氏之论的承继。三是"一祖三宗"的诗学主张。"一祖三宗"说是《瀛奎律髓》诗论的核心思想。而这一诗学思想，也是直接得益于胡氏之论："近时学诗者，率宗'江西'，然殊不知'江西'本亦学少陵者也。故陈无己曰：'豫章之学博矣，而得法于少陵，故其诗近之。'今少陵之诗，后生少年不复过目，抑亦失'江西'之意乎？'江西'平日语学者为诗旨趣，亦独宗少陵一人而已。余为是说，盖欲学诗者师少陵而友'江西'，则两得之矣。"④胡氏针对"江西"末流取径狭窄、专尚新巧的弊病，开出"师少陵而友江西"的救病良方，为后学指明了一条正确可行的诗学道路。他以杜甫为联系唐、宋两朝诗歌的内在关键，也颇为符合诗学实际。可以说，这一理论对初窥诗学门径的方回影响至为深远，他正是在此基础上不断探索，最终形成了较为成熟的"一祖三宗"之说。四是创新求变的诗歌技巧。《瀛奎律髓》本以事类分类，却于卷二十五、卷二十六分列"拗字"、"变体"二类，足以凸显其求新求变的诗学追求。这也同样得益于《丛话》。胡仔论诗强调新变，反对拘泥，他说："律诗之作，用字平侧，世固有定体，众共守之。然不若时

---

① （元）方回：《桐江集》卷七，《续修四库全书》影印宛委别藏钞本，第466页。
② （元）方回：《桐江续集》卷二十八，《四库全书珍本初集》本，第12402页。
③ （宋）胡仔纂集，廖德明校点：《苕溪渔隐丛话》后集序，人民文学出版社1962年版。
④ （宋）胡仔纂集，廖德明校点：《苕溪渔隐丛话》前集卷四十九，人民文学出版社1962年版，第332页。

用变体，如兵之出奇，变化无穷，以惊世骇目。……凡此皆律诗之变体，学者不可不知。"① 方回"拗字"类专门选论平仄不拘常式之诗，可以说正是这一理论的具体实践。胡氏津津乐道的七言拗律诗更是为方回所极力推崇，认为"不止句中拗一字，往往神出鬼没。虽拗字甚多，而骨格愈峻峭。……才小者不能为之"②。另外，胡氏重视对偶不拘，专列"借对"一目。《瀛奎律髓》"变体"一类主要论对偶之变，即是在此基础上有所延伸而成，除借对外，尚有虚实对、就句对、流水对等。五是独具特色的编排体例。方回一再称赞《丛话》之编排体例，认为其优越之处有二：其一，标明出处，间有己见。方回《诗人玉屑考》云："《渔隐》编次有法，先书前贤诗话文集，然后间书己见，此为得体。他人与《玉屑》往往刊去前贤标题，若己所言者，下乃细注出处，使人读之如无首然。"③《瀛奎律髓》在引用前人之语评诗时，也大都明确标明出处，以防读者误之为己见。当然，他更注重提出自己的见解，并且通过诗歌评点形成了较为系统的诗学理论。这些都是蒙学读本《丛话》影响使然。其二，以人为目，以时为序。胡仔反对阮阅《诗话总龟》分门类聚的编选方式，一改以人为目，次以年代先后纂集。方回也直言"每段立为品目"的编类方式"殊可憎厌"④，较为欣赏胡氏的编排方法。在《瀛奎律髓》编纂中，虽然方回在几经权衡之后还是选择了他并不认同的分门编类的编排方式，但是，不可否认，《丛话》的这一编纂体例对其还是具有一定的借鉴意义。每一门类之下以人系诗、以时系人，不能不说是受到《丛话》的一定启发。

再看转益多师、几经改调的诗学探索道路对方回诗学观念的影响。方回学诗，兼取众家，转益多师，而又重点突出，几经探索后终能有所归依。其《送俞唯道序》追述毕生诗学之路颇为详尽："予作诗六十年，弱冠在乡里无硕师，竹坡吕左史实警发之。俾读张文潜诗，有味，欲学其体。……入天目谒洪后岘，取《半山集》看读，凡佳句必再三拈掇之。……二十六还家，以诗投郡守魏静斋。其兄己斋守宣城，赠《梅圣俞集》，又欲学梅圣俞。……归

---

① （宋）胡仔纂集，廖德明校点：《苕溪渔隐丛话》前集卷七，人民文学出版社 1962 年版，第42—43 页。

② （元）方回选评，李庆甲集评校点：《瀛奎律髓汇评》卷二十五，上海古籍出版社 2005 年版，第 1107 页。

③ （元）方回：《桐江集》卷七，《续修四库全书》影印宛委别藏钞本，第 468—469 页。

④ 同上。

而友人罗裳相与抄诵少陵、山谷、后山律诗，似未有所得，别看陈简斋诗，始有入门。于是改调，通老杜、黄、陈、简斋玩索。"并颇有感触地总结其学诗心得云："平生诸公全就予诗者如此，至于深造自得，非他人所能予者。大概律诗当专师老杜、黄、陈、简斋，稍宽则梅圣俞，又宽则张文潜，此皆诗之正派也。……但不当学姚合、许浑，格卑语陋，恢拓不前。唐二孟，近世吕居仁、尤、萧、杨、陆，俱可为助。饱读勤作，苦思屡改，则日异而月不同矣。"①《虚谷桐江续集序》也借他人之口说道："子之诗初学张宛丘，次学苏沧浪、梅都官，而出入于杨诚斋、陆放翁，后乃悔其腴而不瘤也，恶其弱而不劲也，束之以黄、陈之深严而参之以简斋之开宏。"② 方回取径虽颇为宽广，然而在其诗学思想形成过程中起关键性作用的毫无疑问当属早年奉为圭臬的张耒、梅尧臣自然平淡的诗风，以及后来深所向慕的杜甫、黄庭坚、陈师道、陈与义格高瘦劲的诗风。这些都在《瀛奎律髓》中得到了有力的体现，并对是书的编选产生了直接的影响。首先是诗学倾向。从以上引述中不难看出，与《丛话》的启蒙作用相关，方回在诗学典范的选择上比较明显地偏向于宋代诗人。是宋诗诸家的引导，使其逐步走向了诗学的堂庑。因而，面对晚唐诗风占据诗坛主导地位的诗学现实，他在兼取众长的前提下大力推崇宋诗，最终确立了宋型审美范式的独立地位。其次是论诗标准。方回转益多师，对豪放、工致、清新、圆熟等多种诗歌风格都颇为认同。《瀛奎律髓》编选唐宋两朝三百八十位诗人之诗近三千首，足以体现其选诗和论诗标准的包容性和多样性。但是，最重要的论诗标准还是以"一祖三宗"为代表的"格高"和以张耒、梅尧臣、陈师道为代表的"平淡"。这也正是其经历漫长的诗学道路后深有体悟而做出的诗学抉择。

三　师友交游

方回认为学诗之要除多读、多做之外，还应多参请。③ 因此，他年逾弱冠便四处访求，广受教益。当时诗匠巨儒吕午、洪勋、郑会、方岳、陈杰、

---

① （元）方回：《桐江集》卷一，《续修四库全书》影印宛委别藏钞本，第376—377页。

② （元）方回：《桐江续集》卷三十二，《四库全书珍本初集》本，第12474页。

③ 按，方回《桐江集序》云："予尝谓诗非多读不能有所入，故予自《三百五篇》以下至于唐宋以来诗人之诗无不观。诗非多作不能有所进，故予初学诗必日赋一二首，积千百而存其一，然后敢出以示人。诗非多参请不能有所成，故予于四方诗友必极意以求之。"［载（明）金德玹《新安文粹》卷十四，明天顺四年刊本，第15页。］

阮秀实等皆与之有师生之谊。方回也喜好结交，诗友遍及天下。其中，尚可考知的在《瀛奎律髓》编纂之前便已与之结交者，即有张道洽、汪梦斗、李珏、赵与东、杨德藻、牟巘、曹泾、杨公远、王应麟、刘澜、刘光、夏希贤、胡泳、冯坦、陆梦发、胡方、戴表元、程恕、吴龙翰、孙嵩等诗坛俊杰。这些师友，或在批评方法上为方回提供了有力的借鉴，或以兼取唐宋、不拘门户的诗学态度予以启发，或影响其确立格高、平淡的主要审美标准，直接或间接促成了《瀛奎律髓》的成书。

吕午、洪勋等人指授方回诗法，多好摘句论眼、圈点涂抹。如，吕午喜其《喜雪》"平明万人喜，此雪几年无"句，大赞"诗法当如是"；洪勋取王安石"翛然但以书自埋"等诗句分字析，一一指其诗眼；郑会称赏其"总被西湖看尽人"句；阮秀实亦大赏其诗，详加圈点以示①。方回对这些批评方法驾轻就熟，在《瀛奎律髓》中不仅善于摘句论诗，反复称道诗眼之妙，而且巧妙使用圈抹之法评点诗歌，这与诸位名师的指授显然是分不开的。

方回坦言，使其大悟诗道、最终形成比较系统的诗学理论者，"阮、陈之力居多"②。阮秀实与陈杰二人对方回的启发主要在于尊崇宋诗、不废唐诗、兼取众长的诗学观念与诗学态度。阮秀实，字宾中，号梅峰，早年受知于宗法"江西"的赵蕃，颇得其传，又转而以"江西"诗法指示方回。阮氏居芜湖时，曾令其子索方回诗稿，详加圈点批抹，所圈"酸苦工夫梅结子，飘零踪迹柳花飞"、"饮若山颓无旧侣，坐如泥塑有新功"、"佳句与山为主宰，英名如日住虚空"、"坐久守宫缘素壁，眠迟促织韵空阶"等佳句皆为宋调。和赵蕃虽以"江西"名家却又编选以晚唐风格诗作为主的《唐人绝句》③ 以倡晚唐风调一样，阮氏虽尚宋调，却也深知唐风之妙，能够兼取二者之优长。他对方回集中粗糙不精的宋诗也毫不留情地予以批评，"随病与药，细注其旁"④，诲示"不当数用人名故实及拗平仄不律"⑤，以唐诗之自然流畅济宋诗粗疏生硬之意甚为明白。陈杰，字寿夫，号自堂，理宗淳祐十年（1250）进士，

---

① （元）方回：《桐江集序》，载（明）金德玹《新安文粹》卷十四，明天顺四年刊本，第15页。
② （元）方回：《送俞唯道序》，《桐江集》卷一，《续修四库全书》影印宛委别藏钞本，第377页。
③ 按，明谢榛《四溟诗话》云："赵章泉、韩涧泉所选唐人绝句，惟取中正温厚，闲雅平易，若夫雄浑悲壮，奇特沉郁，皆不之取，惜哉！"［（明）谢榛著，宛平校点：《四溟诗话》卷二，人民文学出版社1961年版，第41页。］
④ （元）方回：《桐江集序》，载（明）金德玹《新安文粹》卷十四，明天顺四年刊本，第16页；（元）方回：《跋阮梅峰诗》，《桐江集》卷四，《续修四库全书》影印宛委别藏钞本，第422页。
⑤ （元）方回：《跋阮梅峰诗》，《桐江集》卷四，《续修四库全书》影印宛委别藏钞本，第422页。

历赣州簿、江陵知县、江西提刑等。宋亡后隐居东湖。陈氏诗宗"江西"，以宋调指授方回，激赏其次韵《劝农》诗："马上飞花点弊裘，客心随雁起汀洲。忽思前夜一犁雨，焉用平生百尺楼。"又对其"诗思如相避，登城忽见之。不惊双野鸭，自在一寒陂"诸句称赏不已，在他的引导下，方回逐步形成了强调骨气格力、尊尚宋调的诗学观念。当然，陈氏"诗虽源出江西，而风姿峭蒨，颇参以石湖、剑南格调，视宋末江湖一派气含蔬笋者戛然有殊"①，并不拘于"江西"门户，而能兼取诸家之长。方回服膺阮、陈二人精妙之论，在《瀛奎律髓》中屡有引用，借以指示后学。比如，评王安国《送王元均贬衡州兼寄元龙二首》其二云："予友陈杰寿夫尝谓此诗用字奇妙，意至而词严，不为事所束缚，诗之第一格也。"② 他借尊崇杜诗提倡打破门户、兼取众长，又在此前提下推美宋诗，显然与陈、阮二人的悉心教诲不无关系。

方回择友极为谨慎，曾述其交友原则曰："势位高于己，谄子奴事之。虎后狐前行，假威将谁欺？才艺卑于己，苟且相追随。庶几不见轧，延誉借谀辞。老夫久择交，此心故异兹。勿攀势位高，毋友才艺卑。章惇招不往，丰谷以为师。彭城陈正字，贻我有良规。"③ 因此，他所结交的诗友，多是势位、诗艺与之相当的诗坛名家，或是诗艺突出的后学才俊。更重要的是，在这些诗人中，偏爱格高、平淡诗风者占了多数。在与众人或聚饮欢游，或诗书往还以切磋诗艺的过程中，格高、平淡逐渐凝定为方回最重要的批评标准。其至交张道洽、赵与东在这一过程中所起的作用尤其不能忽略。张道洽，字泽民，号实斋。理宗景定五年（1264），方回出任江东提举司干办公事，时张氏为池州金判，二人结识并成为至交。张氏"律诗烂熟"，诗风"圆美精熟，虽极力锻炼者不逮"，"无一语不平淡"④，而又淡中有味，"虽不过古人已言之意，然纵说、横说、信口、信手，皆脱洒清楚"⑤，与方回崇尚平淡的审美标准如出一辙。因此，方回对其咏梅诗尤为倾心，选入《瀛奎律髓》者多达

① （清）纪昀等：《钦定四库全书总目》卷一百六十五《自堂存稿提要》，中华书局 1997 年版，第 2197 页。

② （元）方回选评，李庆甲集评校点：《瀛奎律髓汇评》卷四十三，上海古籍出版社 2005 年版，第 1566 页。

③ （元）方回：《杂兴十二首》其十，《桐江续集》卷二十三，《四库全书珍本初集》本，第 12319 页。

④ （元）方回：《张泽民诗集序》，《桐江集》卷一，《续修四库全书》影印宛委别藏钞本，第 360 页。

⑤ （元）方回选评，李庆甲集评校点：《瀛奎律髓汇评》卷二十，上海古籍出版社 2005 年版，第 778 页。

三十六首。赵与东，字宾旸，号鲁斋。其为学作文立志高远，"学必本洙泗，文必本六籍、先秦、西汉"；"志慕贞曜、后山之为人"，"甘于阨穷，静退而无求"，人品堪称高洁；所作诗歌"瘦而不枯，劲而不燥"①、"淡而峭"②，与方回格高、平淡的诗歌追求也颇为一致。方回在睦州任上与之一见如故，引为知己，赞其为"此邦诗人第一"③，甚至将其与梅尧臣、陈师道、赵蕃诸人并美。淡而有味、瘦劲峭健的诗风是方回一贯的诗学追求。通过与张、赵等人频繁切磋讨论，方回不仅诗艺日进，而且更坚定了这一诗学追求。这也成为《瀛奎律髓》最重要的批评标准。

第三节　编纂目的

宋元易代之际，诗坛呈现种种弊端。有识之士每每为之扼腕，为拯救时弊而进行着不懈的努力。方回即是其中之一。其《瀛奎律髓序》中有云："斯登也，斯聚也，而后八代、五季之文弊革也。"（按，八代，指东汉、魏、晋、宋、齐、梁、陈、隋。五季，指后梁、后唐、后晋、后汉、后周五代。汉末直至六朝，国家分裂，政纲紊乱。文学走向自觉，强调表现个性、抒发情感，注重辞采修饰和技巧创新，却逐渐脱离了政教，与儒家诗教不相和谐。特别是南北朝时期，宫体淫靡之风盛行，骈体俪偶之习充饬，杂弊丛生，文坛呈现一派绮艳华靡的衰败气象。《隋书·文学传序》甚至斥其为"亡国之音"："梁自大同之后，雅道沦缺，渐乖典则，争驰新巧。简文、湘东，启其淫放，徐陵、庾信，分路扬镳。其意浅而繁，其文匿而彩，词尚轻险，情多哀思。格以延陵之听，盖亦亡国之音乎！"④ 唐末五代，社会经历了又一轮大动荡，文学再一次呈现衰世之象：以韩偓"香奁体"为代表的唐末诗歌气格卑弱，香软美艳，无补世运；诞生于宴席杯盏之间的香艳小词占据了五代文坛的主要地位。欧阳炯《花间集序》生动描述了这一时期文坛所闻皆"昵昵儿女语"的绮艳景象："则有绮筵公子，绣幌佳人，递叶叶之花笺，文抽丽锦；举纤纤

---

① （元）方回：《赵宾旸诗集序》，《桐江集》卷一，《续修四库全书》影印宛委别藏钞本，第361页。

② （元）方回：《送胡植芸北行序》，《桐江集》卷一，《续修四库全书》影印宛委别藏钞本，第380页。

③ （元）方回：《寄同年宗兄桐江府判去言五首》其四，《桐江续集》卷二十，《四库全书珍本初集》本，第12282页。

④ （唐）魏征等：《隋书》卷七十六，中华书局1973年版，第1730页。

之玉指，拍按香檀。不无清绝之词，用助妖娆之态。"① 和八代、五季一样，宋末元初易代之际诗坛再现衰世流弊。这里方回所谓"八代、五季之弊"，实是指代其所身处的宋元易代之际诗坛弊病。）在方回看来，当时诗坛上主要存在三大弊病——江湖诗人借诗行乞，有损诗道风雅；晚唐、"江西"与理学诗歌丛弊杂生，皆显病态；贵古贱今之论盛行，律诗未得到充分重视。这些弊病对整个诗学界影响至深，令方回每每生出"诗道不古"的慨叹②。其编选《瀛奎律髓》的主要目的正在于革除诗坛流弊，振兴日渐衰颓的诗道。（当然，这主要是就其根本目的而言，像学界业已提出的指引后学、以诗立言等，兹不赘述。）试详论之。

一　改变诗歌沦为行乞之具的尴尬境地，重振风雅诗道

诗歌之所以在宋末元初之际沦落为乞食行讨的工具，与南宋末年发生的江湖诗祸不无关系。南宋末年，权相史弥远为控制舆论、打击异己而兴起了手段残忍、波及广泛的江湖诗祸。周密《齐东野语》卷十六《诗道否泰》载：

> 宝庆间，李知孝为言官，与曾极景建有隙，每欲寻衅以报之。适极有春诗云："九十日春晴景少，百千年事乱时多。"刊之《江湖集》中。因复改刘子翚《汴京纪事》一联为极诗，云："秋雨梧桐皇子宅，春风杨柳相公桥。"初，刘诗云："夜月池台王傅宅，春风杨柳太师桥。"今所改句，以为指巴陵及史丞相。及刘潜夫《黄巢战场》诗云："未必朱三能跋扈，都缘郑五欠经纶。"遂皆指为谤讪，押归听读。同时被累者，如敖陶孙、周文璞、赵师秀及刊诗陈起，皆不得免焉。于是江湖以诗为讳者两年。③

方回评刘克庄《落梅》叙此诗祸之始末亦颇为详细：

---

① （五代）欧阳炯：《花间集序》，载（五代）赵崇祚辑，李一氓校《花间集校》，人民文学出版社 1958 年版，第 1 页。

② （元）方回：《孟衡湖诗集序》，《桐江续集》卷三十一，《四库全书珍本初集》本，第 12452 页。

③ （宋）周密撰，朱菊如、段飚、潘雨廷、李德清校注：《齐东野语校注》卷十六，华东师范大学出版社 1987 年版，第 316 页。

当宝庆初，史弥远废立之际，钱塘书肆陈起宗之能诗，凡江湖诗人皆与之善。宗之刊《江湖集》以售，《南岳稿》与焉。宗之赋诗有云："秋雨梧桐皇子府，春风杨柳相公桥。"哀济邸而诮弥远，本改刘屏山句也。敖臞庵器之为太学生时，以诗痛赵忠定丞相之死，韩侂胄下吏逮捕，亡命。韩败，乃始登第，致仕而老矣。或嫁"秋雨"、"春风"之句为器之所作，言者并潜夫《梅》诗论列，劈《江湖集》板，二人皆坐罪。初弥远议下大理逮治，郑丞相清之在琐闼，白弥远中辍，而宗之坐流配。于是诏禁士大夫作诗，如孙花翁惟信季蕃之徒，寓在所，改业为长短句。绍定癸巳，弥远死，诗禁解……时潜夫废闲恰十年矣。①

奸相权臣以诗构陷异己，使当时的文人内心充满恐慌。诗祸的阴影更使他们视诗为祸患，谈诗色变，甚至"以诗为讳者两年"，若据方回所云"绍定癸巳"诗禁始解，诗禁更是长达九年之久。文人大多改业不涉政治的长短句，诗歌因此陷入极其无奈的境地。

其后，诗禁虽解，诗歌创作复趋兴盛，然而，残留在诗人内心深处的恐惧却并未随之消逝。处于社会底层的江湖游士出于避祸心理，当然更为生计所迫，不再以诗歌干预政治、反映现实，而是以之取媚王公贵族，以换取生存享乐的物质财富。在他们手里，诗歌实际上已经沦落为行乞的工具。林希逸《跋玉融林镠诗》云："今世之诗盛矣，不用之场屋，而用之江湖，至有以为游谒之具者。少则成卷，多则成集，长而序，短而跋。虽其间诸老亦有密寓箴讽者，而人人不自觉，所以后村有'锦裹刀'之喻。"② 方回评戴复古《寄寻梅》亦云："庆元、嘉定以来，乃有诗人为谒客者。龙洲刘过改之之徒，不一人，石屏亦其一也。相率成风，至不务举子业。干求一二要路之书为介，谓之'阔匾'，副以诗篇，动获数千缗，以至万缗。如壶山宋谦父自逊，一谒贾似道，获楮币二十万缗，以造华居是也。钱塘湖山，此辈什佰为群。"③ 这一现象至为普遍，成为一时风气，以风雅为本的诗歌也因之跌下圣坛，沦落

---

① （元）方回选评，李庆甲集评校点：《瀛奎律髓汇评》卷二十，上海古籍出版社2005年版，第843—844页。

② 曾枣庄、刘琳主编：《全宋文》第335册，上海辞书出版社、安徽教育出版社2006年版，第362页。

③ （元）方回选评，李庆甲集评校点：《瀛奎律髓汇评》卷二十，上海古籍出版社2005年版，第840页。

不堪。诗歌因之而备受轻鄙，时人甚至"薄诗不为"①，诗道之不兴于此可见
一斑。这一现实让正统士人叹息不已。江万里在《懒真小集序》中即痛斥道：
"诗本高人逸士为之，使王公大人见为屈膝者，而近所见类猥甚。……往往持
以走谒门户，是反屈膝于王公大人不暇。"②谢枋得《与杨石溪书》亦云：
"宋朝盛时，文章家非一人。欧、苏起遐方僻壤，以古道自任，发为词华，经
天纬地，天下学士皆知所宗，隐然挈宋治于两汉之上。七十年来，文体卑陋
极矣，天运循环，必有作者，是不难亦为之而已矣。枋得颇有兴起斯文之意，
倡而无和，言而莫听。"③他教后学通读古今诗歌之大家数，认为"人能如此
用工，时一吟咏，不出三年，诗道可以横行天下，天下之言诗者无敢纵
矣"④，拯救诗道的目的显而易见。

　　方回作为正统文士，对这一诗坛现状也是痛恨不已："务谀大官、互称道
号，以诗为干谒乞觅之资。败军之将、亡国之相，尊美之如太公望、郭汾阳，
刊梓流行，丑状莫掩。呜呼，江湖之弊，一至于此！"⑤改变诗歌的这一尴尬
处境，重振风雅诗道，是其编选《瀛奎律髓》的重要目的之一。为此，他主
要在以下两个方面作了努力。

　　一是高举"文之精者为诗"⑥的鲜明旗帜，努力提高诗歌之地位。首先，
在与"近人四六及小学答对"、长短句等文体的对比中为诗歌辨体，认为"诗
忌太工，工而无味，如近人四六及小学答对，则不可兼"⑦，突出诗歌较其他
文体更为难精。其次，努力挖掘诗歌在艺术形式上的独特之处，力证其难作
难工。其《仇仁近百诗序》指出："……而诗号为能言者，往往相与笔传口
授，于世而不朽，此其故何也？气有所抑而难宣，意有所未易喻，时有所触，
物有所感，事有所不可直指，形之为诗，则一言片语而尽之矣。故挈华为实，

　　① （元）戴表元：《国南仲诗后序》，（元）戴表元：《剡源集》卷九，《丛书集成初编》第2054
册，中华书局1985年版，第134页。
　　② 曾枣庄、刘琳主编：《全宋文》第341册，上海辞书出版社、安徽教育出版社2006年版，第
187页。
　　③ （宋）谢枋得：《叠山集》卷四，《四部丛刊续编》集部第70册，第14页。
　　④ （宋）谢枋得：《与刘秀岩论诗》，《叠山集》卷一，《四部丛刊续编》集部第70册，第5页。
　　⑤ （元）方回：《送胡植芸北行序》，《桐江集》卷一，《续修四库全书》影印宛委别藏钞本，第
379页。
　　⑥ （元）方回选评，李庆甲集评校点：《瀛奎律髓汇评》"序"，上海古籍出版社2005年版，
第1页。
　　⑦ （元）方回选评，李庆甲集评校点：《瀛奎律髓汇评》卷一，上海古籍出版社2005年版，第
11页。

锻粗为精，文约而义博，辞近而旨远，惟诗为然。"① 诗歌短小精练，须片言尽意而又有蕴藉之意味，其难不言而喻。《跋尤水寮诗》更进一步指出诗歌之难工："诗不过文章之一端，然必欲佳句脍炙人口，殆百不一二也。非有上下古今之博识，出入天地之奇思，则虽欲日锻月炼以求其佳亦不能矣。"② 再次，明确表示诗人必须"立志高"、"用心苦"、"读书多"、"从师真"③ 才有可能精于作诗且借此立名，对作诗之人提出了极高的要求。这样，诗歌不仅有了独立的文学地位，而且后学必将对诗歌充满敬仰之意而不敢稍有小觑，并于此道投入全部热忱与精力，诗道沦丧的现状将会因此改变，诗歌创作更为繁盛的局面也指日可待。

二是大力提倡杜甫、陈与义忠爱悲慨的诗歌精神。在宋末元初的战乱时代，要彻底改变江湖士人求田问舍、摇尾乞怜的诗歌面貌，最有力的武器莫过于杜甫、陈与义等人沉郁悲慨的悲壮诗篇。为救时弊，他也有意识地对杜、陈二人的诗作进行了独到的解读。其一，强调时代遭际造就了杜诗的忠爱精神，给同处于乱世的宋末士人以强烈的心灵震撼与情感感染。评老杜《岁暮》所云"唐中叶衰矣，却只成就得老杜一部诗也。不知始终不乱，老杜得时行道如姚、宋。此一部杜诗，不过如其祖审言能雅歌咏治象耳，不过皆《何将军山林》、《李监宅》等诗耳，宁有如今一部诗乎"④，评其《避贤》所云"忠臣故宜痛愤，而老杜一饭不忘君，多见于诗。……皆哀痛恻怆，令人有无穷之悲。彼生世常逢太平者，乌足以语此"⑤，都意在强调乱世成就一部杜诗，从而警醒宋代末季醉生梦死的江湖士人。其二，对杜诗忠爱精神进行符合时代需求的解读。宋人阐发杜诗的忠爱精神，往往偏重于"忠"的一面，即忠君，苏轼"一饭未尝忘君"⑥ 说颇具代表性。方回则更关注其"爱"的一面，评其《避贤》所列举诸诗句如"诸侯春不贡，使者日相望"，"由来强翰地，未有不朝臣"，"领郡辄无色，之官皆有词"等，皆是伤时感事，有感而发，

①　（元）方回：《桐江续集》卷三十二，《四库全书珍本初集》本，第 12472 页。
②　（元）方回：《桐江集》卷三，《续修四库全书》影印宛委别藏钞本，第 415 页。
③　（元）方回选评，李庆甲集评校点：《瀛奎律髓汇评》卷三十六，上海古籍出版社 2005 年版，第 1434 页。
④　（元）方回选评，李庆甲集评校点：《瀛奎律髓汇评》卷二十九，上海古籍出版社 2005 年版，第 1260 页。
⑤　（元）方回选评，李庆甲集评校点：《瀛奎律髓汇评》卷三十二，上海古籍出版社 2005 年版，第 1349 页。
⑥　（宋）苏轼撰，孔凡礼点校：《苏轼文集》卷十，中华书局 1986 年版，第 318 页。

表现了心忧天下的爱国主义情怀。这就揭开了笼罩在杜甫身上的礼教面纱，使后学更理解其忠爱精神的根本内蕴。其三，不同于宋人强调杜诗重在"美"而得《诗》之"正"风，方回尤其赞赏杜诗敢于怨刺的变调。他评《避贤》所引"行在诸军阙，来朝大将稀"句，据仇兆鳌注"代宗不能斩程元镇以谢天下，有一李泌久废而不复用，公故恺切言之"①，可知意在讽刺皇帝不能远小人、近贤臣。他更专选"忠愤"一类，使怨刺讽谏成为诗歌创作与批评的重要原则。而这对于唤起易代诗坛的现实主义情怀，改变诗道沦落的现状，提高诗歌格调，显然也具有积极意义。

二　为晚唐、"江西"、理学诗歌救弊

诗歌是内容和形式的统一体，既要注重抒情言志的思想内涵，又不可忽视声律音韵的艺术形式。"质胜文则野，文胜质则史。文质彬彬"，才能臻于完美②。然而，宋末诗坛上盛行的"江西"诗、晚唐诗和理学之诗或失于佶屈聱牙、粗糙无味，或工致繁丽、缺乏气骨，或不见性情、无视辞采，皆弊症丛生，难称尽善。

固守门户、各致偏弊是晚唐与"江西"诗人存在的关键问题。正如钱锺书《谈艺录》所指出的："南宋诗流之不墨守江西派者，莫不濡染晚唐。"③晚唐与"江西"占据了宋末诗坛的主导地位。但是，晚唐诗格局窘迫、气格卑弱，"江西"末流粗劣乏味、瘦硬艰涩，一重雕琢工对，一重求新出奇，皆以矜己耀能为能事而缺乏真情实感，窘态尽现，难满人意。更令人忧虑的是，派中诗人拘守门户，各自为营，或宗晚唐，或主"江西"，互相攻击，使门户之争呈现空前激烈的局面。在拘执门户的意气之争中，二者更是弊病尽现、杂弊丛生。刘克庄论及此，即深表忧虑，其《刘圻父诗序》云："余尝病世之为唐律者胶挛浅易，窘局才思，千篇一体，而为派家者则又驰骛广远，荡弃幅尺，一嗅味尽。"④ 张镃《皇朝仕学规范》也从对偶的角度指出二者之偏失："近时论诗者皆谓偶对不切，则失之麤；太切，则失之俗。如江西诗社所作，虑失之俗也，则往往不甚对，是亦一偏之见尔。老杜《江陵诗》云：……如此之类，可谓对偶太切矣。又何俗乎？如……之类，虽对不求太切，而未

---

① （唐）杜甫著，（清）仇兆鳌注：《杜诗详注》卷十三，中华书局1979年版，第1083页。
② 杨伯峻、杨逢彬译注：《论语译注·雍也》，中华书局2009年版，第60页。
③ 钱锺书：《谈艺录》，生活·读书·新知三联书店2001年版，第318页。
④ 曾枣庄、刘琳主编：《全宋文》第329册，上海辞书出版社、安徽教育出版社2006年版，第79页。

尝失格律也。学诗者当审此。"① 晚唐对偶太求工整自是一弊，"江西"诗为避俗而故求不对也是一大偏弊。

理学诗的弊病主要在于忽视抒情言志的诗歌本旨，鄙薄韵律辞采等诗歌形式。随着理学的兴盛，理学家贵讲义理而缺乏情志、忽视辞采、浅薄乏味的"击壤"诗也在诗坛上占据了重要的一席之地。影响所及，士人纷纷趋好义理之学，"贵理学而贱诗赋，间有篇咏，率是语录、讲义之押韵者"②，所作多是关系伦理教化而高风远韵的理学之诗，抒情言志、律严韵美的所谓诗人之诗则被讥为"屠龙之技"③ 而备受轻视。理学之诗的弊端并不亚于拘守门户的"江西"与晚唐诗歌，正如清人郭绥之《偶述六绝句》其三所指出的："诗道之坏坏于宋，击壤江湖两派分。此甚便于俭腹子，五车三箧总宜焚。"④明人孔天胤《重刻唐诗纪事序》批判其流弊亦极深切："唐俗尚诗，号专盛，至其摛藻命章，逐境纤翰，皆情感事而发抒，辞缘情而绮丽，即情、事之合一，讵观览之可偏。宋兴理学，儒者偏鄙薄词华，覆又推杜甫等，而以格调声律为品裁。然但言理而不及事，岂与古人说诗之旨同哉？"⑤ 孔氏指出理学诗的缺憾在于有违诗歌言志抒情的本旨，又忽视格律辞采等艺术技巧，实为有识之见。

对于这些弊病，方回也有清醒的认识，并进行了严厉的批判。他在《赵宾旸诗集序》中批评理学诗与晚唐诗云：

> 古之人虽闾巷子女风谣之作亦出于天真之自然，而今之人反是，惟恐夫诗之不深于学问也，则以道德性命、仁义礼智之说排比而成诗。惟恐夫诗之不工于言语也，则以风云月露、草木禽鱼之状补凑而成诗，以哗世取宠，矜己耀能。愈欲深而愈浅，愈欲工而愈拙。⑥

---

① （宋）张镃：《皇朝仕学规范》卷四十，《北京图书馆古籍珍本丛刊》第 68 册，书目文献出版社 1988 年版，第 677 页。

② （清）纪昀等：《钦定四库全书总目》卷一百七十《薛文清集提要》，中华书局 1997 年版，第 2293 页。

③ 按，宋楼钥《跋戴式之诗卷》："唐人以诗名家者众，近时文人多而诗人少。文犹可以发身，诗虽甚工，反为屠龙之伎，故好之者寡。"（曾枣庄、刘琳主编：《全宋文》第 264 册，上海辞书出版社、安徽教育出版社 2006 年版，第 290 页。）

④ 郭绍虞等编：《万首论诗绝句》，人民文学出版社 1991 年版，第 1595 页。

⑤ （明）孔天胤：《孔文谷集》卷三，《四库全书存目丛书》集部第 95 册，第 44 页。

⑥ （元）方回：《桐江集》卷一，《续修四库全书》影印宛委别藏钞本，第 361 页。

在《孟衡湖诗集序》中更批评晚唐诗为"诗道不古"之始作俑者：

> 不意学禁息而时好乖，七许浑，五姚合，哆然自谓晚唐。彼区区者，竞雕虫之虚名，昧苞桑之先兆，遽以是晚人之国不祥莫大焉，诗道不古自此始。①

批评"江西"诗弊也毫不留情，评僧善权《寄致虚兄》即指出"谓晚唐雕虫小技不及此（按，'江西'诗风）之大片粗抹，亦恐过矣。老杜之细润工密，不可不参，无徒曰喝咄以为豪也"②。在《瀛奎律髓》中，方回通过系统深入的理论阐发以及具体细致的诗歌评点，对症下药，为救弊展开了积极的努力。其一，强调诗歌言志抒情、美刺比兴的本质功用，为斤斤于诗法的晚唐与"江西"诗人以及专讲义理而不见性情的理学诗人指明了走出穷途的根本途径。其二，在建构涵容广大的"老杜派"的过程中，一方面梳理出杜甫—贾岛—"晚唐体"诗人—"四灵"—宋末晚唐体诗人的"晚唐派"体系，为专师姚合、许浑而立志难高、从师不正的宋末晚唐体诗人指出正确的诗学途径，即经由贾岛而上法老杜；另一方面勾勒出以"一祖三宗"为核心，以吕本中、曾几、韩淲、赵蕃等重要诗人为主体的"江西派"诗学脉络，使固守黄、陈樊篱的"江西"后学明其源头而上窥老杜门径。可以说，这是为晚唐、"江西"二派提供的自救门路。其三，将最能代表宋调特色的"格高"、"平淡"作为两大最重要的论诗标准，实是以"江西"济晚唐；同时提倡清新圆熟、工致细润的唐诗风味，则又是以晚唐济"江西"。这是方回为二者指出的互救道路。其四，在深入参悟力主创新、学而不为的"江西"意旨的基础上，主张兼收并蓄而又能自成一家，打破定法而臻于"活法"，这无疑有利于破除横亘于晚唐与"江西"之间的门户偏见，也是救弊过程中的重要一步。其五，详细讲论诗法，借助精致细微的艺术技法展现律诗之精工要妙，从而改变在理学诗歌影响下质木无文、枯燥干涩的诗歌风格。关于这一问题，将在下文相关章节进行更为细致深入的探讨，故而此处仅大略论之如是。

---

① （元）方回：《桐江续集》卷三十一，《四库全书珍本初集》本，第12452页。
② （元）方回选评，李庆甲集评校点：《瀛奎律髓汇评》卷四十七，上海古籍出版社2005年版，第1731页。

三 提高律诗地位

律诗在宋末颇受轻视。究其原因，大致有二：一是复古之论盛行。"宋人诗学多瞩意于律诗，所谓宋诗学，很大程度上，是就律诗而言的，晚唐体之左规右矩是这样，江西派之桀裂声律破体为诗也是这样，都是在声病对偶中讨生计，其面临的创作困境是一样的"①，因此，当擅长律诗、以声律名家的晚唐与"江西"诗学渐现途穷末路之态时，南宋诗论家以及理学家毫不留情地将批判的矛头指向了拘泥声律、雕琢字句的律诗，斥其有妨诗道、有碍诗格，并提倡复兴古诗来挽救时弊。复古之论因之大盛，从刘克庄所云"近世诗学有二，嗜古者宗《选》，缚律者宗唐"②不难看出，古诗俨然已经足可与晚唐诗抗衡，成为宋末诗坛上的主要力量之一。在复古派论者一味否定的排斥声中，律诗受到了很大的冲击。二是理学家视之为小道。理学在南宋盛极一时，成为占据主导地位的官方学术和统治思想，理学家的诗论观念也就不可避免地在很大程度上影响了时人。理学家重视义理，对诗歌大多持鄙夷态度，视之为小道。北宋大儒程颐认为作诗害道，戒弟子不宜多作，甚至杜甫之名句"穿花蛱蝶深深见，点水蜻蜓款款飞"也被其斥为"闲言语"而一概摈弃③。詹初所谓"诗以理性情，只是道性情之真，取以适吾性而已。若字字句句去雕琢出来，便觉费力，费力便不是性情之真了。且一心攻他，亦是玩物丧志之例"④，视作诗为玩物丧志之举，更是典型地体现了这一论调。观念较为通达的理学家虽不尽鄙弃诗歌，甚至提倡作诗，然而，他们往往是从颐养性情、主理达道的目的出发倡导复兴古诗，对于讲究声韵格律的近体诗仍颇为不屑。曹彦约《偶成》有云："勿学唐人李杜痴，作诗须作古人诗。世传李杜文章伯，问著《关雎》恐不知。"又云："诗痴正自不烦攻，只为英才辄堕中。今日已成风俗后，后生个个入樊笼。"⑤朱熹《答巩仲至》更是分诗歌为三等，将"无复古人之风"⑥的律诗列为最下等。正如戴表元《方使君

---

① 史伟：《南宋"选体诗"的重新发现及其诗学意义》，《中国文学研究》2010 年第 3 期。
② （宋）刘克庄：《宋希仁诗序》，载曾枣庄、刘琳主编《全宋文》第 329 册，上海辞书出版社、安徽教育出版社 2006 年版，第 150 页。
③ （宋）程颐撰，潘富恩导读：《二程遗书》卷十八，上海古籍出版社 2000 年版，第 291 页。
④ （宋）詹初：《日录》（下），载曾枣庄、刘琳主编《全宋文》第 283 册，上海辞书出版社、安徽教育出版社 2006 年版，第 402 页。
⑤ 傅璇琮等主编：《全宋诗》第 51 册，北京大学出版社 1998 年版，第 32184 页。
⑥ （宋）朱熹：《晦庵先生朱文公文集》卷六十四，《四部丛刊初编》本。

诗序》所说，"当是时，诸贤高谈性命……无有肯以诗为事者"①，在理学家轻鄙诗歌言论的影响下，诗歌（尤其是律诗）成了无关紧要的余事。

方回不认同复古派将律诗视为宋末诗弊之祸首的观点，更不赞同理学家以律诗为小道的言论。相反，他提出"诗之精者为律"②，对律诗进行了高度的肯定，并专门编选唐宋律诗选集《瀛奎律髓》，通过具体的诗歌评点和系统的理论阐述，有效地提高了律诗的地位。大概而言，其诗学努力包括四个重要步骤：巧妙结合时人的复古观念，将律诗纳入诗统体系之中；强调律诗与古诗本质功用上的相通，客观看待二者体制上的差别；从诗法技巧、审美风格、诗人素养等方面，力证律诗难作难精；以陈、杜、沈、宋为"律诗之祖"，借以推尊律体。这样，在方回的诗学话语中，律诗不仅与古诗等同，在艺术技巧等方面甚至比古诗更精妙。通过方回的积极提倡，律诗备受轻视的诗学现状必将得到一定程度的改变。关于这一问题，将在"诗体论"部分作深入探讨，此不赘论。

第四节　书名释评

是书取名"瀛奎律髓"，其含义是什么呢？

一　"瀛"："十八学士登瀛洲"

《瀛奎律髓序》释"瀛"之义曰："'瀛'者何？十八学士登瀛洲也。"

《新唐书·褚亮传》载："初，武德四年，太宗为天策上将军，寇乱稍平，乃乡儒，宫城西作文学馆，收聘贤才，于是下教，以大行台司勋郎中杜如晦、记室考功郎中房玄龄及于志宁、军谘祭酒苏世长、天策府记室薛收、文学褚亮、姚思廉、太学博士陆德明、孔颖达、主簿李玄道、天策仓曹参军事李守素、王府记室参军事虞世南、参军事蔡允恭、颜相时、著作郎摄记室许敬宗、薛元敬、太学助教盖文达、军谘典签苏勖，并以本官为学士。七年，收卒，复召东虞州录事参军刘孝孙补之。凡分三番递宿于阁下，悉给珍膳。每暇日，访以政事，讨论坟籍，榷略前载，无常礼之间。命阎立本图象，使亮为之赞，题名字爵里，号'十八学士'，藏之书府，以章礼贤之重。方是时，在选中者，天下所慕向，

---

①　（元）戴表元：《剡源集》卷八，《丛书集成初编》第 2054 册，中华书局 1985 年版，第 119 页。

②　（元）方回选评，李庆甲集评校点：《瀛奎律髓汇评》"序"，上海古籍出版社 2005 年版，第 1 页。

谓之'登瀛洲'。"①《旧唐书》卷七十二、《资治通鉴》卷一百八十九亦载。瀛洲，传说中的仙山名。《列子·汤问》："渤海之东不知几亿万里……其中有五山焉：一曰岱舆，二曰员峤，三曰方壶，四曰瀛洲，五曰蓬莱。……所居之人皆仙圣之种。"②《史记·秦始皇本纪》："齐人徐市等上书，言海中有三神山，名曰蓬莱、方丈、瀛洲，仙人居之。"③ 杜如晦、房玄龄等十八人得入秦府文馆，备受礼遇，极尽士人之荣宠，如登仙界，故时人以"登瀛洲"誉之。秦王李世民开设文馆，结纳文士，以致出现了"十八学士登瀛洲"的繁荣景象，堪称唐初文运盛事。方回用以指称有唐一代文学繁盛景象。

二 "奎"："五星聚奎"

《瀛奎律髓序》释"奎"曰："'奎'者何？五星聚奎也。"

奎，星宿名。二十八宿之一，为西方白虎七宿之第一宿，由十六颗星组成。因其形似胯，故得名。《说文解字》卷十篇下："奎，两髀之间。"段玉裁注云："奎与胯双声，奎宿十六星，以像似得名。"④ 五星，即水、金、火、木、土五大行星，古人分别称为太白、岁星、辰星、荧惑、镇星。在运行过程中，偶尔会出现五大行星在某一天空分野中呈直线排列的奇特天象，古人称为"五星联珠"或"五星聚合"。因为这一天象极为罕见，在古代星占学中，它被赋予特殊意义，与国家兴衰紧密相连。《开元占经》中载有战国时期星占家石申语："五星分天之中，积于东方，中国大利。积于西方，负海之国用兵者利。"⑤ 宋季之始，五星聚合于奎宿，时人将其视为预示宋世开创的祥瑞之兆。《续资治通鉴长编》卷八："是月，五星如连珠，在降娄之次。初，窦俨与卢多逊、杨徽之，周显德中同为谏官。俨善推步星历，尝谓徽之等曰：'丁卯岁，五星聚奎，自此天下太平，二拾遗见之，俨不与也。'"⑥ 方回《孟衡湖诗集序》云："聚奎以来，'昆体'盛行而欧、梅革之。"⑦ 所谓"聚奎"，即指宋代开国。奎宿之形又似文字，故古人认为其主文章之事。《初学记》卷

① （宋）欧阳修、宋祁等：《新唐书》卷一百二，中华书局 1975 年版，第 3976—3977 页。
② 严北溟、严捷编著：《列子译注》，上海古籍出版社 2006 年版，第 119—120 页。
③ （汉）司马迁：《史记》卷六，中华书局 1982 年版，第 247 页。
④ （汉）许慎撰，（清）段玉裁注：《说文解字注》卷十，上海古籍出版社 1988 年版，第 492 页。
⑤ （唐）瞿昙悉达：《开元占经》卷十八，岳麓书社 1994 年版，第 211 页。
⑥ （宋）李焘：《续资治通鉴长编》卷八，中华书局 1979 年版，第 192 页。
⑦ （元）方回：《桐江续集》卷三十一，《四库全书珍本初集》本，第 12452 页。

二一引《孝经援神契》："奎主文章。"宋均注："奎星屈曲相钩，似文字之画。"① 在南宋，五星聚奎作为文治之兆的说法被广泛接受，"聚奎"之象与宋代文运昌盛紧密联系起来②。如刘克庄《陈协秘书郎兼景献府教授制》云："本朝五星聚奎，文治尤盛。"③ 吕中云："五星聚奎固太平之象，而实启文明之兆也。"④ 方回承此说，其所云"五星聚奎"，即指宋代文治盛事。

"瀛奎"，体现了方回兼取唐宋、转益多师的诗学态度，这对宋末固守门户的诗学风气无疑是有力的针砭。

三　"律"："五七言之近体"

《瀛奎律髓序》释"律"："'律'者何？五、七言之近体也。"

律，指律诗，也叫格律诗，是指相对于古体诗而言的一种在字数、句数、声律、用韵、对偶等格法上都有严格要求的新诗体。它渐兴于梁、陈，由唐初沈佺期、宋之问等最终定型并开始盛行。元稹《唐故工部员外郎杜君墓系铭并序》称："唐兴，官学大振，历世之文，能者互出，而又沈、宋之流，研练精切，稳顺声势，谓之为律诗。"⑤《新唐书·杜甫传赞》亦云："唐兴，诗人承陈、隋风流，浮靡相矜。至宋之问、沈佺期等，研揣声音，浮切不差，而号'律诗'，竞相沿袭。"⑥ 方回承继此说，以陈子昂、杜审言、沈佺期、宋之问等为律诗之祖，他说："子昂以《感遇》诗名世，其实尤工律诗，与审言、之问、佺期，皆唐律诗之祖。……学律诗必本子昂、审言辈，不可诬也。"⑦

在唐、宋，律诗又称"近体诗"或"今体诗"，指称范围包括八句的律诗和四句的绝句以及长韵的排律。明人吴讷《文章辨体》引《诗法源流》云："唐人称绝句为律诗，观李汉编《昌黎集》，凡绝句皆收入律诗内是也。"⑧ 明

---

① （唐）徐坚：《初学记》卷二十一，中华书局 1962 年版，第 506 页。

② 按，韦兵《五星聚奎天象与宋代文治之运》于此论述甚详，可看看。（《文史哲》2005 年第 4 期。）

③ 曾枣庄、刘琳主编：《全宋文》第 326 册，上海辞书出版社、安徽教育出版社 2006 年版，第 215 页。

④ （宋）吕中：《宋大事记讲义》卷三，《文渊阁四库全书》第 686 册，第 211 页。

⑤ （唐）元稹：《元稹集》，中华书局 1982 年版，第 601 页。

⑥ （宋）欧阳修、宋祁等：《新唐书》卷二百一，中华书局 1975 年版，第 5738 页。

⑦ （元）方回选评，李庆甲集评校点：《瀛奎律髓汇评》卷四，上海古籍出版社 2005 年版，第 151 页。

⑧ （明）吴讷著，于北山校点：《文章辨体序说》，人民文学出版社 1962 年版，第 57 页。

胡应麟《唐音癸签》曰："诗至唐，体大备矣。今考唐人集录，所标体名，凡效汉、魏以下诗，声律未叶者，名往体；其所变诗体，则声律之叶者，不论长句、绝句，概名为律诗、为近体。"① 这是唐代的情况。再看宋代，胡仔《苕溪渔隐丛话》前集卷七云："律诗之作，用字平侧，世固有定体，众共守之。然不若时用变体……此七言律诗之变体也。……此绝句律诗之变体也。……凡此皆律诗之变体。"② 也是将绝句作为律诗之一体。

而方回所谓律诗，乃"五、七言之近体"，即五言或七言的八句律诗，或者十二韵以下的五言排律、六韵以下的七言排律③，明确将绝句排除在外，表现了较强的诗体意识，对后世律诗辨体具有重要的启发作用。

四 "髓"："非得皮得骨之谓"

《瀛奎律髓序》又释"髓"曰："'髓'者何？非得皮得骨之谓也。"

髓，骨髓。引申为精华，要旨。皮，皮肤，物的表面，引申为表面的、肤浅的。毛，毛发，比喻多而细碎，微不足道。很显然，方回所要编选的是唐宋律诗中的精华之作，其编选本意是通过这些经典诗作揭示唐宋律诗的精髓所在。

五 "瀛奎律髓"：唐宋律诗之精髓

瀛、奎、律、髓四字合称，即唐宋律诗精髓之意。

方回自己对编选是书的定位和期待是展现唐宋律诗之精华，揭示唐宋律诗之精髓。他在序言中就明确表示"学者求之，髓由是可得也"。

对于《瀛奎律髓》的编选和评点是否达到了方回的期望，后人看法并不相同。肯定者如明人龙遵叙赞叹道："先生自序谓'诗之精者为律'，今观其所选之精严，所评之当切，涵泳而隽永之，古人作诗之法，讵复有余蕴哉！

---

① （明）胡应麟：《唐音癸签》卷一，上海古籍出版社1981年版，第1页。

② （宋）胡仔纂集，廖德明校点：《苕溪渔隐丛话》前集卷七，人民文学出版社1962年版，第42—43页。

③ 按，方回所选，皆为五言八句、七言八句或五言、七言长韵律诗，并不包括绝句在内。所选长韵律诗，在韵数上又有其规定性，即："予所选五言律，止于十韵。惟此至十二韵，亦破例也。"〔（元）方回选评，李庆甲集评校点：《瀛奎律髓汇评》卷四十三，上海古籍出版社2005年版，第1545页。〕"今此选七言律，过六韵者不收；五言律至十韵而止。盖长篇太多，则读者颇难精也。"〔（元）方回选评，李庆甲集评校点：《瀛奎律髓汇评》卷四十三，上海古籍出版社2005年版，第1552页。〕

诚所谓'律髓'也。"① 清代宋至亦云："夫方虚谷熟精诗律，因博综三唐、五代、南、北宋诸名家所作，探其奥突，立为法程，而其成书乃取义于髓者，无他，禅家授受，首重得髓，髓既得，则一切皮毛俱属可略。故三唐、五代、南、北宋诗集不啻汗牛充栋，而其所掇拾代不数人，人不数篇，能照见古人精神血脉于千百载之上，而与之同堂品骘，其合者几如拈花之笑；即不合者亦不至有背触之疑。非冬瓜瓠子，漫为印可者比也。"② 批驳者以纪昀尤为有力，其《瀛奎律髓刊误序》指出方回选诗存在三大弊端：矫语古淡、标题句眼、好尚生新；论诗也同样存在三大弊病：党援、攀附、矫激。认为"虚谷置其本原，而拈其末节，每篇标举一联，每句标举一字，将举天下之人而致力于是，所谓温柔敦厚之旨蔑如也；所谓文外曲致、思表纤旨亦茫如也"③，见其小而不知其大，不能得其根本。

客观来说，方回的编选和批评确实揭示了律诗的要旨和精髓。其"论诗类"小序云："诗人世岂少哉？而传于世者常少，由立志不高也，用心不苦也，读书不多也，从师不真也。喜为诗而终不传，其传不传，盖亦有幸不幸，而其必传者，必出乎前所云之四事。"④ 将诗歌的言志抒怀功能放在第一位，强调立志须高。其序"怀古"诗曰："怀古者，见古迹，思古人，其事无他，兴亡贤愚而已。可以为法而不之法，可以为戒而不之戒，则又以悲夫后之人也。齐彭殇之修短，忘尧桀之是非，则异端之说也。有仁心者必为世道计，故不能自默于斯焉。"⑤ 序"朝省类"亦曰："公槐卿棘，序鹭班鸳，人臣岂恶此而欲逃之？进思尽忠，退思补过，可以荣而无所愧，则声诗亦所以言志也。"⑥ 以此为前提，他提倡诗歌格高有骨、瘦硬劲健，是抓住了精髓和关键的。当然，"必句针字砭，方可进而语上"⑦，因此，在具体的诗歌评点中，

---

① （元）方回选评，李庆甲集评校点：《瀛奎律髓汇评》附录一，上海古籍出版社 2005 年版，第 1809 页。

② 同上书，第 1820—1821 页。

③ 同上书，第 1826—1827 页。

④ （元）方回选评，李庆甲集评校点：《瀛奎律髓汇评》卷三十六，上海古籍出版社 2005 年版，第 1434 页。

⑤ （元）方回选评，李庆甲集评校点：《瀛奎律髓汇评》卷三，上海古籍出版社 2005 年版，第 78 页。

⑥ （元）方回选评，李庆甲集评校点：《瀛奎律髓汇评》卷二，上海古籍出版社 2005 年版，第 46 页。

⑦ （元）方回选评，李庆甲集评校点：《瀛奎律髓汇评》卷一，上海古籍出版社 2005 年版，第 1 页。

他对律诗创作的章法、句法、字法、对法、律法等方面，即所谓"皮"、"骨"涉笔颇多，希图从诗法入手，循序渐进地诲示初学，使其最终领悟诗歌之根本。像纪昀这样因书中多讲诗法而斥方回为舍本逐末，显然是未能领会其论诗的深意。

第二章 《瀛奎律髓》体例研究

正如黄侃《礼学略说》所云："然则治礼者，舍深藏名号，何所首务乎？求条例。奈何？发凡言例，本《礼经》之旧法。……郑君注《礼》，大抵先就经以求例，复据例以通经。故经文所无，往往据例以补文；经文之误，往往据例以正之。"[①] 究明体例是学术研究的首要任务。《瀛奎律髓》研究也不例外。方回编选是书，在充分汲取前人诗学体式的基础上，采取了以类选诗，次以分体，以人系诗，以时系人，总序结合小序，圈点兼之评注的编排体例，可谓集古今诗学体例于一身。这一编排体例，既有助于细致点评赏析诗作，为后学学诗提供直观的示范；又便于系统地阐述论证其诗学观念，从而达到针砭时弊的目的。偶尔有意识地违反体例，如"拗字类"、"变体类"以体类代替事类，"节序类"以节序系人系诗，唱和次韵诗按诗题编排，等等，更体现了方回诗学批评的独具匠心，因而别有特色。但是，在具体的诗歌编选中，《瀛奎律髓》也难免存在着类目设置不合理、分类标准不一、组诗编选失当等诸多问题，体例混乱芜杂的弊端也颇为明显。本章拟从总体格局、分类体例、选诗体例及评注体例四个方面对其编纂体例细加考察。

第一节 总体格局

中国古代文学批评的形式主要包括选本、摘句、诗格、论诗诗、诗话、

---

① 黄侃：《黄侃论学杂著》，中华书局1964年版，第458—459页。

评点六种①，其中以选本最具包容性，特别是宋代的选本，几乎可以将其他五种批评形式全都涵容其中。编选于宋末元初的《瀛奎律髓》即颇具代表性，它不仅大量摘句论诗，具体讲析诗歌格法，而且融广泛博杂的诗话批评与随手点勘的评点批阅于一身，卷三十六"论诗类"借助所选六首论诗诗表达诗学主张，则是采用了论诗诗的批评方式。充分汲取诸种批评形式之优长，是其有力表达诗学观念、有效实现诗学目的的一大保障。其实，就《瀛奎律髓》而言，这六种批评形式可以概括为选本和评点两种，摘句、诗格、论诗诗、诗话实为选、评的具体内容。其编排体例也正是在借鉴历代选本与评点本编选评注体例的基础上，根据具体需要有所熔铸变化而最终成就其一家之特色的。

作为诗歌选本，《瀛奎律髓》将所选唐宋律诗分为四十九类，每类先列五言（按，"老寿类"、"兄弟类"、"感旧类"缺五言），次列七言，五、七言诗皆以人系诗，以时系人。作为诗歌评点本，是书于各类选目之下均有小序（按，"宴集类"、"兄弟类"、"子息类"、"感旧类"、"侠少类"脱小序），诗歌中有圈点，诗歌后有注评。这样的编排体例，堪称是对选本与评点本的全面总结；当然，集选、评于一身的《瀛奎律髓》在体例设计上更显示了创新与超越；关于某些具体门类的独特编排，体例虽略显芜杂，却也体现了方回指示后学的良苦用心。试详论之。

一 以类选诗，次以分体

中国古代较早的文学类选集，是西晋挚虞所撰《文章流别集》②。《隋书·经籍志》指出："总集者，以建安之后，辞赋转繁，众家之集，日以滋广，晋代挚虞，苦览者之劳倦，于是采摘孔翠，芟剪繁芜，自诗赋下，各为条贯，合而编之，谓为《流别》。是后文集总钞，作者继轨，属辞之士，以为覃奥，

---

① 按，张伯伟《中国古代文学批评方法研究》："中国古代文学批评的形式多样，就其运用时间较长、运用范围较广，而且又深具民族特色者言之，不外选本、摘句、诗格、论诗诗、诗话、评点六种。"（中华书局 2002 年版，第 305 页。）

② 按，胡玉缙撰，王欣夫辑：《四库全书总目提要补正》卷五十六不同意此说，认为："荟萃文章自预（按，杜预《善文》五十卷）始，非虞始也。"（中华书局 1964 年版，第 1567 页。）屈守元《文选导读》从三个方面对胡氏之说提出了质疑，进而肯定挚虞《文章流别集》为较早的文学选集：其一，挚虞与杜预同时；其二，《隋书·经籍志》亦载杜预《善文》，作志者并非不知有是书；其三，《善文》所录乃谠言、史料，非集部之文。（巴蜀书社 1993 年版，第 7 页。）

而取则焉。"①《钦定四库全书总目·总集类序》亦持此说："《三百篇》既列为经，王逸所裒又仅《楚辞》一家，故体例所成，以挚虞《流别》为始。"②是书早已亡佚，"但是据《艺文类聚》卷五十六所引及《诗·关雎·疏》所述的《文章流别论》，挚虞谈诗，是以三言至九言论列的。因此，他的'条贯'，恐怕不包括文体以外的事类（如像后来把赋分京都、畋猎，诗分为行旅、赠答等）"③可知，分体而不分类，是其编排体例。

挚虞虽开文学选集之先河，然而，据严可均《全晋文》卷七十七所辑，其《文章流别集》同时涵括经、史、诸子之属，并非纯粹的集部文选。现存最早的、纯粹的、真正意义上的且对后世文学选本影响最大的文学选集当推萧统《文选》。在序言中，萧统指出，儒家经典不可芟夷剪截，诸子之作"不以能文为本"，旨在"褒贬是非"的史家之文亦不能"方之篇翰"，因此，他明确将此诸类排除在外，编选纯文学选集的意识颇为自觉。至于其编排体例，萧统也有明示，即"次文之体，各以汇聚。诗赋体既不一，又以类分"④。是书依文体选诗，所选涉及赋、诗、骚、七、诏、册、令、教、文、表、上书、启、弹事、笺、奏记、书、檄、对问、设论、辞、序、颂、赞、符命、史论、史述、论、连珠、箴、铭、诔、哀、碑文、墓志、行状、吊文、祭文等三十七种文体。赋、诗二体之下又次以分类，赋体分为十五类：京都、郊祀、耕藉、畋猎、纪行、游览、宫殿、江海、物色、鸟兽、志、哀伤、论文、音乐、情；诗体分为二十三类：补亡、述德、劝励、献诗、公燕、祖饯、咏史、百一、游仙、招隐、反招隐、游览、咏怀、哀伤、赠答、行旅、军戎、郊庙、乐府、挽歌、杂歌、杂诗、杂拟。虽然所分事类中又间杂百一、乐府、杂歌、杂诗等体类，稍有混杂之感，然而，面对汉魏以来数量众多的文人和作品，《文选》如此编选，脉络明晰，秩序井然，在体例编排上是相当成功的，为后世选本提供了有力的借鉴。

唐宋诗文选本众多，其体例大致不出《文选》体例范围之外。有以体编排者，有以类编排者，有以体编排与以类编排相结合者。其体例完备者，与《文选》无异，而细致处更有过之。如宋代大型选集《文苑英华》，体例与《文选》同，而分类则更为细致。以诗体为例，先分为天部、地部、帝德、应

---

① （唐）魏征等：《隋书》卷三十五，中华书局1973年版，第1089—1090页。
② （清）纪昀等：《钦定四库全书总目》卷一百八十六，中华书局1997年版，第2598页。
③ 屈守元：《文选导读》，巴蜀书社1993年版，第6页。
④ （梁）萧统编，（唐）李善注：《文选》，上海古籍出版社1986年版，第1页。

制、应令、应教、省试、朝省、乐府、音乐、人事、释门、道门、隐逸、寺院、酬和、寄赠等大类，而每一大类下又细分为诸多小类，仅天部即详细划分为日、月、星、雨、雪、晴霁、风、云、霜、露、烟、雾、天、河、虹、霓、霞、元日、春、人日、上元、寒食、上巳、夏、端午、伏日、秋、七夕、九日、冬、除夜等三十一小类。如此琐细的分类，已与类书无异，颇便于士人学习使用。为迎合实际需求，之后的坊刻选集如《分门纂类唐宋时贤千家诗选》① 等分类更是日趋细碎。

　　方回精通《文选》之学，有《文选颜鲍谢诗评》专论之；对唐人选唐诗与宋人诗歌选集亦是信手拈来，于《瀛奎律髓》中提及者即不在少数。其《瀛奎律髓》正是在充分借鉴《文选》及唐宋诗选集编排方式的基础上，根据具体需要稍作调整和变通，最终形成了清晰明了、易于后学参悟而又能较好地表达其诗学观念的编排体例。当然，由于选诗数量庞杂、编选耗时较长等原因，其芜杂之处也在所难免。

　　首先，以类选诗。和《文选》、《文苑英华》等先分体、次分类的编排方式不同，《瀛奎律髓》先分类、再分体。它将所选诗歌分为四十九类——登览、朝省、怀古、风土、昇平、宦情、风怀、宴集、老寿、春日、夏日、秋日、冬日、晨朝、暮夜、节序、晴雨、茶、酒、梅花、雪、月、闲适、送别、拗字、变体、着题、陵庙、旅况、边塞、宫闱、忠愤、山岩、川泉、庭宇、论诗、技艺、远外、消遣、兄弟、子息、寄赠、迁谪、疾病、感旧、侠少、释梵、仙逸、伤悼。一方面，鉴于唐宋律诗题材日渐丰富的诗史发展现实，其所分事类显然比《文选》细致了许多；另一方面，相较于《文苑英华》、南宋诸多坊刻本接近于类书式的烦琐分类，它又简括明了得多。这样安排，比较便于士子模仿研习，从而更好地达到教诲后学的编选目的；再者，将"拗字"、"变体"两体类与其他四十七种事类并列而论，在体例上虽有不纯之嫌，但是，我们应该看到，方回重点拈出"江西"诸子与杜甫一脉相承的这两大极为重要的诗歌技法实是有意为之：除了旨在建构"一祖三宗"的诗学体系之外，也是为了确立宋诗的诗学地位。可以说，他正是借助有别于其他的分类标准和类目标注来吸引读者注意，从而为宋诗张目，并进而实现纠正宋末

----

　　① 按，学界多有论此书系坊刻本者。李更、陈新即认为是书"在编选过程中虽然不无曾经参用刘克庄所编某种选集的可能性，但总体上和刘克庄并不存在直接关联。所谓'后村先生编集'云云，应属书商出于商业利益的不正当操作"。［（宋）刘克庄编集，李更、陈新校证：《分门纂类唐宋时贤千家诗选校证》，人民文学出版社2002年版，第891页。］

晚唐诗弊的诗学目的。

其次，次以分体。《瀛奎律髓》是专门的律诗选集，所选皆"五、七言之近体"①。编排上在每类之下，皆是先选五言，后选七言（按，"老寿类"、"兄弟类"、"感旧类"缺五言者除外）。除五、七言八句的律诗之外，方回也选入八句以上的长律，为明代以来更为详尽地辨析律诗体式开启了先河。长律的编排虽也遵循先五言、后七言的原则，但是，在具体的排列次序上，体例却未能做到一致，稍有杂乱之感。大致说来，长律的排列次序有三种情况：一是置于所有八句律诗之后。如卷一"登览类"选入五言长律三首，依次是宋之问《登越台》、杜甫《陪章留后侍御宴南楼（得风字）》、晁君成《登多景楼》，皆列于是类五言八句律诗之后，并按时代先后排序。二是置于所处朝代所有八句律诗之后。如卷八"宴集类"选入五言长律两首，一是宋之问《宴安乐公主宅》，置于是类所选唐代五言八句律诗之后；一是宋祁《十日宴江渍亭》，置于是类所选宋代五言八句律诗之后，即是此类五言诗之最末一首。三是与八句律诗排列标准相同。这一编次情况出现在卷十六"节序类"之中。和其他类目五、七言之下大致按照诗人时代先后排序不同，此类所选诗歌先依时序编次（按，依次为冬至诗、腊日诗、除夜诗、元日诗、人日诗、元夜诗、晦日诗、社日诗、寒食诗、清明诗、上巳诗、端午诗、七夕诗、重阳诗），再以时代先后编排。其中两首长律——苏味道咏元夜的五言《夜游》诗，置于其五言八句律诗《正月十五日》之后、王谞五言八句律诗《观灯》之前；王维写重阳节的五言诗《奉和圣制重阳节上寿应制》，置于杜甫五言八句律诗《九日》之后、唐庚五言八句律诗《九日怀舍弟》之前，完全符合节序一类的编次体例，与八句律诗无异。

二　以人系诗，以时系人

《文选》在每体、每类之下又以诗人系其作品，并按时代先后编次诗人，即所谓"类分之中，各以时代相次"②。如赋体"京都"类所选赋作依次是：班固《两都赋》，张衡《西京赋》、《东京赋》、《南都赋》，左思《三都赋序》、《蜀都赋》、《吴都赋》、《魏都赋》；诗体"咏史类"所选诗作依次是：王粲《咏史诗》，曹植《三良诗》，左思《咏史八首》，张协《咏史》，卢谌《览古》，

①　（元）方回选评，李庆甲集评校点：《瀛奎律髓汇评》"序"，上海古籍出版社 2005 年版，第 1 页。
②　（梁）萧统编，（唐）李善注：《文选》，上海古籍出版社 1986 年版，第 1 页。

谢瞻《张子房诗》，颜延之《秋胡诗》、《五君咏》，鲍照《咏史》，虞羲《咏霍将军北伐》。

唐、宋诗文选本也都大多采取这一编次方式①，芮挺章《国秀集》、元结《箧中集》、令狐楚《御览集》、高仲武《中兴间气集》、姚合《极玄集》、王安石《唐百家诗选》、曾慥《宋百家诗选》、佚名《诗家鼎脔》等皆是如此。但是，也有少数选本，虽然也是以人系诗，诗人的排列次序却颇为混乱。如，殷璠《河岳英灵集》"不甚叙时代"，四库馆臣根据其所选诗歌并不甚多却分为上中下三卷的做法，猜测其借助编选体例隐含"钟嵘三品之意"②；韦庄《又玄集》"诗人排列的次序也相当混乱，如卷上以杜甫、李白、王维为首，后即接司空曙、李贺等中唐诗人，之后又是早于李、杜的开元时诗人张九龄，之后又是卢纶、钱起，在这之后又是李华、岑参等盛唐名家，看不出其明确的选录标准和排列依据"③。当然，也有些选集在体例安排上表现了可贵的创新性，对《文选》以来的编排方式进行了一定的补充。唐人所编《翰林学士集》按照诗题系人系诗，崔融《珠英集》"以官班为次"④，编选方式都颇为独特。

《瀛奎律髓》充分借鉴了前人这一编排体例，每一类别的五、七言诗在排列次序上基本上遵循以人系诗、以时系人的体例，秩序颇为井然。然而，和上述所列诸种唐人选集在诗人排序上存在前后失序的情况一样，《瀛奎律髓》也偶有颠倒混乱之处。如，卷三"怀古类"五言诗将黄庭坚列于王安石之前，七言诗又将王安石列于欧阳修之前；卷五"昇平类"七言诗将晏殊置于洪迈、宋孝宗之后；卷七"风怀类"七言诗将张耒置于所有唐人之前；卷二十"梅花类"七言诗将李商隐列于白居易之前，将杨万里、陆游列于毛滂之前，等

---

① 按，少数选集并非以人系诗或以时系人，体例颇为杂乱。如唐代佚名所编《搜玉小集》，《钦定四库全书总目》卷一百八十六云："既不以人叙，又不以体分。编次参差，重出叠见，莫能得其体例。"（中华书局1997年版，第2607页。）傅璇琮编撰《唐人选唐诗新编·〈搜玉小集〉前记》亦认为："其具体排列上都颇为混杂，看不出编选意图和选诗标准。"（陕西人民教育出版社1996年版，第975页。）韦縠《才调集》一人之诗有分见于二处、三处者，体例也颇为杂乱失序。

② （清）纪昀等：《钦定四库全书总目》卷一百八十六《河岳英灵集提要》，中华书局1997年版，第2603页。

③ 傅璇琮编撰：《唐人选唐诗新编》，陕西人民教育出版社1996年版，第574页。

④ （宋）晁公武撰，孙猛校证：《郡斋读书志校证》卷二十，上海古籍出版社1990年版，第1059页。按，傅璇琮也认为是书总体上说是以官班为次的："所谓'以官班为次'并非全集五卷统排，而似是只限于各卷之内。当然，从卷四、卷五作者皆品位较低者看，全集卷次排列上似乎也是大致遵守了官班为次的原则的。"（傅璇琮编撰：《唐人选唐诗新编》，陕西人民教育出版社1996年版，第44页。）

等，皆与以时系人的编选原则相背离。再如，卷四十七"释梵类"置诗僧于其他诗人之后，不同于其他诸类按时代先后编次诗僧之诗，也不合乎体例。

在"节序类"诗歌的编排和唱和次韵诗的编次上，方回则有意识地打破了以人系诗、以时系人的编排体例。先看"节序类"诗歌的编排。此类诗歌的编排方式是：分体（五言、七言）—分类（即上述诸节序）—以人系诗，以时系人。就每一小类而言，它尚符合"以人系诗，以时系人"的编排体例；然而就"节序"这一大类而言，则不能符合这一体例了，同一诗人的诗歌分列数处，诗人排列也失其先后次序。如此编排，虽然备受体例丛杂之讥，却无疑易于后学分类索解揣习，通过对比前人同题诗作悟得作诗三昧，而这恰是方回的良苦用心所在。再看唱和次韵诗的编次。对于唱和次韵诗，方回往往是统一编排。如卷二"朝省类"贾至、杜甫、王维、岑参四人早朝大明宫的同题唱和诗；卷三"怀古类"杨亿、钱惟演、刘子仪等人《南朝》、《汉武》、《明皇》、《成都》、《始皇》诸首唱和之作；卷二十一"雪类"苏轼《雪后书北台壁》、《再用韵》与王安石的《读〈眉山集〉次韵雪诗五首》、《读〈眉山集〉，爱其雪诗能用韵，复次韵》，并不囿于"以人系诗"的编次标准。统一编排，既符合唱和次韵诗的创作特色，同时也是基于益于后学学习的考虑。如此编排，虽然就全书体例而言难免芜杂之嫌，却无疑更有利于表达诗歌主张、实现诗学目的。应该说，这是方回所极力提倡的"活法"在编排体例上的典型体现。我们应该肯定其灵活变通与独具匠心，如纪昀等一味予以否定的做法是不可取的。

三　总序结合小序

《瀛奎律髓》又是一部诗歌评点。据孙琴安《中国评点文学史》，评点文学的来源，一是训诂学，二是历史学。训诂学开创的文字注解、总序、小序等体例，历史学开创的评述体例，都为诗歌评点开创了先例①。方回编选《瀛奎律髓》，首先是充分汲取了训诂学以总序、小序论诗的体例特征。

总序与小序相结合的体例是由《毛诗》开创的。《毛诗》之总序（按，即通常所谓"大序"），即《关雎》篇小序后的一段文字：

　　　　诗者，志之所之也。在心为志，发言为诗。情动于中，而形于言，

---

① 孙琴安：《中国评点文学史》，上海社会科学院出版社1999年版，第1—13页。

言之不足，故嗟叹之；嗟叹之不足，故永歌之；永歌之不足，不知手之
舞之，足之蹈之也。情发于声，声成文谓之音。治世之音安以乐，其政
和；乱世之音怨以怒，其政乖；亡国之音哀以思，其民困。故正得失，
动天地，感鬼神，莫近于诗。先王以是经夫妇，成孝敬，厚人伦，美教
化，移风俗。故诗有六义焉：一曰风，二曰赋，三曰比，四曰兴，五曰
雅，六曰颂。上以风化下，下以风刺上，主文而谲谏，言之者无罪，闻
之者足以戒，故曰风。至于王道衰，礼义废，政教失，国异政，家殊俗，
而变风变雅作矣。国史明乎得失之迹，伤人伦之废，哀刑政之苛，吟咏
情性，以风其上，达于事变，而怀其旧俗者也。故变风发乎情，止乎礼
义。发乎情，民之性也；止乎礼义，先王之泽也。是以一国之事系一人
之本，谓之风，言天下之事，形四方之风，谓之雅。雅者，正也，言王
政之所由废兴也。政有大小，故有小雅焉，有大雅焉。颂者，美盛德之
形容，以其成功告于神明者也。是谓四始，诗之至也。①

这段文字对《诗经》中诗歌的产生、性质、作用、内容、艺术等问题进
行了较为全面的阐述，可谓全书之纲领。当然，更成为后世诗学的指导性理
论。除此之外，《毛诗》于每篇之后还有小序，总括一篇之主旨。如，序《关
雎》篇云："后妃之德也。风之始也，所以风天下而正夫妇也。故用之乡人
焉，用之邦国焉。"② 序《硕鼠》篇云："刺重敛也。国人刺其君重敛，蚕食
于民，不修其政，贪而畏人，若大鼠也。"③ 这样，既有总序为全书开篇明
义，又有小序分述各篇意旨，两类序言前后呼应，评述巨细无遗。这一体例
为东汉王逸所承继，其《楚辞章句》即仿此体例，既有总序，又于每篇楚辞
之前加一小序。之后，历代诗文选集或仅有总序，或仅有小序（按，多为题
解形式），要皆不能出此体例之外。例如，《文选》、《箧中集》、《唐百家诗选》
等，皆是仅有卷前总序述编选之大略。而宋人郭茂倩编《乐府诗集》，则仅于
诗题之下有与小序功能无异的解题文字。如解《关山月》有云："乐府解题
曰：'关山月，伤离别也。'古《木兰诗》曰：'万里赴戎机，关山度若飞。朔

① （汉）毛公传，郑玄笺，（唐）孔颖达等正义：《毛诗正义》卷一，《十三经注疏》本，上海古
籍出版社 1990 年版，第 15—21 页。
② 同上书，第 14 页。
③ （汉）毛公传，郑玄笺，（唐）孔颖达等正义：《毛诗正义》卷五，《十三经注疏》本，上海古
籍出版社 1990 年版，第 210 页。

气传金柝，寒光照铁衣。' 按，相和曲有《度关山》，亦类此也。"① 至于兼有总序、小序，体例较为完备者，如殷璠《丹阳集》、《河岳英灵集》，高仲武《中兴间气集》，姚合《极玄集》等按诗人编排的选集（按，《丹阳集》先按地域划分，再以诗人编次），卷首有总序，书中又有对入选诗人及其诗歌所作的注解和评价，差可作为小序。然而，在以类编排的唐宋诗选评本中，于总序之外又对所分事类详作解评者，除《瀛奎律髓》之外，则鲜有他例。

《瀛奎律髓》卷首有方回所作总序，序云：

> "瀛"者何？十八学士登瀛洲也。"奎"者何？五星聚奎也。"律"者何？五、七言之近体也。"髓"者何？非得皮得骨之谓也。斯登也，斯聚也，而后八代、五季之文弊革也。文之精者为诗，诗之精者为律。所选，诗格也。所注，诗话也。学者求之，髓由是可得也。方回者谁？家于歙，尝守睦，其字万里也。至元癸未良月旦日。②

这篇序不仅简要介绍了编选者的大致情况，解释了书名的含义，而且概括性地阐述了编选是书的诗学目的以及主要的诗学思想，可以说是方回自己对是书的全面点评。除此之外，他还于每类之前写作小序，言简意赅地说明这一事类的诗歌意涵、编选意旨等。如"释梵类"小序：

> "经来白马寺，僧到赤乌年"，释氏之炽于中国久矣。士大夫靡然从之，适其居，友其徒，或乐其说，且深好之而研其所谓学，至韩愈昌黎始辞而辟之。其送文畅、澄观、灵师、惠师虽皆有诗，未尝渐染其教也。而此一流也，诗家者流，又能精述其趣味之奥，使人玩之而不能释，亦岂可谓无补于身心者哉？凡寺、院、菴、寮题咏皆附此。③

据此，我们可知，"释梵类"所选诗歌在内容上既包括"寺、院、菴、寮题咏"，也包括文人与诗僧的交游唱和之作；其编选此类的依据是佛教传入中

---

① （宋）郭茂倩：《乐府诗集》卷二十三，中华书局 1979 年版，第 334 页。
② （元）方回选评，李庆甲集评校点：《瀛奎律髓汇评》"序"，上海古籍出版社 2005 年版，第 1 页。
③ （元）方回选评，李庆甲集评校点：《瀛奎律髓汇评》卷四十七，上海古籍出版社 2005 年版，第 1620 页。按，《瀛奎律髓汇评》缺"至韩愈昌黎始辞而辟之。其送文畅、澄观、灵师、惠师虽皆有诗，未尝渐染其教也。而"三十二字。此据明成化三年本补。

国已久，有关释梵类的诗作数量众多，且多有佳作；编选目的则是使人玩味此诗而有益身心。再如"山岩类"和"川泉类"小序：

> 登览诗，专取登高能赋之义。山岩则不但登览，大岳、崇岭、小丘、幽洞、崖岩、磴石之游戏，皆聚此。
>
> 浮游浪波之上，玩泳泉壑之间，大而沧海、黄河、长江、巨湖之汹涌，小而溪谷、陂池之靓深，雄壮而观湖，凄酸而阻风，闲寂而弄水寻源，皆类于此。

通过这两篇小序，我们可以明了"山岩"、"川泉"二类所选皆为游山玩水的游戏之作，与"登览类"注重登山临水而赋其感怀截然不同。纪昀认为"山岩类"与"登览类"无异，"别分一类，殊不近理"，又鄙弃"川泉类"小序"无味"①，显然是未能参透方回作此二序的深意。总序提纲挈领地概述全书，小序详细解析每一事类，方回将二者巧妙结合，有利于整合并完整表达诗学思想，在一定程度上弥补了诗歌评点过于琐细的缺陷。与南宋一般诗歌评点著作相比，《瀛奎律髓》的诗学理论具有更强的体系性，这与它采用书前总序与每类小序相结合的编写体例有很大的关系。

四 圈点兼之评注

训诂学开创的文字注解体例，历史学开创的评述体例，宋代诗话的兴盛，以及宋代评点之学在体例上的日渐完善，都为方回选择圈点与评注相结合的编选体例提供了有力的借鉴。

诗学评注的源头，一是《诗经》之学，二是史家述评。汉儒旨在解释字词、疏通文句的训诂之学为诗学注解提供了借鉴，《毛诗》大、小序以评述为主的解经方式以及史家述评论赞②则为诗学评论开启先河，而先秦赋《诗》、

---

① （元）方回选评，李庆甲集评校点：《瀛奎律髓汇评》卷三十三、卷三十四，上海古籍出版社2005年版，第1376、1387页。

② 按，即《史记》之"太史公曰"，《汉书》之"赞曰"，《后汉书》之"论曰"、"赞曰"，《三国志》之"评曰"等发抒史家见解、感慨的评述性文字。其中，有关文学或文学家之评述，已俨然是重要的文学评论资料。如《史记·屈原贾生列传》"太史公曰"："余读《离骚》、《天问》、《招魂》、《哀郢》，悲其志。适长沙，观屈原所自沉渊，未尝不垂涕，想见其为人。及见贾生吊之，又怪屈原以彼其材，游诸侯，何国不容，而自令若是。读《鵩鸟赋》，同死生，轻去就，又爽然自失也。"〔（汉）司马迁：《史记》卷八十四，中华书局1982年版，第2503页。〕

引《诗》的行为也成为诗学摘句批评的滥觞。后世诗学批评虽内容广博、论点各异，但就其批评形式而论，大致不出此注、评二途。唐代李善与五臣注《文选》，即分别选择了这两种不同的诗学批评方式：李善侧重于笺释字词，而五臣则重在"周知秘旨，一贯于理"①。以陶渊明"问君何能尔？心远地自偏"为例，李善注曰：

> 郑玄《礼记注》曰："尔，助词也。"《琴赋》曰："体清心远邈难极。"②

五臣注曰：

> 问君何能如此者，自以发问，将明下文也。"远"谓心自幽远，虽处喧境，如偏僻也。③

很显然，李善仅止于注字句意义及出处，五臣则不仅揭示出诗句所表达的深层情感意涵，更涉及诗歌艺术技法，点明"问君何能尔"的结构意义在于引起下文。当然，我们应该明了，大多论者并不刻意排斥其中某一种批评方式，而是兼取二者以为批评之助。而最能体现批评体例选择之包容性，内容亦无所不包的，当属宋代出现的诗话。正如郭绍虞所指出的："诗话而笔记化则可以资闲谈，涉谐谑，可以考故实讲出处，可以党同伐异，标榜攻击，也可以穿凿附会，牵强索解；可杂以神怪梦幻，也可专讲格律句法；钜细精粗，无所不包。"④ 方回熟稔宋代诗话，其《瀛奎律髓》"所注，诗话也"⑤，有注有评，体例不拘，很好地借鉴了源自经学史传、至宋诗话而集大成的这一评注体例。

诗学评点，作为诗学评注的一种特殊形式，有其鲜明的独特性。其一，

---

① （唐）吕延祚：《进五臣集注文选表》，载（梁）萧统编，（唐）李善、吕延济、刘良、张铣、吕向、李周翰注《六臣注文选》，中华书局 1987 年版，第 1 页。

② （梁）萧统编，（唐）李善注：《文选》卷三十，上海古籍出版社 1986 年版，第 1391 页。

③ （梁）萧统编，（唐）李善、吕延济、刘良、张铣、吕向、李周翰注：《六臣注文选》卷三十，中华书局 1987 年版，第 560 页。

④ 郭绍虞：《中国文学批评史》上卷，百花文艺出版社 1999 年版，第 331 页。

⑤ （元）方回选评，李庆甲集评校点：《瀛奎律髓汇评》"序"，上海古籍出版社 2005 年版，第 1 页。

随手批阅，直截主观。清人冯镇峦指出："批书人亦要眼明手快，天外飞来，只是眼前拾得。"① 评点乃是批阅者随手批点指摘，多发其一时之观感，缺乏逻辑严密的理论阐述，而以直截主观见长。正因如此，它以鉴赏性颇强的批评文字为主，即使偶有用以疏通文句的笺释注解，也大多文笔生动、活泼灵动，词气殊异于普通的批评笺注。钱锺书先生即以此"词气"为判定标准，将西晋陆云所作《与兄平原书》视为最早的诗文评点：

> 陆云《与兄平原书》。按，无意为文，家常白直，费解处不下二王诸《帖》。什九论文事，著眼不大，著语无多，词气殊肖后世之评点或批改，所谓"作场或工房中批评"。……苟将云书中所论者，过录于机文各篇之眉或尾，称赏处示以朱围子，删削处示以墨勒帛，则俨然诗文评点之最古者。②

其二，评、点兼施，不可或缺。上举陆云与兄陆机书虽词气颇肖后世评点，然尚需将其"过录于机文各篇之眉或尾，称赏处示以朱围子，删削处示以墨勒帛"，才能"俨然诗文评点之最古者"。可见，所谓评点，须兼具评语与圈点。评、点兼具的诗学评点于南宋始盛，《钦定四库全书总目·苏评孟子提要》云：

> 宋人读书，于切要处率以笔抹。故《朱子语类》论读书法云："先以某色笔抹出，再以某色笔抹出。"吕祖谦《古文关键》、楼昉《迂斋评注古文》，亦皆用抹，其明例也。谢枋得《文章轨范》、方回《瀛奎律髓》、罗椅《放翁诗选》始稍稍具圈点，是盛于南宋末矣。③

南宋时期，出现了诸多成就卓越的诗歌评点家，对前代众多诗选、别集进行了详细的圈点评骘，其中成就最高、评点数量最多的当属刘辰翁，今可知其曾经批阅者即有王维、孟浩然、杜甫、韦应物、孟郊、李贺、苏轼、王

---

① （清）冯镇峦：《读聊斋杂说》，载朱一玄编《〈聊斋志异〉资料汇编》，南开大学出版社 2002 年版，第 481 页。

② 钱锺书：《管锥编》，中华书局 1986 年版，第 1215 页。

③ （清）纪昀等：《钦定四库全书总目》卷三十六《苏评孟子提要》，中华书局 1997 年版，第 481 页。

安石、陈与义、陆游、汪元量等诸家。评点体式也丰富多样，不仅有点、圈、画、抹等圈点形式，而且有眉批、旁批、尾批、夹批等评阅形式。盛极一时的评点风气至元而不衰，方回好友仇远即有《批注唐百家诗选》①。正是在这一诗学风气下，方回汲取前人的丰富经验，抑或加之与友人切磋砥砺，将圈点涂抹与批评注解相结合，编成了较为成熟的诗歌评点本《瀛奎律髓》。

因具有诗歌评点"重直觉和主观感受"、"短小精悍，生动活泼"、"带有较多的鉴赏性"的共同特点，方回的批评也难免存在"停留在感性认识的阶段"、"太琐碎"②的缺陷。例如，他偏爱梅花，因有"老杜诗凡有梅字者皆可喜。……且不特老杜，凡唐人、宋人诗中有梅字者，即便清雅标致"③之论，甚是主观；评林逋"草长团粉蝶，林暖坠青虫。载酒为谁子？移花独乃翁"四句"工不可言"④，评陆游"巧历莫能知雨点，孤桐那解写溪声"二句"奇崛"⑤，评顾非熊"猎人偷佛火，栎鼠戏禅床。定久衣尘积，行稀径草长"四句"工"⑥，则颇为感性，且琐细而不成体系。

但是，相对于前人的诗歌评点，《瀛奎律髓》又体现了较为系统的诗学观念，概言之，比较突出者有如下几点。一是唐诗分期论。关于唐诗之分期，方回云："予选诗以老杜为主，老杜同时人皆盛唐之作，亦皆取之；中唐则大历以后元和以前，亦多取之；晚唐诸人，贾岛开一别派，姚合继之，沿而下亦非无作者，亦不容不取之。"⑦在这里，他明确提出了盛唐、中唐、晚唐的概念。同时，其诗学视野中也隐含着"初唐"的概念，他说："唐律诗初盛，少变梁、陈，而富丽之中稍加劲健"⑧，"陈子昂才高于沈佺期、宋之问，惟

---

① 按，《新元史》卷二百三十七《仇远传》："同县仇远，字仁近……著有《山村集》、《批注唐百家诗选》。"（柯劭忞等撰，余大钧标点：《新元史》，吉林人民出版社 1995 年版，第 3425 页。）

② 按，见孙琴安《中国评点文学史》"绪论"，上海社会科学院出版社 1999 年版，第 9—10 页。

③ （元）方回选评，李庆甲集评校点：《瀛奎律髓汇评》卷二十，上海古籍出版社 2005 年版，第 780 页。

④ （元）方回选评，李庆甲集评校点：《瀛奎律髓汇评》卷十，上海古籍出版社 2005 年版，第 345 页。

⑤ （元）方回选评，李庆甲集评校点：《瀛奎律髓汇评》卷十七，上海古籍出版社 2005 年版，第 707 页。

⑥ （元）方回选评，李庆甲集评校点：《瀛奎律髓汇评》卷四十七，上海古籍出版社 2005 年版，第 1657 页。

⑦ （元）方回选评，李庆甲集评校点：《瀛奎律髓汇评》卷十，上海古籍出版社 2005 年版，第 338 页。

⑧ （元）方回选评，李庆甲集评校点：《瀛奎律髓汇评》卷四十七，上海古籍出版社 2005 年版，第 1625 页。

杜审言可相对。此四人唐律在老杜以前，所谓律体之祖也"①。以陈、杜、沈、宋为代表的"唐律诗初盛"时期，正是后来高棅《唐诗品汇》所提出的"初唐"②。显然，方回之论对高氏"四唐说"的提出具有直接的启发意义。二是唐宋诗体派论。方回将唐宋诗分为老杜派与"昆体"两大体派，他所着力关注的"晚唐派"与"江西派"皆为老杜派之支流。在体派划分的基础上，他进一步勾勒出了杜甫—贾、姚—"晚唐体"—"四灵"—宋末"祖许浑、姚合为派者"这一贯穿唐宋的"晚唐派"的清晰脉络以及承继杜甫，包括黄庭坚、陈师道、陈与义、吕本中、曾几、赵蕃、韩淲等人在内的"江西派"的完整体系，并对"晚唐派"、"江西派"以及"昆体"的创作特色进行了细致的评析。（按，详见"唐宋诗体派论"。）这一体派论既成其体系，又不遗其细微，且成方回一家之言，实超越于其他各家评点之上。三是鲜明的批评标准。方回以格高与平淡为诗歌之"两途"③，其评选《瀛奎律髓》正是以此为两大首要标准。同时，通过具体的诗歌点评，他对宋诗学中格高、平淡这两大重要概念进行了详尽的阐释。（按，详见"气格论"。）当然，他也大力提倡"意到"、"语工"、"圆熟"、"活法"等，以为格高、平淡之补充。这样一以贯之而又相对融通的诗学批评标准，也弥补了一般诗学评点著作的琐碎无章。四是明确的批评目的。宋末元初诗坛上，晚唐与"江西"之争激烈，二者皆固守门户，斤斤诗法，各极其弊，诗道为之沦丧。方回评选《瀛奎律髓》，其意旨正在于针砭这一时弊。为此，他极力推尊自杜甫至陈与义一脉相承的沉郁诗作，以复归诗歌风雅之义；尊崇杜甫，通过勾勒皆出于老杜派的"晚唐派"与"江西派"体系倡导打破门户、兼取众家；提倡"活法"，在反对固守一家之法的同时将诗学追求引向"无法"的至高境界。如此系统的诗学观念除得益于上述总序结合小序的编写体例之外，也与其巧妙结合圈点与评注两种批评方式不无关系：圈点与评注结合，使其在感性鉴赏的同时又能进行相对理性严密的理论阐发；借鉴诗话批评的博杂兼容，也无疑有助于摆脱太过主观随意的评点"词气"而趋于理性深入。当然，方回借助于批评体例而进

---

① （元）方回选评，李庆甲集评校点：《瀛奎律髓汇评》卷二十四，上海古籍出版社 2005 年版，第 1018 页。

② 按，明高棅《唐诗品汇》"总序"云："有唐三百年诗，众体备矣。……略而言之，则有初唐、盛唐、中唐、晚唐之不同。详而分之，贞观、永徽之时……此初唐之始制也。"〔（明）高棅：《唐诗品汇》，上海古籍出版社 1993 年版，第 40 页。〕

③ （元）方回：《学诗吟十首》其七，《桐江续集》卷二十八，《四库全书珍本初集》本，第 12400 页。

行的这一颇具系统性的诗学批评，其伟大创获已经远远超越了其在体例上的创新。

总之，正是在广泛借鉴前人诗学体例的基础上，《瀛奎律髓》形成了以类选诗、次以分体，以人系诗、以时系人，总序结合小序，圈点兼之评注的体例特征。这种集分类、分体、总序、小序、评注、诗话、评点等诸多诗学批评形式和体例于一身的较为完备的编排体式，是之前的诗学著作所不曾拥有的，即使在后世也鲜有其例。广泛的兼容性本身即是其创获所在，它在具体诗歌编排上的良苦用心也体现了其编排体例的独具特色。当然，如上文所指出的因疏忽大意而导致的体例紊乱芜杂则应予以批评矫正。

第二节　分类体例

分类编排也是《瀛奎律髓》独具特色之处。方回为何选择分类编排？他是怎样具体分类及排序的？分类选诗体现了怎样的诗学观念？又不可避免地存在着哪些弊端？这将是这一节我们要讨论的问题。

一　以类编排的原因

方回选择分类选诗，其原因大致有以下三个方面。

一是诗学传承及宋代诗学风气。如上文所论，较早的文学选本《文选》即是将所选诗文按事类进行编排的。之后，以类编排的诗文选集层出不穷，唐代如佚名所编《搜玉小集》、李氏所编《丽则集》① 等，宋代如《文苑英华》、题名为刘克庄编选的《分门纂类唐宋时贤千家诗选》、孙绍远《声画集》（按，是书将所选诗歌分为二十六门，即古贤；故事；佛像；神仙；仙女；鬼神；人物；美人；蛮夷；赠写真者；风、云、雪、月；州郡、山川；四时；山水；林木；竹；梅；窠石；花卉；屋舍、器用；屏、扇；畜、兽；翎毛；虫鱼；观画、题画；画壁、杂画）等。特别是宋代，分类是更为盛行的编集方式。万曼在《唐集叙录》中指出："大抵唐人诗集率不分类，也不分体。宋人编定唐集，喜欢分类，等于明人刊行唐集，喜欢分体一样，都不是唐人文

---

① 按，晁公武《郡斋读书志》卷四下《丽则集五卷》云："右唐李氏撰，不著名。集《文选》以后至唐开元词人诗，凡三百二十首，分门编类。贞元中，郑余庆为序。"〔（宋）晁公武撰，孙猛校证：《郡斋读书志校证》卷二十，上海古籍出版社1990年版，第1060页。〕

集的本来面目。"① 他甚至视此为"宋人体段",以此为判定是否宋本的重要依据,他叙姚合集云:"从分类来看(分送别、寄赠、闲适、时序、风月、题咏、游览、宴集、和答、酬谢、花木、鸟兽、器用、哀挽、杂咏等),仍然是宋人体段。"② 宋人编定唐集是如此,厘定编选本朝人诗集也大多分类③,较为突出者如《集注分类东坡先生诗》,分七十八类;《类编增广黄先生大全文集》,分类多达一百零四门;《类编增广老苏先生大全文集》也是按类编排,且分类至为琐细,前两卷录古律诗皆为二十一首,却分别划分为九门、十门,平均每门录诗仅两首之多。可见,分类编集俨然已成为有宋一代的诗学风气。对《文选》以来诗学传统的继承以及宋代诗学分类编集风气的熏染,是促使方回分类选诗的重要原因之一。不仅编选《瀛奎律髓》是如此,抄录文人别集他也大多习惯于分类而观:"句抄节拆"朱熹《晦庵集》"为四十类"④,又尝"节抄《南轩集》分类以观"⑤。

二是唐宋诗歌题材的丰富多样。关于唐宋诗歌在题材上的开拓之功,我们来看程杰《宋诗学导论》中的论述:

中国诗歌艺术自汉魏之际进入自觉阶段以来,诗歌题材不断开拓和丰富。游子思怨、征夫戍妇、宴游、登览、游仙、咏怀、山水、田园、玄言、咏史、咏物、闺怨、宫怨、边塞等重要题材的相继开发。至唐代,首先是盛唐,由于辽阔的国土疆域、开明的政治气氛、丰富多彩的社会生活、蓬勃的时代精神的孕育激发,诗歌从宫廷到市井,从台阁转向江山塞漠,从少数文人走向社会各阶层,诗歌的足迹遍天下。诗歌与广阔的社会人生相结合,诗歌题材得到全面拓展,感遇咏怀、山水田园、离别思乡、边塞从军等题材的创作蔚为大观。中唐以后,经济、文化中心位移旁落,都市社会渐见崛起,中下层文士及僧侣队伍壮大,诗歌艺术普及,诗歌的功能多样化,诗歌题材因而趋于多样化。宋人承唐后,在唐诗大规模开拓,尤其是中晚唐以来多样化发展的基础上,继续有所开

① 万曼:《唐集叙录》,中华书局1980年版,第87页。
② 同上书,第263页。
③ 按,需要注意的是,北宋人"对自己和时人的诗文集较少类编"。像宋绩臣依照梅尧臣诗集原本类编《梅尧臣全集》这样的情况,在当时其实颇为少见。(张巍:《论唐宋时期的类编诗文集及其与类书的关系》,《文学遗产》2008年第3期。)
④ (元)方回:《晦庵集抄序》,《桐江集》卷一,《续修四库全书》影印宛委别藏钞本,第355页。
⑤ 同上书,第357页。

拓与发展。……宋诗中题材的大开拓，则是士大夫日常生活内容的大量
入诗。举凡衣食起居之方方面面皆随意入诗。喝酒饮茶、坐卧起行、诗
文唱和、花鸟虫鱼、琴棋书画、亭台楼阁、昼夜晨昏、霜露晴雨等。当
我们阅读宋人文集时，很多时间是陪他过家常日子。①

显然，唐宋诗歌在题材内容上进行了极大的丰富与开拓，说其无意不可
入诗也并非夸张之词。如此多样化的诗歌题材，是方回得以划分诸多门类的
重要前提。而以类编排唐宋律诗，也正体现了他对包括律诗在内的唐宋诗歌
题材多样化的正确认识与充分把握。

三是便于后学研习的考虑。王岚《宋人文集编刻流传丛考》论及宋代类
编诗文集兴盛原因时指出：

> 宋代注重文教，各类官学、私学生徒济济；又大兴科举，以诗赋、
> 经义取士。为了迎合广大士子求学、应试的需要，各地书坊除了刊刻原
> 编的宋人别集外，还自己出面编刻了许多名人文集的范本、读本投放市
> 场。而且在编排体例上巧设心思，将原本诗文按题咏内容极精细地划分
> 了"纪行、怀古、酬答、送行"等各种门类，以便学子们按图索骥，并
> 美其名曰"类编增广……大全集"，如福建建阳麻沙镇有北宋坊本《类编
> 增广老苏先生（苏洵）大全文集》八卷、南宋乾道间刘仲吉宅刻本《类
> 编增广黄先生（黄庭坚）大全文集》五十卷。这些坊刻文集在社会上较
> 为流行，颇有市场。②

其实，诗歌在宋代科举考试中的地位并不甚重要，方回编选《瀛奎律髓》
的直接目的还是指导后学，服务于科举的目的或许还在其次。到了宋代，诗
歌创作已渗透到士子生活的点点滴滴，成为其日常生活必不可少的重要组成
部分。士子学诗，也自然是从坐卧起居的吟诵研习开始，逐渐参得诗学入门
途径。以类编排，可以说正符合后学吟诗的情境需求，便于其按图索骥，细
细揣摩不同题材诗歌创作的立意、技巧，从而逐渐进入诗学之堂室。

---

① 程杰：《宋诗学导论》，天津人民出版社 1999 年版，第 66—67、73—74 页。
② 王岚：《宋人文集编刻流传丛考》"前言"，江苏古籍出版社 2003 年版，第 7—8 页。

二 具体的分类及排序方式

方回将所选诗歌分为四十九类。四十九之数,得自于《周易》:"大衍之数五十,其用四十有九。"① 方回于咸淳三年(1267)"年逾不惑,除学官,遭烦言,始归而读《易》"②,此后,兢兢致力于《周易》研读,至老而不辍,因而颇精《易》学,文章中引用《易》经为证,往往顺手拈来。征引《周易》之文章如《家颐孙自观字说》、《俞伯初复庵诗并说》、《天竺僧道成性存字说》、《潘友文涣字说》、《柴性初道存说》、《四字名字说》、《俞好问字说》、《送汪复之小桃源序》、《刘子敬吟卷序》等,比比皆是,难以胜数。《瀛奎律髓》分类数目取大衍之数,也是方回精熟《周易》之学的结果。

方回所分类目依次为:登览、朝省、怀古、风土、昇平、宦情、风怀、宴集、老寿、春日、夏日、秋日、冬日、晨朝、暮夜、节序、晴雨、茶、酒、梅花、雪、月、闲适、送别、拗字、变体、着题、陵庙、旅况、边塞、宫阃、忠愤、山岩、川泉、庭宇、论诗、技艺、远外、消遣、兄弟、子息、寄赠、迁谪、疾病、感旧、侠少、释梵、仙逸、伤悼。

关于其分类及排列次序,后人多有异议。明人许学夷《诗源辩体》云:"十三卷以后,议论愈谬。且以茶、酒、梅花、雪、月系于前,而以陵庙、边塞、旅况、迁谪系于后,尤为谬甚。"③ 认为陵庙、边塞、旅况、迁谪诸类不应系于茶、酒诸类之后。清人陈士泰也对部分类目之排序不以为然,因此,其所刊刻《紫阳方先生瀛奎律髓》即将卷十七至卷二十七的次序作了改动:明刻本—晴雨类、茶类、酒类、梅花类、雪类、月类、闲适类、送别类、拗字类、变体类、着题类;陈刻本—茶类、酒类、着题类、梅花类、赋雪类、月类、晴雨类、变体类、拗字类、闲适类、送别类。近人吴汝纶《桐城先生评选瀛奎律髓》卷次与陈氏刻本同,他又认为方回所分类目过于繁杂,因而"小有并省",合四十九类为四十五类:"山岩类"与"川泉类"并为"山水类","兄弟类"与"子息类"并为"家族类","论诗类"(按,此类实选梅尧臣《太师相公篇章真草过人远甚而特奖后进流于咏言,辄依韵和》一诗,置于"家族类"中)与"远外类"并删。

---

① (唐)李鼎祚辑:《周易集解》卷十四,《丛书集成初编》第386—389册,中华书局1985年版,第335页。

② (元)方回:《俞伯初复庵诗并说》,《桐江续集》卷三十,《四库全书珍本初集》本,第12437页。

③ (明)许学夷著,杜维沫校点:《诗源辩体》卷三十六,人民文学出版社1987年版,第361页。

　　的确，与《艺文类聚》一目了然的"天—地—人—器具"的分类编排次序相比，《瀛奎律髓》之分类及排序确有杂乱之感。但是，稍显芜杂的分类编排中或许也有方回之深意在。关于此，清人沈邦贞有云：

　　　　是选也，洁而明之，分卷为四十九，取诸大衍数之用也。发端于"登览"，庶乎与天地近焉。而论世知人，必曰诗祖，可谓知本乎。次之"朝省"而尽忠补过，"怀古"而取法垂诫，"风土"而考制正俗，至于"昇平"而富贵不淫，"仕宦"而骄谄皆忘，"风怀"而邪正必辨，"宴集"而悃愫必达，"老寿"而颂祷必诚；他如"春"、"夏"、"秋"、"冬"，顺其序也；"晨朝"、"暮夜"，因其时也；"节序"、"晴雨"，异其宜也；饮以养阳，"茶"、"酒"可以雅俗共赏乎；气以机先，"梅花"可以格物致知乎；变化无方，"雪"、"月"可以荡涤胸襟乎；而后乃"闲适"矣，虽施之"送别"而不与境迁也，极之"拗字"而文从理顺也，证之"变体"而形与势合也，归于"着题"，所谓从心欲而不逾矩者近是；于是乎"陵庙"有肃肃之度，"旅况"无琐琐之讥，"边塞"则存雄壮之风，"宫闱"则存幽闲之意，"忠愤"则存正直之气，陟"山岩"而厌其峻，临"川泉"而不疑其深，安"庭宇"而不改其常，即古人之"论诗"而大旨昭然耳。"技艺"虽小道，可以喻大。"远外"不可忽，庶几引而进之。要之，"消遣"而物理见，世故明，人情当，斯天道全矣。最难得者"兄弟"，不能忘者"子息"，苟有"寄赠"而辞以将志恭敬而有实也。以之处"迁谪"，而可以安命；以之处"疾病"，而可以娱忧纾怨。庶"感旧"而不至于伤，"侠少"而不比于匪，"释梵"而不流于空，"仙逸"而不入于奸，"伤悼"而仍不失其和以正焉。则生人之能事毕矣。如是者，所谓比事属辞而不乱，通于《春秋》也；疏通知远而不诬，通于《书》也；广博易良而不奢，通于《乐》也；洁静精微而不贼，通于《易》也；恭俭庄敬而不烦，通于《礼》也；岂独温柔敦厚三百篇之遗教云尔哉！

　　沈氏此论，被纪昀批为"大而无当，欲示夸而适形其陋"①。然而，无论如何，他的解读，对我们深入理解《瀛奎律髓》之分类及排序还是有些许启发的。

---

　　①　（元）方回选评，李庆甲集评校点：《瀛奎律髓汇评》附录一，上海古籍出版社 2005 年版，第 1819—1820 页。

三　分类选诗所体现的诗学观念

葛兆光《中国思想史》论类书按类编排的意义时指出："古代的类书把当时人能够搜罗的文献按类编排……可能最初的想法只是为了文人'獭祭鱼'式地采撷典故与词藻……其实，这种'巨细必举'而'不加筛选'的形式本身，就是省却了主观意图的，由本来面目直接陈列的资料陈列，而它特有的分类方式，也恰好显现了当时人的心目中，对他们面前那个世界的分类，而分类正是思想的秩序。"① 方回编类选诗亦是如此，在其中体现着颇为重要的诗学思想。

其一，对诗人及诗歌的准确把握。方回选诗，注意到了某些作家对某些题材的擅长，因而所选诗歌极具典范性。关于此，许总先生在其《论〈瀛奎律髓〉与江西诗派》一文中早有阐发，他说："他（方回）一方面固然遵从'一祖三宗'的体系……但同时也注意到各种不同风貌的作家及各类不同题材的作品，如《消遣类》选三十九首，其中白居易十首，陆游十二首，江西派中却未选一首；《怀古类》选入宋代七言律诗共三十五首，而杨亿、钱惟演、刘筠等'西昆'诸公的作品就多达十七首。"② 其他如"梅花类"选张泽民诗歌多达三十六首，"拗字类"、"变体类"所选多杜甫及江西诗派诸子之诗，"释梵类"大量入选僧诗，等等，都是如此。所擅长的题材，既是诗人的优长所在，又是其格外用心用力之处，以此选诗，所选自然多是典范之作，这就为后学研习提供了较高的楷模，从而避免其因入门不高而误入歧途。另外，他对某些诗歌的归类，也见出了独特的思考。最为典型的是将李商隐《无题》（昨夜星辰昨夜风）一诗归入"风怀类"。李氏此诗，解者大致可分为两派，一者持比兴寄托说，以香草美人、贤人失志解之；一者主赋实说，以之为妓席之作而并无深意③。方回归其入"风怀类"，显然是反对穿凿解说，更倾向于视之为艳情之作。纪昀对此颇为赞赏："观此首末二句实是妓席之作，不得以寓意曲解义山。'风怀'诗注家皆以寓言君臣为说，殊多穿凿。虚谷收入此类，却是具眼。"④ 不牵强附

① 葛兆光：《中国思想史》，复旦大学出版社 1998 年版，第 595 页。
② 许总：《论〈瀛奎律髓〉与江西诗派》，《学术月刊》1982 年第 6 期。
③ 按，参见（唐）李商隐著，刘学锴、余恕诚集解《李商隐诗歌集解》，中华书局 1988 年版，第 428—440 页。
④ （元）方回选评，李庆甲集评校点：《瀛奎律髓汇评》卷七，上海古籍出版社 2005 年版，第 292 页。

会、强为索解，方回于此确实是独具慧眼的。

其二，对不同诗歌题材的深细理解。见诸每类"小序"，或偶尔见诸诗后评语中的文字，也体现了方回对于各种诗歌题材深入细致的理解。比如，他认为朝省题材的诗歌意在"言志"①；忠愤类诗歌则应体现"诗可以怨"的功能②；怀古之诗应"见古迹，思古人"，以见"兴亡贤愚"，从而使后世之人以之为法、以之为戒③；风土诗则旨在"格物"④，令人"不出户而知天下"⑤，他说"风土诗多因送人之官及远行，指言其方所习俗之异"⑥，指出风土诗与送行诗往往相并而生，也是非常有道理的。他对着题诗的论述尤其值得注意。所谓着题诗，即是通常所谓咏物诗。方回认为，此类题材的诗歌，"即六义之所谓赋而有比焉，极天下之最难"。其难在于，一方面，须有比兴，像石曼卿咏红梅所谓"认桃无绿叶，辨杏有青枝"，纯粹摹写物象，而无精神，自然不能高远。另一方面，须切题。若仅有比兴，而无赋笔，则不切于所咏之物，"又落汗漫"，必将使人疑惑不解⑦。因此，切题而又讬兴高远者方能算得上是咏物诗之上品，也是后学写作此类诗歌立意炼格的着力之处。他论登览与川泉这两类相近题材的细微区别，也颇有见解。登览之诗，当"登高能赋"，既描写登山川楼亭所望之景，又当抒发登高远望所兴之怀，此类所选诗歌皆是如此。以杜甫《登兖州城楼》为例，起二句"东郡趋庭日，南楼纵目初"是登楼，中四句"浮云连海岱，平野入青徐。孤嶂秦碑在，荒城鲁殿馀"是写景；末二句"从来多古意，临眺独踌躇"是抒怀⑧，这是方回所理解的颇为典型的登楼之作。而山岩、川泉之诗，方回释曰："登览诗，专取

---

① （元）方回选评，李庆甲集评校点：《瀛奎律髓汇评》卷二，上海古籍出版社 2005 年版，第 46 页。

② （元）方回选评，李庆甲集评校点：《瀛奎律髓汇评》卷三十二，上海古籍出版社 2005 年版，第 1346 页。

③ （元）方回选评，李庆甲集评校点：《瀛奎律髓汇评》卷三，上海古籍出版社 2005 年版，第 78 页。

④ 按，方回评杜甫《秦州》云："东南水田，秈粳皆欲肥，西北高原，种粟惟欲地瘦，亦格物者之所宜知也。"〔（元）方回选评，李庆甲集评校点：《瀛奎律髓汇评》卷四，上海古籍出版社 2005 年版，第 155 页。〕

⑤ （元）方回选评，李庆甲集评校点：《瀛奎律髓汇评》卷四，上海古籍出版社 2005 年版，第 150 页。

⑥ 同上书，第 153 页。

⑦ （元）方回选评，李庆甲集评校点：《瀛奎律髓汇评》卷二十七，上海古籍出版社 2005 年版，第 1151 页。

⑧ （元）方回选评，李庆甲集评校点：《瀛奎律髓汇评》卷一，上海古籍出版社 2005 年版，第 7 页。

登高能赋之义。山岩则不但登览，大岳、崇岭、小丘、幽洞、崖岩、磴石之游戏，皆聚此"①；"浮游浪波之上，玩泳泉壑之间，大而沧海、黄河、长江、巨湖之汹涌，小而溪谷、陂池之靓深，雄壮而观湖，凄酸而阻风，闲寂而弄水寻源"②。此类意在赏玩山水，并无寄托感兴。以陈师道《河上》为例，诗云："背水连渔屋，横河架石梁。窥巢乌鹊竞，过雨艾蒿光。鸟语催春事，窗明报夕阳。还家慰儿女，归路不应长。"全诗皆写游玩之兴致，与登览诗之良深感慨截然异味。纪昀批评方回划分山岩一类云："此孰非登览乎？别分一类，殊不近理。"③ 这显然是没能领会方回对此两类题材的细腻把握。

其三，对唐宋诗题材差异的独到见解。唐宋诗歌在题材上存在着一定的差异，大致而言，"宋诗消失唐代那种悲壮底边塞派的作风了"、"消失唐代那种感伤底社会派的作风了"、"消失唐代那种哀怨底闺怨宫怨诗的作风了"、"消失唐代那种缠绵活泼底情诗的作风了"④；然而，宋诗中"反映社会政治、经济、社会各阶层生活状况的诗"却增加了，包括政治诗，反映民生疾苦的诗，广泛反映社会经济、科技、风土人情等方面内容的诗；与饮食起居、昼夜晨昏等息息相关的写日常生活的诗也大量增加⑤。对此，方回亦有认识，并体现在选诗之中。"边塞类"选唐诗 47 首，宋诗 15 首；"风怀类"选唐诗 31 首，宋诗 2 首；"宫阃类"选唐诗 8 首，宋诗 1 首，这些都与唐诗边塞、哀怨等题材较为发达的诗歌实际相一致；同样，对于宋诗较为擅长的接近日常生活的题材，他选宋诗的数量明显多于唐诗，比如，"晴雨类"选唐诗 39 首，宋诗 94 首；"茶"类选唐诗 3 首，宋诗 17 首；"雪类"选唐诗 10 首，宋诗 75 首；"技艺类"选唐诗 2 首，宋诗 11 首。而对于宋代特别发达的梅花诗，他更是入选达 185 首之多，远远多于唐诗的 19 首。

其四，以同类题材类比的巧妙论诗方式。分类编排与方回善于类比同类题材论诗的论诗方式直接相关。方回评孟浩然《临洞庭湖》、杜甫《登岳阳

---

① （元）方回选评，李庆甲集评校点：《瀛奎律髓汇评》卷三十三，上海古籍出版社 2005 年版，第 1376 页。

② （元）方回选评，李庆甲集评校点：《瀛奎律髓汇评》卷三十四，上海古籍出版社 2005 年版，第 1387 页。

③ （元）方回选评，李庆甲集评校点：《瀛奎律髓汇评》卷三十三，上海古籍出版社 2005 年版，第 1376 页。

④ 胡云翼：《宋诗研究》，商务印书馆 1930 年版，第 7—9 页。

⑤ 程杰：《宋诗学导论》，天津人民出版社 1999 年版，第 73—74 页。

楼》二诗云："岳阳楼天下壮观，孟、杜二诗尽之矣。"① 又对比张祜与孙鲂二人所作《金山寺》云："（张祜诗）金山绝唱，孙鲂者努力继之，有云：'天多剩得月，地少不生尘。过橹妨僧定，归涛溅佛身。谁言张处士，诗后更无人？'其言矜夸自大。"② 这都是其直接对比同类题材诗歌的典型例证。然而，像这样直接类比论诗的文字毕竟尚属少数，更多时候，方回是借助以类选诗的方式，将同题材诗作归入一类（按，在同一类别之中，方回大多按时间顺序编选诗歌。但是，当时间顺序与具体题材发生冲突时，有时会迁就题材相同的原则。如卷一王平甫《金山同正之吉甫会宿作寄城中二三子》与王安石、杨公济同题诗并列。之后才又列王平甫之《游庐山宿栖贤寺》），以便于后学者在类比中揣摩体会题材之流别、同一题材之不同表现手法，从而得以荟萃百家、融会贯通，更为全面细致地把握各类题材诗歌的立意技巧及写作技法。对于这种借助分类选诗而论诗的巧妙方式，论者对其积极意义给予了较为充分的肯定。清人吴之振云：

> 紫阳方氏之编诗也，合二代而荟萃之，不分人以系诗，而别诗以从类。盖譬之史家，彼则龙门之列传，而此则涑水之编年，均之不可偏废。然聚六七百年之诗于一门一类间，以观其意境之日拓，理趣之日生，所谓出而不匮，变而益新者，昭然于尺幅之间，则是编为独得已。③

近人方孝岳亦云：

> 以人为类的选法，可以见一个人的精彩。以体为类的选法，能见一体之流别。至如欲观内容之指事抒情和各人心手异同之处，那末，这种以事类为别的选法，也未尝无功。④

的确，按类选诗，全面展示同一题材的不同构思立意、艺术风格及写

---

①　（元）方回选评，李庆甲集评校点：《瀛奎律髓汇评》卷一，上海古籍出版社 2005 年版，第 6 页。

②　同上书，第 13 页。

③　（元）方回选评，李庆甲集评校点：《瀛奎律髓汇评》附录一，上海古籍出版社 2005 年版，第 1813 页。

④　方孝岳：《〈瀛奎律髓〉里所说的"高格"》，载方孝岳《中国文学批评》，生活·读书·新知三联书店 1986 年版，第 132 页。

作技法，确实是一种颇为高效的指导后学的方法，也可见出方回论诗的独具匠心。

四 以类编排的弊端

如上所论，以类编的方式选论诗歌，较好地表达了方回的诗学观念，具有积极的诗学意义。但是，具体操作起来，也并非尽如所愿，不可避免地存在着诸多弊端。

一是归类标准不一。关于某首诗歌应归属于哪一类目，方回的标准并不统一。就大多数而言，是依据诗歌内容决定的。比如，他将杜甫《陪诸贵公子丈八沟携妓纳凉，晚际遇雨二首》选入"夏日类"，并解释其原因道："此当选'宴集类'中，以主意纳凉，故入'夏类'。"① 是舍诗题而取诗意。评杨巨源《郊居秋日酬奚赞府见寄》亦云："此本合入'郊野类'，以其言秋日者多，故附之'秋'。"② 巩仲至《夜雨晓起方觉》虽写夜雨，然"夜雨细而不知，晓起方觉"③，方回亦依此意而将其归入"晨朝类"。江子我《九日》，方回将其归入"忠愤类"，也是因为"此诗题目虽曰《九日》，而'周鼎'、'夏台'之句，乃是忠愤"④。也有一部分诗歌，方回是依据诗题而决定其归类的。如，梅尧臣《春日拜垅经田家》通首写田家，方回也说"此乃田家诗"，却又因为"题有'拜垅'二字"⑤ 而将其归入"陵庙类"。章孝标《长安秋夜》，方回评云："题云《长安秋夜》而前六句自言春意，止末后两句系秋意。今不敢轻改古题，附'秋'诗中。"⑥ 他评梅尧臣《吴正仲见访回，日暮必未晚膳，因以解嘲》亦云："以题有'暮'、'晚'字，附诸此（'暮夜类'）。"⑦ 归类标准既不

① （元）方回选评，李庆甲集评校点：《瀛奎律髓汇评》卷十一，上海古籍出版社 2005 年版，第 392 页。

② （元）方回选评，李庆甲集评校点：《瀛奎律髓汇评》卷十二，上海古籍出版社 2005 年版，第 434 页。

③ （元）方回选评，李庆甲集评校点：《瀛奎律髓汇评》卷十四，上海古籍出版社 2005 年版，第 526 页。

④ （元）方回选评，李庆甲集评校点：《瀛奎律髓汇评》卷三十二，上海古籍出版社 2005 年版，第 1351 页。

⑤ （元）方回选评，李庆甲集评校点：《瀛奎律髓汇评》卷二十八，上海古籍出版社 2005 年版，第 1240 页。

⑥ （元）方回选评，李庆甲集评校点：《瀛奎律髓汇评》卷十二，上海古籍出版社 2005 年版，第 435 页。

⑦ （元）方回选评，李庆甲集评校点：《瀛奎律髓汇评》卷十五，上海古籍出版社 2005 年版，第 544 页。

统一，则诗歌归属难免芜杂之嫌，因而，纪昀批评曰："忽以题字分类，忽以诗语分类，遂自乱其例，不自知其猥杂也。"①

二是归类难以确定。各诗歌题材之间并非截然不相干涉，方回以类编诗，难免存在不能明确规定诗歌归属的问题，以致屡屡出现某些诗歌同时可以归入不同类目的情况。方回谓韩淲《寒食》"合入'节序类'中，附之'春日'亦无不可"②，寒食这一节气在季节上属于春季，此诗自然归入两类皆可。刘养原《夜访侃直翁》，方回谓："合属'夜类'，以'冰'、'雪'一联乃冬也，附诸此（'冬日类'）。"③ 有此犹豫也是因为"夜类"与"冬类"本来就有重合。潘阆《落叶》是咏落叶这一物象，属"着题"诗；而落叶又是秋日之事，又可归入"秋日类"，所以方回有云："《落叶》合入'着题'诗，今附'秋日类'中。"④ 当然，这是诗歌题材本身存在的问题，方回分类选诗，自然很难避免这一尴尬，对此我们也没有必要太过苛责。

三是归类过于随意。方回于诗歌归类上，也存在过于随意的弊病。他说韩琦《乙巳重九》"当入'节序'，而选诗已定，故附此（'秋日类'）"⑤；说将韩淲《九日破晓携儿侄上前山伫立佳甚》归入"秋日类"也是因为"'节序类'编次已定"⑥；又说归王安国《同器之过金山奉寄兼呈潜道》入"释梵类"是"随手分拨如此"⑦。这样的编选理由，自然难以令人信服，纪昀因而斥责道："既可随手分拨，则所分皆无定轨可知，故此书最猥杂处在分类。"⑧

四是为求备类而选诗不精。如前所言，方回选诗四十九类是取《周易》大衍之数，为求此类目之完备，他会选入一些不甚精湛的诗作。他说"端午

---

① （元）方回选评，李庆甲集评校点：《瀛奎律髓汇评》卷十三，上海古籍出版社 2005 年版，第 490 页。

② （元）方回选评，李庆甲集评校点：《瀛奎律髓汇评》卷十，上海古籍出版社 2005 年版，第 388 页。

③ （元）方回选评，李庆甲集评校点：《瀛奎律髓汇评》卷十三，上海古籍出版社 2005 年版，第 486 页。

④ （元）方回选评，李庆甲集评校点：《瀛奎律髓汇评》卷十二，上海古籍出版社 2005 年版，第 440 页。

⑤ 同上书，第 459 页。

⑥ 同上书，第 466 页。

⑦ （元）方回选评，李庆甲集评校点：《瀛奎律髓汇评》卷四十七，上海古籍出版社 2005 年版，第 1749 页。

⑧ 同上。

五七言律诗，遍阅唐宋集，无佳者"①，"节序类"却选入杜甫《端午日赐衣》、范成大《重午》两首诗歌，不免有备类之嫌；评李先之《乞巧》则明确说："七夕无好律诗，以此备数。"② 如此，则他所选杜审言《七夕》、梅尧臣《七夕》、陈师道《和黄预七夕》诸诗皆有备类之嫌了。当然，为求备类也会导致有些类目佳诗已多而不得不对其他佳作忍痛割爱的情况，或者难免产生诗虽佳却因无类可入而不得不放弃的遗憾。对此，清人吴宝芝认识较为深刻："诗文分类，原始《文选》，而亦盛于宋元。在古人则为实学，欲便参考、资博洽也；今人徒以供獭祭、便剽贩而已。然诗以类选，则有诗不甚佳，而强取以充类者；亦有诗甚佳，而类中已多；且有诗甚佳而无类可入，因之割爱者。是编所以有余憾也。"③

第三节　选诗体例

《瀛奎律髓》是一部唐宋律诗选集，其选诗体例也颇值得关注。对此，我们将从选诗对象、选诗原则、选诗处理三个方面予以考察。

一　选诗对象

方回编选《瀛奎律髓》，在诗人、题材、体式方面对选诗对象都作了明确的规定。

先看诗人方面。作为唐宋律诗选集，《瀛奎律髓》入选者皆为唐、宋两朝诗人。然而，与其他并选两朝的选本相比，它在确定入选对象上有三点独特之处。

第一，不喜富贵功名人诗。方回在范成大《海云回接骑城北时吐蕃出没大渡河水上》评中明确表示："予选诗不甚喜富贵功名人诗，亦不甚喜诗之富艳华腴者。"④ 至于其原因，我们可以结合略早的刘克庄的表述来探寻个中究竟。刘氏《跋章仲山诗》云：

---

① （元）方回选评，李庆甲集评校点：《瀛奎律髓汇评》卷十六，上海古籍出版社 2005 年版，第 595 页。

② 同上书，第 633 页。

③ （元）方回选评，李庆甲集评校点：《瀛奎律髓汇评》附录一，上海古籍出版社 2005 年版，第 1815—1816 页。

④ （元）方回选评，李庆甲集评校点：《瀛奎律髓汇评》卷十三，上海古籍出版社 2005 年版，第 494 页。

诗非达官显人所能为，纵使为之，不过能道富贵人语。世以王岐公诗为至宝丹，晏元献不免有"腰金枕玉"之句。绳以诗家之法，谓之俗可也。故诗必天地畸人，山林退士，然后有标致。必空乏拂乱，必流离颠沛，然后有感触。又必与其类锻炼追璞，然后工。①

在刘氏看来，达官显贵之诗浅俗无味、富艳丰腴、率意不工。而这些恰恰都与方回的诗论主张相左。方回以格高论诗，主张诗歌情感崇高深厚，风格瘦硬有骨，对内容浅薄、敷腴乏味的尘俗之诗甚为不齿。他斥刘克庄"君看钟山几个争"句"俗"②，斥王建"自扫一间房，唯铺独卧床"二句"差俗"③，诸如此评者比比皆是，厌恶诗歌中尘俗之气的情绪颇为强烈。方回论诗又重平淡，反对雕饰堆砌，推崇诗风平淡的梅尧臣、陈师道、张耒之诗，将富丽华赡的"昆体"诗排斥于老杜派之外都是有力的证明。锤炼求工也是方回论诗所着重强调的，他说："学者作诗，谓不思而得，喝咄叫怒即可成章，吾不信也。"④ 与此相应，他注重标明诗中字眼，尤其称赏更需着力锻炼的"天下之至难"⑤ 的虚字诗眼；以苦吟著称的梅尧臣、陈师道等人也备受其推崇。明了于此，方回不喜富贵功名人诗也就不难理解了。

第二，偏好名臣、大儒、高隐之诗。方回选韩琦拜坟之诗达八首之多，并赞道："为人子孙，全功名，保富贵，节义文章，万世无歉者，公一人而已。今选其诗，以寓敬仰。"⑥ 评吕颐浩《次韵李泰叔退老堂》第六句"清梦犹思珍北戎"曰："为宰相退居，不下第六句，则为何如人耶？此所以为可选。"⑦

---

① 曾枣庄、刘琳主编：《全宋文》第330册，上海辞书出版社、安徽教育出版社2006年版，第22页。

② （元）方回选评，李庆甲集评校点：《瀛奎律髓汇评》卷三，上海古籍出版社2005年版，第147页。

③ （元）方回选评，李庆甲集评校点：《瀛奎律髓汇评》卷十，上海古籍出版社2005年版，第337页。

④ （元）方回选评，李庆甲集评校点：《瀛奎律髓汇评》卷二十，上海古籍出版社2005年版，第749页。

⑤ （元）方回选评，李庆甲集评校点：《瀛奎律髓汇评》卷四十三，上海古籍出版社2005年版，第1547页。

⑥ （元）方回选评，李庆甲集评校点：《瀛奎律髓汇评》卷二十八，上海古籍出版社2005年版，第1242页。

⑦ （元）方回选评，李庆甲集评校点：《瀛奎律髓汇评》卷三十五，上海古籍出版社2005年版，第1421页。

且谓"余襄公靖盖直臣名士,诗当加敬"①,这些都体现了其对名臣直士之诗的偏爱之意。他认为"大儒事业,有大于诗者,不可以诗人例目之"②,因而对理学家之诗亦倍加崇敬,不仅大量入选程颐、吕祖谦、杨时、朱熹诸人之诗,且对其评价颇高,甚至将朱熹与其至为推崇的陈师道相提并论③。至于高蹈出世的隐者,如杨朴、林逋、俞汝尚等,方回也赏其为人,爱其诗篇,甚至爱屋及乌,与之稍有关涉的诗篇也编入选中。例如,他评杨朴《秋日闲居》:"德人之言,字字出于天真,故取之。"④ 所赏尚且是隐者本人诗作。而选入陈文惠《林处士水亭》则是因为此诗乃"为林和靖作,不可不取之。时一观,以想其所居也"⑤,推赏之情更可想见。显而易见,方回之所以重视如上诸人诗歌,主要是着眼于其高尚的道德品性。这种看似因人选诗的做法屡遭后世论者非议,纪昀即以"攀附"、"矫激"而予以否定⑥。其实,方回以此为选诗对象有其深意:首先,强调格高。文如其人,唯有道德高尚、学养深厚的人方能成就格力高远的诗作。方回论诗"以格高为第一",注重诗人之品德学养、尊崇品性节操高洁之人的评选倾向正与此诗论标准相一致。其次,拯救诗道。宋末江湖诗人奔走富贵之门,将诗作为丐取名利之资;又有道貌岸然之士,借隐士道学以自重⑦,铜臭迂腐之气充溢文坛,风雅之义不复可寻,诗道因而沦丧殆尽。在此背景下,方回论诗首重诗人品性,其挽救时弊、拯救诗道的深意不言自明。

正因为此,他将小人之诗排斥于诗歌正选之外,仅于评注中稍加提及,

---

① (元)方回选评,李庆甲集评校点:《瀛奎律髓汇评》卷二十七,上海古籍出版社 2005 年版,第 1187 页。

② (元)方回选评,李庆甲集评校点:《瀛奎律髓汇评》卷二十三,上海古籍出版社 2005 年版,第 1001 页。

③ 按,方回评朱熹《观梅花开尽,不及吟赏,感叹成诗,聊贻同好二首》云:"文公诗似陈后山,劲瘦清绝,而世人不识。"[(元)方回选评,李庆甲集评校点:《瀛奎律髓汇评》卷二十,上海古籍出版社 2005 年版,第 765 页。]

④ (元)方回选评,李庆甲集评校点:《瀛奎律髓汇评》卷十二,上海古籍出版社 2005 年版,第 458 页。

⑤ (元)方回选评,李庆甲集评校点:《瀛奎律髓汇评》卷二十三,上海古籍出版社 2005 年版,第 972 页。

⑥ (元)方回选评,李庆甲集评校点:《瀛奎律髓汇评》附录一,上海古籍出版社 2005 年版,第 1826—1827 页。

⑦ 按,清人宗廷辅《古今论诗绝句》云:"山林台阁,各是一体。宋季方回撰《瀛奎律髓》,往往偏重江湖道学,意当时风气,或有借以自重者,故喝破之。"(转引自郭绍虞《中国文学批评史》下卷,百花文艺出版社 1999 年版,第 92 页。)颇能发现方回选诗、论诗之深意。

丝毫不掩饰其唾弃厌恶之意①。

第三，存世诗人诗作亦有入选。方回之前，选集不选存世文人之作是常例。王逸《楚辞章句》、徐陵《玉台新咏》、芮挺章《国秀集》等因选入己作或存世人诗而被纪昀等人斥为"露才扬己"、"互相标榜"，《钦定四库全书总目·国秀集提要》云：

> 唐以前编辑总集，以己作入选者，始见于王逸之录《楚辞》，再见于徐陵之撰《玉台新咏》。挺章亦录己作二篇，盖仿其例。然文章论定，自有公评，要当待之天下后世，何必露才扬己，先自表章，虽有例可援，终不可为训。至旧序一篇，无作者姓氏。陈振孙《书录解题》谓为楼颖所作。颖，天宝中进士，其诗亦选入集中。考梁昭明太子撰《文选》，以何逊犹在，不录其诗，盖欲杜绝世情，用彰公道。今挺章与颖，一则以见存之人采录其诗，一则以选己之诗为之作序，后来互相标榜之风，已萌于此。知明人诗社锢习，其来有渐，非一朝一夕之故矣。②

方回选诗，亦不避存世诗友，《瀛奎律髓》选入其好友张道洽诗歌多达三十六首，尚有其好友陆梦发诗歌一首。"以交契而录之"，虽有"所评殊非公论"之嫌疑③，然而，我们也应看到，方回之所以以友人诗入选，恰是因为友人之人品令之钦佩，诗风又与之相投。张道洽"口不臧否人物，而胸中有泾渭"④，"与人色笑和易，而远俗子如仇"，被方回赞为"今亦无复斯人"⑤；他精通律诗，且诗风"圆美精熟，虽极力锻炼者不逮"，"无一语不平淡，而豪放之气自不可掩"⑥，与方回的审美标准如符节之合。陆梦发诗"刻苦深切，气凌物表，而冻硎枯槎、霅宇孤籁，务为揪敛"，也具有方回所大力提

---

① 按，例如，方回论舒镡所作梅花诗云："瞠眼不识东坡，而谓其能识梅花耶？兼亦格卑句巧，似乎凑合而成。……其人品不堪与东坡作奴，故附其诗于坡诗之下，不以入正选云。"〔（元）方回选评，李庆甲集评校点：《瀛奎律髓汇评》卷二十，上海古籍出版社 2005 年版，第 797—798 页。〕

② （清）纪昀等：《钦定四库全书总目》卷一百八十六《国秀集提要》，中华书局 1997 年版，第 2603 页。

③ （元）方回选评，李庆甲集评校点：《瀛奎律髓汇评》卷二十，上海古籍出版社 2005 年版，第 851 页。

④ （元）方回：《张泽民诗集序》，《桐江集》卷一，《续修四库全书》影印宛委别藏钞本，第 360 页。

⑤ （元）方回选评，李庆甲集评校点：《瀛奎律髓汇评》卷二十，上海古籍出版社 2005 年版，第 778—779 页。

⑥ （元）方回：《张泽民诗集序》，《桐江集》卷一，《续修四库全书》影印宛委别藏钞本，第 360 页。

倡的瘦硬劲健的格高美。可见，方回并未有意标榜，他按照一贯的审美标准编选时人诗作，不仅眼光客观独到，而且成为保存宋末元初诗歌的宝贵文献资料。

再看题材方面。方回将入选诗歌根据题材分为登高、朝省、怀古、风土等四十七类，种类繁多，几乎涵盖了唐宋律诗创作的所有题材。但是，他也对两类题材的诗歌明确表示了厌恶之意，甚至将其排除在编选之外。一是生日诗。方回评秦观《中秋口号》云："生日诗、致语诗，皆不可易为，以其徇情应俗而多谀也，所以予于生日诗皆不选。"[①] 评僧居简《赠浩律师》云："蜀僧北磵简，读其集，及见叶水心，与之绝句，且令其除去集中生日诗，此说是也。予此选所以不取生日诗，盖有所见。尝读《周少隐集》，有秦桧生日诗，甚为可恶。近世《李雁湖集》、《魏鹤山集》，皆不去生日诗。一例刊之，亦一快也。"[②] 生日诗是应酬之作，"徇情应俗"而"多谀"，因缺乏真情实感而违反诗歌旨在抒情的本质特征，与方回论诗所着力强调的"意到"标准相违背，因而不能入此选中。二是应制诗。方回亦不甚喜应制之诗。如葛立方《韵语阳秋》所言，应制诗以"典实富艳"为本色：

> 应制诗非他诗比，自是一家句法，大抵不出于典实富艳尔。夏英公《和上元观灯》诗云……王岐公诗云……二公虽不同时，而二诗如出一人之手，盖格律当如是也。……皆典实富艳有余，若作清癯平淡之语，终不近尔。[③]

方回论诗崇尚平淡，因而对应制诗深感不满。也正是因为如此，他不甚以此入选，即使偶尔入选的六首应制诗也都符合其论诗标准，并为了达到特定的诗学意图。我们逐一来看：第一首是宋之问《奉和圣制立春日剪彩花胜应制》："金阁装仙杏，琼筵弄绮梅。人间都未识，天上忽先开。蝶绕香丝住，蜂怜粉艳回。今年春色早，应为剪刀催。"方回评曰："此诗流丽，

---

① （元）方回选评，李庆甲集评校点：《瀛奎律髓汇评》卷十二，上海古籍出版社 2005 年版，第 461 页。

② （元）方回选评，李庆甲集评校点：《瀛奎律髓汇评》卷四十七，上海古籍出版社 2005 年版，第 1734 页。

③ （宋）葛立方：《韵语阳秋》卷二，（清）何文焕辑：《历代诗话》，中华书局 2004 年版，第 498 页。

与太白应制无以异也。"① 所谓"太白应制"诗，是指李白应制所作四首《清平乐令》②，诗以流丽明畅著称。宋之问此诗流丽平易处不减李白诸诗，与一般应制诗的富丽华赡截然异调，颇为符合方回平淡自然的诗学追求，故而得以入选。第二首是宋之问《奉和晦日幸昆明池应制》。此诗因尾联"不愁明月尽，自有夜珠来"格力"健举"而被上官婉儿评为诸诗之翘楚③，颇为合乎方回所尊奉的"格高"标准。第三首是王维《奉和圣制重阳节上寿应制》。方回选此诗的意图是为了发抒"唐、宋诗人经了几番重九，好重九王右丞诸人占了，恶重九却分付与老杜"的感慨④。第四首是夏竦《奉和御制上元观灯》，第五首是王珪《依韵恭和圣制上元观灯》。此二诗被葛立方奉为典型的"典实富艳"的应制诗，方回为何以之入选呢？他在评语中说得很明白："（夏竦诗）形整而味浅，存之以见承平之盛"⑤，"读英公、岐公二诗，曾不如梅圣俞三诗有味也"⑥。一是借以缅怀承平盛世，一是反衬梅尧臣诗歌之淡而有味。第六首是僧广宣《驾幸天长寺应制》。方回评此诗云："唐中贵人多引僧为内供奉，写字吟诗，俾之应制。广宣者，宪宗以来居红楼院，其诗曰《红楼集》。《昌黎集》有《广宣上人频见访》诗，岂恶其数耶？红楼院处所，《酉阳杂俎》可阅。此诗只'僧引百花间'一句好，'观空复观俗'亦颇通。"⑦这里有三点值得注意：一是印证唐时中贵人以僧人为内供奉之风俗；二是保存广宣僧人之事典资料，一并抒发慨叹；三是有力地体现了方回因句选诗、摘句评诗的一贯批评方式。

最后看体式方面。《瀛奎律髓》是专门的律诗选集。这里的"律诗"，是狭义的概念，仅包括五、七言八句的格律诗和长韵的排律，而不包含广义概

①　（元）方回选评，李庆甲集评校点：《瀛奎律髓汇评》卷十，上海古籍出版社 2005 年版，第318 页。

②　按，其一："禁庭春昼，莺羽披新绣。百草巧求花下斗，只赌珠玑满斗。"其二："日晚却理残妆，御前闲舞霓裳。谁道腰肢窈窕，折旋消得君王。"其三："禁帏秋夜，月探金窗罅。玉帐鸳鸯喷沉麝，时落银灯香惹。"其四："女伴莫话孤眠，六宫罗绮三千。一笑皆生百媚，宸游教在谁边？"［（唐）李白著，瞿蜕园、朱金城校注：《李白集校注》卷三十，上海古籍出版社 1980 年版，第 1726 页。］

③　按，事见（宋）计有功《唐诗纪事》卷三，中华书局 1965 年版，第 28 页。

④　（元）方回选评，李庆甲集评校点：《瀛奎律髓汇评》卷十六，上海古籍出版社 2005 年版，第 599 页。

⑤　同上书，第 617 页。

⑥　同上。

⑦　（元）方回选评，李庆甲集评校点：《瀛奎律髓汇评》卷四十七，上海古籍出版社 2005 年版，第 1692 页。

念中的五、七言绝句在内。（按，详见"书名释评"部分。）对于排律之韵数，方回也有较为具体的规定，即五言律不超过十韵，七言律不超过六韵。他说："予所选五言律，止于十韵"[①]，"今此选七言律，过六韵者不收；五言律至十韵而止。盖长篇太多，则读者颇难精也"[②]。当然，观其所选，亦偶有例外，所选白居易五律《送客南迁》即多至十二韵。至于其不选长律的原因，方回谓"长篇太多，则读者颇难精"，是基于易于后学学习揣摩的考虑。关于此，刘克庄亦有类似的论述："惟叶石林谓长篇最难，晋魏以前，无过十韵，常使人以意逆志，初不以叙事倾倒为工。此八篇本非集中高作，而世多尊称，不敢议其病，盖伤于多。如李邕、苏源明篇中多累句，刮去其半，方尽善。……至于石林之评累句之病，为长篇者不可不知。"[③] 对于方回限制选诗韵数的做法，纪昀、许印芳二人提出异议，纪云："工拙不在长短。"[④] 许云："既选长律，但逢佳篇，勿论韵数多少，皆宜收入。虚谷但取短篇为式，可笑也。"[⑤] 客观来说，方回考虑到长韵诗本身易于出现的累句之弊以及后学对此难以精熟，从而限定入选诗歌的韵数，这是他常年致力于诗学钻研的心得之言，也是精心指示后学的一片苦心使然。然而，若不论长律本身之工拙，纯以韵数为入选的唯一标准，则无异于买椟还珠，大有本末倒置之嫌，纪、许二人的批评颇能指出方回这一偏失。

二 选诗原则

《瀛奎律髓》编选诗歌，有较强的原则性，大致来说，有以下几个方面。

第一，以杜诗为中心。方回极为推崇杜诗，认为杜诗皆为精品："老杜诗岂人所敢选？当昼夜著几间读之。"[⑥] 因此，他选诗（包括论诗）以杜诗为中心。杜甫以前诗，方回所选以陈子昂、杜审言、沈佺期、宋之问诸人诗作为

[①] （元）方回选评，李庆甲集评校点：《瀛奎律髓汇评》卷四十三，上海古籍出版社 2005 年版，第 1545 页。

[②] 同上书，第 1552 页。

[③] （宋）刘克庄撰，王秀梅点校：《后村诗话》后集卷二，中华书局 1983 年版，第 59 页。

[④] （元）方回选评，李庆甲集评校点：《瀛奎律髓汇评》卷四十三，上海古籍出版社 2005 年版，第 1552 页。

[⑤] （元）方回选评，李庆甲集评校点：《瀛奎律髓汇评》卷二十八，上海古籍出版社 2005 年版，第 1221 页。

[⑥] （元）方回选评，李庆甲集评校点：《瀛奎律髓汇评》卷二十五，上海古籍出版社 2005 年版，第 1118 页。

主，且以四人为"律诗之祖"。而"律诗之祖"说的提出，正是以杜甫为参照的。他评陈子昂《白帝怀古》云：

> 至沈佺期、宋之问，而律诗整整矣。陈子昂《感遇》古诗三十八首，极为朱文公所称。天下皆知其能为古诗，一扫南、北绮靡，殊不知律诗极精。此一篇置之老杜集中，亦恐难别。乃唐人律诗之祖。如沈，如宋，如老杜之大父审言，并子昂四家观之可也，盖皆未有老杜以前律诗。①

又评陈子昂《送崔著作东征》云：

> 陈子昂才高于沈佺期、宋之问，惟杜审言可相对。此四人唐律，在老杜以前，所谓律体之祖也。②

可见，在方回的批评中，以陈、杜、沈、宋为代表的初唐时期，在时间上是以杜甫之前来划定的。与杜甫同时的诗人的诗歌，方回也大多以杜诗为参照：

> 孟浩然、李白、王维、贾至、高适、岑参与杜甫同时，而律诗不出则已，出则亦足与杜甫相上下。③
> 予选诗以老杜为主。老杜同时人皆盛唐之作，亦皆取之。④

他更将杜甫同时及后世诗人（除"昆体"诗人之外）皆归入"老杜派"：

> 唐人杜子美、李太白兼五体造其极，王维、岑参、贾至、高适、李泌、孟浩然、韦应物，以至韩、柳、郊、岛、杜牧之、张文昌，皆老杜之派也。宋苏、梅、欧、苏、王介甫、黄、陈、晁、张、僧道潜、觉范，

---

① （元）方回选评，李庆甲集评校点：《瀛奎律髓汇评》卷三，上海古籍出版社2005年版，第78—79页。

② （元）方回选评，李庆甲集评校点：《瀛奎律髓汇评》卷二十四，上海古籍出版社2005年版，第1018页。

③ （元）方回选评，李庆甲集评校点：《瀛奎律髓汇评》卷一，上海古籍出版社2005年版，第2页。

④ （元）方回选评，李庆甲集评校点：《瀛奎律髓汇评》卷十，上海古籍出版社2005年版，第338页。

以至南渡吕居仁、陈去非，而乾、淳诸人朱文公诗第一，尤、萧、杨、陆、范，亦老杜之派也。是派至韩南涧父子、赵章泉而止。别有一派曰昆体，始于李义山，至杨、刘及陆偶绝矣。炎祚将讫，天丧斯文，嘉定中忽有祖许浑、姚合为派者，五七言古体并不能为，不读书亦作诗，曰学四灵，江湖晚生是也。①

并据此勾勒出"晚唐派"与"江西派"的完整体系。

选诗既如此，评诗亦然。方回以杜诗为"万古之准则"②，并以此为标准点评诗歌，在与杜诗的比较分析中探求其他诗人的风格特色。他评陈师道《别刘郎》云："尾句逼老杜。"③ 认为岑参《初至犍为作》"颇似老杜诗，而无其悲愤"④，刘长卿"不及老杜处，以时有偏枯"⑤，"苏子美壮丽顿挫，有老杜遗味"⑥。甚至对于杜诗师法对象之一陈子昂的《白帝怀古》，方回也以"此一篇置之老杜集中，亦恐难别"⑦ 加以评骘，对杜诗极尽尊崇之能事。

第二，因佳句而选诗。方回也会因一联一句佳而选诗。如：

"古木一边春"，绝好。……以一句好，不容弃也。⑧

"人向梅梢大欠诗"，佳句也。予选诗不甚喜富贵功名人诗，亦不甚喜诗之富艳华腴者。其人富贵，而其诗高古雅淡，如选此篇，以有此联

① （元）方回：《恢大山西山小稿序》，《桐江续集》卷三十三，《四库全书珍本初集》本，第491页。按，其实在方回的诗学体系中，所谓"祖许浑、姚合为派者"作为"晚唐派"之一分子，亦属于"老杜派"；经由李商隐而间接学杜的"昆体"不入"老杜派"，则是方回崇尚"格高"、"平淡"的论诗标准使然。详见"唐宋诗体派论"之相关论述。

② （元）方回选评，李庆甲集评校点：《瀛奎律髓汇评》卷十六，上海古籍出版社2005年版，第624页。

③ （元）方回选评，李庆甲集评校点：《瀛奎律髓汇评》卷二十四，上海古籍出版社2005年版，第1063页。

④ （元）方回选评，李庆甲集评校点：《瀛奎律髓汇评》卷六，上海古籍出版社2005年版，第235页。

⑤ （元）方回选评，李庆甲集评校点：《瀛奎律髓汇评》卷四十三，上海古籍出版社2005年版，第1542页。

⑥ （元）方回选评，李庆甲集评校点：《瀛奎律髓汇评》卷二十二，上海古籍出版社2005年版，第923页。

⑦ （元）方回选评，李庆甲集评校点：《瀛奎律髓汇评》卷三，上海古籍出版社2005年版，第79页。

⑧ （元）方回选评，李庆甲集评校点：《瀛奎律髓汇评》卷十，上海古籍出版社2005年版，第328页。

佳句耳。①

　　此诗尾句（"诸君小住听松声"）好，所以不可遗。②

　　此诗以"虏近少闲兵"一句能道边塞间难道之景，故取之。③

　　以前联（"泉声到池尽，山色上楼多"）不可废也，故取之。④

　　诸如此类因佳联佳句而选诗者，《瀛奎律髓》中不胜其数。显然，这是先秦断章取义的赋《诗》、引《诗》方法影响诗学摘句风气兴盛的结果，体现了方回对前代诗学批评方式的有力借鉴。

　　第三，因易学而选诗。方回评苏辙《送龚鼎臣谏议移守青州》云："周益公尝问陆放翁以作诗之法，放翁对以宜读苏子由诗。盖诗家之病忌乎对偶太过，如此则有形而无味。三洪工于四六而短于诗，殆胸中有先入者，故难化也。放翁其以此箴益公欤？或问苏子瞻胜子由否？以予观之，子瞻浩博无涯，所谓'诗涛汹退之'也。不若所谓'诗骨耸东野'，则易学矣。子由诗淡静有味，不拘字面事料之俪，而锻意深，下句熟。老坡自谓不如子由，识者宜细咀之可也。"⑤ 指点后学学诗途径是方回编选《瀛奎律髓》的主要目的之一，有法可循、易于揣摩也是其编选诗歌的重要原则。他认为苏辙诗胜过苏轼诗，在李、杜二人中明显偏爱杜诗，都是这一原则的典型表现。另外，这也与其重视讲论诗法的诗学倾向相一致。

　　第四，因个人喜好而选诗。个人编选的选集，带有或多或少的主观倾向性是在所难免的，方回亦然。这主要体现在他对梅花诗的偏好上。他说："老杜诗凡有梅字者皆可喜。……且不特老杜，凡唐人、宋人诗中有梅字者，即便清雅标致，但全篇专赋，则为至难题，而强揠者实为可憾云。"⑥ 又说："师

---

① （元）方回选评，李庆甲集评校点：《瀛奎律髓汇评》卷十三，上海古籍出版社 2005 年版，第 494 页。

② （元）方回选评，李庆甲集评校点：《瀛奎律髓汇评》卷二十三，上海古籍出版社 2005 年版，第 1010 页。

③ （元）方回选评，李庆甲集评校点：《瀛奎律髓汇评》卷二十四，上海古籍出版社 2005 年版，第 1054 页。

④ （元）方回选评，李庆甲集评校点：《瀛奎律髓汇评》卷四十七，上海古籍出版社 2005 年版，第 1661 页。

⑤ （元）方回选评，李庆甲集评校点：《瀛奎律髓汇评》卷二十四，上海古籍出版社 2005 年版，第 1083 页。

⑥ （元）方回选评，李庆甲集评校点：《瀛奎律髓汇评》卷二十，上海古籍出版社 2005 年版，第 780 页。

川诗律疏阔。其说甚傲，其诗颇拙。只雪诗二首可取。此以予爱梅，故及之。"① 《瀛奎律髓》"梅花类"选诗多达 209 首，仅次于"释梵类"的 251 首②，足可见其个人喜好在其诗集编选中的重要影响。

第五，为发抒感慨而选诗。有些诗歌，方回选之并非因为诗歌本身之精工，而是借以抒发某种感慨。其一，感慨时事。选宋孝宗《秋日临幸秘书省，因成近体诗一首，赐丞相史浩以下》即是如此，方回慨叹道："中间钱塘一隅，谓之小康则可矣。至阜陵立，历隆兴、乾道以至淳熙，始可谓之昇平。故取孝宗此诗，以见当时稽古右文、礼贤下士之盛。宋之极治，前言仁祖，后言孝宗，汉、唐英主有不逮也。朝廷治而天下富乐谓之昇平，天下虽尚富乐而朝廷不治，则有乱之萌，不足以言昇平也。选诗之意，又在乎此。"③ 他选入王维《奉和圣制重阳节上寿应制》，也是有感于安史之乱中已不复可见盛时重阳节的繁华景象，而深切慨叹"唐宋诗人经了几番重九，好重九王右丞诸人占了，恶重九却分付与老杜"④。其二，感慨身世。选郑刚中《寒意》诗并评曰："予生于是邦，先君以广西经干被诬劾，卒于是邦，亦有诗而泯于火，家集不传。今选郑公之诗于斯，所以寄予怀而纾无穷之悲也。"⑤ 选黄叔达《次韵答清江主簿赵彦成》并评曰："然则兄在贬所，弟为携家，孝友之道也。予先君四府君自广州谪封州，先叔八府君元圭一至静江问劳，后又至封州取丧以归，亦山谷之知命也。故有所感而取此诗云。"⑥ 这显然是因为郑、黄二诗触动其身世之感而选入的。

第六，其他选诗原则。方回选诗，尚有其他原则，颇为博杂。有为表佳事而选者，选刘季孙《雪中过城东仰怀平甫学士》、王安国《次韵景文雪中见寄》二诗即是为表二人唱和之佳事⑦；有为存难得之景而选者，选陆游《西村暮归》

---

① （元）方回选评，李庆甲集评校点：《瀛奎律髓汇评》卷二十，上海古籍出版社 2005 年版，第 816 页。

② 按，方回之所以选"释梵类"诗歌如此众多，或许与其曾经编撰《名僧诗话》，有大量的相关诗歌资料有一定关系。

③ （元）方回选评，李庆甲集评校点：《瀛奎律髓汇评》卷五，上海古籍出版社 2005 年版，第 227 页。

④ （元）方回选评，李庆甲集评校点：《瀛奎律髓汇评》卷十六，上海古籍出版社 2005 年版，第 599 页。

⑤ （元）方回选评，李庆甲集评校点：《瀛奎律髓汇评》卷十三，上海古籍出版社 2005 年版，第 479 页。

⑥ （元）方回选评，李庆甲集评校点：《瀛奎律髓汇评》卷四十三，上海古籍出版社 2005 年版，第 1567 页。

⑦ （元）方回选评，李庆甲集评校点：《瀛奎律髓汇评》卷二十一，上海古籍出版社 2005 年版，第 885 页。

即是因为"村村陂足分秧水，户户门通入郭船"所画暮晚西村图甚为难得①；有为广见闻而选者，选张祜《题虎丘东寺》即是为了使人知晓虎丘寺"石壁地中开"的奇观②；有因王安石《唐百家诗选》选入而选者，他选许浑怀古诗作是因为"王半山多选其诗，亦不可尽捐"③，选许浑《春日题韦曲野老村舍》也是因为"荆公尝选此诗，予亦不弃"④。

由上可见，在有鲜明的诗学观念为指导的前提下，方回编选诗歌的原则颇为多样，甚至有很多与诗歌本身并不相关。对此，纪昀等人颇为不解，屡有斥责之辞。但是，结合原序中方回"所注，诗话也"⑤的表述，本书批评体例既如此，我们也就不必苛责了。

三　对所选诗歌的处理

方回对入选的诗歌进行了一定的更易处理，具体体现在诗题、诗注和组诗三个方面。

其一，诗题处理。

诗题是对诗歌主要内容及思想情感的概括，好的诗题应涵容全部、表达贴切。然而，有的诗题本身难称尽美，有的诗题在诗歌流传过程中有所更改、讹脱而难称诗意，因版本不同而诗题各异的情况也屡见不鲜。因此，关于诗题之讨论也成为诗歌批评的重要内容之一。

方回颇为重视对诗歌题目的探讨，他认为，诗题与诗歌意脉直接相关，诗歌意脉隐形地存在于诗歌题目之中。紧紧抓住诗题中隐含的诗歌意脉，方回对陆游《山行过僧庵不入》逐句所作的解析最可圈点。诗云："垣屋参差竹坞深，旧题名处懒重寻。茶炉烟起知高兴，棋子声疏识苦心。淡日晖晖孤市散，残云漠漠半川阴。长吟未断清愁起，已见横林宿暮禽。"解云：

---

① （元）方回选评，李庆甲集评校点：《瀛奎律髓汇评》卷五，上海古籍出版社 2005 年版，第 231 页。

② （元）方回选评，李庆甲集评校点：《瀛奎律髓汇评》卷四十七，上海古籍出版社 2005 年版，第 1662 页。

③ （元）方回选评，李庆甲集评校点：《瀛奎律髓汇评》卷三，上海古籍出版社 2005 年版，第 111 页。

④ （元）方回选评，李庆甲集评校点：《瀛奎律髓汇评》卷十，上海古籍出版社 2005 年版，第 339 页。

⑤ （元）方回选评，李庆甲集评校点：《瀛奎律髓汇评》"序"，上海古籍出版社 2005 年版，第 1 页。

此诗题目甚奇，"山行"是一节，"过僧庵而不入"又似是两节。"垣屋参差竹坞深"，只此一句便见山行而过僧庵，及过僧庵而不入矣。"旧题名处懒重寻"，即是曾游此庵，而今懒入矣。"茶炉烟起知高兴"，此谓不入庵而遥见煮茶之烟，想像此僧之不俗也。"棋子声疏识苦心"，则妙之又妙矣。闻棋声而不得观其棋，固已甚妙；于棋声舒缓之间想见棋者用心之苦，此所谓妙之又妙也。过僧庵而不入，尽在是矣。"淡日"、"残云"下一联，及末句结，乃结煞"山行"一段余意。①

然而，遗憾的是，他并没有将如此细致精当的评点贯穿全书之始终，很多诗题中存在的颇为明显的问题，他都未作只字点评。较为典型的例子就是孟浩然的《临洞庭湖》。此诗题目版本众多，"宋本、顾本题作'岳阳楼'；《全唐诗》题作'临洞庭湖赠张丞相'，《文苑英华》同，惟'赠'作'上'；《唐写本唐人选唐诗》题作'洞庭湖作'，无后四句；《唐诗纪事》题作'湖上作'"②。观其诗，前四句写洞庭壮阔雄伟之景，后四句抒期求援引之情，"岳阳楼"、"湖上作"之类诗题显然不能涵盖全部诗意；"临洞庭湖赠张丞相"兼写景与抒情而有之，较为贴切；《唐写本唐人选唐诗》题作"洞庭湖作"且删掉后四字，也是基于诗题与诗意一致的考虑。方回题为"临洞庭湖"，评语中亦未作批评，相对于后世选家如曹学铨、王士禛等人而言（按，曹学铨《石仓历代诗选》、王士禛《唐贤三昧集》皆题作"望洞庭湖赠张丞相"），显然用心不足。其他如赵嘏《始闻秋风》有"为君扶病上高台"句，知为寄人而作，当作"始闻秋风寄某人"③；曹汝弼《喜友人过隐居》，从"闲过隐士家"知为"过友人隐居，而非友人过隐居"④，而这些都是方回所不曾关注的，不能不说是其疏误。

方回对诗题也偶有改易。岑参《宿关西客舍寄东山严、许二山人，时天宝初七月初三日，在内学见有高道举征》，方回认为其"题字颇繁，以半山

---

① （元）方回选评，李庆甲集评校点：《瀛奎律髓汇评》卷二十三，上海古籍出版社 2005 年版，第 1007 页。

② （唐）孟浩然著，徐鹏校注：《孟浩然集校注》，人民文学出版社 1989 年版，第 146 页。

③ （元）方回选评，李庆甲集评校点：《瀛奎律髓汇评》卷十二，上海古籍出版社 2005 年版，第 455 页。

④ （元）方回选评，李庆甲集评校点：《瀛奎律髓汇评》卷二十三，上海古籍出版社 2005 年版，第 976 页。

《唐选》正之"①，因而删去"初七月初三日在内学见有"诸字。但是，像白居易《胡、吉、郑、刘、卢、张六贤皆多年寿，予亦次焉。偶于敝舍合成尚齿之会，七老相顾，既醉且欢。静而思之，此会世所稀有，因成七言六韵诗以记之，传好事者》这样繁复冗长的题目他并未作任何删减，体例颇为不一，不知其改易删减的具体标准何在。

其二，诗注处理。

诗人对诗歌所作的注解，或注其本事，或交代名物、解释字句，也是深入理解诗歌所不可或缺的。然而，方回在编选诗歌时，并未对此给予应有的重视，往往随手将其删去。如梅尧臣《金山寺》"巢鹘宁窥物，驯鸥自作群"句，梅氏于注解中原有一段文字注其本事云：

> 东小峰谓之鹘山，有海鹘雄雌栖其上，每岁生雏，羽翮既成，与之纵飞，迷而后返，有年矣。恶禽猛鸷不敢来兹以搏鱼鸟，其亦不取近山之物以为食，可义也夫。②

观此注语，不仅可以明了诗句之含义，梅氏于四十字短诗中特以十字记此以发其"可义也夫"之感叹的用意也不难体味了。删去此注，则不但"令读者不得其本事"，而且连这两句诗本身也近乎"杂凑"③而意义难解了。再如许浑《咸阳西门城楼晚眺》题下原有注："南近磻溪，西对慈福寺阁。"④故而诗中有句云"溪云初起日沉阁"，所谓"阁"，即指慈福寺阁而言。方回删去此注，遂使"阁"字失去着落。再如苏轼《初到黄州》结句云："只惭无补丝毫事，尚费官家压酒囊。"元注："检校官例折支，多得退酒袋。"有此注解，再结合清人陆锡熊所云"折支者，谓以他物代钱也，退酒袋者，官法酒

---

①　（元）方回选评，李庆甲集评校点：《瀛奎律髓汇评》卷二十九，上海古籍出版社2005年版，第1263页。

②　（宋）梅尧臣著，朱东润编年校注：《梅尧臣集编年校注》，上海古籍出版社2006年版，第191页。

③　（元）方回选评，李庆甲集评校点：《瀛奎律髓汇评》卷一，上海古籍出版社2005年版，第15页。

④　（唐）许浑著，罗时进笺证：《丁卯集笺证》卷六，江西人民出版社1998年版，第137页。〔按，《瀛奎律髓》卷三此诗，题作"咸阳城东楼"。见（元）方回选评，李庆甲集评校点《瀛奎律髓汇评》卷三，上海古籍出版社2005年版，第109页。〕

用余之废袋也。盖宋时俸料,每以他物折抵。退酒袋,即折抵之物耳"①,我们才能正确理解苏轼借此官俸制度所表达的用世之情与迁谪之感。查慎行批"结句元注自不可删"②,是很有道理的。为指引后学,方回论诗颇重"意到",强调诗歌应准确有力地写意抒情,然而,后学须结合诗人原注才能恰当理解和仔细揣摩诗歌深意,并进而领会诗歌写作之妙处所在,从而悟得作诗之三昧。因此,删去原注,必定会在一定程度上影响后学对诗歌的理解,这不能不说是方回的一大疏失。

其三,组诗处理。

所谓组诗,即同题而作的数首诗歌。《瀛奎律髓》中也大量选入了诸多诗人的组诗,其编选方式,大致可以分为三类:一是全选,即将组诗中的每一首诗歌依次悉数选入。杜甫《春日江村》五首、《曲江》二首、《秋野》五首、《七月一日题终明府水楼》二首、《十二月一日》三首等,陈师道《次韵无斁雪后》二首、《送秦观》二首、《宿深明阁》二首等,陆游《上章纳禄恩畀外祠遂以五月东归》五首、《舍北摇落景物殊佳偶作》五首等,皆属此类。二是删选,即选取组诗中的某一首或者某几首。可分为两种情况:1. 删选后归入同一类目。如,白居易《和春深》二十首选入五首,同归入"春日类";白居易《戊申岁暮咏怀》三首选入两首,改题为"二首",同归入"冬日类";梅尧臣《宣州杂诗》二十首选入二首,题作《宣州二首》,同归入"风土类"。2. 删选后归入不同类目。如杜甫《九日》五首,"节序类"于五言中选其二、其三,七言中选其五(《登高》),"变体类"选其一;杜甫《秦州杂诗》二十首,"风土类"选其十三,"释梵类"选其二;杜甫《暮春题瀼西新赁草屋》五首,"闲适类"选其三,"拗字类"选其五。三是合选,即将本来并非组诗的单篇诗歌合选,以组诗的形式选入。也有两种情况:1. 合选同题诗作。如"冬日类"所选杜甫《野望》二首,虽是同题,然而,其一(金华山北涪水西)系宝应元年(762)十一月在射洪县作,其二(西北白雪三城戍)系宝应元年(762)在成都作,并非组诗。"变体类"所选杜甫《九日》二首,其一(重阳独酌杯中酒)系大历二年(767)所作,其二(去年登高郪县北)系广

---

① (宋)苏轼著,(清)王文诰辑注,孔凡礼点校:《苏轼诗集》卷二十,中华书局 1982 年版,第 1032 页。

② (元)方回选评,李庆甲集评校点:《瀛奎律髓汇评》卷四十三,上海古籍出版社 2005 年版,第 1562 页。

德元年（763）所作①，也是作于不同时期的同题诗作，不能视为组诗。2. 合
选非同题诗作。"夏日类"作为组诗编选的白居易《苦热》二首，在本集中一
题《苦热》，一题《销暑》，方回将《销暑》题目删去，置于《苦热》后，一
并以《苦热》为题，作为组诗，且评曰："闲可减暑，静足支暑。两诗能道此
意，可喜。"②

　　全选是组诗最基本也是最常态的编选方式，无须多言。较能体现方回编
选特色因而较为值得关注的是删选和合选。关于其删选和合选组诗的原因，
概括而言有如下几个方面：1. 诗歌体裁。有些组诗，由体裁不同的诸多诗歌
构成，包括古诗、律诗、绝句等诸体，而方回《瀛奎律髓》是专门的律诗选
集，自然要把组诗中除律诗之外其他体裁的诗歌排除在外。如，李商隐《马
嵬》本二首，然而第一首系绝句，第二首系律诗，因而，"怀古类"仅选入其
第二首。2. 分类类目。出于切合类目的考虑，方回也对组诗进行了删选或合
选。杜甫《陪郑广文游何将军山林》本十首，方回仅选"剩水沧江破"一首
入"夏日类"，且解释唯选此一首之原因道："今以切于夏日，特取此第五
首。"③ 正如查慎行、纪昀等人所说，其他诸诗也大多言夏日情事，仅选此首
并不甚恰巧，但是，无论如何，方回删选之初衷却是合乎类目，这是不应予
以否定的。另外，他将同一组诗中的诗歌分别选入不同类目，也是因为组诗
中的诗歌在题材上又各自有所侧重，可以归入不同类别。以杜甫《秦州杂诗》
为例，就总体而言，二十首皆言秦州风土人情，自然可入"风土类"，故"风
土类"选"传道东柯谷"一首；然而，"秦州山北寺"一首吟咏秦州之寺庙，
又可归入"释梵类"，故"释梵类"选此。（当然，如"分类体例"部分所述，
各类别之间的界限并不能截然厘清，这也是组诗中的诗歌可以分别归入不同
类目的重要原因之一。）再者，方回将单篇诗歌作为组诗合选的前提也是诸诗
在题材上的一致性，即出于可入同类的考虑。3. 情感内涵。诗歌所表达的情
感内涵，也是方回将组诗中的哪些诗歌选入集中的重要依据。例如，白居易
《何处难忘酒》本七首，方回选入四首而舍弃另外三首，究其原因：

---

　　① 分别见（唐）杜甫著，（清）仇兆鳌注《杜诗详注》卷十一、卷十、卷二十、卷十二，中华
书局 1979 年版，第 944、880、1764、1034 页。
　　② （元）方回选评，李庆甲集评校点：《瀛奎律髓汇评》卷十一，上海古籍出版社 2005 年版，
第 398 页。
　　③ 同上书，第 393 页。

　　七首内，三首以士人及第、少年春夜、军功建旄而饮，今删之。何则？得志之人能不汩于酒，则人品高矣。所取四首，以逆旅穷交、老境寒病、都门送别、逐臣遇赦而饮。此则不能忘情于酒者，人情之常也。①

　　借酒浇愁，人之常情，故方回选入者皆愁境饮酒之作；他摒弃得志饮酒之诗，当是规诚后学"不汩于酒"、以"人品高"为追求之意。

　　基于编选或分类的考虑而删选或合选诗歌固然体现了方回的别有用心，但是，组诗处理的这一方式也不可避免地存在一些弊端，对此，我们也应该有清醒客观的认识。

　　其一，删选连章诗致其意脉不通、气脉不畅。作为组诗的一种独特形式，和普通的组诗只是吟咏同一主题，"各首之间并无必然的联系"② 不同，连章诗"独立成章而又有整体的构思布局"、"彼此间气脉联络照应"③，若仅选其中一篇或几篇，显然不能体现诗人独具匠心的构思布局与各章之间联络照应的意脉与气脉。方回于陈师道《和王子安至日》三首仅取其第三首"晨起公私迫"，即因为割断了诗歌内在的意脉、"不能一首自为首尾，全然见题"④而受到冯舒"此篇都无至日意"⑤ 的非议。当然，方回最受后人一致指责的还是其对杜甫《秋兴八首》的删选。《秋兴八首》是历代公认的杜甫连章诗最优秀的代表作之一，因章法之严密而备受后世论者推崇。清人王嗣奭赏曰："《秋兴》八章，以第一起兴，而后章俱发隐衷，或起下，或承上，或互发，或遥应，总是一篇文字。"陈廷敬更是推崇备至："《秋兴八首》，命意炼句之妙，自不必言，即以章法论：分之如骇鸡之犀，四面皆见；合之如常山之阵，

---

　　① （元）方回选评，李庆甲集评校点：《瀛奎律髓汇评》卷十九，上海古籍出版社 2005 年版，第 728 页。

　　② 按，霍松林、霍有明等解沈佺期《杂诗》云："《杂诗》，是汉魏以来诗人们常用的诗题，一般一题多首，甚至数十首（如杜甫《秦州杂诗二十首》），属于'组诗'性质，但各首之间并无必然的联系，与表现同一主题的'连章诗'（如《秋兴》八首）不同，因为它'杂'。"（霍松林、霍有明等：《绝妙唐诗》，时代文艺出版社 2000 年版，第 42 页。）

　　③ 聂巧平：《论杜甫连章诗的组织艺术》，《暨南学报》（哲学社会科学版）2000 年第 2 期。按，聂文对组诗与连章诗之关系及区别也作了较为详细的探讨："要之，组诗涵盖连章诗，连章诗属于组诗的范畴。比如，杜甫的'三吏'、'三别'，入蜀纪行诗二十四首等，这些组诗虽具有前后的连贯性，然它们既不统属在同一标题之下，也没有严格的章法转承和照应；再者，若摘选其中任何一首来读，其艺术的完整性不会受太大的影响。因此，这类诗虽说是组诗，从严格的意义上讲却不能称连章诗。"

　　④ （元）方回选评，李庆甲集评校点：《瀛奎律髓汇评》卷十六，上海古籍出版社 2005 年版，第 566 页。

　　⑤ 同上。

首尾互应。前人皆云李如《史记》，杜如《汉书》，予独谓不然，杜合子长、孟坚为一手者也。"① 方回却置此章法不顾，仅于"忠愤类"取"闻道长安似弈棋"一首，而在"秋日类"述其不选杜甫《秋兴八首》之理由道："不专言秋，以多，不能备取。"② 此理由实在难以成立，透露出其诗学眼光之狭窄，正如纪昀和许印芳所批评的：

> 八首取一，便减多少神采。此等去取，可谓庸妄至极。③
> 七律连章诗最难出色，古来惟杜擅长。《咏怀古迹》五首、《诸将》五首、《秋兴》八首，魄力雄厚，法律精密，后学诵习、受益无量。虚谷此书"秋日类"批杜诗云："老杜《秋兴》不专言秋，又以诗多，不能备取。"纪批云："以此不取《秋兴》，所见甚陋。"……今抄杜诗不抄此篇，学者当取全诗诵习，勿如虚谷以管窥天也。④

"庸妄至极"、"以管窥天"等批评用于此处并不过分，方回如此删选杜甫《秋兴八首》，的确欠妥。但是，我们应该知道，删选包括杜甫《秋兴八首》在内的连章诗在宋、明两代是颇为普遍的做法，并不是方回的个人行为，因而过于苛责方回之选似乎也有过甚之嫌。来看下面几条评述：

> 杜诗《秋兴》八首，《瀛奎律髓》止选"闻道长安似弈棋"一首。历观选家，自南宋以来，万历以上，皆独选此首，殊不可解。⑤
> 《秋兴》八首，章各有意，妙难言馨，似非后人所可增减者。而钟、谭直斥之，卢德水先生《杜诗胥钞》辄删去二首，毛西河《唐律选》又删去三首，殊难测其意旨。⑥

---

① （唐）杜甫著，（清）仇兆鳌注：《杜诗详注》卷十七，中华书局 1979 年版，第 1485、1499 页。
② （元）方回选评，李庆甲集评校点：《瀛奎律髓汇评》卷十二，上海古籍出版社 2005 年版，第 453 页。
③ （元）方回选评，李庆甲集评校点：《瀛奎律髓汇评》卷三十二，上海古籍出版社 2005 年版，第 1361 页。
④ （元）方回选评，李庆甲集评校点：《瀛奎律髓汇评》卷二十五，上海古籍出版社 2005 年版，第 1116 页。
⑤ （清）顾嗣立：《寒厅诗话》，郭绍虞编选，富寿荪校点：《清诗话续编》，上海古籍出版社 1983 年版，第 85 页。
⑥ （清）田同之：《西圃诗说》，郭绍虞编选，富寿荪校点：《清诗话续编》，上海古籍出版社 1983 年版，第 753 页。

历看选家，自南宋以来，万历以上，不知何以只选此首？①

即以总集而言，像宋人所编《分门集注杜工部诗》，也是往往将连章的数诗分别编入不同的诗歌门类。其实，宋人作诗与论诗已经非常注重诗歌章法之起承转合（按，方回论诗即是如此，详见"格法论"部分），起承转合作为诗学问题专门加以讨论也早在元代就已经开始了②，然而，宋、元、明选家选连章诗仍弃其章法于不顾，直至清人才予以较为充分的重视③，这确实令人"殊不可解"，尚需存疑。

其二，合选偶有因未考本集而导致疏误者。合选单篇诗歌为组诗，大多是方回基于体式、事类等方面考虑的有意而为，但是，偶尔也有本集误将异题诗歌作为组诗编排，方回未作细考，沿袭而致误的情况。"拗字类"所选黄庭坚《题落星寺》在其本集中本为四首，方回以组诗形式选其第一首"星宫游空何时落"及第三首"落星开士深结屋"。然而，宋人史容据黄氏真迹及石刻考知此四诗并不是同时而作的一组诗：

> 山谷真迹前二首题云《题落星寺》，第三首题云《题落星寺岚漪轩》，第四首题云《往与道纯醉卧岚漪轩，夜半取烛题壁间》。又有蜀本石刻，前一首题云《落星寺僧请题诗》，……而第四首石刻题作《醉书落星寺壁，时与刘道纯同饮，二僧在焉》。四诗非同时作，后人类聚于此，故诗语有重复，不可指其岁月。④

---

① （元）方回选评，李庆甲集评校点：《瀛奎律髓汇评》卷三十二，上海古籍出版社 2005 年版，第 1361 页。

② 蒋寅《起承转合：机械结构论的消长——兼论八股文法与诗学的关系》云："从现存文献看，作为诗学问题的起承转合之说，最早见于元人诗法，具体说就是杨载《诗法家数》与傅若金《诗法正论》。……也不排除另外一种可能，就是起承转合之说在当时属于老生常谈，杨、范两家都是在敷衍陈说。"（《文学遗产》1998 年第 3 期。）

③ 按，清人甚至认为包括连章诗在内的所有组诗皆不可删选。如，陈仅《竹林答问》："问：'叔父谓杜诗连章皆有次第，固然。若《秦州杂诗二十首》，题既云"杂"，当在别论。'（答：）'何尝无次第？观其起结两首及中间，有一丝紊乱者乎？予最恨近人选杜连章，只选一二首。不思老杜于此等处，皆有章法，阙一不可，增一不能。即如五律中《丈八沟》、《何将军山林》、《黄家亭子》等诗，是其最清浅者，有一章可去者乎？此而不知，何以称诗？真所谓眯目而道黑白者。'"（郭绍虞编选，富寿荪校点：《清诗话续编》，上海古籍出版社 1983 年版，第 2260 页。）

④ （宋）黄庭坚著，（宋）任渊、史容、史季温注，黄宝华点校：《山谷诗集注》，上海古籍出版社 2003 年版，第 755 页。

方回未考本集及史氏注，遂误将并非作于同时的原题为《题落星寺》（或为《落星寺僧请题诗》）与《题落星寺岚漪轩》的两首诗歌合选为组诗，题以《题落星寺》，并误以为两诗中皆有"蜂房各自开户牖"句是因为其为"佳句，恐以此遂两用之"。清人许印芳发现了方回的这一疏误，其《律髓辑要》于所选"落星开士深结屋"诗前加上标题"题落星寺岚漪轩"①，明其与第一首并非同时所作，显然是比较严谨的做法。可见，详细考察本集对于编选诗歌而言也是极为必要的。

第四节　诗评体例

作为一部诗歌评点著作，《瀛奎律髓》的诗评体例也颇值得关注。关于此，我们将着重对诗评内容与评、选关系两个问题加以探讨。

一　诗评内容

方回原序有云："所注，诗话也。"② 的确，其评点内容极为广泛，俨然一部无所不包的诗话。大致而言，其内容可分为如下几个方面。

其一，诗歌赏析。作为诗学评点著作，评赏诗歌自然是其最重要的内容之一。方回赏析诗歌颇为用心，往往能以极为简短精练的文字洞见深意，明其意脉。前文所举他对陆游《山行过僧庵不入》一诗的解析最是典型。除此之外，解析细致精到者亦俯拾皆是。例如，评析杜甫《送陵州路使君赴任》云：

> 此诗十六句，当作四片看。前四句以初用儒者为喜，实论时也。次四句，美路使君也。又四句，教之以为政也；选同僚、平庶役，则乾坤之破尚可救也。尾四句又感慨之，不得已也。

一首八韵排律，经方回如此分片解析，其情感内涵与诗意脉络甚为明白，甚至对方回评注颇为挑剔的纪昀也由衷赞赏"此解清晰"③。析贾岛《旅游》

---

① （清）许印芳：《律髓辑要》卷五，《丛书集成续编》影印《云南丛书》本，第566页。

② （元）方回选评，李庆甲集评校点：《瀛奎律髓汇评》"序"，上海古籍出版社2005年版，第1页。

③ （元）方回选评，李庆甲集评校点：《瀛奎律髓汇评》卷二十四，上海古籍出版社2005年版，第1027页。

也颇精细："起句十字谓心绪甚多，乡书难写。颔联十字谓别乡之久。故人皆老成，真奇语也。景联言萧索之味，结句谓之有僧为伴，深夜无言，其酸苦至矣。"① 方回论诗重"意到"，即诗意超妙、准确达意、意脉清晰。逐句评析所选律诗，无疑是帮助诗歌初学者体悟"意到"之妙的最直接有效的方法，其指导后学的良苦用心于此也可以想见。

其二，作者介绍。论诗先须知人，因此，方回颇为注重对诗歌作者详加介绍。兹举数例如下：

> 萧德藻字东夫，三山人。初与杨诚斋湖湘同官，诚斋盛称其诗为尤、萧、范、陆。止于福建帅参。使不早死，虽诚斋诗格犹出其下。其诗苦硬顿挫而极其工。……姜尧章乃其婿云。诗板旧在永州，传者罕焉。②

> 北山郑刚中字亨仲，婺女人。南渡前探花，后至四川宣抚，有方略，秦桧忌之，谪殁封州。……陈简斋尝同窗云。③

> 予丁丑之冬，在桐江赋《雨夜雪意》诗云：……鲁斋赵君与东，字宾旸，和予此诗。……宾旸嘉定十五年壬午生，今年六十有二，宗学上舍改官。④

> 吴兴林宪字景思，少从其父宦游天台，因留萧寺寓焉。初贺参政允中奇其才，妻以女孙，而不取奁田，贫甚。为诗学韦苏州。淳熙五年戊戌，尤延之为守，为作《雪巢记》，又为《云巢小集序》。"柔橹晚湖上，寒灯深树中"，"汲井延晚花，推窗数新竹"，延之谓唐人之精者不是过。⑤

由上可以看出，他不仅对诗人的生卒年、籍贯、字号、生平仕历等基本

---

① （元）方回选评，李庆甲集评校点：《瀛奎律髓汇评》卷二十九，上海古籍出版社 2005 年版，第 1273 页。

② （元）方回选评，李庆甲集评校点：《瀛奎律髓汇评》卷六，上海古籍出版社 2005 年版，第 271 页。

③ （元）方回选评，李庆甲集评校点：《瀛奎律髓汇评》卷十三，上海古籍出版社 2005 年版，第 479 页。

④ 同上书，第 487 页。

⑤ （元）方回选评，李庆甲集评校点：《瀛奎律髓汇评》卷二十四，上海古籍出版社 2005 年版，第 1096 页。

情况作了交代，而且更进一步论及其交游、诗歌保存情况、诗学渊源、整体诗风，甚至以摘句的形式对其佳句名篇加以激赏，颇为详细具体。更为可贵的是，其中涉及大量宋末诗人。作为同时代人，方回关于这些诗人其人其诗的颇为详细而又可信的记载与评析，无疑为了解这些诗人提供了极为宝贵的文献资料。

其三，诗作编年。考证诗歌之作年，也是方回诗评的重要内容。然而，与考据家止于编年不同，方回为诗歌编年的目的在于更好地进行诗学批评。这表现在：1. 为更好地赏读诗歌而编年。卷六选宋祁《把酒》："歌管嘈嘈月露前，且将身世付酕然。谩夸鼹鼠机头箭，不识醯鸡瓮外天。青史有人讥巧宦，黄金无术治流年。君看醉趣兼醒趣，始觉灵均更可怜。"方回评曰："此出知亳社所作，在两入翰林之后，所讽亦不无意，必立朝为人所不容故尔。"[1] 知其为两入翰林之后所作，方知诗中"青史有人讥巧宦"的愤懑并非无病呻吟；"始觉灵均更可怜"的同病相怜之语因"立朝为人所不容"的痛苦际遇有感而发，也才更加令人动容。卷三选韩琦《题朝元阁》，方回评道："太平而怀古，与离乱而怀古，两般情怀。公熙宁初镇长安题此。"明其作于熙宁盛世，"了无楼殿嗟余侈，自见耕桑复太平"的太平宰相之语就不难理解了。清人陆贻典对方回此评即深表赞同，他说："作诗须有作诗之时，作诗之地，作诗之人。方公此论极是。"[2] 2. 为表诗人诗风变化而编年。方回认识到，对于大多数诗人而言，其创作风格往往要经历一个前后不同的变化过程。其《跋许万松诗》论陈师道诗歌前后变化甚详[3]，《刘元辉诗评》也指出杜甫、李白诗歌创作的各个阶段诗风存在明显差异[4]。他详考诗歌写作时间也正是基于这一认识。如韩淲《十三日》："深绿渐归高柳叶，浅红初上小梅梢"，"一夜东风吹酒醒，梦回花月是元宵"，诗风清丽自然、细致工巧，与其他诗作所谓"老笔劲健"[5] 截然异味，令人难解。方回的点评恰恰为我们解开了这一疑惑："此嘉定十四年辛巳正月十三日诗也，涧泉年六十三，不仕久

---

① （元）方回选评，李庆甲集评校点：《瀛奎律髓汇评》卷六，上海古籍出版社 2005 年版，第262 页。

② （元）方回选评，李庆甲集评校点：《瀛奎律髓汇评》卷三，上海古籍出版社 2005 年版，第137 页。

③ （元）方回：《桐江集》卷四，《续修四库全书》影印宛委别藏钞本，第 428 页。

④ （元）方回：《桐江集》卷五，《续修四库全书》影印宛委别藏钞本，第 440 页。

⑤ （元）方回选评，李庆甲集评校点：《瀛奎律髓汇评》卷十二，上海古籍出版社 2005 年版，第449 页。

矣，山林间滋味兴况，于诗中纵横无不可者。"① 再如梅尧臣《嘉祐己亥岁旦呈永叔内翰》，方回评云："圣俞嘉祐五年庚子四月卒，年五十九。此年五十八也，盖老笔。"② 梅氏早年诗风巧丽细密，为昆体诗人钱惟演所赏③，晚年则归于平淡。方回论诗极推梅氏，所欣赏的正是其晚年之"老笔"。当然，他又指出，梅氏平淡之老笔，不是率意枯硬，其"妙年细密，初学者不可不知"④。由绚烂细密而臻于平淡，才是后学学梅诗的正确途径。显然，为梅诗编年，是为其提倡平淡审美风格的诗学目的服务的。

其四，校勘辨误。方回也对所选诗歌进行了校勘、辨误，表现出颇为审慎的诗学态度。在校勘方面，方回主要采用他校和理校的方法。"蜀本'芳荣'作'方荣'。'惜'字不可认，以近本所刊芮挺章《国秀集》正之"⑤，"姚合《极玄集》取此诗，'月满'作'独上'，予以'独'字重，改从元本。'鹊'元本作'鹤'，予改从姚本"⑥，等等，都是他校的范例。而尤能体现其诗学眼光的是理校。他校梅尧臣《腊日雪》云："刊本误以'猎'为'腊'，予辄改定，乃是猎而遇雪。"⑦ 这是出于诗题与诗意相吻合的考虑。校杜甫"采诗悲早春"曰："'采'字旧作'来'字，或见《奉酬李都督》，谓此是'来'字，非也。'力疾'、'采诗'，是重下斡旋字，若'来'字则无味，亦无力矣。"⑧ 考虑到诗歌的整体格力与风味。校钱起《山路见梅感而作》"晴日数蜂来"曰："刊本误以'蜂'为'峰'，必是'蜂'字无疑。梅发虽则尚寒，

---

① （元）方回选评，李庆甲集评校点：《瀛奎律髓汇评》卷十，上海古籍出版社 2005 年版，第 387 页。

② （元）方回选评，李庆甲集评校点：《瀛奎律髓汇评》卷十六，上海古籍出版社 2005 年版，第 578 页。

③ 按，（元）脱脱等《宋史》卷四百四十三《梅尧臣传》载："钱惟演留守西京，特嗟赏之，为忘年交，引与酬倡，一府尽倾。"（中华书局 1985 年版，第 13091 页。）

④ （元）方回选评，李庆甲集评校点：《瀛奎律髓汇评》卷十七，上海古籍出版社 2005 年版，第 659 页。

⑤ （元）方回选评，李庆甲集评校点：《瀛奎律髓汇评》卷二十，上海古籍出版社 2005 年版，第 747 页。

⑥ （元）方回选评，李庆甲集评校点：《瀛奎律髓汇评》卷二十二，上海古籍出版社 2005 年版，第 915 页。

⑦ （元）方回选评，李庆甲集评校点：《瀛奎律髓汇评》卷二十一，上海古籍出版社 2005 年版，第 862 页。

⑧ （元）方回选评，李庆甲集评校点：《瀛奎律髓汇评》卷十，上海古籍出版社 2005 年版，第 326 页。

然晴日既暖，必有蜂采香，但不多耳，予每亲见之。"① 则是从亲身经验出发，力证诗歌创作应源于生活、反映生活，这必将有利于启发初学者从生活中汲取创作题材，从而纠正其为作诗而作诗的偏弊。在辨误方面，方回也每有创获。他认为《县丞厅即事》作者为王建，而非姚合："建为昭应丞，故有《丞厅即事》之作。姚合集有是诗，题曰《书县丞旧厅》，非也。合为武功簿而题赵县丞旧居，于义不通。又第二句作'人家高下居'亦非是。今定为王建诗。"② 又辨《马上见》为韩偓诗："'香奁'之作，为韩偓无疑也。或以为和凝之作，嫁名于韩，刘潜夫误信之。考诸同时，吴融集有依韵唱和者，何可掩哉？"③ 或以诗人之官职行事当与诗意相符为由，或以他人唱和之作为据，都很有说服力，令人信服。

其五，注解征实。方回诗评的内容还包括注解诗句、考征史实。注解诗句者，如注李白"两水夹明镜，双桥落彩虹"句云："宣州有双溪、叠嶂，乃此州胜景也，所以云'两水'。惟有'两水'，所以有'双桥'。"④ 甚为清晰明了。注王维"南陌共鸣珂"之"珂"字云："珂石，次玉、玛瑙，色如白雪；或云螺属，生海中。《通典》：'老鸥入海为蚬，可作马勒，谓之珂。'唐《仪卫志》：'一品至五品官有象辂、革辂、木辂、轺车。三品以上珂九子，四品七子，五品五子。车辂藏于太仆，制册大事则给，余皆以骑代车。'珂则马御也，又五品以上有珂伞。"⑤ 征引繁复，足可见其学识之一斑。当然，对于其中不太准确的注解，我们也应予以辨别。例如，李商隐《和韩录事送宫人入道》有"当时若爱韩公子，埋骨成灰恨未休"句，用紫玉与韩重事。《搜神记》载，吴王夫差之小女紫玉，悦童子韩重，欲嫁之而不能，乃气结而逝。其魂魄为韩重之诚意打动，与之欢游三日，成夫妇之礼。义山诗言"埋骨成灰恨未休"，与此典之情事相符。而方回注云："既是宫人，何由爱韩寿？若用红叶题诗，后出

---

① （元）方回选评，李庆甲集评校点：《瀛奎律髓汇评》卷二十，上海古籍出版社 2005 年版，第 752 页。

② （元）方回选评，李庆甲集评校点：《瀛奎律髓汇评》卷六，上海古籍出版社 2005 年版，第 248 页。

③ （元）方回选评，李庆甲集评校点：《瀛奎律髓汇评》卷七，上海古籍出版社 2005 年版，第 280 页。

④ （元）方回选评，李庆甲集评校点：《瀛奎律髓汇评》卷一，上海古籍出版社 2005 年版，第 9 页。

⑤ （元）方回选评，李庆甲集评校点：《瀛奎律髓汇评》卷二，上海古籍出版社 2005 年版，第 49 页。

为韩姓人所得，事出小说，未可轻信。"① 贾午爱慕韩寿事、题诗宫人出归韩
氏事，皆与诗意不甚相关，显然都不确切。考征史实者，如评梅尧臣《殿后
书事和范纯仁》："老杜云'户外昭容紫袖垂'，则知唐之外庭以宫女引朝仪。
圣俞云'裹头宫女捧雕舆'，则知宋之内庭以宫女直舆事。不惟诗好，可备故
事作一对也。"② 评杜牧《题宣州开元寺小阁》："唐以昇州属浙西，而节度使
在润州。江东则宣歙观察府在宣州，是为大镇，故其诗特繁盛。宋析置太平
州，移本路监司于江宁建康，而宣州寂如矣。"③ 由白居易"家未苦贫常酝
酒"而知"家常得酝酒，唐以来仕宦之家皆然"，也是以诗证史的显例。

其六，发抒感慨。方回也往往借选评诗歌发抒一己之感慨。略举数例：

> 人无有不死者，尧舜桀纣，其死一也。俭而安于自然者，顺也。修
> 而不安其天，卒亦归于一空者，逆也。不伏死之人，未有不得其死，曾
> 谓其智力可恃乎？④

> 学者睹此，则知身如浮云外物，如雌风，如雄风，皆不足计较也。⑤

> 此乃感恩之言，必为某人为朱温之徒所杀，而未有能报之者也。予
> 于魏公明已门下亦然。⑥

此类评论与诗歌本身之意涵、技巧并不甚相干，借以抒慨是其主要目的。

由上可知，《瀛奎律髓》诗评内容极为丰富庞杂，颇为切合方回序言中
"诗话"的定位。既然如此，冯舒、纪昀等人"何与于诗"、"与诗无涉"⑦、

---

① （元）方回选评，李庆甲集评校点：《瀛奎律髓汇评》卷四十八，上海古籍出版社2005年版，
第1792页。
② （元）方回选评，李庆甲集评校点：《瀛奎律髓汇评》卷二，上海古籍出版社2005年版，第
73页。
③ （元）方回选评，李庆甲集评校点：《瀛奎律髓汇评》卷四，上海古籍出版社2005年版，第
195页。
④ （元）方回选评，李庆甲集评校点：《瀛奎律髓汇评》卷三，上海古籍出版社2005年版，第
128—129页。
⑤ （元）方回选评，李庆甲集评校点：《瀛奎律髓汇评》卷十六，上海古籍出版社2005年版，
第621页。
⑥ （元）方回选评，李庆甲集评校点：《瀛奎律髓汇评》卷三十二，上海古籍出版社2005年版，
第1368页。
⑦ 按，对方回借评刁衎《汉武》以抒慨之举，冯舒斥云："何与于诗？"纪昀也批评道："此评
迂阔，与诗无涉。"［（元）方回选评，李庆甲集评校点：《瀛奎律髓汇评》卷三，上海古籍出版社
2005年版，第129页。］

"为例不纯"① 等批评就显得过于苛刻、无其来由了。

二　选、评互补

诗选与评点是两种不同的批评方式。但是，对于《瀛奎律髓》而言，二者并不分立。在这一集选本、评点于一身的诗学著作之中，方回或以评补选，或以选补评，巧妙地将二者互相补充，很好地实现了诗学批评目的。

第一，以评补选。作为分类编选的诗歌选本，难免在选诗数量上受到一定的限制；"不因诗废人，不因人废诗"的较为客观的编选原则，并不能很好地体现重视诗人品德修养的批评观念；尽选"律髓"，缺乏反面例证，有时候反而不利于后学体悟。对于选诗上存在的如许缺憾，方回在评语中有意识地作了一些弥补。首先，评语中大量列举好诗佳句，以弥补因数量限制而遗弃佳作之缺憾。如前文所述，因佳句而选诗是方回重要的选诗原则，符合这一入选条件的唐宋律诗自然不计其数。特别是同题而作而数量又往往众多的组诗，区分各首之优劣而决定去取无疑是非常困难的事情。因此，在评语中列举同一诗人或同类题材的其他佳作、佳句，或者将组诗中其他诸首的佳句列出，显然是比较明智的做法。在白居易《百花亭》评语中列举白氏其他善写风俗的佳句，借评杜甫《避贤》而大量征引杜氏其他"一饭不忘君"、"哀痛恻怆"的诗句②；在所删选滕元秀《秋晚》、陈师道《和王子安至日》、张耒《腊日晚步》、杜甫《九日》、苏轼《红梅》、吕本中《兵乱后杂诗》等组诗评语中，列举组诗中其他诸首佳句；评杜甫《题省中院壁》、黄庭坚《和师厚郊居》而广泛列举"吴体"、"变体"的典范之作，诸如此种，大大扩充了选诗范围，为后学提供了更多可供师法的优秀诗作。其次，评语中因人选诗、论诗，以体现对诗人品德修养的充分重视。方回极赏王安国之为人，认为"所可取者，不以兄介甫行新法、用小人为然"，因而亦极其尊崇其诗作，除入选二十五首之外，又在其《黄梅花》评语中摘选《灯花》、《春夏》等诗中佳句③，倾慕之意表露无遗。舒亶构陷东坡，人品殊为不堪，方回虽不以其人

① 按，对方回借魏知古《春夜寓直凤阁怀群公》考征史实的做法，纪昀甚为不满："忽不论诗，但作笺释，所谓为例不纯。"〔（元）方回评选，李庆甲集评校点：《瀛奎律髓汇评》卷二，上海古籍出版社 2005 年版，第 48 页。〕

② （元）方回选评，李庆甲集评校点：《瀛奎律髓汇评》卷三十二，上海古籍出版社 2005 年版，第 1349 页。

③ （元）方回选评，李庆甲集评校点：《瀛奎律髓汇评》卷二十，上海古籍出版社 2005 年版，第 795 页。

品而废其诗作，却将其"颇可观"的《和石尉早梅二首》附于所选苏轼诗评语之中，且谓："其人品不堪与东坡作奴，故附其诗于坡诗之下，不以入正选云。"① 宋之问因诗而大受方回赞赏，甚至被许为"律诗之祖"，然而，其诗入选者仅十五首，《早发韶州》、《发藤州》、《发端州》等佳作仅出现于《初到黄梅临江驿》诗评中②，方回如此安排，应该也是出于因其人品低劣而不以其诗大量入"正选"的考虑。再次，评语中列举反面例证，以更好地启发后学。在许浑《晓发鄞江北渡寄崔韩二先辈》诗评中，方回大量列举许氏"露重萤依草，风高蝶委兰"等"近乎属对求工，而所对之句意苦牵强"的五言诗句以及"星河半落岩前寺，云雾初开岭上村"等"殆不成诗"的七言诗句之后，批评道："近世晚进，争由此入，所以卑之又卑也。"③ 通过列举这些反面例证，他使后学对其极力批判的"格卑"有了更直接真切的体会，这显然有助于实现其"格高"的诗学追求。在姚合《送李侍御过夏州》诗评中姚合、王建等人浅拙卑劣、"妆砌太密"的"晚辈之所不当学"之作④，其目的也是从反面启示后学，以帮助其更好地参悟经典，找到正确的诗学途径。

第二，以选补评。选本是中国古代文学重要的批评方式之一，选诗本身就代表了批评者的批评意旨。方回筛选唐宋律诗经典之作而编成《瀛奎律髓》，去取编类都是诗学批评，这是毋庸置疑的。其中，尤其值得我们关注的，是卷三十六"论诗类"所选六首论诗诗⑤。是类小序云："诗人世岂少哉？而传于世者常少，由立志不高也，用心不苦也，读书不多也，从师不真也。喜为诗而终不传，其传不传，盖亦有幸不幸，而其必传者，必出乎前所云四事。今取唐、宋诗人所论著列于此，与学者共之。"⑥ 所谓"立志须高"、"用心须苦"、"读书须多"、"从师须真"，是方回对其诗学主张的有力总结。在这一编类之中，方回借助所选他人论诗之作（按，对所选诗作几乎未作点

① （元）方回选评，李庆甲集评校点：《瀛奎律髓汇评》卷二十，上海古籍出版社 2005 年版，第 797—798 页。

② （元）方回选评，李庆甲集评校点：《瀛奎律髓汇评》卷四十三，上海古籍出版社 2005 年版，第 1537 页。

③ （元）方回选评，李庆甲集评校点：《瀛奎律髓汇评》卷十四，上海古籍出版社 2005 年版，第 509—510 页。

④ （元）方回选评，李庆甲集评校点：《瀛奎律髓汇评》卷二十四，上海古籍出版社 2005 年版，第 1055 页。

⑤ （元）方回选评，李庆甲集评校点：《瀛奎律髓汇评》卷三十六，上海古籍出版社 2005 年版，第 1434—1437 页。

⑥ 同上书，第 1434 页。

评），对其诗学观念进行了集中的阐述和全面的审视。

一是立志须高。"立志"，即诗歌之立意。正如方回在《学诗吟十首序》中所强调的："小子何莫学夫诗？伯鱼承过庭之问，退而学《诗》，三百五篇之诗也。《诗》亡然后《春秋》作。诗有美有刺，导人为善，而遏其恶。《诗》不复作，孔圣惧焉，故寓褒贬于《春秋》，以为贤君良臣之劝，而破乱臣贼子之胆。后世之诗，自楚骚起，汉、晋、唐、宋至于今日，得洙泗之遗意否乎？"① 承继《诗经》美刺传统，言志抒怀，讽喻现实，是他对诗歌立意的至高追求。这一追求贯穿于其选诗、评诗的各个环节，又在"论诗类"中得到了进一步的申述。所选姜特立《喜陆少监入京》有云："昔人思老杜，长恨不相随。还寄有刘白，同吟惟陆皮。"刘、白，即刘禹锡、白居易，作为新乐府运动的领袖，二人学习杜甫诗歌积极干预现实的讽喻精神，在中唐诗坛上掀起了一股现实主义创作的热潮；陆、皮，即陆龟蒙、皮日休，他们继刘、白之后，继续倡导"诗之美也，闻之足以观乎功；诗之刺也，闻之足以戒乎政"②，使现实主义创作传统在晚唐得以继续。很明显，方回选入姜诗，旨在表彰由杜甫至刘、白，再到陆、皮这一现实主义诗学传统的传承。当然，结合其对杜诗"其源止洙泗"③ 的认识，我们就不难解读他上承《诗经》的诗学意旨了。这一诗学意旨也直接表现在其所选梅尧臣《太师相公篇章真草过人远甚，而特奖后进，流于咏言，辄依韵和》"郊麟作瑞唯逢趾，天马能行不辨毛。一诵东山零雨句，无心更学楚离骚"诸句中。（按，《诗经》有《麟之趾》篇；《东山》亦《诗经》篇目，有"我来自东，零雨其濛"句。）

二是用心须苦。诗歌是内容和形式的统一体，既要立意高远，又须在技巧形式上用心琢磨。强调立志须高的同时，方回也大力倡导在诗歌形式技巧上苦心经营。他推赏以苦吟著称的贾岛、梅尧臣、陈师道等，将讲究声律技巧的律诗视为"诗之精者"，且不惜笔墨大谈诗法，等等，都是这一诗学追求的有力体现。在"论诗类"中，他也通过所选诗歌对此作了进一步的强调。杜衍《乡有好事者出君谟行草八分书数幅，中有梅圣俞诗一首，因成》赞梅氏"每逢佳句即挥毫"，结合《孙公谈圃》所载梅尧臣"寝食游观，未尝不吟讽思索也。时时

---

① （元）方回：《桐江续集》卷二十八，《四库全书珍本初集》本，第 12399 页。

② （唐）皮日休：《正乐府序》，（唐）皮日休著，萧涤非、郑庆笃整理：《皮子文薮》卷十，上海古籍出版社 1981 年版，第 107 页。

③ （元）方回：《汪斗山识悔吟稿序》，《桐江集》卷一，《续修四库全书》影印宛委别藏钞本，第 368 页。

于坐上忽引去，奋笔书一小纸，内箅袋中"①，其作诗用心之苦、用力之勤并不亚于李贺之呕心沥血。方回激赏梅氏者，正是其苦心吟咏、略带枯涩的平淡诗风。选杜荀鹤《苦吟》，用意更是不言自明。诗云：

> 世间何事好，最好莫过诗。一句我自得，四方人已知。生应无辍日，死是不吟诗。始拟归山去，林泉道在兹。

"生应无辍日"，杜氏俨然已将苦吟作诗作为毕生的事业。方回又何尝不是如此呢？他嗜好诗歌，"镜中颜状惊非昔，笔底工夫苦不新"②，昼夜苦吟，以至"瘦骨枯崚嶒"③ 也在所不惜。平生诗作达万余首之多，时人甚至以"十年太守桐江郡，万首新诗陆放翁"④ 美之。因此，我们说，杜诗其实亦是方回之夫子自道。

三是读书须多。方回论诗极重学养，认为"饱读勤作"⑤、拥有"上下古今之博识"⑥ 是诗人应具备的重要条件。他个人读书即颇为勤苦，我们可以从其《读书遇难字》中窥见一斑："痴癖好冥搜，忘忧亦解愁。划逢难字窘，遍取韵书求。忠恕闻何博，昌朝辨亦优。孚尹能进业，燠休勿包羞。"⑦ "论诗类"中体现方回这一诗学追求的是所选姜特立《范大参入觐，颇爱鄙作，以诗谢之》，云：

> 问句石湖老，如将日指标。枯中说滋味，高处戒虚骄。颇许唐音近，宁论汉道遥。正声今在耳，万乐听箫韶。

此诗包括两个方面的意涵：1."枯中说滋味"。淡而有味是范成大诗歌的

① （宋）张镃：《皇朝仕学规范》卷三十六，《北京图书馆古籍珍本丛刊》第 68 册，书目文献出版社 1988 年版，第 665 页。

② （元）方回：《次韵谢董君读予诗稿》，《桐江续集》卷五，《四库全书珍本初集》本，第 12090 页。

③ （元）方回：《读放翁诗作》，《桐江续集》卷九，《四库全书珍本初集》本，第 12137 页。

④ 按，方回《送福州谢学正无疑归南剑州》序云："承见赠云：'十年太守桐江郡，万首新诗陆放翁。'不敢当此佳句。"（《桐江续集》卷二十六，《四库全书珍本初集》本，第 12371 页。）

⑤ （元）方回：《送俞唯道序》，《桐江集》卷一，《续修四库全书》影印宛委别藏钞本，第 377 页。

⑥ （元）方回：《跋尤冰寮诗》，《桐江集》卷三，《续修四库全书》影印宛委别藏钞本，第 415 页。

⑦ （元）方回：《桐江续集》卷五，《四库全书珍本初集》本，第 12091 页。

美学追求，其《怀归寄题小艇》云："若教闲里工夫到，始觉淡中滋味长。"①
正如苏轼诲示后学所云，"凡文字，少小时须令气象峥嵘，采色绚烂。渐老渐
熟乃造平淡；其实不是平淡，绚烂之极也"②，这种滋味隽永的平淡美是历经
平生积累、剥落少时绚丽繁华方可成就的成熟老境，由丰富的学识修养砌叠
沉淀而成。范成大诗歌的平淡美集中体现在其《四时田园杂兴》组诗中。诸
如"胡蝶双双入菜花，日长无客到田家。鸡飞过篱犬吠窦，知有行商来买
茶"、"土膏欲动雨频催，万草千花一饷开。舍后荒畦犹绿秀，邻家鞭笋过墙
来"等诗作，既有汉魏诗歌之古朴平易，又有唐诗之兴味盎然，明显是汲取
汉唐诗学营养的结果。"颇许唐音近，宁论汉道遥"，即是对范氏广学前人、
学养深厚的充分认识与高度肯定。2. 高处戒虚骄。这是就范成大诗歌的立意
而言。范诗承《诗经》"正声"，像"垂成稼事苦艰难，忌雨嫌风更怯寒。笺
诉天公休掠剩，半赏私债半输官"、"采菱辛苦废犁锄，血指流丹鬼质枯。无
力买田聊种水，近来湖面亦收租"③，这样反映农民真实生活、揭露时弊力透
纸背的田园诗作，讽喻现实之处直可媲美《硕鼠》、《伐檀》诸章。作为江西
诗派的领袖，黄庭坚论诗极其强调读书修养，甚至认为杜诗、韩文每一字皆
有来处。然而，后学渐弃此意，胸中全无只字点墨，致全力于剽窃模拟古人，
以枯燥乏味为平淡，以虚夸高吼为高妙，以致流弊丛生，渐趋穷途。范成大
学诗由"江西"入，对"江西"后学因缺乏学养而导致的种种弊端深有认识，
他属意汉唐，上承《诗经》，终于突破"江西"桎梏而自成一家。因此，方回
借助范成大这一诗学历程来说明增强学养的重要性，是非常具有说服力的。

　　四是从师须真。"真"，在这里是正确的意思。方回重视诗学传承，秉承
家学，遍访名师，精心梳理同源于杜甫的"江西派"与"晚唐派"两大体派
都是很典型的体现。在"论诗类"中，他借所选梅尧臣《太师相公篇章真草
过人远甚，而特奖后进，流于咏言，辄依韵和》，又重申了这一诗学观念。梅
诗云："杜诗尝说少陵豪，祖德兼夸翰墨高。苏李为奴令侍席，钟王北面使持
毫。"杜甫之祖审言，能诗，恃才傲物，尝云："吾文章当得屈、宋作衙官，

　　① （宋）范成大著，富寿荪标校：《范石湖集》卷二十一，上海古籍出版社 2006 年版，第 307 页。
　　② （宋）苏轼：《与二郎侄》，（宋）苏轼撰，孔凡礼点校：《苏轼文集》附《苏轼佚文汇编》卷
四，中华书局 1986 年版，第 2523 页。
　　③ （宋）范成大：《四时田园杂兴六十首》其十五、其二、其四十一、其三十五，（宋）范成大
著，富寿荪标校：《范石湖集》卷二十七，上海古籍出版社 2006 年版，第 372—375 页。

吾笔当得王羲之北面。"① （按，方回于此诗下抄列梅诗自注云："子美祖审言尝自谓：'我诗可使苏、李为奴，我书可使钟、王北面。'"② 苏、李、钟、王之说实不知所出。）杜甫颇以之为傲，盛赞"吾祖诗贯古"③，作诗深受其祖影响。方回论诗首推杜甫，对其家学渊源亦颇为推崇。除了在诗歌批点中屡次论及二人的传承关系之外，他甚至将此作为祖孙诗学传承的代名词，用以评点他人诗作。如评赵湘《赠张处士》云："清献家审言诗如此，宜乎乃孙之诗，如其人之清，有自来哉！"④ 此处借赞赏杜甫家学传承来进一步强调其对诗学传承的高度重视，显然是颇经一番深思熟虑的。

重视诗学传承，主张勇于从师，固然是方回诗学的重要主张，然而，选择正确的诗学途径，即从师"真"才是其诗学主张更为关键的所在。宋末"江西"后学与晚唐诸子固守门户，从师之意虽颇为虔诚，却最终走向穷途末路，其原因正在于从师不"真"。那么，在方回看来，什么才是正确的师承途径呢？所选姜夔《送朝天集归杨诚斋》给了我们答案。诗云：

> 翰墨场中老斲轮，纵横一笔扫千军。年年花月无闲日，处处江山怕见君。箭在的中非尔及，风行水面偶成文。先生只可三千首，回施江东日暮云。

杨万里为诗先学"江西"，再学晚唐，在漫长的诗学探索实践中逐渐意识到"传派传宗我替羞，作家各自一风流。黄陈篱下休安脚，陶谢行前更出头"⑤，最终打破诗学门户，于师法自然中寻得出路。杨氏不拘一家、打破门户的诗学心得，与方回提倡兼取众长、以无法为旨归的诗学观念颇为契合。因此，方回评姜夔此诗云："此一首合予意。"在颇为完备的诗评体系之外，方回又以选诗的方式，借助南宋中兴朝卓然成一大家的杨万里的诗学心得震

---

① （宋）欧阳修、宋祁等：《新唐书》卷二百一，中华书局 1975 年版，第 5735 页。

② （宋）梅尧臣著，朱东润编年校注：《梅尧臣集编年校注》卷二十三，上海古籍出版社 2006 年版，第 715 页。

③ （唐）杜甫：《赠蜀僧闾邱师兄》，（唐）杜甫著，（清）仇兆鳌注：《杜诗详注》卷九，中华书局 1979 年版，第 767 页。

④ （元）方回选评，李庆甲集评校点：《瀛奎律髓汇评》卷二十三，上海古籍出版社 2005 年版，第 998 页。

⑤ （宋）杨万里：《跋徐恭仲省干近诗》，（宋）杨万里撰，辛更儒笺校：《杨万里集笺校》卷二十六，中华书局 2007 年版，第 1369 页。

撼宋末拘守门户者的视听,其振兴诗道、针砭时弊的用心堪称良苦。

选、评二者的和谐互补确实是方回在诗学批评方式上的一大创获。然而,不可否认的是,其选诗与评诗之间偶尔也存在不甚相称的不和谐现象。如,王安石《壬辰寒食》:"客思似杨柳,春风千万条。更倾寒食泪,欲涨冶城潮。巾发雪争出,镜颜朱早凋。未知轩冕乐,但欲老渔樵。"全诗情感真挚,沉郁悲慨,颇得杜诗风韵。而方回评曰:"半山诗步骤老杜,有工致而无悲壮,读之久则令人笔拘而格退。"细腻工致确实是王安石诗歌的一大特点,用来评此诗却并不合适。纪昀即指出:"此评着之此诗,却不合。"① 再如,方回评张祜《孤山寺》:"此诗可谓细润,然太工、太偶。"纪昀认为"太工太偶,自是病。然选中此类极多,不应独斥此一首。而此一首亦尚未至太工、太偶"②,也颇能发现方回诗歌评点的这一缺憾。对于《瀛奎律髓》中存在的这一问题,我们应该客观对待,既不能盲目信从,更不能因此否定其诗学成就。

综上所述,集选本与评点于一身的《瀛奎律髓》在充分借鉴前人的基础上形成了颇为完备的、有利于其表达诗学思想并进一步实现诗学目的的编排体例。对于其故意违反总体编选体例以更好地进行诗学批评的良苦用心,我们应明其用意并予以肯定;而对于编选方式本身存在的缺憾,以及因主观疏误而导致的体例芜杂失序,我们也要客观地予以批评和指正。

---

① （元）方回选评,李庆甲集评校点:《瀛奎律髓汇评》卷十六,上海古籍出版社 2005 年版,第 589 页。

② （元）方回选评,李庆甲集评校点:《瀛奎律髓汇评》卷四十七,上海古籍出版社 2005 年版,第 1660 页。

第三章 《瀛奎律髓》诗"体"论研究

诗"体"论是《瀛奎律髓》的重要创获。此所谓诗"体"，是广义上的概念，其含义有二：一是指诗歌的体裁形式，如古诗、律诗等，即狭义的诗体；二是指包含诗歌风格体貌、表征诗人群体的诗歌体派，如建安体、元和体、晚唐体、山谷体等。前者无须多言，这里重点对"体派"加以阐述。古人所论诗体，往往包含诗歌的风格体貌，甚至"向风格体貌一端偏注倾移"①。正如许总先生在《唐宋诗体派论》一书中论唐诗体派时所说：

> 唐代诗人的诗体意识建基于创新意识之上，有唐一代之所以诗体空前繁多，可以说正是唐诗创新精神的重要表征与结果。同时，每一诗体的确立，又与唐人对诗体建树的自觉意识密不可分，在特定条件下，具有创新意味或独具特征的诗风一旦出现，往往引起许多诗人趋归崇奉，随即形成风行诗坛的"当时体"。……诸如此类，以一种明确的风格导向或体貌特征为创作追求的诗人群体性聚合，并在当时就形成一定的规模与声势的情形，在整个唐诗发展历程中为数尚多。

具有创新意味的"当时体"的形成离不开时人的广泛追捧与积极参与，围绕这一诗体形成的诗人群体，虽然并没有明确的宗派意识，其实也已经算得上是一个具有相近创作追求的"准诗歌流派"②了。显然，这里所谓的诗

---

① 许总：《唐宋诗体派论》，江西人民出版社 2008 年版，第 4 页。
② 按，许总在《唐宋诗体派论》中，称具有共同创作追求却并未自觉形成流派的文人群体称为"准流派"。（江西人民出版社 2008 年版，第 9 页。）

体是包含诗人群体流派概念的，含义较为宽泛，与专指诗歌体裁形式的狭义的诗体并不是同一概念，称为"体派"更为恰当。较早对诗史上的重要体派进行全面梳理的是严羽，其《沧浪诗话·诗体》指出"以时而论，则有建安体、黄初体、正始体、太康体、元嘉体、永明体、齐梁体、南北朝体、唐初体、盛唐体、大历体、元和体、晚唐体、本朝体、元祐体、江西宗派体"①。严氏将文学史上第一个正式的诗歌流派江西诗派与之前各诗体并列，且冠以"江西宗派体"之名，他所谓的诗"体"，正是广义上的体派。稍后的方回也是如此，所论"苏李体"、"沈宋体"、"白体"、"晚唐体"、"西昆体"等，都是兼有诗派之义。第二节讨论方回的唐宋诗体派论，即是基于其这一诗学批评实际。

诗歌体式方面，面对宋末愈演愈烈的复古思潮，方回高举"诗之精者为律"的鲜明旗帜，高度肯定律诗的诗学地位，并借此挽救诗坛流弊，较好地实现了救弊的诗学目的。诗歌体派方面，方回独树一帜地构建起横跨唐、宋两朝的"老杜派"，通过详细梳理"晚唐派"与"江西派"的脉络体系，将二者纳入其中，却将"昆体"排除在外。这不仅是方回以格高、平淡论诗的批评标准使然，更体现了他借兼取众长的杜诗打破晚唐与"江西"门户、力救时弊的决心和努力。

第一节 "诗之精者为律"论

"诗之精者为律"是方回最为核心也是最为独特的诗学观念之一。在复古之论空前盛行的宋末诗坛上，方回推举律诗为"诗之精者"，这无疑是振聋发聩之响。那么，他是如何论证这一诗学主张的呢？

方回是从以下四个方面论证其"诗之精者为律"的诗学主张的。

一 平等地将律诗纳入诗统体系

"宋人诗学多瞩意于律诗，所谓宋诗学，很大程度上，是就律诗而言的，晚唐体之左规右矩是这样，江西派之桀裂声律破体为诗也是这样，都是在声病对偶中讨生计，其面临的创作困境是一样的"②，因此，当擅长律诗、以声

---

① （宋）严羽著，郭绍虞校释：《沧浪诗话校释》，人民文学出版社 1983 年版，第 53 页。
② 史伟：《南宋"选体诗"的重新发现及其诗学意义》，《中国文学研究》2010 年第 3 期。

律名家的"江西"与晚唐诗学渐现穷途末路之态时，南宋诗论家以及理学家毫不留情地将批判的矛头指向了拘泥声律、雕琢字句的近体诗（尤其是律诗），斥其有妨诗道、有碍诗格，是诗道衰落的重要标志。于是，他们重新举起复古的旗帜，复古之风遂弥漫整个诗坛。

这是一场古体诗与近体诗的激烈较量。正如刘克庄《宋希仁诗序》所云："近世诗学有二，嗜古者宗《选》，缚律者宗唐。"① 较量的方式，可概括为两种：其一，以古诗与近体对举，把近古作为评价诗歌的最高标准。何梦桂认为唐以后近体诗虽多，却难与古诗媲美，作诗之难正在于难以"仿佛古人"，其《贵德诗集序》云："晋魏而上诗古，律诗初盛于唐，唐以下岂少诗，诗终不竞于唐耳。近世诗满南北，当轶唐、凌厉晋魏。然诗难，操觚弄墨，抽黄对白，四声八音，人人亦能求其仿佛古人，卓成一家者不多见。余尝漫吟，拟学古人语言，卒不到，以是知诗不易言也。"② 张之翰《和光辅吾友见示韵》："人皆识余面，人孰知我心？问余心如何，学古不学今。"③ 曹彦约《偶成》其四："勿学唐人李杜痴，作诗须作古人诗。世传李杜文章伯，问著《关雎》恐不知。"④ 也都表明了弃今诗而学古诗的诗学态度。其二，建立诗统体系，将近体置于下列，甚至排除在外。在复兴古诗的风气中，全面梳理中国古代诗歌发展史、建立系统的诗歌系统也被人们所热衷。当然，因备受轻鄙，近体往往居于诗统体系之下列，甚至被排除在体系之外。张戒《岁寒堂诗话》云：

> 国朝诸人诗为一等，唐人诗为一等，六朝诗为一等，陶、阮、建安七子、两汉为一等，《风》、《骚》为一等，学者须以次参究，盈科而后进，可也。
>
> 《国风》、《离骚》固不论，自汉、魏以来，诗妙于子建，成于李杜，而坏于苏黄。余之此论，固未易为俗人言也。……苏黄习气净尽，始可以论唐人诗。唐人声律习气净尽，始可以论六朝诗。镂刻之习气净尽，

---

① 曾枣庄、刘琳主编：《全宋文》第 329 册，上海辞书出版社、安徽教育出版社 2006 年版，第 150 页。

② 曾枣庄、刘琳主编：《全宋文》第 358 册，上海辞书出版社、安徽教育出版社 2006 年版，第 96 页。

③ （元）张之翰：《西岩集》卷一，《文渊阁四库全书》第 1204 册，第 366 页。

④ 傅璇琮等主编：《全宋诗》第 51 册，北京大学出版社 1998 年版，第 32184 页。

始可以论曹刘、李杜诗。①

张氏为声讨江西诗派，大倡复古，有此诗统之论。在一代不如一代、"唐人声律习气净尽，始可以论六朝诗"的表述中，我们不难看出其尊古体而贬近体的态度。再看朱熹之诗统论：

> 古今之诗，凡有三变：盖自书传所记，虞、夏以来，下及魏、晋，自为一等；自晋、宋间颜、谢以后，下及唐初，自为一等；自沈、宋以后，定著律诗，下及今日，又为一等。然自唐初以前，其为诗者固有高下，而法犹未变；至律诗出，而后诗之与法，始皆大变；以至今日，益巧益密，而无复古人之风矣。故尝妄欲抄取经史诸书所载韵语，下及文选、汉魏古词，以尽乎郭景纯、陶渊明之所作，自为一编，而附于三百篇、楚辞之后，以为诗之根本准则；又于其下二等之中，择其近于古者，各为一编，以为之羽翼舆卫；（且以李、杜言之，则如李之古风五十首，杜之秦蜀纪行、遣兴、出塞、潼关、石濠、夏日、夏夜诸篇，律诗则如王维、韦应物辈，亦自有萧散之趣，未至如今日之细碎卑冗，无余味也。）其不合者，则悉去之，不使其接于吾耳目，而入于吾之胸次。②

朱氏论诗，以古诗为"正"，近体为"变"；又分古今诗歌为三等，以唐宋近体诗（按，朱熹所谓"律诗"，概指包括律诗在内的近体诗）为最下；于唐宋诗，他所取者首先是古诗，于近体偶有所取，也是有"萧散之趣"而"近于古者"。可以说，在朱熹看来，"细碎卑冗"的近体诗根本不能与虞、夏以来的古体诗相提并论而进入他所精心梳理的诗统体系。

方回的阐述正是在这一复古的诗学语境下展开的。他也崇尚古诗，以复古为己任，谆谆以近乎古诗诲人。其《婺源黄山中吟卷序》云："唐诗承陈隋流□之余，沈、宋始概括为律体，而古体自是几废。然陈子昂、元次山、韦应物及李、杜、韩、柳诸公，追刘、陶、曹、谢与之伍，亦未尝尽废也。今之诗人，专尚晚唐，甚者至不复能为古体。"③《孙后近诗跋》亦云："水心叶

---

① （宋）张戒：《岁寒堂诗话》卷上，丁福保辑：《历代诗话续编》，中华书局 2006 年版，第 451、455 页。

② （宋）朱熹：《答巩仲至》，《晦庵先生朱文公文集》卷六十四，《四部丛刊初编》本。

③ （元）方回：《桐江集》卷一，《续修四库全书》影印宛委别藏钞本，第 369 页。

氏忽取四灵晚唐体，五言以姚合为宗，七言以许浑为宗，江湖间无人能为古选体，而盛唐之风遂衰，聚奎之迹亦晚矣。"① 他将不能作古体诗看作"四灵"以下江湖诗人的一大弊病，其以近古为诗歌评价标准的意图不言自明。很明显，方回首先将自己的诗论统一在时人共同的诗学语境下，然后在此基础上着重开展其发扬律诗的理论论述，也就较易为人接受，而不致遭受群起之攻了。

方回也对诗史发展脉络进行了全面梳理，建立了诗歌统系。然而，与他人借此尊崇古体、贬抑近体恰恰相反，方回的目的在于提高包括律诗在内的近体诗的地位。这突出地表现在两个方面：其一，将近体纳入诗统体系。在《汪斗山识悔吟稿序》中，方回指出："古诗以汉魏晋为宗，而祖三百五篇、《离骚》。律诗（按，在方回的表述中，与古诗相对的'律诗'，当是泛指包括律诗、绝句在内的近体诗）以唐人为宗，而祖老杜。沿其流止乾、淳，溯其源止洙泗。"② 这段文字有两点需要点明：1. 以"时势相因"③ 的通达态度，将上自《诗》、《骚》，下至南宋乾、淳间的诗歌皆纳入其诗歌统系之中，包括古诗和近体，当然也不菲薄唐诗或宋体。2. 连接古体与近体的重要纽带是杜诗。杜诗既集古之大成，又开唐宋诸派。关于第二点，方回在《跋许万松诗》中表述更为明了："古诗有六义，风刺其一耳。老杜所以独雄百世者，其意趣全古之六义，而其格律又备后世之众体。晚唐者特老杜之一端，老杜之作，包晚唐于中，而贾岛、姚合以下得老杜之一体。叶水心奖四灵，亦宋初'九僧'体耳，即晚唐体也，寇莱公亦此体也。近世学者不深求其源，以四灵为祖，曰倡唐风自我始，岂其然乎？"④ 借助于杜诗，方回为近体找到了源头。他屡次斥责宋末江湖诸子学诗仅止于"四灵"，而不知溯其渊源，其实正是从侧面肯定了近体与古体同根同源。既与古诗同源，包括律诗在内的近体诗也就不应该再被轻视鄙薄了。其二，以分体论诗取代分等论诗。不同于张戒、朱熹等划分等次论诗，列近体诗为下等，方回分体论诗，将其与古诗置于同等重要的地位。二者只有体式之殊，而不再有高下之别。他将诗歌分为"三体"："诗三体，唐虞三代一也，汉魏六朝二也，

---

① （元）方回：《桐江集》卷四，《续修四库全书》影印宛委别藏钞本，第 429 页。
② （元）方回：《桐江集》卷一，《续修四库全书》影印宛委别藏钞本，第 368 页。
③ （元）方回选评，李庆甲集评校点：《瀛奎律髓汇评》卷三，上海古籍出版社 2005 年版，第 134 页。
④ （元）方回：《桐江集》卷四，《续修四库全书》影印宛委别藏钞本，第 428—429 页。

唐宋始尚律诗，三也。"① 这一划分方式充分表明，近体和古体已完全平等，而无任何高下优劣之分了。在此基础上，他又将近体诗分为"五体"："论今之诗，五七言古、律与绝句凡五体。五言古汉苏、李，魏曹、刘，晋陶、谢。七言古汉《柏梁》，临汾〔按，张衡系南阳郡西鄂县（今河南南阳县石板桥镇）人，此疑误〕张平子《四愁》。五言律、七言律及绝句自唐始盛。"② 在指示后学时，他也分体而论，从而更有针对性且易于领悟和把握。如，《送俞唯道序》云："大概律诗当专师老杜、黄、陈、简斋，稍宽则梅圣俞，又宽则张文潜，此皆诗之正派也。五言古，陶渊明为根柢，三谢尚不满人意，韦、柳善学陶者也。七言古，须守太白、退之、东坡规模。绝句，唐人后惟一荆公，实不易之论。但不当学姚合、许浑，格卑语陋，恢拓不前。唐二孟、近世吕居仁、尤、萧、杨、陆，俱可为助。"③

方回把包括律诗在内的近体诗纳入诗统体系，将其与古诗置于平等的地位，不仅有效地提高了备受轻视的律诗的地位，对宋末诗论也是一个极大的突破。

二　强调律诗与古诗本质功用上的相通

方回在《笺注唐贤三体诗法序》中指出："子曰：'诗三百，一言以蔽之，曰"思无邪"。'此诗之体也。又曰：'小子何莫学夫诗？诗可以兴，可以观，可以群，可以怨。迩之事父，远之事君，多识于鸟兽草木之名。'此诗之用也。圣人之论诗如此，后世之论诗不容易矣！后世之学诗者，舍此而他求，可乎？"④ 诗之本质在于言志抒情，以见无邪之思虑；其功用则在于教化子民、体察风俗。宋人论诗为文之精者，就多从这两个方面立论。如，徐铉《成氏诗集序》云：

> 诗之旨远矣，诗之用大矣，先王所以通政教、察风俗，故有采诗之
> 官、陈诗之职，物情上达，王泽下流。及斯道之不行也，犹足以吟咏情

---

① （元）方回：《跋俞伯初诗》，《桐江集》卷四，《续修四库全书》影印宛委别藏钞本，第 429 页。

② （元）方回：《恢大山西山小稿序》，《桐江续集》卷三十三，《四库全书珍本初集》本，第 12491 页。

③ （元）方回：《桐江集》卷一，《续修四库全书》影印宛委别藏钞本，第 377 页。

④ （清）陆心源：《皕宋楼藏书志》卷一一四，《清人书目题跋丛刊》本，中华书局 1990 年版，第 1293—1294 页。

性，黼藻其身，非苟而已矣。①

石介《石曼卿诗集序》云：

> 诗之作，与人生偕者也。人函愉乐悲郁之气，必舒于言，能者述之，传于律，故其流行无穷，可以播管弦而交鬼神也。古之有天下者，欲知风教之感，气俗之变，必立官司采掇而监听之，由是弛张其务，以足其所思，乃能享世长久。弊乱无由而生，厥后官废诗不传，在上者不复知民之所向，故政化颠悖，治道亡矣！诗之于时，盖亦大物，于文字尤为古尚，但作者才致鄙迫不扬，不入其域耳。②

范仲淹《唐异诗序》云：

> 诗之为意也，范围乎一气，出入乎万物，卷舒变化，其体甚大。……羽翰乎教化之声，献酬乎仁义之醇，上以德于君，下以风于民。不然，何以动天地而感鬼神哉！③

这些论述揭示诗歌"言志"的本质和通政教、察风俗的功用，是就所有体式的诗歌而言的。也就是说，古诗和近体诗在本质和功用上的一致性，是为大家所公认而毋庸置疑的。

南宋复古论者则忽略古诗与近体诗在本质和功用上的共通之处，重点强调二者在体制上的差别，并视近体为"变体"而大加挞伐。上引朱熹答巩仲至语，就是依据体制风格而划分诗歌等次的。关于此，朱熹在《答巩仲至》中有更为明确的表述："来谕欲漱六艺之芳润以求真澹，此诚极至之论。然亦须先识得古今体制，雅俗向背，仍更洗涤得尽肠胃间夙生荤血脂膏，然后此语方有所措。如其未然，窃恐秽浊为主，芳润入不得也。近世诗人，只缘不曾透得此关，而规规于近局，故其所就皆不满人意，无足深

---

① 傅璇琮等编：《全宋诗》第2册，北京大学出版社1998年版，第189页。
② （宋）石介：《石徂徕集》卷下，《丛书集成初编》第2361册，中华书局1985年版，第57页。
③ （宋）范仲淹著，李勇先、王蓉贵校点：《范仲淹全集》卷八，四川大学出版社2007年版，第185页。

论。"① 《答杨宋卿》亦云："是以古之君子，德足以求其志，必出于高明纯一之地，其于诗固不学而能之。至于格律之精粗，用韵、属对、比事、遣词之善否，今以魏晋以前诸贤之作考之，盖未有用意于其间者，而况于古诗之流乎？近世作者乃始留情于此，故诗有工拙之论，而葩藻之词胜，言志之功隐矣。"② 这是复古论学者的普遍做法，为排斥贬抑近体诗而故意从体制、风格上强调其与古诗之殊异，对于二者在更重要方面的相通却视而不见，甚至有意否定。这种做法虽然在一定程度上有助于达到尊古体排近体、拯救诗坛流弊的诗学目的，然而，其舍本逐末、失于主观的过失也是显而易见的。

赵汝谈、刘克庄等人敏锐地发现了这一过失并予以矫正。他们指出，近体与古诗只是在体制上存在不同，并无本质的差别。刘克庄《瓜圃集序》云："近岁诗人惟赵章泉五言有陶、阮意，赵蹈中能为韦体，如永嘉诗人极力驰骤，才望见贾岛、姚合之藩而已。余诗亦然。十年前始自厌之，欲息唐律，专造古体。赵南塘（汝谈）不谓然，其说曰：'言意深浅，存人胸怀，不系体格。若气象广大，虽唐律不害为黄钟、大吕，否则手操云和，而惊飚骇电犹隐隐弦拨间也。'余感其言而止。……是岂可以律诗而概少之耶？"③ 再看其《宋希仁诗序》："近世诗学有二，嗜古者宗《选》，缚律者宗唐。其始皆曰吾为《选》也，吾为唐也，然童而学之以至于老，有莫能改气质而谐音节者，终于不《选》不唐，无所就而已。余谓诗之体格有古、律之变，人之情性无今昔之异。《选》诗有芜拙于唐者，唐诗有佳于《选》者，常欲与同志切磋此事，然众作多而无穷，余论孤而少助。"④ 赵、刘二人可谓把握住了诗歌的本质，也正是对于古诗、近体诗抒发性情并无二致的正确认识，使他们并不菲薄近体诗。刘氏又编撰有《分门纂类唐宋时贤千家诗选》⑤，在一片复古声音中孤独地为近体诗呐喊。

---

① （宋）朱熹：《晦庵先生朱文公文集》卷六十四，《四部丛刊初编》本。

② （宋）朱熹：《晦庵先生朱文公文集》卷三十九，《四部丛刊初编》本。

③ 曾枣庄、刘琳主编：《全宋文》第329册，上海辞书出版社、安徽教育出版社2006年版，第81页。

④ 同上书，第150页。

⑤ 按，关于是书之编者，学界存在疑义。李更、陈新即认为是书"在编选过程中虽然不无曾经参用刘克庄所编某种选集的可能性，但总体上和刘克庄并不存在直接关联。所谓'后村先生编集'云云，应属书商出于商业利益的不正当操作"。[（宋）刘克庄编集，李更、陈新校证：《分门纂类唐宋时贤千家诗选校证》，人民文学出版社2002年版，第891页。]

　　方回的律诗论承继赵氏、刘氏之论而又有所发展。如前文所论，方回深深濡染于家族的《诗经》之学，论诗注重抒情言志的诗歌本质和兴观群怨等诗歌功用。其《赵宾旸诗集序》有云：

　　　　诗之存于世者，三百五篇圣人删定，垂世为六艺之一，使人观之而有所感发惩创，初不计其言语之工拙与夫学问之浅深也。……《大序》曰："在心为志，发言为诗。"……其自序乃谓："学必本洙泗，文必本六籍、先秦、西汉。"以此教后学入门可也，使后学由此以求君之所谓诗而不本于志，则亦好龙画虎而已。①

　　《名僧诗话序》亦云：

　　　　古圣人作，民有康衢之谣。君有歌，臣有赓，皆所以言其志而天机之不能自已者也。上之朝廷公卿，下之闾巷子女皆有诗，至周有三千余篇。孔子删三百篇垂于后世，盖取其喜、怒、哀、乐、爱、恶、欲之七情发为风、赋、雅、颂、比、兴之六体。曰"思无邪"，曰"止乎礼义"，以达政教，以移风俗，此诗之大纲然也。②

　　《孙元京诗集序》更明确指出：

　　　　虞夏、商、周诗经孔子删定，赞则赘。《离骚》而降，汉、晋、魏以至唐、宋，五、七殊，古、律异，六义之致一也。③

　　他认为古诗和律诗在本质功用上并无区别。他编选《瀛奎律髓》，就将此作为编选和点评律诗的重要标准。先看其对律诗本质的强调。正如清人贺贻孙所说，诗贵发乎本心，"不为酬应而作则神清，不为谄渎而作则品贵，不为迫胁而作则气沉"④。因此，方回将缺乏真性情、多俗鄙应酬之态的生日诗、

————————

① （元）方回：《桐江集》卷一，《续修四库全书》影印宛委别藏钞本，第 360—361 页。
② 同上书，第 363 页。
③ （元）方回：《桐江续集》卷三十二，《四库全书珍本初集》本，第 12472 页。
④ （清）贺贻孙：《诗筏》，郭绍虞编选，富寿荪校点：《清诗话续编》，上海古籍出版社 1983 年版，第 137 页。

致语诗以及富贵功名人之诗皆排除在编选之外①。于白居易组诗《何处难忘酒》，方回仅取其中四首，也是基于重视真性情、反对无病呻吟的考虑："七首内，三首以士人及第、少年春夜、军功建旄而饮，今删之。何则？得志之人能不泪于酒，则人品高矣。所取四首，以逆旅穷交、老境寒病、都门送别、逐臣遇赦而饮。此则不能忘情于酒者，人情之常也。"②"伤悼类"小序云："有生必有死，吊哭诔赙，挽些哀词，所以尽伦理，而亦忠信孝悌之天所固有也。性情于此见焉，交游以此重焉。观者不可以讳忌恶之。"③也强调诗歌应寄托性情。至于其对律诗功用的强调，"登览类"谓"登高能赋"，重其触物兴感之义；于"风土"、"昇平"、"节序"、"晴雨"诸类可以观风俗、知得失；"宴集"、"送别"、"远外"等类体现了"诗可以群"的功能；"忠愤"一类明言"取其'可以怨'者"；"兄弟"、"子息"、"朝省"、"寄赠"、"送别"等又明显可见人伦孝悌、忠君爱友之旨；多识名物的功用则体现在"茶"、"酒"、"梅花"、"雪"、"月"、"着题"等类别中。可以看出，方回准确把握住了律诗与古诗在本质与功用上的一致性，并以此为选评律诗的标准，可谓得其根本。再者，如前所述，方回看到了古诗与律诗在体制上的差别，并分体论诗，客观评价二者的渊源及特色，而不据此划分等级。这样，他有效地避免和矫正了复古论者舍本逐末、失于主观的弊病，并且从根本上将律诗提到了与古诗平等的地位。

三 力证律诗难作难精

在诸文体之中，诗歌因其短小精练、片言达意，又须言近意远、协和音律而尤其难以驾驭。宋人于此多有感慨。如，唐庚云："诗最难事也。吾于他文不至蹇涩，惟作诗甚苦。悲吟累日，仅能成篇。初读时未见可羞处，姑置之，明日取读，瑕疵百出。辄复悲吟累日，返复改正，比之前时，稍稍有加

---

① 按，方回评秦观《中秋口号》云："生日诗、致语诗，皆不可易为，以其徇情应俗而多谀也，所以予于生日诗皆不选。"〔（元）方回选评，李庆甲集评校点：《瀛奎律髓汇评》卷十二，上海古籍出版社 2005 年版，第 461 页。〕评范成大《海云回接骑城北，时吐蕃出没大渡河水上》云："予选诗不甚喜富贵功名人诗，亦不甚喜诗之富艳华腴者。"〔（元）方回选评，李庆甲集评校点：《瀛奎律髓汇评》卷十三，上海古籍出版社 2005 年版，第 494 页。〕

② （元）方回选评，李庆甲集评校点：《瀛奎律髓汇评》卷十九，上海古籍出版社 2005 年版，第 728 页。

③ （元）方回选评，李庆甲集评校点：《瀛奎律髓汇评》卷四十九，上海古籍出版社 2005 年版，第 1799 页。按，《瀛奎律髓汇评》缺"性情于此见焉，交游以此重焉"十二字，据成化三年本补。

焉。复数日取出读之，病复出。凡如此数四，方敢示人，然终不能奇。李贺母责贺曰：'是儿必欲呕出心乃已。'非过论也。今之君子，动辄千百言，略不经意，真可贵哉！"① 陆游云："诗岂易言哉？一书之不见，一物之不识，一理之不穷，皆有憾焉。同此世也，而盛衰异；同此人也，而壮老殊。一卷之诗有淳漓，一篇之诗有善病，至于一联一句，而有可玩者，有可疵者，有一读再读至十百读，乃见其妙者，有初悦可人意，熟味之使人不满者。大抵诗欲工，而工亦非诗之极也。锻炼之久，乃失本指，斫削之甚，反伤正气。……呜呼艰哉！予固不足为知此道者，亦致其意久矣，顾每不敢易于品藻。"② 方回亦云："诗不过文章之一端，然必欲佳句脍炙人口，殆百不一二也。非有上下古今之博识，出入天地之奇思，则虽欲日锻月炼以求其佳亦不能矣"③，"诗视文为尤难，愈参则愈悟，愈变则愈进"④。因其难臻精美，故而对诗人提出了极高的要求，既需功专气全，又需才、学、识兼备，缺一则难以成家⑤。如此，诗歌之地位也就不亚于载道之文，甚至于超越其上了。从形式技巧方面论述诗歌创作之难，正是宋代"诗文之辨"中文士提高诗歌地位的一大策略。关于此，我们可以参照霍松林主编《中国诗论史》对"诗笔之辨"实质的论述：

> 文笔异称，其意主要不在于使笔体争得独立地位，可与"文"平起平坐，从而有助于选家和目录学家区分和概括两类性质有异的文体，而主要是在辨明文难于笔、文高于笔，使有韵之文驾凌于笔体之上，这是文笔之辨的实质之所在。……诗笔之辨则是进而在有韵之文中突出诗的

---

① （宋）唐庚：《自说》，载曾枣庄、刘琳主编《全宋文》第 140 册，上海辞书出版社、安徽教育出版社 2006 年版，第 2 页。

② （宋）陆游：《何君墓表》，《陆游集》，中华书局 1976 年版，第 2376 页。

③ （元）方回：《跋尤冰寮诗》，《桐江集》卷三，《续修四库全书》影印宛委别藏钞本，第 415 页。

④ （元）方回：《唐师善月心诗集序》，《桐江续集》卷三十二，《四库全书珍本初集》本，第 12465—12466 页。

⑤ 按，（宋）刘克庄《跋黄憕诗》云："诗比他文章最难工，非功专气全者不能名家。"（载傅璇琮等主编《全宋诗》第 329 册，北京大学出版社 1998 年版，第 203 页。）（宋）周必大《杨谨仲诗集序》云："文章有天分，有人力，而诗为甚。才高者语新，气和者韵胜，此天分也。学广则理畅，时习则句熟，此人力也。二者全则工，偏则不工。"（载曾枣庄、刘琳主编《全宋文》第 230 册，上海辞书出版社、安徽教育出版社 2006 年版，第 141 页。）（宋）范温《潜溪诗眼》"学诗贵识"条："山谷言学者若不见古人用意处，但得其皮毛，所以去之更远。……故学者要先以识为主，如禅家所谓正法眼者。直须具此眼目，方可入道。"（载郭绍虞辑《宋诗话辑佚》卷上，中华书局 1980 年版，第 317 页。）

地位，这是从魏晋南朝爱诗重诗风气日盛的必然结果。①

辨明文难于笔，就能有效地将"有韵之文凌驾于笔体之上"，同样，宋人慨叹诗歌难作的深意也正是为了提高诗歌的地位。

在诗歌诸体中，又数律诗在声律、对偶、音韵等形式技巧方面的要求最为严格，也最为精密难作。那么，较之其他诗歌体式，律诗也就应该备受重视。然而，事实并非如此。正如沈括《梦溪笔谈》卷十四所指出的：

> 小律诗虽末技，工之不造微，不足以名家。故唐人皆尽一生之业为之，至于字字皆炼，得之甚难，但患观者灭裂，则不见其工，故不惟为之难，知音亦鲜，设有苦心得之者，未必为人所知。②

律诗虽"得之甚难"，却少有知音，在宋代长期处于极其尴尬的处境。这种状况在大倡复古的南宋诗坛显得更为突出。人们不但没有因为律诗之精美难为而对其倍加尊崇，反而斥精雕细琢为卑琐细碎的雕虫小技，将其视为难登古诗大雅之堂的"小道"。这显然带有明显的偏见。

方回意识到了复古论者的偏弊。他编选律诗选本《瀛奎律髓》，以诗歌评点的方式全面展现律诗艺术技巧的精美细致以及审美风格的至高追求，并对律诗作者的素养提出了极高的要求（按，关于方回对律诗艺术技巧、审美风格及作者素养的批评，"《瀛奎律髓》诗'格'论研究"一章已论之甚详，兹不赘述），其目的就是印证律诗并非任何人都能为之的雕虫小技，这和宋人借慨叹诗歌难作来提高诗歌地位一样，是通过证实律诗难作难精来提高律诗的地位。当然，我们也要明了，方回之所以选择最为精细难为的律诗来教诲后学，应该是基于从难者入，则易者不攻自破的考虑。

四 借"律诗之祖"说推尊律体

自唐以来，人们往往将律诗的形成归功于沈佺期、宋之问二人。唐独孤及《唐故左补阙安定皇甫公集序》云：

---

① 霍松林主编：《中国诗论史》（上），黄山书社 2007 年版，第 246 页。
② （宋）沈括著，胡道静校正：《梦溪笔谈》卷十四，上海古籍出版社 1987 年版，第 492 页。

（五言诗）历千余岁，至沈詹事（佺期）、宋考功（之问），始裁成六律，彰施五色，使言之而中伦，歌之而成声，缘情绮靡之功，至是乃备，虽去雅寝远，其丽有过于古者，亦犹路夐出于土鼓，篆籀生于鸟迹也。①

元稹《唐故工部员外郎杜君墓系铭》也持此说，并在此基础上明确提出了"律诗"的概念：

唐兴，官学大振，历世之文，能者互出，而又沈、宋之流，研练精切，稳顺声势，谓之为律诗。②

宋初文人宋祁在《新唐书》中承袭了这一观点。《新唐书·杜甫传赞》云："唐兴，诗人承陈、隋风流，浮靡相矜。至宋之问、沈佺期等，研揣声音，浮切不差，而号'律诗'，竞相沿袭。"③ 同书《宋之问传》亦云："魏建安后迄江左，诗律屡变，至沈约、庾信，以音韵相婉附，属对精密。及之问、沈佺期，又加靡丽，回忌声病，约句准篇，如锦绣成文。学者宗之，号为'沈宋'，语曰'苏、李居前，沈、宋比肩'，谓苏武、李陵也。"④ 这一说法被广泛接受，沈、宋也因而成为宋人普遍认可的律诗定型者。然而，"沈、宋之流"、"宋之问、沈佺期等"的表达本身又暗示着在律诗形成过程中，除沈、宋外，又有他人之功。南北宋之交的朱翌即指出："至李峤、沈、宋之流，方为律诗，谓之近体。此诗近体之祖也。"⑤ 因为李峤与沈、宋都是以律诗成就为高，这里所谓"近体之祖"，实即"律诗之祖"之意。在沈、宋之外，他又标举李峤以及被"之流"所笼括的初唐其他文人为律诗之开创者。方回的"律诗之祖"说正是在承继前人论说的基础上又有创新的结果⑥。

---

① （清）董诰等编：《全唐文》第 388 卷，上海古籍出版社 1990 年版，第 1743 页。
② （唐）元稹：《元稹集》，中华书局 1982 年版，第 601 页。
③ （宋）欧阳修、宋祁等：《新唐书》卷二百一，中华书局 1975 年版，第 5738 页。
④ （宋）欧阳修、宋祁等：《新唐书》卷二百二，中华书局 1975 年版，第 5751 页。
⑤ （宋）朱翌：《猗觉寮杂记》卷上，《丛书集成初编》第 284 册，中华书局 1985 年版，第 11 页。
⑥ 按，唐人司空图曾将四人并称："陈、杜滥觞之余，沈、宋始兴之后，杰出于江宁，宏思于李杜，极矣。"［（明）杨慎著，王仲镛笺证：《升庵诗话笺证》卷四"司空图论诗"条，上海古籍出版社 1987 年版，第 121 页。］然并非专指律诗。

方回以陈子昂、杜审言、沈佺期、宋之问为"律诗之祖"：

> 陈子昂、杜审言、宋之问、沈佺期俱同时，而皆精于律诗。①
>
> 律诗自徐陵、庾信以来，叠叠尚工，然犹时拗平仄。……至沈佺期、宋之问而律诗整整矣。陈子昂《感遇》古诗三十八首，极为朱文公所称。天下皆知其能为古诗，一扫南、北绮靡，殊不知律诗极精。此一篇置之老杜集中，亦恐难别，乃唐人律诗之祖。如沈、如宋，如老杜之大父审言，并子昂四家观之可也。盖皆未有老杜以前律诗。②
>
> 子昂以《感遇》诗名世，其实尤工律诗，与审言、之问、佺期，皆唐律诗之祖。③
>
> 陈子昂才高于沈佺期、宋之问，惟杜审言可相对。此四人唐律，在老杜以前，所谓律体之祖也。④

一方面，他肯定了沈、宋开创律诗的诗学地位。方回在宋之问《早发始兴江口至虚氏村作》诗评中直接征引宋祁之语⑤对于诗坛上普遍认可的这一说法是没有任何疑义的；另一方面，他发掘了陈、杜在促进律诗定型中的重要作用。和朱翌一样，方回认为完成律诗定型的并非只是沈、宋二人。不同的是，朱翌发现了李峤，而方回则发现了陈子昂和杜审言。其"律诗之祖"说因中有变，呈现出自己的特色。

其实，以陈、杜、沈、宋为"律诗之祖"，是方回为实现推尊律体的诗学目的而有意为之。而这主要是通过为律诗辨体、重视律诗立意和强调律诗气格来实现的。

先看为律诗辨体。

---

① （元）方回选评，李庆甲集评校点：《瀛奎律髓汇评》卷一，上海古籍出版社 2005 年版，第 2 页。

② （元）方回选评，李庆甲集评校点：《瀛奎律髓汇评》卷三，上海古籍出版社 2005 年版，第 78—79 页。

③ （元）方回选评，李庆甲集评校点：《瀛奎律髓汇评》卷四，上海古籍出版社 2005 年版，第 151 页。

④ （元）方回选评，李庆甲集评校点：《瀛奎律髓汇评》卷二十四，上海古籍出版社 2005 年版，第 1018 页。

⑤ （元）方回选评，李庆甲集评校点：《瀛奎律髓汇评》卷四，上海古籍出版社 2005 年版，第 151 页。

对于方回的"律诗之祖"说，人们难免有两个疑问：一是，方回论诗极重人品，他既然对沈、宋之品格德行甚为不满①，又为何尊称二人为诗祖呢？二是，方回深知唐初律诗直接承继六朝诗歌而来②，他论律诗之祖却为何舍六朝而盛推初唐四子呢？其实，他以四子，尤其是沈、宋为律诗之祖，甚至置其卑贱的人品于不顾，目的正在于辨明与推尊律体。

和唐宋大多诗论者将包括绝句在内的所有格律诗统称为"律诗"不同，方回所谓律诗，指五、七言八句律诗和五、七言长律。虽然律诗早有滥觞③，六朝文人声律理论的探索和律调的创作实践为律诗形成做了充分的准备，但是，律诗的最终定型仍不得不归功于初唐文人，特别是影响最大的沈、宋二人。他们的创作，在体制上为后人的律诗创作订立了严格的"律"令，使律诗最终成其为律诗。关于这一点，清人冯班《钝吟杂录》卷三有具体的论述："沈约、谢朓、王融创为声病，于时文体不可增减，谓之'齐梁体'，异乎汉、魏、晋、宋之古体也。虽略避双声叠韵，然文不粘缀，取韵不论双只，首句不破题，平侧亦不相俪。沈佺期、宋之问因之变为律诗，自二韵至百韵，率以四句一绝，不用五韵、七韵、九韵、十一韵、十三韵。"④ 钱木庵《唐音审体》也说："律诗始于初唐，至沈、宋而其格始备。……齐梁体二句一联，四句一绝，律诗因之加以平仄相俪，用韵必双，不用单韵。"⑤ 沈、宋的律诗平仄相协，粘对连属，对偶工整，严于押韵，且多为偶数韵⑥。这些都被后人奉为定制，是律诗区别于其他诗歌形式的主要体制特征。方回对此也有深刻精到的认识，他说："律诗自徐陵、庾信以来，亹亹尚工，然犹时拗平仄。唐

---

① 按，方回评沈佺期《塞北》云："时称沈、宋，而佺期、之问，皆不令终。无美善而有艳才，议者惜之。"［（元）方回选评，李庆甲集评校点：《瀛奎律髓汇评》卷三十，上海古籍出版社 2005 年版，第 1304 页。］

② 按，方回云："灵运、惠连、颜延年、鲍明远，在宋元嘉中未有此等绮丽之作也。齐'永明体'自沈约立为声韵之说，诗渐以卑。而玄晖诗徇俗太甚，太工太巧。阴、何、徐、庾继作，遂成唐人律诗。"［（元）方回选评，李庆甲集评校点：《瀛奎律髓汇评》附录二，上海古籍出版社 2005 年版，第 1902 页。］

③ 按，（清）马位《秋窗随笔》云："声律虽起于沈约，而以前粗已具之。"［（清）王夫之等撰：《清诗话》，上海古籍出版社 1978 年版，第 826 页。］

④ （清）冯班：《钝吟杂录》卷三，《丛书集成初编》第 223 册，中华书局 1985 年版，第 38 页。

⑤ （清）钱木庵：《唐音审体》，（清）王夫之等撰：《清诗话》，上海古籍出版社 1978 年版，第 782 页。

⑥ 按，奇数韵不是常见的律诗体式，因此，方回评魏知古《奉和春日途中喜雨》才会特意指明其为五韵律诗，以示律诗亦有此体。［（元）方回选评，李庆甲集评校点：《瀛奎律髓汇评》卷十七，上海古籍出版社 2005 年版，第 643 页。］

太宗诗，多见《初学记》中，渐成近体，亦未脱陈、隋间气习。至沈佺期、宋之问，而律诗整整矣。"① 可以说，方回舍人品不论，大力肯定沈、宋"律诗之祖"的地位，意旨恰是为律诗辨体，从而进一步达到推尊律体的诗学意图。如此明确强烈的辨体与尊体意识，对明、清的诗体批评产生了重要影响。二冯不明个中缘由，斥其"不知源流"②，显然是未能参透方回辨体尊体的用意。

再看重视律诗立意。

探讨方回的"律诗之祖"说，还有一个不得不面对的问题，那就是方氏为什么没有把声望地位和影响力高于沈、宋，近体诗数量与合律程度为初唐诗人之最，诗风又与沈、宋相近的李峤归入律诗宗祖的行列？

李峤作为武则天、中宗两朝的诗坛领袖，所作新体诗达 187 首，其中粘式律 175 首，占比 93.58%，创作数量和合律程度均居初唐诗人之首。史载其"为文章宿老，一时学者取法焉"，"有所属缀，人多传讽"③，在当时极具影响力。其律诗大多典雅富丽，也与沈、宋诗风相近。应该说，他为律诗定型所做出的贡献也是不可忽视的。然而，方回却有意忽略了李峤：未将其视为"律诗之祖"，未选其诗，甚至未加只字评论。其实，他这样做的目的是为了突出律诗应立意真实深刻、表意丰富多样。

方回论诗重"意"。他说："诗先看格高，而意又到，语又工，为上；意到，语工，而格不高，次之；无格，无意，又无语，下矣。"④《瀛奎律髓》主要依据题材进行分类，便是肯定律诗具有表现多种题材、表达丰富情感的强大功能。以宫廷文人为主要创作群体的初唐律诗在题材上以应酬唱和、吟咏物象、描摹宫廷山水为主，格局比较狭窄，表现领域有限，也不能抒发深挚丰富的情感。李峤诗正是如此，其所作 187 首新体诗中，仅咏物诗就多达

---

① （元）方回选评，李庆甲集评校点：《瀛奎律髓汇评》卷三，上海古籍出版社 2005 年版，第 78 页。

② 按，"拗字类"小序后附冯舒评："周颙、刘绘、沈约辈之声病，止论五音。沈、宋之律诗，兼严四声。拗字不妨为律诗，以其原论声病也。虚谷不知源流，遂立此一类，其为全不知诗信矣。"［（元）方回选评，李庆甲集评校点：《瀛奎律髓汇评》卷二十五，上海古籍出版社 2005 年版，第 1107 页。］（清）冯班评杜甫《奉答岑参补阙见赠》："律诗出于南北朝，排偶须藻丽瑰奇，方为作手。"［（元）方回选评，李庆甲集评校点：《瀛奎律髓汇评》卷二，上海古籍出版社 2005 年版，第 51 页。］

③ （宋）欧阳修、宋祁等：《新唐书》卷一百二十三，中华书局 1975 年版，第 4371 页。

④ （元）方回选评，李庆甲集评校点：《瀛奎律髓汇评》卷二十一，上海古籍出版社 2005 年版，第 894 页。

120 首，其余也多是应制、应教或同僚唱和的应酬之作。应酬之作缺乏真情实意自不必说，其咏物诗也是裁剪整齐、格律工整，却了无生趣，皆属"认桃无绿叶，辨杏有青枝"一类，徒重形似而略无兴寄，最为方回所不齿①，陈、杜、沈、宋四人则不然，他们或因胸襟气魄使然，或因长期宦游遭贬，能够在律诗中展现丰富的生活阅历，表达真切的情绪感触，从而极大地扩大了律诗的表现空间，增强了律诗的抒情达意功能。《瀛奎律髓》选四人之诗并不多，陈子昂九首，杜审言五首，沈佺期四首，宋之问十五首，总计三十三首，却涵盖了登览、朝省、怀古、风土、春日、暮夜、节序、月、送别、旅况、边塞、川泉、论诗、寄赠、迁谪、释梵共十六类题材。这正是四人超越李峤的关键所在，也是其被方回尊奉为"律诗之祖"的重要原因之一。

最后看强调律诗气格。

尊称并不以律诗知名的陈子昂和不为论者所重视的杜审言为"律诗之祖"，且将二人置于沈、宋之前，明确以陈、杜、沈、宋为四人排序，这些都是为了强调律诗的气格。

陈、杜律诗骨力劲健的气格是方回所最为称赏的，也是他将二人推尊为"律诗之祖"的关键原因。以沈、宋为代表的初唐律诗，体制上既能工整合律，风格上也以富丽精工为主。文坛以此相尚，虽精致工美无比，却难免气格卑弱之弊。陈子昂与杜审言可谓是其中"变调"，他们凭借自己的创作为律诗注入一缕雄豪悲壮的气息，成为变革时风的最强音，开启了盛唐之风的先声。先说陈子昂。面对齐梁绮靡诗风弥漫诗坛的现状，陈氏以救弊起衰为己任，力倡"兴寄"、"风骨"，复兴《诗经》传统与汉魏气骨。这一胸襟气魄不仅使其古诗元气充沛、高蹈沉雄②，律诗也迥异时俗，以气格骨力制胜。方回评其《岘山怀古》"悲壮感慨，即无纤巧砌凑"③，称其《晚次乐乡县》与

---

① 按，"着题类"小序云："着题诗，即六义之所谓赋而有比焉，极天下之最难。石曼卿《红梅》有曰：'认桃无绿叶，辨杏有青枝。'不为东坡所取，故曰：'题诗必此诗，定知非诗人。'"〔（元）方回选评，李庆甲集评校点：《瀛奎律髓汇评》卷二十七，上海古籍出版社 2005 年版，第 1151 页。〕

② 按，（唐）韩愈《荐士》云："国朝盛文章，子昂始高蹈。"〔（唐）韩愈著，屈守元、常思春主编：《韩愈全集校注》，四川大学出版社 1996 年版，第 355 页。〕

③ （元）方回选评，李庆甲集评校点：《瀛奎律髓汇评》卷三，上海古籍出版社 2005 年版，第 79 页。

盛唐律诗相同，"诗体浑大，格高语壮"①，又赞其《送魏大从军》"雄浑"②，赞赏之情溢于笔端。再说杜审言。杜氏律诗一方面"句律极严，无一失粘者"③；另一方面又多具变态，胜在气格。陈子昂《送吉州杜司户审言序》赞其"炳灵翰林，研几策府，有重名于天下，而独秀于朝端。徐、陈、应、刘不得翦其垒；何、王、沈、谢，适足靡其旗"④，并非溢美之虚言。方回所关注的，也多是杜审言异于时人、壮大响亮之处。他不厌其烦地列举杜诗之壮语⑤，又说："律诗初变，大率中四句言景，尾句乃以情缴之。起句为题目。审言于少陵为祖，至是始千变万化云。起句喝咄响亮。"⑥ 显然都是着眼于此。

以陈、杜、沈、宋排序，也是出于重视气格的考虑。方回自叙其为四人排序的标准，一是人品："时称沈宋，而佺期、之问，皆不令终。无美善而有艳才，议者惜之。陈子昂、杜审言诗，亦绝出一时。于四人之中，而论其为人，则陈、杜之诗尤可敬云。"⑦ 二是才气："陈子昂才高于沈佺期、宋之问，惟杜审言可相对。"⑧ 然而，正如论者所指出的，陈、杜二人"亦不纯粹"⑨，其实，就人品而言，陈、杜未必高于沈、宋。他据以排序的标准其实主要是"才气"。从其所云"独老杜'吴体'之所谓拗，则才小者不能为之"⑩ 可知，

---

① （元）方回选评，李庆甲集评校点：《瀛奎律髓汇评》卷十五，上海古籍出版社 2005 年版，第 529 页。

② （元）方回选评，李庆甲集评校点：《瀛奎律髓汇评》卷二十四，上海古籍出版社 2005 年版，第 1019 页。

③ （宋）陈振孙：《直斋书录解题》卷十九，上海古籍出版社 1987 年版，第 557 页。

④ （唐）陈子昂著，徐鹏校：《陈子昂集》卷七，中华书局 1960 年版，第 159 页。

⑤ 按，方回评杜审言《登襄阳城》云："壮语如'雨雪关山暗，风雷草木稀'，'据鞍雄剑动，插槛羽书飞'，'不宰神功运，无为大化悬。八荒平物土，四海接人烟'，'文物驱三统，声名走百神'，'禹食传中使，尧樽遍下人'，……此等句若置之子美集，无大相远也。"［（元）方回选评，李庆甲集评校点：《瀛奎律髓汇评》卷一，上海古籍出版社 2005 年版，第 3 页。］

⑥ （元）方回选评，李庆甲集评校点：《瀛奎律髓汇评》卷十，上海古籍出版社 2005 年版，第 320 页。

⑦ （元）方回选评，李庆甲集评校点：《瀛奎律髓汇评》卷三十，上海古籍出版社 2005 年版，第 1304 页。

⑧ （元）方回选评，李庆甲集评校点：《瀛奎律髓汇评》卷二十四，上海古籍出版社 2005 年版，第 1018 页。

⑨ 按，纪昀评方回"于四人之中，而论其为人，则陈、杜之诗尤可敬云"语："陈、杜人亦不纯粹。"［（元）方回选评，李庆甲集评校点：《瀛奎律髓汇评》卷三十，上海古籍出版社 2005 年版，第 1304 页。］

⑩ （元）方回选评，李庆甲集评校点：《瀛奎律髓汇评》卷二十五，上海古籍出版社 2005 年版，第 1107 页。

才大者方能为"拗字"、"变体"等各种律诗变态，而诸种变态正是其所称美的"格高"的表现。也就是说，气格才是方回排序的根本标准。陈子昂志在复古，在以古体入律的同时，他更以古气、古意入律，使律诗展现出"悲壮感慨"、"雄浑"的雄伟风貌，格高而又语壮，方回将《送崔著作东征》、《送魏大从军》、《和陆明甫赠将军重出塞》等不合律法的诗歌选入①，显然是激赏其铮铮诗格。杜审言仅次于陈子昂，也是因为其能作壮语，有"喝咄响亮"之音，格力高胜。沈、宋律诗工整稳妥，繁富密丽，论气格自然输陈、杜一筹：

> 沈佺期、宋之问，唐律诗之祖。此诗虽无绝高处，平正整妥。②
> 八韵十六句，无一句一字不工，唐律诗之祖也。③
> 律诗至宋之问，一变而精密无隙矣。④
> 唐史言宋之问诗比于沈、庾精密，又加靡丽，盖律体之祖也。⑤

即使是沈、宋二人，方回认为亦有高下之分。沈胜于宋，原因在于沈氏能在"富丽之中稍加劲健"⑥，很显然，这同样是就气格而论。

既然律诗有其区别于其他诗体的独特之处，可以和古诗一样表达真实丰富的情感，以劲健昂扬的骨力取胜，那么，它就不是复古论者口诛笔伐的小道末技，应该受到足够的重视和尊重。通过"律诗之祖"论，方回在为宋末诸子救弊、提供创作典范的同时，也有效地提高了律诗的地位。

---

① 按，方回评《送崔著作东征》云"平仄不粘"，评《送魏大从军》也云"尾句虽拗平仄"[（元）方回选评，李庆甲集评校点：《瀛奎律髓汇评》卷二十四，上海古籍出版社 2005 年版，第 1018、1019 页]，可见他是明知诸诗不合律的。

② （元）方回选评，李庆甲集评校点：《瀛奎律髓汇评》卷十六，上海古籍出版社 2005 年版，第 593 页。

③ （元）方回选评，李庆甲集评校点：《瀛奎律髓汇评》卷三十，上海古籍出版社 2005 年版，第 1304 页。

④ （元）方回选评，李庆甲集评校点：《瀛奎律髓汇评》卷十，上海古籍出版社 2005 年版，第 318 页。

⑤ （元）方回选评，李庆甲集评校点：《瀛奎律髓汇评》卷四十七，上海古籍出版社 2005 年版，第 1621 页。

⑥ 同上书，第 1625 页。

五　申论

我们可以对方回"诗之精者为律"的诗学主张作如下三点评述。

其一，其最终目的是拯救时弊。首先，面对诗道日渐衰落、士子甚至有鄙视诗歌而不屑为之者、律诗更是备受轻鄙的诗坛现状，方回从最受鄙薄的律诗着手，高度肯定律诗，这无疑从整体上全面肯定了诗歌。可以说，提倡"诗之精者为律"是实现其"文之精者为诗"的诗学主张，从而挽救诗道的关键步骤。其次，如前所引，占据宋末诗坛主要地位的"江西"与晚唐诗皆以近体名家，宋末诗弊在很大程度上说就是律诗的弊病。方回之所以努力强调律诗抒情言志的本质、兴观群怨的功用、骨力劲健的格调、善变缜密的技法以及作者的品德学养，正是为了针对性地解决宋末"江西"与晚唐诗人在律诗创作上存在的种种弊病。这与复古论者复兴古诗以救弊，其实是殊途同归。当然，与全面否定律诗的论调截然不同，方回对律诗予以高度肯定，否认时弊的根源在于律诗本身。他善于在律诗内部找问题，找到了解决弊病的直接突破口，因而能够更为有效地达到拯救时弊的诗学目的。

其二，借助古诗来肯定律诗的方式颇为巧妙。在复古思潮弥漫文坛之际，方回也崇尚古诗，并且通过挖掘律诗与古诗的相通之处、将律诗与古诗对等起来的方式，巧妙地借助古诗来提高律诗的地位。他将律诗平等地纳入其所建立的诗统体系，将杜甫作为连接古诗与律诗的纽带，并以分体论诗替代分等论诗，从而彰显律诗与古诗作为诗史发展不同阶段的产物，只有体式之殊，而无高下之别；他积极强调被复古论者有意忽视的律诗抒情言志的本质和兴观群怨的功用，肯定古、律在本质功用上并无区别；他推尊以格力劲健著称的陈子昂、杜审言为"律诗之祖"，并将"格高"作为批评律诗的首要标准，这样，律诗与古诗在格调上也没有了高下优劣之分。正因为以肯定古诗为前提，方回"诗之精者为律"的呼声虽然震响一时，却并没有引起复古派的群起围攻。应该说，这不愧为一种比较明智的推尊律体的方式。

其三，表现了颇为通达的诗史观。不同于张戒、朱熹等人分等论诗，所谓"国朝诸人诗为一等，唐人诗为一等，六朝诗为一等，陶、阮、建安七子、两汉为一等，《风》、《骚》为一等"，"虞、夏以来，下及汉、魏，自为一等；自晋、宋间颜、谢以后，下及唐初，自为一等；自沈、宋以后，定著律诗，下及今日，又为一等"，方回并不以高低贵贱论诗，他坚持"时势相因"的诗史观，平等地看待古诗与律诗这两种诗歌体式，诗论观念颇为通达。这在贵古贱今之论盛行的宋末诗坛上，具有明显的进步意义。

第二节 唐宋诗体派论

清人王夫之《姜斋诗话》有云："建立门庭，自建安始。"① 其实，远在建安之前，文学史上已经出现由屈原、宋玉等楚人共同努力创作的"骚体"以及被后人广泛认可的"苏李体"，诗歌体派的形成可谓甚早。随着诗歌体派的形成，体派批评也应运而生了。东汉王逸的《楚辞章句》是骚体的批注本；曹丕的《典论·论文》则就建安文人集团进行梳理评论；钟嵘《诗品》也多将若干诗人并列而论，如卷下并称孙绰、许询，云"世称孙许，弥善恬淡之词"②，对"孙许"体"恬淡"的审美风貌把握颇为精准；唐末张为《诗人主客图序》将唐代中后期诗人分为六派，分别以白居易、孟云卿、李益、鲍溶、孟郊、武元衡为"主"，"主"之下又有"客"，而"主人门下处其客者，以法度一也"③，体派意识已相当自觉。到了创新意识尤为强烈的宋代，与独树一帜的诗歌体派渐次纷繁呈现的诗坛情状相一致，诗学界的体派论也空前发达。批评家们致力于清晰展现诗史上的诗体流派，借以全面梳理宋季及以前的诗歌发展脉络。在方回之前，较具代表性、成就较为突出的是严羽。他不仅"以时而论"充分呈现诗史上先后出现的"建安体"、"黄初体"、"正始体"、"太康体"、"元嘉体"、"永明体"、"齐梁体"、"南北朝体"、"唐初体"、"盛唐体"、"大历体"、"元和体"、"晚唐体"、"本朝体"、"元祐体"、"江西宗派体"等诸多体派；而且"以人而论"，对"苏李体"、"少陵体"、"太白体"、"山谷体"、"后山体"、"陈简斋体"等自成一家而又影响深远的诗体进行了罗列。值得注意的是，他还专门对有宋一代的诗歌体派进行了大略的梳理："国初之诗尚沿袭唐人：王黄州学白乐天，杨文公、刘中山学李商隐，盛文肃学韦苏州，欧阳公学韩退之古诗，梅圣俞学唐人平淡处。至东坡、山谷始自出己意以为诗，唐人之风变矣。山谷用功尤为深刻，其后法席盛行，海内称为江西宗派。近世赵紫芝、翁灵舒辈，独喜贾岛、姚合之诗，稍稍复就清苦之风；江湖诗人多效其体。"④ 其论说对后人全面把握宋诗体派具有重要的启

---

① （清）王夫之著，戴鸿森笺注：《姜斋诗话笺注》卷二，人民文学出版社 1981 年版，第 104 页。
② （梁）钟嵘著，曹旭集注：《诗品集注》，上海古籍出版社 1994 年版，第 511 页。
③ （清）董诰等编：《全唐文》卷八百一十七，上海古籍出版社 1990 年版，第 3814 页。
④ （宋）严羽著，郭绍虞校释：《沧浪诗话校释》，人民文学出版社 1983 年版，第 26—27 页。

发作用。

方回的诗歌体派论明显受到严氏影响。他也根据时代、诗人而论，有所谓"苏李体"、"沈宋体"、"崔颢体"、"白体"、"晚唐体"、"西昆体"、"放翁体"等。并在严氏诗论的基础上，对宋诗体派作了更为详尽的论述。《送罗寿可诗序》云：

> 宋刬五代旧习，诗有白体、昆体、晚唐体。白体如李文正、徐常侍昆仲、王元之、王汉谋。昆体则有杨、刘《西昆集》传世，二宋、张乖崖、钱僖公、丁崖州皆是。晚唐体则"九僧"最逼真，寇莱公、鲁三交、林和靖、魏仲先父子、潘逍遥、赵清献之父。凡数十家，深涵茂育，气极势盛。欧阳公出焉，一变为李太白、韩昌黎之诗。苏子美二难相为颉颃。梅圣俞则唐体之出类者也。晚唐于是退舍。苏长公踵欧阳公而起。王半山备众体，精绝句，古五言或三谢。独黄双井专尚少陵，秦、晁莫窥其藩。张文潜自然有唐风，别成一宗，惟吕居仁克肖。陈后山弃所学，学双井。黄致广大，陈极精微，天下诗人北面矣。立为江西派之说者，铨取或不尽然，胡致堂诋之。乃后陈简斋、曾文清为渡江之巨擘。乾、淳以来，尤、杨、范、陆、萧其尤也。道学宗师于书无所不通，于文无所不能，诗其余事，而高古清劲，尽扫余子，又有一朱文公。嘉定而降，稍厌"江西"，"永嘉四灵"复为"九僧"旧。①

论体派之更迭演进更为详细，甚至具体到"白体"、"昆体"、"晚唐体"的诗人从属，这都是前人所未有的。然而，方回诗歌体派批评的创获并不仅止于此，其独成一家之处在于：打破时代界限，根据唐宋诗承继沿袭的实际情况，架构起一个贯穿唐宋两朝的诗歌流派体系。作为其诗学理论体系的重要组成部分，这一独具特色的体派论被赋予了鲜明的诗学批评意义。

方回将唐宋诗歌分为老杜派和"昆体"两大体派。《恢大山西山小稿序》云：

> 皋歌，诗之始；孔删，诗之终；屈骚，诗之变。论今之诗，五七言古律与绝句凡五体。五言古汉苏、李，魏曹、刘，晋陶、谢。七言古汉

---

① （元）方回：《桐江续集》卷三十二，《四库全书珍本初集》本，第 12470—12471 页。

《柏梁》、临汾张平子《四愁》。五言律、七言律及绝句自唐始盛。唐人杜
子美、李太白兼五体造其极，王维、岑参、贾至、高适、李泌、孟浩然、
韦应物，以至韩、柳、郊、岛、杜牧之、张文昌，皆老杜之派也。宋苏、
梅、欧、苏、王介甫、黄、陈、晁、张、僧道潜、觉范，以至南渡吕居
仁、陈去非，而乾、淳诸人朱文公诗第一，尤、萧、杨、陆、范，亦老
杜之派也。是派至韩南涧父子、赵章泉而止。别有一派曰昆体，始于李
义山，至杨、刘及陆佃绝矣。炎祚将讫，天丧斯文，嘉定中忽有祖许浑、
姚合为派者，五七言古体并不能为，不读书亦作诗，曰学四灵，江湖晚
生是也。①

盛唐、中唐、晚唐以及宋代的优秀诗人几乎都被列入老杜派，包括贾
岛——"晚唐派"的诗学楷范，以及黄庭坚、陈师道、陈与义、吕本中——
"江西派"的代表诗人。（按，这里的"晚唐派"和"江西派"都是方回诗学
中的独特存在，下文有详细论述。）这是方回所着力关注的两大诗学体派。在
他看来，"晚唐派"得杜之一端，"江西派"以杜为诗祖，二者都属于老杜派。
然而，历来被认为可登老杜之堂、入老杜之室的李商隐及衍其流而成的"昆
体"则被断然排除在老杜派之外。此外，尚有一"祖许浑、姚合为派者"。
（按，在具体论述中，方回实将其归入"晚唐派"。因而，下文所谓"晚唐
派"，亦包含此在内。详见下文论述。）我们可以将方回所着力构建的唐宋诗
体派体系图示如下：

$$\text{唐宋诗体派}\begin{cases}\text{老杜派}\begin{cases}\text{"晚唐派"}\\\text{"江西派"}\end{cases}\\\text{"昆体"}\end{cases}$$

这显然和之前论家局限于某一朝代，甚至某时某地，旨在勾勒诗史脉络
的体派论大相径庭。那么，"晚唐派"、"江西派"和"昆体"各自以怎样的面
貌存在于方回的诗学体系之中？这一体系的构建又体现了方回怎样的批评意
旨呢？

一 "晚唐派"

"晚唐派"可以说是方回在诗学批评中独创的一个诗歌体派。虽然这一名

---

① （元）方回：《桐江续集》卷三十三，《四库全书珍本初集》本，第12491页。

词并没有明确出现，但是，通过为宋末"祖许浑、姚合为派者"探源，他分明勾勒出了这个隐形存在的诗歌体派的清晰影像，使"晚唐派"成为其诗学体系不可或缺的重要组成部分。

"晚唐派"包括哪些诗人或者诗人群体呢？我们来看方回的论述。《跋许万松诗》云：

> 林洪可山亦以诗鸣诸公间，自谓晚唐。西湖上诗人争效之。予心皆未以为然。……古诗有六义，风刺其一耳。老杜所以独雄百世者，其意趣全古之六义，而其格律又备后世之众体。晚唐者，特老杜之一端。老杜之作，包晚唐于中，而贾岛、姚合以下得老杜之一体。叶水心奖"四灵"，亦宋初"九僧"体耳，即晚唐体也，寇莱公亦此体也。近世学者不深求其源，以"四灵"为祖，曰倡唐风自我始。岂其然乎？[①]

《送罗寿可诗序》云：

> 诗学晚唐不自"四灵"始。……"晚唐体"则"九僧"最逼真，寇莱公、鲁三交、林和靖、魏仲先父子、潘逍遥、赵清献之父。……"永嘉四灵"复为"九僧"旧。晚唐体，非始于此四人也，后生晚进不知颠末，靡然宗之，涉其波而不究其源，日浅日下。[②]

宋末元初，晚唐诗风占据了诗坛的主导地位，士子争学姚合、许浑为诗，每每以似晚唐相矜夸，且以"四灵"为宗祖。方回认为其眼光过于浅显，宗晚唐的风气并不始于"四灵"，而是深有渊源。就宋代而言，最早以晚唐相尚者，是宋初的"晚唐体"诗人，"'九僧'、寇莱公、鲁三交、林和靖、魏仲先父子、潘逍遥、赵清献之父"为其代表。而这一诗风的倡导者，是贾岛、姚合。这样，方回勾勒出了一条贯穿晚唐至宋末的"晚唐派"的清晰脉络：贾、姚—"晚唐体"—"四灵"—宋末"祖许浑、姚合为派者"。其存在的基础即是追求相同的诗歌体格风貌。如此勾画这一体派，不仅符合晚唐诗风存在及发展的实际，而且真实地展现了诗歌发展所经历的否定之否定、曲折前进的

---

① （元）方回：《桐江集》卷四，《续修四库全书》影印宛委别藏钞本，第428—429页。
② （元）方回：《桐江续集》卷三十二，《四库全书珍本初集》本，第12470—12471页。

历史过程，对唐宋诗史的把握是相当全面和准确的。

关于"晚唐派"的师法对象，顾名思义，是晚唐。晚唐诗人众多，风格也颇为多样，而其中较为重要的有两个流派，一派学贾岛，另一派学张籍。杨慎《升庵诗话》云："晚唐之诗分为二派，一派学张籍，则朱庆馀、陈标、任蕃、章孝标、司空图、项斯其人也；一派学贾岛，则李洞、姚合、方干、喻凫、周贺，'九僧'其人也。其间虽多，不越此二派。"① 方回也说："张洎序项斯诗，谓'元和中，张水部格律不涉旧体。惟朱庆馀一人，亲授其旨。沿而下，则有任藩、陈标、章孝标、司空图等及门。项斯，于宝历、开成之际，尤为水部所赏'。然则韩门诸人，诗派分异，此张籍之派也。姚合、李洞、方干而下，贾岛之派也。"② "晚唐派"所要取法的，是以贾岛、姚合为宗的工于雕琢、清苦巧丽的诗风。宋初"晚唐体"诗人是如此，"四灵"以及"祖许浑、姚合为派"的宋末晚唐体诗人也是如此。严羽《沧浪诗话》指出：

> 近世赵紫芝、翁灵舒辈，独喜贾岛、姚合之诗，稍稍复就清苦之风，江湖诗人多效其体，一时自谓之唐宗。③

然而，在实际创作中，以"九僧"为代表的"晚唐体"诗人，其成就并不能与贾、姚相提并论。方回毫不隐讳地指出："有宋国初，未远唐也。凡此九人诗，皆学贾岛、周贺，清苦工密。所谓景联，人人着意，但不及贾之高，周之富耳。"④ "四灵"及其后学所真正师法的其实是姚合、许浑辈，也难望贾岛之项背。对此，方回认识尤为深刻，批评也尤为严厉：

> （"绕舍惟藤架，侵阶是药畦"）似张司业而太易，太易则浅。三十诗中选此十二首。"四灵"之所学也。此可学也，学贾岛不可及矣。⑤
> "四灵"亦学到此地（姚合），但却学贾岛，未升其堂，况入其

---

① （明）杨慎著，王仲镛笺证：《升庵诗话笺证》卷四，上海古籍出版社1987年版，第122页。

② （元）方回选评，李庆甲集评校点：《瀛奎律髓汇评》卷二十，上海古籍出版社2005年版，第754页。

③ （宋）严羽著，郭绍虞校释：《沧浪诗话校释》，人民文学出版社1983年版，第27页。

④ （元）方回选评，李庆甲集评校点：《瀛奎律髓汇评》卷四十七，上海古籍出版社2005年版，第1718页。

⑤ （元）方回选评，李庆甲集评校点：《瀛奎律髓汇评》卷六，上海古籍出版社2005年版，第244页。

室乎？①

姚少监合诗选入《二妙集》者百二十一首，比浪仙为多。此"四灵"之所深嗜者。……有小结果，无大涵容。其才与学，殊不及浪仙也。②

近世之诗莫盛于庆历、元祐，南渡犹有乾、淳。永嘉水心叶氏忽取四灵晚唐体，五言以姚合为宗，七言以许浑为宗，江湖间无人能为古选体，而盛唐之风遂衰，聚奎之迹亦晚矣。③

从师之道，犹如学弈，"师第一手不能过其师，必为第二手；苟仅师所谓第二手者，必又更低一着无疑"④。"四灵"之徒虽凿凿以贾岛为师，实却固步于远不及贾氏的姚合、许浑辈之樊篱中，一步不能有所加进。名义上宗奉"四灵"的宋末晚唐体诗人，其所奉为圭臬的当然也是姚合、许浑，甚至只是"近时书肆所刊江湖诗"⑤，距离诗学之正途比"四灵"更远了一步。方回曾云："诗人世岂少哉？而传于世者常少，由立志不高也，用心不苦也，读书不多也，从师不真（按，意为'正'）也。"⑥"从师不真"正是"晚唐派"诗歌取法上存在的关键问题。

正因为此，"晚唐派"诗歌弊端丛生。方回认为，其弊病主要有以下诸端。其一，立意卑琐，格致不高。贾、姚等作诗多关注于一己情绪之发抒，立意本不甚高，宋末晚唐体诗人则屡屡将诉穷乞怜之语形诸诗端，卑琐更甚。如江湖诗人戴复古《岁暮呈真翰林》诗，其末二句云："狂谋渺无际，忍看大刀头。"丝毫不隐晦诉穷行乞之意。方回对此颇为不齿，斥责道："止于诉穷乞怜而已。求尺书，干钱物，谒客声气。'江湖'间人，皆学此等衰意思，所

---

① （元）方回选评，李庆甲集评校点：《瀛奎律髓汇评》卷二十三，上海古籍出版社 2005 年版，第 962 页。

② （元）方回选评，李庆甲集评校点：《瀛奎律髓汇评》卷二十四，上海古籍出版社 2005 年版，第 1053—1054 页。

③ （元）方回：《孙后近诗跋》，《桐江集》卷四，《续修四库全书》影印宛委别藏钞本，第 429 页。

④ （元）方回：《跋许万松诗》，《桐江集》卷四，《续修四库全书》影印宛委别藏钞本，第 428—429 页。

⑤ 按，方回《跋胡直内诗》云："今之褒博不讲学，不论文。间一见为诗，曰：'我晚唐也。'问晚唐何自入？曰：'四灵也。'然则非'四灵'也，乃近时书肆所刊江湖诗也。"［（元）方回：《桐江集》卷四，《续修四库全书》影印宛委别藏钞本，第 428 页。］

⑥ （元）方回选评，李庆甲集评校点：《瀛奎律髓汇评》卷三十六，上海古籍出版社 2005 年版，第 1434 页。

以令人厌之。"① 其二，内容贫乏，气局狭小。诗材多取自身边景物，诗料狭窄，格调不高，这是"晚唐派"诗人共同的诗病。方回云："晚唐诗料，于琴、棋、僧、鹤，茶、酒、竹、石等物，无一篇不犯。"② 又以之与陈师道诗相较，云："（后山）枯淡瘦劲，情味深幽。晚唐人非风、花、雪、月、禽、鸟、虫、鱼、竹、树，则一字不能作。'九僧'者流，为人所禁，诗不能成，曷不观此作乎？"③ 其三，小巧纤细，气格卑弱。"晚唐派"诗歌以巧丽纤弱为尚，与高亢悲壮之气无涉，气格因而比较卑弱。方回评语，如"晚唐家多不肯如此作，必搜索细碎以求新。……（壮语）则晚唐所无"④，"此诗起句似晚唐，中二联言景而豪壮，则晚唐所无也"⑤，"老笔劲健，非'江湖'近人斗钉可及"⑥，"读此诗句句是骨，非晚唐装贴纤巧之比"⑦，皆是针对此弊而发。其四，拘执工对，不知活法。"晚唐派"作诗讲究技法，对偶工巧，却往往因不谙"活法"而生出过求工对之病。方回直言，学诗者若止于晚唐诗法，"甚易而不难，得一句即撰一句对，而无活法，不可为训"，深知这一弊病。可见，"晚唐派"与方回的论诗标准格高、平淡相去甚远。但是，"晚唐派"并非无药可救。

既然"晚唐派"产生诸多诗弊的关键原因在于"从师不真"，方回为其所开出的一大救弊良方便是正其师法、高其志向，即经由贾岛，取法杜甫。他认为，相比姚合、许浑等人，贾岛成就最高，是比较正确可行的师法对象。贾氏可激赏者大致有二：一是善于变化。为方回拈出者，即有句法之变、律法之变、对法之变。方回评其《寄宋州田中丞》云："'相思深夜后，未答去年书'，初看甚淡，细看十字一串，不吃力而有味。浪仙善用此体，如'白发

---

① （元）方回选评，李庆甲集评校点：《瀛奎律髓汇评》卷十三，上海古籍出版社 2005 年版，第 486 页。

② （元）方回选评，李庆甲集评校点：《瀛奎律髓汇评》卷四十七，上海古籍出版社 2005 年版，第 1738 页。

③ （元）方回选评，李庆甲集评校点：《瀛奎律髓汇评》卷四十二，上海古籍出版社 2005 年版，第 1500 页。

④ （元）方回选评，李庆甲集评校点：《瀛奎律髓汇评》卷一，上海古籍出版社 2005 年版，第 3 页。

⑤ 同上书，第 9 页。

⑥ （元）方回选评，李庆甲集评校点：《瀛奎律髓汇评》卷十二，上海古籍出版社 2005 年版，第 449 页。

⑦ （元）方回选评，李庆甲集评校点：《瀛奎律髓汇评》卷十三，上海古籍出版社 2005 年版，第 497 页。

初相识，秋山拟共登'，如'羡君无白发，走马过黄河'，如'万水千山路，孤舟一月程'，皆句法之变也。如'自别知音少，难忘识面初'，又当截上二字下三字分为两段而观，方见深味。……老杜有此句法，'每语见许文章伯'之类是也，'不寐防巴虎，全生狎楚童'亦是也。山谷'欲嗔王母惜，稍慧女兄夸'亦是也。"① 是赏其句法之变。评其《酬姚校书》云："'易'、'难'二字拗用，句、意俱佳。尾句'人'、'林'字亦拗。"② 是赏其律法之变。评黄庭坚《次韵盖郎中率郭郎中休官》云："'岁中日月又除尽'，景也。'圣处工夫无半分'，情也。贾岛'身事岂能遂，兰花又已开'，当一律观。老杜'竹叶'、'菊花'一联，又'白发'、'黄花'一联，即是此样手段。"③ 则是赏其对法之变。二是瘦硬峭健。方回对此也颇为赞许，他说："贾浪仙诗得老杜之瘦而用意苦矣"④，"姚合学贾岛为诗。虽贾之终穷，不及姚之终达，然姚之诗小巧而近乎弱，不能如贾之瘦劲高古也"⑤，"其酸苦至矣。诗法却自整峭。……其深僻如此"⑥。这颇为符合贾岛诗歌创作的实际，且都与方回所努力标榜的格高相契合，是学诗的正途。然而，若仅止于此，境界毕竟不高。如上所引，贾岛诗实得杜诗之一端，自贾入，上法被宋人广泛尊崇的老杜，才应该是"晚唐派"的志向所在。关于此，方回在姚合《题李频新居》诗评中有明确的表述，他说：

　　　　予谓学姚合诗，如此亦可到也。必进而至于贾岛，斯可矣；又进而至老杜，斯无可无不可矣。或曰：老杜如何可学？曰：自贾岛幽微入，而参以岑参之壮，王维之洁，沈佺期、宋之问之整。⑦

---

① （元）方回选评，李庆甲集评校点：《瀛奎律髓汇评》卷二十六，上海古籍出版社 2005 年版，第 1133—1134 页。

② （元）方回选评，李庆甲集评校点：《瀛奎律髓汇评》卷二十五，上海古籍出版社 2005 年版，第 1110 页。

③ （元）方回选评，李庆甲集评校点：《瀛奎律髓汇评》卷二十六，上海古籍出版社 2005 年版，第 1142 页。

④ （元）方回选评，李庆甲集评校点：《瀛奎律髓汇评》卷二十七，上海古籍出版社 2005 年版，第 1157 页。

⑤ （元）方回选评，李庆甲集评校点：《瀛奎律髓汇评》卷十一，上海古籍出版社 2005 年版，第 399 页。

⑥ （元）方回选评，李庆甲集评校点：《瀛奎律髓汇评》卷二十九，上海古籍出版社 2005 年版，第 1273 页。

⑦ （元）方回选评，李庆甲集评校点：《瀛奎律髓汇评》卷二十三，上海古籍出版社 2005 年版，第 960 页。

另外，他又屡次论及晚唐得杜诗一体，如：

老杜诗有曹、刘，有陶、谢，有颜、鲍，于沈、宋体中沿而下之。晚唐特其一端。①

晚唐者，特老杜之一端。老杜之作，包晚唐于中，而贾岛、姚合以下得老杜之一体。叶水心奖"四灵"，亦宋初"九僧"体耳，即晚唐体也，寇莱公亦此体也。②

大历十才子以前，诗格壮丽悲感。元和以后，渐尚细润，愈出愈新。而至晚唐，以老杜为祖，而又参此细润者，时出用之，则诗之法尽矣。此老杜诗之似晚唐者。③

今"江湖"学诗者，喜许浑诗"水声东去市朝变，山势北来官殿高"、"湘潭云尽暮山出，巴蜀雪消春水来"，以为丁卯句法。殊不知始于老杜，如"负盐出井此溪女，打鼓发船何郡郎"、"宠光蕙叶与多碧，点注桃花舒小红"之类是也。④

晚唐诗法及诗风确实是杜诗的一大支流，这是得到宋人普遍认可的。徐集孙《赵紫芝墓》即云："晚唐吟派续于谁，一脉才昌复已而。……公去遥遥谁可法，少陵终始是吾师。"⑤ 陈必复《山居存稿序》亦云："余爱晚唐诸子，其诗清深闲雅，如幽人野士，冲澹自赏要皆自成一家。及读少陵先生集，然后知晚唐诸子之诗尽在是矣。"⑥ 方回于此反复强调，显然包含为"晚唐派"指明师法方向之意。也就是说，经由贾岛（甚至是借助许浑），方回将宋末"祖许浑、姚合为派"的晚唐诗风的源头追溯到了杜甫，杜甫堪称"晚唐派"之诗祖，"晚唐派"是作为老杜派的一分子而存在的。"晚唐派"虽因不善学

① （元）方回：《跋仇仁近诗集》，《桐江集》卷四，《续修四库全书》影印宛委别藏钞本，第432页。
② （元）方回：《跋许万松诗》，《桐江集》卷四，《续修四库全书》影印宛委别藏钞本，第428—429页。
③ （元）方回选评，李庆甲集评校点：《瀛奎律髓汇评》卷十二，上海古籍出版社2005年版，第422页。
④ （元）方回选评，李庆甲集评校点：《瀛奎律髓汇评》卷二十五，上海古籍出版社2005年版，第1107页。
⑤ 傅璇琮等主编：《全宋诗》第64册，北京大学出版社1998年版，第40336页。
⑥ 曾枣庄、刘琳主编：《全宋文》第341册，上海辞书出版社、安徽教育出版社2006年版，第300页。

杜而弊病丛生，然而，不可否认的是，他们毕竟学得杜诗的细润工丽，这是值得赞许的，方回对此也给予了充分的肯定。

二　"江西派"

产生于北宋末年的"江西派"是诗歌史上第一个真正意义上的诗歌流派。从吕本中作《江西诗社宗派图》勾勒其诗派体系开始，直至宋元之际，诗学界围绕着"江西派"展开的讨论始终没有停止。方回也参与了这场论争，在前人基础上，他成功将"江西派"纳入自己的诗学体系，使其成为具有方回诗学特色的独特的"这一个"。这主要表现在以下两个方面。

第一，关于诗派体系。

首先为"江西派"构建宗派体系的是吕本中①。其《江西诗社宗派图》最早见载于《苕溪渔隐丛话》：

> 吕居仁近时以诗得名，自言传衣江西，尝作《宗派图》，自豫章以降，列陈师道、潘大临、谢逸、洪刍、饶节、僧祖可、徐俯、洪朋、林敏修、洪炎、汪革、李锝、韩驹、李彭、晁冲之、江端本、杨符、谢迈、夏倪、林敏功、潘大观、何觊、王直方、僧善权、高荷，合二十五人，以为法嗣，谓其源流皆出豫章也。其《宗派图序》数百言，大略云："唐自李杜之出，焜耀一世，后之言诗者皆莫能及。至韩、柳、孟郊、张籍诸人，激昂奋厉，终不能与前作者并。元和以后至国朝，歌诗之作或传者，多依效旧文，未尽所趣，惟豫章始大出而力振之，抑扬反复，尽兼众体，而后学者同作并和，虽体制或异，要皆所传者一，予故录其名字，以遗来者。"②

以黄庭坚为宗祖，陈师道以下二十五人为派中成员，这便是吕氏所建立的"江西"体系。然而，此图一出，即备受争议。争议的焦点主要集中

---

① 按，（宋）贺允中《江东天籁集序》云："闻有豫章先生乎？此老句法为江西第一祖宗，而和者始于陈后山。派而为十二家，皆铮铮有名。自号江西诗派。"（刘文刚：《一则关于江西诗派的新材料》，《文学遗产》1998年第3期。）据此，则黄、陈在世时已经有意识地创立了江西诗派。然而，此说并未得到学界普遍认可。一般认为，江西诗派体系的构建始于吕本中《江西诗社宗派图》。本文亦依此说。

② （宋）胡仔纂集，廖德明校点：《苕溪渔隐丛话》前集卷四十八，人民文学出版社1962年版，第327—328页。

在诗派宗祖及诗派成员两个方面。先看诗派宗祖。与吕氏持论相同，以黄庭坚为宗祖，是南宋诗坛的主流观点。如，赵彦卫《云麓漫钞》云："宗派之祖曰山谷。"[①] 王应麟《江西诗社宗派图》云："黄庭坚（宗派之祖）。"[②] 刘克庄《茶山诚斋诗选序》更是以黄氏为初祖，吕本中、曾几为二宗，提出"一祖二宗"说：

> 余既以吕紫微诗附宗派之后，或曰："派诗止此乎？"余曰："非也。曾茶山赣人，杨诚斋吉人，皆中兴大家数。比之禅学，山谷初祖也，吕、曾南北二宗也，诚斋稍后出，临济德山也。初祖而下，止是言句，至棒喝出，尤径捷矣。"[③]

其实，关于此，与吕本中同时的曾几已经提出异议，"工部百世祖，涪翁一灯传"[④]，以杜甫为诗派宗祖；胡仔更是力破众说，认为"江西"诸子实"独宗少陵一人"："近时学诗者率宗江西，然殊不知江西本亦学少陵者也。故陈无己曰：'豫章之学博矣，而得法于少陵，故其诗近之。'今少陵之诗，后生少年不复过目，抑亦失江西之意乎？江西平日语学者为诗旨趣，亦独宗少陵一人而已。余为是说，盖欲学诗者师少陵而友江西，则两得之矣。"[⑤] 胡氏以杜甫为诗派之祖、"师少陵而友江西"的独特观念对方回"一祖"说的提出具有直接的启发意义。赵蕃《书紫微集后》也说："诗家初祖杜少陵，涪翁再续江西灯。"[⑥] 赵氏曾教诲方回师友阮秀实，他的这一观念显然也在一定程度上影响了方回的诗学思想。再看诗派成员。吕氏宗派图的编选，不仅难令派中成员心服，更是屡遭论家铨选不精的斥责。赵彦卫《云麓漫钞》载："议者以谓陈无己为诗高古，使其不死，未必甘为宗派。若徐师川则固尝不平曰：'吾乃居行间乎？'韩子苍云：'我自学古人。'均父又以在下为耻。不知居仁

---

① （宋）赵彦卫撰，傅根清点校：《云麓漫钞》卷十四，中华书局 1996 年版，第 244 页。

② （宋）王应麟：《小学绀珠》卷四，中华书局 1987 年版，第 105 页。

③ 曾枣庄、刘琳主编：《全宋文》第 329 册，上海辞书出版社、安徽教育出版社 2006 年版，第157 页。

④ （宋）曾几：《东轩小室即事五首》其四，载傅璇琮等主编《全宋诗》第 29 册，北京大学出版社 1998 年版，第 18512 页。

⑤ （宋）胡仔纂集，廖德明校点：《苕溪渔隐丛话》前集卷四十九，人民文学出版社 1962 年版，第 332 页。

⑥ （宋）赵蕃撰：《章泉稿》卷一，《丛书集成初编》第 2026 册，中华书局 1985 年版，第 18 页。

当时果以优劣铨次，而姑记姓名？"① 胡仔亦云："所列二十五人，其间知名之士有诗句传于世、为时所称道者止数人而已，其余无闻焉，亦滥登其列。"② 鉴于此，南宋论者一直致力于对"江西派"成员重加铨选添补。赵彦卫《云麓漫钞》、王应麟《小学绀珠》易何觊为吕本中，刘克庄《江西诗派小序》并存何觊与吕本中。在众人的共同努力下，吕氏首先被纳入诗派，作为"江西派"诗人而为后世广泛接受。除此之外，南宋诗论家又相继纳曾几、曾纮、曾思、陈与义、赵蕃、韩淲等人入派，不断扩大诗派规模。刘克庄《江西诗派小序》：

> 同时如曾文清（按，曾几）乃赣人，又与紫微公以诗往还，而不入派，不知紫微去取之意云何，惜当日无人以此叩之。③

杨万里《江西续派二曾居士诗集序》：

> ……因命之（曾纮、曾思）曰江西续派，而书其右以补吕居仁之遗云。④

严羽《沧浪诗话·诗体》：

> 以人而论，则有……陈简斋体（陈去非与义也。亦江西之派而小异）。⑤

谢枋得《萧水厓诗卷跋》：

> 诗有江西派而文清昌之，传至章泉（按，赵蕃）、涧泉（按，韩淲）二先生，诗与道俱隆。自二先生没，中原文献无足证，江西气脉

---

① （宋）赵彦卫撰，傅根清点校：《云麓漫钞》卷十四，中华书局1996年版，第244页。

② （宋）胡仔纂集，廖德明校点：《苕溪渔隐丛话》前集卷四十八，人民文学出版社1962年版，第328页。

③ （宋）刘克庄：《江西诗派小序》"总序"，丁福保辑：《历代诗话续编》，中华书局2006年版，第486页。

④ （宋）杨万里撰，辛更儒笺校：《杨万里集笺校》卷八十三，中华书局2007年版，第3346页。

⑤ （宋）严羽著，郭绍虞校释：《沧浪诗话校释》，人民文学出版社1983年版，第58—59页。

将间断矣。①

　　其他如释惠洪、刘跂、沈辽、张扩、范温、秦觏、王观复、晁元忠、苏
庠、孙克、何静翁等人，也因诗风近似而被视为"豫章之别派"②。这样，本着
"诗江西也，人非皆江西也"、"以味不以形"③ 的原则，北宋末年至南宋末年
的众多诗人均被视为"江西派"之成员。"江西"诗社"人比建安多作者，诗
从元祐总名家"④，流脉至宋末而不息，影响宋代诗坛长达两百年之久。

　　以《苕溪渔隐丛话》为启蒙读本的方回，其诗学思想受胡仔影响至深。
承继胡氏之论，他也奉杜甫为"江西派"之诗祖，使"江西派"成为"老杜
派"的重要组成部分。至于派中成员，他也深许胡氏之论，认为"立为江西
派之说者，铨取或不尽然"⑤，吕氏所列有滥竽充数之嫌。因此，他对《江西
诗社宗派图》中除陈师道之外的二十四人并不认可：入选《瀛奎律髓》者颇
少，仅谢逸2首，谢迈1首，徐俯3首，韩驹3首，晁冲之3首，王直方2
首，僧善权2首，高荷1首；对其评价亦不高，如批评徐俯诗不善变化云：
"（'桃花细逐杨花落，黄鸟时兼白鸟飞'）诗家一格，出于偶然。徐师川诗无
变化，篇篇犯此。"⑥ 至于其他被补入派中的不甚知名的诗人他也关注甚少。
正如前文所论，方回论"江西派"的重要诗学意旨之一就是以之矫正统治诗
坛而又流弊丛生的晚唐诗风。然而，如元好问所云："古雅难将子美亲，精纯
全失义山真。论诗宁下涪翁拜，未作江西社里人。"⑦ 这些不能以诗名家又少
有圈点之处、难与山谷比肩的宗派成员是难当此任的。

　　鉴于此，在充分借鉴前人观点的基础上，方回精选成就突出又极具代
表性的黄庭坚、陈师道、陈与义、吕本中、曾几、赵蕃、韩淲等人，为
"江西派"勾勒出明晰的体派系统，并仿照禅宗统系，提出了著名的"一祖

---

　　① （宋）谢枋得：《叠山集》卷九，《四部丛刊续编》集部第70册，第4页。

　　② （清）纪昀等：《钦定四库全书总目》卷一百五十四，中华书局1997年版，第2075页。

　　③ （宋）杨万里：《江西宗派诗序》，（宋）杨万里撰，辛更儒笺校：《杨万里集笺校》卷七十九，
中华书局2007年版，第3230页。

　　④ （宋）郑天锡：《江西诗派》，载（清）厉鹗辑撰《宋诗纪事》卷六十，上海古籍出版社2008
年版，第1529页。

　　⑤ （元）方回：《送罗寿可诗序》，《桐江续集》卷三十二，《四库全书珍本初集》本，第12471页。

　　⑥ （元）方回选评，李庆甲集评校点：《瀛奎律髓汇评》卷十，上海古籍出版社2005年版，第
359页。

　　⑦ （金）元好问：《论诗三十首》其二十八，（金）元好问著，狄宝心校注：《元好问诗编年校
注》，中华书局2011年版，第72页。

三宗"说。

> 予平生持所见：以老杜为祖，老杜同时诸人皆可伯仲。宋以后山谷一也，后山二也，简斋为三，吕居仁为四，曾茶山为五。其他与茶山伯仲亦有之，此诗之正派也。余皆旁支别流，得斯文之一体者也。①
>
> 老杜诗为唐诗之冠。黄、陈诗为宋诗之冠。黄、陈学老杜者也。嗣黄、陈而恢张悲壮者，陈简斋也。流动圆活者，吕居仁也。清劲洁雅者，曾茶山也。七言律，他人皆不敢望此六公矣。②
>
> 简斋诗气势浑雄，规模广大。老杜之后，有黄、陈，又有简斋，又其次则吕居仁之活动，曾吉甫之清峭，凡五人焉。③
>
> 爰及黄、陈，始宗老杜，而议者署为"江西派"。过江而后，吕居仁、陈去非、曾吉父皆黄、陈出也。④
>
> 昌父诗参透"江西"而近后山，此殆迫老杜矣。⑤
>
> 呜呼！古今诗人当以老杜、山谷、后山、简斋四家为"一祖三宗"，余可预配飨者有数焉。⑥

方回的论述较之前人更为明晰，且更体系化。尤其是对于陈与义，之前仅有严羽颇为含糊地表示"亦江西之派而小异"⑦，方回则不仅明确将其纳入派中，更称为"三宗"之一，对其在派中的地位给予了高度的肯定，这是前所未有的。因而，他所建立的"江西"宗派体系为后人广泛接受，特别是"一祖三宗"说，更是受到普遍认可。需要注意的是，方回建立"江西"体系，主要是就律诗创作而言，若像清人张泰来所论"不止于诗，即古文亦有

---

① （元）方回选评，李庆甲集评校点：《瀛奎律髓汇评》卷十六，上海古籍出版社 2005 年版，第 591 页。

② （元）方回选评，李庆甲集评校点：《瀛奎律髓汇评》卷一，上海古籍出版社 2005 年版，第 42 页。

③ （元）方回选评，李庆甲集评校点：《瀛奎律髓汇评》卷二十四，上海古籍出版社 2005 年版，第 1091 页。

④ （元）方回：《孟衡湖诗集序》，《桐江续集》卷三十一，《四库全书珍本初集》本，第 12452 页。

⑤ （元）方回选评，李庆甲集评校点：《瀛奎律髓汇评》卷二十四，上海古籍出版社 2005 年版，第 1068 页。

⑥ （元）方回选评，李庆甲集评校点：《瀛奎律髓汇评》卷二十六，上海古籍出版社 2005 年版，第 1149 页。

⑦ （宋）严羽著，郭绍虞校释：《沧浪诗话校释》，人民文学出版社 1983 年版，第 58—59 页。

之；不独欧阳、曾、王也，时文亦有之；不独陈、罗、章、艾也，推之道德节义，莫不皆然"①，就太失于主观了。

第二，关于诗歌风貌。

既然以老杜为宗祖，那么，无论是直接学杜，还是经由黄庭坚、陈师道间接学杜，学杜是"江西派"的共同追求。正如清人田同之《西圃诗说》所说："诗派不一，而诗人亦因之各成家数，有专家者，有兼及者。如三唐之人，各成一家，无不可指而名之。惟老杜声音格律，克集大成，则无所不有，故中、晚、宋、元皆得从中分其一体。"②"江西派"亦学得杜诗之一端，并凝定成独成一家的诗派风貌。在方回看来，这具体表现在三个方面。

一是悲慨崇高的情感内涵。杜甫"一饭未尝忘君"，在诗歌中表达了忧国忧民的深厚悲慨的爱国情怀，这是杜诗之精髓所在。直接学杜且被宋人奉为"江西派"之祖的黄庭坚虽诚心赞赏蕴含于杜诗中的忠义之气，曾经感叹道："老杜虽在流落颠沛，未尝一日不在本朝，故善陈时事，句律精深，超古作者，忠义之气，感然而发。"③ 但是，深受党争迫害的他并不主张"强谏争于庭，怨忿诟于道，怒邻骂座"④，以诗歌直接干预现实，而是选择躲进宁静的书斋。将忧怀离乱、悲愤感慨之情发诸诗端的是亲历靖康之乱、备尝颠沛流离之苦的陈与义、吕本中、曾几等人。正是他们，真正通过诗歌创作实践领悟了杜诗的精神实质。特别是陈与义，以其深厚悲慨的忧国忧民之情受到南宋论家的普遍肯定。胡稚《简斋诗笺叙》云："况其（陈与义）忧国爱民之意，又与少陵无间，自坡、谷以降，谁能企之？"⑤ 罗大经《鹤林玉露》亦云："自黄、陈之后，诗人无逾陈简斋。……值靖康之乱，崎岖流落，感时恨别，颇有一饭不忘君之意。"⑥ 方回对此也大加叹赏，他不仅大量选入诸人感

---

① （清）张泰来：《江西诗社宗派图录》，（清）王夫之等撰：《清诗话》，上海古籍出版社1978年版，第49页。

② （清）田同之：《西圃诗说》，郭绍虞编选，富寿荪校点：《清诗话续编》，上海古籍出版社1983年版，第765—766页。

③ （宋）胡仔纂集，廖德明校点：《苕溪渔隐丛话》后集卷十五，人民文学出版社1962年版，第112页。

④ （宋）黄庭坚：《书王知载朐山杂咏后》，载曾枣庄、刘琳主编《全宋文》第106册，上海辞书出版社、安徽教育出版社2006年版，第188页。

⑤ （宋）胡稚：《简斋诗笺叙》，载（清）阮元辑《增广笺注简斋诗集》，《四部丛刊初编》本。

⑥ （宋）罗大经：《鹤林玉露》卷六，中华书局1983年版，第105—106页。

愤之作，如陈与义《渡江》、《登岳阳楼》、《感事》、《闻王道济陷虏》，吕本中《兵乱后杂诗五首》、《还韩城》、《丁未二月上旬日》，曾几《闻寇至初去柳州》，等等，同时于点评中每寓激赏之意：

> （陈与义"两手尚堪盃酒用，寸心唯是鬓毛知"）绝妙，余意感慨深矣。①
>
> （陈与义《别伯恭》）绝似老杜。②
>
> 靖康中在围城中者，吕居仁、徐师川、汪彦章皆诗人也。居仁多有痛愤之诗，……此等诗皆本老杜，亦惟老杜多有此等诗。庾信犹赋《哀江南》，皆知此意。③

至于将吕、曾等人纳入诗派，推陈与义为诗派一宗，更充分表达了这一赞赏之情。

二是瘦硬劲健的审美风格。骨格峻峭、瘦铁屈蟠是"江西派"诗歌在审美风格上的共同追求，而这主要是通过学习杜诗技法实现的。章法方面，与"晚唐"往往于中四句装景不同，"江西"派不拘情景虚实，颇得杜诗千变万化之态。"山谷诗'秋盘登鸭脚，春网荐琴高'，其下却云'共理须良守，今年辍省曹'，上联太工，下联放平淡，一直道破，自有无穷之味，所谓善学老杜者也"④，这是以前实后虚避免过于纤秾；"（杜甫《曲江陪郑八丈南史饮》）中四句（'自知白发非春事，且尽芳樽恋物华。近侍只今难浪迹，此身那得更无家'）不言景，皆止言乎情。后山得其法，故多瘦健者此也"⑤，这是借四虚达到平淡之境。此外，尚有以情句对景句、情景交融等诸多章法安排方式，难以尽举。句法方面，"江西"派中善学杜诗独特句法者首推黄庭坚。"格法论"部分所

---

① （元）方回选评，李庆甲集评校点：《瀛奎律髓汇评》卷十九，上海古籍出版社 2005 年版，第 737 页。

② （元）方回选评，李庆甲集评校点：《瀛奎律髓汇评》卷二十四，上海古籍出版社 2005 年版，第 1064 页。

③ （元）方回选评，李庆甲集评校点：《瀛奎律髓汇评》卷三十二，上海古籍出版社 2005 年版，第 1358 页。

④ （元）方回选评，李庆甲集评校点：《瀛奎律髓汇评》卷二十三，上海古籍出版社 2005 年版，第 939 页。

⑤ （元）方回选评，李庆甲集评校点：《瀛奎律髓汇评》卷十，上海古籍出版社 2005 年版，第 360 页。

举"言其用不言其名"法、"上四字、下三字"法、"上二字、下三字"法皆本于杜甫，而由黄氏承袭并发扬光大。（详见"格法论"一节。）字法方面，和"晚唐"学杜诗用实字处不同，"江西"更善学其虚字。陈师道、陈与义、赵蕃等人皆颇为擅长于此，他们不仅以虚字斡旋，增强诗歌拗峭劲健、平淡质朴的美感，更善于以虚字为诗眼，使诗歌意味深曲、回味无穷。方回评语多论及于此，如：

> 章泉爱用虚字拗斡，不专以为眼也。①
> "能"字、"每"字乃是以虚字为眼。非此二字，精神安在？②
> 凡为诗，非五字、七字皆实之为难，全不必实，而虚字有力之为难。……所以诗家不专用实句、实字，而或以虚为句，句之中以虚字为工，天下之至难也。后山曰："欲行天下独，信有俗间疑。""欲行"、"信有"四字是工处。"剩欲论奇字，终能讳秘方。""剩欲"、"终能"四字是工处。简斋曰："使知临难日，犹有不欺臣。""使知"、"犹有"四字是工处。③

律法方面，杜诗善于用拗字，用于五律者，有拗有救，尚有法可依；用于七律者，名为"吴体"，则变幻莫测，无迹可寻，非大手笔不能为。追求韵律谐和的"晚唐"诗家，即使稍有变化，也仅止于拗救有常的五律拗法；"江西"则善学"吴体"，于律吕铿锵中追求"文从字顺"的美感。方回指出，"此等句法（'吴体'）惟老杜多，亦惟山谷、后山多，而简斋亦然"④，"自山谷续老杜之脉，凡'江西派'皆得为此奇调（'吴体'）。汪彦章与吕居仁同辈行，茶山差后，皆得传授"⑤。他对此是极为赞赏的。对法方面，"江西派"也摒弃过求俪偶的做法，于不工中求工。对于就句对、借对、隔句对、扇对等特殊对法，"江西派"诗人也都比较擅长，特别是以情对景的轻重对，他们

---

① （元）方回选评，李庆甲集评校点：《瀛奎律髓汇评》卷十七，上海古籍出版社 2005 年版，第 710 页。

② （元）方回选评，李庆甲集评校点：《瀛奎律髓汇评》卷四十二，上海古籍出版社 2005 年版，第 1530 页。

③ （元）方回选评，李庆甲集评校点：《瀛奎律髓汇评》卷四十三，上海古籍出版社 2005 年版，第 1547 页。

④ （元）方回选评，李庆甲集评校点：《瀛奎律髓汇评》卷二十五，上海古籍出版社 2005 年版，第 1114 页。

⑤ 同上书，第 1126 页。

更是深得杜甫之真传。方回直言，如情景相对的变体，"非小手段分二十字巧妆纤刻者能之"①，只有"深透老杜、山谷、后山三关"②的陈与义等"江西派"诗人才能熟练驾驭，叹赏之意不言而喻。可以看出，和"晚唐派"力求音律谐美、工整巧丽相反，"江西派"往往拗音律，以拙易质朴、不工之工为至高追求。相对于"晚唐"诗人的拘执过甚，"江西"诸子每有变态可喜之处，这是值得肯定的。客观而论，借助于具体的诗歌评点，方回对"晚唐派"及"江西派"诗歌创作风貌的把握是相当精准到位的。

三是有法而不拘于法的"活法"。杜诗集古今之大成，却又能自成一家，其最重要的原因即在于"活"：不专主一家，活学活用诸家诗法而为我所用。黄、陈等人虽学杜诗，却力求创新，最终都形成了自己独特的艺术风貌，所谓"黄、陈诗似少陵，似而又不似也"③，"黄山谷极不似杜，而善学杜者无过山谷"④。派中诗人，如徐俯主张"中的"，韩驹提倡"饱参"⑤，都较好地参悟了杜诗圆活灵动的真谛。然而，后学不明其意，规行矩步，拘守死法，因而滋生诸多病端。对此，吕本中有清醒的认识，他指出："近世江西之学者，虽左规右矩，不遗余力，而往往不知出此，故百尺竿头，不能更进一步，亦失山谷之旨也。"⑥基于此，他上承老杜、山谷之意旨，提出著名的"活法"说：

> 学诗当识活法。所谓活法者，规矩具备而能出于规矩之外，变化不测而亦不背于规矩也。是道也，盖有定法而无定法，无定法而有定法，知是者则可以与语活法矣。⑦

---

① （元）方回选评，李庆甲集评校点：《瀛奎律髓汇评》卷二十六，上海古籍出版社 2005 年版，第 1129 页。

② 同上书，第 1147 页。

③ （元）刘壎：《隐居通议》卷六，《丛书集成初编》第 212 册，中华书局 1985 年版，第 55 页。

④ （清）金武祥：《粟香随笔》卷五引翁方纲语，《续修四库全书》第 1183 册，第 11 页。

⑤ 按，（宋）曾季狸《艇斋诗话》云："后山论诗说换骨，东湖论诗说中的，东莱论诗说活法，子苍论诗说饱参，入处虽不同，然其实皆一关捩，要知非悟入不可。"（丁福保辑：《历代诗话续编》，中华书局 2006 年版，第 296 页。）

⑥ （宋）胡仔纂集，廖德明校点：《苕溪渔隐丛话》前集卷四十九引，人民文学出版社 1962 年版，第 333 页。

⑦ （宋）刘克庄：《江西诗派小序》"吕紫微"条引，丁福保辑：《历代诗话续编》，中华书局 2006 年版，第 485 页。

关于其意涵，钱锺书先生释曰："前语谓越规矩而有卫天破壁之奇，后句谓守规矩而无束手束脚之窘；要之非抹杀规矩而能神明乎规矩，能适合规矩而非拘挛乎规矩"①，"'脱兔'正与'金弹'同归，而'活法'复与'圆'一致。圆言其体，譬如金弹；活言其用，譬如脱兔"②。吕氏诗歌风格多生新瘦硬，逼近黄庭坚；又讲究锻炼字句，善于苦思，甚至"尝呕血，自此遂得羸疾终其身"③，不输于陈师道之苦吟。但是，他从黄、陈入又不拘于黄、陈，终能以如弹丸一般圆熟流转的诗风在诗坛上独树一帜，而这正得益于其对"活法"论的有力实践。曾几与吕氏交游甚密，对其诗论颇为推服，其"学诗如参禅，慎勿参死句"④ 之说与"活法"论实为同调，其流美清峭的诗风也显然深受吕氏影响。赵蕃也深许"活法"之说，有《琛卿论诗用前韵》云："活法端知自结融，可须琢刻见玲珑。涪翁不作东莱死，安得斯文日再中。"⑤所谓"琢刻"、"玲珑"，既包含对"江西""规矩"的继承，又能"出于规矩之外"而达到"玲珑"之境，全面阐释了"活法"的深刻内涵，对纠正时人的偏弊之见颇为有益⑥。可见，力求创新、打破规矩的"活法"思想是"江西"派诗人贯穿始终的共同追求，很好地继承了其诗祖杜甫的诗歌创作精神。方回即受"活法"论影响至深，诸如"活"、"圆活"、"圆熟"等字眼屡屡见诸诗评，如：

> "忽有梅花来陋巷，喜闻春信出初冬"亦活。⑦
> 居仁和此韵凡六首。"酒如震泽三江绿，诗似芙蕖五月红"，"双鬓共期他日白，千花犹是去年红"，"银杯久持浮大白，桃花且着舒小红"，皆脱洒圆活。⑧

---

① 钱锺书：《谈艺录》，生活·读书·新知三联书店 2001 年版，第 292 页。
② 同上。
③ （宋）曾季狸：《艇斋诗话》，丁福保辑：《历代诗话续编》，中华书局 2006 年版，第 296 页。
④ （宋）曾几：《读吕居仁旧诗，有怀其人，作诗寄之》，载（宋）陈思编，（元）陈世隆补《两宋名贤小集》卷一百九十，《文渊阁四库全书》第 1363 册，第 545 页。
⑤ （宋）赵蕃撰：《淳熙稿》卷十七，《丛书集成初编》第 2257 册，中华书局 1985 年版，第 387 页。
⑥ 按，（宋）刘克庄《江西诗派小序》"吕紫微"条云："近时学者，往往误认弹丸之喻而趋于易，故放翁诗云：'弹丸之论方误人。'"（丁福保辑：《历代诗话续编》，中华书局 2006 年版，第 485 页。）
⑦ （元）方回选评，李庆甲集评校点：《瀛奎律髓汇评》卷二十，上海古籍出版社 2005 年版，第 824 页。
⑧ （元）方回选评，李庆甲集评校点：《瀛奎律髓汇评》卷四十七，上海古籍出版社 2005 年版，第 1755—1756 页。

> 梅诗难赋，不必句句新，得如此圆熟亦可也。①

这显然已成为其点评诗歌的重要标准之一。

综上可见，方回不仅在严格甄选派中成员的基础上为"江西派"梳理出清晰的派系流脉，而且通过诗歌评点描绘出诗派的总体风貌。正如胡明先生所说，"真正为'江西诗派'作出总结、定出宗旨、立出规法、编出俎豆、列出座次的还是被《四库总目提要》称为做诗'专主江西'并断断然以'江西派'殿军自居的徽州人方回"②，对"江西派"而言，方回的贡献是不可磨灭的。

三　"昆体"

作为宋初三体之一，"昆体"因《西昆酬唱集》而得名，其代表诗人包括杨亿、刘筠、钱惟演等人，为诗尚李商隐③。田况《儒林公议》载：

> 杨亿在两禁，变文章之体，刘筠、钱惟演辈皆从而效之，时号杨、刘。三公以新诗更相属和，极一时之丽。亿复编叙之，题曰《西昆酬唱集》，当时佻薄者，谓之"西昆体"。④

刘攽《中山诗话》亦载：

> 祥符天禧中，杨大年、钱文僖、晏元献、刘子仪以文章立朝，为诗皆宗尚李义山，号"西昆体"，后进多窃义山语句。⑤

很明显，"昆体"所指代的是宋初杨、刘、钱诸人尊尚李商隐而形成的一个诗歌体派，李商隐本人并不在派中。然而，论者往往径将"昆体"等同于"李商隐体"。如，《冷斋夜话》云："诗到李义山，谓之文章一厄。以其用事

---

① （元）方回选评，李庆甲集评校点：《瀛奎律髓汇评》卷二十，上海古籍出版社 2005 年版，第 764 页。

② 胡明：《江西诗派泛论》，《江西社会科学》1983 年第 1 期。

③ 按，与李商隐诗风相似的唐彦谦也是"昆体"诗人效仿的对象。然而，对其影响最大、为后人所普遍认可的还是李商隐。

④ （宋）田况：《儒林公议》，《丛书集成初编》第 2793 册，中华书局 1985 年版，第 2 页。

⑤ （宋）刘攽：《中山诗话》，（清）何文焕辑：《历代诗话》，中华书局 2004 年版，第 287 页。

僻涩，时称西昆体。"① 严羽《沧浪诗话》释"李商隐体"亦云："李商隐体，即'西昆体'也。"他在释"西昆体"时则进一步扩大其意涵，"'西昆体'，即李商隐体，然兼温庭筠及本朝杨、刘诸公而名之也"，将温庭筠也归入派中②。这些带有偏差的论述无疑会影响诗学界全面正确地认识这一诗歌体派。

"昆体"作为构建方回诗歌体派体系的重要组成部分，是其诗学批评的重要对象之一。方回对"昆体"之意涵作了这样的界定："宋铲五代旧习，诗有白体、昆体、晚唐体。……昆体则有杨、刘《西昆集》传世，二宋、张乖崖、钱僖公、丁崖州皆是。……凡数十家，深涵茂育，气极势盛。"③ 他在明确批评对象的同时，也纠正了诗学界的错误认识。清人吴乔《围炉诗话》云："严沧浪云：'西昆即义山体，而兼温飞卿及杨、刘诸公以名之。'冯定远云：'《西昆酬唱》是杨、刘、钱三人之作，和者数人，取法温、李，一时慕效，号为西昆体。不在此集者尚多。永叔始变之，江西以后绝矣。元人为绮靡语，亦附西昆体。而义山诗实无此名。'余注义山《无题》诗，名曰《西昆发微》，正嫌沧浪之粗漏也。"④ 冯氏、吴氏纠偏之意正与方回同。

"昆体"诗人学李商隐，李氏学杜又是宋人所普遍认可的诗学事实。王安石晚年即极其推赏义山诗，"以为唐人知学老杜而得其藩篱，唯义山一人而已"⑤。叶梦得《石林诗话》也一再强调说：

> 唐人学老杜，唯商隐一人而已。虽未尽造其妙，然精密华丽，亦自得其仿佛。故国初钱文僖与杨大年、刘中山皆倾心师尊，以为过老杜，一时翕然从之，好事者次为《西昆集》，所谓昆体者也。至欧阳文忠公始力排之。然宋吕公兄弟虽尊老杜，终不废商隐。王荆公亦与之，尝为蔡天启言："学诗者，未可遽学老杜，当先学商隐。未有不能为商隐而能为老杜者。"⑥

他甚至推义山为唐代学杜诗的唯一诗人，将其视为步入老杜之堂庑的必

① （宋）惠洪撰，陈新点校：《冷斋夜话》卷四，中华书局1988年版，第33页。
② （宋）严羽著，郭绍虞校释：《沧浪诗话校释》，人民文学出版社1983年版，第69页。
③ （元）方回：《罗寿可诗序》，《桐江续集》卷三十二，《四库全书珍本初集》本，第12470页。
④ （清）吴乔：《围炉诗话》卷五，郭绍虞编选，富寿荪校点：《清诗话续编》，上海古籍出版社1983年版，第547页。
⑤ （宋）蔡启：《蔡宽夫诗话》，郭绍虞辑：《宋诗话辑佚》卷下，中华书局1980年版，第399页。
⑥ （元）马端临：《文献通考》卷二百三十三引，中华书局1986年版，第1857页。

由之路，推赏已达极致。如此，推而论之，学习李商隐的"昆体"诗人理所当然也是间接学习杜甫的，算得上是杜诗的一大流脉。方回也承认"昆体"宗尚李商隐，明确指出：

> 宋初诗人惟学"白体"及晚唐。杨大年一变而学李义山，谓之"昆体"，有《西昆酬唱集》行于世。①
>
> 杨文公亿，字大年。首与刘筠变国初诗格。学李义山，集为《西昆酬唱集》。虽张乖崖，亦学其体。二宋尤于此体深入者。②

同时，他却因为不喜"昆体"而否认了李商隐学习杜诗的事实，将二者一并排除在老杜派之外。

那么，"昆体"呈现出怎样的艺术风貌？方回为什么对其如此排斥呢？

李商隐学习杜诗，重在学其忧怀家国、关心事实的现实主义精神和沉郁顿挫、比兴寄托的情感表达方式，颇得其神髓。同时，他在艺术技巧及审美风格上独辟蹊径，形成了深婉朦胧、绮丽细密、凄艳精工的独特审美风貌，从而能在杜诗外自成一家。"昆体"学李，并未着意于其得杜诗神髓之处，而是如后世所批评的，恰恰效其"短处"（不同于杜诗之处）。《蔡宽夫诗话》云："王荆公晚年亦喜称义山诗，以为唐人知学老杜而得其藩篱，惟义山一人而已。每诵其'雪岭未归天外使，松州犹驻殿前军'、'永忆江湖归白发，欲回天地入扁舟'，与'池光不受月，暮气欲沉山'、'江海三年客，乾坤百战场'之类，虽老杜亡以过也。义山诗合处信有过人。若其用事深僻，语工而意不及，自是其短，世人反以为奇而效之，故昆体之弊，适重其失，义山本不至是云。"③ 元人袁桷《书汤西楼诗后》亦云："玉溪生往学草堂诗，久而知其力不能逮，遂别为一体。然命意深切，用意精远，非止于浮声切响而已也。自西昆体盛，襞积组错。"④ 清代无名氏所云更为直接严厉："'昆体'祖

---

① （元）方回选评，李庆甲集评校点：《瀛奎律髓汇评》卷二十二，上海古籍出版社2005年版，第925页。

② （元）方回选评，李庆甲集评校点：《瀛奎律髓汇评》卷二十七，上海古籍出版社2005年版，第1185页。

③ （宋）蔡启：《蔡宽夫诗话》，郭绍虞辑：《宋诗话辑佚》卷下，中华书局1980年版，第399—400页。

④ （元）袁桷：《清容居士集》卷四十八，《丛书集成初编》第2074册，中华书局1985年版，第811页。

义山而不能得义山之佳处，义山不愿有此子孙也。"① 直斥李商隐诗歌自成一家的艺术风貌为"短处"未免过于苛责，但是，他们指出"昆体"专注于模仿义山诗的诗歌技法和艺术风格，却是符合实际的。通过效仿，"昆体"呈现深婉细密、典赡华丽、工偶纤巧的艺术风貌。这与宋末晚唐诗风颇为类似，而与方回所主张的"意到"、"平淡"、"格高"等背道而驰。详论如下。

其一，深婉细密，有违"意到"。元好问评李商隐诗歌云："望帝春心托杜鹃，佳人锦瑟怨华年。诗家总爱西昆好，独恨无人作郑笺。"② 义山诗长于用典，追求深婉绵缈的挚切情感与朦胧隐约的审美感受。以《锦瑟》为例，诗中连用庄生梦蝶、杜鹃啼血、沧海珠泪、美玉生烟四个典故，真实而又强烈地传达了迷惘虚幻、悲哀惆怅的复杂情绪，其主题却朦胧含蓄，令后人费尽索解，至今仍有咏物、恋情、悼亡、自伤身世、编集自序等诸般解说，难有定论。"昆体"亦追求深婉细密的审美效果，诗中大多叠用典故，用典之多较之义山有过之而无不及。然而，和李商隐借用典故恰当地抒发情感不同，身为朝廷重臣、以诗为社交工具的杨、刘诸人使用事典更多的则是炫耀博学、妆点卖弄。如杨亿《泪》：

> 锦字梭停掩夜机，白头吟苦怨新知。谁闻陇水回肠后，更听巴猿拭袂时。汉殿微凉金屋闭，魏宫清晓玉壶欹。多情不待悲秋气，只是伤春鬓已丝。

全诗八句用七个典故。如王仲荦先生所注③，首句用苏惠织回文锦事；次句用卓文君作《白头吟》与司马相如永诀事；第三句用古乐府《陇头歌辞》"陇头流水，鸣声幽咽，遥望秦川，心肝断绝"；《水经注·江水》云："每至晴初霜旦，林寒涧肃，常有高猿长啸，属引凄异，空谷传响，哀转久绝。故渔者歌曰：'巴东三峡巫峡长，猿鸣三声泪沾裳。'"第四句用此；第五句用阿娇长门失意事；第六句用魏文帝美人薛灵芸被选入宫、壶中泪凝如血事；第七句用宋玉"悲哉秋之为气也，萧瑟兮草木摇落而变衰"。所用古人挥泪七事

① （元）方回选评，李庆甲集评校点：《瀛奎律髓汇评》卷一，上海古籍出版社 2005 年版，第18 页。

② （金）元好问：《论诗三十首》其十二，（金）元好问著，狄宝心校注：《元好问诗编年校注》，中华书局 2011 年版，第 56 页。

③ （宋）杨亿编，王仲荦注：《西昆酬唱集注》卷上，中华书局 1980 年版，第 139—140 页。

互无关涉，更没有贯穿始终的情感线索，可以说只是一种卖弄学问的文字游戏而已。律诗本来字字珠玑，大量堆砌事典无疑表征了诗意的空泛贫乏，埋没了灵动鲜活的实意真情，魏泰所谓"务积故实，而语意轻浅"① 是切中其弊病的。方回并不反对用典，甚至认为"前辈善作诗者必善于用事"②。但是，他强调使用事典当以"意到"为前提，善用事者应切合诗意、恰如其分地表达情感，这样才能"用事而不为事所用"③，即使频繁用典也不觉其纤密冗杂④。因此，对于以"意到"为重要诗论标准的方回而言，"排砌如类书"⑤、"用事务为雕篆"⑥ 的"昆体"诗显然难称其意。

其二，典赡华丽，有违"平淡"。李商隐诗歌中的绮丽华靡，经杨、刘等生活优渥的宫廷诗人之手而进一步发展为典赡华丽。我们来看杨亿《公子》：

> 夹道青楼拂彩霓，月轩宫袖按前溪。锦鳞河伯供烹鲤，金距邻翁逐斗鸡。细雨垫巾过柳市，轻风侧帽上铜堤。珊瑚击碎牛心熟，香枣兰芳客自迷。⑦

诗写贵公子优游富贵之态，"青楼"、"彩霓"、"月轩"、"宫袖"、"锦鳞"、"金距"、"柳市"、"铜堤"、"珊瑚"、"香枣"、"兰芳"等词富丽华美，辞采秾丽，真可谓"极一时之丽"⑧，充分体现了"尤精雅道，雕章丽句"⑨ 的创作追求。其他如"金壶"、"金盘"、"银床"、"银筝"、"玉字"、"玉簟"、"瑶席"、"彩毫"等设色华艳秾丽的字词亦遍布杨、刘诸人诗篇，随处可见，

---

① （宋）魏泰：《临汉隐居诗话》，（清）何文焕辑：《历代诗话》，中华书局 2004 年版，第 328 页。

② （元）方回选评，李庆甲集评校点：《瀛奎律髓汇评》卷四十二，上海古籍出版社 2005 年版，第 1529 页。

③ （元）方回选评，李庆甲集评校点：《瀛奎律髓汇评》卷三，上海古籍出版社 2005 年版，第 103 页。

④ 按，方回评罗隐《封禅寺居》云："善用事者不冗。"［（元）方回选评，李庆甲集评校点：《瀛奎律髓汇评》卷四十七，上海古籍出版社 2005 年版，第 1687 页。］

⑤ （清）吴乔：《围炉诗话》卷五，郭绍虞编选，富寿荪校点：《清诗话续编》，上海古籍出版社 1983 年版，第 647 页。

⑥ （元）方回选评，李庆甲集评校点：《瀛奎律髓汇评》卷三，上海古籍出版社 2005 年版，第 125 页。

⑦ （宋）杨亿编，王仲荦注：《西昆酬唱集注》卷上，中华书局 1980 年版，第 69—70 页。

⑧ （宋）田况：《儒林公议》，《丛书集成初编》第 2793 册，中华书局 1985 年版，第 2 页。

⑨ （宋）杨亿：《西昆酬唱集序》，（宋）杨亿编，王仲荦注：《西昆酬唱集注》，中华书局 1980 年版，第 1—2 页。

后人评"昆体"诗为"佩玉冠绅，温文尔雅"①、"四瑚八琏，烂然皆珍"②，所言不虚。与欣赏并学习李商隐之富丽典雅相反，"昆体"诸子对平淡质朴、"愈老愈剥落"的杜诗甚为反感，杨亿甚至讥其为"村夫子"③。然而，杜诗这种淡中藏美丽、剥落浮华、平易朴拙处甚至贱夫老妇皆能称道的审美风格正是方回所追求的"平淡"美之极则。因此，他对"组丽浮华"④、"组织华丽"⑤的"昆体"诗痛加批判，丝毫不遗余力，并坚决将其排除于老杜派之外。

其三，工偶纤巧，有违"格高"。李商隐作诗，较为注重格律技巧，身为馆阁诗人的"昆体"诸公也将诗歌格律技法发挥到了极致。他们极为追求工整对偶，上引《泪》诗中，"陇水"对"巴猿"、"回肠"对"拭袂"、"汉殿"对"魏宫"、"金屋"对"玉壶"；《公子》诗中，"锦鳞"对"金距"、"河伯"对"邻翁"、"烹鲤"对"斗鸡"、"细雨"对"轻风"、"垫巾"对"侧帽"、"柳市"对"铜堤"，皆极为工整，可见一斑。这与方回所追求的"不工之工"的瘦硬劲健之美显然不为同调，所以方回评曰"诗忌太工，工而无味，如近人四六及小学答对，则不可兼。必拘此式，又为'昆体'"⑥，不满之意溢于言外。"昆体"诗人又善于妆点诗句，"必于一物之上，入故事、人名、年代，及金、玉、锦、绣等以实之"⑦，如"雪"是"梁苑雪"，"云"是"建溪云"，"月"是"璧月"，"阙"是"银阙"、"绛阙"，"霓"是"彩霓"。正如纪昀质疑其"梁苑雪"所云"未知作诗时果在梁苑否？若泛用则不妥"⑧，这些旨在卖弄学问、追求华丽典雅的妆点并不切合诗意，充斥于诗中反而造成细碎繁缛之

---

① （清）陈仅：《竹林答问》，郭绍虞编选，富寿荪校点：《清诗话续编》，上海古籍出版社 1983 年版，第 2255 页。

② （宋）方岳：《跋陈平仲诗》，载曾枣庄、刘琳主编《全宋文》第 342 册，上海辞书出版社、安徽教育出版社 2006 年版，第 342 页。

③ 按，（宋）刘攽《中山诗话》云："杨大年不喜杜工部诗，谓为村夫子。"〔（清）何文焕辑：《历代诗话》，中华书局 2004 年版，第 288 页。〕另按，关于"村夫子"，许永璋先生有《"村夫子"小议》一文，认为"凡诗之有俗陋气者，皆属此范畴"。（《杜甫研究学刊》1991 年第 4 期。）

④ （元）方回：《跋冯庸居诗》，《桐江集》卷四，《续修四库全书》影印宛委别藏钞本，第 433 页。

⑤ （元）方回选评，李庆甲集评校点：《瀛奎律髓汇评》卷三，上海古籍出版社 2005 年版，第 124 页。

⑥ （元）方回选评，李庆甲集评校点：《瀛奎律髓汇评》卷一，上海古籍出版社 2005 年版，第 11 页。

⑦ （元）方回选评，李庆甲集评校点：《瀛奎律髓汇评》卷十八，上海古籍出版社 2005 年版，第 717 页。

⑧ 同上。

感，使诗歌缺乏浑成之气，从而气格衰弱。刘克庄《后村诗话》批评道：

> 杨、刘诸人师李义山可也，又师唐彦谦。唐诗虽雕琢对偶，然求如一抔三尺之联，惜不多见。五言叙乱离云："不见泥函谷，俄惊火建章。剪茅行殿湿，伐柏旧陵香。"语尤浑成，未甚破碎。若《西昆酬唱集》，对偶字面虽工，而佳句可录者殊少，宜为欧公之所厌也。①

方回也深知"费妆点"必生"气骨甚弱"之弊②，论诗"以格高为第一"的他自然不会喜好妆点纤弱的"昆体"诗风。

当然，对于"昆体"值得肯定之处，方回也并不吝啬赞美之辞。他说："此'昆体'诗一变，亦足以革当时风花雪月小巧呻吟之病，非才高学博，未易到此。"③ 充分肯定其以高才博学革除宋初"晚唐体"弊病的重要成就。又说："'昆体'善于用事。两崖不辨牛马，与谷量牛马，融化作腊后晚望诗，精密之至。"④ 对其用事精当之处亦每每表出。对于"昆体"偶尔出现的平淡清新之风，他亦激赏不已，评杨亿《书怀寄刘五》其一为"'昆体'之平淡者"⑤，赞"四客高风惊楚汉，五君新咏弃山王"句"未尝不美"⑥，皆是如此。这有力地体现了他"恶而知其善"的诗学批评态度。

四　申论

方回论诗歌体派，最终目的仍在于挽救时弊。上引《恢大山西山小稿序》可以说是抨击时弊最坚决有力的宣言。他说老杜派"至韩南涧父子、赵章泉而止"，明确予以批判的除了"祖许浑、姚合为派"的宋末晚唐派之外，其实还包括宋末"江西"后学。间接学杜的"昆体"也因为在审美风貌上接近宋

---

① （宋）刘克庄撰，王秀梅点校：《后村诗话》前集卷二，中华书局1983年版，第21页。

② （元）方回选评，李庆甲集评校点：《瀛奎律髓汇评》卷二十，上海古籍出版社2005年版，第844页。

③ （元）方回选评，李庆甲集评校点：《瀛奎律髓汇评》卷三，上海古籍出版社2005年版，第134页。

④ （元）方回选评，李庆甲集评校点：《瀛奎律髓汇评》卷十五，上海古籍出版社2005年版，第545页。

⑤ （元）方回选评，李庆甲集评校点：《瀛奎律髓汇评》卷六，上海古籍出版社2005年版，第260页。

⑥ 同上书，第261页。

末晚唐派而备受批判。在晚唐诗风与"江西"末流主导诗坛的诗学背景下，方回将"晚唐派"与"江西派"纳入其完整系统的诗学体系之中重加梳理论述，其意旨即是为救弊提出切实可行的有效途径。关于此，前文已稍有论及，现就几个重要方面再加引申说明。

第一，自救与他救相结合的救弊途径。宋末诗坛是晚唐诗风与"江西"末流的天下，二者各立门户，交相诟病，其实皆已弊病丛生。有识之士对此深有共识，方回从具体的诗歌评点出发，认识更为细致深刻，所谓"近诗人两派，浙土诗纤弱，江乡诗突兀"①。在此基础上，他提出了自救与他救相结合的救弊方式。先看宋末晚唐派。方回认为，此派以贾岛、姚合为尚，本是杜诗之流脉，却因为"从师不真"，专学成就较低的姚合、许浑而产生立意不高、气局狭小、小巧纤细、拘执工对等诸多病端。要疗救此派的弊疾，一是高其志向，正其诗法，即经由贾岛、师法杜甫。这是其积极展开自我疗救的根本途径与有效方式。二是以"江西"高格补救其纤碎卑弱。这是他救。方回论诗"以格高为第一"，与之相关的"平淡"也是重要标准之一。在他看来，宋末晚唐诗风的弊病概括而言即是不谙格高、平淡之旨，而这恰恰是"江西"之所长，"江西"之长正可补"晚唐"之短。当然，本身已病入膏肓的宋末"江西"后学是没有能力担此重任的。方回重新梳理"江西派"脉络，以"一祖三宗"、吕本中、曾几、赵蕃等为诗派"正脉"，目的恰是在于借以疗救晚唐之弊。再看宋末"江西"后学。"江西"后学才疏学浅，奉黄、陈诗法为亘古不变之准则，虽得其生新瘦硬、拗峭劲健之貌，却难免粗疏聱牙、浅易无味之失。方回认为，其根本原因在于不能了悟"江西"创新求变、灵动圆活的作诗宗旨。因此，他将提倡"活法"的吕本中作为诗派的中坚力量，大力赞赏圆熟活动的艺术风格，借此重申"江西派"的立身根本。这对于宋末"江西"后学而言无疑是醍醐灌顶之论，为其指出了自我疗救的有效良方②。另外，晚唐诗之"细润"补救"江西"粗疏之失，二者相济，是方回为"江西"指出的他救路径。当然，方回救弊并不止于艺术技巧，其所谓

---

① （元）方回：《柳州教授王北山诗序》，《桐江续集》卷三十三，《四库全书珍本初集》本，第12491页。

② 按，方回《跋赵章泉诗》云："章泉平生恬淡，而诗尚瘦劲，不为晚唐，亦不为'江西'，隐然以后山为宗。"（《桐江集》卷四，《续修四库全书》影印宛委别藏钞本，第421页。）他将陈师道与宋末"江西"对立而论，其梳理包括陈师道在内的"江西派"脉络以救"江西"后学弊病的诗学目的于兹明白可见。

"格高"本身就包含崇高的情感内涵。在文人士子奔忙于求田问舍、费心于技法推敲的宋元易代之际，方回大赏杜甫与陈与义忧国忧民的慷慨悲歌，以其振聋发聩之响为诗坛树起了震撼人心的堂堂之阵，其疗救诗弊之功最为不可磨灭。

第二，杜甫之诗学意义。宋末晚唐体诗人与"江西"后学各立门户，党同伐异，诗道因而沦丧。为重振诗道，有识之士反对专主一体，高呼打破门户。黄公绍《诗集大成序》云：

> 大雅正声寥寥不响，浮文破典斐尔为曹。诗道之孤也何为而然哉？……诗之兴也必法度之森严；诗之微也亦绳墨之改错，代之君子可以观矣夫。诗一而已，而体异焉。其间体同而病异，于是乎对同有法；事同而词异，于是乎区别有类；本同而流异，于是乎继承有派。善言诗者，废一不可。……此诗集大成之所以作也。①

"诗一而已，而体异焉"，既然如此，专主一体或专废一体都是片面之见，唯有集诸家之大成、兼备众体才是正确的诗学途径。基于此般见解，黄氏反对拘守门户之意甚是坚决。刘克庄《晚觉翁稿序》称赞晚觉翁"贯穿融液，夺胎换骨，不师一家；简缛秾淡，随物赋形，不主一体"②，则以鲜活的创作实例证实了打破门户的必要性。方回将"晚唐派"与"江西派"皆归于"老杜派"，其意图正是提倡如杜甫般兼备众体、转益多师，打破门户之见，从根本上挽救时弊，拯救日渐沦丧的诗道。

杜诗集古今之大成，"尽得古今之体势，而兼人人之所独专"③。方回论诗最为尊崇杜甫，对其兼收并蓄之成就赞叹不已。其《跋仇仁近诗集》云：

> 然则诗不可不自成一家，亦不可不备众体。老杜诗有曹、刘，有陶、谢，有颜、鲍，于沈、宋体中沿而下之。④

---

① （宋）黄公绍：《在轩集》，《文渊阁四库全书》第 1189 册，第 630—631 页。
② 曾枣庄、刘琳主编：《全宋文》第 329 册，上海辞书出版社、安徽教育出版社 2006 年版，第 140 页。
③ （唐）元稹：《唐故工部员外郎杜君墓系铭并序》，《元稹集》，中华书局 1982 年版，第 601 页。
④ （元）方回：《桐江集》卷四，《续修四库全书》影印宛委别藏钞本，第 432 页。

《刘元辉诗评》云：

> 然杜陵不敢忽王杨卢骆、李邕、苏源明、孟浩然、王维、岑参、高适，或敬畏之，或友爱之，未始自高。盖学问必取诸人以为善。杜陵集众美而大成。谓有一杜陵而天下皆无人，可乎？①

杜甫正因为能够兼取诸家优长，才能傲立于诗歌艺术的巅峰。"晚唐"与"江西"皆固守杜诗之一端，即使二者相济，也难出杜诗之范围。"谓有一杜陵而天下皆无人"尚且不可，仅仅学得杜诗之一二便自立门户更是狭隘偏陋。"晚唐"与"江西"唯有悟得杜甫转益多师的诗学精神，兼取众长，同时能有所创新，才能在诗坛上独树一帜。这是方回为二者指明的最根本的救弊途径。二冯、纪昀等批评方回拘执"江西"门户，显然未能充分理解其良苦用心②。

第三，"昆体"批评之再批评。"昆体"因与宋末晚唐诗风相似而大受贬斥，方回借以救弊之意值得肯定。但是，客观来说，他以"意到"、"平淡"、"格高"为标准全面否定"昆体"，将其彻底排除于"老杜派"之外是有失片面的。杨、刘诸人虽然在诗歌审美风貌上与杜诗颇不相类，却承继了杜诗的创作主题。莫砺锋《杜甫评传》认为，杜诗在主题走向上对后世诗歌产生了巨大的影响，择其要有四：关心民生疾苦，反映实事政治，表现日常生活，发表文学等方面的见解③。这些在"昆体"诗中都有表现，特别是借古讽今的咏史诗，积极干预现实的创作精神颇得杜诗之真传。方回置此于不顾，专以艺术技巧和审美风格作为去取标准，纪昀斥其"置其本原，而拈其末节"④

---

① （元）方回：《桐江集》卷五，《续修四库全书》影印宛委别藏钞本，第438页。

② 按，查洪德《关于方回诗论的"一祖三宗"说》一文指出"方回之强调学杜，是将杜甫作为中国几千年诗史优良传统的优秀代表看待的，学杜包含了学习杜甫以前以后及同时一切优秀的诗人和流派"，（《文史哲》1999年第1期。）眼光颇为独到。但是，他提出主张转益多师主要是方回后期的诗论主张，是其诗学思想进一步发展的结果，笔者认为此说值得商榷。其实，主张兼备众体、转益多师是方回一贯的诗学主张，《瀛奎律髓》即是这一主张的有力实践。是书选论诗歌，就时代而言，兼取唐宋；就诗人而言，入选诗人多达三百八十人，其中集古今之大成的杜甫入选最多，其次是风格至为多样的陆游；就风格而言，格高、平淡、细润、圆熟、工致等，皆有所取，即使对于大力批判的"昆体"诗风也能"恶而知其善"。虽然因救弊心切，又因偏爱格高、平淡之诗，方回评诗难免有过激之论，以致令人误以为其固守"江西"门户。然而，若对其诗歌评点作全面观照，便可明了其兼取之意。应该说，这和他"时势相因"的通达诗史观正相一致。

③ 莫砺锋：《杜甫评传》，南京大学出版社1993年版，第354—367页。

④ （元）方回选评，李庆甲集评校点：《瀛奎律髓汇评》附录一，上海古籍出版社2005年版，第1826页。

并不为过。即使就技巧与风格而言，"昆体"也有值得肯定之处。《四库全书总目·西昆酬唱集提要》指出："（'昆体'）宗法唐李商隐，词取妍华而不乏兴象……要其取材博赡，练词精整，非学有根柢，亦不能熔铸变化，自名一家，固亦未可轻诋。"①"昆体"呈现出明显的"以学问为诗"的倾向，实为宋诗之滥觞。正因如此，欧阳修等人在大兴诗文革新运动的同时对其并不完全废弃。被视为宋诗开山之祖的黄庭坚也是"独用昆体工夫，而造老杜浑成之地"，从而达到了时人所不能及的至高境界②。"江西"与"昆体"本来并不对立，方回着力强调二者在"意到"、"格高"、"平淡"诸方面的截然相异，忽视其相为交融的共通之处，将二者塑造为截然对立的两大体派，不能不说过于主观和片面。正如《四库全书总目·紫微诗话提要》中所说："自方回等'一祖三宗'之说兴，而西昆、江西二派乃判如冰炭，不可复合。元好问题《中州集》末，因有'北人不拾江西唾，未要曾郎借齿牙'句，实末流相诟有以激之。"③后人视"昆体"与"江西"犹如冰炭，方回实肇其端。

---

① （清）纪昀等：《钦定四库全书总目》卷一百八十六《西昆酬唱集提要》，中华书局1997年版，第2609—2610页。

② （宋）朱弁撰，陈新点校：《风月堂诗话》卷下，中华书局1988年版，第112页。

③ （清）纪昀等：《钦定四库全书总目》卷一百九十五《紫微诗话提要》，中华书局1997年版，第2743页。

第四章 《瀛奎律髓》诗"格"论研究

"格"作为一个批评术语，最早出现于汉代。《礼记·缁衣》有云："言有物而行有格也。"① 这是评价人物的言行，与文学并不相关。它正式进入文学批评领域，是在南北朝时期，用来泛指诗文的体制、风格等。如，《颜氏家训·文章》云："陆平原多为死人自叹之言，诗格既无此例，又乖制作本意。"② 《文心雕龙·议对》亦云："亦各有美，风格存焉。"③ 到了唐代，"格"已成为评价文学作品的重要标准之一，其含义较之前代也更为丰富，包括作品的品第等级、审美风格、写作法则等诸多方面。如，《诗式》卷二："古人于上格分三品等，有上上逸品。今不同此评，但以格情并高可称上，上品不合分三。"④ 是就品第而言，有上格、中格、下格之分。以"诗格"、"诗式"等命名的著作以及《诗式》中所论"调笑格"、"跌宕格"等，则是为诗歌写作提供法则、标准。至于孙光宪《白莲集序》所谓"格清无俗字"⑤，显然是论诗歌的审美风格。然而，这一时期"格"的批评内涵虽大为丰富，却也仅限于文学作品批评本身，与文学创作主体无涉。而宋代诗学批评中的"格"除了具有前代所指称的审美风格、写作技法等含义之外，更具备了新的内涵："宋诗学中的'格'已超越形式层面，甚至超越风格层面，而成为宋代士人精神风貌的艺术结晶。大体说来，宋人所言之'格'已具价值论的内涵，成为

---

① （清）孙希旦撰，沈啸寰、王星贤点校：《礼记集解》卷五十二，中华书局 1989 年版，第1330 页。

② （隋）颜之推著，王利器集解：《颜氏家训集解》卷四，中华书局 1993 年版，第 285 页。

③ （南朝梁）刘勰著，范文澜注：《文心雕龙注》卷五，人民文学出版社 1958 年版，第 438 页。

④ （唐）皎然著，李壮鹰校注：《诗式校注》卷一，人民文学出版社 2003 年版，第 93 页。

⑤ （五代）孙光宪：《白莲集序》，（唐）僧齐己：《白莲集》，《四部丛刊初编》第 131 册，第 1 页。

根本区别于唐诗的一项重要标准。"宋代诗学崇尚"格",其实是"崇扬一种至大至刚、充实完善的人格力量。这种人格力量通过'治心养气'而获得,并通过'命意造语'而转化为一种诗歌的审美特质"①。这一与诗歌创作主体的内在修养直接相关、经由具体的诗歌技法得以实现、表现为诗歌文本的情感格调和审美风格的"格",我们可以称为气格。这种诗歌气格,与宋代诗学所崇尚的与诗人心境修养和学问修养直接相关、追求枯劲瘦淡的老成美的平淡审美风格颇有异曲同工之处。

方回的气格论正是在宋代诗学话语下形成的。其《瀛奎律髓序》云:"所选,诗格也。"② 所谓"诗格",一是指上述宋代诗学始具有的包含审美风格之义而又超越审美风格的诗歌气格;二是指诗歌的体格,即宋代诗学颇为热衷探讨的诗歌格法。我们对其诗格论的探讨也主要围绕这两个方面展开。

第一节　气格论

方回论诗重气格。正如上文所述,宋代诗学中的气格与平淡颇有相通之处,方回在诗歌气格上的理想追求其实同时包括"格高"和"平淡"。关于此,我们来看他在《唐长孺艺圃小集序》中的阐述:

> 诗以格高为第一。三百五篇,圣人所定,不敢以格目之。然风、雅、颂体三,比、兴、赋体三,一体自有一格,观者当自得之于心。自骚人以来,至汉苏、李,魏曹、刘,亦无格卑者。而予乃创为格高卑之论者,何也?曰:此为近世之诗人言之也。予于晋独推陶彭泽一人格高,足方嵇、阮;唐惟陈子昂、杜子美、元次山、韩退之、柳子厚、刘梦得、韦应物;宋惟欧、梅、黄、陈、苏长翁、张文潜。而又于其中以四人为格之尤高者:鲁直、无己,上配渊明、子美,为四也。……何以谓之格高?近人之学许浑、姚合者,长孺扫之如秕糠,而以陶、杜、黄、陈为师者也。③

---

① 周裕锴:《宋代诗学通论》,上海古籍出版社2007年版,第282—284页。
② (元)方回选评,李庆甲集评校点:《瀛奎律髓汇评》"序",上海古籍出版社2005年版,第1页。
③ (元)方回:《桐江续集》卷三十三,《四库全书珍本初集》本,第12489—12490页。

此处所谓"格",即诗歌气格。方回所列举的气格高远的诗人,既包括以格高见长的陈子昂、韩愈、刘禹锡、黄庭坚,也包括擅长平淡的陶渊明、柳宗元、韦应物、梅尧臣、张耒,以及兼具格高、平淡二美的杜甫、苏轼、陈师道。可见,作为《瀛奎律髓》最重要的两大诗学批评标准的格高和平淡正是方回气格论的主要内容。因此,探讨方回的气格论,要解决的就是其"格高"论与"平淡"论的问题,包括格高、平淡的内涵,实现格高、平淡的诗学途径以及格高、平淡论的诗学批评意义。

一 格高与平淡的内涵

作为宋代诗学气格论的全面总结,方回所论的气格在内涵上也包括诗歌创作主体的品格涵养与诗歌文本的情感格调、审美风格两个方面。格高、平淡都是如此。

先看格高。

首先,"格高"与诗歌创作主体。

宋代诗学"走的是批判地继承传统而寻求自我树立的发展道路,将前人对文学基本特征和功用的认识深化为对主体才性和品格的要求。作家自身的人文修养和精神境界,内在心性的生命体验和反省,个性才情的发挥和群体道德的自觉等主体人格的建构,成为支配文学创作和理论批评发展的内在理路,使宋代文学思想在继往开来的过程中充分反映了宋文化的精神特质"[1]。方回生当宋末,深受理学思想影响,又精通诗学批评,他将"格高"作为诗歌批评的首要标准,首先强调的就是诗人应具有崇高的品德涵养和深厚的才学修养。

崇高的品德涵养。方回论诗重视诗人的品行,《赵宾旸诗集序》云:"《大序》曰:'在心为志,发言为诗。'彼尘污俗染者,荤膻满肠胃,嗜欲浸骨髓,虽竭力文饰乎外,自以为近,而相去愈远。……青霄之鸢,非不高也,而志在腐鼠,虽欲为凤鸣,得乎?"[2] 对卑俗鄙陋之士的不齿之意溢于言表。《瀛奎律髓》大量入选以德行著称的儒者、直臣、隐士之诗,即有力地体现了这一诗学倾向。以陈、杜、沈、宋为"律诗之祖"排序,也是因为"论其为人,则陈、杜之诗尤可敬云"[3]。在方回看来,诗如其人,品德高尚、胸襟宽广

---

① 张毅:《宋代文学思想史》,中华书局 1995 年版,第 13 页。

② (元)方回:《桐江集》卷一,《续修四库全书》影印宛委别藏钞本,第 361 页。

③ (元)方回选评,李庆甲集评校点:《瀛奎律髓汇评》卷三十,上海古籍出版社 2005 年版,第 1304 页。

者，诗歌则"格高"，反之则"格卑"。被他赏为"格高"者，有忧怀天下、"一饭未尝忘君"的杜甫、陈与义，有胸次耿介、敢于非议新法的王安国，有几遭迁谪、处之泰然的苏轼、黄庭坚，有笃于情谊、坚守气节的陈师道；被其斥为"格卑"者，则有卑鄙无耻、陷害苏轼的舒亶，反复易主、恩将仇报的宋之问，悲观不振、气度狭小的柳宗元，更有谄媚权贵、卖文求生的江湖诸子。如此区分"格高"、"格卑"，显然是从道德品格立论的。

深厚的才学修养。和宋代许多诗论家一样，方回也认为才气对于诗人的创作至关重要，他说："才大则气盛。"① 又评陈与义《题东家壁》"气岸高峻，骨格开张。殆天授，非人力"②，充分肯定其非同常人的天才。但是，深受朱子格物致知论之濡染，方回更注重学问修养，强调读书的重要性。其《赠邵山甫学说》云："学所以尽夫固有之性也，尽性在穷理，穷理在致知，致知之要莫切于读书。"③《跋遂初尤先生尚书诗》亦云："诚斋时出奇峭，放翁善为悲壮，然无一语不天成。公与石湖，冠冕佩玉，度骚媲雅，盖皆胸中贮万卷书，今古流动，是惟无出，出则自然。"④ 才大者，文不加点，诗思顷刻间自胸肺间流出，多以气势雄浑而胜，气格自然不凡，苏轼堪称典范；学深者，胸中万卷，熔铸点化而出以自然，诗格亦自高远，黄庭坚可为楷模。至于才小、根柢又浅者，则气格卑弱不堪，方回极力批评的宋末晚唐体诗家最为典型。可见，诗人深厚的才学修养也是诗歌"格高"的重要基础。

其次，"格高"与诗歌文本。

作为诗歌审美标准的"格"，虽得自于诗人的品德涵养与才学修养，却经由诗歌文本才能得以直观地体现。方回所谓"格高"，表现在诗歌文本上，指崇高远大、真挚深厚的情感内涵和雄浑悲壮、瘦硬劲健的审美风格。

崇高远大、悲慨深厚的情感内涵。在诗歌思想情感上，方回追求高大深厚，以此为格高；反之，则为格卑。方回身经宋末乱世，深感国破家亡之痛，亲历颠沛流亡之苦，对书写战乱的诗歌深有共鸣，因而杜甫诗歌中忘怀一己得失、心怀家国君民的至为阔大深厚的高尚情感成为其所追求的至高典范。

---

① （元）方回选评，李庆甲集评校点：《瀛奎律髓汇评》卷二十四，上海古籍出版社 2005 年版，第 1025 页。

② （元）方回选评，李庆甲集评校点：《瀛奎律髓汇评》卷二十三，上海古籍出版社 2005 年版，第 1003 页。

③ （元）方回：《桐江续集》卷三十，《四库全书珍本初集》本，第 12442 页。

④ （元）方回：《桐江集》卷三，《续修四库全书》影印宛委别藏钞本，第 415 页。

这在他对杜甫《正月三日归溪上有作简院内诸公》一诗的点评中不难看出：

> 老杜合是廊庙人物，其在成都依严武为参谋，亦屈甚矣。此诗二起句言草堂之状，三四言时节，五六言情怀，而末二句感慨深矣。老杜平生虽流离多在郊野，而目击兵戈盗贼之变，与朝廷郡国不平之事，心常不忘君父，故哀愤之辞不一，不独为一身发也。①

他开创性地将陈与义列为江西诗派一宗，重要依据之一即是陈氏诗歌中伤时忧乱的情怀最得杜诗之神髓。对韩偓诗的评价也体现了他在诗歌思想内涵上的这一追求："致尧笔端甚高。唐之将往，与吴融诗律皆不全似晚唐。善用事，极忠愤，惟'香奁'之作词工格卑，岂非世事已不可救，姑留连荒亡以纾其忧乎？"② 很显然，在方回看来，香艳软媚的"香奁体"格力卑弱，善于表达末世忠愤之情的诗歌才是他所欣赏的格高之作。

雄浑悲壮、瘦硬劲健的审美风格。这是"格高"在诗歌风格上的表现。1. 雄浑悲壮。胸次远大、才大学深、情感深厚者，所作诗歌往往呈现出气势雄浑、感慨悲壮的美学风貌。方回追求雄浑悲壮，和他崇尚创作主体的人品才学以及情感内涵的高大深厚一脉相承。在他看来，"盛唐律，诗体浑大，格高语壮。晚唐下细工夫，作小结果，所以异也"③，盛唐与晚唐诗歌有格高、格卑之别，而这一差异的关键则在于气势雄浑与否。他将气势雄大的崔颢诗列为"律诗之祖"之首，并以"气势雄浑，规模广大"的陈与义为"江西"一宗，都是因为他们诗歌所表现的雄浑之美符合其格高的首要论诗标准。当然，还有悲壮。方回明确将是否具有感慨悲壮之气作为格高与否的标准。他认为，杜诗以及得其神髓的陈与义诗，皆沉郁悲壮，堪称格高骨健的代表。唐人虽有差及杜诗者，却因"欠悲壮"，而稍有缺憾④。至于王安石诗，虽步

---

① （元）方回选评，李庆甲集评校点：《瀛奎律髓汇评》卷二十三，上海古籍出版社 2005 年版，第 936 页。

② （元）方回选评，李庆甲集评校点：《瀛奎律髓汇评》卷七，上海古籍出版社 2005 年版，第 279 页。

③ （元）方回选评，李庆甲集评校点：《瀛奎律髓汇评》卷十五，上海古籍出版社 2005 年版，第 529 页。

④ 按，方回评杜甫《公安送韦二少府匡赞》："老杜七言律诗一百五十余首。唐人粗能及之者仅数公，而皆欠悲壮。"[（元）方回选评，李庆甲集评校点：《瀛奎律髓汇评》卷二十四，上海古籍出版社 2005 年版，第 1071 页。]

骤杜诗，却"有工致而无悲壮，读之久则令人笔拘而格退"①。2. 瘦硬劲健。方回云："善学老杜而才格特高，则当属之山谷、后山、简斋。"② 而黄庭坚、陈师道、陈与义三人诗歌风格的共同特色正是瘦硬劲健。我们来看方回的评点：

　　……谓之吴体，惟山谷能学而肖之，余人似难及也。③ ……（吴体）骨格愈峻峭。④

　　后山诗瘦铁屈蟠，海底珊瑚枝，不足以喻其深劲。⑤

　　简斋诗高峭。⑥

其他诗人，如赵蕃，"全是枯骨劲铁，不入俗眼"⑦，也是他眼中格力高胜的优秀诗人。与之相反，绮靡冗丽的西昆诗风和精于妆点的晚唐诗风则显得卑弱纤俚，而成为方回用力排诋的对象。

再看平淡。

方回所谓的平淡，是"矛盾因素的对立统一所产生的审美张力"⑧，是集诸多看似矛盾对立的审美风貌于一身而形成的一种含蕴颇为丰富、包容性颇强的审美风格。

一是不加雕饰的自然美。方回常以"自然"评诗，仅《瀛奎律髓》一书中就多达八十四处。这种自胸肺自然流出、无意华词丽句的诗歌，不以工致巧对制胜，甚至略显拙易，却因接近汉魏前古诗之浑然天成，而为其所津津

---

① （元）方回选评，李庆甲集评校点：《瀛奎律髓汇评》卷十六，上海古籍出版社 2005 年版，第 589 页。

② （元）方回选评，李庆甲集评校点：《瀛奎律髓汇评》卷二十四，上海古籍出版社 2005 年版，第 1060 页。

③ （元）方回选评，李庆甲集评校点：《瀛奎律髓汇评》卷十二，上海古籍出版社 2005 年版，第 453 页。

④ （元）方回选评，李庆甲集评校点：《瀛奎律髓汇评》卷二十五，上海古籍出版社 2005 年版，第 1107 页。

⑤ （元）方回选评，李庆甲集评校点：《瀛奎律髓汇评》卷二十六，上海古籍出版社 2005 年版，第 1144 页。

⑥ （元）方回选评，李庆甲集评校点：《瀛奎律髓汇评》卷二十三，上海古籍出版社 2005 年版，第 1004 页。

⑦ （元）方回选评，李庆甲集评校点：《瀛奎律髓汇评》卷二十七，上海古籍出版社 2005 年版，第 1210 页。

⑧ 王顺娣：《宋代诗学平淡理论研究》，巴蜀书社 2009 年版，第 47 页。

乐道。两晋六朝以来,"诗赋欲丽"①,作诗者致力于"竞一韵之奇,争一字之巧"②,渐失古风。而作诗犹能出于天然者,于古诗,方回推许陶、谢二人。他说:

> (谢灵运《行旅》诗)排比整密,……陶渊明剥落枝叶,不如此。③
>
> 至其(谢灵运)所言之景,如"山水含清晖"、"林壑敛暝色",及他日"天高秋月明"、"春晚绿野秀",于细密之中时出自然,不皆出于组织。④

他每每以"陶谢"并称:"政用整严藏细润,元从冷淡出清新。着鞭更与追陶谢,莫向齐梁踵后尘"⑤,"精刮洁磨犹未已,直须陶谢与同时"⑥,所赞许的正是二人有别于齐梁华靡雕琢的自然清新。当然,二者之间亦有轩轾,以平淡自然为批评标准,时有组织、富艳精工的谢诗当然难与陶诗比肩:"骚人称屈宋,宋岂敌子平?诗家推陶谢,谢岂肩渊明!"⑦ 于律诗,则评赏张耒之语较为醒目。"张文潜自然有唐风,别成一宗"⑧,"宛丘诗大抵不事雕琢,自然有味"⑨,"杨诚斋谓肥仙诗自然,不事雕镂,得之矣"⑩,此般评论,比比皆是。《瀛奎律髓》入选张耒诗歌七十九首,位居第七,足可见出方回对平易自然诗风的深许。

二是费尽心思的苦吟美。不加雕饰不等于随意而为,平淡自然如陶诗,

---

① (三国魏)曹丕:《典论·论文》,载严可均校辑《全上古三代秦汉三国六朝文·全三国文》卷八,中华书局1958年版,第1098页。

② (唐)魏征等撰:《隋书》卷六十六,中华书局1973年版,第1544页。

③ (元)方回:《文选颜鲍谢诗评》卷一,载(元)方回选评,李庆甲集评校点《瀛奎律髓汇评》附录二,第1876—1877页。

④ 同上书,第1857页。

⑤ (元)方回:《夏自然希贤惠五言古体,久之以律体和谢》,《桐江续集》卷十一,《四库全书珍本初集》本,第12171页。

⑥ (元)方回:《题孙元京近诗》,《桐江续集》卷九,《四库全书珍本初集》本,第12134页。

⑦ (元)方回:《拟古五首》其三,《桐江续集》卷二十六,《四库全书珍本初集》本,第12377页。

⑧ (元)方回:《送罗寿可诗序》,《桐江续集》卷三十二,《四库全书珍本初集》本,第12470—12471页。

⑨ (元)方回选评,李庆甲集评校点:《瀛奎律髓汇评》卷二十九,上海古籍出版社2005年版,第1280页。

⑩ (元)方回选评,李庆甲集评校点:《瀛奎律髓汇评》卷十六,上海古籍出版社2005年版,第568页。

亦是凭借深厚学养、费心用力为之方才成就。推许陶渊明为平淡典范的宋人已认识到这一点，周紫芝《竹坡诗话》即云："士大夫学渊明作诗，往往故为平淡之语，而不知渊明制作之妙，已在其中矣。如《读山海经》云'亭亭明玕照，落落清瑶流'，岂无雕琢之功?"① 方回也赞赏这种历经呕心苦吟而来的平淡美。其代表诗人，一是杜甫，二是梅尧臣，三是陈师道。杜甫善苦吟，自称"笔落惊风雨，诗成泣鬼神"②，"雕刻初谁料，纤毫欲自矜"③。关于杜甫式平淡，黄庭坚《与王观复书》所论最得其真谛："但熟观杜子美夔州后古律诗，便得句法。简易而大巧出焉，平淡如山高水深，似欲不可企及，文章成就更无斧凿痕，乃为佳作耳。"④ 杜诗"由法则入手，最终进入直觉状态，由'拾遗句中有眼'，而最终合于'彭泽意在无弦'"⑤，其前提是集大成的深厚涵养。方回所云"老杜诗所以妙者，全在阖辟顿挫耳，平易之中有艰苦。若但学其平易，而不从艰苦求之，则轻率下笔，不过如元、白之宽耳"⑥，显然是直接承继黄氏之论。至于为方回激赏的梅尧臣、陈师道，更是以苦吟名世。宋人张镃《皇朝仕学规范》引《孙氏谈圃》云：

　　　　孙公昔与杜挺之、梅圣俞同舟溯汴，见圣俞吟诗，日成一篇，众莫能和。因密伺圣俞如何作诗。盖寝食游观，未尝不吟讽思索也。时时于坐上忽引去，奋笔书一小纸，内算袋中。同舟窃取而观，皆诗句也。或半联，或一字，他日作诗有可用者，入之。有云："作诗无古今，惟造平淡难。"乃算袋中所书也。⑦

　　① (宋)周紫芝：《竹坡诗话》，(清)何文焕辑：《历代诗话》，中华书局2004年版，第340—341页。

　　② (唐)杜甫：《寄李十二白二十韵》，(唐)杜甫著，(清)仇兆鳌注：《杜诗详注》卷八，中华书局1979年版，第661页。

　　③ (唐)杜甫：《寄刘峡州伯华使君四十韵》，(唐)杜甫著，(清)仇兆鳌注：《杜诗详注》卷十九，中华书局1979年版，第1719页。

　　④ (宋)黄庭坚著，刘琳、李勇先、王蓉贵校点：《黄庭坚全集》卷十八，四川大学出版社2001年版，第471页。

　　⑤ 周裕锴：《宋代诗学通论》，上海古籍出版社2007年版，第345页。

　　⑥ (元)方回选评，李庆甲集评校点：《瀛奎律髓汇评》卷十，上海古籍出版社2005年版，第324页。

　　⑦ (宋)张镃：《皇朝仕学规范》卷三十六，《北京图书馆古籍珍本丛刊》第68册，书目文献出版社1988年版，第665页。

梅诗苦吟而能归于平淡,实深受唐代贾岛、孟郊等人"奸穷怪变得,往往造平澹"① 的诗学特点的影响②。严羽所谓"梅圣俞学唐人平淡处"③,即是就此而言。陈师道诗更是"苦心久矣"而后"退为平易"④,其"吟榻"之典为人熟知。元代马端临《文献通考》载:

> 世言陈无己每登览得句,即急归,卧一榻,以被蒙首,谓之"吟榻"。家人知之,即猫犬皆逐去,婴儿稚子,亦皆抱持寄邻家。⑤

方回明确表示,"学者作诗,谓不思而得,喝咄叫怒即可成章,吾不信也"⑥,对思力安排的重视可见一斑。

三是绚丽之极的成熟美⑦。方回论诗云:

> 学诗者不可不深造黄、陈,摆落膏艳,而趋于古淡。⑧
> 梅诗淡而实丽。⑨
> 瘦淡之中自秾粹⑩
> 淡中藏美丽,虚处着工夫,力能排天斡地,此后山诗也。⑪

---

① （唐）韩愈:《送无本师归范阳》,（唐）韩愈著,屈守元、常思春主编:《韩愈全集校注》,四川大学出版社 1996 年版,第 569 页。

② 按,朱自清《宋五家诗钞》:"韩诗云:'奸宄怪变得,往往造平淡。'梅（尧臣）平淡是此种。"（上海古籍出版社 1981 年版,第 1 页。）

③ （宋）严羽著,郭绍虞校释:《沧浪诗话校释》,人民文学出版社 1983 年版,第 26 页。

④ 按,方回《春半久雨走笔五首》自注:"五言回慕后山,苦心久矣,亦多退为平易。"（《桐江续集》卷二十七,《四库全书珍本初集》本,第 12385 页。）

⑤ （元）马端临撰:《文献通考》卷二百三十七,中华书局 1986 年版,第 1885 页下。

⑥ （元）方回选评,李庆甲集评校点:《瀛奎律髓汇评》卷二十,上海古籍出版社 2005 年版,第 749 页。

⑦ 按,对于这种"淡中藏美丽"的平淡美,学界一般称为"老成美"、"老境美"。李剑锋《元前陶渊明接受史》不赞成"老境美"之说,提出"成熟美"一说:"平淡美,是一种成熟美,而非仅为老境美。"（齐鲁书社 2002 年版,第 308 页。）笔者取此说。

⑧ （元）方回选评,李庆甲集评校点:《瀛奎律髓汇评》卷四,上海古籍出版社 2005 年版,第 158 页。

⑨ （元）方回选评,李庆甲集评校点:《瀛奎律髓汇评》卷十,上海古籍出版社 2005 年版,第 344 页。

⑩ （元）方回选评,李庆甲集评校点:《瀛奎律髓汇评》卷二十,上海古籍出版社 2005 年版,第 839 页。

⑪ （元）方回选评,李庆甲集评校点:《瀛奎律髓汇评》卷十,上海古籍出版社 2005 年版,第 378 页。

　　这正是宋人所欣赏的平淡美，平淡中蕴含着绚丽斑斓的色彩。它绝非枯燥干涩，而是几经刻绣雕琢而归于自然无痕的老成之境。正如苏轼《与二郎侄书》所云："凡文字，少小时须令气象峥嵘，采色绚烂。渐老渐熟乃造平淡；其实不是平淡，绚烂之极也。汝只见爷伯而今平淡，一向只学此样，何不取旧日应举时文字看，高下抑扬，如龙蛇捉不住，当且学此。"①　葛立方《韵语阳秋》亦云："大抵欲造平淡，当自组丽中来，落其华芬，然后可造平淡之境，如此则陶谢不足进矣。今之人多作拙易语，而自以为平淡，识者未尝不绝倒也"②。正因为它是融美丽于淡然无痕之中的化境，缺乏学养根柢的初学者仅能摹其形貌而难得其神髓，徒然失之"拙易"。

　　四是淳厚隽永的滋味美。和许慎所云"薄味"相反，方回更善于咀嚼平淡中沁人心脾的隽永滋味。对于诗味淳厚的平淡诗作，他每每赞不绝口。如评贾岛"相思深夜后，未答去年书"句："初看甚淡，细看十字一串，吃力而有味。"③　评黄滔"寺寒三伏雨，松偃数朝枝"："举唐人无此淡而有味之作。"④　评刘长卿、韦应物诗亦如此。当然，他最赞赏的还是梅尧臣诗。例如：

　　　　"野禽呼自别，香草问无名"平淡之中有滋味。⑤
　　　　圣俞诗淡而有味。此亦信手拈来，自然圆熟。⑥
　　　　淡泊中有浓醇味。⑦
　　　　圣俞诗不见着力之迹，而风韵自然不同。⑧

---

　　① （宋）苏轼撰，孔凡礼点校：《苏轼文集》附《苏轼佚文汇编》卷四，中华书局1986年版，第2523页。
　　② （宋）葛立方：《韵语阳秋》卷二，（清）何文焕辑：《历代诗话》，中华书局2004年版，第483页。
　　③ （元）方回选评，李庆甲集评校点：《瀛奎律髓汇评》卷二十六，上海古籍出版社2005年版，第1133页。
　　④ （元）方回选评，李庆甲集评校点：《瀛奎律髓汇评》卷四十七，上海古籍出版社2005年版，第1678页。
　　⑤ （元）方回选评，李庆甲集评校点：《瀛奎律髓汇评》卷三，上海古籍出版社2005年版，第96页。
　　⑥ （元）方回选评，李庆甲集评校点：《瀛奎律髓汇评》卷十四，上海古籍出版社2005年版，第513页。
　　⑦ （元）方回选评，李庆甲集评校点：《瀛奎律髓汇评》卷十六，上海古籍出版社2005年版，第588页。
　　⑧ （元）方回选评，李庆甲集评校点：《瀛奎律髓汇评》卷二十，上海古籍出版社2005年版，第760页。

　　宋人当以梅圣俞为第一，平淡而丰腴。①

　　详加寻味，其所谓滋味实有两重含义。一是韵味。这种韵味，既指刘长卿、韦应物诗歌淡泊外衣下的兴象玲珑、水月镜花，又指梅尧臣诗中如食橄榄，初尝苦涩而余味无穷的隽永诗味。二者虽不尽相同，却共同指向盛唐风韵。刘、韦承接盛唐自无疑义，梅诗的盛唐韵味，也是方回所着力挖掘的。他说："宋人诗善学盛唐而或过之，当以梅圣俞为第一。"② 又说："梅诗似唐而不装不绘，自然风韵，又当细咀。"③ 又说："圣俞诗一扫'昆体'，与盛唐杜审言、王维、岑参诸人合。"④ 二是意味。王顺娣《宋代诗学平淡理论研究》指出，梅尧臣所论平淡，包含内容和形式两个方面⑤。梅氏《依韵和晏相公》有云："因吟适情性，稍欲到平淡。"⑥ 弃却华彩，重抒性情是其改革"西昆"绮靡之弊的重要手段。方回也重视诗意，视"意到"为批评诗歌的重要标准之一，这与其深受梅诗濡染不无关系。因而，其所论淡中滋味，其实亦包含耐人琢磨的诗意之味。如前文所述，方回论诗强调抒发真情实意。情之所至，文字从胸臆中自然流出，诗人势必无暇于文字的精雕细琢。在平淡的文字下，诗人要传达给读者的恰恰是令其产生共鸣、深深动容的真挚情感，以及因之而生出的无穷情味。方回赞梅尧臣诗"真言写实事，组刻全屏除"，⑦ 又说其送人诗"无作为，不刻画，据事言情，而有无穷之味。乃知近人学晚唐，出于强捱而无真趣也"⑧，"圣俞诗不争格高，而在乎语熟意到"⑨。

────────────

　　① （元）方回选评，李庆甲集评校点：《瀛奎律髓汇评》卷一，上海古籍出版社 2005 年版，第 42 页。

　　② （元）方回选评，李庆甲集评校点：《瀛奎律髓汇评》卷二十四，上海古籍出版社 2005 年版，第 1060 页。

　　③ （元）方回选评，李庆甲集评校点：《瀛奎律髓汇评》卷四，上海古籍出版社 2005 年版，第 169 页。

　　④ 同上书，第 170 页。

　　⑤ 王顺娣：《宋代诗学平淡理论研究》，巴蜀书社 2009 年版，第 166—174 页。

　　⑥ （宋）梅尧臣著，朱东润编年校注：《梅尧臣集编年校注》卷十六，上海古籍出版社 2006 年版，第 368 页。

　　⑦ （元）方回：《学诗吟十首》其七，《桐江续集》卷二十八，《四库全书珍本初集》本，第 12400 页。

　　⑧ （元）方回选评，李庆甲集评校点：《瀛奎律髓汇评》卷二十四，上海古籍出版社 2005 年版，第 1059 页。

　　⑨ （元）方回选评，李庆甲集评校点：《瀛奎律髓汇评》卷十六，上海古籍出版社 2005 年版，第 626 页。

可见，他是品出了真性情的浓醇诗味的。当然，这种真性情应该是富有诗意的，像梅氏《八月九日晨兴如厕有鸦啄蛆》所叙写的丑恶庸俗之事，虽不乏真实，却难有耐人细品的意味，也就不可能进入方回的诗学视野了。

这种审美风格的形成也与创作主体的心境修养和根柢学养直接相关。先说心境修养。平和恬静的心境是达到平淡的必要前提。程杰在《宋诗"平淡"美的理论和实践一文》中说道："'平淡'不同于'自然'的概念，它包含了明确的情感要求。'平淡'美对情感的要求便是平静淡泊。"所谓平静，"不是纯粹的虚静淡平、'不预世故'，也不是狂热的干预参政，指点江山，其精神实质是超然通达，具体表现是处穷而淡然、淡泊却又不失进取"①。"人皆以为平淡，细读之极天下之豪放"②、随缘任运、超然于尘俗之外的陶渊明无疑是方回心目中的至高典范。他倾心向慕陶氏的悠然采菊③、"心远地自偏"④，据此形成善治其心的心境理论⑤。远离尘嚣、淡泊自处的山林隐士，也为方回所深深赞慕。其中尤以林逋为最，他说："隐君子之诗，其味自然不同。"⑥又说："此为林和靖作，不可不取之。时一观，以想其所居也。"⑦ 俨然已经把林氏尊奉为为人行事的楷模。另外，方回论诗而不忘推尊道学大儒，也是基于心性修养影响平淡诗风形成的考虑。他独树一帜地建立起朱熹与陈师道诗歌的师承关系，可以说是最有力的明证。再说根柢学养。黄庭坚《与洪驹父书》云："学功夫已多，读书贯穿，自当造平淡。且置之，可勤读董、贾、刘向诸文字。学作议论文字，更取苏明允文字读之。古文要气质浑厚，勿太

---

① 王顺娣：《宋代诗学平淡理论研究》，巴蜀书社 2009 年版，第 78 页。

② （元）方回：《张泽民诗集序》，《桐江集》卷一，《续修四库全书》影印宛委别藏钞本，第 359—360 页。

③ 按，方回诗中多次引用陶渊明采菊的典故。其中，《题渊明采菊图》云："东篱东篱所至有，南山南山古至今。东篱之西挂我杖，秋菊千丛开黄金。南山之北送我目，鸿飞山阳我山阴。今是昨非栗里宅，三径就荒犹可寻。画工可写渊明面，政恐难写渊明心。渊明面匪宜明面，谁欤障我西风扇。翁醉欲眠遣客去，渊明此心我常见。归去来兮归去来，渊明方寸焉在哉。宁人东邻白莲社，不上徐州戏马台。"（《桐江续集》卷二十六，《四库全书珍本初集》本，第 12370 页。）对陶氏之悠然心境倾慕不已。

④ （晋）陶渊明：《饮酒》，（晋）陶渊明著，逯钦立校注：《陶渊明集》卷三，中华书局 1979 年版，第 89 页。

⑤ （元）方回：《心境记》，《桐江集》卷二，《续修四库全书》影印宛委别藏钞本，第 387—388 页。

⑥ （元）方回选评，李庆甲集评校点：《瀛奎律髓汇评》卷十一，上海古籍出版社 2005 年版，第 410 页。

⑦ （元）方回选评，李庆甲集评校点：《瀛奎律髓汇评》卷二十三，上海古籍出版社 2005 年版，第 972 页。

雕琢。"① 他所赞赏的杜诗即是以深厚的读书学养为平淡诗风的基础的。方回深然黄氏之论，也认为平淡的审美风格是积学力作、洗去铅华的成熟老境之美，绝不等同于一般意义上的平俗肤浅。其《读张功父南湖集序》云："老杜七言律诗……不丽不工，瘦硬枯劲，一斡万钧，惟山谷、后山、简斋得此活法，又各以其数万卷之心胸气力鼓舞跳荡。初学晚生不深于诗，而骤读之，则不见奥妙，不知隽永。"② 根柢浅薄、趋尚工丽的初学者尚不能知晓其奥妙所在，更毋庸说去写作滋味醇厚的平淡诗歌了。

二 实现格高与平淡的途径

通过以上论述可以看出，格高与平淡虽然呈现出两种不同的审美风味，却又拥有很多共通性，除了对诗歌创作主体的品格修养都有很高的要求之外，审美风貌也颇有一致之处。韩经太《论宋人平淡诗观的特殊指向与内蕴》一文指出：

> 江西派的学杜取径是与其创新指向相一致的，而其特点正在于别创生新拗涩之格。更值得注意的是，这种格调独特的句法又被概括为"简易句法"，并且确认其无违于平淡诗美。黄庭坚说："但熟观杜子美到夔州后古律诗，便得句法简易，而大巧出焉。平淡而山高水深，似欲不可企及，文章成就，更无斧凿痕，乃为佳作耳。"……一方面是读书识物、研阅穷理之学问的深厚广博，一方面是命意曲折、章法顿挫之法度的精严善变，它们共同构成了高深难测的艺术构思特征，而这恰恰又是其所谓"平淡"的蕴涵所在。……一言以蔽之，宋人法杜而务为奇峭的句法缘此而与其尊陶而唯造平淡的理想取得了辩证意义上的统一。③

精心构思、呕心苦吟而成的"淡中藏美丽"④、"愈老愈剥落"⑤ 的平淡诗歌，必然具有"生新拗涩"、"高深奇峭"的美学特征，而这恰恰是格高的重要意蕴。在这种意义上说，格高美即是平淡美。张毅《宋代文学思想史》与

---

① （宋）黄庭坚著，郑永晓整理：《黄庭坚全集辑校编年》，江西人民出版社 2008 年版，第 596 页。

② （元）方回：《桐江续集》卷八，《四库全书珍本初集》本，第 12120 页。

③ 韩经太：《论宋人平淡诗观的特殊指向与内蕴》，《学术月刊》1990 年第 7 期。

④ （元）方回选评，李庆甲集评校点：《瀛奎律髓汇评》卷十，上海古籍出版社 2005 年版，第 378 页。

⑤ 同上书，第 325 页。

李剑锋《元前陶渊明接受史》亦有类似论述。张氏云：

> 黄诗拔去浮言腴语的瘦硬，可视为宋人"造平淡"的一种特殊方式，其意蕴丰富和思致细密亦属老境美之特点。①

李氏云：

> 陶渊明其诗其人是诗美理想和人格理想的体现者，他的诗体现了"格高"的众多理想特点：诗体浑大、劲健有力、剥落繁华、自然质朴，看似平淡、"极天下之豪放"，是一种理想诗美的成功典范。②

再如，被方回视为格高诗人之典范的黄庭坚，同时也提倡剥落浮华的平淡美，而他的诗歌被赞为"如食橄榄，始若苦涩，咀嚼既久，味满中边"③，与欧阳修赞誉梅尧臣诗"如食橄榄，真味愈在"④ 如出一辙。因而，在方回看来，实现格高与实现平淡的途径其实是相通的。

既然格高与平淡都包含创作主体的品格学养与诗歌文本的审美风格两层意涵，那么，从这两个层面加以实践锻炼也正是方回诲示的两条路径。创作主体方面，直接决定着格高与平淡诗风形成的品德涵养、才学根柢、心境修养都受到方回的格外关注和屡屡强调。然而，他深知，道德及学力修养在于长期之锻炼，非一日之功；才气非由个人决定，也并非通过努力就可获得；重在治心的平静心境的养成更是难有捷径可循。唯有雄浑悲壮、瘦硬劲健、平易自然、朴拙剥落的诗风可以通过精心锤炼诗歌技法在短期内学得貌似。如许印芳所说："如此拆开细讲，方见句法、字法，以及起伏照应诸法。而章法之妙，因此可见，气体神骨，亦不落空矣。凡古人好文字，大者含元气，小者入无间，合看大处见好，拆看细处又见好，方是真正妙手。若不耐入细，便是粗材，本领必多欠缺处。"⑤ 宏观的诗歌风格的

---

① 张毅：《宋代文学思想史》，中华书局 1995 年版，第 121 页。
② 李剑锋：《元前陶渊明接受史》，齐鲁书社 2002 年版，第 421 页。
③ （清）沈涛：《瓠庐诗话》卷上，清樵李遗书本，第 17 页。
④ （宋）欧阳修著，郑文校点：《六一诗话》，人民文学出版社 1962 年版，第 10 页。
⑤ （元）方回选评，李庆甲集评校点：《瀛奎律髓汇评》卷十五，上海古籍出版社 2005 年版，第 530 页。

呈现离不开细致入微的字法、句法锻炼。因此，为了快捷有效地实现其所提倡的格高与平淡的诗学主张，方回更注重从最具有操作性的诗法层面教授后学，《瀛奎律髓》甚至被视为专门指授诗法的著作。在他看来，要达到格高与平淡，技法有三。

一是拗字。律诗因其谐和声律而具有了不同于古诗的独特美感。然而，也正是因为过于注重韵律，其气格往往流于卑弱。对此，宋人已有较为深入的认识。如蔡居厚《蔡宽夫诗话》云："秦汉以前，字书未备，既多假借，而音无反切，平侧皆通用。……自齐梁后，既拘以四声，又限以音韵，故大率以偶俪声响为工，文气安得不卑弱乎？"① 蔡氏之论颇具代表性，在宋人看来，尽失古调是律诗弱于古诗的重要原因。那么，要使律诗格调高胜，较为行之有效的方法便是使用近似于古调的拗体。黄庭坚所云"宁律不谐而不使句弱"②，胡仔所云"律诗之作，用字平侧，世固有定体，众共守之。然不若时用变体，如兵之出奇，变化无穷，以惊世骇目"③，皆是此意。方回在汲取前人拗字论的基础上，进一步强调拗字体格对于提高诗歌气格的关键性作用。他将拗字区分为有拗有救的常格和变化不拘的吴体变格两种形式，认为使用拗字可以使律诗具有两种独特的美感特征。其一，雄浑顿挫。清人王寿昌《小清华园诗谈》卷上云："作字者，可以篆隶入楷书，不可以楷法入篆隶。作诗者，可以古体入律诗，不可以律诗入古体。以古体作律诗，则有唐初气味；以律诗入古体，便落六朝陋习矣。"④ 唐初律诗不脱古诗声调风味，故有雄浑慷慨之气；同样，故意打破律诗声韵规律的拗体，也因为带有古调而显得雄壮浑厚、昂扬顿挫。方回充分认识到了这一点，他在"拗字类"小序中说："五言律亦有拗者，只为语句要浑成，气势要顿挫。"⑤ 有拗有救的拗体常格尚且如此，神出鬼没、变幻莫测的吴体在格律上更和他所极力推崇的陈

---

① （宋）胡仔纂集，廖德明校点：《苕溪渔隐丛话》前集卷一引，人民文学出版社 1962 年版，第 2 页。

② （宋）胡仔纂集，廖德明校点：《苕溪渔隐丛话》前集卷三引，人民文学出版社 1962 年版，第 20 页。

③ （宋）胡仔纂集，廖德明校点：《苕溪渔隐丛话》前集卷七，人民文学出版社 1962 年版，第 42 页。

④ （清）王寿昌：《小清华园诗谈》卷上，郭绍虞编选，富寿荪校点：《清诗话续编》，上海古籍出版社 1983 年版，第 1857 页。

⑤ （元）方回选评，李庆甲集评校点：《瀛奎律髓汇评》卷二十五，上海古籍出版社 2005 年版，第 1107 页。

子昂、崔颢诗无甚相异，以雄豪浑大而胜。其二，骨格峭健。如宋人吴沆所论"诗才拗，则健而多奇；入律，则弱为难工"①，方回也认为诗句中间用拗字，则更为峭健②，"不止句中拗一字，往往神出鬼没。虽拗字甚多，而骨格愈峻峭"③。相对于力避声病、排比对偶，战战兢兢不敢失邯郸之步的格律派诗人而言，善用拗字者更具才识胆魄，其诗歌也因骨力嶙峋而展现出峻健峭拔的力度美。前引韩经太语，"奇峭的句法"与"平淡美的理想"本来就是"辩证意义上的统一"，于诗律中使用拗字，在达到雄壮峭健的诗歌高格的同时，也实现了平淡的诗学追求。再者，律中用拗字，旨在打破声律的束缚，使律诗在形式上接近古诗，从而具有古诗的朴拙淡易之美，这是借助拗字技法以实现平淡的另一种理解。由此可知，方回专选"拗字"一类，对拗字（尤其是吴体）的提倡几乎到了无以复加的地步，这和他主张格高、平淡的诗学思想无疑是直接相关的。

二是虚字。就审美风格而言，巧丽繁冗是格高和平淡的对立面。晚唐诗人、学晚唐的宋初"晚唐体"、"四灵"以及宋末晚唐派诗人，作律诗工于写景，多于中四句妆点景物，甚至于有全篇写景者；宋初"昆体"诗人向慕义山绮艳诗风，作诗惯于堆砌典故、装饰华词丽语。他们的诗歌因过于精致拘泥、繁缛冗丽而违忤格高、平淡之旨，从而成为方回着力批判的对象。他说："近世诗学许浑、姚合，虽不读书之人皆能为五七言，无风云月露、冰雪烟霞、花柳松竹、莺燕鸥鹭、琴棋书画、鼓笛舟车、酒徒剑客、渔翁樵叟、僧寺道观、歌楼舞榭，则不能成诗。"④又说："（杨亿）组织故事有绝佳者，有形完而味浅者。尚以流丽对偶，岂肯如此淡静委蛇，而无一语不近人情耶？"⑤为革此弊，他主张用虚字，"知夫用虚字与不紧要字之微机，斡旋变化，五七百千，固亦枯且淡而劲以瘦矣"⑥。具体说来有以下两个方面：其

---

① （宋）吴沆撰，陈新点校：《环溪诗话》卷中，中华书局1988年版，第131页。

② 按，方回评杜甫《巳上人茅斋》云："间或出此，诗更峭健。"［（元）方回选评，李庆甲集评校点：《瀛奎律髓汇评》卷二十五，上海古籍出版社2005年版，第1108页。］

③ （元）方回选评，李庆甲集评校点：《瀛奎律髓汇评》卷二十五，上海古籍出版社2005年版，第1107页。

④ （元）方回：《送胡植芸北行序》，《桐江集》卷一，《续修四库全书》影印宛委别藏钞本，第379页。

⑤ （元）方回选评，李庆甲集评校点：《瀛奎律髓汇评》卷二十二，上海古籍出版社2005年版，第925页。

⑥ （元）方回：《鲍子寿诗集序》，《桐江集》卷三，台湾国立中央图书馆1970年影印本，第326页。

一，相对于写景实句，主张多用抒情虚句。他评杜甫《因许八奉寄江宁旻上人》云："看前辈诗，不专于景上观，当于无景言情处观。"① 力推抒情之句。甚至对八句皆抒情者赞不绝口，评戴叔伦《除夜宿石头驿》"此诗全不说景，意足辞洁"即是如此②，所选黄庭坚、陈师道诗亦多此类。即使是写景，他也主张应有情在，写有情之景。如，评杜甫《登楼》云："'锦江'、'玉垒'一联，景中寓情。"③ 如此，就避免了精巧过甚、拘执景物而导致的气局狭小、纤冗繁丽的弊病，使诗歌格力充沛、淡朴有味。其二，相对于实字，主张多用虚字。即用虚字贯联斡旋诸景语实词，甚至以虚字为诗眼：

其要妙在用虚字以斡实事，不可不细味也。④

"能"字、"每"字乃是以虚字为眼。非此二字，精神安在？⑤

凡为诗，非五字、七字皆实之为难，全不必实，而虚字有力之为难。……惟晚唐诗家不悟。盖有八句皆景，每句中下一工字，以为至矣，而诗全无味。所以诗家不专用实句、实字，而或以虚为句，句之中以虚字为工，天下之至难也。⑥

式贤诗不能用虚字，腴而欠淡。⑦

这样，一方面，在平直纤微的装景中增添了些许曲折抑扬，从而使诗歌呈现出豪宕顿挫、峭拔劲健的格高美；另一方面，句中间或用虚字，自可冲淡排比景物的整密秾丽，使诗歌在淡语拙句中散发出耐人咀嚼的诗味。

三是变体。工整精密的对偶，也与骨格铿锵、老成拙淡的格高、平淡美

① （元）方回选评，李庆甲集评校点：《瀛奎律髓汇评》卷四十七，上海古籍出版社 2005 年版，第 1736 页。
② （元）方回选评，李庆甲集评校点：《瀛奎律髓汇评》卷十六，上海古籍出版社 2005 年版，第 572 页。
③ （元）方回选评，李庆甲集评校点：《瀛奎律髓汇评》卷一，上海古籍出版社 2005 年版，第 28—29 页。
④ （元）方回选评，李庆甲集评校点：《瀛奎律髓汇评》卷四十四，上海古籍出版社 2005 年版，第 1596 页。
⑤ （元）方回选评，李庆甲集评校点：《瀛奎律髓汇评》卷四十二，上海古籍出版社 2005 年版，第 1530 页。
⑥ （元）方回选评，李庆甲集评校点：《瀛奎律髓汇评》卷四十三，上海古籍出版社 2005 年版，第 1547 页。
⑦ （元）方回：《与曹宏斋书》，《桐江集》卷五，《续修四库全书》影印宛委别藏钞本，第 447 页。

相违。宋末晚唐诗派一味追求许浑式的工对，丝毫不谙活法，因而每每遭到方回之鞭挞：

> 学诗者若止如此赋诗，甚易而不难，得一句即撰一句对，而无活法，不可为训。①
>
> （刘沧）所以高于许浑者，无他，浑太工而贪对偶，刘却自然顿挫耳。②
>
> 每以许诗比较后山诗，乃知后山万钧古鼎，千丈劲松，百川倒海，一月圆秋，非寻常依平仄、俪青黄者所可望也。大抵工有余而味不足，即如人之为人，形有余而韵不足，诗岂在专对偶声病而已哉？近世学晚唐者，专师许浑七言，如"水声东去市朝变，山势北来宫殿高"之类，以为摹楷。老杜诗中有此句法，而无"东去"、"北来"之拘。③

他主张变体，打破拘泥工巧的工整对偶，大力提倡轻重对、借对、就句对、隔句对等不拘常态、变化多端的对偶形式。其所成就的诗歌效果，一是顿挫多变、拗峭劲健的铮铮诗格；二是破弃工对、趋向拙易的质朴简淡。当然，方回最为重视的还是轻重对。这在"变体类"小序中有明白的表述：

> 周伯弼《诗体》，分四实四虚、前后虚实之异。夫诗止此四体耶？然有大手笔焉，变化不同。用一句说景，用一句说情。或先后，或不测。此一联既然矣，则彼一联如何处置？今选于左，并取夫用字虚实轻重。外若不等，而意脉体格实佳。④

究其原因，除了"外若不等"、"体格实佳"，有助于实现格高美之外，相对于其他几种对偶方式，轻重对是实现平淡美的最为直接有效的方式：以情

---

① （元）方回选评，李庆甲集评校点：《瀛奎律髓汇评》卷三，上海古籍出版社 2005 年版，第 111 页。

② 同上书，第 115 页。

③ （元）方回选评，李庆甲集评校点：《瀛奎律髓汇评》卷十，上海古籍出版社 2005 年版，第 338 页。

④ （元）方回选评，李庆甲集评校点：《瀛奎律髓汇评》卷二十六，上海古籍出版社 2005 年版，第 1128 页。

对景，因抒情成分的增加而消解了堆砌景物所造成的纤秾冗丽；直抒内心的情语显然比撇却真性情的装景"意脉"清晰，更具耐人寻味的淡中意味。

当然，过分拘守以上技法不仅不利于实现格高、平淡，而且势必会产生诸多弊端。方回也深刻地认识到了这一点，作为平衡诸端的补救之策，他提倡"活法"，追求"圆熟"之境：

> "去恼城南得定人"活动。①
> 盖专以工求，则不得其门而入也。以活求，则此梅诗亦可参矣。②
> 圣俞诗淡而有味。此亦信手拈来，自然圆熟。③
> 文潜诗大抵圆熟自然。④

所谓"活法"，即吕本中所谓"规矩备具而能出于规矩之外，变化不测而亦不背于规矩"、"有定法而无定法，无定法而有定法"⑤。所谓"圆熟"，"非腐烂陈故之熟，取之左右逢其源是也"⑥。在掌握技法的同时，又能灵活运用，逐渐超越技法，才能达到"左右逢其源"的圆活成熟的境界。详示诗法，同时又勉以"活法"，方回诗学批评是比较圆满完整的。清人批评其"以生硬为格高，以枯槁为老境，以鄙俚粗率为雅音"⑦，不唯曲解其格高、平淡的诗学内涵，对其实现途径的理解也有失片面。

三　格高与平淡的诗学批评意义

方回云："诗先看格高，而意又到，语又工，为上。意到，语工，而格不

① （元）方回选评，李庆甲集评校点：《瀛奎律髓汇评》卷二十，上海古籍出版社 2005 年版，第 823 页。

② 同上书，第 824 页。

③ （元）方回选评，李庆甲集评校点：《瀛奎律髓汇评》卷十四，上海古籍出版社 2005 年版，第 513 页。

④ （元）方回选评，李庆甲集评校点：《瀛奎律髓汇评》卷二十九，上海古籍出版社 2005 年版，第 1297 页。

⑤ （宋）刘克庄：《江西诗派小序》"吕紫微"条引，丁福保辑：《历代诗话续编》，中华书局 2006 年版，第 485 页。

⑥ （元）方回选评，李庆甲集评校点：《瀛奎律髓汇评》卷二十，上海古籍出版社 2005 年版，第 850 页。

⑦ （元）方回选评，李庆甲集评校点：《瀛奎律髓汇评》附录一，上海古籍出版社 2005 年版，第 1826 页。

高，次之。无格，无意，又无语，下矣。"① 又说格高、平淡乃"诗歌之两途"。不难看出，格高、平淡、意到、语工是其诗学理论的重要着眼点。而涵盖"意到"及"语工"② 因素在内的格高、平淡无疑是贯穿其诗学观念的核心。围绕此核心进行的诗学批评，具有重要的诗学意义。

其一，提高律诗地位，表现了通达的诗史观。

南宋复古论者之所以否定律诗，是因为在他们看来，律诗过于注重声律对偶，存在不利于言志抒情、气格衰顿卑弱、尽失平淡自然之趣的三大弊病，与古诗渐行渐远。在他们复兴古诗的呐喊声中，崇古贱今之论漫溢诗坛。

方回也崇尚古诗，但是，他又不废律诗。通过格高与平淡的诗学批评，他一一回击复古论者对律诗弊病的指摘，成功打破了古诗与律诗的界限，使律诗与古诗趋于平等。先看言志抒情。方回论律诗重"意"，认为其与古诗一样，本质功用皆在于言志抒情："诗有形有脉。以偶句叙事叙景，形也。不必偶而必立论尽意，脉也。古诗不必与后世律诗不同，要当以脉为主。"③ 他批评律诗的核心标准格高与平淡皆包含诗意因素在内：如杜诗般抒发忧怀家国、

---

① （元）方回选评，李庆甲集评校点：《瀛奎律髓汇评》卷二十一，上海古籍出版社 2005 年版，第 894 页。

② 按，如上文所述，过于工巧不仅伤格，而且有碍平淡。方回所谓"语工"，则是与格高、平淡相辅相成的。其意涵如下：1. 工而不弱。他评王安石《送周都官通判湖州》云："诗律精密如此，他人太工则近弱，惟荆公独能工而不萎云。"［（元）方回选评，李庆甲集评校点：《瀛奎律髓汇评》卷四，上海古籍出版社 2005 年版，第 179 页。］评僧保暹"杉西露月光"句云："于工之中，不弱而新。"［（元）方回选评，李庆甲集评校点：《瀛奎律髓汇评》卷四十七，上海古籍出版社 2005 年版，第 1717 页。］又说萧德藻诗"苦硬顿挫而极其工"。［（元）方回选评，李庆甲集评校点：《瀛奎律髓汇评》卷六，上海古籍出版社 2005 年版，第 271 页。］2. 工而自然有味。评王维《归嵩山作》"闲适之趣，淡泊之味，不求工而未尝不工"［（元）方回选评，李庆甲集评校点：《瀛奎律髓汇评》卷二十三，上海古籍出版社 2005 年版，第 931 页］，赞赏杜甫着题诗之佳作多"工而有味"［（元）方回选评，李庆甲集评校点：《瀛奎律髓汇评》卷二十七，上海古籍出版社 2005 年版，第 1157 页］，皆是此意。3. 工而朴拙。宋人多以"不工"为"工"之至高境界，叶梦得《石林燕语》卷八引苏轼语："凡诗，须做到众人不爱可恶处，方为工。"［（宋）叶梦得撰，宇文绍奕考异，侯忠义点校：《石林燕语》卷八，中华书局 1984 年版，第 117 页。］陆游《明日复理梦中意作》亦云："诗道无人爱处工。"［（宋）陆游著，钱仲联校注：《剑南诗稿校注》卷五十八，上海古籍出版社 1985 年版，第 3384 页。］方回也追求不工之工。其《七十翁五言十首》其九云："能使生为熟，何愁拙不工。"（《桐江续集》卷二十二，《四库全书珍本初集》本，第 12306 页。）《老矣》亦云："自喜新诗渐不工。"（《桐江续集》卷二十五，《四库全书珍本初集》本，第 12352 页。）杜甫《题省中院壁》八句俱拗，方回却以为"其实文从字顺"［（元）方回选评，李庆甲集评校点：《瀛奎律髓汇评》卷二十五，上海古籍出版社 2005 年版，第 1114 页］，也是品出了不工之中的至工至味。

③ （元）方回选评，李庆甲集评校点：《瀛奎律髓汇评》附录二，上海古籍出版社 2005 年版，第 1877 页。

超越一己的崇高远大、悲慨深厚的情感的诗歌，才堪称格高之典范；表现不雕不饰、引人共鸣的真性情，才能拥有令人咀嚼不尽的淡中滋味。可见，律诗同样可以很好地抒情达意，复古派因律诗注重句律形式而否定其所具有的言志抒情功能，显然存在着莫大偏见。再看诗歌气格。方回《唐长孺艺圃小集序》云：

> 诗以格高为第一。三百五篇，圣人所定，不敢以格目之。然风、雅、颂体三，比、兴、赋体三，一体自有一格，观者当自得之于心。自骚人以来，至汉苏、李，魏曹、刘，亦无格卑者。而予乃创为格高卑之论者，何也？曰：此为近世之诗人言之也。予于晋独推陶彭泽一人格高，足方嵇、阮；唐惟陈子昂、杜子美、元次山、韩退之、柳子厚、刘梦得、韦应物；宋惟欧、梅、黄、陈、苏长翁、张文潜。而又于其中以四人为格之尤高者：鲁直、无己，上配渊明、子美，为四也。……何以谓之格高？近人之学许浑、姚合者，长孺扫之如秕糠，而以陶、杜、黄、陈为师者也。①

"格高"之论虽非方回所首创，然而就其"格高"论的总结性与创辟性成就而言，说方氏"创为格高卑之论"也并无不妥。细究上引文字，包含两层意思：第一，古诗亦有格卑者。方回明确表示，《诗经》"不敢以格目之"，汉魏以前诗皆"格高"，至两晋南北朝，诗歌则有"格高"与"格卑"之别。而"选体"所选诗歌正是截止于南北朝。也就是说，复古派用以对抗律诗的"选体"诗其实亦有高、卑之别，并非皆称人意。这通过方回在《文选颜鲍谢诗评》中对颜延年、谢灵运、谢朓等人诗歌的批评，就可一目了然。例如，评谢朓诗云："齐'永明体'自沈约立为声韵之说，诗渐以卑。而玄晖诗徇俗太甚，太工太巧。"② 第二，律诗亦有格高者。上列唐宋诸诗人，方回多着重论其律诗。即使是以古诗而名世的陈子昂，他也善于发掘其律诗成就，尊其为"律诗之祖"。当然，最为巧妙的是，方回将同样为复古论者所极力赞赏的陶渊明推为格高的重要典范，从而打破了格高论的诗体界限，使复古派依据诗

---

① （元）方回：《桐江续集》卷三十三，《四库全书珍本初集》本，第12489—12490页。

② （元）方回选评，李庆甲集评校点：《瀛奎律髓汇评》附录二，上海古籍出版社2005年版，第1902页。

歌体式将古诗与律诗划分为格高、格卑不同等级的言论陷入自相矛盾之中。
最后看平淡自然。古诗胜在浑然天成、自然平淡。正如程杰《宋诗"平淡"
美的理论和实践》一文所指出的：

> 宋人在建构"平淡"诗美时把目光投向晋宋以前的"古诗"时代，
> 认同其高古朴素、自由无为的艺术境界。……朱熹也认为："至律诗出，
> 而后诗之与法皆大变，以至今日，益巧密而无复古人之风矣"。……他们
> 都认为下逮陶渊明的古诗与陶之后追蹑其风的韦、柳等人，其形式简古
> 朴素，"不如是，无以发萧散冲澹之趣"。所以宋人多推崇魏晋古诗的古
> 雅简妙，而"平淡"之诗也多以五言古诗为常式。①

平淡是打破律诗与古诗差异的重要关捩点之一。方回精心构建其平淡理
论，目的正在于借助古诗以提高律诗的地位。在这个过程中，他发现了陶渊
明。在"选体"诗中，最得古诗自然意趣的非陶渊明莫属，以"选体"对抗
律体的复古派往往高举陶诗之旗帜。陶诗也正是方回所标举的古诗与律诗平
淡自然诗美的至高典范：超然淡泊、气格自存②；不加雕饰、浑然天成；几
经锻炼而出于无痕、绚烂之极而归于平淡；质朴拙易之中蕴含醇厚滋味。也
就是说，律诗不但与古诗一样具有自然平淡的审美风格，而且其追求的典范
也是复古派为复兴古诗而树立的旗帜——陶诗。在这一点上，律诗与古诗也
达到了一致。如此，复古论者对律诗缺乏平淡拙易之趣的指责也受到了有力
的驳斥。

方回的格高、平淡之论在有力反击复古派贬斥律诗的论调的同时，借助
陶渊明将律诗置于与古诗平等的地位，从而提高了律诗的地位，进一步申明
了"诗之精者为律"的诗学观念。相对于倡导复兴古诗者一味否定律诗、主
张历代诗歌一代不如一代、厚古薄今的悲观诗歌史观而言，方回坚持"时势

---

① 程杰：《宋诗"平淡"美的理论和实践》，《南京师范大学学报》（社会科学版）1995 年第 4 期。
② 按，方回极为推崇陶渊明之品格修养，以至比其人为"伯夷"，方其诗为"二雅"。如，其
《张泽民诗集序》云："不纯乎天理，公论不尽；不拔乎流俗，人品不高。然捐是以自标，则孔融、嵇
康不容于曹、马矣。必知此者，始可与语陶渊明之诗也欤。"（《桐江集》卷一，《续修四库全书》影印
宛委别藏钞本，第 359 页。）《次韵汪以南闲居漫吟十首》其五云："晋季有诗人，忽如古伯夷。其人
果为谁，请读渊明诗。"（《桐江续集》卷八，《四库全书珍本初集》本，第 12128 页。）《西斋秋感二十
首》其十七亦云："（陶渊明）笔势所到处，足与二雅角。"（《桐江续集》卷十一，《四库全书珍本初
集》本，第 12166 页。）

相因"①、崇古而不贱今的诗史观显得更为乐观通达。明末清初的冯舒对方回之论也持异见:"律体出于南北朝,排偶须藻丽瑰奇,方是作手。若摆落膏艳,直为古体可矣,何事区区于声偶之间耶?余论律诗,以沈、宋为正始,老杜为变格。"② 这种依据平淡、藻丽的审美风格截然区分古诗与律诗的做法,显然也是以否定唐、宋近体诗发展演变的事实为前提的,因而不若方回之论进步通达。

其二,针砭时弊,体现了通达的诗学态度。

方回在全面总结宋代诗学的基础上,对格高、平淡进行了独具个性的阐述,使之成为其诗学理论的核心。这是针对宋末诗坛流弊的有为之论,旨在拯救时弊,振兴日渐衰颓的诗道。具体表现在:

首先,拯救晚唐派之弊病。方回自述创为"格高"、"格卑"之论乃是"为近世之诗人言之",其以平淡为论诗标准亦是如此。所谓"近世之诗人",指的就是宋末"学许浑、姚合"的晚唐派诗人。作为诗歌创作主体,他们品行不端,"务谀大官、互称道号、以诗为干谒乞觅之贽。败军之将、亡国之相,尊美之如太公望、郭汾阳,刊梓流行,丑状莫掩"③;情感卑微,生当战乱亡国之际,却致力于吟咏身边狭仄的景致,全心关注细微的个人感受,不问国事,缺乏感慨,甚至于求田问舍、蝇营狗苟、卖文求生、气节尽无。他们才疏学浅,苦吟雕琢以作诗,"得一句即撰一句对"④,毫无活法变态;气局狭小,所作诗歌不离风云月露、鸟兽虫鱼,"虽不读书之人皆能为"⑤;过分专注于诗律技巧,诗歌中难以觅见其真实性情;诗风精巧婉美、纤柔巧丽,呈现出卑弱冗丽的末世气象。面对笼罩诗坛的这一股衰靡之风,方回高举格高、平淡的大旗以起衰救弊。推翻既有的范式,则须树立一个新的供时人学习的典范,与晚唐派分庭抗礼、诗格铿锵而又深谙平淡之旨的江西诗派便承

---

① 按,方回评钱惟演《始皇》云:"……('昆体')久而雕篆太甚,则又有能言之士,变为别体,以平淡胜深刻,时势相因,亦不可一律立论也。"[(元)方回选评,李庆甲集评校点:《瀛奎律髓汇评》卷三,上海古籍出版社 2005 年版,第 134 页。]

② (元)方回选评,李庆甲集评校点:《瀛奎律髓汇评》卷四,上海古籍出版社 2005 年版,第 158 页。

③ (元)方回:《送胡植芸北行序》,《桐江集》卷一,《续修四库全书》影印宛委别藏钞本,第 379 页。

④ (元)方回选评,李庆甲集评校点:《瀛奎律髓汇评》卷三,上海古籍出版社 2005 年版,第 111 页。

⑤ (元)方回:《送胡植芸北行序》,《桐江集》卷一,《续修四库全书》影印宛委别藏钞本,第 379 页。

担起了这一使命。（当然，这是一个以全新面目出现的、具有特殊批评意义的江西诗派，诗祖杜甫是宋代诗坛的最高典范；诗宗黄庭坚、陈师道善为拗体、虚字，诗格拗峭且平淡有味；诗宗陈与义沉郁悲慨、忧怀国事，更有吕本中、曾几等倡导圆活融通的诗歌技法。）因此，在方回的诗学批评中，它往往作为晚唐派的对立面而出现。如评陈与义《对酒》："此诗中两联俱用变体，各以一句说情，一句说景，奇矣。……学许浑诗者能之乎？此非深透老杜、山谷、后山三关不能也。"① 又如："每以许诗比较后山诗，乃知后山万钧古鼎，千丈劲松，百川倒海，一月圆秋，非寻常依平仄、俪青黄者所可望也。大抵工有余而味不足，即如人之为人，形有余而韵不足，诗岂在专对偶声病而已哉？"② 以"江西"之长，补晚唐之短，是颇为有效的救弊方法。

其次，拯救江西后学之弊病。北宋中后期，黄庭坚、陈师道等凭借其高尚的操守及深厚的学养，力行创新，在苏轼之外开创出别具一格的江西诗派。自黄庭坚提倡由拗峭劲瘦的凌厉气格归于"不烦绳削而自合"③ 的老成之境，到吕本中倡导"活法"以达到"好诗如弹丸"的圆熟境界④，江西诗派始终以"无定法"为其至高追求。延至宋末，人品学养皆不能与前辈同日而语的"江西"后学，片面学习"江西"诗法，并变本加厉，拗律虚字横行、拙语俗字盈篇，因而生出诸多弊端⑤。游墨斋序张晋彦诗云：

> 近世以来学江西诗，不善其学，往往音节聱牙，意象迫切。且论议太多，失古诗吟咏性情之本意。⑥

---

① （元）方回选评，李庆甲集评校点：《瀛奎律髓汇评》卷二十六，上海古籍出版社2005年版，第1147页。

② （元）方回选评，李庆甲集评校点：《瀛奎律髓汇评》卷十，上海古籍出版社2005年版，第338页。

③ （宋）胡仔纂集，廖德明校点：《苕溪渔隐丛话》前集卷三引，人民文学出版社1962年版，第20页。

④ 按，（宋）吕本中《夏均父集序》："谢玄晖有言：'好诗流转圆美如弹丸。'此真活法也。"〔（宋）刘克庄：《江西诗派小序》"吕紫微"条引，丁福保辑：《历代诗话续编》，中华书局2006年版，第485页。〕

⑤ （清）纪昀云："无其根柢而效之，则易俚易率。'江西'变症，多于此种暗受病根。"〔（元）方回选评，李庆甲集评校点：《瀛奎律髓汇评》卷二十三，上海古籍出版社2005年版，第992页。〕

⑥ （宋）刘克庄撰，王秀梅点校：《后村诗话》后集卷二引，中华书局1983年版，第70页。

葛立方《韵语阳秋》亦云：

> 大抵欲造平淡，当自组丽中来，落其华芬，然后可造平淡之境，如此则陶谢不足进矣。今之人多作拙易语，而自以为平淡，识者未尝不绝倒也。①

刘克庄《江西诗派小序》云：

> 以宣城诗考之，如锦工机锦，玉人琢玉，极天下巧妙。穷巧极妙，然后能流转圆美，近时学者，往往误认弹丸之喻而趋于易。②

这些都是切中江西后学之弊病的。方回对其"大片粗抹"、"喝咄以为豪"③的诗弊亦有清醒的认识，并提供了积极的救弊措施，即全面挖掘格高、平淡的意涵。江西后学弊端丛生的关键原因就是对格高、平淡的理解过于片面浅显，以为音节错落聱牙便是格高，语言拙易粗俗便是平淡。针对此，方回首先指出，诗歌主体的品德操守及才学修养以及由此所决定的诗歌情感内涵、精神风貌是格高与平淡的审美风格形成的前提条件，因此，学诗者必先修其德行、厚其学养。他又进一步指出，瘦硬劲健的格高之美固然可贵，而由此臻于"愈老愈剥落"的平淡美才是诗家追求的成熟之境。这其中既包含雕琢工巧的费心苦吟，又不乏丰腴至极的百般绚烂，看似粗豪拙易，细润精致实在其中。不难看出，其中涵盖了晚唐诗的优长，蕴含着方回以晚唐济"江西"的苦心。

在宋末唐宋诗之争，特别是"江西"与晚唐派别之争愈演愈烈的诗学背景下，以格高、平淡为核心的方回诗学表现出了颇为融通的态度。首先是尊崇宋诗，亦不废唐诗。表面看来，《瀛奎律髓》选诗2992首，其中唐诗1227首，占41%；宋诗1765首，占59%，宋诗无论在数量和比例上都高于唐诗。一些论者因而认为方回诗学有鲜明的宋诗倾向，其实这种看法是不全面的。理由如下：其一，有明确的批评标准，而不以时代区分高下。如上文所论，

---

①　（宋）葛立方：《韵语阳秋》卷二，（清）何文焕辑：《历代诗话》，中华书局2004年版，第483页。

②　丁福保辑：《历代诗话续编》，中华书局2006年版，第485页。

③　（元）方回选评，李庆甲集评校点：《瀛奎律髓汇评》卷四十七，上海古籍出版社2005年版，第1731页。

方回的核心批评标准是格高和平淡。如缪钺先生所论："唐诗以韵胜，故浑雄，而贵蕴藉空灵；宋诗以意胜，故精能，而贵深折透辟。唐诗之美在情辞，故丰腴；宋诗之美在气骨，故瘦劲。唐诗如芍药海棠，秋华繁采；宋诗如寒梅秋菊，幽韵冷香。唐诗如啖荔枝，一颗入口，则甘芳盈颊；宋诗如食橄榄，初觉生涩，而回味隽永。"① 显然，就整体风貌而言，宋诗更合乎方回的审美标准。所选宋诗多于唐诗也就不足为怪了。当然，方回的批评标准不止于此，欣赏宋诗的同时对唐代各个时期的诗歌都能予以赞赏，体现了兼取众长、"转益多师"② 的诗学思想。其二，宋诗因承唐诗，二者一脉相承。在"时势相因"的诗史观的指导下，方回更善于挖掘唐宋诗的传承关系。就诗格而言，宋诗格高的典范黄庭坚、陈师道、陈与义等皆以杜甫为诗祖；就平淡而言，备受尊崇的梅尧臣诗既学习王维之幽远韵味③，又承袭贾岛等以苦吟求平淡。如此，唐诗与宋诗不再对立，也就没有了强分高下的必要。相对于严羽、周弼等人以唐诗救弊而否定宋诗的做法，方回并重唐宋的诗学态度显得更为豁达宽容。《瀛奎律髓》通选唐、宋律诗之精华，正是这一诗学思想的典型体现。其次是不专主"江西"，也不独贬晚唐。宋末诗坛上，宗"江西"者与学晚唐者各自为派，互相贬斥，纷争不断。其实，两者皆已弊病丛生，刘克庄即忧虑万分地指出："余尝病世之为唐律者胶挛浅易，窘局才思，千篇一体，而为派家者则又驰骛广远，荡弃幅尺，一嗅味尽。"④ 方回亦认识到："近世乃有刻削以为新，组织以为丽，怒骂以为豪，谲觚以为怪，苦涩以为清，尘腐以为熟者，是不可与言诗也。"⑤ 为此，像上文所论，他在准确深入地把握二者弊病及优长的基础上，以"江西"济晚唐之不足，又以晚唐补"江西"之缺失，提供了颇具针对性、效果颇为明显的救弊措施，同时展现了颇为融

---

① 缪钺：《诗词散论》，陕西师范大学出版社 2008 年版，第 31 页。

② 按，查洪德《关于方回诗论的"一祖三宗"说》一文，认为"后期的方回已经突破了'一祖三宗'说，而主张转益多师了"。（《文史哲》1999 年第 1 期。）可以参看。

③ 按，关于梅尧臣诗学王维之处，方回每有论及。如评梅尧臣《送任适尉乌程》："圣俞诗一扫'昆体'，与盛唐杜审言、王维、岑参诸人合。"［（元）方回选评，李庆甲集评校点：《瀛奎律髓汇评》卷四，上海古籍出版社 2005 年版，第 170 页。］评王维《送杨长史济赴果州》："右丞诗入宋，惟梅圣俞庶几及之，可互看。"［（元）方回选评，李庆甲集评校点：《瀛奎律髓汇评》卷四，上海古籍出版社 2005 年版，第 152 页。］

④ （宋）刘克庄：《刘圻父诗序》，载曾枣庄、刘琳主编《全宋文》第 329 册，上海辞书出版社、安徽教育出版社 2006 年版，第 79 页。

⑤ （元）方回：《跋遂初尤先生尚书诗》，《桐江集》卷三，《续修四库全书》影印宛委别藏钞本，第 415 页。

通的诗学态度。二冯、纪昀等为达到各自的诗学目的而批评方回固守"江西"门户，无疑是过于主观和片面的，值得进一步商榷。

第二节 格法论

方回论诗重讲诗法。其《送俞唯道序》云："予尝有言，善诗者，用字如柱之立础，用事如射之中的，布置如八阵之奇正，对偶如六子之偶奇。"①《跋俞则大诗》亦云："一首中必当有一联佳，一联中必当有一句胜，一句中必当有一字为眼。"② 在《瀛奎律髓》中，他更是借助于评点具体诗歌，对律诗创作的各个方面进行了全面详细的论述，以至于清人查慎行将其作为指授家族子弟作诗之津梁的家塾课本，当今论者也多目其为讲论诗法的重要著作。

方回对精心选取的唐宋律诗精品详加圈点涂抹，会心之处，往往颇有所得。所论广泛而又精细，涉及章法、句法、字法、情景关系、律法、对法等诸多方面。以此指授诗法，不仅直观易解，而且翔实可法，为后学学诗提供了简便可行的入门捷径。

一 论章法

几乎每一种文体都讲究章法布置、结构布局。清人王士禛解答刘大勤"律诗论起承转合之法否"的疑问曰："勿论古文今文、古今体诗，皆离此四字不可。"③ 即使天然浑成的盛唐诗也不例外，赵昌平《唐诗三百首全解·海外版原序》云："纵观盛中唐之间的诗歌理论著作，实际已形成'意兴、意脉、意象'三位一体的创作观念。由于英气使然，意兴有飞动之势而隐于象下，意脉又像血脉一般将散在的意象团捏起来，遂形成唐人诗秀朗浑成的总体特点。不要以为盛唐人作诗不要思虑修饰，只是由于以意为主，气势飞动，加以技法的纯熟，才达到锤炼而不见痕迹的境地。"④ 赵氏解诗注重理清贯穿于字里行间的意脉、把握灵活多变的章法结构，即充分尊重了诗歌创作的这

---

① （元）方回：《桐江集》卷一，《续修四库全书》影印宛委别藏钞本，第377页。

② （元）方回：《桐江集》卷四，《续修四库全书》影印宛委别藏钞本，第431页。

③ （清）刘大勤问，王士禛答：《师友诗传续录》，（清）王夫之等撰：《清诗话》，上海古籍出版社1978年版，第150页。

④ 赵昌平：《唐诗三百首全解》，复旦大学出版社2006年版，第7页。

一实际。作为一位创作丰富的诗人，方回深知谋篇布局之甘苦，因而，其论律诗章法多有精湛之论。

首先，重意脉。这典型地体现在他对陆游《山行过僧庵不入》一诗的精审解析上。诗云：

> 垣屋参差竹坞深，旧题名处懒重寻。茶炉烟起知高兴，棋子声疏识苦心。淡日晖晖孤市散，残云漠漠半川阴。长吟未断清愁起，已见横林宿暮禽。

方回评云："此诗题目甚奇，'山行'是一节，'过僧庵而不入'又似是两节。'垣屋参差竹坞深'，只此一句便见山行而过僧庵，及过僧庵而不入矣。'旧题名处懒重寻'，即是曾游此庵，而今懒入矣。'茶炉烟起知高兴'，此谓不入庵而遥见煮茶之烟，想像此僧之不俗也。'棋子声疏识苦心'，则妙之又妙矣。闻棋声而不得观其棋，固已甚妙；于棋声舒缓之间想见棋者用心之苦，此所谓妙之又妙也。过僧庵而不入，尽在是矣。'淡日'、'残云'下一联，及末句结，乃结煞'山行'一段余意。"他独具眼光地指出诗题包含"山行"、"过僧庵"、"不入"三层意思，并紧扣题意逐句解诗，前后照应，层层深入，紧紧抓住了贯穿全诗始终的意脉。正如他在点评中指出的："诗不但豪放高胜，非细下工夫有针线不可，但欲如老杜所谓'裁缝灭尽针线迹'耳。"[①] 他巧妙地拎起了裁缝此诗的针线，于浑融无迹中勾勒出清晰的痕迹，为初学者提供了有力的借鉴。重视意脉，一方面和方回主张"意到"的诗学思想一致。他认为明确精到地表达诗意是评价诗歌的重要标准之一："诗先看格高，而意又到、语又工为上；意到、语工而格不高，次之；无格、无意又无语，下矣。"[②] 而紧扣诗题，有起、有承、有转、有合，意脉贯穿而不支离琐碎必将有助于更好地实现"意到"，这也是其悉心于解析诗歌脉络的意图所在。另一方面，是针对晚唐诗弊有为而论。晚唐诗人工于锻炼景联，中间四句多以写景精工细腻而胜。宋代学晚唐者大多视此为作诗的方便法门，善于苦吟装景，甚至因得一景联而勉强凑砌其他诗句而成全诗，所作诗歌也往往杂凑割裂，

---

① （元）方回选评，李庆甲集评校点：《瀛奎律髓汇评》卷二十三，上海古籍出版社 2005 年版，第 1007 页。

② （元）方回选评，李庆甲集评校点：《瀛奎律髓汇评》卷二十一，上海古籍出版社 2005 年版，第 894 页。

有句无篇。方回对此深为反感。他评"四灵"之首赵师秀的《桃花寺》云："大抵中四句锻炼磨莹为工。以题考之，首尾略如题意，而中四句者亦可他人，不必切于题也。"① 中间"石幽秋鹭上，滩远夜闻僧。汲井连黄叶，登台散白云"四句为摹景而摹景，不切诗题，无益于表意。全诗也缺乏一以贯之的气脉，难以成为全篇。这正是晚唐诗之通病，方回提倡意脉，借以警示初学的用心是不言自明的。

其次，重变化。方回论诗反对拘泥板滞，强调变化、"活法"。在诗歌章法上，他着重论述的情景关系和结句都是如此。先看情景关系。情景关系是宋末诗学讨论的重要课题，其中以周弼《唐三体诗法》针对律诗中间二联提出的"四实（四句皆景）"、"四虚（四句皆情）"、"前实后虚（前景后情）"、"前虚后实（前情后景）"之说影响最大。方回并不否定周氏说，对其所论都作了一定的阐发。如，他评张耒《和应之盛夏》、《夏日》二诗云："中四句皆景，而不觉其冗。"② 肯定周氏所云"四实"符合诗歌创作的实际。评杜甫《曲江陪郑八丈南史饮》云："此诗中四句不言景，皆止言乎情。"③ 又是肯定周氏"四虚"之说。他认为周弼之论病在勘定成法、拘泥不化："周伯弼定四实、四虚、前后虚实为法，要之，本亦无定法也。"④ 大手笔能够不拘定法，变态百端。就中间二联论，除周氏所论四种情况之外，尚有一句情、一句景者。如苏轼《送春》中四句"酒阑病客惟思睡，蜜熟黄蜂亦懒飞。芍药樱桃俱扫地，鬓丝禅榻两忘机"，一情，一景，一景，一情，方回将之选入"变体"类，即表其灵活善变。就全诗论，也是变化多端，不能以一律齐。有前四句写景，后四句抒情者；有前六句写景，后二句抒情者；甚至有通篇不涉景物者。杜甫诗歌，更是首首不同。其中《游修觉寺》一诗尤为莫测，诗云："野寺江天豁，山扉花竹幽。诗应有神助，吾得及春游。径石相萦带，川云自

① （元）方回选评，李庆甲集评校点：《瀛奎律髓汇评》卷四十七，上海古籍出版社 2005 年版，第 1713 页。

② （元）方回选评，李庆甲集评校点：《瀛奎律髓汇评》卷十一，上海古籍出版社 2005 年版，第 402 页。

③ （元）方回选评，李庆甲集评校点：《瀛奎律髓汇评》卷十，上海古籍出版社 2005 年版，第 360 页。

④ （元）方回选评，李庆甲集评校点：《瀛奎律髓汇评》卷十六，上海古籍出版社 2005 年版，第 568 页。按，纪昀评方回之情景关系论有云："'四实'、'四虚'之说固拘，必不主'四实'、'四虚'之说亦拘。诗不能专主一格，亦不能专废一格。"[（元）方回选评，李庆甲集评校点：《瀛奎律髓汇评》卷四十七，上海古籍出版社 2005 年版，第 1626 页。]说其"专废一格"，对方回诗论的理解是存在偏差的。

去留。禅枝宿众鸟，漂转暮归愁。"① 两景，两情，两景，一景，一情，远远超出周氏定法之外。至于论情景交融，更是颇有见地。比如，他指出杜甫"锦江春色来天地，玉垒浮云变古今"句"景中寓情"②；又评其《江汉》中四句"用'云天'、'夜月'、'落日'、'秋风'，皆景也，以情贯之"③。寓情于景，景中含情，这显然也是拘于"四实"、"四虚"、前后虚实之论者所不曾想及的。（按，周弼亦主张情景交融，其"四虚"序云："稍近于实，而不全虚。盖句长而全虚，则恐流于柔弱，要须于景物之中，而情思通贯，斯为得矣。"④ 方回之论与之一脉相承。此亦可证他对周氏之论并非全盘否定。）方回如此论情景关系，一是针对宋末学晚唐者多于中四句摹景、过于贪求情对情、景对景的章法结构而发；二是以平淡论诗的诗学标准使然，这通过他对写情的明显偏爱（甚至以全诗皆写情者为上）即可看出。再看结句。在诗歌章法中，结句的优劣关系到一首诗的成败，表意清晰与否也与之直接相关。宋末学晚唐者多以景联作结，不仅缺乏变化，格力卑弱⑤，也无益于达意。范季随《陵阳先生室中语》云："杜少陵作八句近体诗，卒章有时而对，然语意皆卒章之辞。今人效之，临了却作一景联，一篇之意无所归，大可笑也。"⑥ 即明说尾联不宜一味写景。鉴于此，方回不惜花费大量笔墨论析结句之法。在他看来，结法变化多样，并无定法。有以对句结的，如杜甫《老病》"合分双赐笔，犹作一飘蓬"⑦；有以议论结的，如陈子昂《晚次乐乡县》"如何此时恨，噭噭夜猿鸣"⑧；有以结句点明前句诗意的，如杜甫《奉酬李都督表丈早春作》"望乡应未已，四海尚风尘"，方回评曰："所以悲早春，所以转愁，所以更老，尾句始应破以四海风尘，兵戈未已，望乡思土，

---

① （唐）杜甫著，（清）仇兆鳌注：《杜诗详注》卷九，中华书局1979年版，第786页。
② （元）方回选评，李庆甲集评校点：《瀛奎律髓汇评》卷一，上海古籍出版社2005年版，第28—29页。
③ （元）方回选评，李庆甲集评校点：《瀛奎律髓汇评》卷二十九，上海古籍出版社2005年版，第1259页。
④ （宋）周弼辑，（元）释圆至注：《笺注唐贤绝句三体诗法》卷九，《四库全书存目丛书》集部二八九，第325页。
⑤ 按，方回评黄庭坚《送舅氏野夫萃之宣州二首》其一云："彼学晚唐者有前联工夫，无后四句力量。"［（元）方回选评，李庆甲集评校点：《瀛奎律髓汇评》卷四，上海古籍出版社2005年版，第177页。］
⑥ （宋）魏庆之：《诗人玉屑》卷五引，上海古籍出版社1959年版，第115页。
⑦ （唐）杜甫著，（清）仇兆鳌注：《杜诗详注》卷十五，中华书局1979年版，第1282—1283页。
⑧ （唐）陈子昂著，徐鹏校：《陈子昂集》卷一，中华书局1960年版，第18页。

故无聊耳"①；也有结句别有摆脱的，陆游《山行过僧庵不入》"已见横林宿暮禽"、杜甫《缚鸡行》"注目寒江倚山阁"、黄庭坚《王充道送水仙花五十枝欣然会心为之作咏》"出门一笑大江横"皆是如此②；尚有结句另说别意的，如杜甫《送韦郎司直归成都》"为问南溪竹，抽梢合过墙"③。这些结法，或以形式出奇制胜，或直接点明题意，或打通全诗脉络，或增添无穷诗味，或开拓表意空间，灵活多样，不拘定格。方回通过其详细点评为后学作出示范，无疑有利于矫正宋末晚唐派滞碍拘执的诗坛弊病，同时也警醒了拘守死法的"江西"后学。

二 论句法

律诗由前后相接的八句贯联而成，造句之法也是其优劣成败的关键因素之一。晚唐诗句法大多蹈袭，缺乏新变，方回对此深致贬意。他批评姚合"马为赊来贵，僮因借得顽"句云："道理是如此，但晚唐诗句法字面多一同，即太烂，'行来'、'坐得'，'沽来'、'买得'，可厌也。"④ 又谓杜荀鹤"就船买得鱼偏美，踏雪沽来酒倍香"句："晚唐诗卑之尤卑者，然意新则亦可喜。此联世所共称。荀鹤诗句法大率如此，皆不敢选。"⑤ 虽肯定其意趣新颖，却不满于句法之一味如此，过于熟烂。"江西"诗人徐俯，也因句法一成不变而招致贬斥。徐氏诗中喜用叠字，方回批曰："师川诗多爱句中叠字，十首八九如此，可憎可厌。"⑥ 他深爱杜甫"桃花细逐杨花落，黄鸟时兼白鸟飞"句，不厌其烦地使用此句法，"雪中出去雪边行，屋下吹来屋上平"、"君家独有他家无"、"大虎蹲踞小虎戏"等皆是，方回也批评道，此句法乃"诗家一格，出于偶然。徐师川诗无变化，篇篇犯此"⑦。即使再独特的句法，初用时因新

---

① （元）方回选评，李庆甲集评校点：《瀛奎律髓汇评》卷十，上海古籍出版社 2005 年版，第326 页。

② 按，方回评陆游《山行过僧庵不入》云："前辈诗例如此，须合别有摆脱，老杜《缚鸡行》、山谷《水仙花》一律皆然。"［（元）方回选评，李庆甲集评校点：《瀛奎律髓汇评》卷二十三，上海古籍出版社 2005 年版，第 1007 页。］

③ （唐）杜甫著，（清）仇兆鳌注：《杜诗详注》卷十二，中华书局 1979 年版，第 1013 页。

④ （元）方回选评，李庆甲集评校点：《瀛奎律髓汇评》卷二十九，上海古籍出版社 2005 年版，第 1276 页。

⑤ （元）方回选评，李庆甲集评校点：《瀛奎律髓汇评》卷三十四，上海古籍出版社 2005 年版，第 1406 页。

⑥ （元）方回选评，李庆甲集评校点：《瀛奎律髓汇评》卷二十一，上海古籍出版社 2005 年版，第 890 页。

⑦ （元）方回选评，李庆甲集评校点：《瀛奎律髓汇评》卷十，上海古籍出版社 2005 年版，第359 页。

奇而备受称赏，若后人用之又用，也难免陈熟乏味而为人非议，徐氏蹈袭杜甫诗句即是显例。方回在诗歌评点中，格外关注具有创新性的句法。他所着重指出并予以析解的有如下数种。

1. 缩两句为一句法。僧处默《胜果寺》有"到江吴地尽，隔岸越山多"句，陈师道缩略为一句："吴越到江分。"方回认为陈氏之法"高矣。譬之'共君一夜话，胜读十年书'，山谷缩为一句，曰'话胜十年书'是也"，并大加褒扬，借以"见诗法之无穷"。不难看出，此处所谓句法，其实就是江西诗派提倡的"点铁成金"、"夺胎换骨"之法，方回意在借此挽救晚唐诗家句法蹈袭凝定之弊。然而，正如许印芳所说，"诗家原有偷意之例。偷而变化字句，不袭其语者，上品。……若偷意而用其语，能缩多为少者为中品。……衍少为多者为下品"，方氏上举陈、黄二例也仅能称得上是中品而已①。即如"话胜十年书"之句，虽能化多为少，却难达原句"一夜"、"十年"之意。若费尽精力于古人诗句中寻幽探奇，最终将被逼入狭仄的死胡同而难有出路。方回所论虽于救弊不无裨益，却非臻于"上品"的最有效途径。

2. 一句指事，一句设喻法。僧无可"听雨寒更尽，开门落叶深"句，方回评曰："听雨彻夜，既而开门，乃是落叶如雨，此体极少而绝佳。'微阳下乔木，远烧入秋山'，亦然。陈后山'辉辉垂重露，点点缀流萤'，谓柏枝垂露若缀萤。然一句指事，一句设譬，诗中之奇变者也。"② 这一句法，北宋释惠洪称为"象外句"："唐僧多佳句，其琢句法比物以意，而不指言某物，谓之象外句。如无可上人诗曰：'听雨寒更尽，开门落叶深。'是以落叶比雨声也。又曰：'微阳下乔木，远烧入秋山。'是以微阳比远烧也。"③ 方回承袭惠洪之论，加上更加翔实的例句解析，颇有益于启示晚辈后学。

3. 一句法。方回所谓"一句法"，是指诗歌两句之间或者一句之上下互成因果关系。两句之间互成因果者，又分两种情况：一是上句为因，下句为果。如黄庭坚《和外舅夙兴》"短童疲洒扫，落叶故纷披"句，方回评云："先言'扫'，次言'叶'，十字一句法。"④ 因小童疲于洒扫，乃有落叶纷披

---

① （元）方回选评，李庆甲集评校点：《瀛奎律髓汇评》卷一，上海古籍出版社 2005 年版，第12—13页。

② （元）方回选评，李庆甲集评校点：《瀛奎律髓汇评》卷十二，上海古籍出版社 2005 年版，第436页。

③ （宋）惠洪撰，陈新点校：《冷斋夜话》卷六，中华书局 1988 年版，第50页。

④ （元）方回选评，李庆甲集评校点：《瀛奎律髓汇评》卷十四，上海古籍出版社 2005 年版，第515页。

之景象。翁卷"渚禽飞入竹，山叶下随流"句，也是如此，因禽鸟飞入竹林而有竹叶纷落，然后乃有落叶逐流水的景致①。二是下句为因，上句为果。方回解温庭筠"众星中夜少，圆月上方明"云："众星至中夜而少，以圆月之明在上方也。乃一句法。"②"圆月上方明"与"众星中夜少"之间的因果关系甚为明了。一句之上下互成因果者又称"互体"，也有"上本下"与"下本上"两种情况：方回解贾岛《马戴居华山因寄》"绝雀林藏鹘，无人境有猿"句曰："谓绝雀之林为藏鹘，无人之境始有猿。一句上本下，一句下本上。诗家不可无此互体。工部诗'林疏黄叶坠，野静白鸥来'亦似。"③ 林中因藏鹘而绝雀，下为上之因，所谓"上本下"；猿声于寂静清冷的无人之境才更显其凄厉，上为下之因，所谓"下本上"；黄叶纷坠，树林因而日渐疏落，是"上本下"；原野幽静，白鸥因而来集，是"下本上"。另外，赵湘"雨余逢月色，风静得琴声"，方回称为"一句法"，也是因为雨后而有月色，风静而得琴声，系"下本上"之法④。

4. 十字句法。方回指杜甫《赠别何邕》"悲君随燕雀，薄宦走风尘"句为十字句法。⑤ 据仇兆鳌"'悲君'二字贯下，此十字为句"⑥ 的评析可知，所谓十字句法，即两句语意直贯而下，"随燕雀"、"薄宦走风尘"正是"悲君"二字的具体意义指向。贾岛善用此法，其"相思深夜后，未答去年书"、"白发初相识，秋山拟共登"、"羡君无白发，走马过黄河"、"万水千山路，孤舟一月程"等句，"初看甚淡，细看十字一串，不吃力而有味"⑦，用此句法皆颇为成功。

5. 交互照应法。方回评梅尧臣《秋日家居》"悬虫低复上，斗雀堕还飞。

---

① 按，方回评翁卷《泊舟龙游》"渚禽飞入竹，山叶下随流"句"乃一句法"。[（元）方回选评，李庆甲集评校点：《瀛奎律髓汇评》卷二十九，上海古籍出版社 2005 年版，第 1288 页。]

② （元）方回选评，李庆甲集评校点：《瀛奎律髓汇评》卷四十七，上海古籍出版社 2005 年版，第 1682 页。

③ （元）方回选评，李庆甲集评校点：《瀛奎律髓汇评》卷二十三，上海古籍出版社 2005 年版，第 946 页。

④ （元）方回选评，李庆甲集评校点：《瀛奎律髓汇评》卷十五，上海古籍出版社 2005 年版，第 544 页。

⑤ （元）方回选评，李庆甲集评校点：《瀛奎律髓汇评》卷二十四，上海古籍出版社 2005 年版，第 1031 页。

⑥ （唐）杜甫著，（清）仇兆鳌注：《杜诗详注》卷十，中华书局 1979 年版，第 873 页。

⑦ （元）方回选评，李庆甲集评校点：《瀛奎律髓汇评》卷二十六，上海古籍出版社 2005 年版，第 1133—1134 页。

相趁入寒竹，自收当晚闻"云："'相趁入寒竹'，以应'斗雀堕还飞'。'自收当晚闻'，以应'悬虫低复上'。又是一体。"如纪昀所评"得此解，此二句乃明"①，方回点明这一句法，不仅解诗精准，也为后学作诗提供了参考。

6. 倒装句法。倒装，顾名思义，即打乱正常的语序，对诗句中的字词重新加以排列。方回指出，张耒"庭前落絮谁家柳？叶里新声是处莺"②、王安国"紫玉箫攒湘竹笋，赤霜袍烂海榴花"③皆是倒装句法。而他之所以提倡倒装句法，在于其"高妙"。关于此，他在评点杜牧"大暑去酷吏，清风来故人"句中有明确的表述："大暑如酷吏之去，清风如故人之来。倒装一字，便极高妙。晚唐无此句也。牧之才高，意欲异众，心鄙元、白，良有以哉。"④以"高妙"论倒装句法，认为唯才高者才能为之，"晚唐无此句"，这和他主张"格高"的论诗倾向以及排鄙晚唐的论诗目的正相一致。

7. "言其用不言其名"法。苏轼《次韵定慧钦长老见寄》有"左角看破楚，南柯闻长滕"句，方回评曰："左角以言争，故以破楚系之。南柯以言荣，故言长滕系之。此本山谷句法，亦老杜句法。'厉阶董狐笔，祸首燧人氏'是也。至山谷演而为'管城子无食肉相，孔方兄有绝交书'，则其工极矣。此只论句法。"⑤细味苏、杜、黄诸句，方回所称当是惠洪所谓"言其用不言其名"的句法⑥。"左角"，用《庄子·则阳》蜗角相争之事⑦，与汉高祖

---

① (元)方回选评，李庆甲集评校点：《瀛奎律髓汇评》卷十二，上海古籍出版社 2005 年版，第 444 页。

② (元)方回选评，李庆甲集评校点：《瀛奎律髓汇评》卷十，上海古籍出版社 2005 年版，第 375 页。

③ (元)方回选评，李庆甲集评校点：《瀛奎律髓汇评》卷十一，上海古籍出版社 2005 年版，第 411 页。

④ (元)方回选评，李庆甲集评校点：《瀛奎律髓汇评》卷十二，上海古籍出版社 2005 年版，第 427 页。

⑤ (元)方回选评，李庆甲集评校点：《瀛奎律髓汇评》卷四十七，上海古籍出版社 2005 年版，第 1707 页。

⑥ (宋)惠洪《冷斋夜话》卷四："用事琢句，妙在言其用，不言其名耳。此法唯荆公、东坡、山谷三老知之。荆公曰：'含风鸭绿鳞鳞起，弄日鹅黄袅袅垂。'此言水、柳之用，而不言水、柳之名也。东坡《别子由》诗：'犹胜相逢不相识，形容变尽语音存。'此用事而不言其名也。山谷曰：'管城子无食肉相，孔方兄有绝交书。'"〔(宋)惠洪撰，陈新点校：《冷斋夜话》卷四，中华书局 1988 年版，第 37 页。〕

⑦ 按，《庄子·则阳》："有国于蜗之左角者，曰触氏。有国于蜗之右角者，曰蛮氏。时相与争地而战，伏尸数万。逐北旬有五日而后反。"（王先谦注：《庄子集解》卷八，中华书局 1954 年版，第 55—56 页。）

"破楚",同为争斗;南柯一梦,享尽荣华富贵,与滕侯争为长者①,皆为荣耀之事。因事之用同而系为一句,若点破其名,便不能如此般巧妙。"祸首"、"厉阶"句,蔡梦弼注:"燧人氏始钻木取火,炮生为熟;董狐,古之良史也,书法不隐。"洙注:"燧人火化而争欲之心生,董狐直笔而是非之端起。故以为'祸首'、'厉阶'也。"② 据此可知,"燧人氏"用其教人钻木取火之事,"董狐笔"取其秉笔直书之意,也都是言其用而不言其名。再看"管城子"、"孔方兄"句,"管城子"出自韩愈《毛颖传》,指毛笔;"孔方兄"指铜钱。称毛笔为"管城子",方有"无食肉相"之谓;称铜钱为"孔方兄",方有"有绝交书"之说。此处不言名而言其用,形象生动而又淋漓尽致地展现了文士贫寒凄苦、无缘财富的穷酸之态。方回以此法诲人,较之求工贪对的板滞之法而言,显然高明得多。

8. 句中折旋法。方回评杜甫"他乡复行役"句云:"他乡已为客矣,于客之中又复行役,则愈客愈远,此句中折旋法也。"③ 一句之中两层转折,抒情甚为深婉。词中亦有此层层深入之句法,如"已是黄昏独自愁,更着风和雨"④、"离恨恰如春草,更行更远还生"⑤、"山映斜阳天接水,芳草无情,更在斜阳外"⑥ 等,即唐圭璋先生所谓"层深句"⑦。

9. 一事贯穿法。李群玉《经费拾遗所居呈封员外》有"惟应孔北海,为立郑公乡"句,方回评曰:"用一事贯串,老杜有此体,'嘉树传,角弓诗'是也。"⑧ 孔北海,即孔融;郑公,即郑玄。《后汉书·郑玄传》载:"国相孔融深敬于玄,屣履造门。告高密县为玄特立一乡,曰:'……今郑君乡宜曰

---

① 按,《左传·隐公十一年》:"滕侯、薛侯来朝,争长。……乃长滕侯。"(杨伯峻编著:《春秋左传注》,中华书局1981年版,第71—72页。)

② (唐)杜甫撰,(元)高楚芳编:《集千家注杜工部诗集》卷十八,《文渊阁四库全书》第1069册,第980页。按,是句出杜甫《写怀》其二,当为"祸首燧人氏,厉阶董狐笔",《瀛奎律髓》误。

③ (元)方回选评,李庆甲集评校点:《瀛奎律髓汇评》卷二十八,上海古籍出版社2005年版,第1222页。

④ (宋)陆游:《卜算子·咏梅》,(宋)陆游著,夏承焘、吴熊和笺注:《放翁词编年笺注》,上海古籍出版社1981年版,第124页。

⑤ (五代)李煜:《清平乐》(别来春半),(五代)李璟、李煜撰,(宋)无名氏辑,王仲闻校订:《南唐二主词校订》,人民文学出版社1957年版,第19页。

⑥ (宋)范仲淹:《苏幕遮》(碧云天),(宋)范仲淹著,李勇先、王蓉贵校点:《范仲淹全集·范文正公集补编》,四川大学出版社2007年版,第734页。

⑦ 唐圭璋:《词学论丛·论词之作法》,上海古籍出版社1986年版,第848—849页。

⑧ (元)方回选评,李庆甲集评校点:《瀛奎律髓汇评》卷三,上海古籍出版社2005年版,第83页。

"郑公乡"。'"① 李诗两句实用此一事。方回所举"嘉树传，角弓诗"，指杜甫《冬日有怀李白》"更寻嘉树传，不忘《角弓》诗"② 句。《左传·昭公二年》载："二年春，晋侯使韩宣子来聘，且告为政，而来见，礼也。……公享之，季武子赋《绵》之卒章，韩子赋《角弓》。……既享，宴于季氏，有嘉树焉，宣子誉之。武子曰：'宿敢不封殖此树，以无忘《角弓》。'"③ 杜诗二句用此事。两句而用一事贯穿，此句法颇具新意。但是，律诗篇幅本来有限，若屡用此法，则未免繁复，不利于达意。清人施闰章即斥责云："'羞将短发还吹帽，笑倩旁人为正冠'，语意联贯，论者尚嫌复。刘越石'宣尼悲获麟，西狩泣孔丘'，一事作两句，略无分别，古人全不暇检点。"④ 初学根柢本浅，于此句法，更不可轻易尝试。

10. 上四字、下三字法。就节奏而言，上四字、下三字是七律的最基本形式，并无独特之处。方回所谓的"上四字、下三字"法涉及节奏和诗意两个方面，他评杜甫"疏灯自照孤帆宿，新月犹悬双杵鸣。南菊再逢人卧病，北书不至雁无情"四句云："自是一家句法。'千岩无人万壑静，三步回头五步空'，是也。'耕田欲雨刈欲晴，去得顺风来者怨'，亦是也。山谷得之，则古诗用为'沧江鸥鹭野心性，阴壑虎豹雄牙须'，亦是也。盖上四字、下三字，本是两句。今以合为一句，而中不相黏，实则不可拆离也。试先读上四字绝句，然后读下三字，则句法截然可见矣。"⑤ 不难看出，所举数例，从节奏上看是上四下三；从诗意上看则是意义独立的两句，"中不相黏，实则不可拆离"。和普通的上四下三句式上下实为意义连贯的一句（如"秦中驿使无消息，蜀道兵戈有是非"⑥）等相比，其独特之处就显而易见了。这一句法也不是由方回首次论及，范温《潜溪诗眼》曾论曰：

> 句法之学，自是一家工夫。昔尝问山谷："耕田欲雨刈欲晴，去得顺

　① （南朝宋）范晔：《后汉书》卷三十五，中华书局 1965 年版，第 1208 页。
　② （唐）杜甫著，（清）仇兆鳌注：《杜诗详注》卷一，中华书局 1979 年版，第 50 页。
　③ 杨伯峻编著：《春秋左传注·昭公二年》，中华书局 1981 年版，第 1226—1227 页。
　④ （清）施闰章：《蠖斋诗话》，（清）王夫之等撰：《清诗话》，上海古籍出版社 1978 年版，第 395 页。
　⑤ （元）方回选评，李庆甲集评校点：《瀛奎律髓汇评》卷十二，上海古籍出版社 2005 年版，第 451 页。
　⑥ （唐）杜甫：《黄草》，（唐）杜甫著，（清）仇兆鳌注：《杜诗详注》卷十五，中华书局 1979 年版，第 1351 页。

风来者怨。"山谷云："不如'千岩无人万壑静,十步回头五步坐'。"此专论句法,不论义理,盖七言诗四字三字作两节也。此句法出自《黄庭经》,自"上有黄庭下关元"已下多此体。张平子《四愁诗》句句如此,**雄健稳惬**。①

方回爱赏此体,当即取其"雄健稳惬",这和其追求"格高"的审美追求直接相关。

11. 上二字、下三字法。和上三字、下四字法一样,也是兼及节奏和诗意两个方面。其节奏方式,五言为二、三,七言则为二、二、三。其诗意,也是前后各自独立而又不可拆离,多一层转折,意思遂愈发深厚。正如许印芳所说:"凡五律句法,一意直下者,味薄气弱,每难出色。须参以两折、三折之句,疏密相间,方臻妙境。"② 不唯五律,七律亦然。方回推赏此句法,正是有鉴于此。他评贾岛《寄宋州田中丞》"自别知音少,难忘识面初"句云:"当截上二字下三字分为两段而观,方见深味。盖谓自相别之后,知音者少。'自别'二字极有力;而最难忘者,尤在识面之初。老杜有此句法,'每语见许文章伯'之类是也。'不寐防巴虎,全生狎楚童',亦是也。山谷'欲嗔王母惜,稍慧女兄夸',亦是也。"③ 贾岛学得杜甫此等句法,其格力自然非姚合、许浑格卑气弱者所能比。首倡"格高"的方回于贾岛颇多称赏之辞,是理所当然的。

三　论字法

方回为诗好苦吟,字字皆经千锤百炼。其《解闷》云:"苦吟成癖习。"④《重至秀山售屋将归》其八亦云:"苦吟常不寐,得句忽如神。"⑤ 论诗也重苦吟,强调炼字、讲究字法。《瀛奎律髓》"论诗类"小序有云:"诗人世岂少哉? 而传于世者常少。由**立志不高**也,用心不苦也,读书不多也,从师不真也。"是

---

① (宋)范温:《潜溪诗眼》,郭绍虞辑:《宋诗话辑佚》卷上,中华书局1980年版,第330—331页。

② (元)方回选评,李庆甲集评校点:《瀛奎律髓汇评》卷二十六,上海古籍出版社2005年版,第1134页。

③ 同上。

④ (元)方回:《桐江续集》卷八,《四库全书珍本初集》本,第12125页。

⑤ (元)方回:《桐江续集》卷十一,《四库全书珍本初集》本,第12162页。

类所选诗歌正是其诗学思想的体现，其中即有杜荀鹤《苦吟》一首①。他于诗歌字法颇有心得，其中，最有特色、创获最大的是诗眼（或称字眼、句眼）论。

首先，诗眼在诗歌中极为重要。诗眼论虽非方回之首创，然而，如此强调其必不可少者则当以方回为最。他说"未有名为好诗而句中无眼者"②，即使表面看来浑融无迹的诗歌，若细看也有诗眼③。诗眼不是随手轻易可得，"当屡锻改"④，"非苟然也"⑤，因而，在诗中显得尤为重要。方回评陈师道《秋怀》云："诗中四句皆有眼，只'已须'、'不用'闲字，却是紧要处。"⑥"已须"、"不用"是以虚字为诗眼，是诗中表意的关键，自然不可或缺。他又评宋庠《马上见梅花初发》"无双春外色，第一腊前香"句云："'春外'之'外'，'腊前'之'前'，似乎闲而非闲字也，乃最紧最切最实之字。"⑦ 有"外"字、"前"字，才可见出题中"梅花初发"之意，两字因而必不可缺。

"未有名为好诗而句中无眼者"的表述，很容易使人误解方回将有无诗眼作为评价诗歌优劣的唯一标准，从而批驳其论调失于片面。纪昀就斥其太过偏陋："好诗无句眼者不知其几。此论偏甚，亦陋甚。"⑧ 其实，在具体的诗歌评点中，他对于"池塘生春草"这样自然浑融的诗句也极为欣赏，而并不强标字眼⑨。冯班责难道："寻常觅佳句，五字中自然有一字用力处。虚谷每

---

① （元）方回选评，李庆甲集评校点：《瀛奎律髓汇评》卷三十六，上海古籍出版社2005年版，第1434页。

② （元）方回选评，李庆甲集评校点：《瀛奎律髓汇评》卷十，上海古籍出版社2005年版，第348页。

③ 按，方回评陈师道《早春》云："极瘦有骨，尽力无痕，细看之句中有眼。"并圈"迎年遽得春"之"遽"字、"冰开还旧绿"之"还"字、"鱼喜跃修鳞"之"跃"字为字眼。［（元）方回选评，李庆甲集评校点：《瀛奎律髓汇评》卷十，上海古籍出版社2005年版，第351页。］

④ 按，方回评曾几《仲夏细雨》："'惬'字当屡锻改，乃得此字。"［（元）方回选评，李庆甲集评校点：《瀛奎律髓汇评》卷十七，上海古籍出版社2005年版，第681页。］

⑤ （元）方回选评，李庆甲集评校点：《瀛奎律髓汇评》卷十，上海古籍出版社2005年版，第326页。

⑥ （元）方回选评，李庆甲集评校点：《瀛奎律髓汇评》卷十二，上海古籍出版社2005年版，第445页。

⑦ （元）方回选评，李庆甲集评校点：《瀛奎律髓汇评》卷二十，上海古籍出版社2005年版，第756页。

⑧ （元）方回选评，李庆甲集评校点：《瀛奎律髓汇评》卷十，上海古籍出版社2005年版，第348页。

⑨ 按，方回评谢灵运《晚出西射堂》云："'晓霜枫叶丹'与'池塘生春草'皆名佳句，以其自然也。"［（元）方回选评，李庆甲集评校点：《瀛奎律髓汇评》附录二，上海古籍出版社2005年版，第1854页。］

言诗眼，殊瞆瞆。假如'池塘生春草'一句，眼在何字耶?"① 很显然，他未能全面考察方回诗论，其批评也难免带有一己之偏见。清人贺贻孙论诗眼有"死眼"与"活眼"之分，其《诗筏》有云："诗有眼，犹弈有眼也。诗思玲珑，则诗眼活；弈手玲珑，则弈眼活。所谓眼者，指诗弈玲珑处言之也。学诗者但当于古人玲珑中得眼，不必于古人眼中寻玲珑。今人论诗，但穿凿一二字，指为古人诗眼。此乃死眼，非活眼也。凿中央之窍则混沌死，凿字句之眼则诗歌死。"② 方回并不一味穿凿，所论当属"活眼"。这与他讲求"活法"的诗学思想是一致的。

其次，实字、虚字皆可为诗眼。作为诗歌之眼的多为实字，方回每每予以指出。如黄庭坚《送舅氏野夫萃之宣州》其二有"晚楼明宛水，春骑簇昭亭。穤穄丰圩户，桁杨卧讼庭"诸句，方回指出"明"、"簇"、"丰"、"卧"四字为诗眼③。再如杜甫《奉酬李都督表丈早春作》"红入桃花嫩，青归柳叶新"句，方回评云："'红'字下着一'入'字，'青'字下着一'归'字，乃是两句字眼是也。"④ 诸如此类动词（或者用作动词）诗眼，前人已屡有论述。方回评巩仲玉"酸风鳞面慵开眼，细雨毛空怯上楼"句"'鳞'字、'毛'字下得有眼"⑤，指出苦心锻炼的字眼是巧于形容、灵动全篇的名词"鳞"、"毛"二字，可谓独具慧眼、超越前人。

对虚字诗眼的深入探讨是方回的重要创获。所谓虚字，即诗中之语助词。钱锺书先生指出，诗用语助词，古已然之，"盖周秦之诗骚，汉魏以来之杂体歌行"，"皆往往使语助以添迤逦之概"，唐宋诗人更好借此以出奇制胜⑥。显然，虚字在诗作之中已是屡见不鲜。然而，将之视为句中之眼，认为其是诗人着力锻炼之处，并充分肯定其审美效果的，方回实是文学批评史上的第一人。他评杜甫《九日蓝田崔氏庄》起二句"老去悲秋强自宽，兴来今日尽君

① （元）方回选评，李庆甲集评校点：《瀛奎律髓汇评》卷十四，上海古籍出版社 2005 年版，第 501 页。

② （清）贺贻孙：《诗筏》，郭绍虞编选，富寿荪校点：《清诗话续编》，上海古籍出版社 1983 年版，第 137—138 页。

③ （元）方回选评，李庆甲集评校点：《瀛奎律髓汇评》卷四，上海古籍出版社 2005 年版，第 177 页。

④ （元）方回选评，李庆甲集评校点：《瀛奎律髓汇评》卷十，上海古籍出版社 2005 年版，第 326 页。

⑤ （元）方回选评，李庆甲集评校点：《瀛奎律髓汇评》卷六，上海古籍出版社 2005 年版，第 274 页。

⑥ 钱锺书：《谈艺录》，生活·读书·新知三联书店 2001 年版，第 174 页。

欢"云:"以予观之,诗必有顿挫起伏。又谓起句以'自'对'君',亦是对句。殊不知'强自'二字与'尽君'二字,正是着力下此,以为诗句之骨、之眼也,但低声抑之读,五字却高声扬之读,二字则见意矣。"① 方回独具慧眼地发现"强"、"尽"二虚字正是诗人用力雕琢的诗眼,而非无关紧要的闲字,这是深得诗人之本心的。至于其审美效果,方回也屡有论及。陈师道"贪逢大敌能无惧? 强画修眉每未工",方回评云:"'能'字、'每'字乃是以虚字为眼。非此二字,精神安在? 善吟咏古诗者,只点缀一二好字高唱起,而知其用力着意之地矣。"② 认为"能"、"每"二虚字是全篇精神之所在,全诗因之而响亮灵活。他又论道:

> 凡为诗,非五字、七字皆实之为难,全不必实,而虚字有力之为难。"红入桃花嫩,青归柳叶新",以"入"字、"归"字为眼。"冻泉依细石,晴雪落长松",以"依"字、"落"字为眼。"榉柳枝枝弱,枇杷树树香",以"弱"字、"香"字为眼。凡唐人皆如此,贾岛尤精,所谓"敲门"、"推门",争微于一字之间是也。然诗法但止于是乎? 惟晚唐诗家不悟。盖有八句皆景,每句中下一工字,以为至矣,而诗全无味。所以诗家不专用实句、实字,而或以虚为句,句之中以虚字为工,天下之至难也。③

在方回看来,相对于实字而言,以虚字为诗眼更为变化出奇、诗味隽永,唯有才高者才能驾驭,而斤斤于景联工对上下细功夫的晚唐诗人不仅不能悟之,亦不能为之。由此可知,方回大力提倡和肯定虚字诗眼,同样包含着批评晚唐诗弊的良苦用心。

再次,诗眼的位置并不固定。吕居仁《童蒙诗训》记潘邠老论"响"字云:"七言诗第五字要响,如'返照入江翻石壁,归云拥树失山村',翻字、失字是响字也。五言诗第三字要响,如'圆荷浮小叶,细麦落轻花','浮'字、'落'字是响字也。所谓响者,致力处也。"④ 潘氏所谓响字,"非主字音之浮

---

① (元)方回选评,李庆甲集评校点:《瀛奎律髓汇评》卷十六,上海古籍出版社 2005 年版,第 634 页。

② (元)方回选评,李庆甲集评校点:《瀛奎律髓汇评》卷四十二,上海古籍出版社 2005 年版,第 1529 页。

③ (元)方回选评,李庆甲集评校点:《瀛奎律髓汇评》卷四十三,上海古籍出版社 2005 年版,第 1547 页。

④ (宋)吕居仁:《童蒙诗训》,载郭绍虞辑《宋诗话辑佚》"附辑",中华书局 1980 年版,第 587 页。

声抑制切响，乃主字义之为全句警策，能使其余四字六字借重增光者"①，即吕氏所谓句中用力锻炼处，其实就是诗眼。方回在肯定"潘邠老以句中眼为响字"的同时②，屡次强调诗歌宜响亮而戒喑哑，直接承继了潘氏以诗眼为句中响字的论说。但是，和潘氏将诗眼固定为七言之第五字、五言之第三字不同，方回认为诗眼的位置并不固定。除第三、第五字以外，他所圈句眼，亦多有第二、第四字，如陈与义《渡江》"摇楫天平渡，迎人树欲来"、宋之问《登越台》"地湿烟常起，山晴雨半来"、杨公济《甘露上方》"云捧楼台出天上，风飘钟磬落人间"（按，加着重号者是方回所圈句眼）。位置既不固定，虚实又不拘，因而，方回于一首诗中所圈诗眼往往较多，不止于一二。如王安石《宿雨》"绿搅寒芜出，红争暖树归。鱼吹塘水动，雁拂塞垣飞。宿雨惊沙静，晴云漏昼稀"六句，圈出诗眼多达六个，即"搅"、"争"、"吹"、"拂"、"惊"、"漏"③。他如此详细圈点字眼，目的应在于印证律诗为"诗之精者"，进而肯定律诗之地位。但是，眼太多则不异于无眼，正如贺裳所讥刺的："余意人生好眼，只须两只。何必尽作大悲相乎？……六只眼睛，未免太多。"④ 所圈太多，反而掩盖了诗人琢磨锻炼的苦心，也不利于后学钻研体味。

最后，将诗眼置于全句、全篇中解析。贺贻孙《诗筏》云："炼字炼句，诗家小乘，然出自名手，皆臻化境。盖名手炼句如掷杖化龙，蜿蜒腾跃，一句之灵，能使全篇俱活。炼字如壁龙点睛，鳞甲飞动、一字之警，能使全句皆奇。若炼一句只是一句，炼一字只是一字，非诗人也。"⑤ 正如贺氏所指出的，精于推敲的字眼犹如画龙之点睛，可使全句奇警、全篇腾跃，绝无孤立隔绝而能成其美者。方回对此有清醒的认识，他放宽视野，而不纯粹在诗眼上穿凿索解，注意在全句、全篇中解析。如赵师秀"楼钟晴听响，池水夜观深"句，方回评道，"听"、"观"二字是诗眼，"晴"、"夜"二字是"眼之来

---

① 钱锺书：《谈艺录》，生活·读书·新知三联书店 2001 年版，第 50 页。

② （元）方回选评，李庆甲集评校点：《瀛奎律髓汇评》卷四十二，上海古籍出版社 2005 年版，第 1512 页。

③ （元）方回选评，李庆甲集评校点：《瀛奎律髓汇评》卷十，上海古籍出版社 2005 年版，第 348 页。

④ （清）贺裳：《载酒园诗话》卷一，郭绍虞编选，富寿荪校点：《清诗话续编》，上海古籍出版社 1983 年版，第 257—258 页。

⑤ （清）贺贻孙：《诗筏》，郭绍虞编选，富寿荪校点：《清诗话续编》，上海古籍出版社 1983 年版，第 141 页。

脉"，"作诗当如此秤停"①。因天晴而得以听钟声之响亮，夜色中观池水才能见其幽深，因此，有"晴"、"夜"二字，下"听"、"观"二诗眼才不觉突兀，才能活跃全篇。再如，前举宋庠《马上见梅花初发》"无双春外色，第一腊前香"句，方回以"外"、"前"两个方位名词为诗眼，就是因为它们直接关合诗题中"梅花初发"之意。

方回将"稳"作为评价诗眼的一个重要标准②，其实就是强调所炼字眼对于全句、全篇而言都恰如其分，适得其所。所谓"稳"，"不尽在于字面之选择新警，而复在于句中之位置贴适，俾此一字与句中乃至篇中他字相处无间，相得益彰。倘用某字，固足以见巧出奇，而入句不能适馆如归，却似生客闯座，或金屑入眼，于是乎虽爱必捐，别求朋合。盖非就字以选字，乃就章句而选字"③。（按，上引方回所评"秤停"亦是此意。）分析用字而顾及句与篇，这是其诗眼论的灵活通达之处。钱锺书先生批评方回之论"易堕一边"，为"偏宕"之末派④，其实有失客观。

四 论对法

对偶也是律诗的重要技法之一，用对工巧可使诗篇工整和谐、音调铿锵。因而，对偶工巧往往是律诗作者与论者的基本追求。

以指示诗法为主要诗学目的之一，方回论对偶首先提倡工巧。他说："诗未问工不工，且要对属亲切，轻轻重重得其平。"吴尚贤所寄诗稿中有一对句，前句"渔携网近鸥斜去"系用两事，后句"人过桥东影倒行"则用一事，明显失于协调匀称，方回严加指摘并戒以"诗不如此作"⑤。对前人律诗中对偶工整巧妙之处，他也每每拍案称奇，赞赏有加，借以启示后学。如陆游《冬日感兴十韵》有"梦魂来二竖，相法欠三壬"、"瘦跨秋门马，寒生夜店衾"、"但

---

① （元）方回选评，李庆甲集评校点：《瀛奎律髓汇评》卷十五，上海古籍出版社 2005 年版，第 554 页。

② 按，例如，方回评李九龄《赠马道士》"寻野鹤来空碧洞"云："'空'未稳。"［（元）方回选评，李庆甲集评校点：《瀛奎律髓汇评》卷四十八，上海古籍出版社 2005 年版，第 1795 页。］

③ 钱锺书：《谈艺录》，生活·读书·新知三联书店 2001 年版，第 44 页。

④ 按，钱锺书《谈艺录》云："方虚谷言'句眼'，皆主好句须好字。其说易堕一边。山谷言'安排一字'，乃示字而出位失所，虽好非宝，以其不成好句也。足矫末派之偏宕矣。"（生活·读书·新知三联书店 2001 年版，第 45 页。）

⑤ （元）方回：《吴尚贤诗评》，《桐江集》卷五，《续修四库全书》影印宛委别藏钞本，第 437 页。

思全旧壁，敢冀访遗簪"数句，方回赞称"工之又工"①。他更赞叹梅尧臣"蜀冈井味人犹品，隋帝宫基阙尚双"句以"双"对"品"极其工整，乃"异世之所鲜"②。其他如"猫头"对"鸭脚"、"雁臣"对"鸡日"、"天时"对"人日"、"丁卯桥"对"子午谷"等③，也都备受称赏。

为救晚唐诗弊，他又极力主张新变。宋末晚唐诗风盛行，世人喜学许浑为诗，贪于工对，"得一句即撰一句对，而无活法"④，熟套而又格卑。为救此弊，他反对太工太偶，提倡"活法"，通过具体的诗歌评点教诲后学以求新求变的对偶技法。他着重论述的有如下几种。

一是轻重对。又称虚实对、情景对。轻、虚即情，重、实即景。较之情对情、景对景的工对，方回更偏爱以情对景的变体⑤。他评杜甫《上巳日徐司录林园宴集》云："'鬓毛垂领白'，言我之形容，情也；'花蕊亚枝红'，言彼之物色，景也。……此等变格，岂小手段分二十字巧妆纤刻者能之乎?"⑥在他看来，此格奇特高妙，唯大手笔才能为之。又评贾岛《病起》"身事岂能遂，兰花又已开"、"病令新作少，雨阻故人来"诸句云："昧者必谓'身事'不可对'兰花'二字，然细味之，乃殊有味。……用'雨'字对'病'字，甚为不切，而意极切，真是好诗变体之妙者也。若'往往语复默，微微雨洒松'，则其变太厓异而生涩矣。"⑦ 他认为，此变格"外若不等，而意脉体格实佳"，字面虽不切，诗意却极切。因"意"而弃却形式，这正是方回主

---

① （元）方回选评，李庆甲集评校点：《瀛奎律髓汇评》卷十三，上海古籍出版社 2005 年版，第 482 页。

② （元）方回选评，李庆甲集评校点：《瀛奎律髓汇评》卷三，上海古籍出版社 2005 年版，第 137 页。

③ （宋）陈师道《寄潭州张芸叟》："秋盘堆鸭脚，春味荐猫头。"（宋）吕本中《宜章元日》："避地逢鸡日，伤时感雁臣。"（宋）唐庚《人日》："人日伤心极，天时触目新。"（宋）陆游《小筑》："虽无隐士子午谷，宁愧诗人丁卯桥。"［（元）方回选评，李庆甲集评校点：《瀛奎律髓汇评》卷四、卷十六、卷十六、卷二十三，上海古籍出版社 2005 年版，第 178、578、581、1011 页。］

④ （元）方回选评，李庆甲集评校点：《瀛奎律髓汇评》卷三，上海古籍出版社 2005 年版，第 111 页。

⑤ 按，方回所谓"以轻对重"，包括字法和章法两方面。如其评杜甫"日兼春有暮，愁与醉无醒"句云："日且暮，春亦且暮，景也。愁不醒，醉亦不醒，情也。以轻对重为变体。且交互四字，如秤分星云。"［（元）方回选评，李庆甲集评校点：《瀛奎律髓汇评》卷二十六，上海古籍出版社 2005 年版，第 1129 页。］此所谓"以轻对重"，显然是就章法上的情景安排而言。若言对法，是句当属就句对。情景安排已于"论章法"中论及，此处专就字法论。

⑥ （元）方回选评，李庆甲集评校点：《瀛奎律髓汇评》卷二十六，上海古籍出版社 2005 年版，第 1129 页。

⑦ 同上书，第 1132 页。

"意"诗学思想的有力体现。当然，他也指出，不能为变而变，变而"有味"者方可，若生涩厓异则不可。他评杜牧《齐山》"尘世难逢开口笑，菊花须插满头归"以"尘世"对"菊花"，"开阖抑扬，殊无斧凿痕"①，也是提倡用变体而出以自然。至于陈与义《对酒》，方回更是极赏其中四句"官里簿书无日了，楼头风雨见秋来。是非衮衮书生老，岁月匆匆燕子回"，并且直言"学许浑诗者能之乎？此非深透老杜、山谷、后山三关不能也"②，其借"江西"诗法挽救晚唐诗弊的意旨甚为明了。

二是借对。亦称真假对、假对，有借义和借音两种类型。借义者，如尤袤"桃李真肥婢，松筠共老苍"，方回解道："用'老苍'为对，似乎借苍头之'苍'以对'婢'也。"③借音者更为普遍，方回所论尤多，如，评梅尧臣《丫头岩》"年算赤乌近，书疑皇象多"句："'经来白马寺，僧到赤乌年'，奇矣；'赤乌'、'皇象'，则又奇矣。'皇象'恐作'黄'，非。假对真，如子规、黄叶，更佳。"④"皇"借为"黄"，与"赤"对；"子"借为"紫"，与"黄"对。再如，前人论述最多的孟浩然"厨人具鸡黍，稚子摘杨梅"句（按，"杨"借为"羊"，与"鸡"对），他也肯定说："以真对假，见称于世。"⑤

关于借对，蔡启认为并不是诗人用意为之，"盖造语适到，因以用之。……以为假对胜的对，谓之高手，所谓痴人面前不得说梦也"⑥。作为对偶的一种变体，借对虽不能说必定胜于的对，但是，它却为贪求工对、固守死法的宋末诗坛注入了一丝活力。这也是它进入方回的批评视野的原因所在。

三是就句对。也称当句对。严羽《沧浪诗话·诗体》："有就句对。又曰当句有对。"⑦即在一句之中自成对仗。方回颇好此体，一一点出且多有解

---

① （元）方回选评，李庆甲集评校点：《瀛奎律髓汇评》卷二十六，上海古籍出版社 2005 年版，第 1139 页。

② 同上书，第 1147 页。

③ （元）方回选评，李庆甲集评校点：《瀛奎律髓汇评》卷二十，上海古籍出版社 2005 年版，第 769 页。

④ （元）方回选评，李庆甲集评校点：《瀛奎律髓汇评》卷三，上海古籍出版社 2005 年版，第 94 页。按，皇象，人名，三国吴书法家。方回认为"皇"当作"黄"，非。"皇"借为"黄"，以与"赤"对，正是真假对。

⑤ （元）方回选评，李庆甲集评校点：《瀛奎律髓汇评》卷二十三，上海古籍出版社 2005 年版，第 935 页。

⑥ （宋）蔡启：《蔡宽夫诗话》，郭绍虞辑：《宋诗话辑佚》卷下，中华书局 1980 年版，第 400 页。

⑦ （宋）严羽著，郭绍虞校释：《沧浪诗话校释》，人民文学出版社 1983 年版，第 74 页。

析。如，评陈师道《早起》"有家无食违高枕，百巧千穷只短檠"句云："'有家无食'、'百巧千穷'，各自为对，乃变格。要见字字锻炼，不遗余力。"①梅尧臣"酒杯参茗具，山蕨间盘蔬"句，以"酒杯"对"茗具"、"山蕨"对"盘蔬"；张耒"白头青鬓有存没，落日断霞无古今"句，以"白头"对"青鬓"、"落日"对"断霞"，等等，方回皆指明是就句对，显示了相当的识见。然而，有时索解过细，也难脱穿凿之嫌疑。杜诗《杜位宅守岁》"四十明朝过，飞腾暮景斜"一联，方回认为也是用了就句对："以'四十'字对'飞腾'字，谓'四'与'十'对，'飞'与'腾'对，诗家通例也。唐子西诗'四十缲成素，清明绿胜红'祖此。"纪昀即不同意此说，批驳道："此自流水写下，不甚拘对偶，非就句对之谓。'四十'二字相连为义，不得折开平对也。况双字就句对，自古有之，单字就句对则虚谷凿出，千古未闻。"② 拆一词而解为对偶，确实穿凿过甚，纪昀的批评是有道理的。

四是隔句对。又称扇对，其特点是第一句与第三句对，第二句与第四句对。方回指出韩愈"去年秋露下，羁旅逐东征。今岁春光动，驱驰别上京"③、白居易"屈曲闲池沼，无非手自开。青苍好竹树，亦是眼看栽"都是隔句作对④，在传统的对之外，为后学提示了一种别具特色、可供效法的对偶形式。

五　论律法

合乎音律，是格律诗区别于其他诗体的标志性特点。作为"诗之精者"的律诗，对音律的要求尤为严苛。如闻一多《诗的格律》所说："越有魄力的作家，越是要戴着脚镣跳舞才跳得痛快，跳得好。只有不会跳舞的才怪脚镣碍事，只有不会作诗的才感觉得格律的束缚。"⑤ 律诗之风采在大家手里被演绎得淋漓尽致，细腻工整、开阖抑扬、格律森然、变态丛生，随其所适，无

---

① （元）方回选评，李庆甲集评校点：《瀛奎律髓汇评》卷十四，上海古籍出版社 2005 年版，第 524 页。

② （元）方回选评，李庆甲集评校点：《瀛奎律髓汇评》卷十六，上海古籍出版社 2005 年版，第 571—572 页。

③ （元）方回选评，李庆甲集评校点：《瀛奎律髓汇评》卷二十四，上海古籍出版社 2005 年版，第 1042 页。

④ （元）方回选评，李庆甲集评校点：《瀛奎律髓汇评》卷六，上海古籍出版社 2005 年版，第 241—242 页。

⑤ 闻一多：《最后一次的讲演》，内蒙古人民出版社 1999 年版，第 24 页。

所不可。才小思狭者往往束手束脚，知守而不知变，所作亦如精雕细琢的木头人，有形无神。宋末晚唐诗家即属后者，他们勤于苦吟、熟知律法，如遵守律令一般固守格律，不敢有丝毫违忤，所作律诗至为精美却缺少灵动的活力，格局极为狭小，气格也至为卑弱。复古论者对此极加挞伐，甚至全面否定律诗，以其为诗道沦丧之因由，所批虽有极端之嫌，宋末晚唐诗家其实难辞其咎。

方回推尊律体，将确定律诗音律的沈、宋视为"律诗之祖"，入选《瀛奎律髓》的诗歌也绝大多数都严守格律。但是，他没有把合乎格律作为律诗的唯一和最高标准。如崔颢《登黄鹤楼》诗，介于古诗与律诗之间，古、律相参，若以格律论，并不能算真正意义上的律诗①。其胜处在于气格高古，正如无名氏所评论的，"超迈奇崛，所谓时文中之古文。至太白《凤凰台》，近时而格不及，《鹦鹉洲》近古而气不及，所以皆出其下"②。方回选入此诗，其于气格、格律二者之间的取舍是不言自明的。为革除宋末晚唐诗家拘守格律、窘于变化、气格卑弱的诗歌弊病，方回甚至大力提倡律诗变格——拗字。在前人探讨的基础上，结合所选诗歌，其拗字论也取得了颇为丰实的成果。

方回的拗字论集中于《瀛奎律髓》"拗字类"中，其他类别中也间有散论。他所论拗字，分为两个类型，即五律拗字和七律拗字。

先看五律拗字。五言律诗中的拗字技法，可分为单拗法和双拗法两种。其一，单拗法。就是只在一句中出现拗字的格法，可以出现在出句，也可以出现在对句。至于其在全诗中的位置，就方回所论，均在中四句。单拗又有两种情况：一是有拗有救。如杜甫《上兜率寺》"江山有巴蜀"句，第三字拗作仄声"有"，因其为着意锻炼的诗眼，不可改易，遂将第四字拗作平声"巴"以救之③。贾岛《早春题湖上友人新居》其二"扫床移卧衣"句，方回

---

① 按，清人管世铭认为崔颢《登黄鹤楼》是七律变体之祖："七言变体，始于崔司勋之《黄鹤楼》，太白深服之，故作《鹦鹉洲》诗，全仿其格。……今悉登之，以广律诗之变。"[（清）管世铭：《读雪山房唐诗序例》，郭绍虞编选，富寿荪校点：《清诗话续编》，上海古籍出版社 1983 年版，第 1556 页。]和七律正体相比，此诗确是"变体"。就格律特点而言，它和"吴体"相仿，都是古、律相参。但是，在方回看来，它显然不是"吴体"。"吴体"自杜甫始，观《瀛奎律髓》"拗字类"所选可知。笔者认为，崔氏此诗是古诗向律诗嬗变的产物，并非有意为之，而"吴体"则是诗人有意所作，这或许是二者的最主要区别。

② （元）方回选评，李庆甲集评校点：《瀛奎律髓汇评》卷一，上海古籍出版社 2005 年版，第 25 页。

③ 按，方回评曰："'有'字亦绝不可易，则不应换平声字，却将'巴'字作平声一拗。"[（元）方回选评，李庆甲集评校点：《瀛奎律髓汇评》卷二十五，上海古籍出版社 2005 年版，第 1110 页。]

评曰："'扫'字既仄，即'移'字处合平。"第一字拗作仄声"扫"，则第三字拗作平声"移"救之。有拗有救，是"诗家通例"①，是常见的、典型的单拗格法。二是拗而不救。如陈师道《别负山居士》"更病可无醉，犹寒已自和"句，"可"字拗，而本句及下句都无救；其《寄答李方叔》"帝城分不入，书札调何人"句亦是如此，"分"字拗而无救。纪昀批此法为"失调，不可标以为式"②。其二，双拗法。是指一联内出句拗，则在对句相应位置施救的格法。方回所论，皆是句中第三字拗救；其在诗中出现的位置较为自由，首联、颈联、颔联、尾联均可；一诗中有两联拗救的情况也较为普遍。如，评杜甫《巳上人茅斋》"枕簟入林僻，茶瓜留客迟"、"空忝许询辈，难酬支遁词"两联云："'入'字当平而仄，'留'字当仄而平，'许'、'支'二字亦然。间或出此，诗更峭健。"③杜甫《暮雨题瀼西新赁草屋》首联"欲陈济世策，已老尚书郎"，"济"当平而仄，"尚"当仄而平，也是此法④。不管是单拗还是双拗，都是在一定程度上求新求变的结果，"间或出此，诗更峭健"⑤，也符合方回追求格高的审美标准。提倡此法，对于挽救宋末诗弊必将有一定的积极意义。

再看七律拗字。方回认为，七律拗字亦有两种类型。他说：

> 拗字诗在老杜集七言律诗中谓之"吴体"，老杜七言律一百五十九首，而此体凡十九出。不止句中拗一字，往往神出鬼没。虽拗字甚多，而骨格愈峻峭。今"江湖"学诗者，喜许浑诗"水声东去市朝变，山势北来宫殿高"、"湘潭云尽暮山出，巴蜀雪消春水来"，以为丁卯句法。殊不知始于老杜，如"负盐出井此溪女，打鼓发船何郡郎"、"宠光蕙叶与多碧，点注桃花舒小红"之类是也。如赵嘏"残星几点雁横塞，长笛一声人倚楼"，亦是也。唐诗多此类，独老杜"吴体"之所谓拗，则才小者

① （元）方回选评，李庆甲集评校点：《瀛奎律髓汇评》卷二十五，上海古籍出版社2005年版，第1111页。

② 同上书，第1113页。

③ 同上书，第1108页。

④ 按，方回评云："'济世策'三字皆仄，'尚书郎'三字皆平，乃更觉入律。"表达不甚清晰，极易使人误以为古调。纪昀云："此亦双拗，乃'济'、'尚'二字回换，非三平、三仄之谓。"［（元）方回选评，李庆甲集评校点：《瀛奎律髓汇评》卷二十五，上海古籍出版社2005年版，第1109页。］所说更为准确明了。

⑤ （元）方回选评，李庆甲集评校点：《瀛奎律髓汇评》卷二十五，上海古籍出版社2005年版，第1108页。

不能为之矣。①

一种是所谓"丁卯句法"。其特点是"只重平起中一句的第五字，偶不合律必须对句相救"，和五律中有拗有救的单拗法和双拗法一样，它相对于律令严格的律诗正格虽有拗峭变化，却以寻求声律和谐为旨归，因而"这种句法在律诗中，不但不起破坏作用，起的反是辅助作用"②。此法始于杜甫，许浑最为擅长，备受"江湖"诗家追捧而盛行于宋末诗坛。一种是所谓"吴体"③。此体亦是杜甫首创。杜甫有《愁》诗，注曰："强戏为吴体。"④ 以黄庭坚为主的"江西"诗人得其传。关于其特点，宋人已有探讨，大致认为是不协音律。如赵次公谓"字眼不顺，句之平仄不拘"⑤，胡仔谓"破弃声律"⑥。方回在此基础上更进一步指出，"吴体"的特色在于"不止句中拗一字，往往神出鬼没"，拗字多且位置不固定⑦。如，梅尧臣《依韵和李舍人旅中寒食感事》，方回评曰："此乃吴体，第一句六字仄声，第二句五字平声，

---

① （元）方回选评，李庆甲集评校点：《瀛奎律髓汇评》卷二十五，上海古籍出版社 2005 年版，第 1107 页。

② 郭绍虞：《关于七言律诗的音节问题兼论杜律的拗体》，中国古代文学理论学会编：《古代文学理论研究丛刊》第二辑，上海古籍出版社 1980 年版，第 28 页。

③ 按，宋人所论"吴体"，有鲍照"吴体"，王观国《学林》云："……鲍明远诸集中亦有二篇，谓之'吴体'。盖自《雅》、《颂》不作，迄于魏、晋、南北朝以来，浮靡愈甚，始有为此态者，悉取闾阎鄙媟之语，比类而为之。诗道沦丧，至于如此，诚可叹也。"［（宋）王观国撰，田瑞娟点校：《学林》卷八，中华书局 1988 年版，第 255 页。］有苏舜钦"吴体"，刘克庄《后村诗话》卷二云："苏子美歌行雄放于圣俞，轩昂不羁如其为人，及蟠屈为吴体，则极平夷妥帖。"［（宋）刘克庄撰，王秀梅点校：《后村诗话》前集卷二，中华书局 1983 年版，第 23 页。］又有杜甫"吴体"，是论述最多也最深入的，也正是方回论述的对象。

④ （唐）杜甫著，（清）仇兆鳌注：《杜诗详注》卷十八，中华书局 1979 年版，第 1599 页。

⑤ 按，（宋）赵次公注杜甫《释闷》云："诗六韵。谓之古诗而中四韵尽对，谓之近体而字眼不顺，句之平仄不拘，盖所谓吴体者乎？"［（唐）杜甫著，（宋）赵次公注，林继中辑校：《杜诗赵次公先后解辑校》，上海古籍出版社 1994 年版，第 603 页。］

⑥ （宋）胡仔纂集，廖德明校点：《苕溪渔隐丛话》前集卷四十七，人民文学出版社 1962 年版，第 319—320 页。

⑦ 按，"吴体"的最本质特征就是拗字，方回将其归入"拗字类"是有道理的。清人梁章钜承继其师纪昀之说，极力强调"吴体"与拗字之区别，以证方回之误。《退庵随笔》云："七律有全首不入律者，谓之吴体，与拗体不同。方虚谷《瀛奎律髓》合之'拗字类'中，非也。"［（清）梁章钜：《退庵随笔》卷二十一，江苏广陵古籍刻印社 1997 年版，第 531 页。］他为了强调"吴体"与拗体之不同（按，梁氏认为"吴体"指全首不入律的七律，是片面的。"吴体"亦有拗诗中数句的，而不一定是通首全拗，方回所言拗字位置不拘，更合乎"吴体"诗创作的实际），而将"吴体"排除于"拗字类"之外，反不如方回在抓住"吴体"本质的基础上论其特色更为准确深入。

愈觉其健。"① 一句之中有数字拗，形式上与古诗无异。拗字位置也不拘，甚至有八句全拗者。杜甫《题省中院壁》就是如此②。"丁卯句法"与"吴体"的区别，概括来说主要有两点：就变化句律而言，"许诗拗律虽能对呆板机械、四平八稳的律体正格有所触动，但正如水面上的涟漪，风止波平，河还是原先那条河；而杜诗拗律则如同山洪爆发，水势汹涌，冲堤破坝，水停后便出现了新的河道"③，许浑律法仍拘拗救，不免拘狭；杜甫"吴体"则"如兵出奇，变化无穷，以惊世骇目"④，更为纵横恣肆。就气韵格调而言，"吴体"变化不拘、气格高峻，"骨格愈峻峭"，"才小者不能为之"，更加合乎方回求新求变、"以格高为第一"的诗学追求。对"吴体"的格外青睐，又直接体现了他挽救时弊的诗学目的。

六 申论

宋代诗学普遍关注诗法，并取得了累累硕果。方回生当宋末元初，其诗法论一方面是对前人成果的全面总结，另一方面又因合乎独特的审美标准、具有鲜明的诗学批评意义而独具特色。上文已从章法、句法、字法、对法、律法等方面进行了详细的考察与论析。但是，要全面深入地理解其诗法论，还须对以下几个方面略作申明。

1. 在重视诗歌本质的前提下讲论诗法。方回详论诗法，被纪昀斥为舍本逐末、弃其本原⑤。无名氏也批评其"不于本源之地求之，而徒校量于字句间，抑末矣"⑥。然而，方回并未忽略诗歌之本质，他的诗法论是在重视诗歌本质的前提下展开的。关于他对诗歌本质的强调，前文已有详细阐述，兹不

---

① （元）方回选评，李庆甲集评校点：《瀛奎律髓汇评》卷十六，上海古籍出版社2005年版，第626页。

② 按，方回评杜甫《题省中院壁》云："此篇八句俱拗，而律吕铿锵。"［（元）方回选评，李庆甲集评校点：《瀛奎律髓汇评》卷二十五，上海古籍出版社2005年版，第1114页。］

③ 王奎光：《论方回〈瀛奎律髓〉中的"拗字"格法》，《中国韵文学刊》2007年第4期。

④ （宋）胡仔纂集，廖德明校点：《苕溪渔隐丛话》前集卷七，人民文学出版社1962年版，第42—43页。

⑤ 按，（清）纪昀《瀛奎律髓刊误序》："响字之说，古人不废。暨乎唐代，锻炼弥工。然其兴象之深微，寄托之高远，则固别有在也。虚谷置其本原，而拈其末节，每篇标举一联，每句标举一字，将举天下之人而致力于是，所谓温柔敦厚之旨蔑如也；所谓文外曲致、思表纤旨亦茫如也。"［（元）方回选评，李庆甲集评校点：《瀛奎律髓汇评》附录一，上海古籍出版社2005年版，第1826页。］

⑥ （元）方回选评，李庆甲集评校点：《瀛奎律髓汇评》卷十，上海古籍出版社2005年版，第341页。

赘论。其实，即使在诗法论中，方回也表现出了明显的重视诗"意"的倾向。在章法论中，方回明显偏好景句对情句、情景交融句甚至皆为情句的结构形式，和晚唐诗家擅长以中二联装景的诗法结构相比，这几种形式显然更益于抒发情感、表达意想。在对法论中，杜甫有"赏应歌枃杜，归及荐樱桃"句，以"枃杜"对"樱桃"，论词性甚为不切（按，"枃"，树木孤生的样子；"杜"，棠梨树。"枃杜"为偏正结构的复合词，"樱桃"则是单纯词），论诗意则恰如其分。方回大赞其"本非切对而化为佳对"①，在诗意与对偶之间，更注重恰当达意。在律法论中，方回也主张宁拗他字也不可改易表达诗意的诗眼。比如，他评杜甫《上兜率寺》"江山有巴蜀，栋宇自齐梁"云："此寺栋宇自齐、梁至今，则所用'自'字决不可易，亦既工矣。江山有巴蜀，'有'字亦决不可易，则不应换平声字，却将'巴'字作平声一拗。"② "有"字不合格律，但是，作为全诗之眼不可改换，所以拗"巴"字以救转。至于其诗法论的实质，清人查慎行一语中的："诗以气格为主，字句抑末矣。然必句针字砭，方可进而语上，虚谷先生评诗之意以此。"③ 经由诗法，进而论及诗歌本质，从而循序渐进地启发后学，这正是方回诗法论的意旨所在。

2. 讲究"活法"，以"无法"为旨归。方回在详论诗法的同时，又极为尊崇吕本中的"活法"说，评许浑《姑苏怀古》曰："学诗者若止如此赋诗，甚易而不难，得一句即撰一句对，而无活法，不可为训。"④ 评潘阆《落叶》曰："尾句却有出脱，不如此，非活法也。"⑤ 诸如此类评语俯拾皆是。后学若视方回所论诗法为定法，拘执不化，则违忤了其论诗的初衷。方回于至元二十五年（1288）所作《虚谷桐江续集序》中反思平生诗法之论，又提出了"无法"之说："去岁适六十一矣，始悟平生六十年之非。所作诗滞碍排比，有模临法帖之病，翻然弃旧从新，信笔肆口，得则书之，不得亦不苦思而力

① （元）方回选评，李庆甲集评校点：《瀛奎律髓汇评》卷十八，上海古籍出版社 2005 年版，第 719 页。

② （元）方回选评，李庆甲集评校点：《瀛奎律髓汇评》卷二十五，上海古籍出版社 2005 年版，第 1109—1110 页。

③ （元）方回选评，李庆甲集评校点：《瀛奎律髓汇评》卷一，上海古籍出版社 2005 年版，第 1 页。

④ （元）方回选评，李庆甲集评校点：《瀛奎律髓汇评》卷三，上海古籍出版社 2005 年版，第 111 页。

⑤ （元）方回选评，李庆甲集评校点：《瀛奎律髓汇评》卷十二，上海古籍出版社 2005 年版，第 440 页。

索也。然后自信作诗不容有法。"① 作诗"无法"之论，并不是对早期诗法论的彻底否定，而是对"活法"说的深入和升华。心中无诗法之滞碍，作诗才能灵活自如、随其所适，无意于拘守诗法，亦无意于破弃诗法，如行云流水一般，"常行于所当行，常止于所不可不止"②，这是驾驭诗法的最高境界，也是方回诗法论的旨归。后学明了于此，并不断努力，才能取得诗歌创作的较高成就。

3. 变体不可常作，学诗当从正格入。和追求"格高"、"平淡"等审美标准一致，并承载着挽救宋末诗坛流弊的诗学批评意义，方回论诗法尤其注重变体：力斥"四实"、"四虚"之论，欣赏有别于常格、独具特色的句法和对法，大赞虚字诗眼，推赏拗字格法，等等。但是，正如苏轼评黄庭坚诗所云"如蠏螯、江瑶柱，格韵高绝，盘餐尽废，然不可多食，多食则发风动气"③，方回深知变体不可常作、不能拘为定法的道理，明确申明"谓之变体，则不可常尔"④。他志在矫宋末晚唐诗风之枉，却并未过正，律诗诗法的常格仍是他所致力提倡并遵循的。纪昀评其虚实之论有云："'四实'、'四虚'之说固拘，必不主'四实'、'四虚'之说亦拘。诗不能专主一格，亦不能专废一格。"⑤ 说"专废一格"，对方回诗法论的理解并不准确。另外，方回认为，相对于常格而言，变体尤须学养深厚、才气丰茂，初学不可轻易涉笔。后学学诗当从正格入，在增强学养的基础上，努力打破常体，最终达到灵活运用变体、不拘一格的境界，这才是他为后学指出的学诗途径。

---

① （元）方回：《桐江续集》卷三十二，《四库全书珍本初集》本，第 12474 页。
② （宋）苏轼：《与谢民师推官书》，（宋）苏轼撰，孔凡礼点校：《苏轼文集》卷四十九，中华书局 1986 年版，第 1418 页。
③ （宋）胡仔纂集，廖德明校点：《苕溪渔隐丛话》前集卷四十九，人民文学出版社 1962 年版，第 334 页。
④ （元）方回选评，李庆甲集评校点：《瀛奎律髓汇评》卷二十六，上海古籍出版社 2005 年版，第 1131 页。
⑤ （元）方回选评，李庆甲集评校点：《瀛奎律髓汇评》卷四十七，上海古籍出版社 2005 年版，第 1626 页。

第五章 《瀛奎律髓》版本研究

　　《瀛奎律髓》的版本形式，总体而言有刊刻本和评点本两种。刊刻本我们将分为国内刊刻本和海外刊刻本两方面进行考述。至于评点本，我们首先须界定其意涵：它和刊刻本并不是截然分立的，而是相互有所交叉，今所见大量刊刻本上都抄录有评点文字，明清诸评点家最初都是在刊刻本上随手批阅，其批评文字也是靠抄录或刊印于刊刻本上得以流传，几种主要的选评本——纪昀《删正方虚谷瀛奎律髓》、许印芳《律髓辑要》和吴汝纶《桐城先生评选瀛奎律髓》也均已付梓刊刻。因此，凡是有批评文字的，无论是抄录还是刊刻，都属于我们所论述的评点本的范围。根据具体的批点情况，我们将评点本分为通评本、选评本和汇评本三类，逐一加以考论。

第一节　刊刻本

　　《瀛奎律髓》在元初备受士子追捧，风靡一时。据现有资料记载，知其成书后不久即已付梓刊刻。我们甚至推测，它在定稿之前每成一卷都很快被刊刻流传，以致方回每有某卷"编次已定"[①]不能再作更改的感叹。然而，元本久已不可见，《天禄琳琅书目后编》、《国朝宫史续编》所谓清宫藏元版四十九卷系误载，首都图书馆所藏巾箱本也并不是元代所刻。明代初年，是书再行刊板，惜今亦无存。现今所存最早的刊刻本是明成化三年（1467）龙遵叙

---

　　① 按，如，卷十二评韩琦《乙巳重九》云："此亦当入'节序'，而选诗已定，故附此。"同卷评韩淲《九日破晓，携儿侄上前山仁立，佳甚》云："'节序'诗编次已定，故附此'秋日类'中。"〔（元）方回选评，李庆甲集评校点：《瀛奎律髓汇评》，上海古籍出版社 2005 年版，第 459、466 页。〕

刊本，是本由龙氏遍访新安郡中所藏诸钞本，并细加比勘校订而成，颇为工细精审，成为之后国内与国外诸刊刻本的祖本。在国内，明代嘉靖年间，有建阳书肆刘洪据成化三年本覆刊的四十九卷巾箱本；清康熙四十九年（1710）陈士泰以成化三年本为底本，同时参校建阳书坊刻巾箱本、何焯所藏冯舒批本所刊刻的四十九卷本，因改易卷次、删去圈点、删改评注而被视为劣本；康熙五十一年（1712）又以明成化三年本为底本，参校吕晚村、曹叔则手抄本且对照唐宋别集，再次将此书付梓刊印，因其校勘精严，遵依原本，得到时人及后世普遍认可，至今仍是最为盛行的版本。在国外，龙氏刊本问世仅八年之后，朝鲜成宗七年（明成化十一年，1475），朝鲜人尹孝孙就覆刊了此本，即所谓成祖朝刊本，它是朝鲜最早的刊本，也是《瀛奎律髓》第一部海外刊本。它不仅在朝鲜广泛流传，而且传入日本，成为现今所可考知的朝鲜刻本和日本刻本的祖本。在朝鲜，今所知见的中宗朝刊本、活字印本都是以其为底本再行刊刻的；在日本，所知见的据朝鲜成祖朝刊本刊印的则有宽文十一年刊活字本、文化五年刊巾箱本。我们可以将现存知见本的源流情况图示如下：

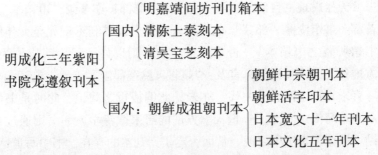

本节将对《瀛奎律髓》上述海内外诸刊刻本一一细加考述。

一　国内刻本

对于《瀛奎律髓》国内刻本，我们将按照元、明、清的时代顺序进行考证评述。

（一）元刻本

《瀛奎律髓》于至元二十年（1283）成书之后，即在士子间广泛传录，风靡一时。明人龙遵叙跋其所刻《瀛奎律髓》云：

天顺甲申，叨守新安，实先生（按，方回）乡郡，因搜访得其传录全本，间有舛讹，卒无善本校正之。续又得定宇陈先生手自抄本，共十类。定宇自识云："惟'节序类'得虚谷亲校本抄之，余皆传录本，疑误甚多。虽间可是正，而不能尽，圈点悉谨依之。"……于是又遍访郡之儒者，因得各家所藏抄本读之，亦率多残缺脱落，得此遗彼，遂会取诸本，通参订之。①

龙氏守郡之时，距离《瀛奎律髓》成书已经近二百年，郡中尚存有如此众多的手抄本，是书在当时传抄的盛况可以想见。

既然备受关注与追捧，那么，《瀛奎律髓》在元代有没有付梓刊刻呢？关于此，学界意见不一。肯定元刻本存在的，如清人吴宝芝云："是编之成，在元之前。至元癸未，距天顺之末，裁百五六十年耳，然板刻已销亡。"② 李庆甲在《瀛奎律髓汇评·前言》中说道："元至元本《瀛奎律髓》是本书的重要参校本之一，原书现藏北京首都图书馆，陈子展师一九七九年去北京开会，专程去首图联系，拍回了缩微胶卷。"③ 祝尚书《宋人总集叙录》卷九亦云："是书编成时，即有刊本。……方氏自序署'元癸未'，当即为付刊而作。……《天禄琳琅书目后编》卷一一《元版集部》亦著录'巾箱本'。至元本今惟首都图书馆庋藏一部。"④ 他们都认为是书最早刊刻于元至元年间，即首都图书馆所藏之巾箱本⑤。否定其存在的，则以许清云、詹杭伦为代表。许氏《方虚谷之诗及其诗学》言及："虚谷《瀛奎律髓》于元之前至元癸未编成后，一直未刊行，而有元一代，亦未见此编板行之载记。此时是书但在虚谷友朋及晚辈间传录而已。"⑥ 詹氏《方回的唐宋律诗学》一书则通过具体的版本比勘，驳斥了李庆甲之说，从而否定了元刊本的存在。书中写道："李庆甲集评校点《瀛奎律髓汇评》，卷首载元至元刻本《瀛奎律髓》书影，经笔者

---

① （元）方回选评，李庆甲集评校点：《瀛奎律髓汇评》附录一，上海古籍出版社2005年版，第1809页。

② （清）吴宝芝：《重刻记言》，载（元）方回选评，李庆甲集评校点《瀛奎律髓汇评》附录一，上海古籍出版社2005年版，第1817页。

③ （元）方回选评，李庆甲集评校点：《瀛奎律髓汇评》"前言"，上海古籍出版社2005年版，第10页。

④ 祝尚书：《宋人总集叙录》卷九，中华书局2004年版，第439—440页。

⑤ 按，（元）方回选评，李庆甲集评校点《瀛奎律髓汇评》附录四记载元刻本版本情况云："元至元癸未刻本巾箱本。"（上海古籍出版社2005年版，第1913页。）

⑥ 许清云：《方虚谷之诗及其诗学》，博士学位论文，台湾东吴大学，1981年，第49页。

比对，行款与首都图书馆藏清陈士泰刻本相同，而陈刻本自称底本是龙遵叙本和建阳本。李庆甲先生可能误将陈刻本认定为元至元刻本了。"①

笔者认为，是书在元代应该曾经付梓刊刻。理由有二：其一，方回屡有某卷编选已定而不能更改之语。卷十二评韩琦《乙巳重九》云："此亦当入'节序'，而选诗已定，故附此。"② 评韩淲《九日破晓，携儿侄上前山伫立，佳甚》云："'节序'诗编次已定，故附此'秋日类'中。"③ 既然全书尚未最终定稿，为什么不能对"节序"类诗歌再作调整修改呢？纪昀对此即深表不解，质疑道："惮于改编，即为因陋就简。书多疵累，亦此之由"④，"自古著书，无此体例"⑤。其实，我们可以为方回如此不合常理的行为作出较为合理的推测：很可能是因为是书在当时备受欢迎，以至于每编成一卷或数卷，便被四处传抄。因此，善于把握商机的书商也第一时间将其付诸刊刻，编选较早的"节序类"也就因而早已成为定稿而不易改动了。其二，目录著作多有载录。如，朱学勤《结一庐书目》载："《瀛奎律髓》四十九卷，元方回编，元至元间刊本。"⑥ 倪璨《补辽金元艺文志》载："方回《瀛奎律髓》四十九卷。"⑦《朱子清藏书目》载："《瀛奎律髓》四十九卷，至元间刊本。"⑧ 邵章《增订四库简明目录标注·续录》亦载录"元至元癸未刊巾箱本，其板至明天顺间始废"⑨。诸家所录，当不是空穴来风。据此可知，在《瀛奎律髓》成书后不久既已经有完整的四十九卷刊刻本，而且它在元代应该曾经以巾箱本的形式刊刻流传过。（或许当时所刻并不精审工细，特别是巾箱本，因多为坊刻，校勘难精，志在寻求方回"亲校本"的陈栎在其钞本识语中未予提及并不奇怪，因此，我们不能据此而否定元刻本的存在。）《瀛奎律髓》皇皇四十

① 詹杭伦：《方回的唐宋律诗学》，中华书局 2002 年版，第 230 页。按，李氏所附书影与陈士泰刻本款式并不相同。前者为四周双边，细黑口，双鱼尾，正文半页九行，行二十二字，小序及注文为单行小字，字数同。后者则为四周单边，下粗黑口，单鱼尾，正文、小序、注文字同，皆为半页八行，行十八字。詹氏所云殊不可解。

② （元）方回选评，李庆甲集评校点：《瀛奎律髓汇评》卷十二，上海古籍出版社 2005 年版，第 459 页。

③ 同上书，第 466 页。

④ 同上书，第 459 页。

⑤ 同上书，第 466 页。

⑥ （清）朱学勤：《结一庐书目》，《丛书集成续编》第 5 册，第 274 页。

⑦ （清）倪璨：《补辽金元艺文志》，《丛书集成初编》第 12 册，中华书局 1985 年版，第 116 页。

⑧ 按，载（清）缪荃荪著，孙安邦点校《云自在龛随笔》，山西古籍出版社 1996 年版，第 194 页。

⑨ （清）邵懿辰撰，邵章续录：《增订四库简明目录标注·续录》，中华书局 1959 年版，第 903 页。

九卷，刊刻成本太高，可能在当时刊刻数量比较少；加之正逢宋元易代乱世，战乱中极易散佚流失；元代诗学宗唐风盛，《瀛奎律髓》或许因提倡宋型审美范式而渐受冷落。在诸多因素影响下，元版《瀛奎律髓》可能所存极少，又大多被私人藏书家视为珍宝不以示人，因而也就不能广为人知见了。

在肯定元刻本存在的同时，我们还有两个问题需要辨明。1. 首都图书馆所藏巾箱本并不是元刻本，而应该是明代嘉靖年间建阳书坊所刊巾箱本。首都图书馆所藏巾箱本，李庆甲、祝尚书认为是元至元间刻本，詹杭伦认为是清代陈士泰刻本，都是不准确的。是本正文半页九行，行二十二字，注文小字单行，行二十一字，四周双边，白口，双鱼尾，行款版式与陈士泰本（半页八行，行十八字，注文同，四周单边，下粗黑口，单鱼尾）并不相同，而是与台北故宫博物院所藏明嘉靖间坊刻巾箱本相同。（据许清云《方虚谷之诗及其诗学》所述，台北故宫博物院所藏明嘉靖间坊刻巾箱本"每半页九行，行二十二字；批语起首空一格，单行，行二十一字，字体较正文略小"，与首都图书馆藏本完全一致。）细校其文字，除个别文字恐因误刻而不同外，其余皆与明成化三年龙遵叙刻本无异，显然是覆刊龙刻而成，这也与许清云所述台北故宫博物院所藏明嘉靖间坊刻巾箱本"殆亦据紫阳书院本而重刻欤"①正相一致。然而，此本虽系覆刊龙刻，却仅于卷首刻方回原序，卷末并未刊载龙遵叙后序，极易使人误以为是元刻本，李、祝二先生或即因此而致误。2. 《天禄琳琅书目后编》、《国朝宫史续编》等所载元刻本有误。《天禄琳琅书目后编》是彭元瑞等奉嘉庆皇帝之命，于嘉庆二年（1797）在《天禄琳琅书目》基础上续编的清宫昭仁殿天禄琳琅藏书室的藏书目录，其"元版集部"著录巾箱本《瀛奎律髓》一部：

> 《瀛奎律髓》二函，十册。元方回编。回，字万里，号虚谷，歙县人。宋景定壬戌别省登第，知严州。入元，为建德路总管。书四十九卷。卷为一类，曰登览、朝省、怀古、风土、昇平、宦情、风怀、宴集、老寿、春日、夏日、秋日、冬日、晨朝、暮夜、节序、晴雨、茶、酒、梅花、雪、月、闲适、送别、拗字、变体、着题、陵庙、旅况、边塞、宫阙、忠愤、山岩、川泉、庭宇、论诗、技艺、送别、消遣、兄弟、子息、寄赠、迁谪、疾病、感旧、侠少、释梵、仙道、伤怀。前有至元癸未回

---

① 许清云：《方虚谷之诗及其诗学》，博士学位论文，台湾东吴大学，1981年，第50页。

自序。每类有小引，诗有评语。又有一祖三宗之目，谓杜甫及黄庭坚、陈师道、陈与义也。①

《国朝宫史续编》是大学士庆桂、纪昀等奉嘉庆皇帝之命，于嘉庆五年至十一年（1800—1806）历时六年编纂的一部集清宫史料之大成的著作，书中载有"元版《瀛奎律髓》四十九卷"②。据此，则嘉庆初年宫廷内尚存有一部元版《瀛奎律髓》，编写书目的纪昀等人或许曾亲见此本（至少知悉其存在）。然而，前此二十年左右，纪昀等奉命编纂《四库全书》时（乾隆三十七年至乾隆四十六年，1772—1781），所录"内府本"《瀛奎律髓》并非元刻本，而是明成化三年龙遵叙刊刻本（按，详见下文）；《四库全书总目提要》中也仅仅提到清代陈士泰刻本与吴宝芝刻本，只字未提元刻本③。另外，乾隆五十二年（1787）夏，李光垣校勘《瀛奎律髓》，苦于"原刻错讹既多，而重见叠出与夫体例之不画一者，又不胜数，签改颇烦"，因向纪昀请教，纪昀仅以所作《瀛奎律髓刊误》诲示。此时《四库全书》的编纂任务已经完成，若纪昀知晓内府中藏有元刻的话，不应该丝毫不予提及。再者，若宫廷内果真藏有元刻，则与纪昀师生情谊甚笃、兄长又负责"分校官书"的李光垣于嘉庆五年（1800）刊刻《瀛奎律髓刊误》时，谈及"《瀛奎律髓》原板久缺"，就令人难以理解了。笔者认为，《天禄琳琅书目后编》与《国朝宫史续编》两大官修图书的记载是错误的，清代宫廷藏书并没有元版《瀛奎律髓》。观《天禄琳琅书目后编》之版本叙录，其所谓元刻巾箱本在类目次序上与覆刊明成化三年本的明嘉靖间坊刊巾箱本相同，或许编者也是将删去龙序、仅存方回原序的明嘉靖间坊刊巾箱本误认为是元刻本了。《国朝宫史续编》当是因袭其说而致误。

（二）明刻本

有明一代，主要有国初刊本、成化三年（1467）本和嘉靖间坊刊巾箱本。

其一，"国初刊本"。

明人钮纬《会稽钮氏世学楼珍藏图书目》载："《瀛奎律髓》四十九卷，

---

① （清）彭元瑞等：《天禄琳琅书目后编》卷十一，上海古籍出版社 2007 年版，第 639 页。

② （清）庆桂等编，左步青校点：《国朝宫史续编》卷八十，北京古籍出版社 1994 年版，第 771 页。

③ （清）纪昀等：《钦定四库全书总目》卷一百八十八《瀛奎律髓提要》，中华书局 1997 年版，第 2631 页。

国初刊本，元方回撰。"① 这是见于书目著录的最早的明代《瀛奎律髓》刻本。此本仅见载于此，别无其他文献可供查考，因而难得其详。至于龙遵叙天顺年间搜访校勘《瀛奎律髓》为何宁可参校"残缺脱落"② 颇为严重的手抄本也不以此明初刻本为参照，此本为何未能广为人知且流传后世，我们也为资料所限而难以探其究竟了。然而，无论如何，钮纬作为明代中后期锐意稽古、博览群书的著名藏书家，其载录所藏本朝书籍还是比较可信的，《瀛奎律髓》在明代初年应该曾经刊刻过。

其二，成化三年（1467）刊本。

成化三年龙遵叙主持刊刻的四十九卷本《瀛奎律髓》，是此书现存最早的刊刻本。周弘祖《古今书刻》载徽州府刻《瀛奎律髓》③，叶德辉《书林清话》"明人私刻坊刻书"条载"紫阳书院成化三年刻《瀛奎律髓》"④，即是此本。

龙遵叙，号皆春居士，生卒年不详。安徽滁州人，成化间举人，尝守新安。著有《食色绅言》二卷。天顺、成化年间龙氏叨守新安，利用地方官员的有利条件，遍访郡中所藏《瀛奎律髓》诸抄本，并详加校勘订正，于成化三年将之付梓刊刻。他在《瀛奎律髓后序》中记其访书、校书过程云：

> 天顺甲申，叨守新安，实先生（按，方回）乡郡，因搜访得其传录全本，间有舛讹，卒无善本校正之。续又得定宇陈先生手自抄本，共十类。定宇自识云："惟'节序类'得虚谷亲校本抄之，余皆传录本，疑误甚多。虽间可是正，而不能尽，圈点悉谨依之。"遂以其本与先所得本参对之，无大差异者，第惜不得全编通校之。于是又遍访郡之儒者，因得各家所藏抄本读之，亦率多残缺脱落，得此遗彼，遂会取诸本，通参订之。舛讹者是正，圈点一依先本为定。然后是编始获复全，而虚谷编选之志，亦庶几其不终泯。⑤

① （明）钮纬：《会稽钮氏世学楼珍藏图书目》，载冯惠民等选编《明代书目题跋丛刊》，书目文献出版社1994年版，第1567页。

② （明）龙遵叙：《瀛奎律髓后序》，载（元）方回选评，李庆甲集评校点《瀛奎律髓汇评》附录一，上海古籍出版社2005年版，第1809页。

③ （明）周弘祖：《古今书刻》，古典文学出版社1957年版，第341页。

④ （清）叶德辉：《书林清话》，中华书局1957年版，第127页。

⑤ （元）方回选评，李庆甲集评校点：《瀛奎律髓汇评》附录一，上海古籍出版社2005年版，第1809页。

　　幸亏其全力搜访并悉心校刻，才使得一部较为全面精审的《瀛奎律髓》刊本得以面世且长久流传，并成为后世诸版的刊刻祖本。应该说，《瀛奎律髓》得以广泛传播并受到普遍接受，龙遵叙之功实不可没。

　　国家图书馆、上海图书馆、吉林图书馆均藏有此本，南京图书馆、北京大学图书馆也藏有其残本。其版本情况为：四周双边，黑口，双鱼尾，卷首载方回《瀛奎律髓序》，序半页五行，行十二字。正文半页十行，行二十一字。诗题低两格，小序及注文均低三格，注文为双行小字。

　　书坊翻刻本相继出现。以谋利为主要目的的坊间书商，往往对原刻进行剪裁挖补，借以冒充元代刊本。傅增湘《藏园群书经眼录》载："《瀛奎律髓》四十九卷：元方回辑。明天顺刊本，十行二十一字，注双行同，黑口，四周双阑。前有至元癸未方回序，后有皆春居士跋，跋下有'龙遵叙印'，似即龙氏跋也。序跋后幅均为估人裁去，以充元刊，故明代年号皆不存。第龙氏跋中固有天顺甲申明守新安之语，则终不能掩也。"[1] 傅氏所见正是书坊翻刻成化三年本。为"充元刊"，书贾裁去龙氏跋语中关于刊刻年月的相关信息："成化三年，龙集丁亥，六月下浣。"以致傅氏亦因跋语中有"天顺甲申"数字而误认此本为"天顺刊本"。然此本作伪手段颇为拙劣，瞻前忘后，不难被识破。相比之下，国家图书馆古籍馆善本部所藏本的作伪手段就相当高明了。是本于书根处题"元板瀛奎律髓"，更将龙氏跋语全幅删去，泯灭痕迹，颇能惑人。后人若未见龙氏刊刻原本，很可能会误以其为元板。

　　是本刊刻之后仅数年，即传入朝鲜。朝鲜成宗七年（明成化十一年，1475），尹孝孙覆刊此本，成为朝鲜最早的刊本。尹孝孙覆刊本后又传入日本，成为日本诸刊本的底本：今所见宽文十一年（1671）村上平乐寺所刊活字训点本和文化五年（1808）平安书肆植村氏所刊本皆是以此为底本。

　　其三，嘉靖间坊刊巾箱本。

　　邵懿辰《增订四库简明目录标注》云，继成化三年刻本之后，"建阳、新安俱有刻本"[2]。新安刻本仅见于此，其情难详。值得注意的是嘉靖年间建阳书坊刊刻的巾箱本。

　　周弘祖《古今书刻》于福建书坊刻书目下著录此本[3]。民国二十三年

---

①　傅增湘：《藏园群书经眼录》卷十七，中华书局 2009 年版，第 1245 页。

②　（清）邵懿辰撰，邵章续录：《增订四库简明目录标注》，中华书局 1959 年版，第 903 页。

③　（明）周弘祖：《古今书刻》，古典文学出版社 1957 年版，第 366 页。

（1934）《故宫善本书目》—《天禄琳琅现存书目》载："《瀛奎律髓》二函十册，明建阳刘氏慎独斋刻巾箱本。"① 著录更为详细。《日藏汉籍善本书录》所录日本御茶之水图书馆藏嘉靖间刊本当亦是此本：

> 《瀛奎律髓》（残本）五卷：元方回编。明嘉靖年间（1522—1566）刊本，共一册。御茶之水图书馆藏本，原德富苏峰成箦堂等旧藏。按：是书全本四十九卷。此本今存卷十三至卷十七，凡五卷。卷末有德富苏峰手识文。卷中有"川竹一氏藏书印"、"森氏开万册府之记"等印记。②

是本台北故宫博物院图书馆亦藏有一部，许清云《方虚谷之诗及其诗学》述其版本情况云："二函、十册，卷中有天禄继鉴、乾隆御览各印鉴；原为清宫昭仁殿旧藏，即天禄琳琅所藏之刘氏洪所刻巾箱本也。……此巾箱本卷首亦有紫阳虚谷居士方回至元癸未原序，而卷末不载龙遵叙后序。每半页九行，行二十二字；批语起首空一格，单行，行二十一字，字体较正文略小。……是行款、板式，均与紫阳书院刻本不同。然进一步比勘，除一二字不同，恐系误刻外，余悉相同。殆亦据紫阳书院本而重刻欤！"③ 是本仅刻方回原序，而不载龙遵叙跋语，极易使人误认为是元刊本。如上文所述，首都图书馆所藏此本即被误作元至元间刻本，《天禄琳琅书目后编》、《国朝宫史续编》所谓清宫所藏元刻巾箱本很可能也是此本。

（三）清刻本

是书在清代凡两刻。一是康熙四十九年（1710）陈士泰刊本，二是康熙五十一年（1712）吴宝芝刊本。

其一，康熙四十九年陈士泰刊本。

经龙遵叙校刊，又经新安、建阳屡次重刊，《瀛奎律髓》遂盛行于世。然而，流传既久，鲁鱼亥豕之处比比皆是，颇贻误初学。有感于此，苏州陈士泰于康熙四十九年再次将此书校勘刻板。关于其刊刻缘起及校勘过程，陈氏序中有云："宋季紫阳方虚谷先生抄录唐、宋律诗，以类分编四十九卷，目曰《瀛奎律髓》，于诗法之源流正变，较如列眉，诚后学之津筏也。

---

① 按，转引自詹杭伦《方回的唐宋律诗学》附录一《方回著述考》，中华书局 2002 年版，第231 页。

② 严绍璗：《日藏汉籍善本书录》，中华书局 2007 年版，第 1911 页。

③ 许清云：《方虚谷之诗及其诗学》，博士学位论文，台湾东吴大学，1981 年，第 50 页。

明成化间，有龙君遵叙者，访于乡之人，得抄本而付之梓，后又再梓于建阳，书遂大行于世。流传日久，初刻板本难得，建阳本鲁鱼亥豕，层见叠出，学者无从是正。予因对勘两本异同，重付雕匠。又借何太史屺瞻先生所藏屠守居士阅本再加参校，而仍阙疑其漫漶者。"① 他以成化三年本与建阳书坊刻巾箱本互校，并参校何焯所藏冯舒批本，在比勘校对上很是花了一番心思和精力。

　　然而，正如陈氏所说，此本"阙疑漫漶者"颇多，校勘难称精审。阙疑者，如白居易《彭蠡湖晚归》方回评："自是一家。尾句□□（按，凄然）如此。"韩致尧《冬至夜作》方回评："偃之□□□（按，孤忠处）此。"亦有漫漶而臆测者，如《成都三首》方回评"既而，实不失米"，陈刻作"及往，仓空如故"，与文意不符。再者，陈刻较原刻遗漏数诗，尤见其疏失。一是卷四张蠙《送人尉蜀中》，二是卷二十三姚合《山中寄友生》，三是卷二十三僧宇昭《赠魏野》。以上三诗，诗文和方回评注一并遗漏。于卷十八苏轼《次韵曹辅寄壑源试焙新茶》，则漏刻方回评注。

　　较之明刻（按，成化三年本、建阳坊刻巾箱本），此本在体例上也稍作变动。一是改易卷次。陈士泰序云："其卷数悉依原本，惟编类前后，传写疑有紊次，两刻遂承其讹。观'梅花类'小序，自'着题'后五卷，衔尾相接，各有意义，则据本书改正焉。"陈刻卷数虽与明刻相同，也是四十九卷，却将卷十七至卷二十七的次序作了改动。为求明晰，现将明刻本与陈刻本卷十七至卷二十七之类目列表比较如下。

卷次 类目	明刻本	陈刻本
卷十七	晴雨类	茶类
卷十八	茶类	酒类
卷十九	酒类	着题类
卷二十	梅花类	梅花类
卷二十一	雪类	赋雪类
卷二十二	月类	月类
卷二十三	闲适类	晴雨类

---

① （清）陈士泰：《瀛奎律髓序》，（元）方回选评，李庆甲集评校点：《瀛奎律髓汇评》附录一，上海古籍出版社 2005 年版，第 1812 页。下引陈序同。

卷次 类目	明刻本	陈刻本
卷二十四	送别类	变体类
卷二十五	拗字类	拗字类
卷二十六	变体类	闲适类
卷二十七	着题类	送别类

二是删去圈点。陈刻悉数删除原本中方回的涂抹圈点，另外，为了消灭删改痕迹，凡评注中涉及圈点的文字也一概删去。再者，屡次言及方回圈点的龙遵叙跋语也被陈氏摒弃。

校刻上的粗疏缺失和轻改原刻的做法，使陈刻颇受后人訾议，甚至被鄙为"劣本"。邵懿辰《增订四库简明目录标注》即云："苏州陈士泰刊本，劣。"①纪昀《钦定四库全书总目·瀛奎律髓提要》亦云："苏州陈士泰所刊，删其圈点，遂并注中'所圈是句中眼'等句删去，又以龙遵（按，当为'龙遵叙'）原叙屡言圈点，亦并删之以灭迹，校雠舛驳，尤不胜乙。之振切讥之，殆未可谓之已甚焉。"②

陈刻题名"紫阳方先生瀛奎律髓"，正文前依次刻方回原序、总目、陈士泰序，每卷卷首题"紫阳方先生瀛奎律髓卷之×"及"吴郡陈士泰虞尊甫（按，'甫'字缺一点，省笔）作校"，卷末题"卷之×终"。版式为四周单边，下粗黑口，单鱼尾，书口处标书名、类目、页数。序文顶格，半页六行，行九字。正文半页八行，行十八字，注文同。诗文顶格，诗题、小序低两格，注文低一格。此外，国家图书馆所藏此本，一本题为"紫阳方先生原本瀛奎律髓"，另一本题为"紫阳方氏瀛奎律髓"，略有不同。

其二，康熙五十一年吴宝芝刊本。

明末清初以来，随着宋诗地位日渐提高，《瀛奎律髓》渐受重视，以至被推为"学诗之津筏"，成为家塾授诗之准则。然而，书林却无一善本，足资士子检阅披读：明刻本既多漫漶舛讹，陈刻本又粗劣难尽如人意。对此，有志于唐宋近体诗学的吴宝芝深有感触，"第苦中多舛误，且板刻漫漶。适见坊间新镌本（按，指陈刻本），谓可是正，而校对之下，舛误乃更甚于前。因叹是

① （清）邵懿辰撰，邵章续录：《增订四库简明目录标注》，中华书局 1959 年版，第 903 页。

② （清）纪昀等：《钦定四库全书总目》卷一百八十八《瀛奎律髓提要》，中华书局 1997 年版，第 2631 页。

书旧本既流布未广，新刻流行，恐遂因此踵讹袭谬，读者永不复观古人真面目"①，于是合其诸兄弟子侄之力，广搜博引，精心校勘，自康熙五十年秋至康熙五十一年冬，历时一年余，将是书再行付梓②。

吴刻本在校勘和体例上皆优于陈刻，是时人及后世公认的善本。具体表现在：1. 精选校本，详加雠校。吴宝芝《重刻记言》云："因出家藏善本，及吕晚村、曹叔则两先生手抄本互为参校。尚有疑者，更从唐、宋人集中雠对之，虽未能尽改正，然已得十之六七矣。"所谓"家藏善本"，是指明成化三年龙遵叙刻本。吴氏以家藏成化三年本为底本，参校吕氏、曹氏二抄本，又以唐、宋别集为参照，补阙释疑，颇为难能可贵，这较陈刻无疑胜出一筹。2. 悉依原本，体例完备。吴氏肯定成化三年刻本"犹见古人诚朴无伪之风"，故"悉因之，亦不敢妄有窜易"。他不仅纠正陈刻"将圈点删去，且因之窜改注语"，并删掉龙遵叙跋的错误举措，完整保留原本圈点及龙氏序；而且颇不赞成陈刻改易卷次的做法，认为"至如'梅花'、'雪'、'月'、'晴雨'五类，宜次'着题'诗之后，虽本之虚谷题语，然原本之第目不尔，读者知其说足矣，不必定易其次序也"。其他如"'感旧'之少五言，'侠少'之无题序，并仍其旧，不敢妄有增删"，"是书之编成于元时，而虚谷亦非终于宋，而仍标之以宋者，亦从原本之旧称"，表现了极为谨严审慎的刊刻态度③。也正因为此，后人多以此本校正勘补陈刻之讹误遗漏。上海图书馆藏林葆恒抄评本、浙江图书馆藏佚名抄评本《紫阳方先生瀛奎律髓》都是以吴刻校补陈刻的。

---

① （清）吴宝芝：《重刻记言》，载（元）方回选评，李庆甲集评校点《瀛奎律髓汇评》附录一，上海古籍出版社 2005 年版，第 1815 页。

② 关于是刻之刊刻者，有石门吴之振之说。如邵懿辰《增订四库简明目录标注》云："康熙壬辰（五十一年）吴之振校刊本。"（中华书局 1959 年版，第 903 页。）《钦定四库全书总目》卷一百八十八《瀛奎律髓提要》云："一为石门吴之振所刊。"（中华书局 1997 年版，第 2631 页。）此说误。吴之振序指出："儿子吴宝芝……为重加校勘，授之梓人。"宋至序曰："此《瀛奎律髓》一编，……付其（吴之振）叔子瑞草（吴宝芝）刊行者也。"吴宝芝《重刻记言》更明确叙此书勘刻之分工云："是刻始于辛卯季秋，至今岁嘉平而始成。余兄弟小窗皇檠，对床风雨，苦心料简者盖一年余。其雠校搜勘，则从兄奕亭是赖。而相助为理，则仲兄武冈、中表兄劳峰、云姊子陈勉之与有力焉。皆于是书有功，不敢泯没，故附识于此。"[分别载（元）方回选评，李庆甲集评校点《瀛奎律髓汇评》附录一，上海古籍出版社 2005 年版，第 1813—1814、1820、1818 页。] 可见，吴之振并未直接参与此书之校雠刊刻。作为名闻诗坛的家族长者，吴之振对校刻是书当极为关注和支持，然而，以其为刊刻者，则是不准确的。

③ （清）吴宝芝：《重刻记言》，载（元）方回选评，李庆甲集评校点《瀛奎律髓汇评》附录一，上海古籍出版社 2005 年版，第 1817 页。需要指出的是，吴刻本将龙遵叙序从书末移至卷首，较龙刻原本亦稍有改易。

　　吴刻内封页题"黄叶村庄重校，方虚谷瀛奎律髓，评注圈点悉依原本"，每卷卷首题"宋紫阳方虚谷先生选"，"州泉吴孟举重阅"。左右双边，白口，双黑鱼尾。书口上标"瀛奎律髓"，两鱼尾之间上标"序"、"旧序"、"沈序"、"宋序"、"记言"、"目录"等字样以及卷数、类目，下标页数。正文半页十行，行十九字，诗文顶格，诗题及类目低两格，小序低三格；注文小字双行，低三格，行二十五字。

　　吴刻所刊序跋颇值得注意。是本卷首所刊有吴之振序、皆春居士（龙遵叙）跋、吴宝芝题皆春居士跋语、方回原序、吴宝芝题方回序语、沈邦贞题识、宋至序、吴宝芝《重刻律髓记言》以及张伯行序。其中，除皆春居士跋、吴宝芝题皆春居士跋语、方回原序、吴宝芝题方回序语之外，其他皆独立刻板，从而导致两种现象的出现：首先，次序紊乱。如原杭州大学语言文学研究所藏本卷首依次为吴之振序、皆春居士跋、吴宝芝题皆春居士跋语、方回原序、吴宝芝题方回序语、沈邦贞题识、宋至序、吴宝芝《重刻律髓记言》，浙江图书馆一藏本则为宋至序、张伯行序、沈邦贞题识、吴之振序、皆春居士跋、吴宝芝题皆春居士跋语、方回原序、吴宝芝题方回序语、吴宝芝《重刻律髓记言》。其次，漏刊漏刻。浙江图书馆所藏吴刻本中有两本皆无沈邦贞题识。张伯行序更是为多本所遗漏：

　　　　诗以道性情，通乎政事，四始、六义，用意微矣。今者诗教昌明，圣天子风厉当代，上自朝庙，下逮里巷，讴吟弦诵，猗欤盛哉！周秦唐宋以来，至今日而蔑以加也。余纂集儒先理学，亦存濂洛风雅，本此至意焉。石门吴橙斋重校方虚谷《律髓》一书，诚足为后学津梁。商丘宋学使先生既为之序以行世，其梗概则橙斋与瑞草能言之，而其条理则又莫详于沈子沧孺之说。余撮夫大略如此，使天下言诗家咸知圣朝风厉之至意备于此书云。康熙五十二年岁次癸巳夏六月朔丙子仪封张伯行书。①

　　张氏以刚正廉直著称，品行无亏，刊者无故意删削此序之理；其写作时间又与宋至序、沈邦贞题识相近，此序当系漏刻。

---

① （清）张伯行：《瀛奎律髓序》，载浙江图书馆藏康熙五十一年吴宝芝刊《方虚谷瀛奎律髓》。

二 海外刻本

海外曾刊印《瀛奎律髓》的国家，主要是朝鲜和日本。是书于明成化十一年（1475）传入朝鲜，后又经朝鲜传入日本。朝鲜覆刊明成化三年龙遵叙刻本而成的成祖朝刻本是今所知见朝鲜、日本诸刊本的祖本。据所知见，两国现存刊刻本主要有朝鲜成祖朝刊本、朝鲜中宗朝刊本、朝鲜活字印本，日本宽文十一年（1671）刊本、日本文化五年（1808）刊本、日本薄叶刷横本。

（一）朝鲜刊印本

1. 成祖朝刊本

明成化三年（1467）龙遵叙刊本《瀛奎律髓》付梓刊刻之后仅数年，即传入朝鲜。朝鲜成宗七年（明成化十一年，1475）覆刊明成化三年本，这是朝鲜最早的刊本。杨守敬《日本访书志》卷十三载：

> 《瀛奎律髓》四十九卷：朝鲜重刊明成化本，首方回自序，序后有"成化三年仲春吉日紫阳书院刊行"木记，有圆点，注文双行。末有皆春居士跋。据其印章，知为龙遵叙。末又有成化十一年朝鲜府尹尹孝孙跋，盖即据成化本翻雕者也。据龙叙，知虚谷此书以前未有刊本。此虽非成化三年原本，而款式毫无改换，较吴之振本之移龙叙于卷首者，亦有间焉。①

所载即是此本。关于其刊刻始末，尹孝孙跋语有云：

> 吾东方远，中国书籍罕到，学者病焉。岁甲午，仆谬承天恩，叨守完山，时监司李相克均嘱余以《瀛奎律髓》曰："此诗乃吾中朝所得，而锓诸梓，上党韩相公志也。"仆受而阅之，是乃瀛奎群英诸作中采摘其艳且华者，分门类聚，诚诗律之精髓，而东方所创见也。即鸠工绣梓。未几，李相承召，今监司芮相承锡继志成之，阅数月而功讫。尝观世之人，得一新书，必秘而私之，摘华摘艳，自以为奇闻异见，夸耀于人。今李

---

① （清）杨守敬撰，张雷校点：《日本访书志》卷十三，辽宁教育出版社 2003 年版，第 212—213 页。

相公得此，而不为私藏；上党公见此，而欲广其传。其用心之公，固可书也。而为国家赞扬诗教，嘉惠后学之意，尤不可泯也。不揆鄙拙，兹书颠末云。成化纪元十有一年，苍龙乙未三月上浣，守府尹通政大夫南原尹孝孙有庆谨跋。①

李克均不宝其私，尹孝孙绣梓刊刻，其"赞扬诗教，嘉惠后学之意"的确不可泯灭。

是本之版式行款，《清芬室书目》有详细叙述："《瀛奎律髓》，零本，二册。元方回撰，存卷一至三，卷七至八，卷二十五至二十七，成宗朝刊本，板四周双边，有界，十行二十一字，注双行，匡郭长 20.5 厘米，广 13.0 厘米，黑口。按，《倭版书籍考》卷七朝鲜尹孝孙等跋云。又按，隆庆乙亥字本《考事撮要》灵光藏此书册板。"② 又据上引杨守敬《日本访书志》所载，知其不仅保留了原本圈点，而且款式悉依原本，卷首有方回原序，卷末有龙遵叙跋，后又有尹孝孙跋，堪称难得的善本。

是本于宣祖朝再行覆刊，据《清芬室书目》可知："《瀛奎律髓》，零本，一册。元方回撰，存卷四十三至四，木板四周双边，有界，十行三十一（按，疑为二十一，与上述刊本同）字，注双行，匡郭长 19.5 厘米，广 13.3 厘米，黑口，疑宣祖朝覆前揭刊本。"③

据许清云《方虚谷之诗及其诗学》，此本由杨守敬自日本访回，旧藏清宫观海堂，现藏于台北故宫博物院图书馆。一部十册，其中第八册（卷二十八

---

① 按，是跋附于日本宽文十一年（1671）刊本、文化五年（1808）印本之末。据《清芬室书目》引《倭版书籍考》及杨守敬《日本访书志》所载，知尹孝孙为朝鲜人（按，尹孝孙跋语中所提及之"完山"、"南原"皆为朝鲜地名，亦可证其为朝鲜人），尹孝孙于成化十一年（1475）覆刊明成化三年本而成的朝鲜成祖朝刊本后来又传入日本；日本宽文十一年本和文化五年本乃系以朝鲜成祖朝刊本为底本刊印而成。许清云：《方虚谷之诗及其诗学》有云："日本于成化十一年乙未有翻刻之朝鲜刊本，乃南原尹孝孙有庆所刻。杨守敬《日本访书志》卷十三……载之。"又云："日本刊《瀛奎律髓》，余所知见者有三：其一为明成化十一年南原尹孝孙翻成化本。"（博士学位论文，台湾东吴大学，1981年，第50、56页。）其说存在两处错误：其一，认为尹孝孙是日本人；其二，认为明成化十一年日本有《瀛奎律髓》刊本（按，或说"翻刻之朝鲜刊本"，或说"翻成化本"，本身即含混不清）。这大概是误读《日本访书志》而致：杨守敬所见本正是朝鲜成祖朝刊本，而不是日本据此翻刻的本子。李庆甲也因不知朝鲜成祖朝刊本之存在，而误以为尹孝孙跋为日本文化五年刊本之原跋，且认定尹孝孙为日本人，甚至将其姓名误署为"孝孙有庆"。［（元）方回选评，李庆甲集评校点：《瀛奎律髓汇评》附录一，上海古籍出版社 2005 年版，第 1834 页。］

② 张伯伟：《朝鲜时代书目丛刊》，中华书局 2004 年版，第 4645 页。

③ 同上书，第 4646 页。

至卷三十五）原缺，后经悉耕堂主人抄配补全①。

2. 中宗朝刊本

朝鲜中宗朝又有一刊印本。《清芬室书目》载此本：

> 《瀛奎律髓》（残本）六卷，一册。中宗朝丙子字印本，大字方1.1厘米，小字长0.9厘米，广0.6厘米，元方回编，存卷三十至五，四周双边，有界，每半页十行，行二十字，附批点，注双行，匡郭长23.2厘米，广15.5厘米，首尾有"权"、"权氏"印记。按蓬左文库藏此书一部十册，为其目录录之但作成化十一年刊，则恐误矣。②

明成化十一年，即朝鲜成宗七年，此本既然有"成化十一年刊"字样，恐怕是覆刊成祖朝刊本而成。

3. 活字印本

朝鲜又有活字印刷本，今浙江图书馆所藏当为国内孤本。是本一函十册，书名题曰"瀛律"，每册封面题写卷数及类目，如第一册封面题"一～四：登览、朝省、怀古、风土"。卷首依次为目录、方回原序、皆春居士跋，每卷末有"瀛奎律髓卷之×终"字样。半页十行，行十八字，注文小字双行。诗文顶格，类目及诗题低两格，小序低三格，注文低一格。上下双边，左右单边，白口，双鱼尾，书口处标"律髓卷之×"及页数，书根处标册数、书名"律"及各卷类目之首字，如第一册书根处题："一，律，登、朝、怀、风。"每册首卷首页有"浙江图书馆珍藏善本"朱印一方。

祝尚书《宋人总集叙录》认为此本即杨守敬《日本访书志》所载成宗朝刊本③，不甚得当。首先，二者之行款版式明显不同，由上文所述已可见出。其次，成祖朝刊本据成化三年本覆刊，其为人称道之处在于尊重原本，"毫无改换"。而活字本与成化三年本相比，则多有不同之处。除将皆春居士跋移至卷首之外，最突出的是对唐明皇《送贺知章归四明》一诗的处理。成化本卷二十四"送别类"有唐明皇《送贺知章归四明》之目，目下仅二句："岂不惜贤达，其如高尚何！"后有方回注："此诗会稽有石刻，朱文公为仓使时读之，

---

① 许清云：《方虚谷之诗及其诗学》，博士学位论文，台湾东吴大学，1981年，第50页。
② 张伯伟：《朝鲜时代书目丛刊》，中华书局2004年版，第4812—4813页。
③ 祝尚书《宋人总集叙录》："国外，是书有朝鲜重刊成化本。杨守敬《日本访书志》卷一三即著录该本，……此本大陆唯浙江图书馆著录一部。"（中华书局2004年版，第444页。）

最喜起句雄健，偶忘记后六句，当俟寻索足之。"对于此诗及注，后人怀疑"似是后人补入，非虚谷原本"①，故活字本悉数删去，这显然不同于完全遵照原本的成祖朝刻本。

不过，仔细比勘其文字，除将皆春居士龙遵叙跋移至卷首、个别地方有意作了修改之外，大致与明成化三年龙遵叙刊本一致。也就是说，活字印本所参照的底本应该仍然是覆刊明成化三年本而成的朝鲜成祖朝刊本。

（二）日本刊刻本

1. 宽文十一年刊本

是本乃日本村上平乐寺于宽文十一年所刻活字训点本。据《中国馆藏和刻本汉籍书目》，知中央民族大学图书馆和辽宁图书馆曾藏有此本②，惜今已不可查见。今所见唯国立台湾大学图书馆藏有原刊本一部，十册。内扉页刊"成化三年仲春吉日紫阳书院刊行"；卷首有方回原序，接以目录，目录各卷类目下标明选诗数目。有后人所标句读，并间有日语标记。卷末有龙遵叙跋、尹孝孙跋。半页九行，行二十字，注文小字双行，字数同。四周双边，黑口，双黑鱼尾。

从其卷首刻方回原序、卷末刻龙遵叙跋与尹孝孙跋，知其刊刻底本正是朝鲜成祖朝刻本。和朝鲜成祖朝刊本一样，它也很好地保留了明成化三年龙遵叙刻本的原貌。据此，我们可以知道，《瀛奎律髓》传入日本的途径是比较独特的，即经由朝鲜而间接传入，其传播的媒介正是朝鲜成祖朝刊本。

其刊刻时间，正是清初唐宋诗之争背景下《瀛奎律髓》批评和接受的高潮期。可见，这一诗学思潮的巨大声势，已在日本诗学界引起强烈反响。同时，这也从一个侧面证明了《瀛奎律髓》是这一场论争的重要阵地之一。

2. 文化五年刊本

是本乃平安书肆植村氏于文化五年镌刻付梓。其校订者朝川鼎述其刊刻缘起云：

> 古之教人，必先以《诗》。……古之诗犹今之诗也。今之诗者，谓近体也。近体诗以唐为始，其能学唐者以宋为最，故后之学诗者必以唐、

---

① （元）方回选评，李庆甲集评校点：《瀛奎律髓汇评》卷二十四，上海古籍出版社 2005 年版，第 1021 页。

② 按，王宝平主编《中国馆藏和刻本汉籍书目》："《瀛奎律髓》四十九卷，元方回辑，日本宽文十一年（1671）村上平乐寺刻本。民族大，辽宁。"（杭州大学出版社 1995 年版，第 514 页。）

宋为水蓝，固也。余之教人，必先以作诗。其作诗之法，所谓二四异，二六同，挟声拗字之类，不一而足。初学或难之，因使其诵唐、宋之诗，然未尝句解字释，但优游涵泳，使之自得也已。盖其意谓诗可以至法，法不可以入诗也。而唐、宋诗人，各自有集。非就焉而考究，不得尽识其蕴，是在初学为最难矣。若求其简而备者，莫《瀛奎律髓》若也。《瀛奎律髓》四十九卷，诗凡二千九百四首，其止于律而不及古绝者，以所谓诗之精者为律。则其精者既已通之，其他亦可推知也。①

可知，其目的在于为初学诗者提供简单而全备的唐宋诗读本。为求便于携带、简单易诵，是刻不仅为巾箱本，而且删削圈点评注，实为迎合初学需求而刻印的小册子。

是本国内唯华东师范大学图书馆庋藏巾箱本一部三册，无方回圈点评注，诗文旁多加日语标记。内封页题书名"瀛奎律髓"。全书合原本之四十九卷为上、中、下三卷，每册一卷，卷上为登览类、朝省类、怀古类、风土类、昇平类、宦情类、风怀类、宴集类、老寿类、春日类、夏日类、秋日类、冬日类、晨朝类、暮夜类；卷中为节序类、晴雨类、茶类、酒类、梅花类、赋雪类、月类、闲适类、送别类、拗字类、变体类、着题类、陵庙类、旅况类；卷下为边塞类、宫阃类、忠愤类、山岩类、川泉类、庭宇类、论诗类、技艺类、远外类、消遣类、兄弟类、子息类、寄赠类、迁谪类、疾病类、感旧类、侠少类、释梵类、仙逸类、伤悼类②。卷首依次为山本信有序、朝川鼎序、方回原序、目录，目录于类目下标有五言与七言诗之数量，末尾标"五言合一千五百九十七首，七言合一千三百七首"；书末依次刊刻皆春居士跋、尹孝孙跋（按，由此可知，其所依之底本为朝鲜成祖朝刊本）、大窪跋。每卷卷首题"瀛奎律髓卷之×"，卷末题"江户朝川鼎五鼎校订"。正文半页二十二行，行十四字；除方回原序、皆春居士跋、尹孝孙跋之外，其他序跋皆为手写，行款颇不统一。诗文顶格，类目及诗题低一格，小序低两格。四周单边，无鱼尾，白口。书口上标书名及卷数，中标类目，下标页数。可见，是本虽以朝鲜覆刊成化本为底本，却对原本作了相当大的改动，又一并删除原书圈点

---

① ［日］朝川鼎：《瀛奎律髓序》，见华东师范大学图书馆藏日本文化五年刊《瀛奎律髓》。
② 按，王宝平主编《中国馆藏和刻本汉籍书目》以此本为仅存三卷之残本，误。（杭州大学出版社 1995 年版，第 514 页。）

评注，难称善本。然而，这一巾箱本不仅实现了其刊刻的初衷，也为《瀛奎律髓》在日本的广泛传播起到了重要作用，是有其积极意义的。

3. 薄叶刷横本

许清云《方虚谷之诗及其诗学》云："日本刊《瀛奎律髓》，余所知见者有三：……其三为薄叶刷横本（详见松雪堂书店古书籍贩卖目录昭和二十八年十月号、二十九年十月号、三十年七月号、三十二年十二月号等）。"[①] 知日刊《瀛奎律髓》有薄叶刷横本。然是本仅见载于此，其他书目著作、馆藏信息皆无著录，故而难知其详，尚待细考。

第二节　通评本

所谓通评本，即对全书进行全面评阅批点的本子。现在可知的最早对《瀛奎律髓》进行点评的是方回的好友陈栎，卷二十五陈师道《寄答李方叔》下有"栎按"："诚斋《送人下第》云：'孰使文章太警俗，何缘场屋不遗才。'即用后山此诗三、四一联句法意度，然皆老杜'文章憎命达'之遗意。"[②] 正是他的批点痕迹。据龙遵叙跋语所引陈栎自识"惟'节序类'得虚谷亲校本抄之，余皆传录本，疑误甚多，虽间可是正，而不能尽，圈点悉谨依之"，我们推知，陈氏应该是对全书进行了全面的校勘批阅，可惜这一较早的通评本今已难考其样貌。现在可见的通评本主要有二冯评点本、查慎行评点本、何焯评点本和纪昀《瀛奎律髓刊误》，这也是"通评本"一节的主要考察对象。

一　二冯评点本

海虞冯舒（1593—1649）、冯班（1602—1671）二兄弟是现今可见较早全面批点《瀛奎律髓》者。二人极力挞伐方回固守"江西"门户，力主"晚唐"，使《瀛奎律髓》成为有清一代唐宋之争的大舞台，在是书的传播接受中起了不可替代的重要作用。

二冯于是书皆先后批阅数次，倾尽心力。批阅诸本在当时即颇为风靡，

---

① 许清云：《方虚谷之诗及其诗学》，博士学位论文，台湾东吴大学，1981年，第56—57页。

② （元）方回选评，李庆甲集评校点：《瀛奎律髓汇评》卷二十五，上海古籍出版社2005年版，第1113页。

为四方士子视若珍宝，传抄不倦。而最早整合诸本、合抄二冯评语的当是稍晚的陆贻典①。冯舒卒后，冯班阅其批本，感慨为跋曰："家兄评此书毕，谓余曰：'吾是非与弟正同耳。'余意未信。今窦伯侄以此见示，取余所评校之，真符节之合矣。今日求可与言诗者，定何人哉！八月二十七日书于小楼之西窗，家兄没已二年矣。"② 有鉴于此，陆氏广搜冯班评本，并将冯舒评语抄入，以便于对比二冯评点之异同。陆氏有跋语云："己仓、定远兄弟称'诗为冯氏一家学'。定远评驳此书凡有三四本，斧季此本，其一也。复取他本评语一一载入，前后心目，庶可考见。余又从友人处见己仓阅本，用墨笔录于卷内，以征两冯手眼之同异云。甲辰闰六月三日常熟陆贻典识。"③ 现存过录二冯评语本皆合抄冯舒与冯班评语，很可能都是辗转抄录陆氏抄本而成的。其中，国家图书馆所藏佚名抄录二冯、陆贻典评点本吴刻《方虚谷瀛奎律髓》（按，书末录陆贻典跋）既录二冯评语，又录陆氏的零星评点，最能反映陆氏抄本的基本面貌。

二冯评点未曾刊刻，靠历代学人辗转抄录而流传至今。据笔者调查阅览，现今尚可考见的过录本《瀛奎律髓》中，以过录二冯评语者为最多。现将其版本、过录及收藏情况列表如下。

书名	版本	过录	收藏	备注
《紫阳方先生瀛奎律髓》四十九卷	清康熙四十九年陈士泰刻本	佚名录二冯评①	国家图书馆	
		佚名录二冯等评	国家图书馆	翁心存跋
		佚名录二冯评	国家图书馆	录陆贻典跋
		林葆恒录二冯、查慎行评②	上海图书馆	
		佚名录二冯评③	南大图书馆	
《方虚谷瀛奎律髓》四十九卷	清康熙五十一年吴宝芝刻本	佚名录二冯、陆贻典评	国家图书馆	录陆贻典跋
		佚名录二冯、查慎行、何焯评	原藏上海图书馆	今已不可见

① 陆贻典（1617—1686），字敕先，号觌庵，江苏常熟人。笃于坟典，博学工诗，是明末著名的藏书家，虞山诗派著名诗人，与冯舒往来颇为密切。著有《玄要斋集》、《渐于集》、《觌庵诗抄》等。

② （清）冯班跋，见上海图书馆藏过录有林葆恒录二冯、查慎行评语之康熙四十九年陈士泰刊本《紫阳方先生瀛奎律髓》。

③ （清）陆贻典跋，见国家图书馆藏过录有二冯、陆贻典评语之康熙五十一年吴宝芝刊本《方虚谷瀛奎律髓》。

书名	版本	过录	收藏	备注
《方虚谷瀛奎律髓》四十九卷	清康熙五十一年吴宝芝刻本	许士模录二冯、查慎行、何焯评	上海图书馆	吴苏泉题识，许士模题识并另纸评点
		佚名重抄许士模录二冯、查慎行、何焯评	浙江大学图书馆	
		沈廷瑛录二冯、何焯评	上海图书馆	沈廷瑛题识，翁同和跋
		佚名录二冯评	南京图书馆	沈岩跋
		佚名录二冯、钱陆灿评	吉林图书馆	吴绍溁跋（按，《汇评·附录一》误以为钱陆灿跋）
		佚名录二冯评	浙江图书馆	
《瀛奎律髓刊误》四十九卷	清嘉庆五年双桂堂刻本	钱泰吉录二冯、查慎行评	武汉师范学院图书馆	

　　由以上表格可以看出，二冯评点传抄颇为广泛，过录情况也相当复杂：有单录二冯评点者，亦有与他家评点合录者；有可考知抄录者的，如许士模抄本、沈廷瑛抄本、钱泰吉抄本等，而大多数则难以确知；有可考知其抄录来源的，如浙江大学图书馆所藏本系佚名抄录许士模过录本，其他诸种则难以考见；据题识跋语，有的过录本收藏渊源可考，而亦有多种难以考知。因此，其所过录二冯评语也难以避免地存在问题。大体说来，主要有以下几个方面：1.遗漏。李庆甲《瀛奎律髓汇评》（下文简称《汇评》）广参众本①，所辑二冯评点是目前所见最为全面者。与之参校，其他诸本皆有遗漏，当系抄者于抄录过程中进行删选所致。然而，即使《汇评》所辑，亦有遗漏，非二冯评点之全璧。如冯班批张耒《卧病月余呈子由二首》其二云："'雪深'、'安心'俱二祖故事，非景也。诗虽不佳，已苍（按，冯舒）此等批反为后人所笑。"② 而冯舒批语已在反复抄写中被遗漏，无法考见。再如纪昀评杜甫

---

　　① 按，据（元）方回选评，李庆甲集评校点《瀛奎律髓汇评》"例略"，是本"以过录有冯舒、冯班、查慎行、何义门评语的清康熙五十二年石门吴之振黄叶村庄刻本（按，实由吴宝芝于康熙五十一年付梓，见前文）《瀛奎律髓》为底本，参校了另外三种过录有冯舒、冯班评语的清康熙四十九年陈士泰刻本《瀛奎律髓》"。"另外三种"即表中标注①②③的三种过录本。据是书附录《版本、评点及收藏情况一览表》，其所依底本原藏上海图书馆，但今已不可见，殊为憾事。

　　② （元）方回选评，李庆甲集评校点：《瀛奎律髓汇评》卷四十四，上海古籍出版社2005年版，第1594页。

《登牛头山亭子》："'犹残'二字，紧跟上二句说下。却于上二句内，隐隐藏得泪已流尽，此流残之数行耳。用笔最深曲。若如二冯所说，则当云'忍将数行泪，来对百花丛'，意味浅矣。"① 此处所说二冯评语今亦不可见。2. 重复。仍以《汇评》所辑为例，"着题类"小序，冯班评语有云："唐人只赋意，便自生动；宋人粘滞，所以不及。"② 此评亦见本卷杜甫《画鹰》诗评，仅易"便自"二字为"所以"，显系重复抄录。"风怀类"小序，冯舒评云："义山以用事写情，故曲曲能新，段柯古专用僻事，是不能为义山而别出一奇者。"③ 此评又见本卷李商隐《天平公座中呈令狐公，时蔡京在坐》后，且作冯班评，殊为混乱。评点是批评者于读书时随手圈点，将感想即兴书于字里行间的一种颇为自由灵活的批评方式，读者阅其批点可以一目了然。几经抄录，重复错乱百出，此诗之评语错置于彼诗之下，这势必影响读者对批评者原意的解读。3. 混淆。众传抄者多以不同颜色的笔墨抄录诸家评点，以示区别。抄录工程量巨大，又需要频繁更换笔墨，混淆难以避免。加之又经后人辗转抄录，此种情况反复出现，混淆的现象也渐趋复杂。冯舒与冯班评点混淆之处颇多，上述重复抄录冯舒评点，而又标作冯班评点者即是一个典型的例证。再以许士模过录本为例，书中分别用墨、朱、蓝、黄四色抄录诸家评语，墨笔抄录者为查慎行评语，下阑之外红笔、黄笔所抄为冯班评语，蓝笔所抄为冯舒评语，而下阑红笔或蓝笔书写者为何焯评语④。将其与《汇评》一一比对，就会发现，混淆而难辨彼我之处颇多。试举两例：卷十五梅尧臣《吴正仲见访回日暮必未晚膳因以解嘲》评："'倾崖护石髓'，始可云用事不觉，'题凤'则显然用事矣。"《汇评》属之冯班，而许抄本属之冯舒。卷十程颢《郊行即事》评："不见道学先生，末句只不好耳。说是道学，弥不可耐。"《汇评》属之冯班，而许抄本属之冯舒。4. 异文。在抄录过程中，若遇原本字迹潦草、模糊难辨之处，严谨者留以空格，以待日后填补；草率者则径循己意，妄自猜度，从而导致诸本抄录质量参差不齐，鲁鱼亥豕在在皆是。更有抄录者承二冯之意而又稍加评论，也导致了异文现象的出现。前者如冯舒

---

① （元）方回选评，李庆甲集评校点：《瀛奎律髓汇评》卷一，上海古籍出版社 2005 年版，第 9 页。

② （元）方回选评，李庆甲集评校点：《瀛奎律髓汇评》卷二十七，上海古籍出版社 2005 年版，第 1151 页。

③ （元）方回选评，李庆甲集评校点：《瀛奎律髓汇评》卷七，上海古籍出版社 2005 年版，第 276 页。

④ 参《〈瀛奎律髓汇评〉失收何焯评点辑补》（见是书附录二）。

评陈师道《巨野泊触事》,《汇评》作:"全是形模。如村学蒙师,著浆糊摺子,硬欲刺人。自谓规行矩步,人师风范。句读间亦不差,然案头所有,海篇直音而已。"①而浙江大学图书馆所藏佚名抄本作:"全是形模。如村学蒙师,著浆糊褶子,硬然刺人,自谓矩步规行,旨读一字异人,其音亦正,然案头所有,海篇直音而已。人师风范。"字句有异而颠倒不通,当是误抄所致。后者如冯班评李群玉《登蒲涧寺后二岩》语,《汇评》本作:"宋人四六,工而无味,果然。工而有味,'西昆'也;工而无味,'江西'也。"②而许抄本作:"宋人四六无味,名论也。昆体亦不专如此。"这一异文就显然是因为许氏在抄录中又对冯批加以批评而产生的。

　　详细剖析以上诸种问题,其目的除了有助于对二冯《瀛奎律髓》评点的文献状态作全面客观的了解之外,或许也将有助于对二冯评点中存在的矛盾从文献角度加以思考和解释。如冯舒之论,力主晚唐,于"江西"则谩骂痛斥,无所不致其极。但是,他评僧如璧《再次前韵》诗却颇为通达:"诗取达意,咏性情期于文理无碍,则五色、五味俱悦口目矣,必曰何派便谬。犹之医也,甘苦凉热,期于投病活人而已,必曰此何人之派,定用何药,定不用何味,则杀人矣。"③这与其文学批评实践相去甚远,令学界倍感困惑④。从文献角度考虑,这或许是在抄录过程中误将冯班评语属之冯舒所致,也或许是抄者在过录时加入一己之见所致。虽然因文献缺失,这只能作为一种猜测。但是,无论如何,它为我们的思考提供了一个独特的视角。

　　当然,以上所述问题普遍存在于各过录评点本中,并非个别现象。因此,我们在使用此类文献时应格外注意。

二　查慎行评点本

　　作为清代著名的诗歌评论家,查慎行(1650—1727)一生批点诗作颇多,《瀛奎律髓》即是其中之一。查评本主要有以下诸种。

---

　　①　(元)方回选评,李庆甲集评校点:《瀛奎律髓汇评》卷三十四,上海古籍出版社2005年版,第1399页。

　　②　(元)方回选评,李庆甲集评校点:《瀛奎律髓汇评》卷一,上海古籍出版社2005年版,第11页。

　　③　(元)方回选评,李庆甲集评校点:《瀛奎律髓汇评》卷四十七,上海古籍出版社2005年版,第1755页。

　　④　按,陈望南《海虞二冯研究》即提出了这一问题,认为冯舒"持论也是少见的通达平正,与他本身的文学批评实践大异"。(中山大学出版社2011年版,第149页。)

1. 乾隆四十二年（1777）涉园观乐堂刊本

查氏所批诸作均未刊刻，仅靠他人传抄流传于世，时间既久，"评本流传不一，亥豕亦多，甚有窜入他家绪论"者①，贻误后学至深。有鉴于此，为彰显查氏"嘉惠后人之美意"②，并慰藉其师许昂霄（嵩庐）借录之苦心③，同时达到依附前贤以立名传世的目的，海盐后学张载华广泛搜罗查评诸本，于乾隆三十二年（1767）辑成查氏评点陶渊明、李白、杜甫、韩愈、白居易、苏轼、王安石、朱熹、谢枋得、元好问、虞集诸别集以及《瀛奎律髓》十二种，后由其婿萧嘉植于乾隆四十二年校勘付梓，题曰《初白庵诗评》，此即所谓涉园观乐堂刊本。是本国家图书馆有藏，即《初白庵诗评》三卷附《词综偶评》一卷。一函六册，析为上、中、下三卷，下卷专辑《瀛奎律髓》评点，又附张载华所辑其师许昂霄《词综偶评》一卷。书口中部镌卷名、卷数及页码，下端有刻工花押。半页十二行，行二十三字，小字双行，行三十三字，左右双边，细黑口，单黑鱼尾。卷首依次刊刻张宗楠"诗评序"、张载华"诗评自识"、"初白庵诗评纂例"、全书总目、萧嘉植跋，卷末有张柯跋。另外，天津图书馆、厦门大学图书馆、上海师范大学图书馆亦藏有此本。

张氏裒辑《瀛奎律髓》所据底本为查氏批点手迹，实为难得的第一手资料。"纂集之下，一字不敢擅易。或漶漫难辨，姑从阙疑"，整理校勘态度又极为精审。"间有误笔，附识于后"④，并以"载华按"标明；为使查评明了易懂，必要处刊刻方回原批；且附录李天生、俞犀月、陆庠斋、吴星叟等人的零星评语，与查评相互发明，以利于启发读者，确实做到了彰显查氏"嘉惠后人之美意"，不仅用心精细，体例上也大有可圈可点之处。蒋寅即称赏道："张载华于各书校理，用功勤谨，不仅详录原书题识、评语，即一联一句之圈点，亦只字无遗。……至原评失当者，则加按语陈述己见，或引他说发

---

① （清）张载华：《初白庵诗评纂例》，载《查初白诗评十二种》卷首，民国上海六艺书局石印本。

② （清）张载华：《诗评自识》，载《查初白诗评十二种》卷首，民国上海六艺书局石印本。

③ 按，（清）张载华《诗评自识》："余生也晚，不获亲炙先生。幸自幼及壮，得从许嵩庐夫子游。夫子与先生同里，于友朋间每闻先生评阅古人诗集，必辗转购借，携至涉园，约诸己亟为抄录。"（《查初白诗评十二种》卷首，民国上海六艺书局石印本。）

④ （清）张载华：《初白庵诗评纂例》，载《查初白诗评十二种》卷首，民国上海六艺书局石印本。

明之，体例颇为完备。"①

　　然而，是刻也并非尽善尽美。其缺憾大致有二：一是辑录不全。李庆甲《瀛奎律髓汇评》据原藏上海图书馆的佚名抄二冯、查慎行、何焯评点本辑入的多条查氏评语皆为此刊本所未收。二是体例有憾。查氏原批，直接针对所评作眉批、夹批等，看来一目了然。张氏不录全诗，仅录查氏所评诗句及其评语，读者难以尽悉其批评原委。

　　2. 清末民国初影印涉园观乐堂刊本

　　清末民国初，上海六艺书局又影印涉园观乐堂刊本，易名《查初白诗评十二种》，书签题《查初白十二种诗评》，牌记题"上海六艺书局石印"。是本国内较为易见，国家图书馆、浙江大学图书馆、浙江图书馆、南京师范大学图书馆等均有收藏；李国庆《美国俄亥俄州立大学图书馆中文古籍书录》亦有著录。

　　3. 光绪间抄本与民国间石印本

　　见于记载者尚有光绪间戴穗孙抄本、民国间上海扫叶山房石印本。蒋寅《清代前期诗话经眼录》云："《初白庵诗评十二卷》（按，当为'十二种'）：……此书有光绪间戴穗孙抄本存上卷，吉林大学图书馆藏。……民国间扫叶山房石印本。"②

　　4. 过录评点本

　　和过录二冯评点本一样，过录查氏评点本也难以避免地存在漏抄、误抄等诸多问题。但是，它能在一定程度上弥补《初白庵诗评》收录不全的缺憾，又能使查评更为清晰直观，是研究查氏评点的重要参照，价值不可小觑。据笔者调查阅览，同时结合李庆甲《瀛奎律髓汇评·附录四（版本、评点及收藏情况一览表）》，现将过录查评本之版本、过录及收藏情况列表如下。

书名	版本	过录	收藏	备注
《紫阳方先生瀛奎律髓》四十九卷	清康熙四十九年陈士泰刻本	林葆恒录二冯、查慎行评	上海图书馆	
		佚名录查慎行评	浙江图书馆	

---

　　① 蒋寅：《清代前期诗话经眼录》，载陈飞主编《中国古典文学与文献学研究》第2辑，学苑出版社2003年版，第173页。

　　② 同上。

续表

书名	版本	过录	收藏	备注
《方虚谷瀛奎律髓》四十九卷	清康熙五十一年吴宝芝刻本	佚名录查慎行评并批点	上海图书馆	佚名批点多为注音、释义、校勘、用韵等，偶有诗评
		佚名录二冯、查慎行、何焯评	原藏上海图书馆	今已不可见
		许士模录二冯、查慎行、何焯评	上海图书馆	吴苏泉题识，许士模题识并另纸评点
		佚名重抄许士模录二冯、查慎行、何焯评	浙江大学图书馆	
		佚名录查慎行评	吉林大学图书馆	
		佚名录查慎行评	国家图书馆	马思赞、沈廷芳跋
《瀛奎律髓刊误》四十九卷	清嘉庆五年双桂堂刻本	钱泰吉录二冯、查慎行评	武汉师范学院图书馆	

三　何焯评点本

何焯（1661—1722）是清代著名的藏书家和诗歌评论家，他两倾其力精心批阅的《瀛奎律髓》①，是《瀛奎律髓》重要的评点本之一。

何氏所评诸作因未鸠工刊刻，大多已散佚残缺。何堂《义门读书记序》云：“先生之书满家而身没京邸，莫之爱护，取携狼藉者有人，而书以散佚。丧舟南归，书簏半浸于水，而书以腐败破缺，然所存者犹足沾润后学而有余。迨先生殁久而名益盛，闻风向慕，争欲一睹其书为幸者，几无远近。于是评阅之本，且走四方。所幸及门之士，昔时所通，假而传录者，尚存什之三四，而往往珍惜过甚，秘不肯出。”② 何评《瀛奎律髓》手批原稿亦早已湮没，实为憾事。值得庆幸的是，据所知见诸本，尚可了解何氏批阅及后人传抄的概况，并能粗略勾勒出诸本的流播情况，何评之全貌亦可大致见出。

1. 初阅手批本

许士模云：“义门先生生平手不释卷，丹黄点勘不下数百种，考订之细，书法之工，为艺林所仅见。先生没于京邸，遗书尽归广陵马氏。既而马氏式

---

① 按，据下文许士模过录本所录吴绍澋识语，知何焯曾两次批阅《瀛奎律髓》。经仔细考察其校勘及评点文字，知何氏两次批阅所用底本皆为过录有二冯评语的康熙五十一年（1712）吴宝芝刊刻本，则其批阅时间当在是年之后。

② （清）何焯：《义门读书记》附录，中华书局1987年版，第1285页。

微。余友吴太史苏泉不惜重资购得大半。"可知，何焯卒后，其评点诸书尽归扬州马曰琯、马曰璐二兄弟所有①。后来，马氏式微，歙县吴绍澯②重金购得其大半，何氏手批《瀛奎律髓》即在其中。吴氏尝云："此书先生（按，何焯）所阅旧刻，二冯评语颇详。向藏余家，后为涧泉秦师携去。"③ 知此本后又为秦大士④携去。之后，便不知去向。今已不可见。

2. 过录初阅评语本

过录何氏初阅评语本，今知见者有二。

一是佚名抄冯舒、冯班、查慎行、何焯评语本吴刻《方虚谷瀛奎律髓》。据李庆甲《瀛奎律髓汇评》，是本原藏上海图书馆，惜今已不可见。《瀛奎律髓汇评》所辑何焯评语即据此抄录⑤。此本所录，当是何焯首次批阅之评语。因并非何氏初阅评语之全部，尚有遗漏，知其是后人过录本，非何氏手批本。（按，详见下文。）

二是沈廷瑛⑥抄冯舒、冯班、何焯评点本吴刻《方虚谷瀛奎律髓》。上海图书馆藏，一函十二册。卷末有沈氏题识，云：

> 两冯公评本，世多传写其书，义门先生阅者，绝未经见。是册从宝砚堂藏本假录。秋田师云义门评诗专在知人论世，能揭作者苦心，诠解出人意表，非仅如两冯公之但论源流法律也。兹阅朱笔所志，信然。敢

---

① 按，马曰琯（1687—1755），字秋玉，号嶰谷；马曰璐（1701—1761），字佩兮，号南斋、半槎道人。安徽祁门人，后迁居江苏扬州，清代著名盐商、藏书家，并称"扬州二马"。

② 吴绍澯（1744—1798），字澄野，号苏泉，安徽歙县人，仕至翰林院编修。吴保琳为编《吴苏泉编修年谱》一卷。

③ 按，此处及下文所引许士模、吴绍澯语皆见于上海图书馆藏许士模抄冯舒、冯班、查慎行、何焯评点本吴刻《方虚谷瀛奎律髓》，详见下文。

④ 秦大士（1715—1777），字鲁一、鉴泉，号涧泉、秋田老人，江宁（今江苏南京）人。乾隆十七年（1752）状元，仕至侍读学士。

⑤ （元）方回选评，李庆甲集评校点：《瀛奎律髓汇评》"例略"："本书所录，以过录有冯舒、冯班、查慎行、何义门评语的清康熙五十二年石门吴之振黄叶村庄刻本《瀛奎律髓》为底本，参校了过录有冯舒、冯班、何义门评语的清康熙四十九年陈士泰刻本《瀛奎律髓》。"（上海古籍出版社2005年版，第2页。）按，此处所云"过录有冯舒、冯班、何义门评语的清康熙四十九年陈士泰刻本《瀛奎律髓》"，不见于是书附录四"版本、评点及收藏情况一览表"，亦不见于诸图书馆古籍索引，疑李氏误。

⑥ 沈廷瑛（1760—?），江苏常熟人。［《清代官员履历档案全编》"乾隆五十一年（1786）五月初一日"条有："臣沈廷瑛，江苏苏州府常熟县监生，年二十七岁，原任刑部广西司员外郎，服满赴补，今掣得刑部江西司员外郎缺，敬缮履历，恭呈御览，谨奏。"］嘉庆二年（1797）在岳州知府任上，组织重修《巴陵县志》；嘉庆五年（1800），在长沙知府任上，组织修缮城南书院。

　　不秘之，为枕中鸿宝？乾隆丙申（四十一年，1776）十月廷瑛谨识。

　　此抄本之底本并不是秦大士（秋田）自吴绍灂处所取之何焯手批本，而是宝砚堂①藏本。卷四十八末有标记云："义门先生评点：用红笔。何焯，字屺瞻，又号无勇、潜夫。"根据评点内容，沈氏用红笔将其评语或抄作眉批，或抄于诗后，或抄于各家评后，或径直于诗文处涂抹校改，较好地保留了何焯评点的原貌。此本所录何氏评语与《瀛奎律髓汇评》所录大多重复，知其所录亦系首次批阅者。然而，与《瀛奎律髓汇评》相比，沈抄本何评有遗漏者，亦有多出者。这当是在传抄过程中，不同抄者各有取舍所致。

　　关于是本之流播情况，据书中零星题记，可大致有所了解。卷首有张树本②所作眉批三则，并有张氏识记云："是刻之后，尚有查初白诗评、纪晓岚刊误，持论变通，抉摘精当，视此奚啻积薪？道光丙戌（按，道光六年，1826）首夏□同生张树本识。本中所临义门何先生评点最为平允，校改之字亦极精审。诚有如临者所云也。若二冯评点如此，尚非善本。必得张勅先、孙宝洲诸老手临者乃为尽善耳。四月二十二日灯下又记。"知道光年间，此本曾为张氏所藏阅。内封页又有翁同和③题记："壬辰（按，光绪十八年，1892）夏，同邑鲍叔衡廷爵寄赠，付之廉藏之。瓶叟记。"知是本后归鲍廷爵④，鲍氏又将其赠予翁同和。历经辗转，今为上海图书馆所藏。

　　3. 续阅手批本

　　和初阅手批本一样，何氏续阅手批本，也是在其卒后归马氏二兄弟所有，后被吴绍灂购得。吴氏尝跋是本云："此书先生所阅旧刻，二冯评语颇详。向藏余家，后为涧泉秦师携去。此本当是先生续阅者，其墨笔所传大冯评语，朱笔传者小冯也，议论较初本颇加芟削。下阕皆先生自评。此非经世不可离

---

　　① 宝砚堂，清人何传瑶之书斋名。何氏，乾隆间举人。

　　② 张树本，字子慎，号蟠庵，江苏常熟人，道光十三年（1833）进士。性好读书，喜吟咏，精校勘，有《蟠庵诗稿》。

　　③ 翁同和（1830—1904），字声甫，一作笙甫，号叔平、韵斋、瓶笙、瓶庐等，江苏常熟人。咸丰间进士，历任朝廷要职，后因支持戊戌变法被革职。卒谥文恭。著《翁文恭公日记》、《瓶庐诗文稿》等。其家世代富于藏书，解放后，所藏多归于国家图书馆。

　　④ 按，鲍廷爵，字叔衡，江苏常熟人，祖籍安徽歙县。官浙江候补知县。著名藏书家，室名"后知不足斋"，刊《后知不足斋丛书》。

之书，而批阅乃至于再。呜呼！可谓好学也已。绍濂识。"① 据此可知：其一，何氏续阅之底本亦是过录二冯评语本，只是不如初阅之底本所录二冯评语详尽，颇多芟削。其二，何氏批语皆在下阑，以区别于二冯之评。

至于是本之流传，许士模题识有云："未几，苏泉物故，书渐散失。从弟倚青以白金十镒买数十种，余曾作诗赞之。倚青闲居，书将转鬻，不知复落何人之手？从此，前辈菁华风流云散，糊窗覆瓿，俱未可知，可胜浩叹！"知吴绍濂卒后，藏书多散失。虽由其从弟吴倚青买得数十种，却不知何氏续阅《瀛奎律髓》是否在其中？即使为吴倚青所买者，后亦转鬻而难详其终。嘉庆十八年（1813），许士模即感慨是本已不可见，今人更是不能一睹其貌，甚是遗憾。

4. 过录续阅评语本

过录何氏续阅评语本，今所见者亦有二：

其一，许士模②抄冯舒、冯班、查慎行、何焯评点本吴刻《方虚谷瀛奎律髓》。上海图书馆藏，一函十册。据许氏题识，此本系其乾隆五十五年（1790）寓居扬州时借吴绍濂所藏何氏续阅手批本抄录。除依照原批样式，于下阑以红笔或蓝笔专录何焯评语之外，许士模还过录了二冯和查慎行评语。关于此，许氏又有题识云："墨笔已录《初白庵诗评》，故大冯评语亦用朱笔载于上阑，间有鄙见，另书片纸。此外更借录《苏诗》、《容斋五笔》、《日知录》三种评点较略。《日知录》为兄子维藩取去，余二种并存案头。回忆尔时目明腕健，可多录数种以广其传，而仅止此，愧悔何极！"按，许氏此段题记，有三点需要说明：（1）查氏评语以墨笔抄自《初白庵诗评》。因《初白庵诗评》系刊刻本，抄录情况并不复杂。（2）书中夹有十五张纸片，上有简短批语，据此处所谓"间有鄙见，另书片纸"，知是许氏评语。（3）此处所云抄录冯氏评语情况与实际并不相符：一是书中除抄录冯舒评语外，亦抄录冯班评语；二是冯舒评语用蓝笔抄录，冯班评语则用红笔和黄笔。考其原因，此段题识作于嘉庆十八年，据抄录诸家评已有二十四年之久，当是许

---

① 按，（元）方回选评，李庆甲集评校点《瀛奎律髓汇评》附录一亦附此跋，抄自吉林图书馆所藏过录二冯、钱陆灿评点本吴刻《方虚谷瀛奎律髓》。因无"绍濂识"三字，李庆甲先生误作钱陆灿跋。[钱陆灿（1612—1698），字湘灵，号圆沙。这显然与跋语中所云"洞泉秦师（秦大士）"不符。]另外，是本抄录二冯、钱评，不录何焯评，其抄录渊源显然与吴绍濂藏何焯续阅手批本并无关系。

② 许士模，乾隆至嘉庆年间江苏东台县名儒，《东台县志》的主要编纂者之一。

氏误记所致。

是本所录何焯评语，皆不见于《瀛奎律髓汇评》及沈抄本，由此可推知《瀛奎律髓汇评》、沈抄本所录为何氏初阅之评语。借助许抄本和沈抄本，笔者辑成《〈瀛奎律髓汇评〉失收何焯评点辑补》一稿，加之《瀛奎律髓汇评》，或即为何评《瀛奎律髓》之全貌，这将有助于对何评进行全面深入的考察。

许士模在题识中尝感慨道："此本为乾隆庚戌寓扬时借录，距今二十有四年，元本已不知何在。既又念余年且七十，又安知此本更属何人？姑尽吾齿以自娱而已。特志其颠末，俾后之得是书者或因余言而珍重焉。是则余之所厚望也。"是本内扉页有"嘉兴钱伯英别号辛禅捐赠"朱印，又有"大同图书馆"藏书标记，知其曾为嘉兴钱伯英所有，后藏于大同图书馆，最后归上海图书馆，保存甚为完好，并未辜负许氏之厚望。

其二，佚名重抄许士模抄本吴刻《方虚谷瀛奎律髓》。浙江大学图书馆藏，一函十册。诸家评语佚名一律以墨笔抄录，而在每条评语下标"黑"、"红"、"蓝"、"黄"字样以示区别，抄录位置均与原本相同。是本之优点在于：规范作者标注之体例。佚名注意到方回在作者标注上体例芜杂的弊病，或在名下注字号，或在字号下注名，以求完整统一，足见其用心之精细。同时，也难以避免地存在着以下两个方面的问题：一是抄录评语方面。以留白或臆测的方式对待字迹难辨之处、对原本评语有所删选等，这些抄录本普遍存在的问题，是本也未能避免。二是抄录题识方面。佚名未作题跋，仅于卷首抄录吴、许二人题识，极易使人误认为是许士模原抄本。

5.《义门读书记》

乾隆十六年（1751），何焯从侄何堂等搜集整理其评点《春秋三传》、《汉书》、《后汉书》、《三国志》数种，厘为六卷，由何祖述镂板刊刻；乾隆三十四年（1769），后学蒋维钧又广搜博取，精心校勘，增刻何评至十数种，即今所见五十六卷本《义门读书记》。是本虽是汇集何氏诸书评点的重要资料，但是，鉴于以下两点，本文认为其对于《瀛奎律髓》评点本研究而言，参考价值并不大。（1）所收何评《瀛奎律髓》之评语甚少。正如何堂序云其所得"盖无过什一"①、蒋元益序云"仅存百一"②，见于上述何氏初阅、续阅诸本

---

① （清）何焯：《义门读书记》附录，中华书局1987年版，第1285页。
② 同上书，第1289页。

之评语，是书罕有收入。（2）难以判断是否辑自何评《瀛奎律髓》。是书所收何评诗歌，虽有一部分选入《瀛奎律髓》，但因何氏对诗人别集亦多有点勘，难以确知其之来源。即使偶有何评二冯评点者，也难以断定辑自何评《瀛奎律髓》。如评《巳上人茅斋》云："'空忝许询辈'二句，冯（按，冯舒）云'六朝结法'。"① 评李商隐《无题》"东风无力百花残"句："己苍云'第二句毕世接不出'。按：此句言光阴难驻，我生行休也。"② 两条皆不见于何氏初阅、续阅诸本，实难知其所自。

四　纪昀评点本

有感于"虚谷左祖'江西'，二冯又左祖晚唐，冰炭相激，负气诟争，遂并其精确之论，无不深文以诋之。矫枉过正，亦未免转惑后人"③，纪昀（1724—1805）于乾隆辛巳年（1761）至辛卯年（1771）间先后评阅《瀛奎律髓》达六七次之多，成《瀛奎律髓刊误》，力图于其间作持平之论，别白是非，以指导后学。纪评本几经刊刻，在当时及后世都产生了重要影响。现将其版本情况梳理论述如下。

1. 嘉庆五年（1800）李光垣刊本

乾隆五十二年（1787），李光垣参与签改《四库》本《瀛奎律髓》，其师纪昀告之曾手定《瀛奎律髓刊误》一稿，并于《四库》竣事之后出以相示。李氏悉心抄录，并于嘉庆五年付诸梨枣，是为纪评之首刊本。

李氏称赏吴刻本之"评注圈点悉照原本"，故诗文圈点并版式行款"一依吴本"④。内封页镌"宋紫阳方虚谷先生原选，河间纪晓岚先生批点，《瀛奎律髓刊误》，侯官李光垣约斋氏校刊，双桂堂施藏板（按，或题'本衙藏板'、'清来堂吴藏板'等）"。卷首镌刻皆春居士跋、吴宝芝识皆春居士跋语、方回原序、吴宝芝识方回序语、宋至序（按，宋至序后有李光垣题识："宋序之上尚有苕溪沈名邦贞一序，是页半毁，序文不全，末有纪师批语云：'其言大而无当，欲示夸而适形其陋。'此序坊本久阙，无从补入。约斋识"）、吴之振序、李光云序、李光垣序、纪昀《瀛奎律髓刊误序》、纪昀跋、李光垣《例言

---

① （清）何焯：《义门读书记》卷五十三，中华书局1987年版，第1086页。
② （清）何焯：《义门读书记》卷五十七，中华书局1987年版，第1253页。
③ （元）方回选评，李庆甲集评校点：《瀛奎律髓汇评》附录一，上海古籍出版社2005年版，第1826—1827页。
④ （清）李光垣：《例言十一则》，见浙江大学图书馆藏嘉庆五年李光垣刊本《瀛奎律髓刊误》。

十一则》、吴宝芝《重刻律髓记言八则》。方回评注前加"原批"二字；纪昀批语刻于书眉或方回评注之后，并加"纪批"二字以示区别；李光垣偶有校勘品评，则注明为"约斋识"；方回圈点及纪昀圈点勾抹悉数刻入，纤毫无遗，颇便于后学细心揣摩。其体例完善，校审谨严，是备受称道的精刊本，流传甚广，因此也较为易见。上海图书馆、浙江图书馆、浙江大学图书馆、国家图书馆、山东大学图书馆、天津图书馆、福建图书馆等均有收藏。其中，原藏武汉师范学院图书馆本有清人钱泰吉抄录冯舒、冯班、查慎行评语[①]，福建图书馆藏本有清人谢章铤跋。

2. 光绪六年（1880）宋泽元刊《忏花盦丛书》本

光绪六年，宋泽元又将《瀛奎律髓刊误》刊入《忏花盦丛书》，序云："……是书先为约斋李氏梓行，阅年既久，字多漫漶，余惧其久而就湮也，遂重付剞劂，以广其传。惟细字如蝇头，而圈点复双行并列，校雠数过，仍不免三豕之伪，古以校书如扫落叶，有矣哉！是在读者会心耳。"[②]

宋氏刊本名曰"纪批瀛奎律髓"，版式行款与李光垣刻本同，卷首除增刻宋泽元序外，还增刻纪昀《四库全书总目·瀛奎律髓提要》。是本又收入《丛书集成续编》（第146册），也是目前较为常见的版本之一。

3. 清末苏州扫叶山房刊本

清代末年，又有苏州扫叶山房重刊本。浙江图书馆藏有一部十二册，版式行款与李光垣刻本、宋泽元刻本同，牌记为"宋紫阳方虚谷原选，纪晓岚先生评，瀛奎律髓刊误，苏州扫叶山房刊"，有"扫叶山房督造书籍"朱印一方。卷首未刊李光云、李光垣二序，其他与李刻本同。此本又藏辽宁图书馆、南京图书馆、安徽图书馆。

4. 民国上海扫叶山房石印本

民国十一年（1922），上海扫叶山房又有石印本《瀛奎律髓刊误》。据所知见，是本仅浙江图书馆、浙江大学图书馆、天津图书馆、福建图书馆有藏。现对浙江图书馆所藏本作一介绍：一函八册，封面题"瀛奎律髓，上海扫叶山房印行"，内扉页二题"宋紫阳方虚谷先生原选，河间纪晓岚先生批点，瀛奎律髓，上海扫叶山房印行"，背题"民国十一年发行，总发行所上海北市棋

---

① 按，今湖北大学（按，武汉师范学院为其前身）图书馆已不可查见；祝尚书：《宋人总集叙录》云藏于华中师范大学图书馆（中华书局2004年版，第443页），今亦不可查见。待考。

② （元）方回选评，李庆甲集评校点：《瀛奎律髓汇评》附录一，上海古籍出版社2005年版，第1836页。

盘街扫叶山房"，卷首依次刊刻纪昀《四库全书总目·瀛奎律髓提要》、宋泽
元序、李光云序、李光垣序、纪昀《瀛奎律髓刊误序》、吴宝芝《重刊瀛奎律
髓记言八则》、李光垣《例言十一则》、皆春居士跋、吴宝芝识皆春居士跋语、
方回原序、吴宝芝识方回序语、宋至序、吴之振序。半页十五行，行三十字，
注文小字双行，行四十三字，诗文顶格，注文低一格，诗题低两格，小序低
三格；左右双边，黑口，单黑鱼尾，书口上题书名，中题卷数、类目、页数，
下题"扫叶山房藏版"；书根处题本册之"序目"，如第一册题："序目：登
览、朝省、怀古、风土、昇平、宦情。"与李刻本相同，此本亦详刊圈点批
抹，并以"原批"、"纪批"、"约斋识"区别方回、纪昀、李光垣评点。另外，
目录页中夹一纸片，上书：

> 读诗要法：先要看题目，题目不可轻下一字，亦不可轻漏一字。次
> 看其格局段落，其中反覆照应，丝毫不乱。终看其句法，前后相合，虚
> 实相生。句法以王摩诘、刘文房为最，而少陵集其成。章法以刘梦得、
> 白乐天为最，而东坡集其成。用意深，取局远，制格严，出厚语。

寥寥数语却深中肯綮，前辈精辟之论使后学获益良深。

1990 年，中国书店据是本影印出版的《唐宋诗三千首——瀛奎律髓》，
是目前易见的版本。

另外，邵章《增订四库简明目录标注·续录》载有"清道光间纪文达刊
误本"①，张之洞《书目问答》载"卢氏广州刻本"②，俱未曾见，难悉其详。

第三节　选评本

所谓选评本，即有意识地对原书进行删改评选的本子。和评点本以
《瀛奎律髓》全书为批评对象不同，选评本是将选、评结合，先对原书进行
删选改易，并在删改的基础上进行评点。因而，较之随手批阅，其批评意
识更为自觉。现存《瀛奎律髓》选评本主要有三种：纪昀《删正方虚谷瀛

---

① （清）邵懿辰撰，邵章续录：《增订四库简明目录标注·续录》，中华书局 1959 年版，第 903 页。
② （清）张之洞撰，范希曾补正：《书目问答补正》卷四，上海古籍出版社 2001 年版，第
239 页。

奎律髓》四卷，许印芳《律髓辑要》六卷，吴汝纶《桐城先生评选瀛奎律髓》四十五卷。另外，祁承爜《澹生堂藏书目》载"《瀛奎律髓选》八卷，二册，张舍选，杨慎选"①，与李贽《续藏书》卷二十六所载《瀛奎律髓选》② 当系同一选本；云南大学图书馆原藏清佚名手抄《瀛奎律髓精选》，惜均已亡佚。

一　纪昀《删正方虚谷瀛奎律髓》

纪昀督学福建期间，自行删定所批《瀛奎律髓》为四卷，命名《删正方虚谷瀛奎律髓》。（按，以下简称《删正》。）全书依方回原书次序进行编选，选诗共计五百五十九首，尚不足原书五分之一，故而往往因删选过甚、不能完备而不为后人所取。钱泰吉《跋瀛奎律髓评本》云："昨冬，沈廉仲赠《镜烟堂晓岚评著》十种，有《删正瀛奎律髓》四卷，仅录所选取者，评语亦有异，不若此刻为全备也。"③ 梁章钜亦云："纪文达师督学吾闽时，有自行删定之两册，在《镜烟堂十种》中，今亦罕见刷印者，且所删太多，必须觅全本读之。"④ 朱庭珍《筱园诗话》亦质疑是选"于各集各选，惟专取公所圈点评赏诸作，每种仅十之二三，非全书矣，何必多此一刻为哉"⑤。其实，《删正》并非对《瀛奎律髓刊误》的简单删削，而是由纪昀精选细审而成，自有其价值所在。具体而言：一是细致校勘，准确精审。对于原批随手批阅、未及核对校审之处，纪昀在删定过程中都作了细致的校勘。如僧怀古《原上秋草》，纪昀原批云："题目'草'字有误，疑是'原上早秋'。"⑥《删正》则经核实后云："草字有误，当是'原上早秋'。"⑦ 又如高适《送王李二少府贬潭峡》，原批云："题再校。"⑧《删正》则云："集作《送李少府贬峡中王少府贬长沙》。"显然

---

① （清）祁承爜：《澹生堂藏书目》，《续修四库全书》第919册，第705页。

② （明）李贽：《续藏书》卷二十六，中华书局1974年版，第1677页。

③ （清）钱泰吉：《甘泉乡人稿》卷六，《续修四库全书》第1519册，第300页。

④ （清）梁章钜：《退庵随笔》卷二十一，江苏广陵古籍刻印社1997年版，第532页。

⑤ （清）朱庭珍：《筱园诗话》卷一，郭绍虞编选，富寿荪校点：《清诗话续编》，上海古籍出版社1983年版，第2347—2348页。

⑥ （清）纪昀评僧怀古《原上秋草》，见浙江大学图书馆藏嘉庆五年李光垣刊本《瀛奎律髓刊误》卷十二。

⑦ （清）纪昀评僧怀古《原上秋草》，见上海图书馆藏嘉庆间刊《删正方虚谷瀛奎律髓》。下引《删正方虚谷瀛奎律髓》纪批、梁章钜批皆出此本。

⑧ （清）纪昀评高适《送王李二少府贬潭峡》，见浙江大学图书馆藏嘉庆五年李光垣刊本《瀛奎律髓刊误》卷四十三。

是经过核对校勘的。可以说，删定本是更为完善的校订本。二是精心编选，提供典范。纪昀的评选标准颇为严苛，比如，他主张诗歌意境应浑融完整，从而对林逋有句无篇的梅花诗一律删弃；再如，他欣赏自然深稳的诗歌语言风格，因陈与义《连雨书事》其二"'风伯安卧'、'云师少饔'语太狰狞，'老雁贪去'字亦未稳"① 而不取。因此，经其精心删选的诗歌大都堪称精粹，这就为诗歌初学者提供了可供借鉴的诗歌典范。三是补注细评，详尽易解。纪昀还对原批进行了补充，诗歌赏析也更为细致，从而更益于指导后学。如陈子昂《岘山怀古》，原批："邱陵门出语本《穆天子传·西王母谣》。"② 《删正》本作："《穆天子传》，西王母为天子谣曰：白云在天，邱陵自出。此句用此语，非误字也。"较原批更为明了，梁章钜赞叹"此等补注，令人心开目明"，绝非过誉。再如葛无怀《访端叔提干》，原批："前四句雄阔之至，五六起末二句，有神无迹。"③ 《删正》分析更为精细："前四句气脉绝大，五六亦镌刻不俗。雁冷鸥清借寓萧条孤寂之意，即隐隐牵动所怀之人，于'六义'为比中有兴，故末二句可以直接访晁。骤看之似乎不接，其实转折在无字句中。"令人顿有醍醐灌顶之感。如上所述，纪昀精选、精校、精评的删定本成为当时的"通行本"④，被学子奉为"金科玉律"也就不足为奇了。

《删正》收入纪昀丛书《镜烟堂十种》中。丛书名取自纪昀所居福州使院之镜烟堂，收书计十种：《沈氏四声考》、《重订张为主客图》、《点论陈后山诗集》、《点论李义山诗集》、《删正二冯评阅〈才调集〉》、《删正方虚谷瀛奎律髓》、《庚辰集》、《馆课存稿》、《唐人评律说》、《审定风雅遗音》。据所知见，有乾隆间嵩山书院刻本，北京大学图书馆、中国人民大学图书馆、云南大学图书馆有藏；清代福建刻本，见载于林应麟《福建书业史　建本发展轨迹考》"清代建本主要书目"⑤；汇印本，《中国科学院图书馆藏中文古籍善本书目》载："《镜烟堂十种二十九卷》，清汇印本。十二册二函。……《唐人试律说一

---

① （清）纪昀评陈与义《连雨书事》其二，浙江大学图书馆藏嘉庆五年李光垣刊本《瀛奎律髓刊误》卷十七。

② （清）纪昀评陈子昂：《岘山怀古》，浙江大学图书馆藏嘉庆五年李光垣刊本《瀛奎律髓刊误》卷三。

③ （清）纪昀评葛无怀：《访端叔提干》，浙江大学图书馆藏嘉庆五年李光垣刊本《瀛奎律髓刊误》卷十五。

④ （清）张之洞撰，范希曾补正：《书目问答补正》卷四，上海古籍出版社2001年版，第278页。

⑤ 林应麟：《福建书业史　建本发展轨迹考》，鹭江出版社2004年版，第499页。

卷》，清纪昀撰，清乾隆二十七年嵩山书院刻本。……《删正方虚谷瀛奎律髓四卷》，清纪昀辑，清刻本。……"①

除上述丛书本外，尚有嘉庆间刊刻单行本《删正方虚谷瀛奎律髓》。现上海图书馆即藏有一本。一函四册四卷，每册一卷。封面缺损，内封页字迹残缺不全，仅见"删"、"瀛奎"、"河"数字，当系"删正方虚谷瀛奎律髓，河间纪昀"。无目录，卷一首录方回原序，接以正文，每卷卷首题"河间纪昀"，有"上海图书馆"藏书印。半页十行，行二十一字，注小字双行，行三十二字。诗文、类目顶格，注低一格，诗题低两格。白口，四周单边，单黑鱼尾，书口中间题书名，下题页码，每册单独排列页码。是本嘉庆六年、七年间（1808—1802）由紫林居士（按，不详何人，待考）藏阅，卷一首页有"嘉庆辛酉（六年，1801）……（按，残缺）"第二册末题："辛酉暮春阅于京邸寓斋。以回避未试礼部，携此以消长日耳。紫林居士识。"第四册末题："辛酉孟夏阅于京邸寓斋，紫林居士识"，"壬戌（嘉庆七年，1802）季冬江右舟中展阅"。并有"紫林"朱印一方。嘉庆十九年（1814）由梁章钜②藏并批阅，卷一首页有"茝林读本"字样，有茝邻题"金科玉律"四字，又题"甲戌（嘉庆十九年，1814）春携家附漕艘北上，舟中披读一过，并课湖儿"，并有"梁章钜印"朱印。且书根处题"退庵公手评瀛奎律髓"。梁氏之批阅包括抄、补、评三个方面。首先，抄。即抄录纪昀评点。梁章钜《退庵随笔》云："今吴中有《瀛奎律髓刊误》，乃吾乡李光垣将纪本校梓。讲律诗者，不可不家置一编。闻此板已就漫漶，吴门亦少刷印者，则须觅一旧本之《瀛奎律髓》，将纪批逐条抄附于上方，以为读本可耳。"③或许一时难觅《刊误》全本，故梁氏选录纪评补《删正》之遗，以便于教授后人，并得偿先前之夙愿。其次，补。即补充纪昀之选。其所补者，有杜甫《月》（四更山吐月）、王维《辋川闲居》、孟浩然《过故人庄》、贾岛《偶作》、贾岛《题李凝幽居》、杜甫《送韦郎司直归成都》、杜甫《送张二十参军赴蜀州，因呈杨五侍御》、欧阳修《送沈待制陕西都运》、温庭筠《苏武庙》、唐彦谦《长陵》、李商隐《茂陵》、

---

① 中国科学院图书馆编：《中国科学院图书馆藏中文古籍善本书目》，科学出版社 1994 年版，第 727 页。

② 梁章钜（1775—1849），字闳中，又字茝林、茝邻，晚号退庵，福建福州人。嘉庆七年（1802）进士，选庶吉士。历任礼部主事、礼部仪制司员外郎、江苏按察使、山东按察使、广西巡抚等职。清爱国名臣，曾在广西巡抚任上积极配合林则徐查禁鸦片。

③ （清）梁章钜：《退庵随笔》卷二十一，江苏广陵古籍刻印社 1997 年版，第 531—532 页。

刘长卿《献淮宁节度李相公》等，纪昀评语大多亦一并补入。再次，评。有评原诗者，如评杜甫《村夜》："'村春'句非写春静，乃写人静。"有评方回原批者，如，方回评杜甫《月夜》："……与乃祖诗骨格声音相似。"梁批云："虚谷惟知论调、论格，诗人文外之意多所未详。"又有评纪昀批点者，如纪批刘禹锡《西塞山怀古》："第四句但说得吴。第五句七字括过六朝，是为简练。第六句一笔折到西塞山，是为圆熟。"梁章钜评道："此评真是度人金针。"

另外还有清人罗汝怀手抄本。其《钞纪氏刊正瀛奎律髓叙》云：

> 河间纪文达公作《瀛奎律髓刊误》，廓清之功甚伟。汝怀少时曾省览之，中失其本已二十余年弗之见矣。今夏五月客省门，于同县胡子蓟门许见此编。其于《刊误》不同者，《刊误》就原本点论，此编虽备列类目，而于诗多所芟汰，略采原论，而刊正之说亦与《刊误》微异。殆先为此编，而后定为《刊误》。（按，笔者认为《刊误》之编定在先，《删正》在后，由上文所述《删正》之校勘、补注可知。）先生之于是书亦专且勤矣。原本循方氏之次约为四卷，兹钞则分唐五律、宋五律、唐七律、宋七律，排律无多，附五律后，亦为四卷而尽。去其类目以便省览，评点则悉循其旧，无所遗。先生论诗门径正大，凡所发抒罔弗惬当，惟刘梦得《西塞山怀古》之作，实只论王濬伐吴一事，后四句颇病空衍，而先生赏之，谓第五句包括六朝，未免因循旧说。温飞卿《过陈琳墓》诗，词客霸才，久无定说，先生以为词客谓琳，霸才谓己。谓己则何以怜琳哉？然此不过一二，不足病其全体之明通也。当俟暇日再觅《刊误》合勘之，夏为定本焉。咸丰十年重阳后三日。①

对于纪昀批点，罗抄本"悉循其旧，无所遗"。然而，为便于阅览，罗氏在抄写体例上有所变动：删去类目，按照诗歌体式，将所录诗歌重新编排为唐五律（附排律）、宋五律、唐七律、宋七律四卷。较之《删正》原本，此体例确实更为系统明晰，颇可称道。至于合勘《瀛奎律髓刊误》以为定本，罗氏是否曾竣其役，就不得而知了。

---

① （清）罗汝怀：《绿漪草堂集》卷十四，《续修四库全书》第 1530 册，第 660—661 页。

二 许印芳《律髓辑要》

随着《瀛奎律髓刊误》和《删正》的不断刊印，方回《瀛奎律髓》为人所熟知，纪昀批点更是被士子奉为圭臬。然而，"方氏之说诚失，而文达所评，亦尚有未尽得者"，于是，清末云南学者许印芳①择方书之精粹，摘录方、纪二人评语并详加点勘，编成《律髓辑要》六卷，并于任经正书院山长时校梓刊刻，然而刊始及半即不幸逝去。所幸遗稿由其弟子袁嘉谷翻检得，嘱同门秦瑞堂补刊成帙，方成是书之完璧。袁氏跋语述此本选评刊刻情况甚详：

> 吾师许茚山先生，近古诗人之雄也。……尝教滇会，殷殷以诗法传人。乃取方氏书、纪氏批而重订之，成《律髓辑要》六卷，刊及半，遽归道山。……庚戌秋，余假归省亲，登先生之堂，徘徊恻怆，手检遗箧，是编幸存，殆亦先生灵爽所为式凭而阿护者。爰丐诸仁和学使伯膏前辈，讬同门秦孝廉瑞堂补刊成帙。孙中翰少元适总图书馆事，乐为推广，不数月竣。

袁氏高度肯定许氏是编的重要价值，赞誉其有承继古学、保存国粹之功。②许氏又有《续稿》若干卷，专选劣诗以为后学之戒，原稿已佚，仅由其孙女婿袁丕理寻获一卷，亦付梓匠。袁嘉谷为其作跋云：

> 五塘师《律髓辑要》六卷之刻，余曾跋之，谓后学学诗，庶几得所法矣。九侄丕理复获师续稿一卷，专录《律髓》中之可为戒者，仍归图书馆刻之。乡有圉人，业畜牧，骏马万计，备极驱驰之用矣。及其蔽也，贪多务得，震于盛名，杂中驷、下驷于其中，不能明而察之，别而远之，率以败群。诗何独不然，昧所蔽而法之，则所法者亦杂而惑矣。少陵诗圣也，梦得诗豪也，师犹一一摘其偶失以为戒，余可知己。岂曰于古人为诤友哉！抑垂训后学，不得不尔。卷中圈点，悉仍师手录之旧。始幼邻，终梦得，计二十余首。惟观幼邻之下注曰："以下唐人诗。"知此卷之后，当更有宋人诗一卷，九侄尚其续访之。九侄者，师之孙女婿也。

---

① 许印芳（1832—1901），字茚山，一字麟篆，号五塘，云南石屏人。曾任昆明学正，永善教谕，大理教授，讲学于五华书院、经正书院，晚年又曾掌管玉屏书院。

② （清）袁嘉谷：《律髓辑要后序》，载（清）许印芳《律髓辑要》，《丛书集成续编》影印《云南丛书》本，第592页。

乙卯五月望，袁嘉谷跋。①

知袁丕理所得为所评选唐代劣诗，其宋诗部分则已佚失。

民国初年，整理者将原书六卷及续稿一卷合为七卷，一并收入《云南丛书》初编，仍名之曰《律髓辑要》。此丛书本后又辑入《丛书集成续编》（第114册），是颇为易见的本子。卷首题"元紫阳方回虚谷原选，国朝河间纪昀晓岚刊误，石屏许印芳苗山摘钞"（按，题为"摘钞"，实有评点）。半页九行，行二十二字，诗文顶格，诗题低两格。小字双行，行二十字，低两格。四周双边，黑口，双鱼尾，书口上题书名，中题卷数、诗体及页数。

三　吴汝纶《桐城先生评选瀛奎律髓》

光绪十五年（1889），桐城派学者吴汝纶又对《瀛奎律髓》进行选录点评，有日记一则云："近读《瀛奎律髓》，知文字佳恶，全于骨气辨之。作家必沉雄，其未至者率浮弱，因识曾文正所称当者立碎之意。光绪己丑年。"民国十一年（1922），其子吴闿生"遵先公评点重写一过，原注之善者，间采附入，其门类亦小有并省，余悉仍其旧"②，并稍有点评，以"闿生按"加以区别。此抄录整理本于民国十七年（1928）由吴氏门人邢之襄校勘付梓，即今所见之《桐城先生评选瀛奎律髓》。是本为蓝墨刻印，内扉页一题"桐城先生评选瀛奎律髓"，内扉页二以篆书重题书名，背题"戊辰三月南宫邢氏刊行"。卷首依次为"桐城吴先生日记"一则、"桐城吴先生评选瀛奎律髓总目"、吴闿生跋，每卷卷末刻"男闿生敬录，门人邢之襄校刊"。半页十行，行二十字，注文小字双行，行三十字。左右单边，粗黑口，单黑鱼尾，两鱼尾间刻卷数及页码。浙江图书馆、上海图书馆、天津图书馆、四川图书馆等均有藏，较为易见。

吴氏之功首先在于选诗。方回原书计选诗 2992 首，吴氏删为 1026 首，仅取其 34%。观其所选，皆为唐宋名家之诗作，不甚著名诗人所作则大多芟除。这虽与原书众采兼取的旨趣相异，却和纪昀《删正方虚谷瀛奎律髓》、许印芳《律髓辑要》一样，更加合乎选家采辑精华、树立典范的意旨，从而更可为初学提供借鉴。在体例上，此评选本卷次与陈士泰刻本同，且于诗歌门

---

① （清）袁嘉谷：《律髓辑要后序》，载（清）许印芳《律髓辑要》，《丛书集成续编》影印《云南丛书》本，第592页。

② 按，见上海图书馆藏《桐城先生评选瀛奎律髓》，下引吴汝纶、吴闿生评皆见此本。

类"小有并省"，合四十九类为四十五类。其中，"山岩类"与"川泉类"并为"山水类"，"兄弟类"与"子息类"并为"家族类"，"论诗类"（按，此类实选梅尧臣《太师相公篇章真草过人远甚而特奖后进流于咏言，辄依韵和》一诗，置于"家族类"中）与"远外类"并删。

　　吴氏之功亦在于评点。其评语仅二十几条，内容却较为丰富，包括：1. 校勘。有校诗句者，如校李商隐《井络》"阵图东聚夔江石"句云："旧作'燕江口'，依朱鹤龄校改。"有校诗序者，如吴闿生校苏轼《雪后书北台壁》云："此应为次首，此本误倒。" 2. 注释。吴汝纶注白居易《和春深》其二"鸡树"云："《魏志》注：刘放、孙资久典机任，夏侯献、曹肇心内不平，殿中有鸡栖树，二人相谓：此亦久矣，其能复几？指谓资、放。《急就篇》注：鸡栖树即皂荚树。卢照邻文云：豸冠指佞，鸡树登贤。"注杜甫《野人送樱桃》"讶许"亦云："讶许，讶其如许也。庾子山诗：'讶许能含笑。'" 3. 点评。吴氏评点多于寥寥数语间中其肯綮，颇见功力。苏轼《太守徐君猷、通守孟亨之皆不饮酒，诗以戏之云》，吴汝纶论曰："刺讥时相，妙以滑稽出之。"一语点出此诗之妙。他认为韩愈《送远吟》中二联"离杯有泪饮，别柳无枝春。一笑忽然敛，万愁俄已新"，"'离杯'二句若翻言乐事，则'一笑'句神力更足"，不仅注重诗歌之前后照应，更点出以乐景写哀手法之神妙，颇有见地。4. 批方评。对于方回评点失误之处，吴氏多予以驳正。如方回评杜甫《十二月一日》其三云："见得峡中春才腊而至，不特闽、广间。"吴汝纶严加驳斥并修正道："此妄说也。末篇前四句皆预言春来耳，盖自第二首著书消渴长句已引到春光矣。三首相为章法，故知起句春意动之为妙也。"又如，方回注陈师道《送王元均贬衡州兼寄元龙》其二"炎方瘴疠避轩豁"云："谓衡阳非瘴疠地。"吴闿生驳斥道："'炎方'句谓元均天性轩豁，瘴疠不能侵之。方说微误。" 5. 质疑。吴氏所提之疑问，往往值得深思，具有启发意义。他于陈师道《寄答李方叔》后批道："此诗后有'栎按'云云，常疑小注多非虚谷语，观此益信。"这对于探讨《瀛奎律髓》的评点情况颇有启发。他质疑"虚谷论诗最服山谷，而选录黄诗独少，何也"，更是有助于深入思考方回之诗学思想。

第四节　汇评本

　　所谓汇评本，即汇集诸家评点于一身的本子。以上诸表所列同时过录有数家批语的本子都是汇评本。如上文所说，过录者每每对评语进行删减改易，又往往随手再加批阅，其评语汇集及抄录情况极为复杂，难以厘清，故此暂且不予梳理。本节所要考察的是李庆甲先生广泛辑录十数家评语而成的《瀛奎律髓汇评》。（按，下文简称《汇评》。）

　　李氏在《汇评·前言》中谈及编写是书之缘起云："鉴于《瀛奎律髓》以及后人通过对它的再评点以发表的各种见解，对于研究中国文学史和中国文学理论批评史有一定的参考价值，我以方回原书为基础，汇集了冯舒、冯班、陆贻典、查慎行、何义门、纪昀、无名氏（甲）、许印芳、无名氏（乙）等十多家评语，编成《瀛奎律髓汇评》出版，以飨读者。"[①] 为此，他遍访全国二十九个省、市、高校图书馆，历时数年，付出宝贵的精力和辛勤的劳动，呈献这一成就卓著的校点汇评本著作。是书编成于 1983 年年初，1986 年由上海古籍出版社印刷出版，2005 年上海古籍出版社又重新印行。这是目前《瀛奎律髓》最为流行的，也极具文献参考价值的重要版本。其重要成就主要体现在以下几个方面。

　　首先，校点。李氏之校点成果有二：一是校点正文及方回评注。他以明成化三年本为底本，参校嘉靖间坊刊巾箱本[②]、康熙五十二年吴宝芝刻本、嘉庆五年李光垣刻《瀛奎律髓刊误》本，以及其他相关书籍，对正文及方评进行了精心的校勘和细致的标点。李氏虽于《前言》中指出方回在编选中存在作品重出、作品误属、排列失序、评语重出、归类不当、体例不纯等问题，但基本未作改动（按，仅对误属之作品作了纠正），以保持旧本之原貌，表现了较为审慎的态度。二是校点诸家评语。李庆甲广泛搜罗众评点本，仔细校勘比对，择善而从，对于过录评点本错讹佚缺的问题作了较好的处理；经其标点，诸家批点之深意更为明了。其校勘成果，以"校勘记"的形式附于各卷之后，以"按"字为李氏校勘之标记，以区别于诸家原有之校勘文字。

　　其次，汇评。除查慎行和纪昀评点付梓刊刻之外，其他各家评点或系手稿，或系他人抄录，情况颇为复杂，且散藏于各地图书馆，查阅颇为不便。《汇评》汇集冯舒、冯班、陆贻典、查慎行、何焯、纪昀、许印芳、赵

---

　　① （元）方回选评，李庆甲集评校点：《瀛奎律髓汇评》"前言"，上海古籍出版社 2005 年版，第 10 页。

　　② 按，李庆甲误之为"元至元二十年刻巾箱本"，见前文考论。

熙、无名氏等十余家评语，并附录诸本刊刻抄录之序跋以及收藏、评点情况，大大方便了读者。对于受客观条件、体例限制而不能原本反映诸家圈点批抹之原貌的缺憾，《汇评》也在最大程度上作了弥补：或明确其评点对象，如冯舒评陈师道《登鹊山》："第三句接不得，第五句'朴俗'二字板。"① 或加按语说明，如方回评杜甫《登岳阳楼》云："凡圈处是句中眼。"为使其明晰，李氏按："方回在'吴楚东南坼，乾坤日夜浮'二句之末'坼'、'浮'字旁加圈。"②

再次，目录和索引。《汇评》卷首有一详细目录，包括类目、诗题、作者、页码；书末又附一索引，以作者为纲，下列其作品篇目，先列五言，后列七言，皆以笔画为序，且在重出作品篇目之前加"△"符号注明。这些都是其他版本所未有的，为使用者提供了很大的便利。

另外，《汇评》还附录方回《文选颜鲍谢诗评》四卷和曾廉《元书·方回传》、顾嗣立《元诗选·方回小传》，这些资料也方便了读者的深入研读。

然而，白璧亦难免微瑕，由于受客观条件等限制，《汇评》难以避免地存在以下问题。在肯定瑕不掩瑜的前提下，笔者不揣浅陋，予以指出，目的在于引起阅读征引者之注意，以免以讹传讹。概言之，其缺憾主要有四。

其一，评语辑录不全。这分为两种情况：一是客观原因所致。受客观条件限制，李庆甲先生虽遍访各地图书馆，也难以将所有评点本搜罗净尽。即使在网络发达的今天，也是如此。然而，就笔者所知见，毕竟可以在一定程度上补其佚缺，使汇评工作更进一步。现将李氏未见评点本之版本、收藏情况列表如下。

书名	版本	过录	收藏	备注
《紫阳方先生瀛奎律髓》四十九卷	清康熙四十九年陈士泰刻本	佚名录二冯评	国家图书馆	佚名跋
		佚名录二冯评	国家图书馆	佚名跋，翁心存跋
		林葆恒录二冯、查慎行评	上海图书馆	
		佚名录查慎行评并校点	浙江图书馆	佚名校点

---

① （元）方回选评，李庆甲集评校点：《瀛奎律髓汇评》卷一，上海古籍出版社2005年版，第16页。

② 同上书，第6页。

续表

书名	版本	过录	收藏	备注
《方虚谷瀛奎律髓》四十九卷	清康熙五十一年吴宝芝刻本	佚名录纪昀评	国家图书馆	曹锡龄跋
		佚名录查慎行评	国家图书馆	马思赞跋，沈廷芳跋
		许士模录二冯、查慎行、何焯评	上海图书馆	吴苏泉题识，许士模题识并另纸评点
		佚名重抄许士模录二冯、查慎行、何焯评	浙江大学图书馆	沈廷瑛题识，翁同和跋
		沈廷瑛录二冯、何焯评	上海图书馆	
《方虚谷瀛奎律髓》四十九卷	清康熙五十一年吴宝芝刻本	佚名评点	浙江图书馆	
		佚名录查慎行评并批点	上海图书馆	佚名批点多为注音、释义、校勘、用韵等，偶有诗评
		沈炯批校并跋	中共中央党校图书馆	
《瀛奎律髓刊误》四十九卷	清嘉庆五年双桂堂刻本	钱泰吉录二冯、查慎行评	武汉师范学院图书馆	
《删正方虚谷瀛奎律髓》	清嘉庆间刻镜烟堂十种本	梁章钜录纪昀评并批点	上海图书馆	梁章钜批点

二是主观原因所致。李氏翻检诸本偶有疏忽，如对于吴汝纶评点，他虽曾翻阅吴氏《桐城先生评选瀛奎律髓》，并辑录吴汝纶、吴闿生二跋，却未细检吴评，误以为"实际上无评语"①。

其二，将评点本的复杂情况简单化。因大多数评点本系传抄而成，如上文所论，其情况非常复杂。《汇评》将诸家评语一并辑录于所评诗歌之后，对抄本存在的问题采取"择善而从"的解决方法，这虽是权宜之计，却将重复、混淆、异文、抄者再评等复杂情况过于简单化，在一定程度上掩盖了原始文献的本来面貌，甚至因此而致误。如查慎行评《泛江送客》"烟花山际重，舟楫浪前轻"二句云："说两头，空着中间，与'眼复几时暗，耳从前月聋'同一句法。"前者意在"烟花重"、"舟楫轻"，后者意为"眼暗"、"耳聋"，查氏

---

① （元）方回选评，李庆甲集评校点：《瀛奎律髓汇评》附录四，上海古籍出版社 2005 年版，第 1915 页。

指出其句法为"说两头，空着中间"，可谓独具慧眼。此评查氏手稿当批于句旁，但是后人往往抄作眉批，辗转数次，或许即被误抄于前一首诗或后一首诗上方之天头。《汇评》忽略了原抄本的这一复杂情况，照抄原本而未仔细揣摩查评，从而将此评语置于前诗《奉济驿重送严公》之后，导致错误①。再如许印芳从方回批苏轼《正月二十日与潘、郭二生出郊寻春，忽记去年是日同到女王城作诗，乃和前韵》语中摘出《六年正月二十日复出东门仍用前韵》诗，并加以评论，而《汇评》将此评语置于原诗之后，亦是未细考许氏《律髓辑要》而致误②。

其三，标点偶有失误。《汇评》对正文和评语都一一作了标点，非常便于读者阅读，但是，其标点亦偶然有误。如方回评孟浩然《陪姚使君题惠上人房》云："……《张丞相经玉泉》（按，孟浩然《陪张丞相祠紫盖山途经玉泉寺》）长韵云：'闻钟鹿门近，照胆玉泉清。'尤佳。"所引二句出孟浩然诗，而《汇评》标点为"张丞相《经玉泉》"③，误为张九龄诗，使作品归属出现了偏差。再如方回评杜甫《早秋苦热堆案相仍》："……他如……《九日》、《至后》、《崔氏草堂》（按，《崔氏东山草堂》）……等篇，自当求之集中。"《汇评》标点为"《九日至后崔氏草堂》"④，误三诗为一诗，未经细考。再如无名氏（甲）评白居易《寄李蕲州》："车胤字武子。人谓'坐无车公不乐'。"⑤《汇评》标点为"坐无车，公不乐"，亦误。

其四，校勘偶有不审。如小序部分："释梵类"小序于"且深好之而研其所谓学"句下脱"至韩愈昌黎始辞而辟之。其送文畅、澄观、灵师、惠师虽皆有诗，未尝渐染其教也。而"数十字；"伤悼类"小序于"而亦忠信孝悌之

---

① （元）方回选评，李庆甲集评校点：《瀛奎律髓汇评》卷二十四，上海古籍出版社 2005 年版，第 1029 页。按，《奉济驿重送严公》之三四句"几时杯重把，昨夜月同行"，显非"说两头，空着中间"之句法，与查评不符。

② （清）许印芳：《律髓辑要》卷五，《丛书集成续编》影印《云南丛书》本，第 558 页；（元）方回选评，李庆甲集评校点：《瀛奎律髓汇评》卷十，上海古籍出版社 2005 年版，第 373 页。

③ （元）方回选评，李庆甲集评校点：《瀛奎律髓汇评》卷四十七，上海古籍出版社 2005 年版，第 1629—1630 页。

④ （元）方回选评，李庆甲集评校点：《瀛奎律髓汇评》卷二十五，上海古籍出版社 2005 年版，第 1118 页。

⑤ （元）方回选评，李庆甲集评校点：《瀛奎律髓汇评》卷四十二，上海古籍出版社 2005 年版，第 1505 页。按，（唐）房玄龄等《晋书》卷八十三《车胤传》载："车胤字武子，南平人也。……又善于赏会，当时每有盛坐而胤不在，皆云：'无车公不乐。'谢安游集之日，辄开筵待之。"（中华书局 1974 年版，第 2177 页。）无名氏（甲）所注即此事。

天所固有也"句下脱"性情于此见焉，交游以此重焉"二语①。索引部分：将一人之异称误作两人，如张子寿与张九龄、宋元宪与宋莒公、戴式之与戴石屏、赵章泉与赵昌父等皆是如此；作品误属，如将杜牧《题宣州开元寺小阁》误为杜甫诗；页码误标，如李频《秦原早望》误1267页为1039页，杜甫《早秋苦热堆案相仍》误1117页为37页。

此外，《瀛奎律髓》尚有抄本若干。现将所知见者数种列举如下。

1.《四库全书》本。由四库馆臣据"内府藏本"② 抄录而成。所谓"内府藏本"，当是明成化三年龙遵叙刊本。此本卷首刊刻龙遵叙跋、方回原序，且以龙跋为首，似乎正是表其版本之意。且诸本中仅刊刻此两序者只有明成化三年龙遵叙刊本。

此本之优点在于，不仅对原刻讹误之处加以校正签改，而且对其体例驳杂之处也多有校改。如，于作者一律题其姓名，这就纠正了原刻或题名，或题字，或题号，极不规整划一的弊端。但是，是刻删去圈点，使方回评骘之苦心无由得见，因此亦难称善本，屡遭后人诟病。

其版式行款为半页八行，行二十一字，注同。诗文顶格，注及小序低一格，类目低两格，诗题低三格。四周双边，白口，单鱼尾，书口上题"钦定四库全书"，中题"瀛奎律髓"。

是本目前易见者，有台北商务印书馆分别于1978年、1983—1986年影印出版的《四库全书珍本八集》本（第218—225册）、《文渊阁四库全书》本（上海古籍出版社于1987年又据此本影印，收于第1366册）。

2. 姚若抄本。邵懿辰《增订四库简明目录标注》："姚若有钞本一卷。"③

3. 吕晚村、曹叔则抄本。吴宝芝《重刻记言》："因出家藏善本，及吕晚村、曹叔则两先生手抄本互为参校。"④

4. 佚名抄本。题为《律髓纪年》，藏浙江省图书馆，今仅存一册。卷首抄皆春居士跋、吴宝芝识、方回原叙、吴宝芝识、吴之振序、沈邦贞序、宋至序、吴宝芝《重刻律髓记言》。正文为卷一"登览类"至卷三"风土类"，

---

① 按，据浙江图书馆藏康熙五十一年吴宝芝刊《方虚谷瀛奎律髓》校补。

② （清）纪昀等：《钦定四库全书总目》卷一百八十八《瀛奎律髓提要》，中华书局1997年版，第2631页。

③ （清）邵懿辰撰，邵章续录：《增订四库简明目录标注》，中华书局1959年版，第903页。

④ （元）方回选评，李庆甲集评校点：《瀛奎律髓汇评》附录一，上海古籍出版社2005年版，第1815页。

抄正文及方回评注，无他人评点。

　　5. 佚名抄本十册。藏国家图书馆。

　　6. 佚名抄本十册。题为《瀛奎律髓摘钞》，藏天津图书馆，民国间抄本。

　　7. 郭季吾抄本一册。民国十七年（1928）抄，题为《瀛奎律髓钞》，上有赵熙评点，原藏四川图书馆，今已不可见。

第六章 《瀛奎律髓》清人评点研究

　　《瀛奎律髓》成书后不久，就进入了文人的批评视野。现今可见最早的评点文字出自方回诗友陈栎之手。是书卷二十五陈师道《寄答李方叔》方评后有"栎按"云："诚斋《送人下第》云：'孰使文章太惊俗，何缘场屋不遗才。'即用后山此诗三、四一联句法意度，然皆老杜'文章憎命达'之遗意。"陈栎曾参与整理方回遗著，这段文字，正是他"批读是书之痕迹"①。到了明末清初，是书更是受到学界广泛关注，细加圈点批评者多达十数家。他们不仅详析诗歌文本，对此书分类、选目、评注等各方面都详加点评，而且以前人评点为考察对象，再作批评。诸家评点各具特色，表现于批评中的诗学观念也鲜明而又突出。其中，最值得关注的是二冯、查慎行、何焯、纪昀、许印芳五家。本章即细致探讨此五家评点，力求从这一侧面对《瀛奎律髓》的诗学思想进行更为全面深入的理解和把握。

第一节　二冯《瀛奎律髓》评点研究

　　冯舒（1593—1649），字己苍，号默庵、癸巳老人；冯班（1602—1671），字定远，号钝吟。兄弟二人系海虞（今江苏常熟）人，师事钱谦益，虽未考取科举功名，但均以能诗名噪一时，成为明末清初虞山诗派的核心成员，并称"海虞二冯"。二人著述颇丰，今可考见者，冯舒有《默庵遗稿》、《怀旧集》、《炳烛斋文》等九种，冯班有《钝吟杂录》、《读古心鉴》、《钝吟老人遗稿》等七种。评点古人诗文集亦是二冯用力之处，康熙年间冯鳌跋《二冯校

---

　　① 詹杭伦：《方回的唐宋律诗学》，中华书局 2002 年版，第 230 页。

定玉台新咏》云："家默庵、钝吟两公，承嗣宗公之家学，读书稽古，贯穿百家，尤神明于诗法，所批阅群书，不下数十种。但两公意主撑持诗教，嘉惠后学，故枕中秘本，不敢自私，每以公诸同好。"① 其评点旨在指点后学，引导诗坛风气，在当时和后世都产生了深远的影响。二人精心点评的《瀛奎律髓》更是因为鲜明的诗学倾向与精到的文本批点而备受士子追捧，风靡一时。通过悉心评点，二冯颇有创获，概言之，主要体现在尊崇晚唐诗风、提倡美刺比兴、注重学问修养、强调诗歌章法四个方面。当然，对于二人诗学批评所存在的不足，我们也应该有正确的认识。

一　表现出尊崇晚唐诗风的诗学倾向

二冯论诗偏好唐诗（特别是晚唐诗歌），认为唐诗在艺术风味、章法技巧等方面皆胜过宋诗：

> 唐人远过宋人，不在工拙之间，正以风味不同耳。②
>
> 此章法也。唐人无不如此，高者且不必如此。诧为诗家手段，殊不然。③
>
> 唐人用事，全句活现；宋人用事，欲新反驳，全句似死。唐在意，宋在字，相去远矣。④
>
> 此亦何足为奇？唐人自不为此，何其独夫臭也？⑤

甚至认为"唐诗字句不稳处，多是宋人改窜"⑥，推崇唐诗之意显而易见。他们又往往以唐诗为标准评点诗歌，赞赏陈与义《晚晴野望》"不减

---

① （清）冯舒、冯班校定：《二冯校定玉台新咏》，康熙砚丰斋刻本。
② （元）方回选评，李庆甲集评校点：《瀛奎律髓汇评》卷二十三，上海古籍出版社 2005 年版，第 959 页。
③ （元）方回选评，李庆甲集评校点：《瀛奎律髓汇评》卷四十四，上海古籍出版社 2005 年版，第 1601 页。
④ （元）方回选评，李庆甲集评校点：《瀛奎律髓汇评》卷十，上海古籍出版社 2005 年版，第 348 页。
⑤ （元）方回选评，李庆甲集评校点：《瀛奎律髓汇评》卷四十七，上海古籍出版社 2005 年版，第 1753 页。
⑥ （元）方回选评，李庆甲集评校点：《瀛奎律髓汇评》卷三十三，上海古籍出版社 2005 年版，第 1377 页。

唐人"①，因潘阆《秋日题琅琊寺》而慨叹"宋初人有逼唐者"②。对于宋诗则每每评以"宋甚"③、"大宋气，极不佳"④、"宋气逼人"⑤、"宋气厌人"⑥ 等，厌恶之情溢于言表。在《瀛奎律髓》批评中，这一诗学思想具体体现在力斥方回拘守"江西"门户和借晚唐反"江西"两个方面。

二冯尖锐地指出方回论诗存在固守"江西"门户的弊端，痛斥"何等门阀，何等态度"⑦，认为"谈诗不平，莫过于此一节"⑧。针对方回诗学体系核心的"一祖三宗"说，他们针锋相对，逐层予以批驳。方回论诗尊崇杜甫，自许为老杜之知己，二冯却指斥其仅得杜诗之皮毛而不得其要旨，其实"未窥老杜藩篱"⑨。方回认为黄、陈等人最善学杜，堪称杜甫之嫡派，并以此为"一祖三宗"说成立的基础，二冯则犀利地指出"江西"诸子与老杜"失之千里"："以枯淡瘦劲为杜，所以失之千里，此黄陈与杜分歧之处。不枯，不淡，不瘦，不劲，真认差也。如此学杜，岂不敛手拊心?"⑩ 冯班更是负气地批驳"三宗"及其后学皆不能登杜甫之堂庑，与杜诗门径相去甚远：

> 山谷著他看门，后山著他扫地，简斋姑用捧茶。看门者虽入其家门户，然实门外汉。主人行住坐卧颇亦知之，而堂奥中事实则茫然也。扫地者，尘垢多也。捧茶颇近人，童子事耳，然颇得主人意。茶山、昌父

---

① （元）方回选评，李庆甲集评校点：《瀛奎律髓汇评》卷十七，上海古籍出版社 2005 年版，第 678 页。

② （元）方回选评，李庆甲集评校点：《瀛奎律髓汇评》卷四十七，上海古籍出版社 2005 年版，第 1706 页。

③ （元）方回选评，李庆甲集评校点：《瀛奎律髓汇评》卷十一，上海古籍出版社 2005 年版，第 416 页。

④ （元）方回选评，李庆甲集评校点：《瀛奎律髓汇评》卷十三，上海古籍出版社 2005 年版，第 494 页。

⑤ （元）方回选评，李庆甲集评校点：《瀛奎律髓汇评》卷三十，上海古籍出版社 2005 年版，第 1329 页。

⑥ （元）方回选评，李庆甲集评校点：《瀛奎律髓汇评》卷一，上海古籍出版社 2005 年版，第 44 页。

⑦ 同上书，第 22 页。

⑧ （元）方回选评，李庆甲集评校点：《瀛奎律髓汇评》卷四十三，上海古籍出版社 2005 年版，第 1566 页。

⑨ （元）方回选评，李庆甲集评校点：《瀛奎律髓汇评》卷十四，上海古籍出版社 2005 年版，第 519 页。

⑩ （元）方回选评，李庆甲集评校点：《瀛奎律髓汇评》卷四十二，上海古籍出版社 2005 年版，第 1500 页。

则又从阍人问主人起居者，未必不是，实则不是也。①

　　方回于"江西"诗人倾心向慕，每有赞赏之评，二冯则大唱反调。如方氏评陈与义《次韵谢吕居仁》云："读诸家诗，忽到后山、简斋，犹舍培塿而瞻太华，不胜高耸，自是一种风调。"冯舒、冯班则反驳道："阅诸家诗，忽到后山，犹去德士、美女而就面目生狞之伧父，或头童齿豁之老人，自是一种独夫臭"，"犹去华堂而入厕屋。后山尚可，简斋可恨"②。

　　二冯更是举起晚唐的大旗，与方回所认可的"江西"诗风相对抗。二冯论诗首推李商隐，并因而推赏宋初学李商隐的"西昆体"，认为"'西昆'毕竟胜'江西'"③，经由"西昆体"至李商隐再至杜甫，是"救黄陈之弊"的理想途径：

　　　　义山本出于杜，"西昆"诸君学之而句格浑成不及也。"江西派"起，尽除温李，而以粗老为杜，用事琐屑更甚于"昆体"。王半山云："学杜者当从义山入。"斯言可以救黄陈之弊。有解于此者，我请与言诗。④

　　因此坚决表示"若说'江西'胜'西昆'，我永不论诗"⑤。宋初学贾岛、姚合的"九僧"也得到他们的充分肯定："此诸大德（按，指'九僧'），大抵以清紧为主，而益以佳句，神韵孤远，斤两略轻，必胜'江西'也。'江西'之体，大略如农夫之指掌、驴夫之脚跟，本臭硬可憎也，而曰强健。老僧嫠妇之床席，奇臭恼人，而曰孤高守节。老妪之絮新妇，塾师之训弟子，语言面貌，无不可厌，而曰吾正经也。山谷再起，吾必远避。不则别寻生活，永

　　① （元）方回选评，李庆甲集评校点：《瀛奎律髓汇评》卷二十六，上海古籍出版社 2005 年版，第 1149 页。
　　② （元）方回选评，李庆甲集评校点：《瀛奎律髓汇评》卷二十九，上海古籍出版社 2005 年版，第 1300 页。
　　③ （元）方回选评，李庆甲集评校点：《瀛奎律髓汇评》卷三，上海古籍出版社 2005 年版，第 124 页。
　　④ （元）方回选评，李庆甲集评校点：《瀛奎律髓汇评》卷三十九，上海古籍出版社 2005 年版，第 1454 页。
　　⑤ （元）方回选评，李庆甲集评校点：《瀛奎律髓汇评》卷四十六，上海古籍出版社 2005 年版，第 1617 页。

不作有韵语耳。"① 即使因体格卑弱而为方回所不齿的许浑诗，冯氏也认为其胜过"江西"："用晦诗精密清新，工夫极矣，但于格力词句，无古人来历，根柢太浅，未免卑弱耳。然较之疏硬粗野自谓杜诗者，何啻天壤。山谷不喜鄞州，自是一家之见。若字字句句求其短处，则'江西'可议，而用晦少疵累也。"② 很明显，和方回力倡枯淡瘦劲的"江西"诗风相反，二冯所推赏的正是以"昆体"、"九僧"、许浑等为代表的精丽工致的晚唐诗风。

二　提倡美刺比兴的诗教传统

晚明时期，儒家政教传统渐趋衰落，诗学领域的儒家诗学政教精神也走向失落。面对这一现状，二冯以儒家诗教论诗，主张诗歌应以美刺为体，比兴为用，既要言志抒情，又要合乎温柔敦厚的诗人之旨。这无疑具有针砭时弊、挽救时俗的积极意义，对明清之际儒家诗教精神的复兴也发挥了重要作用。这一诗学观念也表现在《瀛奎律髓》评点中。

一方面，主张诗本性情，美刺有体。儒家诗教言诗，提倡"发乎情"、"诗言志"，重视诗歌抒情言志的作用。二冯亦倡此论。冯舒评僧怀古《寺居寄简长》云："诗主性情，而性情或因其时，或因其人，不可一例。三牲鼎烹，必曰不如葵笋杞菊，谬矣。无论黄陈，即梅之五律，亦不必胜'九僧'。若必以苦硬瘦劲为美，则并葵笋杞菊之味亦失之矣。"③ 认为情感以真挚为贵，不应绳以定格，更不该区分优劣，但凡抒发真性情者都应予以肯定。若是性情所至，即使不合诗律亦无可厚非。黄庭坚《自巴陵略平江、临湘入通城，无日不雨，至黄龙谒清禅师，继而晚晴》重叠使用"雨"、"水"、"鸠"三字，不合诗法，方回征引刘禹锡、苏轼、杜甫诸人诗歌为之辩护，冯舒则说："性情所至，偶重一字何妨？不必引例也。"④ 他以情感为上，而不拘泥于板定琐屑的诗法，较之方回更显通达。诗歌亦须有美刺，发挥"言志"的作用。对于"有讽刺"的诗歌二冯往往予以肯定，他们盛赞李商隐艳情诗，

---

①　（元）方回选评，李庆甲集评校点：《瀛奎律髓汇评》卷四十七，上海古籍出版社 2005 年版，第 1714 页。

②　（元）方回选评，李庆甲集评校点：《瀛奎律髓汇评》卷十四，上海古籍出版社 2005 年版，第 510 页。

③　（元）方回选评，李庆甲集评校点：《瀛奎律髓汇评》卷四十七，上海古籍出版社 2005 年版，第 1725 页。

④　（元）方回选评，李庆甲集评校点：《瀛奎律髓汇评》卷十七，上海古籍出版社 2005 年版，第 696 页。

就是因为其中有讽刺在："艳诗妙在有比兴，有讽刺。《离骚》以美人喻君子，《国风》好色而不淫是也。直作丽语，不关教化，最为诗家一病，方公于此少功夫也。唐香艳诗必以义山为首，有妆裹，意思远，中间藏得讽刺，'西昆'诸君不及也。"①冯氏又强调美刺应该得体，合乎儒家伦理道德。方回"忠愤类"小序有云："炎、绍间，有和江子我诗者，乃曰：'成坏一反掌，江南未须哀。'子我以为何其不仁之甚。"冯班深感共鸣，愤愤道："此宜深戒，未有得罪名教而可以为诗人者也。此一论最要紧，如子我之流，得罪名教，乃诗人之蟊贼也。"②冯班于王安石《严陵祠堂》亦批道："总是肚皮不干净，有此等议论。第三句是汉已定鼎，子陵又要谋反。光武中兴，应天顺人，何用西伯，必得他姓而后快？得罪名教之词。"③

另一方面，提倡比兴寄托，忠厚蕴藉。在诗歌表达方式上，二冯反对叫嚣直露，主张含蓄蕴藉，合乎温柔敦厚的诗教之旨。冯舒评王安石《狄梁公、陶渊明俱为彭泽令，至今有庙在焉，刁景纯作诗，继以一篇》云："诗人议论，不宜太露。使意在词中，讽咏有余味，方是能作。"④冯班评崔颢"风霜臣节苦，岁月主恩深"句"忠厚，有诗人之意"，评刘长卿《谪至千越亭作》亦赞其"忠厚之至"⑤，极尽叹赏之情。反之，对于表达直露的诗歌，二冯则不遗余力地大加挞伐。如张耒《二十三日即事》有"跋扈将军风敛威"句，冯舒误以为用梁冀事，因而斥责道："'跋扈将军'用不得，比拟不伦也。此句本有刺，却已甚。屈原露才扬己，良史刺之，逐臣之词，尤其慎择。"⑥"江西"诗作善发议论，情多景少，其下者多有太直太露之失，因而成为二冯批评的众矢之的。"都无蕴藉，……直骂而俚，真不成诗"，"'江西'蛮子，

---

① （元）方回选评，李庆甲集评校点：《瀛奎律髓汇评》卷七，上海古籍出版社 2005 年版，第 276 页。

② （元）方回选评，李庆甲集评校点：《瀛奎律髓汇评》卷三十二，上海古籍出版社 2005 年版，第 1346 页。

③ （元）方回选评，李庆甲集评校点：《瀛奎律髓汇评》卷二十八，上海古籍出版社 2005 年版，第 1247 页。

④ （元）方回选评，李庆甲集评校点：《瀛奎律髓汇评》卷三十，上海古籍出版社 2005 年版，第 1325 页。

⑤ （元）方回选评，李庆甲集评校点：《瀛奎律髓汇评》卷四十三，上海古籍出版社 2005 年版，第 1542 页。

⑥ （元）方回选评，李庆甲集评校点：《瀛奎律髓汇评》卷二十九，上海古籍出版社 2005 年版，第 1296 页。按，（清）纪昀指出冯舒之谬误云："隋炀帝登舟遇风，叹曰：'此风可谓跋扈将军。'诗用此语，然不佳。冯氏误认为梁冀事，遂以为比拟不伦，亦欠考。"

可恶"①，"太露，少叙致"②，"'江西'恶语，太露"③，诸如此类，不一而足，二冯的诗论主张明显可见。

三 主张增强学问修养

明代前后"七子"提倡复古，主张"文必秦汉，诗必盛唐"，甚者至于西汉以后书不读，盛唐之外诗不窥，视野狭隘，观念极端。二冯对此颇有微词，斥道："近世李、何、王、李诗法不用近代事，至有不读汉以后书者。"④ 他们论诗注重学问修养："余不能教人作诗，然喜劝人读书，有一分学识，便有一分文章。但得古今十分贯穿，自然才力百倍。相识中多有天性自能诗者，然学问不深，往往使才不尽。"⑤ 用意即在于拯救这一时弊。

在《瀛奎律髓》批评中，这一诗学理想是通过对方回和江西诗派的大力批判实现的。二冯认为方回论诗、"江西"学杜存在种种弊端，究其原因，在于根柢不深，学识浅薄。这主要表现在三个方面：其一，不通史实典故。对于方回诗注的一些知识性错误，二冯大多予以指出。如王建"自是姓同亲向说"句，冯班改为"不是当家频向说"，并评道："'同姓'，谓之当家人。宋人不知此语，往往妄改。虚谷不学，遇唐人古语不解，往往改却，可笑。"⑥ 韩翃"开笼不少鸭媒娇"句，方回自注云："（鸭）疑当作'雉'。"冯舒评道："唐人每斗鸭。自晋时已为此戏，事见《世说》，方君全不知古今。"⑦ 再如梅圣俞"书疑皇象多"句，方回注曰："'皇象'恐作'黄'，非。"冯班讥笑道："虚谷不知有皇象耶？大奇。"⑧ 其二，不知律诗源流。二冯反对方回以初唐陈子昂、杜审言、沈佺期、宋之问为律诗之祖，主张将律诗之源头上溯至六

---

① （元）方回选评，李庆甲集评校点：《瀛奎律髓汇评》卷四，上海古籍出版社 2005 年版，第 200 页。

② （元）方回选评，李庆甲集评校点：《瀛奎律髓汇评》卷四十三，上海古籍出版社 2005 年版，第 1546 页。

③ （元）方回选评，李庆甲集评校点：《瀛奎律髓汇评》卷二十四，上海古籍出版社 2005 年版，第 1066 页。

④ （元）方回选评，李庆甲集评校点：《瀛奎律髓汇评》卷二十五，上海古籍出版社 2005 年版，第 1124 页。

⑤ （清）冯班：《钝吟杂录》卷三，《丛书集成初编》第 223 册，中华书局 1985 年版，第 46 页。

⑥ （元）方回选评，李庆甲集评校点：《瀛奎律髓汇评》卷四十六，上海古籍出版社 2005 年版，第 1614 页。

⑦ 同上书，第 1615 页。

⑧ （元）方回选评，李庆甲集评校点：《瀛奎律髓汇评》卷三，上海古籍出版社 2005 年版，第 94 页。

朝。冯班云：

> 律诗出于南北朝，排偶须藻丽瑰奇，方为作手。若摆落肤艳，直为古体可矣，何事区区于声律之间耶？余论律诗以沈、宋为正始，老杜为变格。然杜诗殊工整，不似黄陈辈粗硬也。①

冯舒亦云：

> 周颙、刘绘、沈约辈之声病，止论五音。沈、宋之律诗，兼严四声。拗字不妨为律诗，以其原论声病也。虚谷不知源流，遂立此一类，其为全不知诗信矣。②

他们认为六朝诗对偶工整、辞藻华丽，拗字本为律诗声律之一格，方回论诗却崇尚枯淡诗风，并专设"拗字"一类，这都是因为不知追溯律诗源头而导致的。同样，学杜也应该明了杜诗之所学方不致误入歧途："杜子美上承汉、魏、六朝，下开唐、宋诸大家，固所云集大成者也。元、白、温、李，自能上推杜之所学，故学杜而得其神似。即宋之苏公亦然，陆放翁、范石湖又其亚也。若陈简斋、曾茶山岂无神似之作，但专学杜诗，不欲推原见本，上下前后有所不究，粗硬之病未免，曲折之致全无，生吞活剥，见诮来者。虽有相肖，亦无异叔敖之衣冠，中郎之虎贲矣。"③ "江西"诸子学杜而不究其本原，专力于杜诗变格，其实最不善于学杜。冯舒指出："律诗本贵乎整，老杜晚年以古文法为律，下笔如神，为不可及矣。然须读破万卷，人与文俱老，乃能作此雅笔。浅学效颦学步，吾见其踬也。'江西'不学沈、宋，直从杜入，细腻处太少，所以不入杜诗堂奥也。"④ 所说颇有见的，深中肯綮。其三，论诗拘泥定法。二冯对方回论诗重讲诗法深表不满，斥其"全是执己见

---

① （元）方回选评，李庆甲集评校点：《瀛奎律髓汇评》卷二，上海古籍出版社 2005 年版，第51 页。

② （元）方回选评，李庆甲集评校点：《瀛奎律髓汇评》卷二十五，上海古籍出版社 2005 年版，第 1107 页。

③ （元）方回选评，李庆甲集评校点：《瀛奎律髓汇评》卷一，上海古籍出版社 2005 年版，第 6 页。

④ （元）方回选评，李庆甲集评校点：《瀛奎律髓汇评》卷十，上海古籍出版社 2005 年版，第357 页。

以强缚古人。以古人无碍之才，圆通因变之学，曲合于拘方板腐之辈，吾见其愈议论而愈多其戾耳"①。方回的情景虚实之论更是被二冯斥为不读书、不知变化："虚实无定体，情不离景，景不离情，何轻何重，此类诚属多事。多读古人书，自然变化出没，不为偶句所束。汲汲然讲变体，又增一重障碍。"②

从注重学养的角度出发，二冯对模拟古人、用陈旧事典并不介意，批评方回断言七夕诗无佳作正是因为有"'陈篇'二字在胸中，见其作古语便谓不佳耳，故所收者皆拙劣"③。与之相关，他们对刻意摆脱古人、翻新求奇的做法也不赞同。冯舒说："诗用新事，亦一佳处。'江西'诸君，玩新而翻驳，意趣短俗，不入古人格局，可戒也。"④ 又说："陆士衡已谓朝华可谢矣，必求新异，谓之翻案，此宋人膏肓之疾。"⑤ 他说"凡所谓翻案法、脱胎法、换骨法，皆宋人梦中谵语。留一句于胸中，三生不能知诗"⑥，也是有感于宋人在字句上刻意求新出巧的弊病而发的。

四　强调破题粘题、起承转合的章法结构

冯氏评点《瀛奎律髓》，重视诗歌破题粘题、起承转合的章法结构。此类批评俯拾皆是，列举数例如下：

> 如此出题，如此贴题，后人高不到此。⑦
>
> 以下诸篇为赠、为寄、为过，各各自别。若谓天下有不顾题面之诗，吾不信也。⑧

---

① （元）方回选评，李庆甲集评校点：《瀛奎律髓汇评》卷一，上海古籍出版社 2005 年版，第 6 页。

② （元）方回选评，李庆甲集评校点：《瀛奎律髓汇评》卷二十六，上海古籍出版社 2005 年版，第 1128 页。

③ （元）方回选评，李庆甲集评校点：《瀛奎律髓汇评》卷十六，上海古籍出版社 2005 年版，第 632 页。

④ 同上书，第 639 页。

⑤ （元）方回选评，李庆甲集评校点：《瀛奎律髓汇评》卷二十一，上海古籍出版社 2005 年版，第 865 页。

⑥ （元）方回选评，李庆甲集评校点：《瀛奎律髓汇评》卷二十七，上海古籍出版社 2005 年版，第 1170 页。

⑦ （元）方回选评，李庆甲集评校点：《瀛奎律髓汇评》卷一，上海古籍出版社 2005 年版，第 2 页。

⑧ （元）方回选评，李庆甲集评校点：《瀛奎律髓汇评》卷四十七，上海古籍出版社 2005 年版，第 1653 页。

破题直出"腊梅"二字，妙！①

太不着题。"歌云"、"舞雪"等字于此题用不着。……结句不着题。②

恶诗。首联不言庙，次联又不紧承，第三句却闲闲衬句，失体之极矣。落句小儿语耳。③

这一点异于二冯的他书评点，是其评点《瀛奎律髓》的特色所在。冯班批《才调集》有云：

> 起承转合，律诗之定法也，然只是初学简板上事，以此法看《才调集》，如以尺量天也。《律髓》之诗，大历以后之法也。大略有是题则有是诗，起伏照映，不差毫发，清紧葱倩，峭而有骨者，大历也。加以驰荡，姿媚干骨，体势微阔者，元和、长庆也。俪事栉句，如锦江濯彩，庆云丽霄者，开成以后也。清惨入骨，哀思动魂，令人不乐者，广明、龙纪也。代各不同，文章体法则一。大历以前，则如元气之化生，赋物成形而已。今人初不知文章之法，谓诗可作八句读，或一首取一句，或一句取一二字，互相神圣，岂不可哀。曾读《律髓》，以此法读之。……学诗者不可不看破此关，不可以自落鬼蜮。④

可以看出，二冯之所以以破题转接的方法评点此书，其实是"对大历以后诗切题、扣题意识的抉发"⑤，是有鉴于大历以后诗歌注重章法的诗史实际，是以"论世"观念评诗的结果。因此，他们认为论诗须讲章法，但又不能不顾实际地将此法应用于评价一切诗歌，这是很能体现其卓越识见的。

至于二冯强调诗歌章法的深意，除上引冯班跋《才调集》中所说反对摘句论诗、标题字眼的批评方法之外，更在于借此梳理诗史发展脉络，矫正明

---

① （元）方回选评，李庆甲集评校点：《瀛奎律髓汇评》卷二十，上海古籍出版社 2005 年版，第 838 页。

② （元）方回选评，李庆甲集评校点：《瀛奎律髓汇评》卷四十一，上海古籍出版社 2005 年版，第 1479 页。

③ （元）方回选评，李庆甲集评校点：《瀛奎律髓汇评》卷二十八，上海古籍出版社 2005 年版，第 1233 页。

④ （清）冯班跋：《才调集》，（五代）韦縠编，（清）冯舒、冯班评点：《才调集》，《四库全书存目丛书》集部第 288 册，第 785 页。

⑤ 蒋寅：《虞山二冯诗歌评点略论》，《辽东学院学报》（社会科学版）2008 年第 6 期。

代复古派以及"竟陵派"等不读古书、不知诗史源流的弊病。关于这一点，冯舒有明确的表述："王、杨四子，总之匀匀叙去，自然富丽，自然起结，无构造之烦迹。至沈、宋则富丽为阿房、建章，铢两为凌云，巧密为迷楼，门户房栊，别为蹊境矣。太白则仙山楼阁，望而难即。少陵则道君之艮岳，非骨力不办；然西风忽起，鸟兽哀鸣，不无萧飒之气。钱、郎以还，则如知书守礼之缙绅，或束脩自好之雅士，即家为丘壑，清流括目，碧树拂衣，触景潇洒，无有俗韵，然未可语马家奉诚，裴公绿野，无论石家金谷也。方君虽著此书，然于大段未十分明白，只晓得'江西'一派恶习，且不知杜，何知沈、宋及'四子'乎？既不知杜之由来，又何论庾、鲍而上至汉、魏乎？独于今世，不论章法，不知起结，'竟陵'、'空同'诸派，则彼善于此耳。世之言诗者莫谓予辈表章是书，遂谓虞山一派，纯讲照应起结也。"① 这与其强调学养的目的一致，也体现了二人矫正文坛流弊的坚定决心。

二冯论诗不为空言，针对晚明文坛存在的诸种弊端，以美刺比兴的儒家诗教论诗，提倡增强学问修养以厚其根柢，并且通过强调破题粘题、起承转合的章法结构精心梳理诗史发展脉络，矫枉之功值得肯定。他们反对方回过分注重律诗变格，主张学诗从六朝细腻处入，等等，也都表现了非凡的魄力和卓越的见识。此外，他们指出方回论诗偏袒"江西"，且针锋相对地以晚唐诗风与之对抗，在明末清初唐宋诗之争渐趋激烈的诗学背景下，将《瀛奎律髓》构建成这一论争的重要舞台，这无疑扩大了是书的影响力，有利于其全面迅速传播。但是，二冯评点也难免存在些许缺憾，大致有二：一是拘守晚唐门户。唐宋诗歌本无优劣之分，晚唐与"江西"也是各具其美。冯氏为打破方回所谓的"江西"门户、为"江西"救弊，颇为意气地一味推尊晚唐，其实在不自觉中树立了不可逾越的晚唐门户，这未免有矫枉过正之嫌②。纪

---

① （元）方回选评，李庆甲集评校点：《瀛奎律髓汇评》卷四十七，上海古籍出版社 2005 年版，第 1624 页。

② 按，关于唐宋诗歌，二冯亦时有通达公允之论。如冯舒评僧如璧《再次前韵》云："诗取达意，咏性情期于文理无碍，则五色、五味俱悦口目矣，必曰何派便谬。犹之医也，甘苦凉热，期于投病活人而已，必曰此何人之派，定用何药，定不用何味，则杀人矣。"［（元）方回选评，李庆甲集评校点：《瀛奎律髓汇评》卷四十七，上海古籍出版社 2005 年版，第 1755 页。］冯班评梅尧臣《宣州二首》亦云："家兄云：'面目去唐殊远。'不知所以贵唐贱宋者，非专以其面目也。且如唐诗面目亦异于前人矣，何不云面目去曹、刘远甚，去《诗》、《骚》远甚乎？不得不变者，面目也。宋而妙，何必唐乎？"［（元）方回选评，李庆甲集评校点：《瀛奎律髓汇评》卷四，上海古籍出版社 2005 年版，第 169 页。］然而，二人并没有将之付诸诗歌批评实践，理论与实践出现了一定的偏差。

昀明确指出二冯评点的这一偏颇："虚谷左祖'江西'，二冯又左祖晚唐，冰炭相激，负气诟争，遂并其精确之论，无不深文以诋之。矫枉过正，亦未免转惑后人。"① 可谓深中其要害。二是对方回诗学的把握存在偏差。如前文所论，方回推尊"江西"是以提倡兼备众体为前提的，其最终目的是打破门户偏见。二冯心中横着尊唐贬宋的偏狭之见，批评态度过于偏激，根本未能体味方回这一诗学旨趣与良苦用心。"冰炭相激"的"负气诟争"，也使他们难以领会方回舍六朝而推陈、杜、沈、宋为"律诗之祖"以及尊崇江西诗派所寄托的推尊律体、挽救时弊的诗学意旨，方回讲究"活法"、以"无法"为旨归的论诗深意也因而被他们简单地理解为片面提倡宋调。二冯评点所存在的如上缺憾也影响了后人对方回及《瀛奎律髓》的接受，方回被普遍视为江西诗派之后劲，就与其不无关系。对此，我们应该有客观的认识和评价，一方面肯定二冯诗学批评的积极意义，另一方面也不能据此贬低甚至否定方回诗学。

第二节 查慎行《瀛奎律髓》评点研究

查慎行（1650—1728），原名嗣琏，字夏重，后改名慎行，字悔余，晚号初白，海宁（今浙江海宁）人。康熙四十二年（1703）进士，官翰林院编修，入直内廷。有《敬业堂集》等。早年师从黄宗羲，又受诗法于钱秉镫，为诗兼采唐宋，著述甚丰，"以诗名海内，与王渔洋、朱竹垞两先生鼎峙艺林"②，堪称清初一代诗宗。查氏博综典籍，涉猎广泛，又勤于评点，所阅之处多有点勘，张载华称"初白先生博览载籍，自汉、魏、六朝，迄唐、宋、元、明诸家诗集，尤为融贯。每阅一编，必着评点，真所谓一字不肯放过也"③，足可见其一斑。然而，由于未能刻板刊印，其评阅原本多已散佚消亡。幸有查氏挚友许昂霄之弟子张载华，集数十年之力裒辑其诗评十二种，荟萃成《初白庵诗评》一帙，付梓刊刻，使其评点得以流传后世。是书析为三卷，上、中两卷汇集查评陶渊明、李白、杜甫、韩愈、白居易、苏轼、王安石、朱熹、

① （元）方回选评，李庆甲集评校点：《瀛奎律髓汇评》附录一，上海古籍出版社 2005 年版，第 1828 页。
② （清）查慎行：《诗评自识》，《查初白诗评十二种》卷首，民国上海六艺书局石印本。
③ （清）查慎行：《诗评纂例》，《查初白诗评十二种》卷首，民国上海六艺书局石印本。

谢枋得、元好问、虞集诸家评语；下卷则专辑《瀛奎律髓》评语①，且较之上、中两卷所录评语更多，用力也更精深。他不但点评诗歌文本，对方氏评注亦详加评骘，在批评中表现了意、格、法并重的诗歌观念，点评诗歌多有创见。具体说来，表现在以下三个方面：注重诗歌的抒情言志功能，善于"知人论世"地解读诗歌，并能"以意逆志"，发掘诗歌所蕴含的深层意涵；以格论诗，提倡风骨铮铮、骨力劲健的诗歌气格，偏好平淡自然、空灵雅致的艺术风格，并重视与人品相关的诗歌品格；重视诗法，在章法安排、字句锤炼以及技巧掌握等方面都有精深的见解。另外，他采用笺评结合、对比论析的评点方式，也颇具特色。详细论之如下。

一　重"意"：知人论世、以意逆志地评析诗歌

心有所感，发言为诗，言志抒情是诗歌创作的根本。方回编选《瀛奎律髓》，按照诗歌题材进行分类，"以意为脉"的论诗本意不言自明。查氏批评是书，也表现了对于诗歌情感意向的重视。

首先，他主张诗歌抒发真性情。查氏评白居易《戊申岁暮咏怀》"老病傍人岂得知"句云："语浅情真。"② 肯定其情感之真挚动人。他甚至认为只要是抒发真情，即使在艺术风格上稍有瑕疵亦无可厚非，评刘克庄《问友人病》"术庸难靠医求效，俗陋多依鬼乞怜"句"虽近俚，颇近情"正是此意③。诗歌抒情离不开特定的情境，从这个角度出发，查慎行格外强调诗歌以真实情境为基础。如评许棠《过洞庭湖》云："句句是过湖景象。余尝身历其境，故知此诗之工。"④ 正因如此，他一方面肯定诗歌写境抒情的艺术性，不废夸张手法。方回评张祜《金山寺》云："此诗金山绝唱，孙鲂者努力继之，有云：'……过橹妨僧定，归涛溅佛身。……'其言矜夸自大，然'溅佛'之句，或者则谓金山岂如此其低耶？"⑤ 查氏批驳道："'惊涛（按，查氏以"归"作"惊"。）'句措词太粗狠，未免近俗则有之。若论作诗法，则形容模写处，往

---

①　按，是书以大字（半页十二行，行二十三字）刊刻查慎行评语。为使查评明了，必要处以双行小字（行三十五字）刊刻方回原批。张载华按语以"载华按"标明，并附录李天生、俞犀月、陆庠斋、吴星叟等人的零星评语，皆以双行小字刊刻。

②　（清）查慎行：《查初白诗评十二种》卷下，民国上海六艺书局石印本，第18页。

③　同上书，第43页。

④　同上书，第38页。

⑤　（元）方回选评，李庆甲集评校点：《瀛奎律髓汇评》卷一，上海古籍出版社2005年版，第13页。

往有过其实者。执此论，天下无诗境矣。"① 另一方面又强调艺术真实与生活真实的统一，反对过度夸张。李商隐《杨本胜说于长安见小儿阿衮》有"寄人龙种瘦，失母凤雏痴"句，思念娇儿之情虽极为真切，但是，以"龙种"、"凤雏"称之，查氏认为"夸张似乎太过"②，犀利地指出了义山诗的这一疏失。

其次，他强调诗歌的言志功能。特定时代背景下的政治情怀也是诗人情感的重要组成部分。查氏承继儒家"诗言志"的诗论思想，对诗歌的言志功能也颇为重视，认为诗歌应有寄托，不避怨刺。诸如"一篇有韵之文，感事策勖，讬意深厚"③，"东坡《黄州寒食》云：'君门深九重，坟墓在万里。'后人读之，尚有余悲。三四（按，'关河先垅远，天地小臣孤'）全是此意。诗可以怨，其君臣父子之际乎"④，"微含讽意"⑤，"似含讽时事"⑥，此等评论，数不胜数。当然，在表达方式上，和儒家"温柔敦厚"诗教相一致，他也主张含蓄蕴藉，反对直露。他赞赏杜甫"愁窥高鸟过，老逐众人行"句"感慨含蓄"⑦，肯定尤袤"一年春事角声中"句具有"蕴藉"之美感⑧，同时毫不留情地责斥杜荀鹤《旅泊遇郡中叛乱示同志》"通篇语太直率，不足取"⑨，这些都是有力的例证。

再次，他论诗注重知人论世、以意逆志。查慎行结合诗歌创作的时代背景评点诗歌，善于挖掘诗歌所蕴含的深层意涵，直指诗人内心，颇多见地。方回评杜甫《对雪》云："他人对雪必豪饮低唱，极其乐。唯老杜不然，每极天下之忧。"⑩ 查氏则进一步指出杜诗"每极天下之忧"的原因在于"此老杜陷贼中作，非豪饮低唱时也"⑪，不仅为解读老杜诗歌指出了正确的门径，从中亦可看出其论世评诗的严谨态度。他评杜甫《陪章留后侍御宴南楼得风字》

① （清）查慎行：《查初白诗评十二种》卷下，民国上海六艺书局石印本，第1—2页。
② 同上书，第40页。
③ 同上书，第30—31页。
④ 同上书，第20页。
⑤ 同上书，第11页。
⑥ 同上书，第28页。
⑦ 同上书，第16页。
⑧ 同上书，第26页。
⑨ 同上书，第37页。
⑩ （元）方回选评，李庆甲集评校点：《瀛奎律髓汇评》卷二十一，上海古籍出版社2005年版，第857页。
⑪ （清）查慎行：《查初白诗评十二种》卷下，民国上海六艺书局石印本，第26页。

云："时蜀中屡叛，节帅屡易，章梓州亦非乃心王室者，故少陵与之酬赠，往往多警动语。"① 能从酬赠诗中读出警策之意，也是论世知人的结果。他评白居易《闲卧有所思》亦是用此方法："此首为杨虞卿而发。时郑注用事，杨为所构，贬虔州。公与杨本姻亲，故伤之。"② 另外，查氏评诗又能"以意逆志"。身处清朝易代之初，他对诗歌中所蕴含的时代之感、易代之悲感同身受。评老杜《释闷》"此老意中原望昇平，故末句分外沉痛"，即是寄寓沉痛之感在其中。因此，对方回饱含黍离悲感的精辟论断，查氏每每击节称赏，心生戚戚之叹。如方回评梅尧臣《送刁景纯学士使北》云："祖宗时与契丹盟好甚笃，故凡送使人诗亦不敢轻易及边事。熙、丰以来，人人抵掌，务欲生事于西北，遂致靖康之祸，悲夫！"③ 查慎行叹赏道："此评深中事机。"④ 再如，方评有云："四人（按，贾至、杜甫、王维、岑参）早朝之作，俱伟丽可喜，不但东坡所赏子美'龙蛇'、'燕雀'一联也。然京师喋血之后，疮痍未复，四人虽夸美朝仪，不已泰乎！"⑤ 查氏亦道："余亦曾持此论"⑥，颇以方氏为知己。难能可贵的是，查氏在挖掘诗歌深意的同时，又反对牵强附会、过于穿凿，持论颇为通达。方回批评后人解杜甫《萤火》失于牵强拘泥，云："说者谓此诗'腐草'、'太阳'之句以讥李辅国。凡评诗，政不当如此刻切拘泥。……学者观大指可也。"⑦ 查氏大加激赏，他说："诗家赋物，毋论大小妍丑，必有比况寄托。即以拟人，亦未为失伦。如良马以比君子，青蝇以喻谗人，如此者不一而足。必欲取一事一人以实之，隘矣。此评能见大意，学者可以类推。"⑧ 此说深邃而不拘泥，大有裨益于后学。

二　重"格"：气格、风格、品格兼顾

查慎行论诗，亦重视诗歌之"格"。在《瀛奎律髓》批评中，他所论之

---

① （清）查慎行：《查初白诗评十二种》卷下，民国上海六艺书局石印本，第 2 页。

② 同上书，第 39 页。

③ （元）方回选评，李庆甲集评校点：《瀛奎律髓汇评》卷二十四，上海古籍出版社 2005 年版，第 1076 页。

④ （清）查慎行：《查初白诗评十二种》卷下，民国上海六艺书局石印本，第 31 页。

⑤ （元）方回选评，李庆甲集评校点：《瀛奎律髓汇评》卷二，上海古籍出版社 2005 年版，第 61 页。

⑥ （清）查慎行：《查初白诗评十二种》卷下，民国上海六艺书局石印本，第 4 页。

⑦ （元）方回选评，李庆甲集评校点：《瀛奎律髓汇评》卷二十七，上海古籍出版社 2005 年版，第 1154 页。

⑧ （清）查慎行：《查初白诗评十二种》卷下，民国上海六艺书局石印本，第 21—22 页。

"格"，包括气格、风格和品格。

先看气格。赵翼《瓯北诗话》卷十评查慎行诗歌云："当其少年，随黔抚杨雍建南行，其时吴逆方死，余孽尚存，官军恢复黔、滇，兵戈杀戮之惨，民苗流离之状，皆所目击，故出手即带慷慨沉雄之气，不落小家。"[①] 同样，他论诗亦重气格，对骨力劲健、雄豪壮美的诗歌尤为倾心。"气格超妙"[②]、"饶有风骨"[③]、"有元气，难乎为对"[④]、"通体风神骨力"[⑤]，等等，诸般评语，足以体现查氏这一论诗倾向。相反，对于格力卑弱的作品，他颇为不满。如李远"杜宇呼名语，巴江学字流"句，查氏认为虽"锻炼亦见苦心，然格稍卑矣"[⑥]。再如赵宾旸咏梅花有"兰荃皆弱植，桃杏总凡姿"句，查氏亦批评其"虽尊题，然终属卑下"[⑦]。需要指出的是，为了避免一味追求气骨而导致粗豪率意的弊病，查慎行论气骨的同时又强调精密细润的艺术手法。他评晁君成《登多景楼》云："有'开轩'句之宏大，不可少'览物'句之细腻，以下触手皆灵，得力在此耳。"[⑧] 评白居易《阿崔儿诗》云：末四联，"熨帖细腻"。[⑨] 评周尹潜《野泊对月有感》亦赏其"酒添客泪愁仍溅，浪卷归心暗自惊"句之细润精致。将骨力与细润并重，正是兼取"江西"与"晚唐"之优长，和查氏"唐宋互参"[⑩] 的诗歌创作观念恰有符节之合，从中也可看出其诗论思想的全面精到。

再看风格。查为仁《莲坡诗话》云："家伯初白老人尝教余诗律，谓……诗之灵在空不在巧，诗之淡在脱不在易，须辨毫发于疑似之间，余可类推。"[⑪]

---

① （清）赵翼：《瓯北诗话》卷十，人民文学出版社 1963 年版，第 146 页。

② （元）方回选评，李庆甲集评校点：《瀛奎律髓汇评》卷二十，上海古籍出版社 2005 年版，第 764 页。

③ （元）方回选评，李庆甲集评校点：《瀛奎律髓汇评》卷三，上海古籍出版社 2005 年版，第 141 页。

④ （清）查慎行：《查初白诗评十二种》卷下，民国上海六艺书局石印本，第 15 页。

⑤ 同上书，第 25 页。

⑥ 同上书，第 6 页。

⑦ （元）方回选评，李庆甲集评校点：《瀛奎律髓汇评》卷二十，上海古籍出版社 2005 年版，第 775 页。

⑧ （清）查慎行：《查初白诗评十二种》卷下，民国上海六艺书局石印本，第 2 页。

⑨ 同上书，第 40 页。

⑩ 按，（清）查慎行《吴门喜晤梁药亭》云："知君力欲追正始，三唐两宋须互参。"［（清）查慎行：《敬业堂诗集》卷四，上海古籍出版社 1986 年版，第 104 页。］

⑪ （清）查为仁：《莲坡诗话》卷上，（清）王夫之等撰：《清诗话》，上海古籍出版社 1978 年版，第 482 页。

在诗歌风格上，查慎行提倡平淡自然、空灵雅致。以平淡自然论诗者，如评王维《晚春严少尹诸公见过》"莺啼过落花"句云："'过'字千锤百炼，而出以自然。"① 评张籍《蓟北旅思》云："本领具足，方能作淡语。文昌擅长处在此。"② 评周弼《送人尉黔中》云："余谓三、四（按，'峡涨三川雪，园开四季花'）更工，以无刻画痕也。"③ 又评王维《终南别业》"行到水穷处，坐看云起时"句云："自然，有无穷景味。"④ 由上可见，查氏所谓平淡自然，是建立在学力根柢之上、千锤百炼而又刻画无痕、淡泊简古而又意味隽永的艺术风格，是对诗歌艺术境界的至高追求。他又倡导空灵雅致的诗歌风格。他评朱熹《不见梅再用来字韵》"野水风烟迷惨淡，故园霜月想徘徊"句云："描写'不见'，又非梅不足以当之。却只空际传神，超妙独绝。"⑤ 这是赏其空灵之美。评崔鲁《岸梅》云："诗句故取有来历，然用古人句而无韵致，亦不能佳。如第五句（按，'初开偏称雕梁画'）虽本阴铿，然唐突梅花太甚。"⑥ 这是强调诗歌之韵致意味。评滕元秀《秋晚》"屡迁怜蟋蟀，一败笑芭蕉"二句云："新而警，转俗为雅，只是妙笔。"⑦ 则表现了对诗歌雅调的赞赏。以此为标准，他对流于浅俗的"江西"诗歌颇为反感，在赵章泉《早立寺门作》评语中毫不掩饰厌恶之情，批评"青山表见花颜色，绿水增添鹭雨仪"二句为"俗调"，并明确表示："'表见'、'增添'四字浅而俗，此吾所以不喜'江西派'也。"⑧

最后看品格。查氏注重诗品与人品的统一。其《紫幢诗钞序》云："古今诗家率言品格，义盖取乎高也。顾格以诗言而品则当以人言。世固有能诗而品未必高者矣，亦有品高而未必能诗者矣。要未有高品之诗而格不与俱高者也。"⑨ 这一论诗思想也表现在《瀛奎律髓》批评中。评白居易《九年十一月

---

① （清）查慎行：《查初白诗评十二种》卷下，民国上海六艺书局石印本，第 13 页。

② 同上书，第 34 页。

③ 同上书，第 6 页。

④ （元）方回选评，李庆甲集评校点：《瀛奎律髓汇评》卷二十三，上海古籍出版社 2005 年版，第 930 页。

⑤ （元）方回选评，李庆甲集评校点：《瀛奎律髓汇评》卷二十，上海古籍出版社 2005 年版，第 828 页。

⑥ 同上书，第 781 页。

⑦ （清）查慎行：《查初白诗评十二种》卷下，民国上海六艺书局石印本，第 17 页。

⑧ 同上书，第 15 页。

⑨ （清）查慎行：《自幢诗钞序》，转引自李世英、陈水云《清代诗学》，湖南人民出版社 2000年版，第 99 页。

二十一日感事而作》就是因人品而论诗的典型例证。他说:"此首为王涯而发。按'甘露之变'在太和九年冬。东坡云:'乐天为王涯所谗,谪江州。'甘露之祸,乐天适游香山寺,有'白首同归'二句,不知者以为幸之也。乐天岂其人哉? 盖悲之也。"① 从白居易人品的角度考虑,认为此诗并非幸灾乐祸,而是抒发悲慨时事、悲悯他人遭遇的情感,这是有一定道理的。在黄宗羲学术思想的影响下,查慎行受宋明理学濡染颇深,对宋代大儒之人品极为尊崇,并以此为标准评价诗歌所表现的诗人品格。评柳宗元《岭南江行》即是如此:"急于富贵人,遭不得磨折,便少受用,学道人定不尔尔。尾句亦不值如此气索。"② 因人而及诗,查氏对宋儒之诗歌亦大加推赏,评朱熹《观梅花开尽,不及吟赏,感叹成诗,聊贻同好二首》"脱落凡近,胸次有别"③,又评魏了翁《次韵知常德袁尊固监丞送别》"儒者气象,刊落浮华"④,皆极尽叹赏之能事。客观而论,道学之诗理胜乎辞,枯燥乏味,在诗歌艺术技巧和风格韵味方面皆缺乏可以指陈圈点之处,查氏因人论诗,过于主观,难免有依附标榜之嫌疑,这不能不说是其论诗的一大偏失。

三 重"法":"句针字砭",以求"进而语上"

对于方回详论诗歌格法的良苦用心,查慎行颇能领会,他说:"诗以气格为主,字句抑末矣。然必句针字砭,方可进而语上,虚谷先生评诗之意以此,余之丹黄亦以此。"⑤ 因此,他也尤其重视诗法,将所评《瀛奎律髓》作为晚年家塾课本,以期后学晚辈以此为学诗津梁,并最终舍筏登岸,步入诗学之堂奥。查氏所论,涉及诗歌创作的章法安排、字句锤炼、技巧掌握等诸多方面,详尽而又精审。

在章法安排上,查氏主张诗歌应当切题,又要前后照应。首先,诗句应切合题目,不可无的放矢。他对诗歌是否切题十分关注,往往以此评诗,如:

---

① (清) 查慎行:《查初白诗评十二种》卷下,民国上海六艺书局石印本,第 39 页。
② (元) 方回选评,李庆甲集评校点:《瀛奎律髓汇评》卷四,上海古籍出版社 2005 年版,第 187 页。
③ (元) 方回选评,李庆甲集评校点:《瀛奎律髓汇评》卷二十,上海古籍出版社 2005 年版,第 765 页。
④ (清) 查慎行:《查初白诗评十二种》卷下,民国上海六艺书局石印本,第 32 页。
⑤ (元) 方回选评,李庆甲集评校点:《瀛奎律髓汇评》卷一,上海古籍出版社 2005 年版,第 1 页。

哭僧诗必如此方切题，又是现身说法。①
起、结扣定题面。中间两句说夜，两句说秋。切题极矣，却极开宕。②
东莱不以诗名，而应制乃尔称题，有专家所不及者。③
除却"宋祖凌敲"四字，以后无一语切题者。④

　　这都是强调诗歌创作应紧扣诗题。其次，诗歌亦须前后照应，通首连贯。查慎行评宋之问《奉和圣制春日剪彩花胜应制》云："'装'、'弄'二字与结处'剪刀'二字脉络相贯。"⑤ 评陆游《致仕述怀》云："'山花满笠'，从'冲雨'得来，故非支凑。"⑥ 此类评点殊多，皆是强调诗歌前后关合的重要性。他还从诗歌前后照应的角度校勘、评论诗歌，多能发前人未发之覆。梅尧臣《较艺和王禹玉内翰》"万蚁战来春日暖"句，《石林诗话》作"万蚁战酣春昼永"，方回指出异文，未予考校。纪昀认为"宜从诗话本"，却未说明缘由。查慎行则从"酣"、"永"二字互有关合的角度校评此句，他说："'酣'字有力，且与'永'字有关会。"⑦ 较于他人，不但详细具体，而且有理有据，更能启发后学。关于李商隐《锦瑟》的主题，众说纷纭，查慎行亦发抒己见，提出"悼亡"说："是章解者纷纷，愚谓此义山丧偶诗也。观起两语，其原配亡时，年二十五。瑟本二十五弦，断则成五十弦矣。此特借题寓感，解者必从锦瑟着题，苦苦牵合，读到结处，如何通得去？有识者试以鄙言思之，全首打成一片矣。"⑧ 他将诗歌作为一个整体进行解读，见解颇为独到，也颇有说服力。查氏又说，白居易"野火烧不尽，春风吹又生"二句之所以佳，是因为"先有'一岁一枯荣'句紧接上"，若"置之他处，当亦索然"⑨，也堪称精辟之见。

① （清）查慎行：《查初白诗评十二种》卷下，民国上海六艺书局石印本，第 44 页。
② 同上书，第 17 页。
③ 同上书，第 9 页。
④ 同上书，第 5 页。
⑤ 同上书，第 12 页。
⑥ （元）方回选评，李庆甲集评校点：《瀛奎律髓汇评》卷六，上海古籍出版社 2005 年版，第 253 页。
⑦ （元）方回选评，李庆甲集评校点：《瀛奎律髓汇评》卷二，上海古籍出版社 2005 年版，第 74 页。
⑧ （清）查慎行：《查初白诗评十二种》卷下，民国上海六艺书局石印本，第 23 页。
⑨ （元）方回选评，李庆甲集评校点：《瀛奎律髓汇评》卷二十七，上海古籍出版社 2005 年版，第 1159 页。

查氏亦注重字句之锤炼。他论诗持诗眼说，于虚字格外留意，善于点评用字巧妙之处，并往往对诗中佳句叹赏有加，这和方回之论大致相同。他指出杜甫《秋野》（远岸秋沙白）一首，"输"、"会"二字为诗眼，而又字字着力精工①，殊为不苟之作。又详细分析李商隐《楚宫》炼字琢句之妙，并评道：

> 用巫山及牛、女事，琢句极工，盖若不用"暮"字，安知为巫山之行雨？不用"秋"字，安知为牛、女之渡河？作者尚恐语晦，于"暮雨"衬"山"字，则巫山愈明；于"秋河"衬"夜"字，则银河不混。而于数虚字足消息相隔之意，可谓穷工极巧。②

此处赏析"暮雨自归山峭峭，秋河不动夜厌厌"二句颇见功力，而且指出诗中用"已"、"更"、"且"、"得"四虚字之恰当工巧，颇益于初学者参悟炼字锻句之法。陈与义《放慵》"暖日薰杨柳，浓春醉海棠"二句，查氏指出"薰"、"醉"用得妙，同时强调"然非'暖'字、'浓'字，则此二字亦不得力"③。他不拘泥于诗眼之说，而是将诗歌作为不可分割的整体，尤显卓识。批评中，查慎行善于指出诗歌中所存在的弊病，借以警示后学。论重字，如评僧如璧《再次前韵》"借问折腰辞五斗，何如折臂取三公"二句云："用两'折'字，未妥。"④ 论合掌，如评陈师道《登鹊山》"朴俗犹虞力，安流尚禹谟"一联云："出句用'犹'字，对句复用'尚'字，便是合掌，老杜无此法也。"⑤ 陆游"穿林双不借，取水一军持"句，用"不借"代指草鞋，用"军持"代指净瓶，后人引以为法，作诗好用替字，渐生弊端，查慎行对此也深表不满，批评道："放翁偶拈此六字作对，近日诗人好用此替身字眼，固是下乘。能知诗料非此之谓，则诗道进矣。"⑥ 这些点评或详或略，却都包含着查氏指点后学的恳切用意。

---

① （清）查慎行：《查初白诗评十二种》卷下，民国上海六艺书局石印本，第17页。
② （元）方回选评，李庆甲集评校点：《瀛奎律髓汇评》卷七，上海古籍出版社2005年版，第293页。
③ （元）方回选评，李庆甲集评校点：《瀛奎律髓汇评》卷二十三，上海古籍出版社2005年版，第979页。
④ （清）查慎行：《查初白诗评十二种》卷下，民国上海六艺书局石印本，第45页。
⑤ 同上书，第2页。
⑥ （元）方回选评，李庆甲集评校点：《瀛奎律髓汇评》卷三十三，上海古籍出版社2005年版，第1383页。

　　诗歌的写作技巧，也是查氏关注的重点之一。批评所及，主要在于用典和点化前人诗句两个方面。他认为，诗歌用典应注意三个方面：一是贴切恰当。这是用典的最基本要求。他不同意方回评宋祁"冻崖初辨马，昏谷自量牛"句"善于用事"之说，就是因为《庄子》'不辨牛马'，言秋水无际。此言'冻崖'。《史记》'谷量牛马'，言塞外牲畜之多。此言'昏谷'。俱牵强，不合用事切合"①。二是入化无痕。诗人用典，不是生搬硬套古人事典。摆脱痕迹，与诗歌融化为一，才称得上善于用事。曾几"兰蕙香浮襟解后"句用"罗襟既解，微闻香泽"、"雪冰肤在酒酣间"句用"姑射仙人，肌肤若雪"皆能"烹炼入化"，因而大受查氏赞赏，并将其奉为典范之作②。三是化旧为新。用旧事而出新意，应该说是诗歌用典的更高境界。陆游《小雪》"跨蹇虽堪喜，呼舟似更奇。元知剡溪路，不减灞桥时"四句用王子猷雪夜访戴及郑綮"诗思在灞桥雪中驴子上"二事，却不拘泥于原有事典，将二事串合点逗，意趣横生，颇善于化旧为新，深得查氏赞许。在查氏看来，善于点化前人诗句也是一种重要的诗歌写作技巧。若点化得妙，则能创新出奇，意味隽永；反之，则因袭循旧，味同嚼蜡。前者如寇准"野水无人渡，孤舟尽日横"，系从韦应物"野渡无人舟自横"句点化而来，合乎诗境而又不失韵味③；陆游《六日云重有雪意独酌》"凉州那得直蒲萄"用王翰《凉州词》"葡萄美酒夜光杯"而作翻案语，写独酌痛饮之意，甚是新奇④。后者如张耒"有润物皆泽，无声人不闻"系点化杜甫"润物细无声"，"然老杜字字有味，此如嚼蜡"⑤。为强调这一诗歌技巧，查氏花费大量笔墨用于勾勒诗句暗合古人之处，诸如"'眼前无俗物'，少陵成句"⑥、"本大苏'手香新喜绿橙搓'来"⑦、"'夜雨滴空阶，晓灯暗离室'，何记室佳句也"⑧ 等，俯拾即是。不可否认，这有助于

---

　　① （元）方回选评，李庆甲集评校点：《瀛奎律髓汇评》卷十五，上海古籍出版社 2005 年版，第 545—546 页。

　　② （元）方回选评，李庆甲集评校点：《瀛奎律髓汇评》卷二十七，上海古籍出版社 2005 年版，第 1203 页。

　　③ （清）查慎行：《查初白诗评十二种》卷下，民国上海六艺书局石印本，第 13 页。

　　④ （元）方回选评，李庆甲集评校点：《瀛奎律髓汇评》卷十九，上海古籍出版社 2005 年版，第 741 页。

　　⑤ （元）方回选评，李庆甲集评校点：《瀛奎律髓汇评》卷十七，上海古籍出版社 2005 年版，第 667 页。

　　⑥ （清）查慎行：《查初白诗评十二种》卷下，民国上海六艺书局石印本，第 16 页。

　　⑦ 同上书，第 19 页。

　　⑧ 同上书，第 28—29 页。

初学者掌握化用前人诗句的作诗技巧。但是，由于情感的共通性，后人作诗难免与古人暗合，一味强调点化之法而忽略诗人抒情的真实性，则过于武断。另外，若后学因而误入歧径，偏离诗歌表情写意的本旨，查氏此论似亦难辞其咎。

四 评点方式：笺评结合，对比论析

查慎行的诗歌评点方式也颇具特色，表现在《瀛奎律髓》批评中，主要有笺评结合和对比论析两个方面。

第一，笺评结合。

查氏评点诗歌，勤于笺注。注诗句、注出处、注音韵、注事典、注史实，对方回之注解也多有笺释，态度颇为严谨。而最能代表其评点特色的，则是注中有评，笺评结合。例如，郑毅夫《寄程公辟》有"酒酣金盏照东西"句，查慎行注"东西"二字曰："黄山谷诗：'佳人斗南北，美酒玉东西。''玉东西'，酒杯也。"并评道："今既曰'金盏'，又曰'东西'，与义何居？"[1] 指出"金盏"与"东西"犯重，是此诗之病。韩仲止《七月》"餐香岂待哦"句，查氏先笺注"餐香"出自《楚辞》"餐秋菊之落英"，然后点评说，因菊花无实，"餐香"二字"似不如'餐英'更老"[2]。再如，他评黄庭坚《赠惠洪》曰："'羊胛'出《唐书·回纥传》。骨利干部昼长夜短，日入烹羊胛，熟，东方已明，盖近日出处也。'雉膏'出《易·鼎卦》，《臆乘》云：'雉膏不食，云美也。'《说文》云：'未戴角曰膏。'用事必如此，终觉艰涩少味。"[3] 也是先详注事典，再加以评骘。评陈师道《寄潭州张芸叟》"秋盘堆鸭脚，春味荐猫头"句也是如此。他先笺释道："鸭脚，银杏；猫头，长沙笋名。"接着评论说"对胜黄"，意即胜过黄庭坚"霜林收鸭脚，春网荐琴高"以"鸭脚"对"琴高"。查氏先笺再评，详细明了，比较有利于诗歌初学者理解和接受。张宗楠清楚地认识到了这一点，其《诗评序》云：

> 国朝作者如林，求其金针微点，学者悉奉为指南。渔洋、初白两先
> 生而外，指不多屈。虽然，读《渔洋诗话》，如游蓬阆，如闻韶濩，目眩

---

[1] （清）查慎行：《查初白诗评十二种》卷下，民国上海六艺书局石印本，第9页。
[2] （元）方回选评，李庆甲集评校点：《瀛奎律髓汇评》卷十二，上海古籍出版社2005年版，第449页。
[3] （清）查慎行：《查初白诗评十二种》卷下，民国上海六艺书局石印本，第45页。

心迷，未易涉其流而溯其源也。若初白先生所著评语，或直抉作者精要，或别裁各家伪体，一经指示，俾轾材朴学，可以由渐而入。视夫一味妙悟之论，果孰难而孰易？①

他尊奉查慎行与王士禛为清初两大诗论家，又指出相较于王氏的以神韵论诗，查氏评点"由渐而入"，更易于后学参透诗学法门，所说颇为中肯。

第二，对比论析。

查慎行善于用对比的方法评点诗歌、讲论诗法。通过对比，诗歌的异同优劣一目了然，更有助于初学举一反三，掌握诗歌技巧方法，并由高处取径，避免走不必要的弯路，从而达到事半功倍的效果。他屡次指出诗歌章法技法相似之处，以供后学观摩。例如，杜甫《登岳阳楼》与《登牛头山亭子》二诗，皆是先点题，次写景，再写人事，最后以抒情收结，查慎行以敏锐的诗学眼光发现了二者在章法上的相似，并予以指出，为学习杜诗提供了正确的入门途径。他又点出杜甫《泛江送客》"烟花山际重，舟楫浪前轻"二句和其《耳聋》"眼复几时暗，耳从前月聋"二句句法相同，都是"说两头，空着中间"，用心很是细腻②。又如，他说柳宗元"城上高楼接大荒，海天愁思正茫茫"二句"起势高妙"，与杜甫"花近高楼伤客心，万方多难此登临"所用手法相同，见解之精准也着实令人钦佩。他又通过对比，区分诗歌之优劣，力图使后学在对比中参透诗学之奥义。如，他从气格上对比杜甫《登岳阳楼》与孟浩然《临洞庭湖》，评道："杜作前半首由近说到远，阔大沉雄，千古绝唱。孟作亦在下风，无论后人矣。"③ 再如，王初寮《观僧舍山茶》有"绿裁犀甲层层叶，红染猩唇艳艳花"句，方回指出系由苏轼"叶厚有棱犀甲健，花深少态鹤头丹"二句翻出，查慎行则详细分析对比二者，认为苏诗远胜王诗，他说："东坡着'有棱'、'少态'字，精神十倍。若此二句如泥塑呆像耳，有天渊之别。能辨此则诗学思过半矣。"④ 则是从诗歌贵活法忌呆板的角

---

① （清）张宗柟：《诗评序》，载（清）查慎行《查初白诗评十二种》卷首，民国上海六艺书局石印本。

② （元）方回选评，李庆甲集评校点：《瀛奎律髓汇评》卷二十四，上海古籍出版社 2005 年版，第 1029 页。（按，查氏此语系评《泛江送客》诗，《瀛奎律髓汇评》误系于《奉济驿重送严公》诗后。）

③ （元）方回选评，李庆甲集评校点：《瀛奎律髓汇评》卷一，上海古籍出版社 2005 年版，第 7 页。

④ （元）方回选评，李庆甲集评校点：《瀛奎律髓汇评》卷二十七，上海古籍出版社 2005 年版，第 1198 页。

度别其优劣。查氏又对比分析杜甫"月明垂叶露"与姚合"露垂庭际草"二句云："'月明垂叶露'，因垂叶之露，非月明不见，且夜景晶莹，恍在言外。若此诗'露垂庭际草'，单薄无意味。"① 这是以诗歌韵味区分高下。他认为刘禹锡"霜桥人未行"胜过温庭筠"人迹板桥霜"②，则是因为前者更能突出诗题《途中早发》之"早"字，这又是从切合诗题的角度进行对比。可见，采用对比论析的方法讲解诗法、表述诗学观念，更为亲切可感，易于接受。张载华赞誉查评"为后学之津梁，用意恳切，尤足令人朝夕体玩于无穷"③，实为由衷之言，查氏足以当之。

需要特别强调的是，意、格、法并重，是把握查氏诗学思想的关键。这一点，通过以上分析自可见出。另外，他也借助方回之论明确表达了这一诗歌理念，说："方君云'然格高律熟，意奇句妥，若造化生成'，作诗必得此三昧。"④ 又说："方君云：'以意为脉，以格为骨，以字为眼，则尽之。'作诗奥窍，无出此矣。"⑤ 若因其多论诗法而否定他对诗歌情感内涵和风格骨力的重视，则偏离了查氏诗学理论的核心，未能领会其指示后学的深意，是不可取的。

第三节　何焯《瀛奎律髓》评点研究

在《瀛奎律髓》诸家评点中，何焯的评点，以其"考订之细，书法之工"而"为艺林所仅见"（许抄本题识）。何焯（1661—1722），长洲（今江苏吴县）人。字屺瞻，号义门，晚号茶仙，学者称义门先生。康熙中以拔贡生值南书房，赐举人，复赐进士，官编修。有《义门读书记》、《道古斋识小录》等。对于方回《瀛奎律髓》，何氏一生凡两次批阅。其手批原稿几经辗转，今已不可见，其点评之语借时贤及后人传抄得以流传。李庆甲先生《瀛奎律髓

---

① （元）方回选评，李庆甲集评校点：《瀛奎律髓汇评》卷六，上海古籍出版社 2005 年版，第 248 页。

② （清）查慎行：《查初白诗评十二种》卷下，民国上海六艺书局石印本，第 18 页。

③ （清）张载华：《诗评自识》，载（清）查慎行《查初白诗评十二种》卷首，民国上海六艺书局石印本。

④ （元）方回选评，李庆甲集评校点：《瀛奎律髓汇评》卷二十三，上海古籍出版社 2005 年版，第 993 页。

⑤ （元）方回选评，李庆甲集评校点：《瀛奎律髓汇评》卷四十二，上海古籍出版社 2005 年版，第 1512 页。

汇评》"以过录有冯舒、冯班、查慎行、何义门评语的清康熙五十二年石门吴之振黄叶村庄刻本《瀛奎律髓》为底本"①，辑录何焯评语系于所评诗歌之后。但李氏搜罗版本、辑录评语并不完全。今上海图书馆所藏过录有沈廷瑛抄冯舒、冯班、何焯评点本（以下称"沈抄本"）及过录有许士模抄冯舒、冯班、查慎行、何焯评点本（以下称"许抄本"）《方虚谷瀛奎律髓》，皆为李氏所未见，堪称稀见的评点本。沈抄本与《汇评》所录都是何氏首次批阅之评语，但是，由于《汇评》所据过录本对原评有所删减，故沈抄本评语为《汇评》失载者甚多。许抄本所录为何氏"续阅"之评语②，这些评语皆为世人所未曾见。此二本对于何焯及《瀛奎律髓》研究具有重要的文献和理论价值。本节即在新辑何焯评点《瀛奎律髓》文献的基础上，参考李庆甲《汇评》本，对何焯《瀛奎律髓》批评展开综合讨论。何氏寓学问于评点，晚年两次批阅的《瀛奎律髓》，精义纷陈，其要有四：第一，大量使用"疏"的注释方式，善于挖掘诗歌的深层内涵；第二，注重考证、校勘，体现了颇为审慎谨严的批评态度；第三，在清初唐宋诗之争愈演愈烈的诗学氛围中，尊崇唐诗，又不废宋诗，诗学观念通达；第四，受清初儒学复兴思潮影响，以儒家诗教论诗，重视诗歌"诗言志"的讽谏功能和含蓄蕴藉的艺术风格，对诗歌技法则论之甚少。至于《汇评》本未及的评语，笔者另有《〈瀛奎律髓汇评〉失收何焯评点辑补》一稿，见附录二，可以参阅。

一   独特的批评方式："疏"

疏，是古籍注释的一种方式，以疏通文义、阐释义理为主。汉儒最早用以注解经书，旨在疏通经文大义、阐释儒家之道。魏晋南北朝以后，进一步广泛使用于各种典籍的注释中。宋代评点之学兴起，评家喜以简练的

---

① （元）方回选评，李庆甲集评校点：《瀛奎律髓汇评》"例略"，上海古籍出版社 2005 年版，第 2 页。

② 按，据许抄本正文前二题识可知。一为吴绍澯识："此书先生（按，何焯）所阅旧刻，二冯评语颇详。向藏余家，后为洞泉秦师携去。此本当是先生续阅者，其墨笔所传大冯评语，朱笔传者小冯也，议论较初本颇加复削。下阕皆先生自评。此非经世不可离之书，而批阅乃至于再。呜呼！可谓好学也已。"一为许士模识："义门先生生平手不释卷，丹黄点勘不下数百种，考订之细，书法之工，为艺林所仅见。先生没于京邸，遗书尽归广陵马氏。既而马氏式微，余友吴太史苏泉不惜重资购得大半。……未几，苏泉物故，书渐散失。从弟倚青以白金十镒买数十种，余曾作诗赞之……此本为乾隆庚戌寅扬时借录，距今二十有四年，元本已不知何在。……"另外，许抄何评皆不见于《瀛奎律髓汇评》及沈抄本，可以推知，《瀛奎律髓汇评》、沈抄本所录为何氏初评者。

语言点评诗歌并逐渐蔚为风尚。但这种评点往往简略直观，颇难揭示作品的深层含蕴。

何焯在评点中大量使用疏的注解方式。在疏解中表现自己对诗歌的理解，其诠解不仅出人意表，更能挖掘作品的深层意涵。这种点评方式，使诗人、评家和读者的感情在一定程度上得以相通，减少了隔膜。何氏于疏解之后一般不作点评，然而，情到之处，亦偶加评论，疏评结合，以发抒其感慨。下面举实例说明。

1. 疏解诗句者。如疏杜甫"愁来梁父吟"句云："老居戎幕，欲与故人共奖王室，若忽忽入冬，仅陪军宴。如山简之日醉习池，不顾洛阳倾覆，负我从来出处之心矣，故曰'愁来梁甫吟'。"深刻揭示出杜甫欲赴国难而又抱负难展的悲壮凄哀之情，比方回所云"山简非得已而醉，诸葛又何为而吟？皆所以痛时世也"更为具体细致①，"负我从来出处之心"的解读，更是深入诗人内心，将其矛盾无奈的心情和盘托出。卷三十九李商隐《安定城楼》"永忆江湖归白发，欲回天地入扁舟"二句向来为人所激赏，然而，方回对此不着只字评论，冯班评之"如此诗岂妃红俪绿者所及？今之学温、李者得不自羞"？空疏而又矫激。查慎行云"细味之大有杜意"，却未作细论。唯有何焯在疏通其诗意的基础上指出其"有杜意"处在于"回旋天地"、欲济苍生的高尚情怀："言所以垂涕于远游者，岂为此腐鼠而不能舍然哉？吾诚'永忆江湖'，欲归而优游白发，但俟回旋天地功成，却'入扁舟'耳。"②

2. 疏解全诗者。卷二十八温庭筠《陈琳墓》，何焯疏曰："见遗文不独诧孔璋之才，正深服魏武之度也。不惟罪状一身，而且辱及先世，乃曹公但知爱才，一不介于胸。今我于斯世，岂有此嫌，乃使我流落如此乎？"③了了数语便概括了诗歌大意，并揭示了诗人怀才不遇的愤懑情感。又疏解韩愈《广宣上人频见过》云："自叹碌碌费时，不能立功立事，即有一日之闲，徒与诸僧酬倡，究何益乎？言外讥切此僧忘却本来面目，扰扰红尘，役役声气，未

---

① （元）方回选评，李庆甲集评校点：《瀛奎律髓汇评》卷十三，上海古籍出版社 2005 年版，第 470 页。

② （元）方回选评，李庆甲集评校点：《瀛奎律髓汇评》卷三十九，上海古籍出版社 2005 年版，第 1461 页。

③ （元）方回选评，李庆甲集评校点：《瀛奎律髓汇评》卷二十八，上海古籍出版社 2005 年版，第 1239 页。

知及早回头，不顾年光之抛掷也。"此诗方回评道："观题意似恶此僧往来太频。"① 何焯同意此说："似亦有之。"② 其疏解更申方回之说，并将诗人"恶此僧往来太频"的原因归于"自叹碌碌费时，不能立功立事"，即诗中所云"久为朝士无裨补"，抓住了诗歌所表达情感的关键，颇为中肯。

3. 疏评结合者。戚戚于心之处，何氏偶尔也会于疏解后加以简短的评论。其疏柳宗元《柳州峒氓》并评云："后四句言历岁逾时，渐安夷俗，窃衣食以全性命。顾终不之召，亦将老为峒氓，岂复计其不可亲乎？哀怨不可读。"诗人之所以变"异服殊音不可闻"为"欲投章甫作文身"③，在于其应诏回朝之无望，仕途命运之难卜。一句"哀怨不可读"，令人睹见何氏于灯下搁笔扼腕、叹息数四之情状。

二 严谨的批评态度：重考证、校勘

受王阳明心学影响，晚明学风空疏肤廓，游谈无根。清初学者力矫此弊，注重考证、校勘，提倡无征不信、实事求是的治学态度。何焯生当此季，治学亦重考校，以扎实严谨而著称。这种态度也表现在他的评点学之中。

何氏评点《瀛奎律髓》，于考证和校勘用力颇勤，言必有据，不作空疏之论。

1. 考证。何焯于考证，"咸有义据，其大在知人论世，而细不遗草木虫鱼"④，内容极为广泛。和后来乾嘉学派为考证而考证不同，其考证往往以有助于理解诗歌为目的，服务于诗歌点评。读其诗，须知其人，论其世，正是从"知人论世"的观点出发，何氏对作者、诗歌创作时间、创作背景及诗歌本事作了大量考证。卷三《永宁遣兴》考其作者张耒云："张耒字文潜，以问东坡讦，为弟子服，遭贬。后得自便，居陈，因号宛丘。"⑤ 考叶梦得《送严塪侍郎北使》曰："时高宗因和议成，下劝农之诏。结语亦缘时政而广之也。"⑥ 使尾联"寄语遗民知帝力，勉抛锋镝事耕桑"得以坐实。卷二苏轼

---

① （元）方回选评，李庆甲集评校点：《瀛奎律髓汇评》卷四十七，上海古籍出版社 2005 年版，第 1738 页。

② 《〈瀛奎律髓汇评〉失收何焯评点辑补》，见是书附录二。

③ （元）方回选评，李庆甲集评校点：《瀛奎律髓汇评》卷四，上海古籍出版社 2005 年版，第 187—188 页。

④ （清）何焯：《义门读书记》附录，中华书局 1987 年版，第 1289 页。

⑤ 《〈瀛奎律髓汇评〉失收何焯评点辑补》，见是书附录二。

⑥ 同上。

《卧病逾月请郡不许复直玉堂十一月一日锁院是日苦寒诏赐官烛法酒书呈同院》，何氏考并评曰："案，此诗乃元祐二年所作。何云世局将变耶？身虽进用而从前所历忧患已多，且母后垂帘亦不得为盛际，安能不思退归之乐也？"① 明其作于元祐二年，并结合东坡生平经历，认为其退归之思乃是因"从前所历忧患已多"，有感于仕途险恶而生，颇能发见诗歌的深层意涵。

对名物、风俗、制度、事典等所作考证，亦有助于诗歌之解读。如黄庭坚"霜林收鸭脚，春网荐琴高"句，"琴高"，宋任渊注云："'琴高'，鲤鱼也。《列仙传》：琴高为宋舍人，后乘赤鲤，见其弟子。"② 认为是以人名代鲤鱼。冯舒据此讥切道："若'琴高'可作鲤鱼字用，则苏武可替羊，许由可替牛，孟浩然可替驴，又不止右军、曹公之为鹅与梅子矣。山谷再生，我亦面诮。"何焯则详考典籍，纠正了任注与冯评之误："琴高鱼事详赵与时《宾退录》，二冯似未见此书，以为琴高代鲤鱼用者，反误于任渊注也。宣城有琴高鱼，纤细如柳叶，碧色无骨，土人甚珍之。大冯此谓，未谙风土也。"③ 考订琴高乃鱼之一种。如此，山谷以"鸭脚"对"琴高"便不难理解了。卷十八曹邺《故人寄茶》，何氏考唐代阳羡风俗云："月团是孟谏议所送，孟简为常州。则阳羡时亦是饼茶。"此语旨在揭示诗中之茶为饼茶，其形似"月"，"开时微月上，碾处乱泉声"、"月余不敢费，留伴付书行"逐句切题处正在此。卷二十四岑参《送李太保充渭北节度》何氏考："汉哀帝改御史大夫为司空，东汉仍之。"正是对"副相汉司空"句的注解。考事典亦不乏其例，如注苏轼《再用韵》（其二）谓："'不道盐'出《张融传》。"许浑《金陵怀古》何焯注云："隋平陈，诏建康城邑宫室并平荡耕垦。第四实事也。"④

何焯考证之语，大多言简意赅，不同于乾嘉学者之广征博引、条举缕析。这一方面是由评点短小自由的形式所决定的，另一方面，也与何氏一丝不苟、"不肯轻著书"的治学态度有关。全祖望《翰林院编修赠学士长洲何公墓碑铭》引何氏门人陆君锡语："吾师最矜慎，不肯轻著书，苟有所得，再三详定，以为可者，则约言以记之。"⑤ 为我们提供了个中信息。

---

① 《〈瀛奎律髓汇评〉失收何焯评点辑补》，见是书附录二。

② （宋）黄庭坚著，（宋）任渊、史容、史季温注，黄宝华点校：《山谷诗集注》，上海古籍出版社 2003 年版，第 59 页。

③ （元）方回选评，李庆甲集评校点：《瀛奎律髓汇评》卷四，上海古籍出版社 2005 年版，第 177 页。

④ 《〈瀛奎律髓汇评〉失收何焯评点辑补》，见是书附录二。

⑤ （清）何焯：《义门读书记》，中华书局 1987 年版，第 1279 页。

2. 校勘。何氏在评点过程中也重校勘。何焯校勘所用的底本，是明嘉靖间建阳书林刘洪慎独斋重刊龙遵叙紫阳书院本（亦称"闽板"），此外，他还大量使用别集、选集、类书、实录等进行他校。其校本涉及韦縠《才调集》、褚藏言《窦氏联珠集》、王安石《唐百家诗选》等选集，《太平御览》、《文苑英华》、《玉篇》等类书，欧阳修《六一诗话》以及《顺宗实录》等。而最具特色、最能体现何氏用力之勤、造诣之深的是其细味诗歌、广阅典籍而进行的推理式校勘，即理校。此类校勘，超越了斤斤于文字的机械做法，达到了诗歌校勘和评点的较高境界。如卷二十三王建《原上新居》其五有"石田无力及，贱赁与人耕"句，何氏认为"石田"当作"名田"："'石田'，集作'名田'为是。'董仲舒请限名田，以赡不足。'注：'名田，占田也。'方与'无能及'三字相关，若作'石田'，亦不得云'贱赁'也。"① 不仅征引典籍，而且因"名田"与"无能及"、"贱赁"等词义相照应而取之。这也体现了何氏注重起承转合、前后照应的诗歌结构。其校黄庭坚《和师厚接花》"妙手从心得"句亦颇有得："此诗固可厌，然读者似未喻。起句本作'妙手从公得'，山谷自言得句法于谢师厚，与接花同也。'公'字贯注后四句。讹'心'字一诗瞎却眼矣。"又以史实校对罗隐《筹笔驿》云："孔明不曾'东讨'，只可以东盟北伐。"他还借用典籍记载校补宋本佚文，从而证实方回传写之误。卷四十二窦巩《忝职武昌初至夏口书事献府主》末句云："莫遣鹤猜钱。"何校云："宋本《联珠集》'鹤'下缺一字，余谓当作'请'字。虚谷殆又传写从模糊之本而误也。《墨庄漫录》引曾彦和云：'唐幕官俸谓之鹤料。'盖云不须请俸耳。"② 明了"鹤料"指称官俸，则"请"字是，"猜"字无理。

三　通达的诗学观念：尊唐亦不抑宋

唐宋诗之争是宋代以后诗学界的一个重要现象。清初，唐宋诗之争掀起了新一轮高潮，众多学者投身其中，或主唐，或主宋，展开了激烈的论争。在此诗学氛围中，何焯对唐诗尤为倾心，表现出尊唐的倾向。但是，他对宋诗也不完全排斥，诗学观念较为通达。

---

① （元）方回选评，李庆甲集评校点：《瀛奎律髓汇评》卷二十三，上海古籍出版社2005年版，第966页。

② 《〈瀛奎律髓汇评〉失收何焯评点辑补》，见是书附录二。

1. 尊崇唐诗。这一观念在其对方回选唐宋诗比例的批评中得到了体现。《瀛奎律髓》"入选诗人三百八十人，其中宋人二百一十七人，占总数的百分之五十七。入选诗歌二千九百九十二首，其中宋诗一千七百六十五首，占总数的百分之五十九。无论是作者还是作品，宋诗的比重都超过了唐诗"①。对此，何焯深表不满。评"寄赠类"云："唐人寄赠诗佳者仅多，虚谷所取全无，手眼尤可恨者，宋人七律选入五十篇，殊无谓也。"于"节序类"漏选杜牧《齐山》、崔涂《除夕》，何焯评道："小杜《齐山》亦未可少。"② 又道："崔涂《除夕》诗佳甚。何弃之不录，而乃多选宋人诗也？"③ 对方回多选宋诗而少选唐诗表示了质疑。

2. 不废宋诗。何焯对宋诗的名篇佳制大加激赏，表现出宽厚的胸襟和通达的评诗态度。评陆游《陈阜卿先生……》云："虽见宋派，却能以古人语为己用者，不愧坡公。"④ 流露出对陆游和苏轼诗歌的赞许。他认为宋人唐庚《正月晦日儿曹送穷以诗留之》"事佳而诗复有名"，于眉批中将此诗整首补入："世中贫富两浮云，已着居陶比在陈。就使真能去穷鬼，自量无以致钱神。柳车作别非吾意，竹马论交只汝亲。前此半痴今五十，欲将知命付何人？"这也是何氏唯一整首补入的诗歌，从中可以看出他对宋诗佳作的赞赏。对宋诗创作的高明之处，他亦予以点明，不因其为宋诗而废其巧。何氏评苏轼《次韵孔常父送张天觉河东提刑》云："'典裘'只以起'千钟洗愁'兼趁韵耳，此宋人辞贵处。"⑤

合选唐宋两朝律诗的《瀛奎律髓》本来就是明清唐宋诗论争的大舞台。明末清初的二冯囿于主西昆而排江西的门户之见，评点重门派，充满负气诟争之词，大失平正公允之心。与之相比，何焯以平常心论诗，显得尤为难能可贵。乾隆年间的沈廷瑛即感叹道："秋田师云义门评诗专在知人论世，能揭作者苦心，诠解出人意表，非仅如两冯公之但论源流法律也。兹阅朱笔所志，信然。敢不秘之，为枕中鸿宝？"（沈抄本题识）

---

① 莫砺锋：《从〈瀛奎律髓〉看方回的宋诗观》，载莫砺锋《唐宋诗歌论集》，凤凰出版社 2007 年版，第 510 页。

② 《〈瀛奎律髓汇评〉失收何焯评点辑补》，见是书附录二。

③ （元）方回选评，李庆甲集评校点：《瀛奎律髓汇评》卷十六，上海古籍出版社 2005 年版，第 575 页。

④ （元）方回选评，李庆甲集评校点：《瀛奎律髓汇评》卷四十五，上海古籍出版社 2005 年版，第 1605 页。

⑤ 《〈瀛奎律髓汇评〉失收何焯评点辑补》，见是书附录二。

四　明确的诗论理念：重本质功用，轻形式技法

明清之际，在经世致用精神和尊经复古思潮的双重影响下，儒家诗学的政教精神得以复兴。受此时代思潮之熏染，何焯笃好儒学，读书以经史为主，著文以穷究《四书》精蕴为根本。其研读经书，非以恓恓文字、鸟兽虫鱼为务，而旨在经世致用："论经时大略者，必本其国势民俗，以悉其利病。……才气豪迈，而心细虑周，每读书论古，辄思为用天下之具。"其对《大学》、《中庸》、《论语》、《孟子》诸书所作的评点价值颇高，"超轶数百年评者之林"①。

影响到《瀛奎律髓》评点，何焯每以儒家诗教精神评论诗歌，重视诗歌美刺比兴的讽谏功能，并主张诗歌应具有"主文谲谏"、"温柔敦厚"的含蓄蕴藉之美。

1. 重视美刺比兴的讽谏功能。何氏评韦应物《送溧水唐明府》云："落句推其贤，叹其屈，勉其终，无不包蕴风雅之旨。"② 以包含"风雅之旨"、有所寄托为论诗之准绳。他赞叹罗隐《黄河》"解通银汉应须曲，才出昆仑便不清"句为"好讽刺"③，也指出梅尧臣《古塚》"结是讽刺"。以此论诗，他往往能体味隐含在文字之下的深层内蕴。如评杜甫《杜位宅守岁》云："后半并非叹老嗟卑，盖实有不堪于身世者，于时兴叹，不觉流露言外。"④ 挖掘出了隐含于杜诗之中一饭不曾忘君的忧国情怀。评韩偓《春尽》诗："以春尽比国亡，王室鼎迁，天涯逃死，毕生所望，于此日已矣。元遗山尝借次联而续以'惟余韩偓伤心句，留与累臣一断魂'，盖以第三比叛臣事敌，第四比弱主之迁国也。"⑤ 此评结合韩偓所处的时代背景，揭示出诗人慨叹国家败亡、弱主播迁，痛恨叛臣事敌的无限悲慨，颇有识见。

2. 提倡含蓄蕴藉的艺术风格。在审美风格上，何焯主张含蓄蕴藉，反对直露，这也和儒家诗教传统"主文谲谏"、"温柔敦厚"等主张相一致。他对合乎此种风味的诗歌赞誉有加，评崔涂《过陶征君旧居》"后半欲从执鞭之

---

① （清）何焯：《义门读书记》，中华书局 1987 年版，第 1277 页。

② （元）方回选评，李庆甲集评校点：《瀛奎律髓汇评》卷二十四，上海古籍出版社 2005 年版，第 1048 页。

③ （元）方回选评，李庆甲集评校点：《瀛奎律髓汇评》卷三，上海古籍出版社 2005 年版，第 121 页。

④ 《〈瀛奎律髓汇评〉失收何焯评点辑补》，见于书附录二。

⑤ （元）方回选评，李庆甲集评校点：《瀛奎律髓汇评》卷十，上海古籍出版社 2005 年版，第 365 页。

意，妙在隐约不露"①，认为岑参《初至犍为作》"草生公府静，花落讼庭闲"二句"已极貌荒远，非两省重臣所堪处也，却不露，便纤余有味"②。又赞李白《宫中行乐词》（其五）"得主文谲谏之妙"云："未央，正皇后所居，归之于正，且并讽之视朝于前殿也，却仍以'游'字结，不脱行乐，得主文谲谏之妙。"③对岑参《送杨中丞和蕃》结二句刺而不露的追求亦颇加赞许，认为其"妙有余味"。相反，对于一些表达过于直露的诗歌，则深致不满。如梅尧臣《较艺和王禹玉内翰》，何焯评其"力槌顽石方逢玉，尽拨寒沙始见金"二句云："是黜刘几而取苏、曾之用心。嫌其太露，遂为怨毒所归。"④

正是从儒家诗教传统出发，何焯反对在诗歌技巧上花费太多工夫。对于方回着眼于李商隐《井络》诗对仗工巧的评论，何氏批评道："义山诗如此工致，却非补纫，其佳处在议论感慨。专以对仗求之，只是'昆体'诸公面目耳。"⑤因此，对用韵、对偶、用字、用事等有关诗格方面的问题，何焯虽有谈及，却用力不多。何焯一生著述颇丰，仅评点前贤著作即多达数百种⑥。然而，由于种种原因，其诗文及评本大多散佚，诗歌创作成就和学术观念难以得到全面展现，遂使后人产生"诗非先生所致意，亦不足名家"的偏见，其学术也"每为通人所诮"⑦。以何氏评点而言，虽有其后人及后学相继辑得评点五十八卷镂板刊刻，即今所见之《义门读书记》，但是，此书之缺失亦甚为明显。仅以杜甫和李商隐诗歌评点为例，这些评语非一时、一地，亦非为一书而发，所辑既难以求全，又不注明辑录出处，难免会造成何氏曾有意识地选评杜、李之诗的误解⑧，从而影响对其诗学观念的正确认识。借助于稀

---

① （元）方回选评，李庆甲集评校点：《瀛奎律髓汇评》卷三，上海古籍出版社 2005 年版，第86 页。

② （元）方回选评，李庆甲集评校点：《瀛奎律髓汇评》卷六，上海古籍出版社 2005 年版，第235—236 页。

③ （元）方回选评，李庆甲集评校点：《瀛奎律髓汇评》卷五，上海古籍出版社 2005 年版，第207 页。

④ 《〈瀛奎律髓汇评〉失收何焯评点辑补》，见是书附录二。

⑤ （元）方回选评，李庆甲集评校点：《瀛奎律髓汇评》卷三，上海古籍出版社 2005 年版，第104 页。

⑥ 按，许抄本许士模题识云："（何焯）生平手不释卷，丹黄点勘不下数百种。"

⑦ （清）何焯：《义门先生集》，《续修四库全书》第 1420 册，第 265 页。

⑧ 按，朱秋娟《何焯诗歌评点之学刍议——以评义山诗为例》以此立论："何评义山诗是一部选评本，其对义山诗的选择即表明了一种诗学倾向，……义山诗有 600 余首之多，何焯只选评了250 余首，其所选之作绝大部分是咏史、感怀之作，少量艳情诗得以入选是为了辨明其并无寄托。"[《江南大学学报》（人文社会科学版）2008 年第 6 期。]

见许抄本、沈抄本，我们得见何评《瀛奎律髓》之大致样貌，这也是现今可见何焯少数的诗歌专书评点之一。对其加以钩沉，意义不仅在于促进何氏评点《瀛奎律髓》研究的深入，还在于它将有助于全面深入研究何焯的诗学思想，正确理解和评价其诗歌评点成就及其在诗学史上的重要地位。

第四节　纪昀《瀛奎律髓》评点研究

纪昀（1724—1805），字晓岚，一字春帆，号观弈道人，晚号石云。直隶河间献县（今河北沧县）人，因又称"纪河间"。乾隆十九年（1754）进士，改庶吉士，授编修。迁左庶子，擢侍读学士。《四库》馆开，任总编纂官。后历官内阁学士、礼部侍郎、兵部侍郎、礼部尚书、兵部尚书等，以协办大学士、加太子少保卒，谥文达。作为清廷名臣，纪昀不唯地位显达，而且学问渊博，贯通古今，为时人所尊崇，实为领袖文坛的一代宗主。于著书立说之外，他又勤于评点之学，"阅书好评点，每岁恒得数十册，往往为门人子侄携去，亦不复检寻"①，现存所评诗文选集、别集尚有十数种之多。其评点剖析毫芒，深微细致，精辟中肯，不仅引导诗坛风气，亦颇有功于指引后学，在当时即风靡于世，对后世亦影响深远。其中，对《瀛奎律髓》的批评，纪氏用力尤深，前后历时十年之久，阅六七次②，成《瀛奎律髓刊误》（下文简称《刊误》）一书。后来又删选其精华，成《删正方虚谷瀛奎律髓》。

刊误、删正，正是纪昀批点《瀛奎律髓》的主要意图。根据纪昀所作《瀛奎律髓序》可知，他所要刊正的主要是方回选评诗歌及二冯批点存在的四种疏误：一是拘守门户的诗学态度；二是舍本逐末的诗学偏向；三是"矫语古淡"的诗学风格；四是因人论诗的论诗标准。针对这些问题，他对症下药，悉心批评，确实在一定程度上达到了其所预期的刊正疏误的批评目的。然而，在强烈的刊误意识驱使下，纪昀对方回诗学的认识难免失于主观片面，并不能反映其真实面貌。

---

① （清）李光垣：《瀛奎律髓刊误跋》，载（元）方回选评，李庆甲集评校点《瀛奎律髓汇评》附录一，上海古籍出版社 2005 年版，第 1827 页。

② 按，（清）李光垣跋《瀛奎律髓刊误》云："盖师于是书，自乾隆辛巳至辛卯评阅六七次，细为批释，详加涂抹。"［（元）方回选评，李庆甲集评校点：《瀛奎律髓汇评》附录一，上海古籍出版社2005 年版，第 1830 页。］

一 刊正拘守门户之误

中国古代士大夫好结朋党，党同伐异。影响到诗学领域，论诗者往往各守门户，纷纷聚讼，虽有争鸣，却失于负气。清初以来，面对唐宋诗之争愈演愈烈的现状，诗学界对门户之弊进行了深刻的反思并奋力予以矫正。至清代中叶，消除门户之见的呼声越来越强烈，逐渐成为学人的共识。在这一思想潮流的影响下，纪昀"雅不喜文社诗坛互相标榜。第念文章之患，莫大乎门户"，论诗主张兼取众体，力斥门户偏见①。他在《书韩致尧翰林集后》一文中明确表达了这一诗学主张：

> 阳和阴惨，四序潜移；时鸟候虫，声随以变。诗随运会，亦莫知其然而然。论诗者不逆挽其弊，则不足以止其衰；不节取其长，则不足以尽其变。诗至五代，骎骎乎入词曲矣。然必一切绳以"开宝"之格，则由是以上将执汉魏以绳"开宝"，执《诗》、《骚》以绳汉、魏，而《三百》以下，且无诗矣，岂通论哉？②

在他看来，以"开宝"之格否定韩偓"香奁"诗体，正如以《诗经》、《离骚》为标准论汉、魏诗，以汉、魏诗歌为标准论盛唐诗一样，都是顽固不化、拘守门户的偏执之论，只有兼取诸体之长，才是通达的诗学态度。正是在这一诗学观念指导下，他对方回与二冯恪守门户、负气诟争的诗学论争颇为不满，力图借《刊误》矫正二者这一偏失。具体来说，其刊误过程是通过三个步骤来完成的：首先，确立诗歌"各有门径"，无须强分优劣的批评立场；其次，分别指出方回与二冯论诗的门户偏弊，从中作调停之论；再次，通过具体的诗歌评点，从实践层面提倡不偏不倚的诗学态度。

纪昀认为诗歌取径不同，则各有特色，强守门户以定其优劣的做法甚不可取。对于唐宋诗而言，也只有取径之别、风格之异，而难分优劣。曾几《蛱蝶》有"一双还一只，能白或能黄"句，冯舒讥其"太轻飘"，而纪昀说："偶一为之亦不妨，唐宋诗各有门径，不必以一格拘也，但不得首首如此着

---

① （清）纪昀：《耳溪诗集序》，（清）纪昀著，孙致中等校点：《纪晓岚文集》卷九，河北教育出版社1991年版，第213页。

② （清）纪昀著，孙致中等校点：《纪晓岚文集》卷十一，河北教育出版社1991年版，第251页。

论，堕入头巾恶趣耳。"① 肯定其创新轻巧之处，反对以唐诗为标准而予以否定。对于芮国器《罗浮宝积寺》，他认为是"江西"诗之雅调，不能像冯舒一样因其不似唐诗而唾其"可憎"，"诗家各有门径，不妨并存"②。有感于方回评杨亿《书怀寄刘五》"'昆体'未尝不美"的持平之论，纪昀更进一步申述："诸体各有所长，各有所短，在学者别白观之，概毁概誉，皆门户之见也。"从而赞赏方评"甚公"③。张健《清代诗学研究》指出"纪昀的诗学带有非常突出的折中特征"④，这种不强分优劣的批评立场正是其发现方、冯论诗偏误并予以刊正的重要前提。

他犀利地指出方回与二冯论诗皆存在门户之见。方回之偏见在于党援"江西"而力反晚唐："坚持'一祖三宗'之说，一字一句，莫敢异议。虽茶山之粗野，居仁之浅滑，诚斋之颓唐，宗派苟同，无补祖庇。而晚唐、'昆体'、'江湖'、'四灵'之属，则吹索不遗余力。"也正是因为"'江西'一派先入为主"，致使其编选诗歌呈现出"矫语古淡"、"标题句眼"、"好尚生新"等诸多偏驳之处⑤。纪昀对此甚为反感，批评其"自成一家处在此，其局于一家处亦在此"⑥，慨叹"论诗如此，岂复更有是非"⑦，"纯是英雄欺人"⑧！并针对方回此论一一作出批驳。二冯则左祖晚唐，视"江西"如仇敌。纪昀批评其偏执亦毫不隐晦："冯氏驳此二诗（黄庭坚《送舅氏野夫莘之宣州二首》）甚稳，惟谓'共理'二句只可作起句，则是以《才调集》法律一切，不知盛唐人别有法在"⑨，"此种（杜荀鹤《旅泊遇郡中叛乱示同志》）殆不成

① （清）纪昀：《删正方虚谷瀛奎律髓》，"着题类"。

② （元）方回选评，李庆甲集评校点：《瀛奎律髓汇评》卷四十七，上海古籍出版社2005年版，第1757页。

③ （元）方回选评，李庆甲集评校点：《瀛奎律髓汇评》卷六，上海古籍出版社2005年版，第261页。

④ 张健：《清代诗学研究》，北京大学出版社1999年版，第604页。

⑤ （元）方回选评，李庆甲集评校点：《瀛奎律髓汇评》附录一，上海古籍出版社2005年版，第1826页。

⑥ （元）方回选评，李庆甲集评校点：《瀛奎律髓汇评》卷一，上海古籍出版社2005年版，第42页。

⑦ （元）方回选评，李庆甲集评校点：《瀛奎律髓汇评》卷二十四，上海古籍出版社2005年版，第1058页。

⑧ （元）方回选评，李庆甲集评校点：《瀛奎律髓汇评》卷十二，上海古籍出版社2005年版，第425页。

⑨ （元）方回选评，李庆甲集评校点：《瀛奎律髓汇评》卷四，上海古籍出版社2005年版，第178页。

诗，无用掊摘。冯氏乃亦取之，偏袒唐人至此，不可以口舌争矣"①，"大抵
二冯纯尚'西昆'，一见宋诗，先含怒意，亦是习气"②。他更严厉指责二冯
吹毛求疵，弊病更甚于方回："冯云：'未见得是秋，不宜入此。'然'寒
蝉'、'落叶'，非秋而何？此无关于论诗，特以门户，故其偏僻更甚于虚
谷！"③当然，对于二家之用心，纪昀亦能悉心体会，"晚唐诗多以中四句
言景，而首尾言情，虚谷欲力破此习，故屡提倡此说（按，情景关系论）。
冯氏讥之，未尝不是。但未悉其矫枉之苦心，而徒与庄论耳"④。因此，他
并不全然否定任何一家，而是力求纠正二者共同存在的门户偏见，并从中作
调停之论。

纪昀更通过具体的诗歌评点矫正门户之弊，"平心以论，无所爱憎于其
间"⑤。对方回援引的"江西"诗，他当褒则褒，当贬则贬。褒之者，如评曾
几《八月十五夜月》其二"老健，音节亦浏亮"⑥；评范成大《人鲊瓮》"恣
而不野，峭而有韵，'江西派'中之佳者"⑦。贬之者，如批评方回"此诗
（按，韩愈《广宣上人频见过》）中四句却只如此枯槁平易，不用事，不状景，
不泥物，是可以非诗訾之乎？此体惟后山有之，惟赵昌父有之，学者不可不
知"之论云："此种议论，似高而谬。循此以往，上者以枯淡文空疏，下者方
言俚语、插科打诨，无不入诗；才高者轶为野调，才弱者流为空腔。万弊丛
生，皆'江西派'为之作俑，学者不可不辨之。"⑧对二冯偏袒的晚唐、"西
昆"诸体，他也是既能指出其弊端，又能发现其优长。指摘其弊端者，如评

① （元）方回选评，李庆甲集评校点：《瀛奎律髓汇评》卷三十二，上海古籍出版社 2005 年版，
第 1363 页。
② （元）方回选评，李庆甲集评校点：《瀛奎律髓汇评》卷一，上海古籍出版社 2005 年版，第
15 页。
③ （元）方回选评，李庆甲集评校点：《瀛奎律髓汇评》卷十二，上海古籍出版社 2005 年版，
第 439 页。
④ （元）方回选评，李庆甲集评校点：《瀛奎律髓汇评》卷一，上海古籍出版社 2005 年版，第 8 页。
⑤ （元）方回选评，李庆甲集评校点：《瀛奎律髓汇评》附录一，上海古籍出版社 2005 年版，
第 1827 页。
⑥ （元）方回选评，李庆甲集评校点：《瀛奎律髓汇评》卷二十二，上海古籍出版社 2005 年版，
第 926 页。
⑦ （元）方回选评，李庆甲集评校点：《瀛奎律髓汇评》卷四，上海古籍出版社 2005 年版，第
201 页。
⑧ （元）方回选评，李庆甲集评校点：《瀛奎律髓汇评》卷四十七，上海古籍出版社 2005 年版，
第 1738 页。

许浑云："'体格太卑，对偶太切'，八字评用晦切当。"① 评李商隐《武侯庙古柏》用典云""湘燕雨'、'海鸡风'，事外添出，毫无取义，'昆体'之可厌在此等"②。评点其优长者，如评杨亿《南朝》曰："'西昆'多掊摭义山之面貌，此咏古数章，却有意思，议论颇得义山之一体，勿一概视之。"③ 又评晏殊《春阴》曰："殊有情致，可云逼肖义山，非干掊扯。"④ 这样，他以自己的诗歌批评实践为后学坚持客观公正的诗学态度作了最直接、最有力的示范。

通过以上三个步骤，纪昀不仅对方回、二冯论诗的门户偏见进行了有力的批判，而且从理论到实践开出全面有效的救治良方，很好地实现了预定的刊误目的。

二 刊正舍本逐末之误

作为一位封建正统文人，纪昀论诗以儒家诗教为准则，重视发掘诗歌以温柔敦厚之语言志抒情的本旨。首先，主张"诗本性情"，强调诗歌在内容上以抒发心志、表达性情为旨归。其《冰瓯草序》有云："诗本性情者也。人生而有志，志发而为言，言出而成歌咏，协乎声律。其大者，和其声以鸣国家之盛，次亦足抒愤写怀。举日星河岳、草秀珍舒、鸟啼花放，有触乎情，即可以宕其性灵。是诗本乎性情者然也。"⑤ 认为只要是诗人情感的真实流露，不管是"和其声以鸣国家之盛"之"大者"（即所谓"志"），还是"书愤写怀"、触景生情之所谓"小者"（即所谓"情"），都足以感发人的心灵。其次，提倡"温柔敦厚"，主张诗歌在艺术风格上以含蓄蕴藉为美，合乎风人之旨，反对愤激怨怒、过于直露的表达方式。其《月山诗集序》即阐述了这一诗歌观念："斯真穷而后工，又能不累于穷，不以酸恻激烈为工者。温柔敦厚之教，其是之谓乎？三古以来，放逐之臣，黄馘牖下之士，不知其凡几；其托诗以抒哀怨者，亦不知其凡几。平心而论，要当以不涉怨尤之怀，不伤忠孝

---

① （元）方回选评，李庆甲集评校点：《瀛奎律髓汇评》卷十四，上海古籍出版社 2005 年版，第 510 页。

② （元）方回选评，李庆甲集评校点：《瀛奎律髓汇评》卷三，上海古籍出版社 2005 年版，第 84 页。

③ 同上书，第 124 页。

④ （元）方回选评，李庆甲集评校点：《瀛奎律髓汇评》卷十，上海古籍出版社 2005 年版，第 367 页。

⑤ （清）纪昀著，孙致中等校点：《纪晓岚文集》卷九，河北教育出版社 1991 年版，第 186 页。

之旨，为诗之正轨。"①

正是基于"诗本性情"、"温柔敦厚"的诗教传统，纪昀对方回诗学批评的两大疏失进行了批判。

一是"标题句眼"，斤斤字句。纪昀序云："'朱华冒绿池'，始见子建。'悠然见南山'，亦曰渊明。响字之说，古人不废。暨乎唐代，锻炼弥工。然其兴象深微，寄托之高远，则固别有在也。虚谷置其本原，而拈其末节，每篇标举一联，每句标举一字，将举天下之人而致力于是，所谓温柔敦厚之旨蔑如也；所谓文外曲致、思表纤旨亦茫如也。"② 认为方回多因佳句、响字而选诗，论诗也喜讲诗法，对言志抒情、温厚蕴藉的诗歌本旨却不甚措意，这是舍本逐末之举，极不可取。因此，一一批驳方回书中因诗法论人、论诗的文字，是纪昀的一大用力之处。如，方回因李商隐诗多用典故、文字华丽而将其排斥于"老杜派"之外，纪昀批道："义山诗感事托讽，运意深曲，佳处往往逼杜，非飞卿所可比肩。细阅全集自见，若专以此种推义山，宜以组织见讥矣。"③ 对方回遗神取貌、舍本逐末的做法显然不敢苟同。又如，方回评杜甫《奉酬李都督表丈早春作》，津津乐道于"转添愁伴客，更觉老随人。红入桃花嫩，青归柳叶新"诸句"转添"、"更觉"、"人"、"归"等字眼的巧妙使用，纪昀也批评道："炼字乃诗中之一法。若以此为安身立命之所，则'九僧'、'四灵'，尚有突过李杜处矣。虚谷论诗，见其小而不知其大，故时时标此为宗旨。"④

二是"好尚生新"，关注末节。方回论诗提倡创新，对贾岛、姚合等倾尽思力而创作的新巧字句屡有赞美之辞。纪昀斥此为"好尚生新"："赞皇论文，谓譬如日月，终古常见而光景常新。人生境遇不同，寄托各异。心灵浚发，其变无穷。初不必刻镂琐事以为巧，捃摭僻字以为异也。虚谷以长江、武功一派标为写景之宗，一虫一鱼，一草一木，规规然摹其性情，写其形状，务求为前人所未道，而按以作诗之意，则不必相涉也。《骚》、《雅》之本意果若

---

① （清）纪昀著，孙致中等校点：《纪晓岚文集》卷九，河北教育出版社 1991 年版，第 195—196 页。

② （元）方回选评，李庆甲集评校点：《瀛奎律髓汇评》附录一，上海古籍出版社 2005 年版，第 1826 页。

③ （元）方回选评，李庆甲集评校点：《瀛奎律髓汇评》卷三，上海古籍出版社 2005 年版，第 104 页。

④ （元）方回选评，李庆甲集评校点：《瀛奎律髓汇评》卷十，上海古籍出版社 2005 年版，第 326 页。

是耶?"① 他认为贾、姚诸人虽务求描写"前人所未道"之景象，但是却只着力于"没要紧处"②，止于追求一字一句之新巧出奇，全然不解风诗以比兴美刺、骚人以香草设譬的深意。方回以此为新，显然也是有违温柔敦厚、含蓄蕴藉的诗歌本旨的。为针砭此弊，《刊误》用墨颇多：

> 总搜索此种以为新，而诗之本真隐矣。夫发乎情、止乎礼义，岂新字、新句足谓哉?③
>
> 诗不必定作人未有语，此种议论总在字句上著意，故所见皆隔数层。④
>
> 此非奇语，乃太僻、太碎、太狭小、太寒俭耳，此二语（方回评贾岛"竹笼拾山果，瓦瓶担石泉"："贾岛、姚合非如此不能奇。"）虚谷一生岐误之根。⑤

很明显，纪昀反对的是方回舍弃性情、仅于景物描写上搜奇猎巧的僻陋偏执的诗学倾向。

舍弃根本、追逐末节同样是明代前后"七子"、清代中叶王士祯"神韵"说之后学普遍存在的弊病，对此，纪昀也借助《瀛奎律髓》评点予以批评。他说："虚谷主响之说，未尝不是，然究是末路工夫。酝酿深厚，而性情真至，兴象玲珑，则自然涌出，有不求响而自响者。又有诵之琅琅，而味之了无余致。如嘉、隆'七子'之学盛唐，其病更甚于不响，亦不可不知。"⑥ 又说："凡初学为诗，须先有把握，稍涉论宗亦未妨，久而兴象深微，自能融化痕迹。若入手但流连光景，自诧王孟清音，韦柳嫡派，成一种滑调，即终身不可救药矣。"许印芳指出"此说盖为近代学渔洋'神韵'，流为空腔者痛下

---

① （元）方回选评，李庆甲集评校点：《瀛奎律髓汇评》附录一，上海古籍出版社 2005 年版，第 1826 页。

② （元）方回选评，李庆甲集评校点：《瀛奎律髓汇评》卷四十七，上海古籍出版社 2005 年版，第 1667 页。

③ （元）方回选评，李庆甲集评校点：《瀛奎律髓汇评》卷六，上海古籍出版社 2005 年版，第 253 页。

④ （元）方回选评，李庆甲集评校点：《瀛奎律髓汇评》卷十二，上海古籍出版社 2005 年版，第 460 页。

⑤ （元）方回选评，李庆甲集评校点：《瀛奎律髓汇评》卷六，上海古籍出版社 2005 年版，第 243 页。

⑥ （元）方回选评，李庆甲集评校点：《瀛奎律髓汇评》卷四十二，上海古籍出版社 2005 年版，第 1512 页。

针砭，虽为一时流弊而发，实至当不易之论，学诗者宜书诸绅"①，是颇能得纪昀之本心的。纪昀认为，导致方回和明代"七子"、清代"神韵"后学舍本逐末的根本原因在于根柢浅薄。因此，他反复强调增强根本来救诸子之弊：

> 火候纯熟，乃臻此境，勉强效之，非粗则弱，亦不可不知。又须从根柢一路入手，若但用"九僧"琢句工夫，即终不到此。②
>
> "闲适"一类，虚谷最所加意，而所选至不佳。由其意取矫激以为高，句取纤琐以为巧。根柢既错，故愈加意愈背驰耳。③
>
> 真力不足，而欲出奇以求新，势必至此。④

所谓根柢，当是指纪昀非常重视的人格修养与学问涵养两方面而言。他曾强调："人品高，则诗格高；心术正，则诗体正。"⑤也曾讲述其遍阅古代典籍的学术经历："三十以前，讲考证之学，所坐之处，典籍环绕如獭祭。三十以后，以文章与天下相驰骤，抽黄对白，恒彻夜构思。五十以后，领修秘籍，复折而讲考证。"⑥纪昀从提高人格修养、增强学问涵养的角度来刊正弃根本取末节的疏误，体现了深远的识见。

三 刊正"矫语古淡"之误

纪昀论诗主张兴象天然，情景交融，对以古淡冲和见长的陶渊明、王维、孟浩然、韦应物、柳宗元一脉颇为推崇，赏其"冥心妙悟，兴象玲珑，情景交融，有余不尽之致"⑦。在他看来，方回虽也以平淡论诗，却未能悟得陶、

---

① （元）方回选评，李庆甲集评校点：《瀛奎律髓汇评》卷一，上海古籍出版社 2005 年版，第31 页。

② （清）纪昀：《删正方虚谷瀛奎律髓》，评陈师道《寄外舅郭大夫》。

③ （元）方回选评，李庆甲集评校点：《瀛奎律髓汇评》卷二十三，上海古籍出版社 2005 年版，第 1016 页。

④ （元）方回选评，李庆甲集评校点：《瀛奎律髓汇评》卷十三，上海古籍出版社 2005 年版，第 498 页。

⑤ （清）纪昀：《诗教堂诗集序》，（清）纪昀著，孙致中等校点：《纪晓岚文集》卷九，河北教育出版社 1991 年版，第 209 页。

⑥ （清）纪昀：《姑妄听之序》，（清）纪昀：《阅微草堂笔记》，上海古籍出版社 1980 年版，第359 页。

⑦ （清）纪昀：《挹绿轩诗集序》，（清）纪昀著，孙致中等点校：《纪晓岚文集》卷九，河北教育出版社 1991 年版，第 204 页。

王古淡风味的真谛，实际上是"矫语古淡"：

> 夫古质无如汉氏，冲淡莫过陶公，然而抒写性情，取裁风雅，朴而实绮，清而实腴，下逮王、孟、储、韦，典型俱在。虚谷乃以生硬为高格，以枯槁为老境，以鄙俚粗率为雅音，名为遵奉工部，而工部之精神面目迥相左也，是可以为古淡乎？①

"名为遵奉工部"之说，是因为方回推赏杜诗"愈老愈剥落"的老成淡泊之境；"生硬"、"枯槁"，是因为方回为实现平淡美，主张多用情语、多用虚字。这些显然不同于"朴而实绮"、"清而实腴"的汉风、陶诗，因而受到纪昀大力抨击。诸如此类的批评文字屡屡见诸纪氏笔端，列举数条如下：

> 以枯寂为平淡，以琐屑为清新，以楂牙为老健，此虚谷一生病根。②
> 此种诗外淡而中亦枯，虚谷好矫语古淡，故貌似者亦复取之。③
> 义山五律佳者往往逼杜，虚谷以门户不同，未观其集耳。况律诗亦不专以淡为贵，盛唐诸公千变万化，岂能以一淡字尽之？此论似高而陋。④

这些批评文字，用语颇为尖刻犀利，不难看出，他对方回平淡之论颇为反感，刊正之意也颇为迫切。那么，他又是如何矫正这一诗弊的呢？

其一，提倡风韵兴味。纪昀认识到，与陶、王诗歌之"冲淡"相比，方回所倡导的平淡美所缺乏的其实就是外枯中膏、绚烂至极的风韵兴味。因此，他极力强调风韵兴象，甚至将之视为评价诗歌高下的重要标准。评柳宗元《岭南江行》："虽亦写眼前现景，而较元、白所叙风土，有仙凡之别，此由骨

---

① （元）方回选评，李庆甲集评校点：《瀛奎律髓汇评》附录一，上海古籍出版社 2005 年版，第 1826 页。

② 按，此乃纪昀批评方回评梅尧臣《闲居》所谓"若论宋人诗，除陈、黄绝高，以格律独鸣外，须还梅老五言律第一可也。……圣俞平淡有味"。［（元）方回选评，李庆甲集评校点：《瀛奎律髓汇评》卷二十三，上海古籍出版社 2005 年版，第 970 页。］

③ （元）方回选评，李庆甲集评校点：《瀛奎律髓汇评》卷四十四，上海古籍出版社 2005 年版，第 1578 页。

④ （元）方回选评，李庆甲集评校点：《瀛奎律髓汇评》卷二十三，上海古籍出版社 2005 年版，第 956 页。

韵之不同。"① 评黄庭坚《戏咏江南风土》:"意摹柳州诸作,而骨韵神采不及
远矣。"② 评司空图《早春》:"固是苦吟有悟,亦由骨韵本清。姚武功搜尽枯
肠,终是酸馅气。"③ 评僧希昼《送嗣端东归》:"'九僧'诗大段相似,少变
化耳。其气韵实出晚唐之上,不但'四灵'偶摘一两首观之不能不谓之佳,
如希昼此数诗,皆不失雅则者也。"④ 无论是"骨韵"还是"气韵",都少不
得一个"韵"字,而这正是纪昀眼中方回格力骨气充沛的平淡美学风格所最
为缺乏的。他尤为关注有韵有味的"江西"诗歌,每一遇之,便大加褒赏:

> 恣而不野,峭而有韵,"江西派"中之佳者。(评范成大《人鲊瓮》)⑤
>
> 此便情韵俱佳,虚谷所评亦允。(评曾几《雪后梅花盛开,折置
> 灯下》)⑥
>
> 峭健而不乏姿韵。(评陈师道《寄文潜、无咎、少游三学士》)⑦
>
> 纯是宋调,又自一种,然不甚伤雅,格韵较宋人高故也。(评陈与义
> 《眼疾》)⑧

这自然是纪昀有意而为之,其目的在于:"江西"诗人亦有有骨有韵、淡
而有味的佳作,因"'江西'一派先入为主"而致"矫语古淡"⑨ 的方回若能
以此为典范,自可渐悟古淡佳境,从而矫正其诗学偏弊。

---

① (元)方回选评,李庆甲集评校点:《瀛奎律髓汇评》卷四,上海古籍出版社 2005 年版,第
187 页。

② 同上书,第 200 页。

③ (元)方回选评,李庆甲集评校点:《瀛奎律髓汇评》卷十,上海古籍出版社 2005 年版,第
334 页。

④ (元)方回选评,李庆甲集评校点:《瀛奎律髓汇评》卷四十七,上海古籍出版社 2005 年版,
第 1716 页。

⑤ (元)方回选评,李庆甲集评校点:《瀛奎律髓汇评》卷四,上海古籍出版社 2005 年版,第
201 页。

⑥ (元)方回选评,李庆甲集评校点:《瀛奎律髓汇评》卷二十,上海古籍出版社 2005 年版,
第 820 页。

⑦ (元)方回选评,李庆甲集评校点:《瀛奎律髓汇评》卷四十二,上海古籍出版社 2005 年版,
第 1528 页。

⑧ (元)方回选评,李庆甲集评校点:《瀛奎律髓汇评》卷四十四,上海古籍出版社 2005 年版,
第 1597 页。

⑨ (元)方回选评,李庆甲集评校点:《瀛奎律髓汇评》附录一,上海古籍出版社 2005 年版,
第 1826 页。

其二，主张情景交融。

主张多用情语、反对雕琢景物是导致方回所论平淡过于枯槁生硬的重要原因，纪昀以情景交融来力矫这一偏失。陈师道《寄外舅郭大夫》"巴蜀通归使，妻孥且旧居。深知报消息，不忍问何如。身健何妨远，情亲未忍疏。功名欺老病，泪尽数行书"，通篇言情，无一句关涉景物，方回对其激赏有加，赞为学杜甫之逼真者，"枯淡瘦劲，情味深幽"，并借此对善于妆点景物的晚唐诗人、"九僧"之流大加批评："晚唐人非风、花、雪、月、禽、鸟、虫、鱼、竹、树，则一字不能作。'九僧'者流，为人所禁，诗不能成，曷不观此作乎？"纪昀认为方回虽然颇能指陈晚唐诗病，但是救治此病的良药并不是后山式的摆脱景物，而是寓情于景："晚唐人点缀景物，诚为琐屑陈因。然前代诗人亦未尝不寓情于景，此语虽切中晚唐之病，然必欲一举而空之，则主持太过。"① 对于方回评刘长卿《酬皇甫侍御见寄前相国姑臧公初临郡》所云"（'岁俭依仁政'）不涉风物，未尝不新"，纪昀也反驳道："意总在言情而不写景，然古人诗法不必定写景，亦不必不写景，惟其当而已矣。'江西'诸人始以摆落为高，虚谷因而加僻焉，非笃论也。"② 言情言景，本无定法，"诗家之妙"，在于"情景交融"③，后学若能将此义铭记于心，则不仅能避免因妆点景物而导致的繁缛卑弱，又能避免因一味言情而导致的楂牙枯燥。

四　刊正因人论诗之误

纪昀认为，方回论诗存在因人论诗的主观倾向。它典型地表现在两个方面：一是偏爱名臣大儒之诗；二是偏爱山林隐士之诗、厌弃富贵人之作。《刊误》也着力对此进行了批评和刊正。

纪昀视方回偏爱名臣大儒诗歌的行为为"攀附"：

> 元祐之正人，洛、闽之道学，不论其诗之工拙，一概引之以自重。本为诗品，置而论人，是依附名誉之私，非别裁伪体之道也。④

---

① （元）方回选评，李庆甲集评校点：《瀛奎律髓汇评》卷四十二，上海古籍出版社 2005 年版，第 1500 页。

② 同上书，第 1490 页。

③ （元）方回选评，李庆甲集评校点：《瀛奎律髓汇评》卷四十七，上海古籍出版社 2005 年版，第 1736 页。

④ （元）方回选评，李庆甲集评校点：《瀛奎律髓汇评》附录一，上海古籍出版社 2005 年版，第 1826—1827 页。

类似的批评在具体的诗歌评点中也屡有出现。先看他对编选名臣诗歌的批评。方回于"怀古类"选入赵忭《题杜子美书堂》且赞曰:"句句中的。"纪昀则大唱反调,斥其"句句鄙陋,何以入选",并进一步指出方回选此劣制的目的是借名臣"引以为重"。他批评方回入选胡铨《和和靖八梅》也持此见:"此欲攀附正人,故曲存其诗。其实选诗只论诗,不得以其人可重而迁就其诗,致后来误效。"① 再看他对编选大儒诗歌的批评:

> 以大儒故有意推尊,论诗不当如此。诗法、道统截然二事,不必援引,借以为重。②
> 紫阳乃屏山之门人。此欲依附紫阳,因而媚及屏山。梅花诗欲取圆熟,非其本心之论也。③
> 大儒原不必定以诗见。以其大儒而引以自重,不复计诗之工拙,所见殊陋。④

指责方回意在"攀附",可能有失主观。但是,他提出的"选诗只论诗"、"诗法、道统截然二事"的论诗态度,无疑对后学是颇有启发的。

方回偏爱隐士之诗、厌弃富贵之诗的行为则被纪昀批为"矫激":

> 钟鼎山林,各随所遇,亦各行所安。巢、由之遁,不必定贤于桌、夔;沮、溺之耕,不必果高于洙、泗。论人且尔,况于论诗? 乃词涉富贵,则排斥立加;语类幽栖,则吹嘘备至。不问其人之贤否,并不计其语之真伪,是直诡托清高以自掩其秽行耳,又岂论诗之道耶?⑤

---

① (元) 方回选评,李庆甲集评校点:《瀛奎律髓汇评》卷二十,上海古籍出版社 2005 年版,第 818 页。

② (元) 方回选评,李庆甲集评校点:《瀛奎律髓汇评》卷一,上海古籍出版社 2005 年版,第 19 页。

③ (元) 方回选评,李庆甲集评校点:《瀛奎律髓汇评》卷二十,上海古籍出版社 2005 年版,第 764 页。

④ (元) 方回选评,李庆甲集评校点:《瀛奎律髓汇评》卷二十四,上海古籍出版社 2005 年版,第 1104 页。

⑤ (元) 方回选评,李庆甲集评校点:《瀛奎律髓汇评》附录一,上海古籍出版社 2005 年版,第 1827 页。

纪昀在刊正此误上也颇为用力。比如，吴融《富春》以"严光万古清风在，不敢停桡更问津"作结，方回甚是欣赏："至尾句乃归之严光，高矣。"纪昀则不以为然："一涉隐士即谓之高，殊是习气。况富春诗归到子陵，尤是习径，无所谓高。"① 不但不以涉及高隐为高，而且还因其落入习径而予以贬斥，通过对诗歌本身优劣的评价，驳斥了方回依主观好恶论诗的主观态度。再如，批评方回激赏刘禹锡"隐士应高枕，无人问姓名"是"矫语高尚"②，批评方回喜好王安石"人间幸有簑兼笠，且上渔舟作钓师"云"不言诗格之高，但以一言隐遁，便是人品之高耳，殊是习气"③，等等，也都铿锵有力。

对于方回"不甚喜富贵功名人诗"，甚至因为韦应物宦达即斥其诗不及柳宗元诗有味的主观偏向，他也予以严厉地批驳："此种皆是僻见。人之贤否，诗之工拙，岂以此定？"④ 又说："以为宦达故无味，更为僻谬！"⑤ 就诗论诗，仍然是纪昀为方回因人论诗的诗学偏误开出的药方。

五　纪昀评点再批评

在较为圆通的诗学思想指导下，纪昀敏锐地指出《瀛奎律髓》一书所存在的"足以疑误后生，瞀乱诗学"的数端病症，并积极寻求良药，"亟加刊正"，较好地实现了刊误救弊的诗学意旨。但是，正如其《瀛奎律髓刊误序》所云，"虽一知半解，未必遽窥作者之本源"⑥，他对方回诗学观念的判断与批评确实有主观武断之嫌。

先说"固守门户"。方回论诗尊崇杜甫，提倡如杜甫般集古今之众长：

① （元）方回选评，李庆甲集评校点：《瀛奎律髓汇评》卷三，上海古籍出版社 2005 年版，第117 页。

② （元）方回选评，李庆甲集评校点：《瀛奎律髓汇评》卷十四，上海古籍出版社 2005 年版，第 507 页。

③ （元）方回选评，李庆甲集评校点：《瀛奎律髓汇评》卷十，上海古籍出版社 2005 年版，第369 页。

④ （元）方回选评，李庆甲集评校点：《瀛奎律髓汇评》卷十三，上海古籍出版社 2005 年版，第 494 页。

⑤ （元）方回选评，李庆甲集评校点：《瀛奎律髓汇评》卷十四，上海古籍出版社 2005 年版，第 505 页。

⑥ （元）方回选评，李庆甲集评校点：《瀛奎律髓汇评》附录一，上海古籍出版社 2005 年版，第 1827 页。

老杜诗集大成。①

诗至于老杜而集大成。②

然则诗不可不自成一家，亦不可不备众体。老杜诗有曹刘，有陶谢，有颜鲍，于沈、宋体中沿而下之。③

然杜陵不敢忽王杨卢骆、李邕、苏源明、孟浩然、王维、岑参、高适，或敬畏之，或友爱之，未始自高。盖学问必取诸人以为善。杜陵集众美而大成。谓有一杜陵而天下皆无人，可乎？④

为更好地倡导这一诗学精神，他独出心裁地构建起涵容宋末诗坛上门户争论尤为激烈的"江西"与晚唐二者在内的"老杜派"，认为"江西"得老杜之高格平淡，晚唐得老杜之精致细润，二者皆得杜诗之一端，正可相互补充，不可偏废。因此，其诗歌评点并未有意偏袒或贬抑任何一方。他对"江西"之缺憾披露无遗，即使是被奉为宗祖的黄庭坚也毫不为之隐讳，指出"虽山谷，少年诗亦有不甚佳者，不可为前辈隐讳也"⑤，又批评其"一寸功名心已灰"句"有病"，"行台无妾护衣篝"句"近乎不庄"，不满其"用意亦多出于戏"⑥，显然并非纪昀所说"一字一句，莫敢异议"。对晚唐之创获也不吝赞赏，认为晚唐诗佳处在工丽细润、许浑怀古诗堪称佳作⑦、"九僧"诗工致新颖⑧，等等，也并非如纪昀所说"吹索不遗余力"。

再说"舍本逐末"。方回论诗虽然重视诗法，但是，其讲诗法的前提是重视诗歌本质。他说："以意为脉，以格为骨，以字为眼"⑨，"诗先看格高，而

---

① （元）方回选评，李庆甲集评校点：《瀛奎律髓汇评》卷二十七，上海古籍出版社 2005 年版，第 1154 页。

② （元）方回：《读张功父南湖集序》，《桐江续集》卷八，《四库全书珍本初集》本，第 12119 页。

③ （元）方回：《跋仇仁近诗集》，《桐江集》卷四，《续修四库全书》影印宛委别藏钞本，第 432 页。

④ （元）方回：《刘元辉诗评》，《桐江集》卷五，《续修四库全书》影印宛委别藏钞本，第 438 页。

⑤ （元）方回选评，李庆甲集评校点：《瀛奎律髓汇评》卷十四，上海古籍出版社 2005 年版，第 523 页。

⑥ （元）方回选评，李庆甲集评校点：《瀛奎律髓汇评》卷二十四，上海古籍出版社 2005 年版，第 1085 页。

⑦ 按，方回评许浑《凌敲台》云："其（许浑）集《怀古》数诗为最。"［（元）方回选评，李庆甲集评校点：《瀛奎律髓汇评》卷三，上海古籍出版社 2005 年版，第 108 页。］

⑧ 按，方回评僧保暹《宿宇昭师房》："杉西露月光"句云："于工之中，不弱而新。"［（元）方回选评，李庆甲集评校点：《瀛奎律髓汇评》卷四十七，上海古籍出版社 2005 年版，第 1717 页。］

⑨ （元）方回选评，李庆甲集评校点：《瀛奎律髓汇评》卷四十二，上海古籍出版社 2005 年版，第 1512 页。

意又到，语又工，为上。意到，语工，而格不高，次之。无格，无意，又无语，下矣"①。纪昀为刊误而无限放大其一，却有意忽略其余，明显是成见太深，正如方孝岳所云："如果照纪昀的方法来读书，恐怕无论何人都免不了语病，欲加之罪，何患无辞。"②

再说"矫语古淡"。平淡是方回最重要的审美标准之一。其所谓平淡，内涵颇为丰富，包括不加雕饰的自然美、费尽心思的苦吟美、绚丽至极的成熟美、醇厚隽永的滋味美。纪昀以"生硬"、"枯槁"解读方回所提倡的与杜诗一脉相承的"愈老愈剥落"的老成之境，是未能明其本意；他所欣赏的陶、王一脉"朴而实绮，清而实腴"的冲淡美，也本来就是方回平淡美的内涵之一。

最后说因人论诗。方回论诗以格高为第一，这首先要求诗人具有崇高的品德涵养，名臣大儒、山林隐士作为具有高尚品格的典范，也就很自然地受到其偏爱。面对江湖士人借诗行乞、风雅诗道因此沦丧的诗坛现状，方回论诗重视人品，也寓有振兴诗道的深意。另外，他不喜富贵功名人诗，则是因为"欢愉之辞难工"③，是基于精选优秀诗作的考虑。纪昀反对因人论诗，确实颇有益于后学，其问题在于：一是没能完全理解方回强调品德修养、挽救诗坛流弊的诗学意图；二是将其厌弃富贵人诗的行为也误解为因人论诗；三是因鄙视方回品行而以"攀附"、"矫激"斥之，带有明显的偏见。

由上可见，纪昀以一斑窥全豹，对方回诗学的评价过于主观片面。所谓方回选诗、论诗存在的几大弊端疏误，在很大程度上可以说是纪昀的误解，不能一一按诸方回诗学。"刊误"一说，与其说是刊《瀛奎律髓》之误，不如说是纪昀诗学思想的全面展现。当然，我们应该知道，纪昀所刊正的几大疏误，是诗学批评中普遍存在的重要问题，他的评点仍然具有重要意义，值得充分肯定。

第五节　许印芳《瀛奎律髓》评点研究

许印芳（1832—1901），字荫山，一字麟篆，号五塘，云南石屏人，同治

---

①　（元）方回选评，李庆甲集评校点：《瀛奎律髓汇评》卷二十一，上海古籍出版社 2005 年版，第 894 页。

②　方孝岳：《〈瀛奎律髓〉里所说的"高格"》，载方孝岳《中国文学批评》，生活·读书·新知三联书店 1986 年版，第 93 页。

③　（唐）韩愈：《荆潭唱和诗序》，（唐）韩愈著，屈守元、常思春主编：《韩愈全集校注》，四川大学出版社 1996 年版，第 1671 页。

九年（1870）举乡试第二。曾任昆明学正，永善教谕，大理教授，讲学于五华书院、经正书院，晚年又曾掌管玉屏书院，解惑授业，颇多桃李，清朝最后一个特科状元袁嘉谷即其弟子。他一生勤于为诗，孜孜以诗法教人，诗稿既多，论诗之作亦颇丰富，《律髓辑要》即其中之一。是书是针对《瀛奎律髓》的删选评点本，一方面对《瀛奎律髓》所选诗歌再加删选，辑其精要；另一方面摘录方回、纪昀评语，并对诗歌文本及二人评语加以评骘。其诗歌编选多有引人注目之处，对诗歌技法和律诗新变的批评也值得深入探讨。

一 诗歌编选独具匠心

《律髓辑要》，顾名思义，即是辑方回《瀛奎律髓》之精要，对其重新加以编选。许氏选诗六卷，"刊及半，遽归道山"①，后由其弟子秦瑞堂补刊成帙。又有《续稿》数卷，"专录《律髓》中之可为戒者"②，然大多散佚，仅由其孙女婿袁丕理访获一卷，遂与原刻合为七卷。今所见《云南丛书》本即包括原选六卷及《续稿》一卷。虽是删选方书而成，《辑要》在诗歌编排体例及甄选去取上仍别有特色，体现着许氏敏锐的诗学眼光和鲜明的批评观念。

首先，按体分卷，各卷以人系诗。对于方回以类系诗的编排方式，许印芳并不欣赏。认为分类不伦，是其弊病之一，僧惟凤《送陈豸处士》即不宜入"仙逸类"③。各类小序浅陋乏味，亦是其弊处："虚谷分类选诗，每类有序，语多浅陋"，可取者仅"怀古"、"着题"、"论诗"诸序④。因此，他打破方氏依题材划分的分类方式，按照诗歌体式将所选诗歌分为六卷，前三卷为五言律诗，后三卷为七言律诗。各卷又依照时代顺序以人系诗（按，僧诗置于每卷之后），第一、第二卷选录唐人五律，计289首；第三卷选宋人五律，计176首；第四卷为唐人七律，计80首；第五、第六卷为宋人七律，计161首。同时，许氏在各人名下附以小传，如陈子昂小传云："字伯玉，射洪人。官麟台正字，转右拾遗。为诗高古雄浑，上扫六朝陋习，下开盛唐正派，时

---

① （清）袁嘉谷：《律髓辑要后序》，载（清）许印芳《律髓辑要》，《丛书集成续编》影印《云南丛书》本，第592页。
② （清）袁嘉谷：《跋》，载（清）许印芳《律髓辑要》，《丛书集成续编》影印《云南丛书》本，第593页。
③ （清）许印芳：《律髓辑要》卷三，《丛书集成续编》影印《云南丛书》本，第527页。
④ （清）许印芳：《律髓辑要》卷一，《丛书集成续编》影印《云南丛书》本，第450页。

称海内文宗。"① 李宣远小传云："字里未详。贞元时进士。"② 徐照小传云：
"字道晖，号灵晖，同时有徐灵渊、翁灵舒、赵灵秀，皆宋末人，以'灵'为
号，所谓'四灵'也。"③ 内容甚是广泛，包括字号籍贯、生平履历、诗歌风
格、诗史意义等诸方面，为了解诗人、解读诗歌提供了重要的文献参考，很
是有益于后学知人论世。

　　其次，细考本集，重定组诗之编排去取。方回于组诗之编选，多有不审
之处。许氏通过细致考察比勘本集，纠正方氏之疏漏，对组诗的编排和去取
表现了严谨审慎的态度。先看编排。所谓组诗，乃同时所作数首同题诗歌。
对于非同时所作而方回作为组诗编排者，许印芳皆予以指出并重新编订。如
黄庭坚《题落星寺》本四首，方回以组诗选其第一首"星宫游空何时落"及
第三首"落星开士深结屋"。许氏考察山谷本集，并征引史氏注说："山谷本
集《落星寺》诗共四首，皆载《外集》中。史氏注：'前二首题云《题落星
寺》，第三首题云《题落星寺岚漪轩》，此三诗皆拗体七律。第四首题云《往
与刘道纯醉卧岚漪轩夜半取烛题壁间》，此诗乃七言绝句。四诗非同时作，后
人类聚于此，故诗语有重复，不可指其岁月。'"进而指出"虚谷不细考本集，
选其拗律二章，题目不分，概为《题落星寺》"的做法是错误的，因此，《辑
要》于第二首前加上标题"题落星寺岚漪轩"，明其与第一首并非同时所作。
基于此，他批评方回"谓'蜂房'句以其佳而两用之。晓岚又谓连篇无两用
之理，后诗乃未定之稿"的说法皆为无稽之论④，理由是很充分的。另外，
他指出陆游"书愤之作，不一而足。虚谷所选二篇［按，《书愤》（白发萧萧
卧泽中）、（镜里流年雨鬓残）二首］，同题合编，实非一时所作"⑤，又将杜甫
《野望》（金华山北涪水西）、（西山白雪三城戍）二首分别编录，都是比勘本集、
实事求是的结果。再看选录。组诗又称连章诗，各章承上启下，前后照应，实
为不可分割的整体。以杜甫《秋兴八首》为例，此数诗堪称连章诗之典范，清
人王嗣奭评曰："《秋兴》八章，以第一起兴，而后章俱发隐衷，或起下，或承
上，或互发，或遥应，总是一篇文字。"⑥ 而《瀛奎律髓》"秋日类"因其诗多

① （清）许印芳：《律髓辑要》卷一，《丛书集成续编》影印《云南丛书》本，第 449 页。
② （清）许印芳：《律髓辑要》卷二，《丛书集成续编》影印《云南丛书》本，第 480 页。
③ （清）许印芳：《律髓辑要》卷三，《丛书集成续编》影印《云南丛书》本，第 524 页。
④ （清）许印芳：《律髓辑要》卷五，《丛书集成续编》影印《云南丛书》本，第 566 页。
⑤ （清）许印芳：《律髓辑要》卷六，《丛书集成续编》影印《云南丛书》本，第 578 页。
⑥ （唐）杜甫著，（清）仇兆鳌注：《杜诗详注》卷十七，中华书局 1979 年版，第 1485 页。

且不专言秋而不取，"忠愤类"仅取"闻道长安"一首，许印芳对其取舍深表不满，他说：

> 七律连章诗最难出色，古来惟杜擅长。《咏怀古迹》五首、《诸将》五首、《秋兴》八首，魄力雄厚，法律精密，后学诵习、受益无量。虚谷此书"秋日类"批杜诗云："老杜《秋兴》不专言秋，又以诗多，不能备取。"纪批云"以此不取《秋兴》，所见甚陋"。而"忠愤类"取"闻道长安"一首。纪批云："八首取一，便减多少神采。"此等去取，可谓庸妄至极。今抄杜诗不抄此篇，学者当取全诗诵习，勿如虚谷以管窥天也。①

他指出"当取全诗诵习"，才能避免"以管窥天"的缺憾，可谓深中历代诗歌选家选诗之弊病，对诗歌初学者无疑具有重要的指导意义。

再次，精于选录，删改诗歌以求完璧。《辑要》在方氏选本的基础上主要做了三个方面的工作：一是选录。方氏原选唐宋律诗2992首，许氏仅选入706首，只占24%强，选录标准可谓严苛。其选诗，以为后学提供范式为第一要义。除此之外，方、纪二人评点有足以启发后学者，亦间有选入。如抄录王安石《壬辰寒食》之方回评，是因为方批"半山诗步骤老杜，有工致而无悲壮，读之久则令人笔拘而格退"，"颇能指出世俗学杜之病"②。他更表明白居易《卜岁日喜谈氏外孙女孩满月》本不足为式，之所以选入，实是因为深许纪批情辞关系之论，不忍删弃③。需要指出的是，《辑要》前六卷选唐诗369首，宋诗337首，数量上基本持平，表现了许氏兼取唐宋的诗学态度。这与其《〈说诗晬语〉跋》所云"夫诗论优劣，不分朝代，唐宋人诗，各有优劣。唐诗虽优于宋，亦有下劣不可学者；宋诗虽较唐为劣，亦有优而可学者"④正相一致。二是增选。《辑要》有三首诗，是《瀛奎律髓》未选而许氏增入者。其一为陈与义《春日感怀寄席大光》："管宁白帽且翩跹，孤鹤归期难计年。倚杖东南观百变，伤心云雾隔三川。江湖气动春还冷，大（按，集

---

① （清）许印芳：《律髓辑要》卷四，《丛书集成续编》影印《云南丛书》本，第537页。
② （清）许印芳：《律髓辑要》卷三，《丛书集成续编》影印《云南丛书》本，第503页。
③ 按，纪批云："直写真情，尚不涉俚。语华而情伪，非也；情真而语鄙，亦非也。"许评曰："诗不足学，以纪批可取，录之。"［（清）许印芳：《律髓辑要》卷二，《丛书集成续编》影印《云南丛书》本，第487页。］
④ （清）许印芳：《诗法萃编》卷十五，《丛书集成续编》集部第158册，第575页。

本作'鸿')雁声回人不眠。苦忆西州老太守，何时相伴一灯前。"① 其二为黄庭坚《次韵盖郎中率郭郎中休官二首》其一："仕路风波双白发，闲曹笑傲两诗流。故人相见自青眼，新贵即今多点（按，当从集本作'黑'，此误）头。桃叶柳花明晓市，荻芽蒲笋上春洲。定知趁（按，集本作'闻'）健休官去，酒户家园得自由。"许氏按："原选只录后章，今全录之。"并评："前半蕴藉，后半亦称，虚谷何以弃之？"② 其三为苏轼《六年正月二十日复出东门仍用前韵》："乱山环合水侵门，身在淮南尽处村。五亩渐成终老计，九重新扫旧巢痕。岂惟见惯沙鸥熟，已觉来多钓石温。长与东风约今日，暗香先返玉梅魂。"许氏按："此篇虚谷引入批语中，今摘出钞之。"③ 三是删改。纪昀仿元结编《箧中集》删句之例，在圈点中对诗歌偶有删抹。许氏赞成并仿照此例，大量删减并改易诗句，力图使诗歌臻于完美。如，刘长卿《谪至千越亭作》本为十韵长律，许印芳删"草色"、"独醒"二联，并评道：

　　原诗共十韵，"怨青苹"以下有四句云："草色迷征路，莺声傍诸臣。独醒翻引笑，直道不容身。""草色"二句亦佳，惟"独醒"二句太露，晓岚抹而删之。但删此联，韵数单而不双，有乖体制。遂并"草色"一联删之，如此则为完璧矣。④

再如，他改易潘良贵《雪中偶成》其二云：

　　次句为韵所牵，原本云："邦侯善劳来"，用经语也。凡经语用入古诗多合格，用入律诗多腐气。此句腐气太重。又纪批云"劳来"之"来"不读平，一句而犯两病，故为改之。（按，改为"邦侯镇抚来"。）凡古人好诗有败阙处，改之不能者固无如何，若可改正，使成完璧，虽蒙讥议，斥为僭妄，愚所不辞耳。⑤

他因韵数不偶而删"草色"一联的举措难免有武断之嫌；改"善劳"为

"镇抚",也未必能使潘诗成为"完璧"。但是,像许氏这样大量删改诗歌者,在诗歌选评史中并不多见,其敢于尝试的勇气甚为可嘉。另外,以删改诗歌的实践指示诗法,更为亲切可感,从而更易于后学从中体悟作诗法门。

二　讲论诗法巨细无遗

袁嘉谷《律髓辑要后序》云:"先生于诗,极一生之精力而为之。掌教滇会,殷殷以诗法传人。"① 许印芳重视讲论诗法,他对诗法有自己独特的理解:

> 诗文高妙之境,迥出绳墨蹊径之外,然舍绳墨以求高妙,未有不堕入恶道者。故知诗文不可泥乎法之迹,要贵得乎法之意,且贵得乎法外意,乃善用法而不为法所困耳!②

在他看来,诗法有三个层面:"法之迹"、"法之意"、"法外意"。所谓"法之迹",指具体的诗歌作法,包括声律、对偶、用字、用典等诸方面,即诗歌创作的"绳墨蹊径"。"法之意",是诗法的精神实质,它是"法之迹"的升华,是介于"法之迹"与"法外意"的中间层次。而"法外意"是对法之"迹"与"意"的超越,是"善用法而不为法所困"的至高境界。许氏认为,诗歌创作固然贵在超乎法度之外,不为板法所拘,以自由无碍、浑融无迹为高。然而,有规矩方能成方圆,诗歌须合乎绳墨法度才不至于堕入徒然追求高妙、空虚无根的恶道。因此,他非常重视"法之迹",编选《律髓辑要》的主要目的之一就在于指示后学作诗之法。

许氏致力于讲解诗法,大凡诗题、章法、句法、字法、用典、声律、对偶等诸多方面皆有涉及,巨细不遗。较能体现其卓识者有如下几点。

一是关于章法结构的细致分析。詹杭伦说:"观许氏书中征引诸家皆称自号,独于姚鼐称先生,可见许氏服膺桐城'义法',故论诗每每拆开细讲起承转合。"③ 许氏注重起承转合的章法结构,并以此分析诗歌,每每有精深独到的见解。诸多诗歌中,他分析陈与义《观雨》最为详细:"首联叫起后文,次联承上'阴'字,写雨来,是从宽处写。三联承上'晴'字,写雨止,是从

---

① （清）许印芳:《律髓辑要》,《丛书集成续编》影印《云南丛书》本,第 592 页。
② （清）许印芳:《诗法萃编序》,载（清）许印芳《诗法萃编》,《丛书集成续编》本,第 227 页。
③ 詹杭伦:《方回的唐宋律诗学》,中华书局 2002 年版,第 278 页。

窄处写。而第五句跟四句‘千林’来，第六句跟三句‘后岭’来，此两联写雨十分酣足。尾联恰好结出‘洗兵’，而‘屋漏’句应起处坐轩。‘洗兵’句应起处不解耕，言意不在灌田，而在洗兵也。‘群龙’二字收三、四句，连五、六句包在内。前三联归宿在结句中，滴水不漏。全是法脉大概如此，其余炼字、炼句、炼气、炼笔，又当别论。凡名家好诗，处处藏机法，字字有着落。学者细心寻绎，自能领悟。举一诗而他诗可以隅反矣。"① 他认为，后学于此细心体悟，自能掌握起承转合之法，这是提供典范，正面引导。另外，他又将"九僧""先炼腹联，后装头尾"的诗歌作为反例，告诫后学"不可效尤"，指示诗法极为用心。

二是关于诗题的深入讨论。诗题是诗歌内容的凝练概括，是读者了解诗歌情事的窗口。许印芳充分认识到了诗题的重要性，他指出拟定诗歌标题须深思熟虑，不可苟作。首先，诗歌标题要简洁精练，切忌拖沓冗衍。他评杨蟠《陪润州裴学士如晦游金山回作》云："题中事理但可视轻重为多寡，若有脱漏，便不合法，此诗漏却裴学士，末句又着一‘独’字，据诗而论，题目上八字直须删去。"② "陪润州裴学士如晦"八字在诗中并未涉及，且与末句"独倚牙旗作浪头"矛盾，属于衍文，故删去。其次，诗歌标题应清晰明了，以免晦涩难懂。他批评陈师道《宿深明阁》即是因为其诗题晦塞，有欠明了：

　　　　如后文虚谷所解，此怀黄鲁直诗也。题中即宜标明，或避嫌而隐其人亦宜标明有怀，或标明有感，或标明感友人事，眉目清楚，读诗者乃识诗意所在，而无误会之虞。今此题全不标明有所感怀，向使无人注解，读者但据宿阁推测前诗所云，皆误认为后山事，后诗所云且不知其何指矣。后山诗常犯晦塞病，此题亦然，不可奉为命题之式。③

另外，他说"凡客路诗，制题有‘途中’、‘道中’字，上文标出地名，界限方清"④，又说罗邺《早发》于题目中"宜标出地名，‘发’字方有着落"⑤，都是从诗题应清楚明了的角度出发的。最后，诗歌标题与诗歌风格紧密相关。

---

① （清）许印芳：《律髓辑要》卷六，《丛书集成续编》影印《云南丛书》本，第 575 页。
② （清）许印芳：《律髓辑要》卷五，《丛书集成续编》影印《云南丛书》本，第 555 页。
③ （清）许印芳：《律髓辑要》卷三，《丛书集成续编》影印《云南丛书》本，第 512 页。
④ （清）许印芳：《律髓辑要》卷一，《丛书集成续编》影印《云南丛书》本，第 454 页。
⑤ （清）许印芳：《律髓辑要》卷四，《丛书集成续编》影印《云南丛书》本，第 545 页。

方回评王安石《壬辰寒食》云："半山诗步骤老杜，有工致而无悲壮，读之久则令人笔拘而格退。"许印芳不然此说，他批驳道："此评不但于此诗不合，即以之评半山他诗亦不合。盖半山诗未尝无悲壮，亦看题目何如耳。岂有不顾题目，动作悲壮语以求合老杜者？"[①] 杜诗风格固然以悲壮为长，但若不论作何题目都学其悲壮，则陷入了学杜的误区，并不可取。许氏所论颇能警示后学。

三是关于用典的精密论析。许印芳对于诗中用事的讨论也较为详细深入。在他看来，用典之法，其要有三。首先，妥帖细密。在这一方面，陆游《雪中作》堪称典范。许氏评云："此诗三、四，于放翁身世虽不相涉，而'作赋游梁'与领史局之事阐合，'衔枚入蔡'与取中原之志暗合。五、六脱开说，而'属国'句与'入蔡'句相关照，'翰林'句与'游梁'句相关照，妥帖而细密，此等可为用事之法。"[②] 其次，暗用无迹。他认为，用典之妙在于用其意而不用其词，摆脱痕迹，力臻化境。刘禹锡《金陵怀古》"山川空地形"句用龙虎天堑故事浑化无迹，"如水中着盐，不见盐而有盐味"，故而大受许氏赞赏[③]。再次，贵新求变。用典贵在真切自然，独具新意，一味袭用古人、为用事而用事的做法不可取法。而用事能够出新出奇的关键在于"按切时、地、人物"，"面目之真在此，不可磨灭处亦在此"。因而，对于方回"九日舍萸、菊不用，则何以为诗"的错误言论，他大加挞伐并提出自己的见解予以补救：

诗中间或运用故事、点缀景物，如九日萸、菊之类，不过关合题面，或借其语，以达我意，着力处全不在此。若以此为佳，且谓舍此不能成诗，持此说以教人，必至束缚手笔，汩没性灵。每遇一题，必搜求典故、堆砌敷衍，且必取古人习用语，涂泽装饰，不知题所应用之典，人人能用；人所习用之语，时时可用，用之必至千手雷同，可以张冠李戴。惟我所作之题，一时之真情真景，我所独见独闻者，直取急追，正可出奇制胜，无典故而皆典故，无词语而皆词语，诗之情态随题应付，移步换形，万变不穷，此种方可成家，方可传世，学者勿为虚谷之说所误也。[④]

---

① （清）许印芳：《律髓辑要》卷三，《丛书集成续编》影印《云南丛书》本，第503页。
② （清）许印芳：《律髓辑要》卷六，《丛书集成续编》影印《云南丛书》本，第581页。
③ （清）许印芳：《律髓辑要》卷二，《丛书集成续编》影印《云南丛书》本，第473—474页。
④ （清）许印芳：《律髓辑要》卷一，《丛书集成续编》影印《云南丛书》本，第463页。

所谓"无典故而皆典故"，不是否定用典，而是强调诗歌抒发真情、描写真景的重要性。出于抒情写景的需要，化用故事才能新意层出、变化无穷，不至于"千手雷同"、"张冠李戴"。这一论说见解独到，颇能启示后学。

三　于律诗新变用力颇深

许印芳对律诗创新求变的讨论主要是对纪昀创变说的深入阐发。比如，他引申纪昀"刻意求新，愈于滑调"之说道：

> 晓岚此评，乃至当不易之论，学者皆宜书绅。大凡搦管为文，须举头天外，扫除一切，然后下笔。最忌因循苟且，袭用古人滑调。盖滑调在古人初创时，本是新调，后人袭之，则为旧调矣。久而袭者益众，旧调且成滑调。如优孟衣冠，全是假像；如涂羹尘饭，全无滋味。欲除此病，舍"求新"二字，更无良方。求新则有真面目，出语有味，耐人咀嚼，岂复有滑调之病？且求新非但除滑调病也，……既能新矣，始能变而成家，与古今作者争雄竞爽，历千万年终不泯灭，……故文章不望传则已，望传则求新为第一义谛。初年用工甚艰苦，未免有着迹吃力处。精进不已，自有浑化之日，不可半途而废。而求新有求新之病，亦不可不知。或病纤巧，或病棘涩，或病隐僻，或病荒诞，诸病不除，则求新反堕魔道中，又不如袭用滑调之人云亦云，足以欺世而盗名也。噫嘻！慎之。[①]

如此详细的解说，显然更有益于诗歌初学者理解和接受。对于纪昀所论创新的三条途径——师法古人气韵、善于融化前人、增强学力根柢，许氏也都作了进一步申发。此类论述虽然详尽细致，却并未超出纪氏论说的范围之外，并不能显示其诗论特色。能够体现其一家之见，却又得失参半、值得再作辨析者，在于以下两个方面。

第一，论律诗声律之创变。律诗韵律的新变，也是许印芳着重论述的对象。来看他评崔颢《登黄鹤楼》的一段文字：

---

① （清）许印芳：《律髓辑要》卷三，《丛书集成续编》影印《云南丛书》本，第 502—503 页。

此篇乃变体律诗，前半是古诗体，以古笔为律诗，盛唐人每有此格。中唐以后，格调渐卑，用此格者鲜矣。间有用者，气魄笔力又远不及盛唐。此风会使然，作者不能自主也。此诗前半虽属古体，却是古律参半。律诗无拗字者为平调，有拗字者为拗调。五律拗第一字、第三字，七律拗第三字、第五字，总名拗律。崔诗首联、次联上句皆用古调，下句皆配以拗调。古律相配，方合拗律体裁。前半古律参半，格调甚高。后半若遽接以平调，不能相称，是以三联仍配以拗调。律诗多用拗调，又参用古调，是为变体。作变体诗，须束归正格，变而不失其正，方合体裁，故尾联以平调作收。唐人变体律诗，古法如是，读者详解未通，心目迷眩。有志师古，从何下手？兹特详细剖析，以示初学。①

这段评语集中体现了许氏声律论的创见，有两点值得注意：一是主张声律变化具有时代性，所谓"风会使然，作者不能自主"。正因为持此论点，许氏主张谈论诗歌音律应注意其诗史背景，不能以今法绳古人，更不能随意借用古法。他评韩仲止《风雨中诵潘邠老诗》云："律诗借押通韵，唐人已有此例，未可斥为不是。但不得藉口古人，动辄借用耳。"② 评王维《和贾至舍人早朝大明宫》云："唐人七律上下联不忌失粘，后人七律声律加密，始忌之。若以后人之法绳唐人而病其失粘，则非矣。"③ 结合诗史发展的客观规律评价诗歌韵律，其观念甚为通达。二是以整首诗歌为对象，考察诗歌的声调韵律。许氏关注整首诗歌之韵律，颇有独到之论。其一，所谓"变格"，乃是古调与拗调相参。从关注整首诗歌韵律的角度出发，许氏否定方回将律诗中一句或一联"换易一两字平仄"的拗法视为变体，认为只有全诗古、拗相参才是变格。上引所云"律诗多用拗调，又参用古调，是为变体"，即是此意。他评陆游《感昔》所说"凡平调中参拗调一联，乃是常格。此则拗调以古调作对，为变格也"④，表述这一观点更为明了。其二，韵律的使用与诗歌风格相关。许氏认为，崔颢《登黄鹤楼》第三联之所以用拗调，是因为"前半古律参半，格调甚高。后半若遽接以平调，不能相称"。和方回论一联用拗字而具有"骨

---

① （清）许印芳：《律髓辑要》卷四，《丛书集成续编》影印《云南丛书》本，第529页。
② （清）许印芳：《律髓辑要》卷六，《丛书集成续编》影印《云南丛书》本，第583页。
③ （清）许印芳：《律髓辑要》卷四，《丛书集成续编》影印《云南丛书》本，第530页。
④ （清）许印芳：《律髓辑要》卷六，《丛书集成续编》影印《云南丛书》本，第580页。

格愈峻峭"① 之美感相比，他更关注全诗风格之协调统一。其三，亦须变中有正，"变而不失其正"。变格参以律诗正格，方可成其为律诗。崔颢《登黄鹤楼》收以平调，能束归正格，故而可以视为变体律诗。严羽推许其为七言律诗压卷之作，从声律角度来说，是很有道理的②。另外，若一味用古调、拗调，虽有瘦骨峥嵘的铿锵感，却失却了和缓悠扬的音韵美，佶屈聱牙，难入视听。许氏主张变中有正，是将诗歌作为整体加以考察的必然结果，体现了对律诗整体美与和谐美的强烈追求。

第二，论方回"变体"说。方回《瀛奎律髓》卷二十六专选"变体"一类，主要针对周弼《唐三体诗法》"四实四虚"、"前后虚实"的板滞之论提出虚实相对、变化出奇的诗歌主张。许印芳对此给予了充分的肯定，他说："诗守常法，则为笨伯。虚谷知讲变体，可谓有识。"③ 然而，在总体肯定的前提下，他更批驳了方氏论说存在的诸般不足。首先，仅取一端，难尽其变。许氏云："诗家变体，非一端可尽。虚谷诗学，只于字句上用工夫，故所选《律髓》一书，专取字句。其讲变体，但取对法活变，又但取虚实相对之一法。全卷选诗二十九首，批词二千余言，凡言一轻一重，一物一我，一景一情，不出虚实二字。此二字不能尽律体之变，并不能悉对法之变。"④ 考方氏批评，其于律诗"变体"，除主要论述虚实相对之法外，亦论及句法之变，如折腰句、两对句串作一事等，许氏此说失考。另外，《瀛奎律髓》并非论律诗"变体"之专著，所选"变体"一类数量有限，方回也只能就所选诗歌论其一隅，许氏批评其"不能尽律体之变"未免过于苛刻。其次，选诗庸凡，未为楷式。许氏认为方回"变体"一类在选诗上也存在弊病，他评杜甫《江涨又呈窦使君》云："变体莫善于杜，亦莫备于杜。自来传诵诸名篇，其独开生面处，不可胜计。虚谷选变体诗，乃收此等平易之作为楷式，且但于对偶间斤斤较量轻重，岂非学问浅陋故耶！"⑤（按，方回所选，确实偶尔难免庸滥之作，许氏此论，自可见出其诗评标准之苛严、指示后学用心

---

① （元）方回选评，李庆甲集评校点：《瀛奎律髓汇评》卷二十五，上海古籍出版社 2005 年版，第 1107 页。

② 按，（宋）严羽云："唐人七言律诗，当以崔颢《黄鹤楼》为第一。"〔（宋）严羽著，郭绍虞校释：《沧浪诗话校释》，人民文学出版社 1983 年版，第 197 页。〕

③ （清）许印芳：《律髓辑要》卷一，《丛书集成续编》影印《云南丛书》本，第 469 页。

④ （清）许印芳：《律髓辑要》卷六，《丛书集成续编》影印《云南丛书》本，第 577 页。

⑤ （清）许印芳：《律髓辑要》卷一，《丛书集成续编》影印《云南丛书》本，第 469 页。

之良苦①。但是，就杜甫此诗而言，许氏一方面尊其为典范，选入《辑要》卷一；另一方面又贬其为"平易"，并因之讥笑方氏"浅陋"，从而陷入自相矛盾之中。）再次，以常为变，论断失误。和纪昀一样，许印芳认为方回所论虚实相对是律诗变格，而就句对的对偶方式则是诗家常格。关于这一点，他在陈师道《早起》评点中说得很明白："三、四句（'寒气挟霜侵败絮，宾鸿将子度微明'）虚实互换，固是变体。五、六句（'有家无食惟高枕，百巧千穷只短檠'）各自为对，即就句对，一名当句对，此诗家常格，非变体也。"②很显然，他是不同意方回将就句对作为律诗变体的。其实，方回将虚实对、就句对、借对等皆视为"变体"，是相对于工整精致而又失于板滞拘泥的对法而言，与其提倡"活法"的诗学思想相辅相成，又有矫正晚唐诗风流弊的深意，颇有用心。许氏步骤纪昀，拘守传统观念，斤斤计较于常格与变格之说，反而不如方回灵活变通。

　　如上所述，许印芳《律髓辑要》精于编选，论诗亦多创获，实为不可或缺的诗学评点之作。袁嘉谷《律髓辑要后序》甚至推崇其为振兴古学、保存国粹的诗学精华："余惟中国诗教，以声韵为发言之音节，以对偶为文章之光华，实于各国文字之外另辟一天。今将沦矣，得先生是编而昌之，庶几古学不绝，国粹保存，岂仅关于方氏、纪氏书哉！"③ 但是，许氏论诗亦有疏失。詹杭伦即指出其斥责方回奉"江西"诸子为正派、"余皆旁支别流"之说为"瞽谈"，实为"未及通考全书，遽攻其一点不及其余"④ 的疏略之论。上文所论许氏对方回"变体"的诸般批驳也多有苛责之嫌。这都是我们应该明了的。

第六节　申论

　　各家评点虽独具特色，但是，他们所共同关注的重要问题却不外乎以下几点。

---

　　① 按，（清）丕理所辑《续稿》一卷"专录《律髓》中之可为戒者"，选录杜诗 20 首，刘禹锡 11 首，可以见出许氏讲论诗法甚为精严，指示后学用心极为良苦。（清）袁嘉谷跋《律髓辑要》云："……诗何独不然，昧所所蔽而法之，则所法者亦杂而惑矣。少陵诗圣也，梦得诗豪也，师犹一一摘其偶失以为戒，余可知已。岂曰于古人为诤友哉！抑垂训后学，不得不尔。"[（清）许印芳：《律髓辑要》，《丛书集成续编》影印《云南丛书》本，第 593 页。]
　　② （清）许印芳：《律髓辑要》卷五，《丛书集成续编》影印《云南丛书》本，第 568 页。
　　③ （清）许印芳：《律髓辑要》，《丛书集成续编》影印《云南丛书》本，第 592 页。
　　④ 詹杭伦：《方回的唐宋律诗学》，中华书局 2002 年版，第 276 页。

1. 提倡美刺比兴。许印芳"殷殷以诗法传人",编选《律髓辑要》重在讲论"法之迹",然而,对美刺比兴的儒家诗教传统,他也偶有论及。如,评杜甫《萤火》云:"末二语指小人积恶灭身言。措词和婉,有哀怜意,有警醒意,是真诗人之笔。"① 又如,引申纪昀所云"描写物色,便是晚唐小家。处处着论,又落宋人习径。宛转相关,寄托无迹,故应别有道理在"道:"诗须善学风体。风人之诗,深于比兴。兴则宛转相关,景中即有情在。比则寄托无迹。赋物即是写人。晓岚所言,道在是耳。"② 这些都是对诗歌美刺言志的本质功用与比兴蕴藉的表达方式的强调。其他四家更是对此进行重点论述。显而易见,这是明末清初儒学实现复兴并迅速成为有清一代思想主流在诗学领域的真切反映。

2. 重视诗歌技法。与方回原书相一致,借助诗歌评点指导后学作诗之法是诸评家的主要目的之一。即使重视儒家诗教的何焯、对方回多讲诗法深致不满的纪昀,也不尽废此道。与方回论诗重讲"意脉"相一致,二冯、许印芳等人也非常重视诗歌章法上的起承转合。从诗史发展的实际来看,大历以后诗歌讲究结构布局,章法日渐精密,借鉴散文批评的起承转合之法予以分析,确实比较精深细致,可以避免空虚浮泛,容易为后学理解和接受。诸家的批评实践有力地说明了这一点。但是,盛唐律诗空灵蕴藉、浑成无迹,若一味以此板法解读评析,则难以品其韵味。以不同的方法品读不同的诗歌,是诗歌批评者应该把握的重要原则。

3. 强调学问修养。方回在诗歌评点中表现出对学问和修养的重视。清人重考据之学,在评点中更是格外强调增强根柢,加强学问修养,在方回评点的基础上对此进行了更进一步的发挥。这鲜明地表现在他们的批评实践中。关于二冯、何焯的注释、考证、校勘,前文已有详述。下面略举数例以见查、纪、许三人于此用力之勤。先看查慎行。查氏详考"三壬"之出处云:"'三壬'出《三国志·管辂传》:'背无三甲,腹无三壬,皆不寿之验。'"并说"刘宾客诗'鉴容称四皓,扪腹有三壬',已先用之矣",陆游《冬日感兴十韵》袭用古人陈言,方回赞其"工之又工",显失公允③。再看纪昀。王珪《登悬瓠城感吴季子》有"断碑何处卧苍苔"句,方回评曰:"元注:'碑既

---

① （清）许印芳：《律髓辑要》卷一,《丛书集成续编》影印《云南丛书》本,第470页。

② （清）许印芳：《律髓辑要》卷三,《丛书集成续编》影印《云南丛书》本,第521页。

③ （元）方回选评,李庆甲集评校点：《瀛奎律髓汇评》卷十三,上海古籍出版社2005年版,第482页。

磨，复命段文昌撰，故碑不得。'予谓今韩碑行于世，终不知有文昌碑。"纪昀驳道："末句断碑云云，是用东坡不知有文昌语。诗可如此说，评语须靠实考据。《文昌碑》载《唐文粹》，不得谓终不知也。"明确指出了考据在诗歌评点中的重要作用①。最后看许印芳。许氏对诗歌的作者、题目、诗句、事典、音韵等各方面都有注释校正，甚至对纪昀评点亦时有考校，用功尤多。他查考黄庭坚本集并结合任渊注，证明方回以组诗编排《题落星寺》之疏误，就是最典型的例证。诗评家们以重视考校、强调学养的严谨批评态度为后学作了良好的示范。

4. 反对门户之见。反对门户偏见，是明清诸位批评家在诗歌批评上的共同追求。如上文所论，二冯力斥方回固守"江西"门户，并大倡晚唐以救"江西"之弊；纪昀则指出方回与二冯恪守门户，力求在二者之间作调停之论。他们为打破诗学门户所作的积极努力值得褒扬，然而，这一诗学追求并未能较好地付诸批评实践。二冯尤其是如此。由上文所引二冯之论可知，他们也时有兼取唐宋的通达之论，冯舒甚至痛斥执于门户者为杀人之庸医："诗取达意，咏性情期于文理无碍，则五色、五味俱悦口目矣，必曰何派便谬。犹之医也，甘苦凉热，期于投病活人而已，必曰此何人之派，定用何药，定不用何味，则杀人矣。"② 这与其点评方回之论与"江西"诗作的偏激文字形成了极为强烈的对比。更有甚者，他们执己之见，负气诟争，最终走向了拘执"晚唐"门户的极端，纪昀斥其"矫枉过正，亦未免转惑后人"③ 并不为过。由此可见，在诗歌批评中摒弃个人偏见，真正做到不拘门户、客观公允，对诗歌批评者来说极为重要。

很显然，诸评家所关注的如上几个问题，正是方回所着力探讨的，也是诗歌批评必须面对的关键问题。二冯、查、何、纪、许等人在对这些问题进行阐述探讨的同时，也对方回诗论进行了再批评。在其条分缕析的精心评点与各执己见的激烈论争中，方回的诗学思想得到了更深层的揭示，后学因而备受启发。但是，作为各家批评与争论的焦点，方回诗学中两大至为关键的

---

① （元）方回选评，李庆甲集评校点：《瀛奎律髓汇评》卷三，上海古籍出版社 2005 年版，第 144 页。

② （元）方回选评，李庆甲集评校点：《瀛奎律髓汇评》卷四十七，上海古籍出版社 2005 年版，第 1755 页。

③ （元）方回选评，李庆甲集评校点：《瀛奎律髓汇评》附录一，上海古籍出版社 2005 年版，第 1827 页。

批评原则并没有得到完全准确的理解，甚至存在误解。一是在关注诗歌本质的前提下重视格法。通过"格法论"等部分的论述可以知道，重视诗歌本质是方回论诗的根本，也是其讲论诗歌格法的前提。明清诸评点家一方面肯定其详悉诗法以指导初学的积极作用，甚至选取《瀛奎律髓》作为蒙学教材；另一方面却忽略了其关注诗歌本质的前提，进而痛斥其为"舍本逐末"。如此批评，其积极作用在于，防止方回重讲格法而误导后学步入忽视美刺比兴的诗歌根本、本末倒置的诗学歧途；其消极影响则在于，对方回本来融通的诗学观念理解过于片面，以至于使《瀛奎律髓》在接受中逐渐成了一部专讲诗法的、仅可供"时下捉刀人"模拟抄袭的"凡庸"之作①。二是在兼取众长的前提下推尊宋调。方回主张兼收并蓄，且通过推尊杜诗为后学树立了兼取众美的最高典范，在晚唐诗风占据诗坛领导地位的诗学背景下，他推崇江西诗派，意旨恰在于平衡唐风宋调、打破一派独尊，借以实现集古人大成的目的。然而，在后人接受中，他始终主要以宋诗论者而存在。在举世尊唐的元、明两朝，"采宋人过半"的《瀛奎律髓》屡屡令人产生"读之颇为闷绝"②的厌烦感，从而被排斥在诗学视野之外。明末清初以来，随着宋诗地位的提高，唐宋诗之争再次成为盛极一时的诗学潮流，兼取唐宋的《瀛奎律髓》为这一论争提供了重要的舞台。作为这一舞台上的主要舞者，二冯与纪昀或志在以"晚唐"救"江西"之偏，或旨在于"晚唐"、"江西"间作调停之论，目的虽不尽一致，却不约而同地将方回视为专主"江西"的宋诗论者。影响至今，学界仍普遍认为方回乃江西诗派之后进。这显然无益于全面深入地透视方回诗学，使其陷入无可奈何的接受窘境之中。究其原因，大致有二：其一，批评者的主观意图。论者往往带有明显的诗学偏向，且多以针砭时弊为批评目的，"执己见以强缚古人"③，因而难以避免主观偏见。其二，评点的随意性。评点是读书时的随手批抹圈点，往往见其一隅而不见整体，诸人评点《瀛奎律髓》的片面之论、自相矛盾之处大多因此而生。明了于此，我们便可以较为客观地看待诸家批点，既充分利用其优秀成果，又不致为其观点所左右，从而更为全面深入地把握方回诗学。

---

① （清）许印芳：《诗法萃编》卷十五，《丛书集成续编》集部第 158 册，第 572 页。

② （明）许学夷著，杜维沫校点：《诗源辩体》卷三十六，人民文学出版社 1987 年版，第 361 页。

③ （元）方回选评，李庆甲集评校点：《瀛奎律髓汇评》卷一，上海古籍出版社 2005 年版，第 6 页。

附录一 方回交游考

方回认为"诗非多参请不能有所成",所以他"于四方诗友必极意以求之"①,交游颇为广泛。现将其与关系较为密切的师友后学的交游情况作一考证梳理。先列师长,其余则大致按相识交往的先后顺序排列。

吕午

吕午(1179—1255),字伯可,号竹坡,歙(今安徽歙县)人。宁宗嘉定四年(1211)进士,历官太府寺簿、宗正少卿兼国史院编修官、实录院检讨官、浙东提刑、监察御史、起居郎兼史院官,卒赠华文阁学士。有《竹坡类稿》、《左史谏草》,事见方回《宋故中奉大夫右文殿修撰致仕歙县开国男食邑三百户赠华文阁学士通奉大夫吕公家传》、《宋史》卷四百零七本传。

吕午与方回之父琢为同学密友,怜回早孤,对其倍加关爱,视如己出。方回二十二岁往谒吕氏,吕氏惊呼其酷似亡父,"以其归自远峤而又将期之以远到",乃以"万里"字之②。此后,方回往来吕氏门下四年,接受其谆谆教诲。方回尝回忆其诗学历程云:"予作诗六十年,弱冠在乡里无硕师。竹坡吕左史实警发之,俾读张文潜诗,有味,欲学其体。"③吕午是其诗学道路上的第一位导师。方回又记吕氏指教其诗法云:"竹坡诗不喜雕刻。读予《喜雪》

---

① (元)方回:《桐江集序》,载(明)金德玹《新安文粹》卷十四,明天顺四年刊本,第15页。

② (元)方回:《先君事状》,《桐江集》卷八,《续修四库全书》影印宛委别藏钞本,第489页。

③ (元)方回:《送俞唯道序》,《桐江集》卷一,《续修四库全书》影印宛委别藏钞本,第376页。

有云：'平明万人喜，此雪几年无。'谓：'诗法当如是矣！'"吕午诗歌虽不专主"江西"，却重格高，"与'四灵'、刘克庄之诗卑而陋霄壤"①，这对于方回"以格高为第一"的诗学观念的形成无疑也具有重要影响。除此，吕氏还"为序为书，送之游江湖"，把方回举荐给其他诗匠巨儒，为其诗文学术开拓更广阔的道路。因此，吕氏逝世后，方回哭之甚哀，并为作《宋故中奉大夫右文殿修撰致仕歙县开国男食邑三百户赠华文阁学士通奉大夫吕公家传》，详述其一生行迹以表晚辈弟子之情谊。

洪勋（附：子起堂）

洪勋，字伯鲁，号后岘，又号恕斋，称平斋先生，淳祐四年（1244）登进士第，历官兵部侍郎兼侍讲、兼侍读、考功郎兼直学士院、朝请大夫、尚书兵部侍郎、朝议大夫，封端明公。性刚直，敢于直谏，"为一世正人"，宝庆初曾因为济邸事斥史弥远而罢官归隐十余年；又曾谈及贾似道奸诈诡谲，异日必将误国，颇有政治远见。事见方回《桐江续集》卷二十九《书隐斋序》，刘克庄《刘后村先生大全集》卷五十七、卷六十九相关制诰。

理宗淳祐十一年（1251），方回年二十五，因吕午之荐，往谒洪勋。洪勋时赋闲居天目山中，见方回大喜，"挽至饮席，以所读书字字行行指示，所谓肯綮节目教之"②，指教甚为谨细。洪氏重佳句，"凡佳句必再三拈掇之"③；又强调炼字，"取王荆公诗'倏然但以书自埋'者，句句字字而指其眼"④。方回编选《瀛奎律髓》往往因佳句而选诗，又津津乐道于讲论诗眼，这在一定程度上是受到洪氏影响所致。

子起堂，与方回亦有往来。方回尝为其书隐轩作《书隐斋铭》。

方岳

方岳（1199—1262），字巨山，号秋崖，祁门（今属安徽）人。理宗绍定五年（1232）进士，历官滁州教授、淮东安抚司干官、太学博士兼景献府教授、袁州知州等，因忤权臣史嵩之、丁大全、贾似道等人，几度被劾罢官，

---

① （元）方回：《宋故中奉大夫右文殿修撰致仕歙县开国男食邑三百户赠华文阁学士通奉大夫吕公家传》，《桐江集》"补遗"，台湾国立中央图书馆 1970 年影印本，第 636—645 页。

② （元）方回：《书隐斋序》，《桐江续集》卷二十九，《四库全书珍本初集》本，第 12418 页。

③ （元）方回：《送俞唯道序》，《桐江集》卷一，《续修四库全书》影印宛委别藏钞本，第 376 页。

④ （元）方回：《桐江集序》，载（明）金德玹《新安文粹》卷十四，明天顺四年刊本，第 15 页。

仕途甚为坎坷。有明刊本《秋崖先生小稿》，四库馆臣将其与影宋抄本《秋崖新稿》合编为《秋崖集》四十卷。元洪炎祖《方吏部传》（《新安文献志》卷七十九）记其生平行事颇详。

　　方岳与方回之八叔父、九叔父友善，皆为贤达，一时闻名乡里。理宗宝祐三年（1255），回二十五岁①，往祁门谒见方岳。方岳以为可教，留之门下，"夜相与诵诗，欢饮彻晓"②。其论诗虽"不'江西'，不晚唐"，力图打破门户，自成一家③。然而，他对"江西"诗人尤其是黄庭坚评价甚高："后山诸人为一节，派家也，深山云卧，松风自寒，飘飘欲仙，芰荷衣而芙蓉裳也，而极其挚者黄山谷"④，甚至自居为其衣钵传人："黄侯授我以江西诗禅之宗派，沦我以双井老仙之雪香。"⑤ 对宋末晚唐诗弊则不吝批判："予观世之学晚唐者不必读书，但仿佛其声嗽便觉优孟似孙叔敖，掇皮皆真。"每每叹恨其不昌⑥。这无疑对方回产生了一定的影响。方回壬戌年（1262）进士及第，三月初榜过祁门，方岳虽重病在身，犹为之欣喜⑦。方岳逝世后，方回因与其侄方贡孙、方叔元交好，追念怀想之思时为触动，追念文字充斥笔端，随处可见，感人至深。至元二十一年（1284），方回往祁门访谒方贡孙，时距其首次至此拜见方岳恰好三十年，因生感慨，作《怀秋崖》云："崖仙忆昔手予携，音响如钟气吐蜺。槐国诸公千梦蚁，瓮天馀子一醯鸡。满浮芳酒春梅动，朗诵新诗夜月低。倏三十年如一瞬，东坡门下愧双溪。"⑧ 是年立春日，告别方贡孙回程途中夜宿东松寺，见寺内屋壁上方岳于淳祐九年（1249）赴南康郡时所书墨迹犹如新题，不由再次睹物思人，慨叹

----

　　① 按，方回《先君事状》："年二十九见知于秋崖方公岳。"［（元）方回：《桐江集》卷八，《续修四库全书》影印宛委别藏钞本，第 488 页。］

　　② （元）方回：《桐江集序》，载（明）金德玹《新安文粹》卷十四，明天顺四年刊本，第 15 页。

　　③ （元）方回选评，李庆甲集评校点：《瀛奎律髓汇评》卷二十七，上海古籍出版社 2005 年版，第 1210 页。

　　④ （宋）方岳：《跋陈平仲诗》，载曾枣庄、刘琳主编《全宋文》第 342 册，上海辞书出版社、安徽教育出版社 2006 年版，第 342 页。

　　⑤ （宋）方岳：《黄宰致江西诗双井茶》，载傅璇琮等主编《全宋诗》第 61 册，北京大学出版社 1998 年版，第 38468 页。

　　⑥ （宋）方岳：《跋赵兄诗卷》，载曾枣庄、刘琳主编《全宋文》第 342 册，上海辞书出版社、安徽教育出版社 2006 年版，第 343 页。

　　⑦ 按，方回《寄同年宗兄桐江府判去言五首》其一自注："壬戌三月十七日，秋崖仙去。月初，榜过祁门，秋崖病中犹为之喜。"［（元）方回：《桐江续集》卷二十，《四库全书珍本初集》本，第 12282 页。］

　　⑧ （元）方回：《桐江续集》卷三，《四库全书珍本初集》本，第 12067 页。

万千①。大德九年（1305），方回送方贡孙子洽赴任信州学正，仍念念不忘尊长恩师秋崖先生②，而时隔其去世仅两年时间。这段令方回感念一生的情谊，真可谓深挚。

陈杰

陈杰，字寿夫，号自堂，籍贯有洪州休宁与洪州丰城两种说法③。理宗淳祐十年（1250）进士，历赣州簿、江陵知县、江西提刑等。宋亡后隐居东湖。据《宋史·艺文志补》，有《自堂存稿》十三卷，已佚，四库馆臣据《永乐大典》辑为四卷。事见清同治《丰城县志》卷十六。

陈杰诗宗"江西"，在方回的诗学历程中起了关键性的启发和指导作用。方回记其向陈氏请益诗法云："时适《劝农》予次韵曰：'马上飞花点弊裘，客心随雁起汀洲。忽思前夜一犁雨，焉用平生百尺楼。'自堂击节称赏。又予在武陵有句曰：'诗思如相避，登城忽见之。不惊双野鸭，自在一寒陂。'自堂尤口之不置。自堂诗骨神竦，非予所及，所以砭予失者多闻所未闻。"④ 陈氏以宋调指授方回，对方回强调骨气格力、力主宋诗的诗学观念的形成无疑产生了直接和深远的影响。方回坦言其在诗学上大悟大进，陈氏之力居多，实是肺腑之言。陈氏又勉励方回"专意古文及诗，四六、长短句不必作"⑤，方回亦牢记于心，其现存诗文集中绝无词体，四六亦颇少见，即是明证。

方回尊陈杰为师友，每每叹服其精妙之论，并奉为圭臬，借以指示后学。他借陈氏之语评戴复古诗云："豫章陈杰寿夫为予言，石屏诗亦非千载不朽之文，未为极致。"⑥ 又记陈氏评王安国《送王元均贬衡州兼寄元龙二首》其二云："予友陈杰寿夫尝谓此诗用字奇妙，意至而词严，不为事所束

---

① （元）方回：《立春日马上遇黄国宝应犀并序》，《桐江续集》卷三，《四库全书珍本初集》本，第 12068 页。

② （元）方回：《送方仲和信州学正二首》，《桐江续集》卷二十八，《四库全书珍本初集》本，第 12397 页。

③ 按，（清）厉鄂辑撰《宋诗纪事》卷六十六以为分宁人（上海古籍出版社 2008 年版，第 1672 页）；（清）王家杰、周文凤、李庚纂修：《同治丰城县志》卷十六以为丰城人。（《中国地方志集成·江西府县志辑 44》，江苏古籍出版社 1996 年版，第 379 页。）

④ （元）方回：《桐江集序》，载（明）金德玹《新安文粹》卷十四，明天顺四年刊本，第 15—16 页。

⑤ （元）方回：《送俞唯道序》，《桐江集》卷一，《续修四库全书》影印宛委别藏钞本，第 376 页。

⑥ （元）方回：《跋戴石屏诗》，《桐江集》卷四，《续修四库全书》影印宛委别藏钞本，第 422 页。

缚，诗之第一格也。"① 陈氏认为姜夔诗不如词，也与方回深相契合："予尝与南昌陈杰寿夫论诗，阅其余稿，则大不然。尧章自能按曲，为词甚佳，诗不逮词远甚。"② 陈氏卒后，方回为失此"深知己者"黯然伤神，慨叹"骸骨已应朽，精神犹自通"，"知己恩难报，皇天识寸衷"③，怀念之情感人至深。

阮秀实

阮秀实，字宾中，号梅峰，兴化军（今福建莆田）人。早年见知于赵蕃。岳珂主淮东饷，"甚傲倨，秀实妙年布衣登门，至令当厅上轿，如待行辈"。游贾似道门最久，"平生用似道钱无数，而诋似道不直一钱"，人号"阮怪"。咸淳初，摄芜湖茶局。年八十余卒④。

赵蕃诗宗"江西"，阮氏颇得其传，又以"江西"诗法指示方回。阮氏居芜湖时，曾令其子索方回诗稿，详加圈点批抹。对于其中佳句，如"酸苦工夫梅结子，飘零踪迹柳花飞"，"饮若山颓无旧侣，坐如泥塑有新功"，"佳句与山为主宰，英名如日住虚空"，"坐久守宫缘素壁，眠迟促织韵空阶"不啻赞叹，一一摘取；至于其粗糙不精之处，则"随病与药，细注其旁"⑤。其指教精妙详审，令方回诗学大悟大进，实为方回诗学道路上不可或缺的重要师友。

然而，方回对阮氏之诗学观念并非一味接受，于其不相契合者亦予以摒弃。阮秀实曾诲以"不当数用人名故实及拗平仄不律"，方回并不以为然。他点评吴融"已似冯唐老，方知武子愚"句云："向承阮梅峰秀实惠书，言诗不可多用古人名，谓之'点鬼簿'。晚唐人皆不敢下，惟老杜最多。吴融、韩偓在晚唐之晚，乃颇参老杜，如此一联岂不佳?"⑥ 对诗中用人名恰切者予以肯

---

① （元）方回选评，李庆甲集评校点：《瀛奎律髓汇评》卷四十三，上海古籍出版社 2005 年版，第 1566 页。

② （元）方回选评，李庆甲集评校点：《瀛奎律髓汇评》卷三十六，上海古籍出版社 2005 年版，第 1437 页。

③ （元）方回：《不寐十首》其六，《桐江续集》卷十八，《四库全书珍本初集》本，第 12255 页。

④ （元）方回：《跋阮梅峰诗》，《桐江集》卷四，《续修四库全书》影印宛委别藏钞本，第 421 页。

⑤ （元）方回：《桐江集序》，载（明）金德玹《新安文粹》卷十四，明天顺四年刊本，第 16 页；（元）方回：《跋阮梅峰诗》，《桐江集》卷四，《续修四库全书》影印宛委别藏钞本，第 422 页。

⑥ （元）方回选评，李庆甲集评校点：《瀛奎律髓汇评》卷四十七，上海古籍出版社 2005 年版，第 1664 页。

定。方回论诗重拗字、"吴体"，欣赏不协音律的拗峭瘦劲之美，这显然不同于阮氏之论。可见，方回诗论思想的形成是有选择地接受前辈师长诗学观念的过程，承继而不一味蹈袭，从而能独具特色，自成一家。

另外，方回虽赞赏"阮怪"傲兀不羁的风格，对其游谒权贵、雌黄士大夫的江湖习气却颇有微词："庆元、嘉定以来，乃有诗人为谒客者，……至不务举子业，干求一二要路之书为介，……钱塘、湖山，此曹什伯为群，阮梅峰秀实……往往雌黄士大夫，口吻可畏，至于望门倒屣。"①方回服膺阮氏之诗及其诗论，《瀛奎律髓》却未选其诗，当即是其人品使然。

魏克愚

魏克愚（1219—1269）②，字明己，号静斋，邛州蒲江（今属四川）人。魏了翁子。据《全宋诗》卷一一四二所考，知其尝知徽州、温州，历两浙运判、两浙转运副使兼知临安府、浙西安抚使。又据方回《桐江续集》卷三《望庐山怀旧》、卷十二《雪后楼望》诸诗，知其曾任湖北仓使、司农寺丞。

淳祐十二年（1252），魏知徽州，颇赏方回之诗，使入书院。景定二年（1261），魏又解送方回应两浙漕试，中举。方回极为感激魏氏知遇之恩，其评吴融《偶题》有云："此乃感恩之言，必为某人为朱温之徒所杀，而未有能报之者也。予于魏公明己门下亦然。"③方、魏二人互许为知己，交游甚密，魏氏卒后，方回多有忆念感慨之辞。宝祐元年（1253），二人同游徽州境内之南山。三十八年后，方回重游故地，故人已去，故人所筑之翠微亭亦不复存在，感而作《过南山》："七里南山边，更作三里程。十里旧权界，双桥酒有声。身老友朋尽，事殊时代更。茅店迷处所，饮徒眠九京。"④将一腔感慨悲伤之情倾泻无遗。宝祐二年（1254），方回往温州访魏，次年元宵节，因食黄柑而得痰疾。四十年后，方回对此尚记忆犹新，作《放夜》诗抒发物是人非

---

① （元）方回选评，李庆甲集评校点：《瀛奎律髓汇评》卷二十，上海古籍出版社 2005 年版，第 840 页。

② 按，方回《仲夏书事十首》其十自注云："予向客从魏静斋，夏秋之间，服黄芽煎附子、木香冷饮，然仅年五十一，今没十五年。"［（元）方回：《桐江续集》卷一，《四库全书珍本初集》本，第 12041 页。］诗作于 1283 年，可推知其卒于 1269 年，生于 1219 年。

③ （元）方回选评，李庆甲集评校点：《瀛奎律髓汇评》卷三十二，上海古籍出版社 2005 年版，第 1368 页。

④ （元）方回：《桐江续集》卷十七，《四库全书珍本初集》本，第 12250 页。

之慨①。在温州期间，方回还将魏了翁《鹤山类稿》与他作合刊，总为大全集，助魏克愚了却了刊刻先父全集的夙愿②。宝祐四年（1256），魏为司农寺丞，二人又尝于嘉平湖上泛雪赏梅，有小妓佐酒吟唱，歌晁无咎《买陂塘》词，尽一时之欢娱③。方回于此次聚饮印象深刻，《赵宾旸唐师善见和涌金城望次韵五首》其四、《雪后楼望》、《倚梅观雪》诸诗皆为忆念感怀此事而作，其中，创作最晚的《倚梅观雪》诗作于至元二十七年（1290），距此次聚饮已有三十五年之久。宝祐六年（1258），魏在湖北仓使任上，方回亦往从游，六月间夜宿开元寺之事令方回念念难忘，《望庐山怀旧》诗即是时隔二十七年之后感怀而作④。方回铭记其与魏氏交游情事几乎毕其一生，足可见出二人情谊之深笃。

吕师夔

吕师夔（1230—1301）⑤，字虞卿，号道山，安丰（今安徽寿县）人。其父吕文德为南宋名将，殉国后追封"和义郡王"。师夔早年入仕，仕宋至兵部尚书、刑部尚书，因与贾似道交恶，德祐元年（1275）以江州降元。入元后，仕至中书参知政事。大德五年（1301），年七十二卒。事见《宋史》卷四十七《瀛国公纪》、《元史》卷十《世祖纪》等。

景定元年（1260），吕氏由知万州汉阳军改知池州，方回携家前往投奔。二年（1261），经吕氏推荐，方回参加两浙漕试，得中举人。《送男存心如燕二月二十五日夜走笔古体》述其事云："既而今左辖，千骑如池阳。携我一家往，郡斋代表章。……明年辛酉秋，浙漕鹗荐翔。道山此大恩，给我鸳爵郎。"⑥ 对此知遇之恩，方回时刻铭记在心，《寄呈吕道山于八桂》亦有"积受恩私愧未酬"之语⑦。大德五年，惊闻师夔逝世的噩耗，方回悲痛万分，

---

① 按，方回《放夜》自注："予甲寅年二十八，往温州访魏静斋，留郡塾，见乙卯元宵，因食黄柑痰疾，今四十年矣。"（《桐江续集》卷十八，《四库全书珍本初集》本，第 12257 页。）

② （元）方回：《寄题朱信州自闲堂》自注，《桐江续集》卷二十六，《四库全书珍本初集》本，第 12380 页。

③ （元）方回：《倚梅观雪》自注，《桐江续集》卷十七，《四库全书珍本初集》本，第 12251 页。

④ 按，方回《望庐山怀旧》自注："戊午岁（1258）从魏静斋湖北仓使，六月夜宿开元，今二十七年矣。"（《桐江续集》卷三，《四库全书珍本初集》本，第 12072 页。）

⑤ 按，方回《道山座主先生平章吕公挽歌辞五首》自注："庚寅（1230）九月初二日生，辛丑（1301）七月十六薨。"［（元）方回：《桐江续集》卷二十七，《四库全书珍本初集》本，第 12385 页。］

⑥ （元）方回：《桐江续集》卷二十五，《四库全书珍本初集》本，第 12361 页。

⑦ （元）方回：《寄呈吕道山于八桂》，《桐江续集》卷三，《四库全书珍本初集》本，第 12073 页。

有诗云："七旬有二传口问，九月初三记诞辰。客里偶然逢此日，淮思江望泪痕新。"（按，自注云："道山讣音自宝应来，江谓九江府第。"）又有诗云："早遇鹤山先生子（按，魏克愚），晚登和义郡王门。静翁道翁两知己，恸哭新坟接旧坟。"① 悼念之情哀切动人。大德六年（1302）所作《道山座主先生平章吕公挽歌辞五首》追述其生平、奖誉其人品、感念其恩德，字字发自肺腑，亦极为真挚。

马廷鸾

马廷鸾（1222—1289），字翔仲，饶州乐平（今属江西）人。淳祐七年（1247），登进士第。宝祐三年（1255），召试馆职，敢于直言，忤董宋臣、丁大全。景定四年（1263），迁起居舍人。咸淳间，进同知枢密院事，旋兼权参知政事。五年（1264），进右丞相兼枢密使，后因遭贾似道排斥而罢政。至元二十六年（1289），年六十八卒。《宋史》卷四百一十四有传。

景定三年（1262），方回别院省试第一，马廷鸾极赏其义② 。故方回称其为"春官座主"。之后，方回数除学官，皆由其启拟举荐，受其恩颇深。然而，由于战乱颠沛，二人自咸淳六年（1270）即未能再见；咸淳十年（1274）之后更是音信皆无③ 。直至至元二十五年（1288），马氏婿及外孙至歙相访，方回才又得知其消息，感慨之余，赋诗云："相府违离二十年，弁兮突见外孙贤。故因高韵如袁絜，岂但雄文似史迁。兵甲喧阗征马地，音书断阻去鸿天。因君略得平安信，诸老无多重怆然。"④ 虽欣慰于马氏之平安，却又因诸老无多生出无限惆怅。二十七年（1290），惊闻马氏逝世的噩耗，方回悲伤难抑，为作挽诗三首，其三云："天地干戈阻，门生合会丧。谓传和相钵，有腼陆公庄。衰钝辜陶冶，危疑去庙廊。空怀精卫意，无奈海茫茫。"⑤ 无奈与悲哀之

---

① （元）方回：《秋思七言八首》其七、其六，《桐江续集》卷二十六，《四库全书珍本初集》本，第12372页。

② 按，方回《先君事状》："年三十六侥幸别院省试第一，丞相马公廷鸾赏其义。"〔（元）方回：《桐江集》卷八，《续修四库全书》影印宛委别藏钞本，第488页。〕

③ 按，方回《赠朱师裕序》："咸淳宰相大观文马先生，予春官座主也。庚午去国，未获再面。"〔（元）方回：《桐江续集》卷十六，《四库全书珍本初集》本，第12240页。〕《丞相大观文马公先生挽词三首跋》："甲戌、乙亥、丙子以来，书问阻绝。"（《桐江续集》卷十七，《四库全书珍本初集》本，第12249页。）

④ （元）方回：《赠朱师裕》，《桐江续集》卷十六，《四库全书珍本初集》本，第12240页。

⑤ （元）方回：《丞相大观文马公先生挽词三首》其三，《桐江续集》卷十七，《四库全书珍本初集》本，第12248页。

情令人动容。

汪仪凤

汪仪凤（1207—1290），字翔甫，号山泉，歙（今安徽歙县）人。初师吴自牧，治《易》；后师程元凤，改治《诗》。两中江东漕，历仕迪功郎、隆兴府司户参军、添差江东安抚司等，度宗咸淳十年（1274）致仕。年八十四卒。有《山泉类稿》，佚。事见方回《江东抚干通直郎致仕汪公墓志铭》。

汪氏与方回同里，乃其父辈。回父乡举舍选之遗文，因汪氏珍藏而得以流传当世；回亦亲受汪氏赏识提拔。因此，方回每以师礼事之，与之多有交游酬唱。至元二十年（1283）五六月间，方回寄诗稿于汪氏以求教，汪氏诲之甚详，方回颇为感动，有诗云："我诗蒯侯剑，玉具谢华装。老矣三荒径，悠哉一瓣香。漫垂船子钓，懒下赵州床。忽忆高轩过，仙巾戴华阳。"① 他以韩愈赏李贺《高轩过》之事比汪氏对己诗之赏识与指教，敬重尊崇之意不言而喻。与方回诗稿一并寄回的，还有汪氏所和吕全州见过诗，方回遂次其韵，作《次韵汪翔甫和西城吕全州见过四首》。是年秋，方回与曹泾一同往访汪仪凤，乱后重逢，感慨万千："南纪干戈后，相逢皓首稀。草间翁仲在，华表令威归。骨寿由心泰，身癯独道肥。公松对吾菊，同阅几芳菲。"② 三人"登西爽之楼，对灵山吟啸竟日"③，登山游水，吟诗畅谈，极友朋相聚之欢娱。至元二十七年（1290）八月十日，方回惊闻汪氏逝世之噩耗，时距曹元会去世仅三月余。数月间连失两位前辈友人，悲痛之情难以抑制，方回作诗哭之："甫作诗为两翁寿，岂虞相继骇予闻。八旬已过太公望，一旦俱为冥漠君。场屋少时尝张王，兵戈晚岁忽纷纭。全天所赋无遗憾，端复真修地下文。"④ 才为寿诗，即作悼诗，哀切之意令人悲泣。同年，方回又为之作墓志铭，详记其先辈子孙，生平行迹，感念旧恩、哀思师友之情悲不自掩。

---

① （元）方回：《次韵汪翔甫读予诗稿见寄二首》其一，《桐江续集》卷一，《四库全书珍本初集》本，第 12043 页。

② （元）方回：《过汪翔甫宅》，《桐江续集》卷二，《四库全书珍本初集》本，第 12056 页。

③ （元）方回：《江东抚干通直郎致仕汪公墓志铭》，《桐江集》"补遗"，台湾国立中央图书馆 1970 年影印本，第 662 页。

④ （元）方回：《闻汪翔甫八月十日卒，去曹元会五月三日之报仅三月余，两翁皆年八十四》，《桐江续集》卷十七，《四库全书珍本初集》本，第 12246 页。

胡泳

胡泳，字子游，绩溪（今属安徽）人。初，宪使王某辟充黟县县学教谕，秩满趋京，中州名公见其诗文，交章荐入翰林，胡泳力丐外，因出为乡郡学正，后进师尊之。宪使卢挚扁其书室曰藏斋。晚授盐官州教授，命下而卒。事见《弘治徽州府志》卷九。

胡、方二人为垂髫之友，尝同学于徽州州学。方回《州学遇刘元辉、胡子游二首》其一云："五十年前幼学儿，读书窗下此从师。前修何限惊埋没，往事无踪隔乱离。……谁怜昔日垂髫友，白首相逢共赋诗。"其二云："小儿今忽六旬翁，尚忆无人鬼啸风。……"① 正是忆念往时、感慨今日而作。至元二十二年（1285），胡泳任徽州路学正，方回回乡居住半年余，其间二人多有交往酬唱，《次韵谢胡子游学正二首》、《读子游近诗复次前韵二首》、《州学遇刘元辉胡子游二首》即是此时所作。在江湖诗风盛行之际，胡氏不媚时俗，直追古人，因而大受方回赞扬："江湖流辈互相高，刻楮抟沙漫自劳。孰肯剖肠湔垢滓，始能落笔近风骚。通疏障碍河东注，剔抉幽微鬼夜号。汉魏以来数人耳，曲须和寡始为遭。"② 二十五年（1288），方回自严归歙，辟居乡里。是年，胡氏秩满赴调，方回为之送行，勉其力辟佛、老，振兴儒学，视其为志同道合之知己③。

刘光

刘光（1228—?）④，原名寅，字子敬，后改名光，字元辉，号晓窗，歙（今安徽歙县）人。忍贫不仕，开门授徒五十余年。行省差充宁国路学正，不赴。有《晓窗吟卷》，佚。事见方回《桐江集》卷一《晓窗吟卷序》、卷四《跋刘光诗》，《宋季忠义录》卷十五，《弘治徽州府志》卷九。

方、刘二人同里，年龄又相仿，为垂髫之友。二人交游唱和之作现今可见者尚有三十七首之多，其中大多为至元二十年（1283）、二十二年（1285）方回

---

① （元）方回：《桐江续集》卷九，《四库全书珍本初集》本，第 12133 页。

② （元）方回：《读子游近诗复次前韵二首》其一，《桐江续集》卷八，《四库全书珍本初集》本，第 12127 页。

③ （元）方回：《送胡子游学正》、《送胡子游赴调序》，《桐江续集》卷十六、卷三十二，《四库全书珍本初集》本，第 12226—12227、12476—12477 页。

④ 按，方回《跋刘光诗》："回与同里刘君光元辉幼皆好为诗，回七十三，元辉七十二。"知刘光少方回一岁，生于 1228 年。（《桐江集》卷四，《续修四库全书》影印宛委别藏钞本，第 435—436 页。）

两次回歙暂居及二十五年（1288）至二十七年（1290）归隐歙县期间所作。方回有诗云："我其方玄英，君可刘宾客。年皆七旬近，相对诗眼碧。向来每过从，剧谈动至夕。久别坐何事，蓬蒿翳荒宅。归舟落孤帆，曾未逾信昔。空庭迟汛除，野径缺锄辟。便能致果馈，共此片时适。……尚可卜孟邻，未至削孔迹。飘芳渐纷纷，晴巇正历历。此酒不快饮，忧抱何由释。但愿长穷健，纵无马可策。徒步顷刻间，亦足奉良觌。"① 以唐刘禹锡、方干之交情比拟其与刘元辉之情谊，感动于其携酒迎归之挚诚，相约共老乡间，情感之笃厚不难体味。

刘氏未入仕途，诗多山林之意，以枯槁自然见长，颇投方回之喜好。方回屡序其诗，对其倍加赞誉："和平则不流，优游则不怒，探孔圣所论《关雎》之旨而惩艾乎淮南《离骚》之评"②，"大抵书无所不读而不以用之于诗，天真自然，薄世故，遗物外，叶落水涸，玉韫珠藏，于《丽泽选》中求之，尚陶慕杜，近韦逮梅，非专精此事四五十年笔力未易至此也。然东莱此选之后，吾乡朱文公老师学□洙泗，其诗法有陈后山之瘦劲，有刘屏山之温雅，后乎文公又有如赵章泉之善用虚字，元辉盖亦得此传云"③。然而，于诗歌观念不尽契合之处，方回每每提出异见，并不求苟同，堪称刘氏之诤友。如方回不满刘氏论诗仅取陶、杜，主张兼取众长、转益多师；对于刘光因苏轼诗好讥刺而一概否定的论调，方回也认为过于苛刻；刘光"然非豫章叟，谁识后山翁"的说法，方回也不认同，他说："（陈师道）未尝学山谷诗字字句句同调也，意有所悟，落花就实而已。然后山平生诗，初不因山谷品题而后增价也。"④

陆梦发

陆梦发（1222⑤—1275），字太初，号晓山，歙（今安徽歙县）人。登宝祐四年（1256）第，充江东安抚司干办公事，改授奉议郎，知溧阳县兼淮西饷管，转监行在榷货务兼通判，再除太府寺丞，进秩朝奉郎。德祐元年（1275），在讨捕蔡御诊之役中战殁殉职。朝廷愍其忠，赠朝请大夫，知明州。

---

① （元）方回：《次韵刘元辉喜予还家，携酒见访三首》其二，《桐江续集》卷十五，《四库全书珍本初集》本，第 12216 页。

② （元）方回：《晓窗吟卷序》，《桐江集》卷一，《续修四库全书》影印宛委别藏钞本，第 374 页。

③ （元）方回：《跋刘光诗》，《桐江集》卷四，《续修四库全书》影印宛委别藏钞本，第 436 页。

④ （元）方回：《刘元辉诗评》，《桐江集》卷五，《续修四库全书》影印宛委别藏钞本，第 439 页。

⑤ 按，方回评陆梦发《见梅杂兴》云："余友太府寺丞陆太初，……长予五岁。"［（元）方回评，李庆甲集评校点：《瀛奎律髓汇评》卷二十，上海古籍出版社 2005 年版，第 851 页。］

有《乌衣集》、《圻南集》、《晓山吟稿》。事见《弘治徽州府志》卷九。

方、陆二人为同乡好友。方回《晓山乌衣圻南集序》有云："钱塘湖山、金陵台阙、故里荒墟、先畴野坡、古寺修竹、败驿寒灯，昔也，予与太初几倡几酬。"① 从中可见其与陆氏之交游酬唱极为频繁，关系至为密切。景定元年（1260），因避鄂州一带之战尘，方回携家乘舟前往金陵，往依陆梦发，其长子存心即出生于金陵②。至元二十年（1283），在陆氏去世九年之后，方回访其家，得其《乌衣集》、《圻南集》及零散的《晓山吟稿》，慨然为之作序。陆氏作诗好苦吟，方回每读其诗，眼前则仿佛见其苦思涂抹之情状，正如序中所言："每读之，未尝不泫然泣下。不知其丹铅几车，涂乙几纸，而后有以纳于中也；不知其呕心几晨，搔首几夕，而后有以吐于外也；不知其口几吟哦，手几诠择，初去什七，后去什八，而后有以存之至今也。"对其"刻苦深切，气凌物表，而冻涧枯槎、霁宇孤籁，务为揪敛"的诗歌风格，方回也颇为赏识，不仅"终身愧之"，更摘其佳章奇句以劝勉后学、力矫诗弊③。陆氏《见梅杂兴》一诗被选入《瀛奎律髓》，也有力地体现了方回对其诗歌的偏好。

方贡孙（附：从弟叔元，子洽）

方贡孙（1231—1295）④，字去言，号竹溪，祁门（今属安徽）人，方岳之侄。理宗景定三年（1262）与方回同榜进士，授金陵监仓，转监镇江酒库，历抚州路、兴国路、建德路府判。事见《万姓统谱》卷四十九，《弘治徽州府志》卷六、卷八。

方回年二十五从方岳游，即与方贡孙定交。七年后，二人同榜中进士第，自此便各自步入仕途，聚少离多。至元二十一年（1284），方回自歙县前往江西访友，途经祁门，遂与方贡孙相聚，时距二人上次相见已有十年之久。久

---

① （元）方回：《桐江续集》卷三十一，《四库全书珍本初集》本，第 12449 页。

② 按，方回《送男存心如燕二月二十五日走笔古体》："我年三十四，鄂汉脱战场。四月扁舟东，生汝于建康。"《送吕主簿还任永丰》序："岁在庚申，回自鄂汉下金陵，依陆公太初晓山。"（《桐江续集》卷二十五、卷二十八，《四库全书珍本初集》本，第 12361、12408 页。）

③ （元）方回：《晓山乌衣圻南集序》，《桐江续集》卷三十一，《四库全书珍本初集》本，第 12449 页。

④ 按，方贡孙之生卒年，据方回《赠方太初序》推知。序云："秋崖（方岳）吏部知郡宗伯老先生仙去三十四年（按，方岳卒于 1262 年，可知贡孙卒于 1295 年），乃侄建德府判竹溪，字去言，与回同壬戌榜，少回四岁（按，方回生于 1227 年，可知贡孙生于 1231 年），今夏礼任一拜而卒。"［（元）方回：《桐江续集》卷二十，《四库全书珍本初集》本，第 12285 页。］

别重逢，实属难得；短暂相聚后的再次分别，也就变得尤其难舍。方贡孙亲送方回至祁山西门之外五里，又嘱其子洽继续相送。直至三十五里之外的东林寺，方洽才回马离去。方回有《湖口寄方去言》记其情事并抒感慨："不见秋崖老，吾宗尚有人。十年疲远梦，七尺记长身。……应门才入谒，下榻愧为宾。小阁书窗净，芳筵饮醑醇。尽令诸子拜，更许大难亲。积庾刍粮溢，堆盘菓饵珍。和篇动唾玉，枉教妙钩银。霁雨微膏野，和风早应辰。挈壶烦仆御，并辔出城闉。缱绻情何厚，殷勤意甚真。道傍分手暂，陇上转头频。无复离怀恶，谁云古谊陈。长郎仍远饯，羁客倍惊神。跋涉将千里，漂摇近一旬。二孤彭蠡外，五老大江滨。倦憩停征驭，遐思值便鳞。寄诗寓予感，衰老易谵谆。"① 此后，二人屡寄诗书，互通消息，方回甚至津津乐道其与赵与东、川无竭等人的诗酒唱和之乐，从而与挚友共同分享。元贞元年（1295），方贡孙去世，方回哭之，有"川遥鱼素断，风急雁行分"之语，甚为悲切②。明年，又为作挽诗二首，其一云："诸老非前日，吾宗有若人。大圭全粹质，劲柏挺长身。仓卒完乡县，艰难寝战尘。深惭铭笔短，未足永坚珉。"其二云："壬戌同登日，秋崖尚见之。王家子敬字，谢氏惠连诗。乡校六龙渡，宗盟七桂枝。残碑麟笔绝，后死叹吾衰。"③ 悲友之永逝，伤己之衰老，哀切之至，令人动容。

从弟叔元，字太初，宋末进士第。元贞元年（1295）秋，方叔元至杭，以诗相示。方回次韵奉答，不仅感伤恩师方岳、故友方贡孙之物故，更寓无穷易代之悲："新安南渡以来，歙郡吾宗之登科者七人，于太初寓获麟之感云。"④ 短短几十言，道尽心中无限悲感。

子洽，字中和，一作仲和，号晓山。至元二十一年（1284），方回访祁门还，方洽跃马送至三十五里之外的东林寺，方才别去。大德九年（1305），方洽赴任信州学正，方回作诗送之，肯定其能传家学，堪称方家之"佳玉树"⑤，欣慰之情溢于言表。

① （元）方回：《桐江续集》卷三，《四库全书珍本初集》本，第12072页。
② （元）方回：《赠方太初三首》其二，《桐江续集》卷二十，《四库全书珍本初集》本，第12285页。
③ （元）方回：《方去言府判挽诗二首》，《桐江续集》卷二十二，《四库全书珍本初集》本，第12311页。
④ （元）方回：《赠方太初三首》，《桐江续集》卷二十，《四库全书珍本初集》本，第12285页。
⑤ （元）方回：《送方仲和信州学正二首》，《桐江续集》卷二十八，《四库全书珍本初集》本，第12397页。

方逢振（附：兄逢辰）

方逢振，字君玉，淳安（今属浙江）人。"登景定三年进士第，历官史实录院检阅文字，迁太府寺簿。宋亡，退隐于家。元世祖诏侍御史程文海起为淮西北道按察佥事，不赴。聚徒讲学于石峡书院，以终焉。学者称为山房先生。"①

方逢振亦与方回同年登第，年稍长，因而方回称其为"宗兄"。方逢振在淳邑真应仙翁墓旁兴建石峡书院，方回为作《石峡书院赋》，有曰："保土宇以绥静兮，擅诗名而高尚。皆贤良之苗裔兮，匪郡乘之私奖。予君玉父之好修兮，皷斯文而为倡。"② 大赞其振兴斯文之举。

兄逢辰（1221—1291），字君锡，学者称蛟峰先生。淳祐十年（1250）进士第一，理宗为改今名。历仕平江军节度佥判、秘书省正字、著作郎、秘书少监、起居舍人等，仕至兵部侍郎、礼部侍郎。入元不仕，年七十一卒。著作大多散佚，后世为辑《蛟峰先生文集》八卷、外集四卷。事见本集末所附黄溍《蛟峰先生阡表》、文及翁《故侍读尚书方公墓志铭》。方回亦与之交好，所作《石峡书院赋》，也一并呈于方逢辰。二人皆致力于指点后学，俞演之诗，就是由方逢辰作序，方回为之作跋。对于诗坛之积弊，二人也有共识，方回《汪斗山〈识悔吟稿〉序》即引用方逢辰语以表达对于流俗争名、世风日下的深切忧虑③。

李珏（附：堂弟孟淳，侄震）

李珏（1219—?）④，字元晖，号鹤田，又号庐陵民，吉水（今江西吉水县）人。"年十二，通《书经》，诏试馆职，除秘书省正字，批差充干办御前翰林司，主管御览书籍，除阖门宣赞舍人。宋亡后，不出，年八十九而终。有《杂著四集》、《钱塘百咏》行于世"⑤。又尝以史笔记述南宋理宗之后史实本末，详赡精审，可补当时史书之阙⑥。

---

① （明）凌迪知撰：《万姓统谱》卷四十九，《文渊阁四库全书》第956册，第755页。

② （元）方回：《桐江集》卷一，《续修四库全书》影印宛委别藏钞本，第355页。

③ 按，方回《汪斗山识悔吟稿序》："余家老尚书（自注：方蛟峰）所谓流俗争名者，风斯下矣。"（《桐江集》卷一，《续修四库全书》影印宛委别藏钞本，第368页。）

④ 按，方回《送李伯英》："八十三岁李鹤田，我兄事之后八年。"可知李氏长方回八岁，当生于1219年。（《桐江续集》卷二十六，《四库全书珍本初集》本，第12379页。）

⑤ （清）厉鹗辑撰：《宋诗纪事》卷七十六，上海古籍出版社2008年版，第1858页。

⑥ 按，（元）刘诜《桂隐诗集》卷四《题李珏田穆陵大事记后》题注云："宋自穆陵升遐，元气尽矣。时攒宫馆官李珏纪其本末颇详，桥山剑舄，历历如见，异代览之，亦为凄然。"（《文渊阁四库全书》第1195册，第322页。）

李珏长方回八岁，方回以兄事之。二人相识较早，至深情谊终其一生。至元二十年（1283）冬，李珏自青原至浙右，途经歙县，乃往访方回。时两人已分别九载，乱后相逢，方回不胜感慨，遂作诗云："一别九寒暑，乾坤事事新。老身余长物，故友尽穷人。汩汩犹群盗，时时有战尘。少陵诗眼在，试觅曲江春。"① 别后，方回读李氏新诗，颇有感触，乃用其体抒怀，作《别后读鹤田李元晖新诗，用其体》。二十二年（1285）冬，李氏至杭吊唁赵孟奎，恰逢方回亦在杭，二人遂又有一聚，方回《喜鹤田李元晖至》即此时所作。直至大德五年（1301）末，方回尚有《和李鹤田乙未赠李个庵》诗，戏谑诙谐，见出二人之情真无隔。方回极赏李珏之品格才学，说自宋以来，"文名第一欧永叔，诗名第一黄庭坚，节义第一文丞相，……隐逸第一□□人，舍吾鹤田其谁旃"；又说"君不见西汉四皓起商颜，羽□□□刘氏绵。又不见东汉子陵卧严滩，足加帝腹摇星躔。鹤田为严之处则九鼎重，鹤田为皓之出则九鼎安"，评价至高。对于李氏之诗才学养，方回也予以充分肯定："鹤田鹤田真神仙，读万卷书忘蹄筌。钩银画铁笔下字，咳珠唾玉胸中篇。"② 赏其人品，赞其学识，方回不愧为李氏之知己。

堂弟孟淳，字伯英，亦与方回交。大德五年冬，方回有《送李伯英》诗与之。

侄震，元贞二年（1295），方回亦有诗送之并题其诗集，即《桐江续集》卷二十《送李震鹤田侄，就题其诗集》。

方召（附：弟万里）

方召（1225—1300），字端叟，号碧山，湖州（今浙江湖州）人。宋末为惠州同知，入元不仕。

方回少方召两岁，尊其为宗兄。二人尝为官学同门，壮年即已相知。步入仕途之后，却是聚少离多。直至晚年，方召居诸暨，才得以与寓居杭州的方回时有聚合。二者交游之作，现今可见者仅方回所作数首。一是元贞二年（1296）所作《喜宗兄端叟再会武林还暨阳二首》，一句"喜逢又惜别"③，道尽历经乱离，惜逢惧别的真实心境。二是大德四年（1300）春所作《宗兄端

---

① （元）方回：《赠送鹤田李元晖》，《桐江续集》卷二，《四库全书珍本初集》本，第12059页。
② （元）方回：《送李伯英》，《桐江续集》卷二十六，《四库全书珍本初集》本，第12379页。
③ （元）方回：《桐江续集》卷二十二，《四库全书珍本初集》本，第12316页。

叟年七十六来访二首》，追述二人相识相知及数度离合之事，赞其诗才，感慨年近八十之离别，亦皆真挚动人。是年冬，方召去世之噩耗传来，方回"惊嗟欲断魂"，乃作二诗哭之，其二云："四年登八十，寿过古来稀。辞郡非关瘴，思亲自合归。千诗存老笔，二纪掩闲扉。鸡絮临筵几，随潮夜梦飞。"①断肠之哀催人泪下。

弟万里，少方回三岁，元贞二年（1296），持所作次旧韵诗来订兄弟之盟，方回依韵奉答，作诗二首："越州兄弟好，年与德俱高"，极赞兄弟二人之品行；又有"各凭心事好，共保岁寒盟"、"何日成三老，茶瓯沦碧涛"②，以兄弟相称，相约共享晚岁之乐，深挚情谊于此可见。

汪一龙（附：子颐、巽元）

汪一龙（1230—1282），字远翔，号定斋，休宁（今属安徽）人。仕宋为瑞安、句容县令，婺州教授。至元十五年（1278），江东按察起教紫阳书院。十九年（1282），年五十三卒。事见方回《定斋先生汪公墓铭》、《弘治徽州府志》卷七。

方回年长汪氏三岁，二人相识甚早，交情也颇为深笃。淳祐年间，魏克愚守徽州日，方、汪二人皆从之游，同出其门。汪入仕前，方回尝荐其为丞相马廷鸾塾客，课其诸子。方回为太常寺主簿时，亦曾荐汪于朝，然终不获用。方回欣赏一龙"学虽博，知所宗；仕虽浅，知所从；知己虽众，不轻于容"，"内之养也粹，而外之省也密"，在其去世十余年后，为其作墓铭，以表情谊③。

长子颐，字蒙元④，曾为进益校尉、建宁路建阳县主簿。尝介曹泾请方回为其读书室名"悦心"为说。

季子巽元，字复心，号称稳，晚号退密老人。历任建德路学正，漳州、

①　（元）方回：《哭方碧山前惠州同知》，《桐江续集》卷二十六，《四库全书珍本初集》本，第12378页。

②　（元）方回：《回生丁亥，方端叟乙酉，长二岁。其弟名万里，庚寅，少三岁，用予旧韵，来订兄弟之盟，依韵奉答二首》，《桐江续集》卷二十三，《四库全书珍本初集》本，第12323页。

③　（元）方回：《定斋先生汪公墓铭》，《桐江集》"补遗"，台湾国立中央图书馆1970年影印本，第668页。

④　按，方回《汪蒙元悦心说》："予亡友汪君远翔之冢子，其名颐，其字蒙元。"（《桐江续集》卷三十，《四库全书珍本初集》本，第12433页。）《弘治徽州府志》卷七亦云名"颐"。方回《定斋先生汪公墓铭》："子男三人，蒙进义校尉、建宁路建阳县主簿。"（《桐江集》"补遗"，台湾国立中央图书馆1970年影印本，第668页。）说法异，疑当是误其字"蒙元"为"蒙"，并误以字为名所致。

饶州教授，将仕郎，安仁、钱塘主簿，以建康路总管府判官致仕。有《潇洒吟稿》（一作《潇洒集》）、《松萝集》。事见《弘治徽州府志》卷八，方逢辰《蛟峰文集》卷四《汪称隐松萝集序》、卷八《潇洒集序》，何梦桂《潜斋集》卷五《汪复心潇洒集序》。至元二十五年（1288），巽元于建德路学正秩满，改官漳州教授，方回作《送严陵汪学正巽元并寄赵宾旸》诗送之。大德六年（1302），巽元改官饶州教授，方回亦作《送汪复心饶州教》为之送行。九年（1305），方回又作《寄题汪称隐海阳船亭》，既美其家世，又赞其子孙，向朋友倾诉了世事难料、意欲弃世归隐的无限感慨。他又曾为巽元之《潇洒吟稿》作序①，为其读书之所称隐山房作箴，为其藏修之所复心作说，情谊非同一般。而二人结为知交的关键，当是巽元"淡而不失之枯"、"奇而不流于怪"②的诗学追求与方回深相契合。

曹泾（附：父元会，弟潇）

曹泾（1234—1315），字清甫，号弘斋，休宁（今属安徽）人，居歙县（今安徽歙县）。度宗咸淳四年（1268）进士，授昌化县主簿，转信州考试官，权知昌化县，奉亲归里。至元十五年（1278）为紫阳书院山长，十九年（1282）辞归，不复出。延祐二年（1315），年八十二卒。有《书稿》、《文稿》、《韵稿》等，皆佚。事见洪炎祖《曹主簿传》（《新安文献志》卷九十五上）、《弘治徽州府志》卷七。

方、曹同里，又皆兼通儒学与诗文，知名当时，二人当较早结识。虽然交游文字现存无几，曹氏皆佚，方氏可见者也仅有八处，然而，从中并不难看出二人的至深情谊。至元二十年（1283）所作《同曹清父西郊纪事五首》、至元二十七年（1290）因访曹氏而作《上南行十二首》、大德六年（1302）所作《次韵曹清父营生坟追和范石湖韵四首》等，即是二人交情深挚之凭证。二人为知己之交，尤其体现在他们对"风俗嗟颓落，文章委下陈"有共同的体会，并为纠正其弊病而奔走努力。身处宋元易代之际，亲历颠沛流离的痛苦遭际，目睹盗贼纷起的社会乱象，他们慨叹"时危群盗惨，身老故人稀"，"群豪故贪愎，窃发亦愚奸"，痛斥权贵豪吏虚伪无德、

---

① 按，（元）陈栎《跋汪子磐诗》云："……予读虚谷方先生所谓《潇洒吟稿序》知之。"〔（元）陈栎：《定宇集》卷三，《文渊阁四库全书》第1205册，第196页。〕

② （宋）方逢振：《潇洒集序》，载曾枣庄、刘琳主编《全宋文》第356册，上海辞书出版社、安徽教育出版社2006年版，第176页。

贪图享乐的丑恶面目："有能致卿相，或不赡妻儿"，"公庭彼为吏，日日醉歌姬"。他们深知，导致官员腐败无德的一大根源在于"朴略童蒙学，堆豗句读师"①，因此，他们反对"科举穿凿之学，笺注偶俪之学"，提倡尊经合道的义理之学②，这无疑是转变士风文风的振聋发聩之见。另外，同为享誉四方的诗坛巨匠，方、曹二人经常探讨诗艺，方回《与曹宏斋书》后即附有曹氏评点方诗之文字。再者，曹氏"有扶植晚辈、成人之美之意，曲为开辟"③，屡次向方回举荐后学；方回也深信曹泾识人之鉴，对其所推举的晚辈后进往往赞誉有加，不吝教诲。陈栎即是经由曹泾将其所和《上南行》诗达之方回而与之结交的；吴尚贤也是如此，方回《吴尚贤〈渔矶续语〉序》云："予友曹君清甫，……资粹而学奥，不轻许可，今年六十三，以予年七十寓武林，移书问安否，又以尚贤《渔矶续语》见教。……以清父之贤而誉尚贤如此，是可谓贤也。"④

父元会（1207—1290），字济父，号敬斋，宋季历仕四朝，为乡邦先贤，年八十四卒。方回作诗伤悼其离世，并焚香祭奠，拜其画像，以深表其瞻仰缅怀之情。

弟潇（1238—?），字清叟，亦与方回交。方回至元二十七年（1290）腊月，与王国杰过访曹泾，终夜剧谈，曹潇亦参与其中。

杨公远

杨公远（1228—?），字叔明，号野趣居士，歙（今安徽歙县）人。终生未仕，专以诗画为生。有《野趣有声画》二卷。

方、杨二人同里，年龄亦相仿，据方回所云"旧与结交三十年"，知二人最晚于理宗宝祐六年（1258）即已结交⑤。从现存杨公远《借张山长韵呈方

---

① （元）方回：《同曹清父西郊纪事五首》，《桐江续集》卷二，《四库全书珍本初集》本，第12057页。

② 按，方回《吴云龙诗集序》："……俾后世独以诗人见称，则胡邦衡以荐朱子者，岂朱子之志哉？云龙勉之。予友曹清甫久不晤对，云龙其亦以此订之。"（《桐江续集》卷三十二，《四库全书珍本初集》本，第12476页。）

③ （元）方回：《与曹宏斋书》，《桐江集》卷五，《续修四库全书》影印宛委别藏钞本，第446页。

④ （元）方回：《桐江集》卷一，《续修四库全书》影印宛委别藏钞本，第367页。

⑤ （元）方回：《野趣居士杨公远令其子依竹似孙为予写真，赠以长句》，《桐江续集》卷十六，《四库全书珍本初集》本，第12234页。按，《桐江续集》按诗歌写作先后编排，据前后诗歌，可以推知此诗作于至元二十五年（1288）中秋前夕。若"三十年"是确指，则方、杨二人结交于理宗宝祐六年（1258）；若仅举其成数，则二人结交时间更早。

虚谷三首》、《借虚谷太博狂吟十诗韵书怀，并呈太博十首》、《借虚翁涌金门城望五诗韵以写幽居之兴》诸诗，方回《野趣居士杨公远令其子依竹似孙为予写真，赠以长句》诗以及为公远集作跋等事，可见二人交游颇为频繁，交情至为亲密。杨对方评价极高，至于比为苏、黄："归来默坐似心斋，南北曾穿几纳鞋。踏遍关河才思古，名知草木宦情佳。桐江胜景归吟卷，练水寒云入壮怀。试数时贤谁敢并，苏黄端的是同侪。"① 方也极赏杨之诗画才情，认为"其无声之诗当求米元章、张彦远辈评之"，其有声之画"熟而不腐，新而不怪"，并指出这一切皆源自于胸中之涵养②，不愧为知人之论。

需要指出的是，与方回论诗崇尚格高，极力批判江湖诗人格卑句弱的晚唐诗风不同，杨公远"未知唐宋源流异，却喜江湖句法轻"③。相交三十多年，诗歌观念并不求苟同，从中不难看出二人辩难疑义、求同存异的真挚情谊，宋末元初诗坛之异彩纷呈亦可从中窥见一斑。

汪梦斗

汪梦斗，字以南，号杏山，绩溪（今属安徽）人。理宗景定二年（1261）魁江东漕试，授承节郎、江东司制干官，咸淳间转承务郎、史馆编校，后归隐。至元十六年（1279），因谢昌言等荐，特召入京，不受官而还，遂拟将仕郎、徽州路儒学教授，讲学授徒以终。有《云间集》、《北游集》，前者已佚，后者有《四库全书》本，尚有明刊本。事见《弘治徽州府志》卷七。

方回与汪氏结识较早。昺帝祥兴二年（1279）夏秋之际，方回北行大都朝见元帝，恰逢汪氏亦奉诏入京，二人得以一聚。时值动荡离乱，分别七年而有此邂逅，二人都倍感意外，疑是梦中："两边髯鬓雪交明，一笑何期在客京。此会向来随是梦，相逢喜定却还惊。清吟自足配严濑，狂语常忧沉石城。我定先还故山去，先生恰有北燕行。"促膝长谈，两人对岌岌可危的时局忧心忡忡，强烈谴责奸臣贾似道辱没儒学、奸佞误国的卑劣行径，相勉力挽儒道、

---

① （元）杨公远：《借张山长韵呈方虚谷三首》其二，（元）杨公远：《野趣有声画》卷下，《文渊阁四库全书》第 1193 册，第 751 页。

② （元）方回：《野趣有声画跋》，（元）杨公远：《野趣有声画》，《文渊阁四库全书》第 1193 册，第 776 页。

③ （元）杨公远：《借虚谷太博狂吟十诗韵书怀，并呈太博十首》其六，（元）杨公远：《野趣有声画》卷上，《文渊阁四库全书》第 1193 册，第 736 页。

弘扬正学，"迂续斯文难别诿，愿弘正学福寰区"①。汪氏许方回为知己，"梦残横老泪，悲极辄高吟。此意都相似，钟期合铸金"②，知其理解自己末世却官之意，因而告之还乡归隐之计，相约他日"茗饮萧斋客见过，旧游谈尘雪霏霏"③。方回罢官后，果赴当年汪氏之约，至元二十年（1283）、二十二年（1285）居歙期间，与之多有往来。两人对徽州路总管康天锡之新政颇多许可，作诗赞其兼通吏治、儒学、文学，为徽郡得此官长而由衷欣喜④。汪氏尝借书、惠米于方回⑤；又曾称"仙都著两翁"，以方回、康天锡并称为文章伯⑥。方回对汪氏亦赞赏有加，甚至比之为王维、陶渊明："示病早能效摩诘，赋归真复继渊明。"⑦ 两相许可，正可证实汪氏所谓伯牙、子期之交非夸张之辞。

吴龙翰

吴龙翰（1233—?）⑧，字式贤，号古梅，歙（今安徽歙县）人。理宗景定五年（1264）领乡贡，以荐授迪功郎、编校国史院实录院文字。入元，充乡校教授，寻弃去。有《古梅吟稿》。《弘治徽州府志》卷七有传。

吴、方二人为同乡诗友，较早结识。至元十八年（1281），吴龙翰之父豫卒，方回应其请为其作墓志铭，即《桐江集》卷八《场圃处士吴公墓志铭》。二十年（1283），方回居歙，尝过访吴氏宅，有诗云："君家梅最古，举世少人知。天地无吾党，风霜自北枝。一痕新月外，数点小春时。肯为援琴否？

---

① （宋）汪梦斗：《富春方史君万里，与之别七年矣。离乱之后，不意得聚首于此一见，道旧有感三首》其一、其三，载傅璇琮等主编《全宋诗》第 67 册，北京大学出版社 1998 年版，第 42365—42366 页。

② （宋）汪梦斗：《别方万里》，载傅璇琮等主编《全宋诗》第 67 册，北京大学出版社 1998 年版，第 42369 页。

③ （宋）汪梦斗：《富春方史君万里，与之别七年矣。离乱之后，不意得聚首于此一见，道旧有感三首》其二，载傅璇琮等主编《全宋诗》第 67 册，北京大学出版社 1998 年版，第 42365 页。

④ （元）方回：《次韵汪以南教授美康使君新政，因及贱迹四首》，《桐江续集》卷一，《四库全书珍本初集》本，第 12047 页。

⑤ （元）方回：《谢汪以南借书惠米》，《桐江续集》卷八，《四库全书珍本初集》本，第 12125 页。

⑥ 按，方回《次韵汪以南闲居漫吟十首序》："'仙都著两翁'，谓康使君为文章伯一翁，可也。以予并称两翁，未也。"（《桐江续集》卷八，《四库全书珍本初集》本，第 12127 页。）

⑦ （元）方回：《次韵汪以南归途见寄》，《桐江续集》卷九，《四库全书珍本初集》本，第 12147 页。

⑧ 按，方回《场圃处士吴公墓志铭》："公之子曰古梅，郡博士，……（回）长博士六年。"〔（元）方回：《桐江集》卷八，《续修四库全书》影印宛委别藏钞本，第 494 页。〕从而推知吴龙翰生于 1233 年。

浮香更有诗。"① 对其遗落世外、高古远逸之情怀赞叹不已。别时又有句云
"今代能吟者，吾曹外有谁"②，许之为知己诗友。次年正月，方回前往江西
访友，途经吴氏宅，因畏饮而辞去。二十二年（1285），方回自严回歙，居半
年余。秋间，亦多次与吴氏游，《同张文焕过吴式贤二十六韵》、《访吴式贤，
归赋诗，复以未用韵成篇如前数》、《再简吴式贤》诸诗皆作于此时。

吴氏尝以诗求教，方回肯定其"嗜其学博，为诗有惊人语"③，同时针对
其诗"不能用虚字，腴而欠淡"④ 的缺憾，提出"翕之瘠之而返于质"的建
议⑤，推心之论颇益于吴诗之求精。

王都中（附：叔父刚中）

王都中，字元俞，一字邦翰，号本斋，福建福宁人。父积翁，仕宋为宝
章阁学士、福建制置使，降元，除参知政事，行省江西。以国信使宣谕日本，
遇害于海上。世祖念其功，特受为少中大夫、平江路总管府治中，时年仅十
七岁。历仕至河南行省参知政事，拜江浙行省参知政事。卒赠昭文馆学士，
谥清献。为官四十余年，政绩显著，清白廉洁，多为时人所称许。有诗集三
卷，今佚。《元诗选》存其诗二十二首。《元史》卷一百八十四有传。

王氏祖父伯大与方回父为同榜进士。有此渊源，方、王二人当较早结识。
孟淳来杭期间，王亦相与聚饮游玩。王都中正值妙年，仕途通显，方回颇为
欣赏这一名门之后，以有此知交而倍感欢喜："英英玉树郎，世济元凯美。忠
文既有孙，敬愍又有子。邂逅忽相逢，不意闻正始。"并赞其"长风破巨浪，
未易测涯涘"，预言必将"相门复生相"⑥，颇有识人之鉴。

叔父刚中，号中斋，曾任宣慰使，亦与方回交。大德二年（1298），王刚
中赴温州，方回作诗二首送之。其一云："两朝参预庆源长，愧我兼葭玉树
旁。先世幸联龙虎榜，难兄复接鹭鹓行。江东连帅迎前纛，渐左侯藩饯去艎。
每愧淡交无以报，愿闻所至有甘棠。"其二云："梦草堂边下榻时，隙驹四十

① （元）方回：《过吴式贤宅》，《桐江续集》卷二，《四库全书珍本初集》本，第 12056—12057 页。
② （元）方回：《别汪翔甫、吴式贤》，《桐江续集》卷二，《四库全书珍本初集》本，第 12057 页。
③ （元）方回：《跋吴古梅诗》，《桐江集》卷三，《续修四库全书》影印宛委别藏钞本，第 417 页。
④ （元）方回：《与曹弘斋书·柬二》，《桐江集》卷五，《续修四库全书》影印宛委别藏钞本，第 447 页。
⑤ （元）方回：《跋吴古梅诗》，《桐江集》卷三，《续修四库全书》影印宛委别藏钞本，第 417 页。
⑥ （元）方回：《呈吴门王治中元俞都中，参政伯大孙，先人同榜》，《桐江续集》卷二十一，《四库全书珍本初集》本，第 12297 页。

五年驰。东嘉太守真知己，西里先生共赋诗。前辈风流元不远，故家文献未全衰。留耕相种书元帅，好与儒坛建鼓旗。"① 考其意，方回与王刚中结交当亦较早，所谓"梦草堂边下榻时，隙驹四十五年驰"，然因文献缺失，二人交游之具体情事已难以考知，殊为憾事。

张道洽

张道洽（1205—1268），字泽民，号实斋，衢州开化（今属浙江）人。理宗端平二年（1235）进士，历任广州司理参军、池州金判、襄阳府推官，度宗咸淳四年（1268），年六十四卒。《千顷堂书目》载其《实斋梅花诗》四卷，已佚。生平事迹见方回《瀛奎律髓》卷二十、《桐江集》卷一《张泽民诗集序》。

理宗景定五年（1264），方出任江东提举司干办公事，时张为池州金判，二人结识并成为至交。方回《张泽民诗集序》称其箧中所藏张诗"惟与予同官时往来诗最多"，可见二人交游唱和之频繁。张道洽年长二十二岁，方回自居晚辈，对其极为敬重。首先，敬仰其人品。张氏"口不臧否人物，而胸中有泾渭"②，"与人色笑和易，而远俗子如仇"，方回赏其为人，认为"今亦无复斯人"。③ 当张道洽因得罪权帅马天骥而偃蹇仕途之时，方回荐其改官襄阳府推官，即是对张氏人品的充分肯定。其次，欣赏其诗歌。张氏用心为诗，"如庄子所谓斫轮、削镰、解牛、承蜩，志不分而凝于神"，"律诗烂熟"，诗风又合乎方回之论诗标准："圆美精熟，虽极力锻炼者不逮"；"无一语不平淡，而豪放之气自不可掩"④；淡中有味，"虽不过古人已言之意，然纵说、横说、信口、信手，皆脱洒清楚"⑤。因此，方回盛推其诗，选入《瀛奎律髓》者多达三十六首，甚至以之比陶诗，赞赏可谓备至。当然，其对张诗之推赏未免有过誉之嫌，纪昀斥其为"以交契而录之，所评殊非公论"⑥，颇能中其要害。

---

① （元）方回：《送王宣慰中斋上温州》，《桐江续集》卷二十四，《四库全书珍本初集》本，第12344 页。

② （元）方回：《张泽民诗集序》，《桐江集》卷一，《续修四库全书》影印宛委别藏钞本，第 360 页。

③ （元）方回评，李庆甲集评校点：《瀛奎律髓汇评》卷二十，上海古籍出版社 2005 年版，第778—779 页。

④ （元）方回：《张泽民诗集序》，《桐江集》卷一，《续修四库全书》影印宛委别藏钞本，第 360 页。

⑤ （元）方回评，李庆甲集评校点：《瀛奎律髓汇评》卷二十，上海古籍出版社 2005 年版，第778 页。

⑥ 同上书，第 851 页。

王应麟

王应麟（1223—1296），字伯厚，一字仪甫，号深宁居士，又号厚斋。祖籍河南开封，后迁居鄞县（今浙江鄞县）。理宗淳祐元年（1241）进士，宝祐四年（1256）中博学宏词科。历任西安主簿、太常寺主簿、权中书舍人、徽州知州、礼部尚书兼给事中。入元后未仕，专意著述以终。以博学著称，精通经史百家、天文地理，长于考证，所著有《玉海》、《困学纪闻》等三十余种六百余卷，颇为繁富。《宋史》卷四百三十八有传。

咸淳六年（1270）王应麟任徽州知州期间，曾造访方回，与之谈论弥日，二人或于此时定交①。方少王四岁，又慕其德业文学近似苏轼，因而事之甚为恭敬②。方回尝得罗愿《尔雅翼》抄本，王氏细为校雠并刊行于世，其博学广识令方回叹为观止："虽瘦闻隐说，具能知所自来，可谓后世子云矣。"同时肯定其"摅所学陶天下"的沉潜著书精神对于改变"于天下书钻研少而剽袭多"、"学陋俗坏，承弊踵讹"的浮薄学风具有陶冶熏染作用③。王氏学宗朱子，于义理之学亦颇有识见，方回深记其"朱文公之学行于天下而不行于四明，陆象山之学行于四明而不行于天下"之语，赞之"有味"④。元贞二年（1296）初，王氏逝世前夕，方回尚有赠诗《送曹士弘四明丈亭巡检，并呈前尚书翰林学士王公伯厚》，赞其博古该洽。王卒后，方回序其《小学绀珠》，亦极称赏其有益后学之功。

王国杰

王国杰（1253—1300）⑤，字俊甫，一字俊卿，六安（今属安徽）人。其"先大夫珏赠训武郎。父应辰武举及第，仕至武功大夫，知沅州，……后升

---

① （元）方回：《小学绀珠序》，载（宋）王应麟《小说绀珠》卷首，中华书局1987年版。

② 按，方回《应子翱〈经传蒙求〉序》云："王伯厚尚书学极天下之博，长予四岁，予昔尝敬事之。"〔（元）方回：《桐江续集》卷三十一，《四库全书珍本初集》本，第12462页。〕《小学绀珠序》云："浚仪王公厚斋先生应麟长回六岁，以进士中宏博科，仕与苏长公端明翰长尚书同，而德业文学亦似之。"〔载（宋）王应麟《小学绀珠》卷首，中华书局1987年版。〕此云王氏长其六岁，误。

③ （元）方回：《跋罗鄂州〈尔雅翼〉》，《桐江集》卷三，《续修四库全书》影印宛委别藏钞本，第414页。

④ （元）方回：《送家自昭晋孙自庵慈湖山长序》，《桐江续集》卷三十一，《四库全书珍本初集》本，第12460页。

⑤ 按，方回《柳州教授王北山诗序》："卒年四十八。……大德三年（1299）视事，明年（1300）……十月初五日卒。"可推知其生于1253年，卒于1300年。〔（元）方回：《桐江续集》卷三十三，《四库全书珍本初集》本，第12490页。〕另外，《上南行序》作于至元二十七年（1290，庚寅），序中言国杰年三十八，亦可证其生年为1253年。〔（元）方回：《桐江续集》卷十七，《四库全书珍本初集》本，第12250页。〕

州，徙寓建康。年十五，法当承父荫，不屑就归附，历建康路学正，溧水县学教谕，行省差充徽州路紫阳书院山长，……寻敕授广西道柳州路教授"，长于作诗，方回尝见其诗八百一十九首①，惜今已佚。

王氏任紫阳书院山长期间，寓居歙郡，与方回结识并结为姻亲，以其女嫁方回之从侄方高孙。作为姻亲挚友，二人尝于重阳节同登乌聊山，雨中把酒，吟诗悲秋；也曾于腊月间出上南路，拜祭前贤，访谒友朋，对榻夜谈。王氏如杭，方回作诗惜别；歙郡大火，王氏寄书至杭报方回宅第之幸免②。二人之所以交情甚笃，更在于志趣相投，这主要表现在他们痛心于宋末元初衰颓沦落的世风、诗风，并以革除其弊端为己任，互相期勉。方回诗云："纷纷肉食笑儒冠，赖有吾徒耐岁寒。心远要期来哲共，眼高不受俗书瞒。樽前笑语窥胸次，灯下工夫见笔端。好向故都求益友，归时敢作去时看。"以王为同道益友，共同傲对俗世之纷纭。又有诗云："乾淳以后学无师，嘉绍厌厌士气衰。何等淫辞南岳稿，不祥妖谶晚唐诗。三风盍遣郑声放，一日忽惊周鼎移。欧九登庸柳七弃，昭陵曾筑太平基。"③ 表明了扫除晚唐诗风，重建文学盛世的勇气和决心，与王氏共勉。

戴表元

戴表元（1244—1310），字帅初，又字曾伯，号剡源，奉化（今浙江奉化）人。宋咸淳七年（1271）进士，授建康府教授，后迁临安府教授，不就。元大德八年（1304），以荐为信州教授，秩满改婺州，以疾辞。至大三年（1310）卒，年六十七。有《剡源集》传世。其生平行事见袁桷《戴先生墓志铭》（《清容居士集》卷二十八），《元史》卷一百九十亦有传。

关于方、戴二人交往情事，戴表元《方使君诗序》述之甚详："使君初为名进士，时表元以儿童窃从士大夫间得其文词，诵之，沾沾然喜也。年二十六入太学，而使君适由东诸侯藩府归为国子师，始获因缘扳叙，偿平生之慕愿焉。……越二年，表元亦成进士，稍稍捐弃他学，纵意于诗。而兵事起矣。

---

① （元）方回：《柳州教授王北山诗序》，《桐江续集》卷三十三，《四库全书珍本初集》本，第12490—12491页。

② 按，见方回《桐江续集》卷十六《次韵王俊甫山长九日登乌聊》，卷十七《上南行序》、《送紫阳王山长俊甫如武林》，卷二十《客报吾州大火，……二十五日得王山长亲家书，始知仅存州治、州仓、州学、书院，吾家免焚，余所免不过数十家》。

③ （元）方回：《送紫阳王山长俊甫如武林五首》其二、其一，《桐江续集》卷十七，《四库全书珍本初集》本，第12254页。

自是别去使君二十七年，然后得读此卷［按，方回《丁酉岁（1297）杂诗》一卷］。"① 其《紫阳方使君文集序》亦云："戊戌（1298）、己亥（1299）间来钱塘，始得熟从紫阳方使君游。"② 戴为童子时，即仰慕方回之文词，及二十六岁入太学，始结识方回。时方回年四十三，在朝任太学博士。两年之后，因战乱兴起，二人流离失散达二十八年之久，直到戊戌、己亥间才在杭州再度重逢。二人都非常珍惜这一难得的暮年重逢，时有交游酬唱。戴氏集中《庚子清明日陪方使君、盛元仁、林敬与同载过赵同年君实西湖别墅小集，使君有诗五章，次韵》（大德四年，1300）、《和方使君饮赵有实家园七绝》诸诗即与方回酬唱次韵之作；方氏《桐江续集》中也有与戴交游唱和诗四首，即《宗阳宫访叶西庄亨宗饮，寻杜南谷道坚不值，留诗并呈戴帅初》（大德二年，1298）、《戴帅初赋道人萧了空坐逝出神事借韵》（大德三年，1299）、《三月八日百五节林敬舆携酒约盛元仁、戴帅初、方万里访赵仲实宣慰于西湖第五桥之曲港南山书院五首》（大德四年，1300）、《送戴帅初信州教授》（大德六年，1302）。戴每以后学晚辈自居，师事方回甚为恭敬；方则称赏戴"文极天下之粹"，许之为"畏友"③。方回逝世后，戴表元作《方处士挽诗二首》，其一云："不谓高名下，终全玉雪身。交犹及前辈，吾不似今人。别号行鸣雁，遗编感获麟。敛仪应自定，只著古衣巾。"其二云："不比他人死，何诗可挽君？渊明元懒仕，东野别攻文。沧海诸公泪，青山处士坟。相看莫浪哭，私谥有前闻。"④ 悼念之情哀切动人。戴氏又参与方回遗文之整理编集，并为作《方使君诗序》、《桐江诗集序》、《紫阳方使君文集序》以广其传，堪称方氏之益友。

赵与东

赵与东（1222—1299）⑤，字宾旸，号鲁斋，睦州（今浙江建德）人。宋

---

① （元）戴表元：《剡源集》卷八，《丛书集成初编》第 2054 册，中华书局 1985 年版，第 119 页。

② （元）戴表元：《剡源集》卷十一，《丛书集成初编》第 2054 册，中华书局 1985 年版，第 164 页。

③ （元）方回：《应子翱〈经传蒙求〉序》，《桐江续集》卷三十一，《四库全书珍本初集》本，第 12462 页。

④ （元）戴表元：《剡源集》卷二十九，《丛书集成初编》第 2054 册，中华书局 1985 年版，第 447 页。

⑤ 按，方回《送胡植芸北行序》云："赵与东，……今年七十八岁，没。"［（元）方回：《桐江集》卷一，《续修四库全书》影印宛委别藏钞本，第 379 页。］是序作于元大德三年（1299），可以推知，赵氏生于宋嘉定十五年（1222）。

太祖十世孙，宗学上舍，宝祐四年（1256）进士。历任赣州教、两浙运干、会子库检查、司农寺排岸班。有《鲁斋小稿》，已佚。事见厉鹗《宋诗纪事》卷八十五。

其为学作文立志高远，"学必本洙泗，文必本六籍、先秦、西汉"；"志慕贞曜、后山之为人"，"甘于阨穷，静退而无求"，人品堪称高洁；所作诗歌"瘦而不枯，劲而不燥"①、"淡而峭"② 也很是符合方回的审美标准。因此，方回在睦州任上与赵氏一见如故，引为知己，赞其为"此邦诗人第一"③，甚至将其与梅尧臣、陈师道、赵蕃诸人相媲美，认为"唐诗似反出其下"，④ 敬慕激赏之情表露无遗。

二人交游颇为频繁。赵氏所作仅存《瀛奎律髓》所选《次韵方万里雨夜雪意》、《次韵方万里寒甚送酒》二首，现今可见方回所作交游唱和诗歌则多达四十六首。分别是：至元二十年（1283），在歙县所作《次韵张耕道喜雨见怀兼呈赵宾旸》；至元二十一年（1284），在严州所作十五首——《移具饮宾旸宅次韵二首》、《登秀山至半而还有怀宾旸》、《宾旸来饮秀山，予醉小跌，次韵为吴体》、《八月二十四日宾旸华父同登秀亭二首》、《九月八日宾旸携酒西斋晚登秀亭次前韵》、《次韵宾旸梅氏山居访茱萸》、《次韵宾旸某氏坟庵》、《次韵宾旸桂枝塘》、《次韵宾旸观陆右丞、王葆真二像》、《次韵宾旸张氏山园红梅》、《次韵宾旸张考坞观茶花》、《次韵宾旸龙泉》、《喜赵宾旸杨华父两儿两女互姻》；至元二十二年（1285），在歙县所作《日长三十韵寄赵宾旸》；是年重阳节后回严州，又有《喜赵宾旸至次韵舟行二首》、《次韵宾旸令郎见示二首》、《赵宾旸唐师善见和涌金城望次韵五首》、《寓楼小饮》等诗；至元二十三年（1286）初，在杭州有《别后寄赵宾旸并杨华父二首》、《喜宾旸再来三桥次旧韵二首》；是年八月，重至严州，售屋将归，又有唱和，作《次韵宾旸池字》、《次韵宾旸子琪草字》、《次韵宾旸啼字犹字二首》、《二月十七日偕宾旸市饮二首》、《雨中饮宾旸次前韵二首》、《喜宾旸归》、《次韵宾旸斋中独坐五首》诸诗；至元二十五年（1288），回歙县后，又作《简赵宾旸》、《送严

---

① （元）方回：《赵宾旸诗集序》，《桐江集》卷一，《续修四库全书》影印宛委别藏钞本，第361页。

② （元）方回：《送胡植芸北行序》，《桐江集》卷一，《续修四库全书》影印宛委别藏钞本，第380页。

③ （元）方回：《寄同年宗兄桐江府判去言五首》其四自注，《桐江续集》卷二十，《四库全书珍本初集》本，第12282页。

④ （元）方回：《送胡植芸北行序》，《桐江集》卷一，《续修四库全书》影印宛委别藏钞本，第379页。

陵汪学正巽元并寄赵宾旸》、《寄赵宾旸二首》等诗。可见，不论相聚一地，还是分处两地，二人都屡有诗书往来。因方回诗歌散佚严重，其晚年寓居杭州期间与赵氏唱和往来之作已难考见，但是笔者推测，两人此一时期当亦频有交游酬唱。

此外，方回又有《次韵宾旸令郎见示二首》，其二云："老我泥涂久，郎君玉雪清。百年双鬓谢，一醉万缘轻。孰肯延枚叟，端难少贾生。修程未可料，聊此慰诗情。"① 对友人之子充满无限赞誉与期勉之情。

杨德藻

杨德藻，字冰崖，号华父，临邛（今四川临邛）人，寓居睦州（今浙江建德）。与赵与东为姻亲，尝为桐庐令。生平事迹不详。

方回守睦期间与之结交。"桐庐杨明府，高谊有缓急。凌江每见访，烂醉必旬日"，方回诗中数句生动地展现了二人把酒言欢的情景，深挚情谊隐含其中。杨氏率性狂放，摒弃俗态，笑傲公卿，志在济世。对此，方回颇为欣赏，有诗摹其性情道："杨侯老病躯，斗胆傲一世。王公敢唾骂，圣贤自位置。贫至典深衣，犹抱禹稷志。立论无今人，作诗有古意。半夜起醉歌，达旦不肯寐。佯狂未为非，贾祸亦可畏。"② 又有诗云："每喜佯狂叟，穷途说共财。忽辞酒仙市，径上客星台。鼓枻携支遁，过门忆老莱。恐劳鸡黍具，或可致新醅。"③ 激赏之情由衷而来，喜与之交之意也不言自喻。甚至自愧弗如，每每有"人品霄壤隔"④ 之慨叹。因此，当他得知杨氏与同为知己之交的赵与东两儿两女互婚、结为亲家的喜讯时，乐不自胜，遂作《喜赵宾旸、杨华父两儿两女互姻》，恭贺二人各自觅得东床快婿："两翁自为媒，两家门户当。匪为门户当，芝兰同一香。不羡积金璧，不受丰缣缃。各喜所裔婿，诵书声琅琅。已能临法帖，已解工诗章。何惭昔羲之，坦腹双东床。"⑤

---

① （元）方回：《桐江续集》卷十，《四库全书珍本初集》本，第 12149 页。

② （元）方回：《戏简杨华父》，《桐江续集》卷十一，《四库全书珍本初集》本，第 12161 页。

③ （元）方回：《过杨华父宅与二僧同舟不及访》，《桐江续集》卷十一，《四库全书珍本初集》本，第 12160 页。

④ （元）方回：《同杨明府华父夜宿鸬鹚源》，《桐江续集》卷五，《四库全书珍本初集》本，第 12104 页。

⑤ （元）方回：《桐江续集》卷五，《四库全书珍本初集》本，第 12104 页。

冯坦（附：弟梦龟，恪）

冯坦，"字伯田，号秀石，普州安岳人。两魁浙漕。咸淳辛未，推恩任渝之江津夹漕务，西总之龙湾酒库"①。

方回自谓其守严州七年间得诗友两人，冯坦乃其一。他极赏冯诗之"清新"，认为"杂之王摩诘、刘长卿、张司业、白香山集中或者有不能辨"②。至元二十五年（1288），方回离严归歙，冯坦于秋间来访。闻冯氏至，方回喜不自胜，作诗云："扁舟相送浙河滨，又向苕溪住几春。雨路远来应跋涉，雪眉闻说尚精神。山城风物非他日，诗社交朋不数人。略遣后生识前辈，挥犀为洗庾郎尘。"③来访期间二人交游赓和之诗作，现存者尚有方回所作《次韵伯田见酬四首》、《九日约冯伯田、王俊甫、刘元辉》、《九日诗冯伯田、王俊甫、刘元辉、杨恭之见和复次韵二首》数首，从中略可窥见二人交游之情貌。

弟梦龟，字仲锡，一字仲畴，号抱瓮。六荐乡漕；咸淳十年（1274），推恩授达州司户兼司法，未赴；后以荐干浙西帅幕，带行户部掌故。入元，提举建德路学事，尝为徽州路儒学教授。事见方回《桐江集》卷四《跋冯抱瓮诗》。方回尝跋其诗，评价颇高。特别是所和《寓屋十咏》诗，被方回赞为"议论宏阔，如其人"④。冯氏有功于方回诗集之整理板行，《四库全书》本《桐江续集》卷六即由其参与刊行⑤。

弟恪，字庸居。至元二十五年（1288）以诗至歙求教于方回。方回一一摘其佳句，"悉为研朱加点"。不仅赏其咏柴、米、盐、油、酱、醋、茶七绝句之锻炼精熟、贴近日用；更赞其"微熏初散潦，落景屡占晴"句"有谢康乐意"⑥，丝毫不吝夸美之意。

---

①　（清）厉鹗辑撰：《宋诗纪事》卷七十六，上海古籍出版社 2008 年版，第 1846 页。

②　（元）方回：《冯伯田诗集序》，《桐江集》卷一，《续修四库全书》影印宛委别藏钞本，第 361—362 页。

③　（元）方回：《喜冯伯田至》，《桐江续集》卷十六，《四库全书珍本初集》本，第 12233 页。

④　（元）方回：《跋冯抱瓮诗》，《桐江集》卷四，《续修四库全书》影印宛委别藏钞本，第 422 页。

⑤　按，（清）纪昀等《钦定四库全书总目》卷一百六十六《桐江续集提要》："六卷末题'初授徽州路儒学教授冯梦龟、林一桂等刊'。"（中华书局 1997 年版，第 2204 页。）

⑥　（元）方回：《跋冯庸居诗》、《又跋》，《桐江集》卷四，《续修四库全书》影印宛委别藏钞本，第 433—434 页。

唐从龙、侯举父子

唐从龙（？—1287）[①]，字子云，号中斋，钱塘（今浙江杭州）人。宋末官阁门，入元不仕。见方回《桐江续集》卷六《夜饮唐子云宅，别后简师善》、卷十三《唐阁门挽诗三首》、卷三十二《唐师善月心诗集序》。唐侯举（1254—？）[②]，字师善，号月心，从龙子。有《谈乘》、《月心诗集》，皆佚。方回、牟巘尝为之诗集作序（《牟氏陵阳集》卷十三《唐月心诗序》），戴表元有《题唐师善〈谈乘〉》（《剡源文集》卷十九）。

方回与唐侯举结识较早。至元二十年（1283）四月，唐侯举携其诗稿抵紫阳山下拜谒方回，方回极赏其诗，细为"研朱圈点，指似其眼"，摘示佳句如"焚香朝北斗，滴露注南华"，"蕃夷通海道，吴越共江流"，并以陈师道存稿焚稿之意勉其"愈参愈悟，愈变愈进"[③]。与唐从龙则相识于至元二十一年（1284）腊月。是月，方回自严州归歙郡，途经杭州，过访唐从龙，夜饮甚欢，这是二人初次见面。方回《夜饮唐子云宅，别后简师善》记其情事云："幽居寻未得，下马揖比邻。指我道旁叟，即君堂上亲。仪刑全古雅，谈笑极清真。匕箸山肴美，樽罍腊酿醇。扁门称道院，辟馆养诗人。得句挥毫疾，论文剪烛频。乾坤百战定，父子一家春。地僻过从少，谁欤此问津。"[④] 后来，方回寓居杭州，多次与二人诗酒酬唱，过从甚密，其集中《夜饮唐子云宅，别后简师善》、《访唐师善山居》、《次韵唐师善见寄》、《用韵送唐师善归九仙二首》等诗皆是此期交游唱和之作。唐氏父子隐居山林，雅好诗书，方回《次韵唐师善见寄》其一云："闻风足使鄙夫宽，家世言诗自杏坛。万卷古书俾藏室，十年深谷隐王官。大材益厚梗楠植，至宝终垂琬琰刊。愧我老衰已无力，青云中道铩飞翰。"[⑤] 对其野居高节、古雅家风给予了充分的肯定。至元二十四年（1287）五月，唐从龙卒，方回为作挽诗三首，痛失诗友之悲情令人掩泣。

[①] 按，方回《唐阁门挽诗三首》[（元）方回：《桐江续集》卷十三，《四库全书珍本初集》本，第 12186 页。]为哀挽从龙之诗，作于至元二十四年（1287）五月，从而可推知其卒年。

[②] 按，方回《唐师善月心诗集序》[（元）方回：《桐江续集》卷三十二，《四库全书珍本初集》本，第 12466 页。]作于至元癸未（1283），时师善三十岁，故可推知其生于 1254 年。

[③] （元）方回：《唐师善月心诗集序》，《桐江续集》卷三十二，《四库全书珍本初集》本，第 12466 页。

[④] （元）方回：《桐江续集》卷六，《四库全书珍本初集》本，第 12105—12106 页。

[⑤] （元）方回：《桐江续集》卷八，《四库全书珍本初集》本，第 12123 页。

陈忠

陈忠，字正之，高唐（今属山东）人，仕元为徽州路知事。事见《弘治徽州府志》卷四。

至元二十年（1283）五六月间，方回居歙，闻陈氏得子之喜讯，作诗祝贺："初喜明珠入掌中，良由善念与天通。吉祥预报长庚梦，福德应临长子宫。急写贺书端不错，滥叨佳集顾何功。此诗特为高门庆，大似麟经记鲁同。"① 二十二年（1285），方回再次还乡，居半年余，二人亦多有酬唱。是年夏陈氏秩满离歙，方回作诗送之，肯定其治徽期间政绩可嘉、赢得令名："婉画循中道，廉名集美誉"；认为其能取得如此成就皆是饱读诗书使然："直知能解事，元为饱看书"；邀其他年再来紫阳山下叙旧游玩："江南何处好，细话紫阳城。"② 之后，陈氏当常年寓杭。岁除之日，方回旅杭，陈氏来访，饮酒对弈，以续友朋之乐。三十年（1293），方回有诗题陈氏所临《兰亭序》："十六回更癸丑春，兰亭临本尚如新。学书良易人难学，聊喜他乡见似人。"③ 既抒发他乡遇故知之欣喜，又表达了对好友人品的充分肯定。他在《万山轩记》中也称赏陈氏"才高而气刚"④，赏识赞美之意由衷而发。

夏希贤

夏希贤，"淳安人，究明性理，洞诣本原，而会其极于象山、慈湖之要，杜门不出者三十余年。家贫泰然，有古君子风，学者称之曰自然先生"⑤。

方、夏二人相交之具体时间已难考知，但从至元二十一年（1284）方回《次韵谢夏自然见寄四首》"别后君诗进"句可知至少在此之前二人便已相知。除此四首次韵诗外，方回《桐江续集》中尚存三首二人交游之作，分别是至元二十三年（1286）于严州所作《夏自然惠五言古体，久之以律体和谢》，二十四年（1287）还乡归隐途中被雨灾所阻暂居杭州时所作《赠胡直内并寄夏自然》、《山中之乐三章送徐明叟、胡直内、苏德翁归岩濑并寄夏自然》二首。从上述诸诗中不难看出，方回不仅钦佩夏氏之儒者风范，对其诗学修养也赞

---

① （元）方回：《贺陈正之得男》，《桐江续集》卷四，《四库全书珍本初集》本，第12088页。

② （元）方回：《送陈正之三首》其二、其三，《桐江续集》卷八，《四库全书珍本初集》本，第12131页。

③ （元）方回：《题陈正之兰亭》，《桐江续集》卷十八，《四库全书珍本初集》本，第12265页。

④ （元）方回：《桐江续集》卷三十六，《四库全书珍本初集》本，第12527页。

⑤ （清）稽曾筠等监修，沈翼机等编纂：《浙江通志》卷一百七十七引《严陵志》，《文渊阁四库全书》第523册，第623页。

誉有加："通经闻大道，余事始为诗。初或无人识，终须有已知。真能深造否，孰谓晚成迟。小袖朱弦手，何忧乏子期。"① 他甚至称赞其五言古诗"政用整严藏细润，元从冷淡出清新"②，直可追陶慕谢，确实堪称是赏音之"子期"，不愧为夏氏之知己。

康天锡

康天锡，字庆之，夷门（今河南开封）人。至元二十年（1283）七月以少中大夫为徽州路总管，务桑劝农，勤于政事，如古之循良。事见《弘治徽州府志》卷四。

至元二十年（1283）八月，康天锡上任徽州路总管不久，即开始与致仕居乡的方回交游。他数次过访方回，读其诗作，一醉方归；又题其旧作《桐江诗卷》，催借新作；以所作《秋夜客怀》等诗相示，方回皆有次韵。至元二十五年（1285），方回回乡居住半年余，康氏亦频有来访，示其诗，且观其弈棋。是年，康氏至杭，方回有诗寄之，相约他日杭州再续宴游之乐。康氏不仅精于吏治，而且长于作诗，方回以李白、杜甫比之："饭颗山头老面瘦，沈香亭北醉颜醒。二豪诗骨已沦渊，谁能汲古出深井。康侯天笔雕风骚，一蹴已过庐山高。大鹏运海翔六翮，我岂能为腹背毛。"③ 对其精深的诗学造诣钦佩之至。另外，他深厚的学问修养和精湛的弈棋技艺也备受称羡。方回《寄康庆之钱塘二首》其一有云："奕品深参古烂柯，笔踪傍出旧临河。诗成不觉千篇易，书读曾逾万卷多。壮士玉关汗血马，美人南国采莲歌。俊游奇观平生事，将相其如此老何。"④ 在方回眼里，康氏既有将相之资，又擅诗学，且学富识广、精于棋艺，是难得的全能之才，他慨叹"文章太守是吾师"⑤ 确是由衷而发。

---

① （元）方回：《次韵谢夏自然见寄四首》其三，《桐江续集》卷五，《四库全书珍本初集》本，第 12090 页。

② （元）方回：《夏自然惠五言古体，久之以律体和谢》，《桐江续集》卷十一，《四库全书珍本初集》本，第 12171 页。

③ （元）方回：《次韵康庆之见过醉归读予鄙作》，《桐江续集》卷一，《四库全书珍本初集》本，第 12048 页。

④ （元）方回：《桐江续集》卷九，《四库全书珍本初集》本，第 12138 页。

⑤ （元）方回：《谢康使君见访示诗观奕（按，当作"弈"）》，《桐江续集》卷八，《四库全书珍本初集》本，第 12125 页。

程恕

程恕，字以忠，号桂岩，休宁（今属安徽）人。事见《弘治徽州府志》卷九。

程恕年龄与杨复相仿，亦为方回晚辈诗友。至元二十年（1283），方回在歙，与程氏游，有《次韵程以忠同饮》、《久晴，十月二十四日五日连雨，程以忠来同饮》、《大雪约程以忠不至，次日以诗问之》、《雪霁次韵以忠见和》诸诗可见二人交游状况。

至元二十五年（1288），方回自严州归歙，作诗次韵刘光携酒相迎，其中"死者已无知，生者暂为客。三年归故庐，松竹元自碧。屡惊山中人，永卧泉下夕。一二老朋友，何处卜兆宅"数句下有自注云："近……程以忠皆卒。"[1]然而，至元三十一年（1294），方回又有《赠程君以忠、杨君泰之并序》，序云："予归紫阳下半年余，诗筒往来多年长或敌己，未见后生之隽。程君恕以忠、杨君复泰之各年余三十，和予《治圃诗》，来访于斯。文有悟入，非忘耘助揠者比。知予初学张宛丘，晚慕陈后山，求假二集观予批注，良可嘉也。因赋近体二首，寓敬叹之意云。"[2]两处所叙显然矛盾，因资料缺失，未知孰是，姑且存疑。

张镃

张镃，字文焕，号慵庵，东平（今属山东）人。至元间仕为太平路总管府治中。以孝称。事见《江南通志》卷一百六十一。

至元二十年（1283），方回在歙县，时张镃当在太平路（按，治所在今安徽当涂）总管府治中任上。六七月间，张至歙过访方回。二人相与宴游唱和，方回《次韵张文焕慵斋万山堂即事二首》、《次韵张慵庵立秋有怀》等诗即此次相聚时所作。不久，张归当涂，方回作诗送之，并相约下次至当涂姑溪河边访张氏之新居，"闻说姑溪卜新筑，会须容访郭青山"[3]，依依惜别之情表露无遗。至元二十二年（1285）春，方回回乡，张氏再次过访，时距二人上次相见已有两年之久。"两年梦寐记冰姿，再挹丰标胜旧时。形秽自怜吾更老，味同乃幸独相知。幽花野竹频移座，薄酒清茶共说诗。晚色柴门挂新月，

<hr>

[1]　（元）方回：《次韵刘元辉喜予还家，携酒见访三首》其三，《桐江续集》卷十五，《四库全书珍本初集》本，第12216页。

[2]　（元）方回：《桐江续集》卷十九，《四库全书珍本初集》本，第12275页。

[3]　（元）方回：《次韵张慵庵言别就送》，《桐江续集》卷一，《四库全书珍本初集》本，第12046页。

玉骢欲上步犹迟",二人久别重逢,把酒言欢,月上柴门亦迟迟不肯离去。
交谈中,张氏当提及归隐之思,故方回送别诗中以功名事业为勉,"欲从远
祖赤松子,小待功成亦未迟","愿闻事业如房杜,一曲清商自尉迟",劝其
功成名就之后再作归隐之计。方回是年居歙半年余,其间,张氏再有来访,
尝观方回弈棋,并陪其拜访吴式贤。《桐江续集》卷九《次韵张慵庵观予弈
棋》、《令狐信芳招饮天庆呈张文焕》、《同张文焕过吴式贤二十六韵》诸诗
即是证明。

刘宣

刘宣,字伯宣,太原(今属山西太原)人。自幼喜读书,有经世之志,
以宣抚张德辉荐为中书省掾,闲暇则从许衡讲明理学。尝随军伐宋,历仕
松江知府、同知浙西宣慰司事、江西湖东道提刑按察使、礼部尚书、吏部
尚书、集贤学士、行台御史中丞,因触忤江浙行省丞相孟古岱,遭罗织诬
陷,自刎于舟中。延祐四年(1317)追封彭城郡公,谥忠宪。《元史》卷一
百六十八有传。

至元二十一年(1284),方回西游江西,途中有诗寄刘宣云:"西浙东江
昔袂分,洪都溢浦忽相闻。才看陶令门前柳,却忆滕王阁上云。何处鱼蛮能
避役,无边鲸海尚行军。诗书胸次堪筹国,定不专凭柱后文。"[1] 从诗中可以
看出:1. 方、刘二人当结识于宋元易代之初,时方回仕元为建德路总管,从
"西浙东江昔袂分"可以得知。2. 刘氏虽为精于吏治之武将,但同时也饱读
诗书,正如方回所云"诗书胸次堪筹国,定不专凭柱后文"[2],这应是二人互
相赏识、结为至交的重要因素。二十四年(1287),刘宣执掌吏部,尝保举方
回为官,虽未果,回亦感激万分,作《寄伯宣尚书、士常吏侍》深表谢意,
并表达了归隐江湖的决心。是年秋,方回售卖严州屋宅,准备还乡归隐。回
歙途中,行至杭州,被雨灾所阻,只得暂时寓居于此。恰逢刘氏奉命赴杭赈
济,闻其将至,方回作《喜刘伯宣尚书至五首》,不仅欣喜于百姓即将摆脱灾
难,"饥民应复饱,暑气顿成凉。此老今能几,吾徒尚有望"[3],也因挚友久

---

[1] (元)方回:《寄刘伯宣南昌》,《桐江续集》卷三,《四库全书珍本初集》本,第12073页。
[2] 按,"柱后文"乃实行法治之代称。(汉)班固《汉书》卷七十六《张敞传》:"初,敞为京兆
尹,而敞弟武拜为梁相。……敞问武:'欲何以治梁?'……武应曰:'……且当以柱后惠文弹治之
耳。'秦时狱法,吏冠柱后惠文,武意欲以刑法治梁。"(中华书局1962年版,第3226页。)
[3] (元)方回:《桐江续集》卷十三,《四库全书珍本初集》本,第12189页。

别重逢而惊喜万分。八月，方回往访刘氏，恰值商讨救灾之策，亦抒发己见，其中"肉食念沟瘠，岂无筹策良。有司执所见，猾吏尤不臧"① 数语颇能切中时弊，令人深思。

朱埴

朱埴，字用和，阆中（今属四川）人，仕元为建德路同知。

埴父禩孙，仕宋至行省参知政事，对方回有举荐之恩。这是朱、方二人结交之契机。至元二十一年（1284），方回致仕寓居严州，因此与任建德路同知的朱埴屡有交游酬唱。二人尝于七月三日同访南山无竭师；朱氏和方回《南山》诗旧韵，回次韵答谢。二十三年（1286），方回从朱埴处得其父之《南山遗集》，开卷读之，遂作诗云："廿年前一见，池口卸帆亭。老子髯初雪，门生鬓未星。汉衰诸葛死，楚恨屈原醒。恻怆观遗集，犹欣有宁馨。"② 二十年前拜谒前辈的情形宛在目前，而时光荏苒，物是人非，往日青鬓亦成斑白，怎能不令人感慨万千？然而，见前辈有此宁馨儿，忧郁之情便也稍可舒解了。方回又应朱埴之请作《宣抚朱参政〈南山遗集〉序》，以表敬佩感恩之心，为此集之流传为功匪浅。

孙嵩（附：弟岩）

孙嵩（1238—1291）③，休宁野山（今属安徽）人。貌怪奇，趣尚幽洁。以荐入太学，宋亡归隐海宁山中，自号艮山，有《艮山集》。誓不复仕，杜门赋咏，凄断沦绝，以寄其没世无涯之悲。事见《弘治徽州府志》卷九。

孙年少十一岁，以诗受知于方回。在不同时期对孙氏诗歌的评价中，些许可以看出方回诗学观念的微妙变化。孙氏初次持诗集来访，方回读之，颇为惊喜，感叹道："不谓吾州近有此人！"对其诗歌更是极尽褒奖之能事："孙元京诗，有近陶者，有似二谢者，有似元次山、孟东野者。其少作七言律有全似陆放翁者，长句如杜诗引，及阅山谷诗长句，其得之中而见之外者欤？

---

① （元）方回：《小饮张季野宅，分韵得张字》，《桐江续集》卷十三，《四库全书珍本初集》本，第 12192 页。

② （元）方回：《读宣枢南山朱公遗集二首》其二，《桐江续集》卷十一，《四库全书珍本初集》本，第 12170 页。

③ 按，方回《孙次皋诗序》："元京生嘉熙戊戌（按，嘉熙二年，1238），今卒四年。"（《桐江集》卷二，台湾国立中央图书馆 1970 年影印本，第 264 页。）是序作于元贞元年（1295），从而推知其卒于 1291 年。

根本有自来矣，清劲而枯淡，整严而幽远。五言律近世诗人所未易及，五言古体……乃近世诗人所不能为。……持是以见朱文公可无愧哉！"① 至元二十二年（1285）、二十五年（1288），孙嵩多次以新作诗歌见示，方回皆予以充分肯定，"忽似再生萧德藻"、"已应突过李之仪"、"直须陶谢与同时"②、"苏门逸响追长啸，湘浦余情续远游"③ 等赞誉之语不一而足，以至于陈栎在《吴端翁诗跋》中直言方回之于孙嵩"爱赏出于罕见，褒誉不免过情"④。究其原因，是孙氏"清劲而枯淡"的诗歌风格完全合乎方回之诗论标准使然。至元三十年（1293）十一月、元贞元年（1295）九月，方回在与曹弘斋二书信中言及孙氏诗歌，则颇有不满之辞："元京诗大着迹，严而欠宽"，"吴（按，吴式贤）华孙（按，孙嵩）枯，回犹未之满"⑤。一味追求清严瘦劲，未免取径过于偏狭，这是方回所不能许可的。

弟岩，字次皋（1245—?）⑥，号爽山。元贞元年（1295），孙岩袖诗来杭相访，方回评其诗"清劲枯淡"，与其兄诗风相近，认为其人虽穷却并不妨其以诗名世⑦。这是二人首次相识。大德七年（1303），孙氏再次来访，以近诗请教，方回为之作跋，一一摘其佳句，认为"有类杜子美者，有类陈无己者"，"非近人晚进所能到也"⑧，赞誉之辞溢满笔端。

鲜于枢

鲜于枢，字伯几（一作"机"），号困学山民，又号直寄道人、虎林隐吏，渔阳（今天津蓟县）人。至元间以才选为浙东宣慰司经历，改江浙行省都事，迁太常典簿。能诗文，尤精书翰，与赵孟頫齐名。有《困学斋集》。事见《浙江通志》卷一百九十四、《畿辅通志》卷七十九、《御选历代诗余》卷一百零

---

① （元）方回：《孙元京诗集序》，《桐江续集》卷三十二，《四库全书珍本初集》本，第 12472 页。

② （元）方回：《题孙元京近诗》，《桐江续集》卷九，《四库全书珍本初集》本，第 12134 页。

③ （元）方回：《次韵孙元京见过言诗》，《桐江续集》卷十六，《四库全书珍本初集》本，第 12236 页。

④ （元）陈栎：《吴端翁诗跋》，（元）陈栎：《定宇集》卷三，《文渊阁四库全书》第 1205 册，第 190 页。

⑤ （元）方回：《与曹宏斋书》、《柬二》，《桐江集》卷五，《续修四库全书》影印宛委别藏钞本，第 446—447 页。

⑥ 按，方回《孙次皋诗集序》："次皋生淳祐乙巳（1245）。"（《桐江集》卷一，《续修四库全书》影印宛委别藏钞本，第 366 页。）

⑦ （元）方回：《孙次皋诗集序》，《桐江集》卷一，《续修四库全书》影印宛委别藏钞本，第 366 页。

⑧ （元）方回：《孙后近诗跋》，《桐江集》卷四，《续修四库全书》影印宛委别藏钞本，第 429 页。

九、《书史会要》卷七等。

鲜于枢能诗善书，风流文雅，一度居杭，文士多慕其名，与之交游。方回即是致仕后寓杭日与之结识并多次进行诗酒唱和的。关于二人交游文字，仅存方回诗歌七首，即《赠鲜于伯几》、《戏书》、《鲜于伯几举近诗，有"一官屡厄黄杨闰"之句，忘其全联，因赋呈之》、《次韵鲜于伯几秋怀长句》、《次韵鲜于伯几秋怀古体》、《次韵李景安提学同过伯几》、《同伯几过张子范、子周兄弟园池》、《送临安洪行之次鲜于伯几韵》，通过这七首诗歌，可以大致勾勒二人交游之概况。至元二十三年（1286）十月，方回售卖屋宇，辞别严州，踏上返归歙县的旅程。本来打算次年端午节前至歙，不料十一月行至杭州之后，为大雨所阻，无奈逗留数月，次年八月才得以启程。正是此次逗留杭州期间，方回和寓杭的鲜于枢结识。二人一见便许为挚友，大有相见恨晚之意，方回甚至发出"斯人晚始识，浪走天下半"的感慨①。写作时间最早的《赠鲜于伯几》："闻名今子骏，所至见公诗。数步元非远，相看岂可迟。吟鞍霜跌后，谈尘日闲时。此客差同味，萧斋许一窥。"②应该即是首次受邀的方回期待与之把酒论诗的急切心情的真实写照。除《送临安洪行之次鲜于伯几韵》外，其他六诗皆作于此一时期，可以看出二人交游颇为频繁，"一时触目多佳思，烂醉如泥竟未奇"③，狂谈豪饮，极尽友朋之欢。居乡数年后，方回于至元二十八年（1291）离开家乡，自此长期寓居杭州。三十年（1293）八月，方回又有《送临安洪行之次鲜于伯几韵》，可知其晚年寓杭期间与鲜于枢仍有来往。

邓文原

邓文原（1259—1328），字善之，一字匪石，其先绵州（今属四川）人，自父辈徙钱塘（今浙江杭州），遂为钱塘人。六岁入小学，九岁受《春秋》，年十五以流寓取漕。及科举废，遂一意务为圣贤之学，开门授徒，士大夫多慕其名，争与之游。元初，行省辟为杭州路学正，秩满调崇德州儒学教授，擢应奉翰林文字，累仕至奉政大夫兼国子祭酒、集贤直学士。年七十卒，谥

---

① （元）方回：《次韵鲜于伯几秋怀古体》，《桐江续集》卷十三，《四库全书珍本初集》本，第12194页。

② （元）方回：《桐江续集》卷十二，《四库全书珍本初集》本，第12175页。

③ （元）方回：《同伯几过张子范、子周兄弟园池》其一，《桐江续集》卷十四，《四库全书珍本初集》本，第12201页。

文肃。有《巴西集》二卷行世。事见元人黄溍《金华黄先生文集》卷二十三《岭北湖南道肃政廉访使，赠中奉大夫，江浙等处行中书省参知政事护军，追封南阳郡公，谥之（按，当作"文"）肃邓公神道碑铭》。

至元二十四年（1287）春，方回返歙途中被阻杭州，尝与邓氏论诗："未及皮毛落，端难颊舌传。夔音谐枳敌，岐脉按钩弦。举目常如见，关心或不眠。江湖无正色，龋齿亦嫣然。"①对弊端丛生的江湖诗风表达了深深的忧虑。方回晚年寓居杭州，亦与邓氏屡有交游酬唱。元贞元年（1295）末，方回作《次韵邓善之书怀七首》，有"真是温如玉，兼能爽似秋"、"能诗直余事，焉不蔺相如"诸句②，充分肯定了邓氏温雅爽直的真率性情、堪比相如的吏治之才以及寄情诗书的风雅才情。大德二年（1298），邓氏提调写《金刚经》，方回作诗送之，以柳公权、朱熹事勉其笔谏君上、为民请命③。大德五年（1301），邓氏赴京任应奉翰林文字，方回再次作诗为之送行，"声明久动黄金阙，相貌宜登白玉堂。真学士当专翰墨，寡言人定镇岩廊"④，对朋友升迁表达了由衷的祝贺。

孟淳

孟淳，字君复，号能静，汉东人，寓居湖州（今浙江湖州）。祖孟珙，南宋杰出爱国将领。父孟之缙，仕至兵部尚书。淳聪敏强记，举神童。十二岁袭父荫，入仕。曾任浙西安抚使，历平江、湖州、太平、婺州、处州、信州、徽州诸路总管，以常州路总管致仕。卒谥康靖。事见柳贯《待制集》卷八、《吴兴备志》卷五等。

方、孟二人结识于至元二十四年（1287）左右⑤。元贞元年（1295），方回得孟氏之诗稿，叹其大有进益，称赞其诗"得之于气质之聪明，成之以问学之精赡"，"有淳熙、元祐、庆历诸老之遗风"，甚至以陶渊明、谢灵运比之，评

---

①　（元）方回：《次韵邓善之论诗》，《桐江续集》卷十二，《四库全书珍本初集》本，第12181页。

②　（元）方回：《桐江续集》卷二十一，《四库全书珍本初集》本，第12293页。

③　按，方回《送邓善之提调写金经》："晦翁岂止能诗者，澹菴胡公荐以诗。唐柳公权以笔谏，忠鲠随事堪箴规。"（《桐江续集》卷二十四，《四库全书珍本初集》本，第12336页。）

④　（元）方回：《送邓善之翰林应奉并呈交代汪亲家》，《桐江续集》卷二十六，《四库全书珍本初集》本，第12371页。

⑤　按，方回《孟君复仲春来杭相聚三月余，一日必三胥会，忽焉告去，直叙离怀，为四言一首》："九年三见，昔疏未亲。"诗作于元贞二年（1296），由此推知二人相识于1287年左右。（《桐江续集》卷二十一，《四库全书珍本初集》本，第12303页。）

价非常之高。至此时，二人虽偶有诗文交流，然仅有三次面交，关系并不亲密。二年（1296）春，孟淳自湖州来杭，与方回相聚三月余，"一日必三胥会"，频繁聚饮唱和，交游酬唱之诗多达十四首，二人由是成为挚友。孟氏离杭，方回作诗追忆二人聚游的欢乐情景："英英令节，穆穆良辰。泛彼清涟，出其阆闿。和风吹衣，芳露滴巾。载听其嘤，载采其辛。乃馔我鲜，乃酌我醇。我酤子谑，子吟我呻。"大赞孟氏之才学，赏其名家风采："我窥子胸，万卷横陈。目电舌雷，笔圣诗神。锻以一字，衡之千钧。……子之家世，凌烟麒麟。子之爵位，曲逆平津。"将其比为云中飞鸿，自比水中鱼鳞，因与之交而倍感荣幸，并嘱其"两不相忘"，依依难舍之离情颇为真挚①。是年，方回又有《寄平江王元俞治中并呈孟君复总管》，抒其思念感怀之情。

许楫

许楫，字公度，号蒙泉，太原忻州（今属山西）人。年十五以儒生中词赋选，举贤良方正、孝廉。历仕中书省架阁库管勾兼承发司事，劝农副使，陕西道劝农使，左右司员外郎，湖南、江西提刑按察副使，徽州路总管，以太中大夫、东平路总管致仕。年七十卒。《元史》卷一百九十一有传。

方回在严州时已闻许楫之令名，然而，二人结识却是在至元二十五年（1288）。是年，许氏在徽州路总管任上。五月，方回自江西还乡，作《乍归呈许君公度号蒙泉》盛赞许氏之美政："东南天地早闻名，三载吾邦沸颂声。山好更饶诗句好，江清未抵使君清。涓涓流水秧田足，细细吹风麦陇晴。客子归来问耕获，故园似可养残生。"② 二人自此始有交游。许楫治理徽州三年，大得民心，百姓爱戴。考满，改官绩溪。二十六年（1289），歙县有百姓因饥荒而被迫为盗者，与官府对抗达七个月之久，提出必得许楫之劝方可归降。许楫乃自绩溪来歙，单骑趋盗处，盗果归降。六月初二日，许氏平盗归，来访方回，谈及此事，方回《初二日许公度使君来自西坑贼寨见访》诗记之颇详，可补史阙。二十七年（1290），方回又作《美许孝子》诗，以曾参作比，赞美许氏以病身居母丧、侍父疾的至孝之举。

---

① （元）方回：《孟君复仲春来杭相聚三月余，一日必三胥会，忽焉告去，直叙离怀，为四言一首》，《桐江续集》卷二十一，《四库全书珍本初集》本，第12303—12304页。

② （元）方回：《桐江续集》卷十五，《四库全书珍本初集》本，第12226页。

金讷怀、徐辰起

金讷怀，仕元为婺源县令；徐辰起，仕元为婺源县丞。生平事迹均不详。

方回与金、徐二人交游唱和之作多达二十四首，皆作于至元二十五年（1288）。是年三月至五月，方回游婺源，有诗分别题金氏平易堂、徐氏不负堂，颂美二人之美政嘉声；又为徐氏四世祖大成神童事作跋。方回回乡不久，金、徐二人即来歙相访①。访歙期间，二人与方回屡有往来酬唱，方回《同金汉臣、徐蚩英小饮傍溪寺二首》、《次韵金汉臣喜雨》、《次韵金汉臣雨后病起见寄》、《次韵金汉臣喜晴》、《次韵徐赞府蚩英八首》诸诗皆作于是时。夏间，二人回婺源，方回作诗送之："星源长贰两贤者，丰采精神玉不如。诗外更工长短句，腹中何限古今书。平生事可心无愧，我辈人常气有余。记取孚舟亭上语，定应时复寄鱼书。"② 称二人为"贤者"，对其人品和才学都给予了充分的肯定。别后，方回也多次赓和二人诗韵，诗书往来不断。《承金汉臣寄诗将及一月，次韵奉酬并呈徐蚩英》、《汉臣明府与公度使君话吾州山水之胜，有诗次韵二首》、《次韵金汉臣五城道中》、《九月三十日汉臣置酒次日有诗次韵》、《次韵金汉臣见雪闻雁二首》等是有力的证明。

杨复

杨复（1257—?），③ 字复之，又字泰之，号初庵，歙（今安徽歙县）人。

复少回三十岁，为晚辈诗友。至元二十五年（1288）五月，方回至江西访友回歙。十六日，杨复携诗来谒。方回一一圈其佳句，赞其"殊有前辈思致"；又"删其稍循时俗者"，以"加之以学，深其识，而广其才"勉之，使杨氏受益匪浅④。二十八日，方、杨等人在塘头小集，方回有诗记其谈诗论道、嬉游宴饮之乐："吾友翟然来，君子有酒旨。青甘剖嘉瓜，碧脆摘新李。

---

① 按，方回还乡后不久，即有《同金汉臣、徐蚩英小饮傍溪寺二首》；其《次韵徐赞府蚩英八首序》云："蔡季良从许公度使君行县，倡和诗各四首。婺源丞徐君辰起入郡城，和以见示，其出入阡陌，陟降川岭，可想见也。"可知，金、汉二人于方回返乡后不久即来歙相访。[（元）方回：《桐江续集》卷十五、卷十六，《四库全书珍本初集》本，第 12226、12227 页。]

② （元）方回：《送金汉臣明府、徐蚩英赞府还婺源》，《桐江续集》卷十六，《四库全书珍本初集》本，第 12231 页。

③ 按，方回《送杨复之归吾里》云："四十青春七十翁。"（《桐江续集》卷二十二，《四库全书珍本初集》本，第 12305 页。）知杨少方三十岁，当生于 1257 年。

④ （元）方回：《杨初庵诗卷序》，《桐江集》卷一，《续修四库全书》影印宛委别藏钞本，第 368 页。

加笾何必多，真率故佳尔。学道气臭合，成文笑谈绮。鸣禽窥林间，跳鱼出波底。"并称"惊见我辈人，未有客如此"①，惊叹杨复为后学之俊才。至元三十一年（1294），方回自杭回歙，留居半年余。杨复前来拜谒，和其《治圃诗》，并请求借阅其所批注张耒、陈师道二别集。方回嘉赏二人善于参悟，欣然同意，并指示学诗门径——熟读杜诗，力学苦吟，雄浑而能至于深幽，于平淡中蕴含至味，如此方能渐趋佳境②。元贞二年（1296），杨、方二人皆在杭州。杨赴任徽州学录，方回作诗送之，祝愿杨氏宦途顺利，青云直上，同时嘱其向家乡父老代报平安③。大德五年（1301），杨氏致仕归隐，方回亦为作诗，喜道歙地诗人之盛，对杨氏之诗情才学给予了充分的肯定④。

汪逢辰

汪逢辰，字虞卿，号古学，歙（今安徽歙县）人。年四十始教谕乡校，调饶州路鄱江书院山长，转嘉兴路崇德州学教授，升将仕郎，嘉兴主簿致仕归。卒年七十有七。有《鸣球集》、《忠孝集》、《稽古编》、《七经要义》、《太平要览》，兵火失传。事见《弘治徽州府志》卷八。

汪氏之母嫁五十三日寡，时年二十二，守志不复嫁，有司表其门曰"孝节张氏"。至元二十五年（1288），方回作《题汪氏孝节堂》，赞其贞节："三从分定付之天，捧案曾无月再圆。莱子方同彩衣舞，鄘风忽赋柏舟篇。频年兵革经多难，奕世门闾喜独全。孝节从来足阴相，儿孙衮衮寿眉前。"⑤ 方回又为其《鸣求小集》作序，颇为赞赏其格物致知之法。

陈栎

陈栎（1252—1334），字寿翁，号定宇，休宁（今安徽休宁）人。"七岁通进士业，十五岁为人师，二十三而宋与科举俱废，慨然发愤圣人

---

① （元）方回：《五月二十八日塘头小集，呈同游刘元辉、杨复之》，《桐江续集》卷十六，《四库全书珍本初集》本，第12229页。

② （元）方回：《赠程君以忠、杨君泰之并序》，《桐江续集》卷十九，《四库全书珍本初集》本，第12275页。

③ （元）方回：《送杨复之归吾里》，《桐江续集》卷二十二，《四库全书珍本初集》本，第12305页。

④ （元）方回：《吾乡朋友比多，诗人宜进一步。大则文公，小亦龙溪可也。于汪德载、杨复之归，赋此意，并寄刘元辉、黄仲宣》，《桐江续集》卷二十六，《四库全书珍本初集》本，第12367页。

⑤ （元）方回：《桐江续集》卷十六，《四库全书珍本初集》本，第12233页。

之学"①，是元代著名的理学大师，人称定宇先生，有《定宇集》十七卷、《勤有堂随录》等。其生平事迹载揭傒斯《定宇先生墓志铭》、汪炎昶《定宇先生行状》（《定宇集》卷十七附），又见《元史》卷一百八十九本传。

陈与方回"为莫逆交"②，二人首先是师友。元至元二十八年辛卯（1291），陈、方二人因诗结缘。当时，陈栎得方回《上南行》十二首，私心向慕，乃赓和其韵，并托曹泾（弘斋）转寄方回。方回大为激赏，选其五首刊附集中③。陈栎甚为感动，作《自咏》云："诗非吾所长，世自有人奇。吾尝印老方，属和枯蒙嘘。谓读陈君作，如见上天梯。和公上南行，选刊尾琼琚。亦如岑高作，得附杜拾遗。"④ 此后，二人时有唱和切磋，互相引为知己。方回有赠陈栎诗云："我读陈君诗两首，碧霄如见上天梯。笔端足可千军扫，眼底焉用五色迷。师友切磨存古道，世家文献冀编黎。此行莫待秋风起，归奉庭闱慰望霓。"⑤ 陈栎和道："天壤一虚翁，见之梦寐中。岂必真及门？私淑恩无穷。易说晓棨白，诗编夜檠红。终然欠参请，小草依松风。"⑥ 唱和往来中，陈栎不仅感动于方回之平易近人，更褒奖其文字为指点迷津之良方："四海九州虚谷老，见之不用觅阶梯。父书呈彻能求教，世契敦崇定指迷。非过南经参待制，是图北斗仰昌黎。片言只字如相赠，归袖光芒万丈霓。"⑦ 方回下世之后，他由衷慨叹"虚谷远矣，以下诸人

---

① （元）揭傒斯：《定宇先生墓志铭》，载（元）陈栎《定宇集》卷十七，《文渊阁四库全书》第1205册，第441—445页。

② （元）陈栎：《送朱君赴盐官州阴阳教授序》，（元）陈栎：《定宇集》卷二，《文渊阁四库全书》第1205册，第181页。

③ 按，陈栎《和方虚谷上南行十二首序》："虚翁《上南行》，实庚寅十二月诗也。辛卯六月，客有自曹君菊存所来者，始传而诵之。絮羹久要之义，聚星过从之胜，汉人不得专美于前矣，虽恨不获亲聆其一时谈尘之详，然闻风兴起亦可于此诗具姟兆之一二焉。二三先生中，某所识者惟北山王先生。兹敢不揣愚陋，僭庚元韵，赋一十二首，写其平生景慕之私，奉呈王先生，或可以转闻于方、曹二先生云。"（《定宇集》卷十六，《文渊阁四库全书》第1205册，第399—400页。）其《自咏百七十韵》自注亦云："方公《上南行》诗，予尝和，寄弘斋，弘斋达之方公。公选五首附刊于集，吴甥仲文曾见刊本。"（《定宇集》卷十六，《文渊阁四库全书》第1205册，第398页。）

④ 《定宇集》卷十六，《文渊阁四库全书》第1205册，第398页。

⑤ 转引自詹杭伦《方回的唐宋律诗学》，中华书局2002年版，第16页。

⑥ （元）陈栎：《和虚谷二首》其二，（元）陈栎：《定宇集》卷十六，《文渊阁四库全书》第1205册，第401页。

⑦ （元）陈栎：《送毕永仲游姑苏省亲兼访虚谷》，《定宇集》卷十六，《文渊阁四库全书》第1205册，第413页。

之作何敢望其万分之一"①，因此毕其精力抄录访寻方氏遗文，校勘编集，并细加评点，为保存挚友之遗编做出了积极的努力②。当然，二者于诗学并非一味苟同，陈栎欣赏"典正而无式贤之华，丰硕而无元京之枯"的诗歌风格，因而对于方回偏爱枯瘦劲硬的审美趣味，他颇有异议："吾邑以诗见知虚谷者有孙元京，爱赏出于罕见，褒誉不免过情。元京殁，虚谷简曹弘斋始有'吴华孙枯'之评，吴谓式贤，孙即元京。……惜不能起虚谷而质之云。"③

二人于理学观念也多有契合。陈栎称赞方回为"吾郡巨儒"④，其《哭方虚谷先生》云："目深窥理窟，身独据诗坛。遍得古犹少，兼全公不难。槐柯千里幻，椿箅八旬宽。癖爱湖山好，郎君侍阖棺。"⑤也是称誉方回兼通理学与诗学。然而，陈栎于方回之说，亦多有辩难。比如，他不同意方回解《周易》之论："虚谷《桐江续集》有先、后天吟百首，多好。唯其中说《周易》一首，不是以周为周流，大不是。此不知何人好奇之论，而虚谷误信用之耳。"⑥再如，他不满方回自称"子方子"道："方虚谷自称'子方子'，此习于世俗而不考古人之过也。取何休《公羊传注》一看则不敢下矣。为赵某作《翠侍题咏序》，称其人为'子赵子'，他亦何敢当？朱文公只称'子周子'、'子张子'、'子程子'，别称何人？"⑦求同而存异，疑义相与析，令人似可见陈、方二人把酒言欢、面赤辩论之态。

陈栎充分肯定方回之人品，并撰文为其辩诬。一是关于方回上书请诛贾似道事。宋恭宗德祐元年（1275），宰相贾似道率军在鲁港抗击攻宋的元军，因其贪生怕死、临阵脱逃，致宋军大败。时方回甫解安吉州任，两次

①　（元）陈栎：《答吴仲文甥》其八，《定宇集》卷十，《文渊阁四库全书》第1205册，第316页。

②　按，（明）龙遵叙《瀛奎律髓序》："续又得定宇陈先生手自抄本，共十类。定宇自识云：'惟"节序类"得虚谷亲校本抄之，余皆传录本，疑误甚多。虽间可是正，而不能尽，圈点悉谨依之。'"［（元）方回评，李庆甲集评校点：《瀛奎律髓汇评》附录一，上海古籍出版社2005年版，第1809页。］是可见陈栎寻访抄录之功。至于陈栎评点方回《瀛奎律髓》，见《〈瀛奎律髓〉版本研究·通评本》部分所论。

③　（元）陈栎：《吴端翁诗跋》，（元）陈栎：《定宇集》卷三，《文渊阁四库全书》第1205册，第190页。

④　（元）陈栎：《祭曹弘斋文》，（元）陈栎：《定宇集》卷十四，《文渊阁四库全书》第1205册，第383页。

⑤　（元）陈栎：《定宇集》卷十六，《文渊阁四库全书》第1205册，第407页。

⑥　（元）陈栎：《定宇集》卷十，《文渊阁四库全书》第1205册，第314页。

⑦　（元）陈栎：《勤有堂随录》，《丛书集成初编》第372册，中华书局1985年版，第1页。

入朝上书请斩贾似道，强言直谏，大快人心。周密《癸辛杂识》却记其事云："回为庶官时，尝赋《梅花百咏》以谀贾相，遂得朝除。及贾之贬，方时为安吉倅，虑祸及己，遂反锋上十可斩之疏，以掩其迹。时贾已死矣，识者薄其为人。"① 视方回为阿谀奸相、朝秦暮楚之小人。陈栎则在答吴仲文问方回《五方灾辨》"别头首选，见忌权臣，彼谮人者，翘村之宾，其谁落第，移怨他人，驳放之议，鼎沸缙绅"所言何事时，详论方、贾二人结怨之事云："方公壬戌别院省元，似道忌之，谓是吕帅之客，'翘村之宾'谓廖莹中，号药房，贾之爱客廖之子，亦赴别院省试，不中，故尤忌方而谮之，当时喧传谓将有驳放方公之事。"② 可见，方回省试之时，即已与贾结怨，断无阿谀仇家之举；其上书乞斩贾相，除为国家计而外，也是因积怨极深之故，"虑祸及己"之说实为无稽。周氏之讹论不攻自破。二是结怨乡里、寓杭不敢归之诬。方回长女禾娘嫁贵池县丞程桂，受尽虐待而亡。方回因之与其亲家程淳祖对簿公堂，并从此结怨。或许是为了远离伤心之地，方回一家寓居杭州而不归。周密《癸辛杂识》歪曲事实，毁方之品行道："处乡专以骗胁为事，乡曲无不被其害者，怨之切齿。遂一向寓杭之三桥旅楼而不敢归。"③ 对此，陈栎亦有辩驳，实述其事云："'亲家含沙'，谓程淳祖雄甫号钟山。'门生'谓黄思觉，方公守睦时，黄乃幕下士，以杯酒间失欢，附程而攻方。方北行，乃此人受嗾而攻方公也。"④ 也有力地回击了周氏及时人对方回人品的污蔑。

范晞文

范晞文，生卒年不详，字景文，号药庄，钱塘（今浙江杭州）人。理宗景定中太学生，咸淳二年（1266）与叶李、萧规等上书弹劾贾似道，为贾所害，流窜琼州。元至元间以程钜夫荐擢江浙儒学提举，后转长兴丞，致仕后

---

① （宋）周密撰，吴企明点校：《癸辛杂识》别集卷上，中华书局1988年版，第251页。
② （元）陈栎：《五方灾辨》，（元）陈栎：《定宇集》卷七，《文渊阁四库全书》第1205册，第246页。
③ （宋）周密撰，吴企明点校：《癸辛杂识》别集卷上，中华书局1988年版，第250页。
④ （元）陈栎：《五方灾辨》，（元）陈栎：《定宇集》卷七，《文渊阁四库全书》第1205册，第246页。

寓居无锡而终①。有《对床夜语》、《药庄废稿》。事见清嘉庆《无锡金匮县志》卷三十。

方回寓杭时，与范晞文结识，并聚饮酬唱。《桐江续集》卷十有《次韵范景文莺字、早字二首》，诗赞范诗酒豪情云：“范侯诗酒流，观国声誉早。睥睨蛉螺豪，百万可一扫。”② 范赴任长兴丞，方回作《送□（按，疑为“范”）景文长兴丞》为之送行，勉其“君才如此彼定服，岂敢专辄关节通”③，充分肯定了友人的吏治之才。

作为诗友，方、范二人的诗学思想多有相通之处。他们都强调诗歌“变体”，提倡“活法”，反对晚唐诗风，一并为矫正宋末诗弊做出了积极的贡献。在对待诗歌虚实关系上，二者虽然都认为诗歌应不拘虚实，富于变态，却又存在着差异。方回论诗重虚字，以虚字为难工：“凡为诗，非五字、七字皆实之为难，全不必实，而虚字有力之为难。”④ 范氏论诗则重实字：“周伯弼选唐人家法，以四实为第一格，四虚次之，虚实相半又次之。其说‘四实’，谓中四句皆景物而实也。于华丽典重之间有雍容宽厚之态，此其妙也。昧者为之，则堆积窒塞，而寡于意味矣。是编一出，不为无补后学，有识高见卓不为时习熏染者，往往于此解悟。间有过于实而句未飞健者，得以起或者窒塞之讥。然刻鹄不成尚类鹜，岂不胜于空疏轻薄之为，使稍加探讨，何患不古人之我同也。”⑤ 甚至认为“四虚”次于“四实”：“（周弼）‘四虚’序云：不以虚为虚，而以实为虚，化景物为情思，从首至尾，自然如行云流水，此其难也。否则偏于枯瘠，流于轻俗，而不足采矣。姑举其所选一二云：‘岭猿同旦暮，江

---

① 按，关于范晞文入元后之仕历及其终老，说法不一。（清）纪昀等《钦定四库全书总目》卷一百九十五《对床夜语提要》云：“元世祖时，程钜夫荐晞文及赵孟頫于朝。孟頫应诏即出，晞文迄不受职，流寓无锡以终。”（中华书局1997年版，第2753页。）（宋）周密辑，（清）查为仁、厉鹗笺《绝妙好词笺》卷六云：“入元，以程钜夫荐，擢江浙儒学提举，转长兴丞。”（上海古籍出版社1984年版，第299页。）（清）鲍廷博《对床夜语》识语云：“景文当元世祖时，程钜夫奉诏求贤，与赵孟頫同荐于朝，授江浙儒学提举，不赴，后以子拱为无锡教授，遂即邑之茅场里居焉。”〔（宋）范晞文：《对床夜语》卷五，丁福保辑：《历代诗话续编》，中华书局2006年版，第447页。〕另按，方回《桐江续集》卷十二有《送□景文长兴丞（晞文）》，知其确曾为长兴丞，并非谢官不受，厉鹗之说。至于其终老，笔者推测，不管是否依靠其子，范氏致仕后寓居无锡当是可信的。

② （元）方回：《桐江续集》卷十，《四库全书珍本初集》本，第12157—12158页。

③ （元）方回：《桐江续集》卷十二，《四库全书珍本初集》本，第12180页。

④ （元）方回评，李庆甲集评校点：《瀛奎律髓汇评》卷四十三，上海古籍出版社2005年版，第1547页。

⑤ （宋）范晞文：《对床夜语》卷二，丁福保辑：《历代诗话续编》，中华书局2006年版，第420—421页。

柳共风烟。'又：'猿声知后夜，花发见流年。'若猿，若柳，若花，若旦暮，若风烟，若夜，若年，皆景物也。化而虚之者一字耳，此所以次于四实也。"①

牟巘（附：孙必达）

牟巘（1227—1311），字献之，"其先蜀人，徙居湖州，端明学士子才之子。擢进士，官至大理少卿。宋亡，时献之已退，不任事，与子应龙，一门父子自为师友，讨论经学，以义理相切磨，应龙遂以文章大家见推于东南。"② 有《陵阳集》传世。

牟巘与方回同庚而稍长。巘生于宝庆三年（1227）正月十一日，回生于是年前五月十一日（按，是年闰五月）。元贞二年（1296）正月，方回寄诗二首庆牟巘七十之寿，序云："前浙东宪使大卿陵阳牟公献之先生宝庆三年丁亥正月十一日生，其贤子孙以丙申正旦奉觞为亲庭庆七十。紫阳方回亦以丁亥年前五月十一日生，为雌甲子。偶寓武林，不能趋雪上附贺客之尾。唐白乐天、刘梦得同生大历七年壬子，至武宗会昌元年辛酉皆年七十。是岁乐天有诗云：'大历年中骑竹马，何人得见会昌春。'今辄用此事为诗奉寄，寓喜抃钦羡之意焉。"③ 将二人比为"刘白"，以寓长寿之乐。随后，牟巘来杭纳婿，亦作诗二首为方回祝寿。诗虽亡佚，经由方回次韵之作亦可大致窥见当时情状："……自古云希七十老，即今仅见两三人。……嫁女婚男多少事，忘怀任运莫伤神"，牟氏因嫁女而生感伤，方以随缘任运劝勉之；"梅子黄时雨如许，小留信宿共清觞"，古稀之年更易惜别，依依难舍之情跃然纸上。另外，二人亦曾相与论诗谈文，互许为知己，从牟巘《再和虚谷韵》可以见出："肯随世事事夸毗，得得来寻霜雪枝。苕曲新添渔隐话，陵阳别论派家诗。卜邻已喜同王翰，到处犹能说项斯。不是晚来投社去，杖藜兀兀欲何之。"④

孙必达，字仲启，元初隐居不仕，方回亦有诗赠之，有"老眼青此名家孙"、"我诗或足传不朽，与君姓字俱无穷"等句赞其高格，又云"读书少着十年工，落笔定无一点俗"，勉其读书⑤。

---

①　（宋）范晞文：《对床夜语》卷二，丁福保辑：《历代诗话续编》，中华书局 2006 年版，第 421 页。

②　（清）厉鹗辑撰：《宋诗纪事》卷七十六，上海古籍出版社 2008 年版，第 1856 页。

③　（元）方回：《寄寿牟提刑献之巘序》，《桐江续集》卷二十一，《四库全书珍本初集》本，第 12291—12292 页。

④　（元）牟巘：《牟氏陵阳集》卷四，《文渊阁四库全书》第 1188 册，第 34 页。

⑤　（元）方回：《赠牟仲启》，《桐江续集》卷二十，《四库全书珍本初集》本，第 12282 页。

家性存（附：子晋孙、颐孙）

家性存，四川眉山人，生平事迹不详。与方回、牟巘、顾逢①等交好。方回《送家自昭晋孙自庵慈湖山长序》："子家子乃愚友性存先生冢子。"② 但因资料缺失，难得二人交游之详。

子晋孙，字自昭，号自庵。大德二年（1298），晋孙赴任慈湖书院山长，方回作诗、序为其送行，详说其字号之意，以"长短审取舍，予夺谨废置。天日揭义理，慎勿狥私意"劝勉之③。

子颐孙，字自观。方回尝为其作字说，勉其"以自己之心察自己之中"④，善于自察自省。

仇远

仇远（1247—1326），字仁近，自号近村，又称山村，钱塘（今浙江杭州）人。宋末咸淳间即以诗名，与白珽齐名，并称"仇白"。入元后尝为溧阳州学教授，以杭州知事致仕。有《金渊集》、《山村遗集》存世。事见清嘉庆《溧阳县志》卷九。

方回长仇远二十岁，二人可谓忘年之交。方《桐江续集》中与仇交游酬唱之作多达六十余首，仇《金渊集》中亦有三诗涉及方回。二人在杭州结识，时有往来唱酬；即使分处两地，也时常寄诗答问，交情至为深笃。这从方回《雨夜怀仁近二首》可见一斑："平生湖海气，岁晚可谁邻。朋友非难得，情怀未必真。孤灯昏夜目，破衲冷秋身。明日天晴否，过从仅此人"；"料我今谁识，交君日渐深。相看如骨肉，有志各山林。佐酒无珍具，成诗每痛箴。昼逢常夜别，雨阻定晴寻"⑤。

然而，周密《癸辛杂识》却载方回因仇远寿其七十之诗有涉贬意而与之结怨事：

---

① 按，（元）牟巘《牟氏陵阳集》卷六有《约家性存》二首［（元）牟巘：《牟氏陵阳集》，《文渊阁四库全书》第 1188 册，第 53 页。］。《全宋诗》辑家性存《寄梅山顾君际》一首。（傅璇琮等主编：《全宋诗》第 64 册，北京大学出版社 1998 年版，第 40040 页。）

② （元）方回：《桐江续集》卷三十一，《四库全书珍本初集》本，第 12461 页。

③ （元）方回：《送家自昭慈湖山长》，《桐江续集》卷二十四，《四库全书珍本初集》本，第 12341 页。

④ （元）方回：《家颐孙自观字说》，《桐江续集》卷三十，《四库全书珍本初集》本，第 12436 页。

⑤ （元）方回：《桐江续集》卷十三，《四库全书珍本初集》本，第 12190 页。

（方回）时年登古希之岁，适牟巘之与之同庚，其子成文与乃翁为庆，且征友朋之诗，仇仁近有句云："姓名不入六臣传，容貌堪传九老碑。"且作方句云："老尚留樊素，贫休比范丹。"（方尝回有句云："今生穷似范丹。"）于是方大怒褒牟而贬己，遂摭六臣之语，以此比今上为朱温，必欲告官杀之。诸友皆为谢过，不从。仇遂谋之北客侯正卿。正卿访之，徐扣曰："闻仇仁近得罪于虚谷，何邪？"方曰："此子无礼，遂比今上为朱温。即当告官杀之。"侯曰："仇亦只言六臣，未尝云比上于朱温也。今比上为朱温者，执事也。告之官，则执事反得大罪矣。"方色变，侯遂索其诗之元本，手碎之乃已。①

此说实诬。方回七十岁之后与仇远仍过从甚密，现可考见者，有如下两次：一是仇持《山村隐居图》远行以求架屋之赏，方作诗为之送行。图乃高克恭于大德元年（1297）九月十九日为仇氏所画②，诗更晚于此，当在方回七十一岁之后。诗中云"身穷气未衰"，"老我初登第，闻君早解诗"，对仇氏之人品和才气都给予了充分的肯定；又云"定应争倒屣，不惜共捐赀。千斛归舟驶，梁文想预为"③，真诚祝愿好友此行满载而归。观其情感之真挚，知非结怨之人所能为。二是仇赴溧阳州教任，方为作《送仇仁近溧阳州教序》。序云仇远时年五十八岁，则方回年七十八。因此序后半佚缺，不能详知其意，但由前半推知，应是称赞仇远才学突出，必定仕途显达之意。亦可见二人之交情，并无结怨之迹。再者，方回逝后，仇远甚为悲慨，《方万里、史敬舆、陈孝先、龚圣予、胡穆仲相继沦没，令人感怆》曰："诸老俱尘土，令予双泪流。几年能再见，一气故应休。江左衣冠尽，人间翰墨留。空山茅屋底，野史属谁修。"④ 他又有《怀方严州》五首，自言"每忆先生被，常怀太守章"，⑤ 怀念之情令人动容。于此，亦可证周说之失实。

在诗歌观念上，仇远也深受方回影响。他曾向方回请益诗法，以弟子

① （宋）周密撰，吴企明点校：《癸辛杂识》别集卷上，中华书局 1988 年版，第 251 页。

② 按，（清）阮元《石渠随笔》卷八："大德初元九月十九日，清河张渊甫贰车，会高彦敬御史于泉月精舍。酒半，为余作《山村隐居图》，顷刻而成。……南阳仇远仁近。"［（清）阮元撰，钱伟疆、顾大朋点校：《石渠随笔》，浙江人民美术出版社 2011 年版，第 160 页。］

③ 方回：《送仇仁近持山村图求屋赏》，《桐江续集》卷二十四，《四库全书珍本初集》本，第 12344 页。

④ 傅璇琮等主编：《全宋诗》第 70 册，北京大学出版社 1998 年版，第 44192 页。

⑤ 同上书，第 44195 页。

自居，所谓"登门曾有我"①。方回对仇远的指教，集中体现在删选其诗集上。仇氏四十岁时有诗稿两千篇，方回删为四百篇，仇氏又删三百篇，仅存百篇。由是，其诗艺大进，其诗学思想也与方回多有契合。如，"早工为诗，晚乃渐以不求工"②，工而至于不工正是方回的诗学追求。再如，他说："近世习唐诗者，以不用事为第一格，少陵无一字无来处，众人固不识也。若'不用事'之说正以文'不读书'之过耳。"③ 这也和方回尊杜的论调相同，对于矫正宋末"四灵"与江湖诗人格卑气弱的诗风同样具有积极意义。

赵孟𫖯

赵孟𫖯（1254—1322），字子昂，号松雪，松雪道人，又号水精宫道人，鸥波，吴兴（今浙江湖州）人。兼通书画、文章、经济之学。宋宗室子，累世显贵，十四岁即以荫补入仕，调任真州司户参军。宋亡后归乡闲居，后因程钜夫之荐，大受元世祖赏识，起为兵部郎中，转集贤直学士、济南路总管府事。世祖驾崩，受命入京修《世祖实录》，将入史馆，以病辞，回乡闲居，与当时众名士集于西子湖畔，谈艺论道、挥毫遣兴。四年之后，再入宦途，历任翰林侍读学士、知制诰同修国史、集贤侍讲学士、翰林学士承旨、荣禄大夫，官至从一品，卒后追封魏国公，极有元一代文士之荣宠。有《松雪斋集》。《元史》卷一百七十二有传。

赵氏闲居江南之时，方回亦赋闲寓杭，二人当于是时结识并作友朋之游。赵氏交游之作，今已不可见。《桐江续集》中尚存五首与赵有关的诗作：其中两首为送别诗，一是至元二十三年（1286）所作《送赵子昂》、大德二年（1298）所作《送赵子昂提调写金经》；三首为题画诗，即《为徐企题赵子昂所画二马》、《为合密府判题赵子昂大字兰亭》、《题赵子昂摹唐人二戏马驹》。方回极为赞赏赵氏的诗文与书画才能。其《送赵子昂》将赵比为西晋文人陆机，有云"文赋早知名，君今陆子衡"，赞誉可谓至高。他更称赏赵孟𫖯才兼书画，为米芾、李公麟所不及："善书善画今代无。善书突过元章米，善画追

---

① （元）仇远：《怀方严州》其四，载傅璇琮等主编《全宋诗》第 70 册，北京大学出版社 1998 年版，第 44196 页。

② （元）方回：《仇仁近百诗序》，《桐江续集》卷三十二，《四库全书珍本初集》本，第 12472 页。

③ （清）纪昀等：《钦定四库全书总目》卷一百六十六《金渊集提要》引仇远跋，中华书局 1997 年版，第 2211 页。

还伯时李。先画后书此一纸，咫尺之间兼二美。"① 难能可贵的是，他往往能从赵氏书画作品中读出其深挚的内心情感，认为其所书大字《兰亭序》妙在笔法中见心法②；又评其所画二马云："赵子作此必有意，志士失职心伤悲。"一语中的，堪称知己之言。另外，方回也理解赵氏役于他人书画请托的无奈："有时乘兴扫龙蛇，图画纸素动成匹。有时厌俗三叹息，何乃以此为人役。"他笔下率真适意的烟波钓徒形象，也颇得赵氏之风神："如池如沟弃残墨，如冢如陵堆败笔。太湖西畔松雪斋，七弦风清碧山碧。桃花水肥钓鳜鱼，春雨春风一蓑笠。"③ 这些都体现出其知赵至深，非一般相识者所能比。

白珽

白珽（1248—1328），字廷玉，号湛渊、栖霞山人，钱塘（今浙江杭州）人。自幼聪慧过人，雅好诗文，博通经史。宋咸淳中与同邑仇远以诗名世，并称"仇白"。宋亡，以教授生徒为业。入元后，以李简荐为太平路儒学学正，历当涂学正、常州路教授、江浙等处儒学副提举、淮东盐仓大使，以兰溪州判官致仕。天历元年（1328），年八十一卒。现存《湛渊集》一卷，《湛渊静语》二卷。明人宋濂为作《元故湛渊先生白公墓铭》（宋濂《文宪集》卷十九）。

方回寓杭时，与白珽结为至交。至元二十八年（1291），白珽赴当涂学正任，方回为作《送白廷玉如当涂序》，勉其不因荣辱得失而喜而悲。是年春间，方回又寄诗述其春寒之感，怀思之情④。大德四年（1300），白赴任常州教，方作诗相送，有"诗酒论交几岁寒，更无我辈瓮齑酸。剧谈公每掀髯笑，伟干人皆仰面看"⑤ 诸句，记二人交游之情状历历如在目前。除称赏白氏这种剧谈掀髯、"兴欲狂时呼酒急"的英雄大丈夫豪气，方回也极赏其诗文，

---

① （元）方回：《题赵子昂摹唐人二戏马驹》，《桐江续集》卷二十五，《四库全书珍本初集》本，第 12361 页。

② 按，方回《为合密府判题赵子昂大字兰亭序》："今见学士赵子昂匹纸大字《兰亭》本，尤神奇而妙，敛之可，扩之亦可。虽笔法，亦心法也欤？"（《桐江续集》卷二十四，《四库全书珍本初集》本，第 12337 页。）

③ （元）方回：《送赵子昂提调写金经》，《桐江续集》卷二十四，《四库全书珍本初集》本，第 12336 页。

④ （元）方回：《寄仇仁近、白廷玉、张仲实京口、当涂、江阴三学正，兼述新岁阴雨春寒有怀》，《桐江续集》卷十七，《四库全书珍本初集》本，第 12253 页。

⑤ （元）方回：《送白廷玉常州教二首》其二，《桐江续集》卷二十五，《四库全书珍本初集》本，第 12361 页。

"绝怜白也诗无敌"①，以为冠绝古今②。并力赞其儒学修养："世间可读不多书，岂但撑肠似蠹鱼。小技仅能攻浅近，大言徒用骋高虚。道心切戒偏忘助，义事毋先计毁誉。我学暮年方见此，毗陵博士比何如。"③ 身为后学，白珽受到如此称许，足可见出方回之赏识及二人情谊之深厚。

阎复

阎复（1236—1312），字子静（一作"子靖"）。其先本平阳和州人，因父忠避兵山东高唐，遂为高唐人。性简重，美丰仪，七岁读书颖悟绝人，弱冠入东平学。至元八年（1271），以王磐荐为翰林应奉，历仕浙西道肃政廉访使、翰林修撰、翰林直学士、侍讲学士、集贤侍讲学士同领会同馆事、翰林学士、翰林学士承旨阶正奉大夫等。年七十七卒，谥文康。有《靖轩集》五十卷。《元史》卷一百六十有传。

至元三十年（1293），阎复为浙西道肃政廉访使，与寓居杭州的方回屡有唱和。方回有《呈阎子静廉访翰学二首》，又曾次韵其赠受益山居二首。其中《呈阎子静廉访翰学二首》其一以"文字老坡真学士，丰姿太白谪仙人"赞其文学造诣，又以"明庭瑞彩陈圭璧，治世奇祥出凤麟"赏其吏治才华④，极尽赞誉称美之意。元贞二年（1296），方回有《呈李让臣就寄翰林阎学士》、《寄集贤阎子静学士》二诗，表其相思之情。大德二年（1298）春，方回又寄书阎氏，力荐擅长书法的邱子正，希图其予以援引⑤。是年秋，方回送周汉东入都，亦托其寄书于阎，再诉相思之意⑥。五年（1301），方回也有诗寄阎氏："相逢偶值寄梅人，今岁江南暖未匀。报与玉堂真学士，小诗聊当一枝春。"⑦ 二人以诗相交多年，情谊至为深厚。

---

① （元）白珽：《游后湖赋序》，（元）白珽：《湛渊集》，《文渊阁四库全书》第1198册，第94页。

② 按，（明）宋濂《元故湛渊先生白公墓铭》："紫阳方公回称其（白珽）冠绝古今，有英雄大丈夫气。"［（元）白珽：《湛渊集》，《文渊阁四库全书》第1198册，第106页。]

③ （元）方回：《送白廷玉常州教二首》其一，《桐江续集》卷二十五，《四库全书珍本初集》本，第12361页。

④ （元）方回：《桐江续集》卷十八，《四库全书珍本初集》本，第12260页。

⑤ （元）方回：《送邱子正以能书人都，并呈徐容斋、阎靖轩、卢处道集贤翰林三学士》，《桐江续集》卷二十四，《四库全书珍本初集》本，第12335页。

⑥ （元）方回：《送周汉东人都，并呈徐学士子方、阎学士子静、卢学士处道》，《桐江续集》卷二十四，《四库全书珍本初集》本，第12345页。

⑦ （元）方回：《寄阎承旨靖轩》，《桐江续集》卷二十六，《四库全书珍本初集》本，第12379页。

徐琰

徐琰，字子方，号容斋，一号养斋、汶叟，东平（今属山东）人。尝为陕西行省左司员外郎、岭北湖南道提刑按察使、南台中丞、江浙行省参知政事、浙西道肃政廉访使，仕至翰林学士。卒谥文献。事见万历《杭州府志》卷六十一、《元诗纪事》卷四等。

徐琰素有文学重望，至元三十一年（1294），拜浙西道肃政廉访使期间，在宋太学旧址上改建西湖书院，迁三贤堂于其中，颇为有益后学。东南士人慕之，多与之游。方回亦在其列，在杭州与之多有酬唱，分别之后也时有诗书往来，互通存问。方回颇赏徐氏之诗歌，赞其赠丘通甫诗"绝如山谷赠初君，奇绝新诗妙绝文"[①]。对于其廉政，特别是修缮西湖书院、移三贤堂于其中之举，更是赞不绝口："西湖旧精舍，南渡昔圜桥。祠植三贤仆，书重万卷雕。武林增炳焕，文庙郁岩峣。不朽垂声价，无穷沸咏谣。"[②] 大德二年（1298）所作《送西湖书院赵山长》亦称颂道："钱唐城中十万户，自古无人兴书堂。一朝书堂突兀起，鸥吻大殿环修廊。……香山东坡和靖叟，三像野服无金章。寓意贵德不贵爵，高风大节遥相望。……百世不朽徐子方。"[③] 徐氏重修书院，兴复儒学，使杭城士子重道向学之风再盛，功垂后世，方回所云并非私美之辞。

张楑

张楑（1260—?）[④]，字仲实，号菊存，寓居钱塘（今浙江杭州）。南宋名将张俊五世孙，故以西秦为籍贯。牟𪩘之婿，早年受知于阎复，尝为杭州路学录、江阴学正、宜兴州教授、平江路教授、广德主簿，终两浙盐运司知事。有《张仲实文编》、《张仲实诗稿》，均佚。事见王沂《伊滨集》卷二十四《张君仲实行述》、《元诗选癸集·甲》小传、《宋元学案补遗》卷八十。

---

① （元）方回：《次韵徐容斋赠丘通甫》，《桐江续集》卷十八，《四库全书珍本初集》本，第12262页。

② （元）方回：《前参政浙西廉访徐子方得代送别三十韵》，《桐江续集》卷二十一，《四库全书珍本初集》本，第12303页。

③ （元）方回：《桐江续集》卷二十四，《四库全书珍本初集》本，第12346页。

④ 按，方回《跋张仲实诗》："予丁未（1247）入杭访南湖之孙及其老宾客张居卿先生于梅桥，居卿先生教余作诗，相期甚远。今三十八年，前修零落，始识南湖从侄孙仲实，君年甫二十五。"［（元）方回：《桐江集》卷四，《续修四库全书》影印宛委别藏钞本，第433页。］于此可以推知，张氏生于景定元年（1260）。

方回在杭州结识张楳，时张年仅二十余岁。回极赏其诗，以"迫近老杜"、"置之张文昌集中未易辨"加以评骘，又说"行天下多矣，未见有少俊英妙如仲实者"，"积之久，扩之远，所至岂可量哉"，叹其"后生可畏"①。《次韵邓善之书怀》又评其诗刚健有力、绝无瑕疵："我听聱张作，清于月夜箛。曹思先七子，杜老到三巴。有力能推拉，无疵可汰沙"②，评价可谓至高。方、张二人为忘年之交，时有酬唱往来，关系颇为亲密。现存二人杭州交游之作有七首。即使相隔两地，二人亦时有诗书往还。张任江阴学正期间，方回寄诗，有"向道紫阳山色好，何为不肯泝溪泷"句，述其欲归隐紫阳山下之情思③。大德二年（1298），张自江阴归杭，赠予淳熙间邱寿隽新昌石氏本《兰亭序》，方回爱之不能释手，"绝喜他乡见似人，颇如画手善传神"④，欢喜之情不能自抑。

张谦

张谦，字受益，号古斋，济南（今山东济南）人。曾为江浙行省检校、秘书监丞。事见《元诗选癸集·甲》。

方回晚年寓居杭州期间，与张谦多有交往酬唱，《桐江续集》中现存相关诗作有十三首。他又曾为张氏会清堂题诗，为其喜闻过斋、古斋作记、箴，交情非寻常可比。张谦雅好古道，读古人书专心致志，游古人迹触目兴怀，玩古人器物以寄意寓情，方回誉之为"古君子"，赞其"为人当于古人中求耳，勘古心，行古道，于古谊尤高，急人之私如救焚溺，扬人之善如甘饴蜜"，评价甚高⑤。方回亦好古崇道，关心民瘼，与张氏堪为同道知己。这在至元三十年（1293）五月二人所作唱和诗篇中得到了有力的体现。是月，杭州梅雨连绵，引发水灾，张谦作诗忧之，方回次其韵，作《十六日水退雨不已次受益韵二首》、《次韵受益苦雨二首》。久雨终晴，二人欣喜若狂，从方回《次韵受益喜晴》诗中可见其一斑，诗云："高楼晓气清，钟鼓报新晴。乍睹

---

① （元）方回：《跋张仲实诗》，《桐江集》卷四，《续修四库全书》影印宛委别藏钞本，第433页。

② （元）方回：《桐江续集》卷二十一，《四库全书珍本初集》本，第12293页。

③ （元）方回：《寄仇仁近、白廷玉、张仲实京口、当涂、江阴三学正，兼述新岁阴雨春寒有怀》，《桐江续集》卷十七，《四库全书珍本初集》本，第12253页。

④ （元）方回：《张楳仲实见惠江阴邱本》，《桐江续集》卷二十四，《四库全书珍本初集》本，第12339页。

⑤ （元）方回：《古斋箴》，《桐江续集》卷二十九，《四库全书珍本初集》本，第12424—12425页。《送张受益入都序》，《桐江续集》卷三十一，《四库全书珍本初集》本，第12452—12453页。

阳乌色，频闻喜鹊声。纵难期上熟，差足慰深耕。忍见民穷极，唯宜岁事成。"① 二人望雨兴叹、见晴舒颜的情貌历历可见，他们与百姓同忧患、共欢喜，关心民瘼的真诚颇为感人。张谦喜好收藏古人字画，又长于品鉴，方回屡次前往观瞻，相与切磋，颇得其乐。大德二年（1298）所作《次韵受益再题荆浩山水图，当是洪谷子自写所居》云："我少学画中弃之，时到古斋漫随喜。好古人多识古希，不意永嘉闻正始。"② 即是对二人沉浸于鉴赏古画、意求察识古人的情景的真实写照。

张云鹏

张云鹏，字鹏飞，号老山，燕（今北京）人。曾任监察御史、中书省理问、浙西宪副。有《后乐集》，佚。事见方回《桐江续集》卷三十一《后乐集序》、王恽《秋涧集》卷八十《中堂事记上》。

方、张二人在杭州结识，大有相见恨晚之意，遂结为知己之交。张氏所作诗歌虽已不可考见，但从方回现存十五首唱和诗，亦可见出二人交游之频繁，情谊之深厚。至元三十一年（1294）正月，方回作《次张鹏飞解官旧韵》；秋间，有《次韵张鹏飞三绝》。三十二年（1295）四月，张转官浙东，方作《寄张鹏飞浙东》。元贞二年（1296）正月，张作诗庆方回七十寿辰，回寄诗答谢，即《谢张老山御史鹏飞庆予七十》、《又次韵张御史鹏飞》。《追用徐廉使参政子方申屠侍御致远张御史鹏飞元日唱酬韵六首》亦作于是年一二月间。是年七夕，张云鹏寄《七夕诗》。八月，方回作《张老山御史寄七夕诗，今近中秋奉问》。十二月，方回又作《寄老山张鹏飞御史》。

方回由衷赞叹张氏之人品与学问，称誉其为当时为数不多的"考论道德、学问文章"③ 之士之一。首先，肯定其人品，赞为"雪天人品最高者"④。《次张鹏飞解官旧韵》云："聚敛臣应愧直臣，暂闲身似胜官身。险夷异路良难测，进退忘怀直任真。万国山河封域广，九天日月照临新。乌台凤沼登耆旧，屈指如公几正人。"⑤《后乐集序》亦云："天下之忧，人所不忧，则吾先之；

---

① （元）方回：《桐江续集》卷十八，《四库全书珍本初集》本，第12264页。
② （元）方回：《桐江续集》卷二十四，《四库全书珍本初集》本，第12340页。
③ （元）方回：《后乐集序》，《桐江续集》卷三十一，《四库全书珍本初集》本，第12447页。
④ （元）方回：《次韵张鹏飞三绝》其三，《桐江续集》卷二十，《四库全书珍本初集》本，第12279页。
⑤ （元）方回：《桐江续集》卷十九，《四库全书珍本初集》本，第12268页。

天下之乐，人所欲乐，则吾后之，此公之大志也。"① 以张氏为"先天下之忧
而忧，后天下之乐而乐"的直臣正人，评价可谓极高。其次，欣赏其学问文
学，赞其直可承前贤、启后学。方回云："学问文章追前修而开后学，其在斯
人乎？"又称道其诗歌："多忧天下之言。云南、西夏、辽东，人所惮往，公
宁轻其躯，不轻其官，故旧死丧、戚嗟悲慨、吊蓼竖孤，屡形讽咏，其忠襟
义概若此。……诗格律高，步骤阔，骨骼峥嵘，神采飞动。"② 诗如其人，一
身浩然正气、满腔忧生之嗟发诸于诗，自然使其诗歌格高骨峻、气势雄健，
这正符合方回以"格高为第一"的诗歌审美标准。

俞裕

俞裕，字好问，居吴兴之敢村，故称"敢叟"。有交乐轩，牟巘为作记
（《牟氏陵阳集》卷十）。

方回晚年与俞裕结交。元贞元年（1295）三月十七日夜，雷雨交加，方
回独处家中，百无聊赖，遂作诗酬俞氏，称"捱耐天明招敢叟，能来破闷赖
斯人"，为得此诗友而倍感欣慰："五年浩荡江湖梦，犹喜相逢得友生。"③ 同
年冬，俞氏远游松江，方回作诗送之。二年（1296），俞裕以诗庆方回七十寿
辰，方次其韵，作《次韵俞好问庆予七十》。方回尝为俞氏作字说，勉其好问
以知之，知而能行之，做到"知行双进"④。俞裕四十岁时，有人欲将其丙申
（1296）、丁酉（1297）间所作诗稿付梓板行。方回则认为其诗歌"不雕刻，
可喜，然多信笔；不必皆工，而近乎率；一句好，或一联偏；一联妙，或全
篇苟且。而用字俗，或以为不好，则无病；以为好，则无可取"，尚有不足之
处，未能臻于尽善，因而建言再加精锻细敲功夫，切莫急于刊行。不讳言俞
氏诗歌之不足，一方面可以见出方、俞情谊之真切，另一方面亦体现了方回
严谨精审的治学态度以及指示后学的悉心与不苟。方回卒后，俞裕致力于整
理刊刻方回诗集，为保存与传播友人诗歌用功颇多⑤。

---

① （元）方回：《桐江续集》卷三十一，《四库全书珍本初集》本，第 12447 页。
② 同上。
③ （元）方回：《三月十七夜大雷雨，用韵酬俞好问四首》，《桐江续集》卷二十，《四库全书珍
本初集》本，第 12280 页。
④ （元）方回：《俞好问字说》，《桐江续集》卷三十，《四库全书珍本初集》本，第 12445 页。
⑤ 按，（元）牟巘《俞好问刊诗集疏》："……北则容斋、老山，南则厚斋、虚谷，大相流品，
仅可流传。可与运斤成风，便施妙断，勿令漏瓢贮水，徒费苦吟。辄与发端，以谂好事。"〔（元）牟
巘：《牟氏陵阳集》卷二十二，《文渊阁四库全书》第 1188 册，第 204 页。〕

胡方

胡方（1243—？）①，字直内，号植芸。"淳安县人。父顺昌，黄岩令，与回同榜；祖伯骥，己丑黄榜，浙西帅参，号坦轩，有集刊行；曾祖朝颖，壬辰黄榜，国子正，知岳州，号静轩。"②

方回年长胡方十六岁，作为前辈诗人，悉心指教其作诗之法，亲眼见证了胡氏日渐进益的诗学成长历程。胡氏年少之时自称宗法唐诗，善学贾岛、孟郊，以苦吟见长，有集名《适安集》③。他挟是集至严州访谒方回，方回肯定其诗歌锻意铸辞之功，认为颇有益于抑制宋末宗尚"四灵"、"江湖"之流俗，勉励其"一扫庆元以来八十年之弊，力追乾、淳，乾、淳还则元祐、庆历，上至千古，皆可坐而致也"。对于胡氏尊唐抑宋的诗学偏见，方回予以纠正，告诫道："无徒曰'吾不为宋诗'！黄、陈其宋诗乎？欧、苏、周、程其宋之文、宋之学乎？"同时，他又海以"诗序无庸肴杂"、"诗题宜有斟酌"、"诗意不专讥讽"等具体的诗歌格法。④ 这种巨细不遗的悉心教海，使胡方大受裨益，顿悟诗歌境界及作诗之法，因而诗艺日增。至元二十四年（1287），方回作《赠胡直内并寄夏自然》云"直内苦吟今贾孟，自然近作欲韦陶"，自注："去年见寄古诗二十五韵，良佳。"⑤ 为后学诗歌渐趋佳境倍感欣慰。大德元年（1297），方回再题胡氏家集《一家清雅集》（按，据上引方回《跋胡直内诗》对胡方家世之介绍，知此集当是裒辑胡方及其祖父伯骥之诗而成，所谓"四世能诗才二人"），赞赏之情不能自掩："累朝科第总名臣，四世能诗才二人。参透雄深兼雅健，锻成俊逸更清新。马班翁季羞前躅，王谢云仍踵后尘。颇恨昔叨桐濑守，未能绣梓励儒绅。"⑥ 甚至后悔出任桐江太守期间未能将其诗付梓刊刻，以劝励乡儒士绅。三年（1299），胡方入都问选。是时，

---

① 按，方回《送胡植芸北行序》："赵与东……今年七十八岁没；……胡方……今年五十七。"知胡少赵二十一岁，据上文所考，赵生于1222年，则胡生于1243年。[（元）方回：《桐江集》卷一，《续修四库全书》影印宛委别藏钞本，第379页。]

② （元）方回：《跋胡直内诗》，《桐江集》卷四，《续修四库全书》影印宛委别藏钞本，第427页。

③ 按，胡方尝以其《适安集》求教于宋末元初人何梦桂。何氏为作《题胡直内适安集》云："胡直内挟诗册过余，题曰《适安》，请余言。余谓：'子苦思于诗，将不免饭颗山之讥，亦奚安之适，而自谓若此？'"曾对其以"适"名苦吟诗集提出质疑。（曾枣庄、刘琳主编：《全宋文》第358册，上海辞书出版社、安徽教育出版社2006年版，第69页。）

④ （元）方回：《跋胡直内诗》，《桐江集》卷四，《续修四库全书》影印宛委别藏钞本，第428页。

⑤ （元）方回：《桐江续集》卷十三，《四库全书珍本初集》本，第12188页。

⑥ （元）方回：《题〈一家清雅集〉送植芸胡直内》，《桐江续集》卷二十三，《四库全书珍本初集》本，第12328—12329页。

其诗风格"槁而幽"，已经达到了方回诗学审美的较高境界，完全符合其审美需求。所以，方回在送序中极夸其诗，称其为"真诗人"，又说："宋人高年仕宦不达，而以诗名世，予取三人焉：曰梅圣俞，曰陈无己，曰赵昌甫。世谓宋之诗不及唐，予谓此三人唐诗似反出其下。……直内诗亦然。"① 将其与梅尧臣、陈师道、赵蕃并列，并赞其高出唐诗之上，激赏之意无以复加。不难看出，胡方诗学由宗法唐诗转变为以宋诗为法，与方回的引导息息相关。在其诗学历程中，方回始终扮演着师长的角色，起了至为关键的作用。

黄宣

黄宣，字仲宣，婺源（今属江西）人，卜居歙县之东山。

黄宣有志于唐诗，又善为古诗，作为方回之后进，以诗受其称赏。方回为其《山中吟卷》作序，序中称其"此夕分秋半，何人共夜阑"句"可伯仲大晏"，同时诲其师法同乡先贤朱子，年甫而立之年，若入门高远则"进未艾也"②。他对黄氏期许颇高，以其与歙县晚辈诗人之佼佼者杨复等并称，认为可继踵遗老先圣之后尘③。黄氏有丛书堂，方回为之作记，表达了"多藏不如善读"的观点，勉其多读、精读④。黄氏还为方回引荐友朋，赵弥忠就是经其援引而与方回结交的。

赵弥忠

赵弥忠，字资敬，号云屋，休宁（今安徽休宁）人。宋末官判院，入元不仕。

赵氏少方回一岁，久闻方回之名，乃经由黄宣奉上诗书，与之结交⑤。在书信中，赵氏称美方回之"学问本源出于六经"，以"泰山巨海"喻之，极尽

---

① （元）方回：《送胡植芸北行序》，《桐江集》卷一，《续修四库全书》影印宛委别藏钞本，第379页。

② （元）方回：《婺源黄山中吟卷序》，《桐江集》卷一，《续修四库全书》影印宛委别藏钞本，第369页。

③ （元）方回《吾乡朋友比多，诗人宜进一步。大则文公，小亦龙溪可也。于汪德载、杨复之归，赋此意，并寄刘元辉、黄仲宣》："紫阳山可搜遗老，白玉堂堪踵后尘。"（《桐江续集》卷二十六，《四库全书珍本初集》本，第12367页。）

④ （元）方回：《丛书堂记》，《桐江续集》卷三十五，《四库全书珍本初集》本，第12511页。

⑤ 按，方回《答赵云屋》："回浮游南北数十年，居乡日少，以故乡之名士多有未识。黄仲宣来，捧赐巽扎，知执事生戊子，回生丁亥，年相若也。"〔（元）方回：《桐江集》卷五，《续修四库全书》影印宛委别藏钞本，第448页。〕

尊尚崇敬之情。他又以所作《翠侍题咏》求教，方回读之再四，称赞道："知尘世烟霞之□犹有能言之士，怪怪奇奇，世不乏人。"① 赵氏入元不仕，其高蹈出尘的品格也颇受方回赞赏，"不品官班但品人，深云藏屋屋藏身。就中别有难藏者，名震京师郑子真"②，以之媲美汉代高隐郑朴，评价甚高。之后数年，方回遍题赵氏之屋宇亭堂，先后为作《寄题休宁赵氏云屋、省心、翠侍、问道亭、有有堂五首》、《问道亭记》、《有有堂记》、《寄题云屋赵资敬启蒙亭、风雩亭二首》诸篇诗文③，说解释义精湛有理，称颂主人不吝美辞。屋宇亭堂皆得方回之诗文题记者，唯赵弥忠得此荣幸，由此也可见出二者之情谊非寻常可比。

通过考证梳理方回的交游情况，我们可以得到两点启示。

其一，唐宋兼取、打破门户是方回一贯的诗学主张。方回生于"江西"诗风颇为浓郁的安徽歙县，早年参拜的师长吕午、方岳、陈杰、阮秀实等人虽大多偏好宋诗，却并不一味排斥唐诗。在他们的指引下，方回逐渐形成了在兼取唐宋的基础上崇尚宋诗的诗学倾向。后来长期居住浙地、深受晚唐诗风濡染的生活及诗学经历，更使他认识到"江西"、晚唐诸子拘守门户的偏狭观念极不可取。正如张毅《宋代文学思想史》所云："到了江湖诗派出现于诗坛的南宋后期，……比较杰出的作家多出入派体与晚唐体之间，对两派的不足都有切身的体验，不仅对江西末流多有批评，于晚唐体的流弊也加以指责。"④ 家邻江西、旅居浙地的方回堪称"出入派体与晚唐体之间"的"杰出的作家"的典型代表。这在他与诗友晚辈的交游论诗中都有体现。如，居守严州期间，他交游最频繁且最为欣赏，甚至推为"此邦诗人第一"⑤ 的诗人是诗风"瘦而不枯，劲而不燥"⑥，"淡而峭"⑦ 的赵与东，同时又极其欣赏诗风

---

① （元）方回：《答赵云屋》，《桐江集》卷五，《续修四库全书》影印宛委别藏钞本，第448页。

② （元）方回：《寄题休宁赵氏云屋、省心、翠侍、问道亭、有有堂五首》其一，《桐江续集》卷二十，《四库全书珍本初集》本，第12285页。

③ 按，诸篇诗文写作时间之先后，见方回《寄题云屋赵资敬启蒙亭、风雩亭二首序》："回为作《翠侍题咏序》矣，又为题云屋、省心亭、翠侍亭、问道亭、有有堂五绝矣，又为作问道、有有二记矣，诗文凡八首梓行。士大夫观止，丑形莫遁乎明镜，拙手见嗤于巧斤者也。尚有启蒙、风雩二亭未之赋，辄再呈丑丢拙奉一笑。"（《桐江续集》卷二十三，《四库全书珍本初集》本，第12329页。）

④ 张毅：《宋代文学思想史》，中华书局1995年版，第275页。

⑤ （元）方回：《寄同年宗兄桐江府判去言五首》其四自注，《桐江续集》卷二十，《四库全书珍本初集》本，第12282页。

⑥ （元）方回：《赵宾旸诗集序》，《桐江集》卷一，《续修四库全书》影印宛委别藏钞本，第361页。

⑦ （元）方回：《送胡植芸北行序》，《桐江集》卷一，《续修四库全书》影印宛委别藏钞本，第380页。

"清新"、诗歌"杂之王摩诘、刘长卿、张司业、白香山集中或者有不能辨"①
的诗人冯坦。他批评并纠正胡方尊唐抑宋的诗学偏见:"无徒曰'吾不为宋
诗'! 黄、陈其宋诗乎? 欧、苏、周、程其宋之文、宋之学乎?"② 胡氏后来
转而追求"槁而幽"的宋型审美风格,与方回显然有直接的关系。方回论诗
兼取唐宋,又以此影响诗友后学,对于打破宋末"江西"与晚唐的门户偏见
有不可磨灭的功劳。

其二,求同存异的交游理念,使方回的诗学观念更为通达。方回择友颇
为谨慎,曾述其交友原则曰:"势位高于己,诎子奴事之。虎后狐前行,假威
将谁欺? 才艺卑于己,苟且相追随。庶几不见轹,延誉借谀辞。老夫久择交,
此心故异兹。勿攀势位高,毋友才艺卑。章惇招不往,丰谷以为师。彭城陈
正字,贻我有良规。"③ 因此,其诗友多是势位、诗艺与之相当的诗坛名家,
或是诗艺突出的后学才俊。然而,他秉持求同存异的交友理念,所交诗友在
诗学主张上颇有与其不尽相同者。如牟𪩘,同样是评价俞好问诗歌,牟氏患
其作诗太苦,提倡诗歌重在娱心、陶写性情④;方回则认为其诗太率,应该
再加苦吟锤炼⑤。如陈栎,他欣赏"典正而无式贤之华,丰硕而无元京之枯"
的诗歌风格,对于方回偏爱枯瘦劲硬的审美趣味颇有异议:"吾邑以诗见知虚
谷者有孙元京,爱赏出于罕见,褒誉不免过情。元京殁,虚谷简曹弘斋始有
'吴华孙枯'之评,吴谓式贤,孙即元京",甚至要"起虚谷而质之"⑥。再如
范晞文,他论诗重实字,认为周弼"四虚"之说不如"四实"之说精妙,与
方回重视虚字、以"四虚"为最上的见解颇异其趣。方回虽力主宋型审美范
式,偏好格高、平淡,却并没有走向偏狭,这在一定程度上得益于友人各有
千秋的诗学观念的影响。

---

① (元)方回:《冯伯田诗集序》,《桐江集》卷一,《续修四库全书》影印宛委别藏钞本,第
361—362页。
② (元)方回:《跋胡直内诗》,《桐江集》卷四,《续修四库全书》影印宛委别藏钞本,第428页。
③ (元)方回:《杂兴十二首》其十,《桐江续集》卷二十三,《四库全书珍本初集》本,第
12319页。
④ (元)牟𪩘:《俞好问诗稿序》,(元)牟𪩘:《牟氏陵阳集》卷十二,《文渊阁四库全书》第
1188册,第109页。
⑤ (元)方回:《跋俞好问丙申丁酉诗稿》,《桐江集》卷四,《续修四库全书》影印宛委别藏钞
本,第435页。
⑥ (元)陈栎:《吴端翁诗跋》,(元)陈栎:《定宇集》卷三,《文渊阁四库全书》第1205册,
第190页。

附录二 《瀛奎律髓汇评》失收何焯评点辑补

何焯（1661—1722），长洲（今江苏吴县）人。字屺瞻，号义门，晚号茶仙，学者称义门先生。康熙中以拔贡生值南书房，赐举人，复赐进士，官编修。有《义门读书记》、《道古斋识小录》等。清代江南著名藏书家、批评家。"生平手不释卷，丹黄点勘不下数百种，考订之细，书法之工，为艺林所仅见"①，其批点本具有极高的学术价值和审美价值。元人方回编选的《瀛奎律髓》，义门先生一生两次批阅，校勘考订，评析探幽，用力甚勤，是诗学领域的重要财富。然而，因其圈点和评语未曾付梓刊刻，当时即已难得一见，乾隆年间的沈廷瑛更是感慨"是书义门先生阅者绝未经见"②。

李庆甲先生《瀛奎律髓汇评》遍访诸本，广为搜罗，"以过录有冯舒、冯班、查慎行、何义门评语的清康熙五十二年石门吴之振黄叶村庄刻本《瀛奎律髓》为底本，参校了过录有冯舒、冯班、何义门评语的清康熙四十九年陈士泰刻本《瀛奎律髓》"③，辑录何焯评点于所评诗后，使学者得窥何氏治《瀛奎律髓》之一斑，其功不可没。但是，限于客观条件，李氏所辑并不全面。今上海图书馆所藏过录有许士模抄冯舒、冯班、查慎行、何焯评点本（文中称"许抄本"）及过录有沈廷瑛抄冯舒、冯班、何焯评点本（文中称"沈抄本"）《方虚谷瀛奎律髓》，皆为李氏所未见。其所录何氏评语，也多为

---

① 上海图书馆藏过录有许士模抄冯舒、冯班、查慎行、何焯评点本《方虚谷瀛奎律髓》，许士模题识。

② 上海图书馆藏过录有沈廷瑛抄冯舒、冯班、何焯评点本《方虚谷瀛奎律髓》，沈廷瑛题识。

③ （元）方回评，李庆甲集评校点：《瀛奎律髓汇评》"例略"，上海古籍出版社2005年版，第2页。按，李氏所云"过录有冯舒、冯班、何义门评语的清康熙四十九年陈士泰刻本《瀛奎律髓》"，不见于是书《附录四·版本、评点及收藏情况一览表》，亦不见于诸图书馆古籍索引，疑李氏误。

《瀛奎律髓汇评》所失载。辑录于此，将有助于弥补何焯《瀛奎律髓》评点久不为学界所见之缺憾，对于相关研究也将有一定的推动作用。

许氏所用刻本为康熙五十二年吴宝芝黄叶村庄刻四十九卷本《方虚谷瀛奎律髓》。一函十册。内扉页二背刻有"黄叶村庄重校，方虚谷瀛奎律髓，评注圈点悉依原本"。其后依次刊刻吴之振序、皆春居士序、吴宝芝题识、方回原叙、吴宝芝再题识、沈邦贞题识、宋至序、吴宝芝《重刻律髓记言八则》，接以目录和正文。正文半页十行，行十九字。注文小字双行，行二十五字。白口，双黑鱼尾。书口上部标书名，两鱼尾之间上部标卷数及类目，下部标页数。所录诗歌，诗题、评语低两格，诗文顶格。其书内扉页一及每册首卷首页有"嘉兴钱伯英别号辛禅捐赠"朱印，每册卷首首页尚有"上海图书馆藏"藏书印。

正文前有吴绍溁题识云：

　　此书先生（按，何焯）所阅旧刻，二冯评语颇详。向藏余家，后为洞泉秦师携去。此本当是先生续阅者，其墨笔所传大冯评语，朱笔传者小冯也，议论较初本颇加芟削。下阕皆先生自评。此非经世不可离之书，而批阅乃至于再。呜呼！可谓好学也已。绍溁识。

又有许士模题识：

　　义门先生生平手不释卷，丹黄点勘不下数百种，考订之细，书法之工，为艺林所仅见。先生没于京邸，遗书尽归广陵马氏。既而马氏式微。余友吴太史苏泉不惜重资购得大半。每过其斋，四壁插架，触目琳琅，辄徘徊不忍去。未几，苏泉物故，书渐散失。从弟倚青以白金十镒买数十种，余曾作诗赞之。倚青闲居，书将转鬻，不知复落何人之手？从此，前辈菁华风流云散，糊窗覆瓿，俱未可知，可胜浩叹！此本为乾隆庚戌寓扬时借录，距今二十有四年，元本已不知何在。既又念余年且七十，又安知此本更属何人？姑尽吾齿以自娱而已。特志其颠末，俾后之得是书者或因余言而珍重焉。是则余之所厚望也。嘉庆癸酉九月二十二日植亭学人许士模识于东台学斋。

据吴、许二题识所述，并将此本所抄诸家评语与《瀛奎律髓汇评》一一比对，知其墨笔所抄为查慎行评语，下阕之外红笔、黄笔所抄为冯班评语，蓝笔所抄为冯舒评语，而下阕红笔或蓝笔书写者为何焯评语①，且皆为《瀛奎律髓汇评》所未见②。

沈抄本与许抄本所用刻本同。一函十二册。内扉页背题："壬辰夏，同邑鲍叔衡廷爵寄赠，付之廉藏之。瓶叟记。"每册首卷首页有"上海图书馆藏"藏书印。卷末有沈氏题识，交代了评语抄录情况，并高度评价了何焯评点：

> 两冯公评本，世多传写其书，义门先生阅者，绝未经见。是册从宝砚堂藏本假录。秋田师云义门评诗专在知人论世，能揭作者苦心，诠解出人意表，非仅如两冯公之但论源流法律也。兹阅朱笔所志，信然。敢不秘之，为枕中鸿宝？乾隆丙申十月廷瑛谨识。

卷四十八末标记云："义门先生评点：用红笔。何焯，字屺瞻，又号无勇、潜夫。"根据评点内容，沈氏用红笔将何氏评语或抄作眉批，或抄于诗后，或抄于各家评后，或径直于诗文处涂抹校改，与许抄本相比，更好地保留了何氏评点原貌。许抄本何氏评语皆不见于是本，而是本与《瀛奎律髓汇评》大多重复，知此本所录亦为何氏初评③。然而，由于传抄过程中抄者对原评往往有所取舍，与《瀛奎律髓汇评》相比，沈抄本何氏评语有遗漏者，亦有多出者。

本文按《瀛奎律髓汇评》之体例，将所辑补何氏评点系于所评诗歌之下，并于括号中标注《瀛奎律髓汇评》页码，以便查对。（按，对于抄本中分属不同段落或录于不同位置的文字，用"○"隔开。沈抄本评语前标"△"，以区别于许抄本。）

卷一：

陈子昂《度荆门望楚》（1）：

---

① 按，二冯评语之归属，许抄本与《瀛奎律髓汇评》偶有不同。如卷十五梅尧臣《吴正仲见访回日暮必未晚膳因以解嘲》评语："'倾崖护石髓'，始可云用事不觉，'题凤'则显然用事矣。"《瀛奎律髓汇评》属之于冯班，而许抄本属之冯舒。此一情况在其他过录评本及他家评语中亦多有存在，可见传抄过程中《瀛奎律髓》诸家评点之间出现了误属、混淆等复杂情况。

② 按，据此可知，《瀛奎律髓汇评》所辑录何焯评语，乃依其"所阅旧刻"所传抄者。据《瀛奎律髓汇评》附录四"版本、评点及收藏情况一览表"，其所依底本旧藏上海图书馆，惜今已不可查见。

③ 按，通过比对许抄本、沈抄本、《瀛奎律髓汇评》与《义门读书记》所载杜甫、李商隐诸人评语，发现许抄本评语不见载于《义门读书记》，而沈抄本、《瀛奎律髓汇评》与《义门读书记》所载多同。推知，乾隆年间何氏后人及后学辑《义门读书记》时，亦未见何氏《瀛奎律髓》"续阅"，而大量辑录了其初评之语。

沈、宋乃律诗之祖，子昂尚未分古诗与近体为二也。

李白《秋登宣城谢朓北楼》（9）：

次连承"晴空"，三连承"如画"。

李群玉《登蒲涧寺后二岩》（11）：

"尧韭"贴"蒲涧"，"禹粮"却是捉来，不为工也。若出玉溪，下句必用一释氏语。

张祜《金山寺》（13）：

首句"寺"字，《百家选》作"顶"字，为胜。〇破云"一宿"，故中二连皆一昏一晓，此诗律之细。"终日"二字亦与"一宿"正对。

△"顶"字涵盖无际。〇"同悲"二字有闻钟顿悟之意，仍一气贯注。

梅尧臣《金山寺》（14）：

"巢鹘"一连，观诗序始明。

陈师道《登鹊山》（15）：

"医多卢"出扬子，但句村耳。

陈师道《登快哉亭》（17）：

破题云"城与清江曲"，似谓黄之快哉亭，方说以备博闻。

陈与义《渡江》（20）：

此句为南渡言之，何谓硬驳？

宋之问《登越台》（21）：

越台在广州，非贬越州时。

李白《登金陵凤凰台》（26）：

《入蜀记》云："三山自石头及凤皇台望之杳杳，有无中耳，及过其下，则距金陵才五十余里。"

王安国《金山同正之吉甫会宿作寄城中二三子》（35）：

此等诗何必入选？只注介甫诗下可也。〇结仍偷张处士。

范成大《鄂州南楼》（43）：

杨诚斋以萧东夫与三公并称，见《千岩摘稿序》。当时亦云尤、萧、范、陆也。

卷二：

贾至《早朝大明宫呈两省僚友》（58）：

吾家仲言《九日侍宴诗》："晴轩连瑞气，同惹御香芬。"方亦有本。

杜甫《和贾至舍人早朝大明宫》（59）：

毕竟杜为第一。前四句打叠省净，无不包括。"朝罢"二字截住后半，只拈和诗，体势宽然。落句更能切贾舍人。所谓笔力破余地也。

岑参《和贾至舍人早朝大明宫》(61)：

"春"，杜集中作"夜"。

苏轼《卧病逾月请郡不许复直玉堂十一月一日锁院是日苦寒诏赐官烛法酒书呈同院》(69)：

案：此诗乃元祐二年所作。何云世局将变耶？身虽进用而从前所历忧患已多，且母后垂帘亦不得为盛际，安能不思退归之乐也？

苏轼《次韵子由五月一日同转对》(71)：

用"晋阳"事不类。虽切兄弟，未可施之承平也。

梅尧臣《较艺和王禹玉内翰》(73)：

已苍之论固佳，然此连不在宫词中，亦别有讬意。○此诗遂来，马首群噪。案：《学记》云："蛾子时术之。"欧公用此耳。五、六是黜刘几而取苏、曾之用心。嫌其太露，遂为怨毒所归。○小试官愈多则所取愈杂，谬种流传不可遏矣。然如欧、苏大老尤难得耳。区区一王伯厚尚能识文宋瑞也？

卷三：

陈子昂《岘山怀古》(79)：

西王母谣曰："白云在天，山陵自出。"

窦常《项亭怀古》(81)：

"年销"二字觉未稳。

李商隐《武侯庙古柏》(83)：

叶凋枝拆，借风点化出"古"字。

杜荀鹤《过侯王故第》(89)：

第二"行人"非趁韵脚，正唱起下六句。爱姬狎客不如草木鸟兽，错综得妙！

宋祁《长安道中怅然作三首》（其二）(91)：

起句奇杰。○落句工矣。但出自五代人乃更佳。

（其三）(91)：

"种祠"出《汉·郊祀志》，颜注：种祠，继嗣所传祠也。

张耒《永宁遣兴》(98)：

△张耒字文潜，以问东坡讪，为弟子服，遭贬。后得自便，居陈，因号宛丘。

徐道晖《题钓台》（99）：

落句未详所出。

刘禹锡《西塞山怀古》（102）：

西塞山在今之夷陵，于吴时则为西陵。陆氏父子所谓"国之西门"者也。《水经·江水》："又东历荆门、虎牙之间。"注引盛宏之《苏州记》云："此二山，楚之西塞也。"西陵不守，则长江之险与敌共之。腹心先溃，金陵如破竹矣。前四句二千里形势在目，真有千钧力。

李商隐《马嵬》（107）：

第四醒出蒙尘筋节。

许浑《凌敲台》（108）：

凌敲因山势为之，非筑也。发端《百家选》作"宋祖高高"。

许浑《金陵怀古》（112）：

隋平陈，诏建康城邑宫室并平荡耕垦。第四实事也。○虚谷自感怆殡宫被发耳。定远多之近痴。

李远《听人话丛台》（115）：

居高临下，故曰"地里来"。○岂可谓之近套？丛台在邯郸襄国，今顺德府顺德以北，跨连、燕、代诸山，临漳以南皆中州平旷之土。三、四全赵形势历历在目，非寻常以地名点缀者比。定远初阅本止单点"北游广平归"（按，疑"新从赵地回"，冯班初阅本作"北游广平归"。）乃大赏之，盖尝身至其地，乃深知此连为胜也。

崔涂《赤壁怀古》（119）：

《魏书》只云与刘备战，故云。

罗隐《题润州妙善寺前石羊》（119）：

"妙善"疑作"妙喜"。

罗隐《筹笔驿》（122）：

孔明不曾"东讨"，只可以东盟北伐。

罗隐《广陵开元寺阁上作》（122）：

"空中"当作"云中"。扬州只是唐之淮南节度使所镇，刘安自都寿春，相仍借用耳。

杨亿《汉武》（127）：

落句言东方生日传其侧而不能识，更何仙之求乎？但第五句杂出。

刘筠《汉武》（127）：

三、四不类。〇结句是用讽一而劝百意。

钱惟演《汉武》（128）：

所以感此者，殆为杨髡发陵之酷。

刘筠《明皇》（130）：

只用"法部兼胡部"，暗藏渔阳兵动，亦敏妙。

杨亿《成都》（131）：

"一丸泥封函谷"，乃隗嚣将王元语，与成都无涉。

杨亿《始皇》（133）：

"凝霜"，词费。

钱惟演《始皇》（134）：

落句用太史公《秦楚之际月表》中意，便觉警拔。诗欲佳固在读书也。

王安石《金陵怀古四首》（其三）（140）：

只是小谢"圣期缺中壤，霸功兴寓县"二句变而倒用之耳。

刘攽《金陵怀古次韵》（其一）（141）：

三、四直偷许浑。

（其二）（141）：

为吴所杀者又一王双，但非关系兴亡大事，只图押韵脚耳，事在《朱桓传》。定远最熟《三国志》，偶遗忘也。

《金陵怀古》（143）：

以下四首皆张文潜诗。

《登悬瓠城感吴季子》（144）：

案：《宛邱集》作"感吴李事"。〇集作"故碑不复见"。

卷四：

宋之问《早发始兴江口至虚氏村作》（150）：

以为味道、峤者，得之。宋子京已误，不始虚谷。

王维《送杨长史济赴果州》（152）：

△悲惨。子规啼云"不如归去"，则于凄然之中仍有生还之望，又所以慰之也。"祭酒"用张道陵事。《水经注》："五丈溪南有女郎庙。"

王维《送梓州李使君》（153）：

"一夜雨"当作"一半雨"。

△第二《英华》作"卿"，音"听"。（按，"响"字。）杜鹃，盖言几无人也。

白居易《百花亭》（158）：

抒山《诗式》云："虽欲废巧尚直而思致不得置，虽欲废词尚意而典丽不得遗。"此唐人笃论，虚谷辈何以不加研味耶？

马戴《蛮家》（163）：

△按，此诗载项子迁集，作马戴殊误。

皇甫冉《巫山峡》（164）：

"峡"当作"高"。"异"不如"落"。○"秋"不如"霄"。

△按，《御览》作"霄"，尤与"高"字意足。

梅尧臣《送番禺杜杆主簿》（174）：

第六是五岭之外语。

梅尧臣《送李阃使知冀州》（175）：

五、六寓戒备之意，旨味故深。

陈师道《寄潭州张芸叟》（178）：

"来暮"二字不类。

李靖《岭南道中》（182）：

"畲"音奢，大田也。瓯闽山中尚有蛮种善于垦殖，号曰"畲客"。

元稹《以州宅夸于乐天》（190）：

"谪居"当作"降居"。

杜牧《题宣州开元寺小阁》（194）：

△寄托高远，不是逐句写景，若为题所牵，便无味矣。

欧阳修《夷陵岁暮书事呈元珍表臣》（197）：

夷陵即吴之西陵，所谓国之西门，当举国争之者也。然当太平既久，即止宜着迁客耳。五、六自是杰句，定远偶忽而不察耳。第一句即呼起第五句。

卷五：

"小序"（205）：

升平取年谷和熟，《汉书》注中甚明，以富贵当之，村汉语也。

白居易《寄太原李相公》（208）：

一貂裘即诧为贵盛，乐天亦是酸子。

韩琦诸诗（214—217）：

三、四在诸篇中似胜。

王安礼《琼林苑赐宴饯留守太尉辄继高韵呈》（222）：

"巫"恐是"丞"字。

王安石《次韵陪驾观灯》（224）：

三、四不坠门阀。

王安石《谒曾鲁公》（224）：

"吕尚"、"韦贤"，当时实事。

洪迈《车驾幸玉津园晚归进诗》（226）：

膏雨迎夜，清景丽朝，岂乏佳语切事？乃不通至此耶？有别材而不关书，盖为公辈发。

晏殊《寓意》（227）：

此为艳诗，不得入升平类。

卷六：

宋祁《侨居二首》（其一）（249）：

"时"，恐是"持"字。

陈师道《除棣学》（251）：

"计"恐是"许"字。

《书怀》（255）：

△此下二首非韦诗。后阅张司业集，因注改。

宋庠《寄子京》（261）：

"显"恐是"愿"字。"切"恐是"切"字。

陆游《史院晚出》（268）：

渠语从唐人中来。

姜夔《夏日奉天台祠禄》（272）：

"雁鹜行"用《蓝田县丞记》，谓无吏胥在旁也。

巩仲玉《寒夜》（274）：

巩丰，作"仲玉"亦得。

卷七：

吴融《春词》（280）：

"羞"恐是"修"字。

杨巨源《艳女词》（283）：

"掩扉"反唱起末二句。

韩偓《咏浴》（288）：

落句一唤则上六句层层皆从帘外看来，方觉生动尤佳，在第三句隐隐反唤，拨动根脉也。

李商隐《楚宫》（293）：

集本《楚宫》，《才调集》作《水天闲话旧事》。

卷八：

《上巳访杨廷秀赏牡丹于御书扁榜之斋其东圃仅一亩为街者九名曰三三径》（309）：

△按，殷七事见《续仙传》，东坡已用，不可云少来历也。

卷十：

王湾《次北固山下》（320）：

彦和名玟。○"暮"当作"旧"。

王维《晚春严少尹诸公见过》（321）：

第三不必，六是用事。

李咸用《春日》（328）：

予谓只是行路难之意，不必看作古道也。定老借宋人以规切东林、复社诸公，非排诋道学。

陈羽《春日客舍晴原野望》（330）：

向月则花又将尽落矣，暗起"愁"字。

杜甫《曲江二首》（358）：

△一句是初飞，二句乱飞，三句飞将尽。但见翡翠成巢，一春易过，麒麟到冢，一生易过，然则何为不亟行乐乎？○五、六极言流转之速，言物当如此，我于风光亦然也。落句却反转说，杜之语妙如此。

杜甫《暮春》（360）：

△久雨长风，使人郁闷不舒。如池阁之景聊可消遣，而风雨又阻之，其拥塞何如也。

张耒《春日遣兴》（375）：

落句甚于梦得看花之感，正寓不能自遣耳。

陈师道《春怀示邻曲》（377）：

如"开三面"句便客气。

卷十一：

杜甫《陪诸贵公子丈八沟携妓纳凉晚际遇雨二首》（其一）（391）：

△第二已激射"雨"字。

（其二）（392）：

△落句言处处生凉，非败兴语。○"宛"字与"卷"字有生死之判。

杜甫《陪郑广文游何将军山林》（393）：

△首联拳石勺水居，然有万里之势。

韩淲《五月十日》（404）：

落句亦"淮海变微禽，吾生独不化"之意。

葛天民《郊原避暑》（404）：

第四佳句。

徐致中《又寄》（407）：

第六句谓石菖蒲也。

卷十二：

唐太宗《秋日二首》（其二）（420）：

案：《文选》所载之诗，篇篇有首尾起止，古人不限以死法而未尝无法也。齐、梁、陈之诗自三人全集可考之外，率出于《艺文》、《初学》诸类书，每经删节割截，故首尾起止不复井然可寻尔，后人或以此为奇，或从而疵议之，皆非善读者也。

杜甫《悲秋》（422）：

第五唤起末二句，错综变化。

刘禹锡《秋日送客至潜水驿》（426）：

"宫"，恐是"官"字。

僧齐己《新秋雨后》（437）：

第四奇绝，然学之即虚延让矣。

僧秘演《山中》（439）：

中四句非秋而何？

梅尧臣《秋日家居》（444）：

"着"一刻"省"。

卷十三：

杜甫《孟冬》（471）：

△以"暂喜"反见妄欢也。

赵宾旸《次韵方万里雨夜雪意》（487）：

三、四颇佳。

杜甫《野望》（其二）（490）：

△松维没于吐蕃，但见西山白雪，三城戍守，曾妄藩篱之固。蜀中殷富，

征调既繁，但见南浦清江，桥名万里，故曰极目萧条也。

白居易《戊申岁暮咏怀二首》（490）：

落句变化。

卷十四：

唐明皇《早渡蒲关》（500）：

写太平气象浑成无迹。

郭良《早行》（508）：

△按，《国秀集》中卷载金部员外郭良诗二首，是开元时人无疑。

僧宇昭《晓发山居》（512）：

杜牧之一篇，便在所遗，何谓诗少？马戴亦有佳者。

黄庭坚《和外舅夙兴》（其二）（514）：

"短童能捧杖"，李推官诗也。

张耒《晨起》（515）：

较之"四灵"，气格尚存。

巩仲至《晓起甘蔗洲》（518）：

"共走"不稳，"相吞"不通。

陈师道《早起》（524）：

"违"疑作"惟"。

卷十五：

杜甫《日暮》（531）：

△腹联作倒装句、流水对看，似更有意。

杜甫《旅夜书怀》（533）：

△只是汗漫连矣。三、四写来雄浑生动乃尔。许身稷契、曾犯龙颜，岂等浮华？未应飘荡，然非君之恩礼独遗，自缘老病，合就屏退耳。○落句用《解嘲》"江湖、勃解、乘雁、双凫"之意。

白居易《彭蠡湖晚归》（538）：

"此"，闽板作"北"。

曹松《南塘暝兴》（539）：

此等诗亦是学杜。

顾非熊《月夜登王屋仙台》（539）：

第二佳句。

杜甫《暮归》（558）：

此篇又入拗字。

张耒《夜泊》（560）：

第四名句。

赵师秀《秋夜偶书》（562）：

初读发端二句谓必有高论，不知结句胸次乃只如此。

陈师道《和王子安至日》（566）：

《乾淳岁时记》："冬至三日之内店肆皆罢市，垂帘饮博，谓之做节。"

张耒《腊日二首》（569）：

既是六首，岂必每首中出腊日乎？

杜甫《杜位宅守岁》（571）：

△按此诗后半并非叹老嗟卑，盖实有不堪于身世者，于时兴叹，不觉流露言外。

戴叔伦《除夜宿石头驿》（572）：

△"寒"字佳，方是宿旅馆中也。〇语稳意到，虽浅自工。

《新年作》（576）：

△此是刘随州诗。

王谌《观灯》（583）：

结语妙在收足"观"字，有不尽之味，无穷之景。如评语则痴绝矣。

白居易《正月十五夜月》（583）：

结圆且有余味。

陈师道《和元夜》（584）：

彭、黄强合，不成语。

卷十六：

"节序类"补（588）：

《正月晦日儿曹送穷以诗留之》：世中贫富两浮云，已着居陶比在陈。就使真能去穷鬼，自量无以致钱神。柳车作别非吾意，竹马论交只汝亲。前此半痴今五十，欲将知命付何人？事佳而诗复有名，为补录于此。焯

梅尧臣《七夕》（596）：

第四直偷杜句。

杜甫《九日》（其二）（598）：

△第五无花，第六无酒。

陆游《新年书感》（613）：

第六用经训，乃菌畬之意。

王禹玉《依韵恭和圣制上元观灯》（617）：

"秋风"二字与上元不稳贴。

曾巩《上元》（619）：

"倚"，集作"近"。

张耒《上元思京辇旧游三首》（其三）（622）：

第二未为恶句。

洪觉范《京师上元》（622）：

第七有笔力。

洪觉范《上元宿岳麓寺》（623）：

"西"疑作"南"。

洪觉范《春社礼成借用寺簿释奠诗韵》（623）：

"饷黍"句亦不佳。

苏轼《海南人不作寒食……》（627）：

△第三寻诸生，第四符秀才在。

"节序类"（635）：

小杜《齐山》亦未可少。

陈师道《次韵李节推九日登山》（636）：

以戏马台为骑台，恐杜撰。○木心石肠，石书语，何以见诃？

陈师道《九日寄秦观》（636）：

"无地落乌纱"，晦而不炼。

贺铸《九日登戏马台》（637）：

武帝时为宋公。二谢诗题中字也。然似不如作"射蛇人"为稳。

卷十七：

魏知古《奉和春日途中喜雨》（643）：

明皇《端午三殿宴群臣》诗序云："五言纪其日端，七韵成其火数。"此特用七韵又非定体。

孟浩然《途中遇晴》（643）：

△非不好，较前首则弱矣。阅此愈知盛唐必景龙、先天间，李杜出而风雅俱变矣。

杜甫《雨四首》（其四）（644）：

△"入处"改为"入室"。

杜甫《梅雨》（647）：

△至德二载以蜀郡为南京。第三妙，为结句生根。

杜甫《春夜喜雨》（649）：

《英华》作"及"，"及"字胜。○好雨。○细润，故重而不落。

杜甫《晴二首》（其一）（651）：

△"暗"字乃唤得起。○中四句皆一上一下，发端与落句又一上一下，相对也。

（其二）（652）：

△三、四皆倒装。

杜甫《晚晴》（653）：

△末句将晚晴又一染色。

裴度《夏日对雨》（653）：

《英华》编此诗于温助教后，乃裴说员外诗，误刻晋公名尔。结句收足夏日，变化洒脱，妙在"正埃尘"三字反呼有力。起句"登楼"二字诗律亦细，下六句皆高处所见也。

喻凫《寺居秋日对雨有怀》（654）：

"亮"，当作"凫"。（按，吴刻本作"亮"。）

张耒《雨中二首》（其一）（666）：

肥仙，山谷诗所谓"形模弥勒一布袋"也。

陈师道《寄无斁》（667）：

如末二句，自是强合。○杜诗对结是南北朝格法，须声文俱尽始妙。后山自杜以上者不解，往往结不住，以为学杜，正在皮膜之外也。

唐庚《骤雨》（671）：

"觑"字不佳。

杜甫《江雨有怀郑典设》（688）：

△"塞"字妙，第二以雨来映郑之不来。

黄庭坚《次韵张昌言给事喜雨》（695）：

"系"，恐是"击"字。（按，吴刻本作"系"。）

尤袤《次韵德翁苦雨》（704）：

五、六押强韵，自佳。

赵蕃《雨后呈斯远》（710）：

有意，未工。

卷十八：

曹邺《故人寄茶》(713)：

月团是孟谏议所送，孟简为常州。则阳羡时亦是饼茶。

苏轼《次韵曹辅寄壑源试焙新芽》(721)：

韦左司《喜园中茶生》诗："此物信灵味。"

卷十九：

杜甫《独酌成诗》(726)：

△破"独"字妙。兵戈远客，惟醉里差可度。第三最有味。○言岂为身谋? ○强用陶写，所以无可喜而独居思愧也。

杜甫《军中醉饮寄沈刘叟》(726)：

△结少味。○集外诗。

苏轼《太守徐君猷通守孟亨之皆不饮酒诗以戏之云》(735)：

△正复自然，所以不恶，他人效之辄不近也。

卷二十：

"小序"(744)：

《四月》诗亦言梅栗之实。嘉卉，则树下草也。虚谷误矣。亦不闻栗花可配梅花。

"小序"(744)：

《荆州记》出于盛宏之，与蔚宗同时，人则别为一人，明矣。

杜甫《江梅》(748)：

腊前已破，是江梅，非梅花皆如此次第也。

△梅起，江结。法好。○含"江"字。（按，"最奈客愁何"句。）

钱起《山路见梅感而作》(752)：

第六妙贴"山路"。

僧齐己《早梅》(755)：

七言律六首俱已登选，何得言无? ○此苏子卿又梁、陈间人尔。

梅尧臣《依韵答僧圆觉早梅》(759)：

"一国"，似兰。

梅尧臣《偶折梅数枝置案上盎中芬然遂开》(760)：

落句欲收案上，却少意味。

曾巩《邓帅寄梅并山堂酒》(764)：

"雨肥"则是梅子也。

朱熹《宋丈示及红梅腊梅借韵两诗复和呈以发一笑》（其二）（765）：

方公非，误"浅绛"为"瓣底"。

张栻《王长沙约饮县圃梅花下分韵得梅字》（767）：

朱竹垞谬以《可言集》入《经义考》。不惟此等处未细检，即万里本书之序，其中有十三卷选唐山夫人诗之语，亦了不经心也。

赵蕃《忆梅》（773）：

"郭"，疑"廓"。

张道洽《梅花》（其六）（775）：

落句亦不佳。

（其十一）（777）：

"留"字不稳。

林逋《山园小梅》（787）：

五、六亦是佳句，却从柳子厚"回映楚天碧"来。

曾几《诸人见和再次韵》（819）：

茶山忽尔妩媚，正不以着题损格。

方元修《正月七日初见梅花》（822）：

"日当人"三字无病。

张道洽《梅花二十首》（其一）（846）：

不通至此。

卷末（852）：

自唐已后，只得林逋两句，余人琐琐，徒赘卷帙。

卷二十一：

吕本中《雪尽》（869）：

肺病而犹与酒，宜则寒甚矣，非败句。

潘子贱《雪中偶成》（其二）（871）：

第六亦佳。

陆游《雪中二首》（其一）（873）：

似乎有为言之。

杨万里《雪》（876）：

用东坡白战"不许持寸铁"，搭上"毛锥"句，面目便村。

杜甫《暮登四安寺钟楼寄裴十迪》（877）：

起句谓雪岭耳，与雪何预？○自第二及三、四皆状其寂寞耳。

△我病不能往，君何慉乃尔，岂缘诗瘦耶？然亦当念交游，如此阒寂，即一可语之僧无处不觅也。

苏轼《雪后书北台壁》（其一）（879）：

通篇句句是雪后，工处不在"银"、"玉"影射，亦不当翻以此为疵也。

（其二）（880）：

第二首转以第一首，自是。宋人诗律"半月寒声落画檐"，足为佳句，但在通篇中气脉微不贯耳。后检坡集，尖韵者为第一篇，岂公亦自觉之耶？

苏轼《再用韵》（880）：

此首坡公集本题云："谢人见和前篇。"○"不道盐"出《张融传》。

王安石《读眉山集次韵雪诗五首》（881）：

"守夜叉"用玉川诗，苦无味耳。

王安石《读眉山集爱其雪诗能用韵复次韵一首》（883）：

末句出《三国志·魏武纪》。

王安石《次韵酬府推仲通学士雪中见寄》（884）：

"之"，集作"厄"。

黄庭坚《咏雪奉呈广平公》（886）：

"寒生"一联差胜。

尤袤《甲午春前得雪》（其三）（896）：

谚云："雪待伴"，延之已采用，不待张伯雨也。

陆游《雪中作》（900）：

晁冲之"夜平蔡贼兵轻敌，晓入梁园赋擅场"，前人名句。然不若此，三、四尤无瘢痕也。"轻"字拟易以"无"字，而"贼"字在句中终不韵。

卷二十二：

姚崇《秋夜望月》（906）：

第四用影蛾池。

钱起《裴迪书斋望月》（915）：

△句句是望。

王禹偁《中秋月》（917）：

三、四直犯许用晦"东林待月"结句。

杨万里《中秋前一夕玩月》（921）：

第三新。

梅尧臣《和永叔中秋月夜会不见月酬王舍人》（925）：

用"淮雨"与通篇不类。

卷二十三：

韩愈《闲游二首》（其二）（941）：

句句有耳目，一变之，意不减谢家"池塘春草"。

姚合《题李频新居》（960）：

收转新居，味在盐酸之外，花竹已多，添石则逼塞无佳致矣。照应亦最工也。

姚合《闲居》（961）：

"四灵"不能似其贯穿。

姚合《山中述怀》（964）：

欧公《诗话》乃"周朴"也。

王建《赠溪翁》（967）：

"看日和仙药"，妙。"书符救病人"，较平。

僧宇昭《赠魏野》（969）：

亦可云假。

寇准《水村即事》（969）：

"野烧"闽本作"四野"。

杜甫《南邻》（992）：

"芋"当作"芧"。"航"当作"艇"。

杜甫《狂夫》（992）：

"喜起明良"与闲适何与？方之不学至此。

刘筠《题林逸士泚上新屋壁》（997）：

"借"，一作"道"。

程明道《郊行即事》（1001）：

已收"春日"中。

陆游《山行过僧庵不入》（1007）：

吾谓懒由于晚，正自无碍。但三、四太与懒意，不相蒙耳。此贪好句，而非一丝抽出之故也。

卷二十四：

陈子昂《送魏大从军》（1019）：

代是代郡，不当为"岱"。《尔雅》"北陵西隃雁门"，即句注山。

宋之问《送朔方何侍郎》（1020）：

"日"，他刻作"月"。

杜甫《送陵州路使君赴任》（1026）：

此非迂语何？并相苦。

杜甫《送舍弟颖赴齐州》（1028）：

"齐关"疑"徐关"。

严武《酬别杜二》（1031）：

△"涡水"，注家以为"涪水"之讹。

岑参《送李太保充渭北节度》（1032）：

△汉哀帝改御史大夫为司空，东汉仍之。

岑参《送秘书虞校书虞乡丞》（1034）

△五、六反呼"有知己"，不是死景。

姚合《送韦瑶校书赴越》（1054）：

△此诗通首平对，自是章法。

梅尧臣《送祖择之赴陕州》（1055）：

"务劝桑"，闽本"劝农桑"。

韩驹《送宜黄宰仟满赴调》（1065）：

结似杜荀鹤。

赵蕃《送赵成都二首》（其二）（1067）：

维城意竟未回盼。

刘禹锡《同乐天送河南冯尹学士》（1072）：

第四对得活。

刘禹锡《送浑大夫赴丰州》（1072）：

△自大鸿胪拜，家承旧勋。

白居易《送姚杭州赴任因思旧游》（其二）（1073）：

"竺寺"一连戏用姚监诗体。

梅尧臣《送唐紫微知苏台》（1076）：

北宋时至德庙犹在城外，商容之间必式，况此地耶？诗人点缀虽非所拘，然大处却不容信手说去也。

梅尧臣《送余少卿知睦州》（1077）：

此篇宜入"风土"。

苏轼《次韵孔常父送张天觉河东提刑》（1082）：

"典裘"只以起"千钟洗愁"兼趁韵耳，此宋人辞贵处，又不当议其不切。

黄庭坚《送顾子敦赴河东三首》（其三）（1085）：

"衣簝"句特言其自给事中出也，何谓不庄？

曾几《送曾宏父守天台》（1091）：

宏父名惇，晚以字行，改字幼卿，空青之子，亦工诗笔。

叶梦得《送严塽侍郎北使》（1093）：

时高宗因和议成，下劝农之诏。结语亦缘时政而广之也。○此论是。（按，方回评。）

尤袤《别林景思》（1096）：

三、四只宋气耳，未为恶句。

尤袤《送吴待制帅襄阳二首》（其二）（1097）：

"讫外庸"用《诗经》，未可抹。

魏了翁《次韵知常德袁尊固监丞送别》（其一）（1104）：

开口便恶。

（其三）（1104）：

"岸容"二字出杜诗，但杜所指者柳色耳。

卷二十五：

贾岛《早春题湖上友人新居》（1110）：

二首蜀本有之，乃项子迁诗也。

杜甫《题省中院壁》（1114）：

△七言自梁、陈至沈、宋多有拗字，天宝如今格耳。

黄庭坚《题落星寺》（1118）：

△按，《山谷集》，《题落星寺》四首本皆七言古诗，不得以中四句相为对偶，硬派入律诗也。

卷二十六：

苏轼《首夏官舍即事》（1140）：

△第三句仍贴首夏，妙。

黄庭坚《和师厚郊居示里中诸君》（1143）以下：

自此至春日以上，定翁阅本阙一页。

卷二十七：

黄庭坚《和答钱穆父咏猩猩毛笔》（1163）：

王从之语三、四云：此两事如何合得？

黄庭坚《见诸人倡和酴醾诗次韵戏咏》（1165）：

元祐二年正群贤进用之初，恐非诗人本意。

黄庭坚《和师厚接花》（1166）：

"公"字贯注后四句。讹"心"字一诗瞎却眼矣。"洛阳春"暗用谢安能为洛生咏事。

曾几《蛱蝶》（1173）：

"一双还一只"，正可对郑都官"寻艳复寻香"。

李商隐《锦瑟》（1177）：

东坡说未必是。然玉溪师事彭阳，若盗其妾，岂堪入咏？此是李集第一首，只自伤名不挂朝藉，虽昭昭日月，独乃沉埋在下耳？

宋庠《落花》（1185）：

第四用牧之《金谷园》诗："落花犹似堕楼人。"

宋祁《落花》（1186）：

《方舆胜览》载此事："英公云：咏落花而不言落大宋君异日作宰相，小宋君非所及，然亦须登严近。"长吉《残绿曲》："落花起作回风舞。"下用义山也。

杨璞《莎衣》（1187）：

杨文贞以《东里》名其集，本当家事，自以不由科目，且非志在荣进也。

梅尧臣《二月七日吴正仲遗活蟹》（1188）：

借巨蟹以讽高位。"五鼎"字非剩也，只是非本色。

王安石《酴醿金沙二花合殿》（1189）：

此皮、陆滥觞，非宋人始也，但愈新僻味愈短耳。此诗却无害。三、四已拈"合发"（按，集本题作《酴醿金沙二花合发》，方回当误抄），五、六略推开，暎带枯题，有此点染自佳。韦左司诗"知无（按，'无'当作'其'）丹白蒙哀怜"久入诗人炉鞲矣。

苏轼《开元寺山茶》（1192）：

集本题作《和子由开元寺山茶，旧无花，今岁盛开》，删削则第六以下不可晓矣。

黄庭坚《食瓜有感》（1194）：

后半所谓有感也。"明哲"字真拙，五、六当有所指。

晁无咎《次韵李秬双头牡丹》（1197）：

《墨庄漫录》谓此诗为李师师、崔念月二妓作。〇"双"字生造。已苍谓"小乔嫁公瑾，不入吴宫"，叔隗妻赵衰，亦岂俚临晋帐耶？

王初寮《观僧舍山茶》（1198）：

"犀甲"、"猩唇"好。

范成大《州宅堂前荷花》（1207）：

闽板"醉狂"有"醉妆"。

赵蕃《菊》（1209）：

"少年踊跃"用退之诗。

刘克庄《老医》（1213）：

"刘叟"太近，"绛老"太远，合用不得。刘宾客《赐广利方表》："莫匪十全之妙，不劳三代之医。"此后村所本。

刘克庄《老兵》（1215）：

第六用《毛颖传》，甚暗。

卷二十八：

刘禹锡《蜀先主庙》（1223）：

△通篇着意"蜀"字，破题并函盖"魏"字，非千钧力不能。○无字不典，无字不紧，老杜执笔不过如此。

梅尧臣《古塚》（1228）：

明帝言："南阳帝乡，多近亲，田宅踰制，不可为准。"结是讽刺，妙在第七句。

王安石《双庙》（1229）：

虚谷身处宋季，江淮无涯岸之阻，安得不有此感？但未必是荆公本意耳。

曾子开《上王荆公墓》（1230）：

发端言神宗升遐，荆公亦骑箕尾也。

刘克庄《郭璞墓》（1232）：

"师鬼谷"是用其游仙诗。

杜甫《蜀相》（1233）：

"未捷"，《顺宗实录》作"未用"，较深远有味。

唐彦谦《长陵》（1234）：

"安"字对下"盗一抔"。略点"乘槎"、"避雨"二故事，"烟横"、"月上"二字含却古今无限感慨，如此用事，千句中不得一句也。不选此篇，直附载二句，真无谓也。

温庭筠《苏武庙》（1238）：

△"使"，一作"史"。

张耒《题裴晋公祠》(1249)：

此言晋公非所难耳。○"老"字本刘梦得《寄杨公》"为谢同寮老博士"之语。"锵然而韶钧鸣"，李汉序韩公语也。

陈师道《东山谒外大父墓》(1250)：

"拊头期类我"，外翁故实。

卷二十九：

张耒《晚泊襄邑》(1282)：

"声形"当作"形声"，"卜筑"当作"卜祝"，用韩子及史公语也。

张耒《柘城道中》(1282)：

起亦佳句。

张耒《白羊道中》(1283)：

偷"沙干马足轻"。

卷三十：

耿湋《入塞曲》(1308)：

"大宛归"之下疑阙一、二连。

岑参《过酒泉忆杜陵别业》(1311)：

"丽"字如何说？

郎士元《送杨中丞和蕃》(1316)：

末句刺和戎之无益，妙有余味。

卢象《杂诗》(1317)：

犹近吴叔庠。

高适《部落曲》(1321)：

"老将"当作"老上"。

崔颢《赠梁州张都督》(1325)：

"梁"当作"凉"。

项斯《边游》(1326)：

"无事"，集作"无算"。

刘长卿《献淮宁节度李相公》(1334)：

"乱世"，集作"三十"。

张籍《送李仆射赴镇凤翔》(1334)：

"恶首"当作"首恶"，"功"当作"公"，"在"恐是"右"字。

王安石《次韵元厚之平戎献捷》(1336)：

投戈讲艺，何尝不妥？

卷三十一：

于武陵《长信宫》（1342）：

《战国策》旧注亦有谓龙阳君是妇人者，故"前鱼"事不妨通用。如汉尚有平原君也。定翁以为齐梁体，未喻。

卷三十二：

罗隐《秋日怀贾随进士》（1349）：

"孤塚"当作"孤愤"。

吕本中《还韩城》（1351）：

"悉"恐是"愁"字。

杜甫《秋兴》（1360）：

《文苑英华》亦止选一首。

韩偓《八月六日作二首》（其一）（1366）：

"是"当作"定"。

卷三十三：

杜荀鹤《游茅山》（1377）：

△如此看法，直是寻闹，持矛刺盾。石面尚迸出水，何况于"渔"耶？

陆游《游山》（1381）：

第三直用杜句。

卷三十四：

温庭筠《卢氏池上遇雨赠同游者》（1388）：

△次联清新之极。

卷三十五：

赵师秀《薛氏瓜庐》（1419）：

薛氏名师石，字景石，有《瓜庐集》一卷，"四灵"之同调也。

吕颐浩《次韵李泰叔退老堂》（1421）：

"济"恐是"际"字。

《垂虹亭》（1426）：

此首不知何人作。

元绛《和稚子与诸生登北都城楼》（1427）：

"随"当作"垂"。此用老杜"九天之云下垂"也。

姜仲谦《思杜亭》（1429）：

无第三呼不起第四。

何异《题环翠阁》（1431）：

第二是杜荀鹤声口。

卷三十七：

韩偓《草书屏风》（1438）：

"远"当作"素"。

卷三十八：

刘禹锡《送源中丞充新罗国册立使》（1450）：

"落"当作"洛"。

卷三十九：

陆游《书兴》（1466）：

△按，"友月"乃用王无功语，以青莲诗作对，佳绝。

陆游《遣兴》（1467）：

"籍"，闽本"筑"。

卷四十：

李处权《送二十兄还镇江》（1474）：

第四非败句。

王安国《宋匪躬太祝先辈示及刘贡父伯仲三人同年登第之诗因奉一篇》（1476）：

"开骖"二字拙。

卷四十一：

刘长卿《戏题赠二小男》（1481）：

"识"字晦。既是戏赠作，欲并亦得也。

卷四十二：

"小序"下（1484）：

△唐人寄赠诗佳者仅多，虚谷所取全无，手眼尤可恨者，宋人七律选入五十篇，殊无谓也。

李白《赠昇州王使君忠臣》（1484）：

五、六气压万人。

窦巩《忝职武昌初至夏口书事献府主》（1485）：

宋本《联珠集》"鹤"下缺一字，余谓当作"请"字。虚谷殆又传写从模糊之本而误也。《墨庄漫录》引曾彦和云："唐幕官俸谓之鹤料。"盖云不须请俸耳。

白居易《微之见寄与窦七酬唱之什本韵外加两韵》（1486）：

"却"，《联珠集》作"亦"。

张籍《寄孙冲主簿公》（1493）：

△以下二首非文昌诗。

赵师秀《赠卖书陈秀才》（1503）：

"秀"一作"彦"。〇所谓陈解元书棚也。

刘禹锡《寄李蕲州》（1505）：

△此下二首非中山诗。

章冠之《寄荆南故人》（1521）：

下句胜。

杨万里《赠胡衡仲》（1523）：

东坡谓《笑已乎》等篇皆贯休作。"二僧事"殆指第二与第四句。

高荷《答山谷先生》（1526）：

"芍药"一连亦恶句。"白马"、"青蝇"差可末减。

陈师道《赠田从先》（1529）：

方叟直以"四灵"为晚唐耳。

刘克庄《赠陈起》（1534）：

"自沐"却可作书肆斋扁。

卷四十三：

"五言"末（1551）：

曾景建送蔡季通赴贬诗不减古人，宜录。

柳宗元《别舍弟宗一》（1554）：

不知是岭外之太守耶？

司空曙《江湖秋思》（1556）：

李嘉祐集亦载此诗，作"八谿水"。

李诚之《送唐介之贬所》（1561）：

出放翁《家世旧闻》。

陈师道《送王元均贬衡州兼寄元龙二首》（其二）（1565）：

介甫自封荆公，与平甫何与耶？如此真迂晦矣。

王庭珪《送胡邦衡之新州贬所二首》（1570）：

第一篇自有气岸。

卷四十四：

杜甫《耳聋》（1575）：

△无复叹世，独有忧生，则吾衰久矣。后半乃非痴状顽聋。

杜甫《老病》（1576）：

△第三顶"老病"，第四顶"稽留"。

白居易《卧病来早晚》（1577）：

"争"者，那能之意。

张耒《卧病月余呈子由二首》（1593）：

只是用"立雪"事，亦不必一时也。

陈师道《和黄预病起》（1595）：

李贺事未详。○似用"呕出心肝"语。

范成大《耳鸣》（1598）：

多凑僻事，学荆公体，最无味。

陆游《病愈》（1600）：

五、六学"江西"。

卷四十五：

陆游《陈阜卿先生……》（1604）：

硬凑合，故谓之"江西"法。○"只是没见识"，乃汪玉山语。己苍不读《朱子语类》耳。江陵亦不免此。汪语真可味。

卷四十六：

卢象《杂诗》（1609）：

此吴叔庠体，非律诗。

霍总《关山月》（1611）：

落句是说他错嫁书生，点化新变。

郑锡《邯郸侠少年》（1612）：

赴国家之急，而不徒借躯报仇，意思方远。

刘筠《公子》（1617）：

"胜"当作"静"。

卷四十七：

王勃《游梵宇三觉寺》（1625）：

"杏"当作"香"。

杜甫《和裴迪登新泽寺寄王侍郎》（1632）：

"集"字妙。

杜甫《巳上人茅斋》（1636）：

此篇亦收"拗字"中。

△三、四北方夏日实景。

刘禹锡《秋日过鸿举法师寺院》（1640）：

放翁"茶炉烟起知高兴"，偷第五也。

白居易《晚春登天云寺南楼赠常禅师》（1643）：

前一篇已不似梦得，但非白耳，更考之。

白居易《龙化寺主家小尼》（1644）：

吾谓不露出"未嫁"二字更有味。小尼必说到此，亦裂风景，隐约暗寓此意，可耳。

贾岛《送贺兰上人》（1648）：

第四变化真如定翁语。不露骨之评。

许浑《岁莫自广江至新兴往复中题峡山寺》（其三）（1658）：

含洭县，汉属桂阳郡，唐属广州南海郡。（按，何氏改"塗洭"为"含洭"。）

张乔《游歙州兴唐寺》（1671）：

第五古台所见，第六幽径所闻。第五起"月"字，第六起"溪"字。唐人工夫之细如此。

崔峒《登蒋山开善寺》（1683）：

五、六使人读之不欢。

皮日休《游西霞寺》（1685）：

三、四偷"兴阑啼鸟换，坐久落花多"，无迹。

罗隐《封禅寺居》（1687）：

第四谓僖宗在蜀方播屯，"蛮徼长卿书"就独无用于时也。

林逋《送皎师归越》（1706）：

第四殊不成句。○第六自佳。视"沙浅浪痕交"何如？

苏轼《次韵定慧钦长老见寄》（1707）：

发端暗起结句"小乘僧"。

陈师道《游鹊山寺》（1709）：

"寺"，集作"院"。结与上六句意脉不相属。本集元注："南丰先生出守日，常游是院。"

刘季孙《题子瞻扬州借山寺》（1710）：

第二疑有讹字。

赵师秀《雁荡宝冠寺》（1711）：

三、四偷于武陵"飞来南浦树，半是华山云"，调则荀鹤也。

僧遵式《酬优上人》（1727）：

第六佳。茶惟深山自长者乃佳也。

僧道潜《再游鹤林寺》（1728）：

结句谓东坡。

僧惠洪《赠尼昧上人》（1730）：

开口俚鄙，不待后半。

僧元肇《虎丘》（1731）：

第四指幽独君诗。

僧善珍《山行晚归》（1732）：

"照泥星出依前黑，淹烂庭花不肯休"，王建诗也，何谓未用？

僧自南《广润寺新赛》（1733）：

五、六上下不相属。

杜甫《涪城县香积寺官阁》（1735）：

五言律诗晚唐衰矣，七言非遍参不备，方氏之论似反。

韩愈《广宣上人频见过》（1737）：

结反对"见过"。○似亦有之。（按，何氏抹方评"观题意似恶此僧往来太频"句，并评如是。）

刘禹锡《酬淮南廖参谋秋夕见过之作》（1739）：

只说他不忘情于诗。

项斯《宿山寺》（1744）：

"古"当作"半"。

韩偓《登南神光寺塔院》（1744）：

通篇自叙避地之远，有不尽意味。

吴融《还俗尼》（1745）：

"除老客"，吴集旧本作"徐孝克"。侯景之乱，徐孝克当为僧，后反初服。

邹浩《题慈德寺颐堂为长老宗颢作》（1753）：

草木如何曲躬？我所不喜。

僧如璧《次韵答吕居仁》（1754）：

第五有味。

楼钥《顷游龙井得一联王伯齐同儿辈游因足成之》（1758）：

柳文对苏诗。"水真"二字却凑搭也。

潘德久《上龟山寺》（1759）：

此篇在当日是佳诗。

卷四十八：

赵师秀《一真姑》（1783）：

"令人渐信仙"，长江《送孙逸人》句。

翁灵舒《不食姑》（1785）：

此儗张水部，晚唐行卷中多有之。何独于"四灵"致怪？方公涉猎不为不多，往往好作此呓语。

卷四十九：

陈师道《丞相温公挽词》（其一）（1804）：

当时虚己以听，"谢傅"句恐不切元祐。

（其二）（1804）：

杜诗："附书与裴因不苏，此生已愧须人扶。"白《和元投简阳明洞天》："贵仍招客宿，健不要人扶。"

王安石《思王逢原》（1807）：

三、四悲壮，然只似白。

参考文献

（元）白珽：《湛渊集》，《文渊阁四库全书》本。

（汉）班固：《汉书》，中华书局 1962 年版。

卞东波：《南宋诗选与宋代诗学考论》，中华书局 2009 年版。

（宋）晁公武撰，孙猛校证：《郡斋读书志校证》，上海古籍出版社 1990 年版。

（清）陈仅：《竹林答问》，《清诗话续编》本。

（元）陈栎：《定宇集》，《文渊阁四库全书》本。

（元）陈栎：《勤有堂随录》，《丛书集成初编》本。

陈良运：《中国诗学批评史》，江西人民出版社 1995 年版。

（宋）陈起：《江湖后集》，《文渊阁四库全书》本。

（宋）陈思编，（元）陈世隆补：《两宋名贤小集》，《文渊阁四库全书》本。

陈望南：《海虞二冯研究》，中山大学出版社 2011 年版。

陈衍辑撰：《元诗纪事》，上海古籍出版社 1987 年版。

（宋）陈振孙：《直斋书录解题》，上海古籍出版社 1987 年版

（唐）陈子昂著，徐鹏校：《陈子昂集》，中华书局 1960 年版。

程杰：《宋诗"平淡"美的理论和实践》，《南京师范大学学报》（社会科学版）
    1995 年第 4 期。

程杰：《宋诗学导论》，天津人民出版社 1999 年版。

程杰：《梅文化论丛》，中华书局 2007 年版。

程杰：《中国梅花审美文化研究》，巴蜀书社 2008 年版。

（宋）程颐撰，潘富恩导读：《二程遗书》，上海古籍出版社 2000 年版。

（元）戴表元：《剡源集》，《丛书集成初编》本。

邓绍基主编：《元代文学史》，人民文学出版社 1991 年版。

丁福保辑：《历代诗话续编》，中华书局 2006 年版。

（清）董诰等编：《全唐文》，上海古籍出版社 1990 年版。

（唐）杜甫著，（清）仇兆鳌注：《杜诗详注》，中华书局 1979 年版。

（唐）杜甫著，（宋）赵次公注，林继中辑校：《杜诗赵次公先后解辑校》，上
　　海古籍出版社 1994 年版。

（唐）杜甫撰，（元）高楚芳编：《集千家注杜工部诗集》，《文渊阁四库全
　　书》本。

（宋）范成大著，富寿荪标校：《范石湖集》，上海古籍出版社 2006 年版。

（南朝宋）范晔：《后汉书》，中华书局 1965 年版。

（宋）范仲淹著，李勇先、王蓉贵校点：《范仲淹全集》，四川大学出版社
　　2007 年版。

（元）方回：《桐江续集》，《四库全书珍本初集》本。

（元）方回：《桐江集》，《续修四库全书》影印宛委别藏钞本。

（元）方回：《桐江集》，台湾国立中央图书馆 1970 年影印本。

（元）方回选评，李庆甲集评校点：《瀛奎律髓汇评》，上海古籍出版社 2005
　　年版。

方孝岳：《中国文学批评》，生活·读书·新知三联书店 1986 年版。

（唐）房玄龄等：《晋书》，中华书局 1974 年版。

（清）冯班：《钝吟杂录》，《丛书集成初编》本。

冯惠民等选编：《明代书目题跋丛刊》，书目文献出版社 1994 年版。

傅璇琮编撰：《唐人选唐诗新编》，陕西人民教育出版社 1996 年版。

傅璇琮等主编：《全宋诗》，北京大学出版社 1998 年版。

傅增湘：《藏园群书经眼录》，中华书局 2009 年版。

（明）高棅：《唐诗品汇》，上海古籍出版社 1993 年版。

高利华：《论方回的江西宗派学说及其对陈与义的评价》，《社会科学战线》
　　2004 年第 6 期。

（宋）葛立方：《韵语阳秋》，《历代诗话》本。

葛兆光：《中国思想史》，复旦大学出版社 1998 年版。

（清）顾嗣立：《寒厅诗话》，《清诗话续编》本。

顾易生、蒋凡、刘明今：《宋金元文学批评史》，上海古籍出版社 1996 年版。

（清）管世铭：《读雪山房唐诗序例》，《清诗话续编》本。

（宋）郭茂倩：《乐府诗集》，中华书局 1979 年版。

郭绍虞辑：《宋诗话辑佚》，中华书局 1980 年版。

郭绍虞：《关于七言律诗的音节问题兼论杜律的拗体》，中国古代文学理论学
　　会编：《古代文学理论研究丛刊》第二辑，上海古籍出版社 1980 年版。

郭绍虞编选，富寿荪校点：《清诗话续编》，上海古籍出版社 1983 年版。

郭绍虞：《中国文学批评史》，百花文艺出版社 1999 年版。

郭绍虞等编：《万首论诗绝句》，人民文学出版社 1991 年版。

韩经太：《论宋人平淡诗观的特殊指向与内蕴》，《学术月刊》1990 年第 7 期。

（唐）韩愈著，屈守元、常思春主编：《韩愈全集校注》，四川大学出版社
　　1996 年版。

（清）何文焕辑：《历代诗话》，中华书局 2004 年版。

（清）何焯：《义门先生集》，《续修四库全书》本。

（清）何焯：《义门读书记》，中华书局 1987 年版。

胡明：《江西诗派泛论》，《江西社会科学》1983 年第 1 期。

（明）胡应麟：《唐音癸签》，上海古籍出版社 1981 年版。

胡玉缙撰，王欣夫辑：《四库全书总目提要补正》，中华书局 1964 年版。

胡云翼：《宋诗研究》，商务印书馆 1930 年版。

（宋）胡仔纂集，廖德明校点：《苕溪渔隐丛话》，人民文学出版社 1962 年版。

（宋）胡稺：《增广笺注简斋诗集》，《四部丛刊初编》本。

（宋）黄公绍：《在轩集》，《文渊阁四库全书》本。

黄侃：《黄侃论学杂著》，中华书局 1964 年版。

（宋）黄庭坚著，郑永晓整理：《黄庭坚全集辑校编年》，江西人民出版社
　　2008 年版。

（宋）黄庭坚著，刘琳、李勇先、王蓉贵校点：《黄庭坚全集》，四川大学出版
　　社 2001 年版。

（宋）黄庭坚著，（宋）任渊、史容、史季温注，黄宝华点校：《山谷诗集注》，
　　上海古籍出版社 2003 年版。

（宋）惠洪撰，陈新点校：《冷斋夜话》，中华书局 1988 年版。

霍松林主编：《中国诗论史》，黄山书社 2007 年版。

霍松林、霍有明等：《绝妙唐诗》，时代文艺出版社 2000 年版。

（宋）计有功：《唐诗纪事》，中华书局 1965 年版。

（清）纪昀：《阅微草堂笔记》，上海古籍出版社 1980 年版。

（清）纪昀著，孙致中等点校：《纪晓岚文集》，河北教育出版社 1991 年版。

（清）纪昀等：《钦定四库全书总目》，中华书局 1997 年版。

（清）嵇曾筠等监修，沈翼机等编纂：《浙江通志》，《文渊阁四库全书》本。

贾文昭：《关于"清新"——读方回论诗札记之一》，《文艺理论研究》1998
　　年第 6 期。

蒋寅：《起承转合：机械结构论的消长——兼论八股文法与诗学的关系》，《文
　　学遗产》1998 年第 3 期。

蒋寅：《清代前期诗话经眼录》，载陈飞主编《中国古典文学与文献学研究》
　　第二辑，学苑出版社 2003 年版。

蒋寅：《虞山二冯诗歌评点论略》，《辽东学院学报》（社会科学版）2008 年第
　　6 期。

（唐）皎然著，李壮鹰校注：《诗式校注》，人民文学出版社 2003 年版。

（明）金德玹：《新安文粹》，明天顺四年刊本。

（清）金武祥：《粟香随笔》，《续修四库全书》本。

康莉：《论〈瀛奎律髓〉中的格高及其实现途径》，《天中学刊》2010 年第
　　3 期。

康莉：《〈瀛奎律髓〉的"晚唐"观研究》，硕士学位论文，暨南大学，2007 年。

柯劭忞等撰，余大钧标点：《新元史》，吉林人民出版社 1995 年版。

（明）孔天胤：《孔文谷集》，《四库全书存目丛书》本。

（唐）李白著，瞿蜕园、朱金城校注：《李白集校注》，上海古籍出版社 1980
　　年版。

李成文：《金元之际诗歌研究》，博士学位论文，南京大学，2006 年。

（唐）李鼎祚辑：《周易集解》，《丛书集成初编》本。

（清）厉鹗辑撰：《宋诗纪事》，上海古籍出版社 2008 年版。

李光生：《方回〈瀛奎律髓〉之"格高"、"韵味"论》，硕士学位论文，暨南
　　大学，2004 年。

李剑锋：《元前陶渊明接受史》，齐鲁书社 2002 年版。

（五代）李璟、李煜撰，（宋）无名氏辑，王仲闻校订：《南唐二主词校订》，
　　人民文学出版社 1957 年版。

李囡囡：《从〈瀛奎律髓〉看方回论宋诗》，硕士学位论文，东北师范大学，
　　2008 年。

（唐）李商隐著，刘学锴、余恕诚集解：《李商隐诗歌集解》，中华书局 1988
　　年版。

李世英、陈水云：《清代诗学》，湖南人民出版社 2000 年版。

（宋）李焘：《续资治通鉴长编》，中华书局 1979 年版。

（明）李贽：《续藏书》，中华书局 1974 年版。

（清）梁章钜：《退庵随笔》，江苏广陵古籍刻印社 1997 年版。

林应麟：《福建书业史　建本发展轨迹考》，鹭江出版社 2004 年版。

（明）凌迪知撰：《万姓统谱》，《文渊阁四库全书》本。

（宋）刘攽：《中山诗话》，《历代诗话》本。

（宋）刘克庄编集，李更、陈新校证：《分门纂类唐宋时贤千家诗选校证》，人
　　民文学出版社 2002 年版。

（宋）刘克庄撰，王秀梅点校：《后村诗话》，中华书局 1983 年版。

刘文刚：《一则关于江西诗派的新材料》，《文学遗产》1998 年第 3 期。

（元）刘诜：《桂隐诗集》，《文渊阁四库全书》本。

（南朝梁）刘勰著，范文澜注：《文心雕龙注》，人民文学出版社 1958 年版。

（元）刘壎：《隐居通议》，《丛书集成初编》本。

（宋）陆游著，夏承焘、吴熊和笺注：《放翁词编年笺注》，上海古籍出版社
　　1981 年版。

（宋）陆游著，钱仲联校注：《剑南诗稿校注》，上海古籍出版社 1985 年版。

（宋）陆游：《陆游集》，中华书局 1976 年版。

罗超：《方回降元之文化诠释》，《殷都学刊》2001 年第 2 期。

（宋）罗大经：《鹤林玉露》，中华书局 1983 年版。

（清）罗汝怀：《绿漪草堂集》，《续修四库全书》本。

（清）陆心源：《皕宋楼藏书志》，《清人书目题跋丛刊》本，中华书局 1990
　　年版。

（宋）吕中：《宋大事记讲义》，《文渊阁四库全书》本。

（元）马端临：《文献通考》，中华书局 1986 年版。

毛飞明：《方回年谱与诗选》，杭州大学出版社 1993 年版。

（汉）毛公传，郑玄笺，（唐）孔颖达等正义：《毛诗正义》，《十三经注疏》
　　本，上海古籍出版社 1990 年版。

（宋）梅尧臣著，朱东润编年校注：《梅尧臣集编年校注》，上海古籍出版社
　　2006 年版。

（唐）孟浩然著，徐鹏校注：《孟浩然集校注》，人民文学出版社 1989 年版。

（清）缪荃荪著，孙安邦点校：《云自在龛随笔》，山西古籍出版社 1996 年版。

缪钺：《诗词散论》，陕西师范大学出版社 2008 年版。

敏泽：《中国美学思想史》，齐鲁书社 1987 年版。

莫砺锋：《江西诗派研究》，齐鲁书社 1986 年版。

莫砺锋：《杜甫评传》，南京大学出版社 1993 年版。

莫砺锋：《唐宋诗歌论集》，凤凰出版社 2007 年版。

（元）牟巘：《牟氏陵阳集》，《文渊阁四库全书》本。

（清）倪璨：《补辽金元艺文志》，《丛书集成初编》本。

聂巧平：《论杜甫连章诗的组织艺术》，《暨南学报》（哲学社会科学版）2000
　　年第 2 期。

（明）钮纬：《会稽钮氏世学楼珍藏图书目》，《明代书目题跋丛刊》本，书目
　　文献出版社 1994 年版。

（宋）欧阳修著，郑文校点：《六一诗话》，人民文学出版社 1962 年版。

（宋）欧阳修、宋祁等：《新唐书》，中华书局 1975 年版。

潘柏澄：《方虚谷研究》，新文丰出版公司 1978 年版。

（清）彭元瑞等：《天禄琳琅书目后编》，上海古籍出版社 2007 年版。

（唐）皮日休著，萧涤非、郑庆笃整理：《皮子文薮》，上海古籍出版社 1981
　　年版。

（清）祁承爜：《澹生堂藏书目》，《续修四库全书》本。

（清）钱泰吉：《甘泉乡人稿》，《续修四库全书》本。

钱锺书：《管锥编》，中华书局 1986 年版。

钱锺书选注：《宋诗选注》，人民文学出版社 1989 年版。

钱锺书：《谈艺录》，生活·读书·新知三联书店 2001 年版。

（清）庆桂等编，左步青校点：《国朝宫史续编》，北京古籍出版社 1994 年版。

邱光华：《方回审美主体心境论考释》，《中国文化研究》2010 年第 2 期。

邱光华：《方回诗学研究》，博士学位论文，首都师范大学，2012 年。

屈守元：《文选导读》，巴蜀书社 1993 年版。

（唐）瞿昙悉达：《开元占经》，岳麓书社 1994 年版。

（清）阮元辑：《增广笺注简斋诗集》，《四部丛刊初编》本。

（清）阮元撰，钱伟疆、顾大朋点校：《石渠随笔》，浙江人民美术出版社
　　2011 年版。

（清）邵懿辰撰，邵章续录：《增订四库简明目录标注》，中华书局 1959 年版。

（宋）沈括著，胡道静校正：《梦溪笔谈》，上海古籍出版社 1987 年版。

（清）沈涛：《瓠庐诗话》，清樨李遗书本。

（宋）石介：《石徂徕集》，《丛书集成初编》本。

史伟：《南宋"选体诗"的重新发现及其诗学意义》，《中国文学研究》2010
　　年第 3 期。

史伟：《论方回诗学观点的形成历程及渊源》，《廊坊师专学报》1998 年第
　　1 期。

（汉）司马迁：《史记》，中华书局 1982 年版。

（宋）苏轼撰，孔凡礼点校：《苏轼文集》，中华书局 1986 年版。

（宋）苏轼著，（清）王文诰辑注，孔凡礼点校：《苏轼诗集》，中华书局 1982
　　年版。

孙凯昕：《方回研究》，博士学位论文，复旦大学，2010 年。

孙琴安：《中国评点文学史》，上海社会科学院出版社 1999 年版。

（清）孙希旦撰，沈啸寰、王星贤点校：《礼记集解》，中华书局 1989 年版。

唐圭璋：《词学论丛》，上海古籍出版社 1986 年版。

（晋）陶渊明著，逯钦立校注：《陶渊明集》，中华书局 1979 年版。

（宋）田况：《儒林公议》，《丛书集成初编》本。

（清）田同之：《西圃诗说》，《清诗话续编》本。

（元）脱脱等：《宋史》，中华书局 1985 年版。

万曼：《唐集叙录》，中华书局 1980 年版。

王宝平主编：《中国馆藏和刻本汉籍书目》，杭州大学出版社 1995 年版。

（清）王夫之等撰：《清诗话》，上海古籍出版社 1978 年版。

（清）王夫之著，戴鸿森笺注：《姜斋诗话笺注》，人民文学出版社 1981 年版。

王华：《〈瀛奎律髓〉的宋诗发展史观研究》，硕士学位论文，暨南大学，2007 年。

（宋）王观国撰，田瑞娟点校：《学林》，中华书局 1988 年版。

（清）王家杰、周文凤、李庚纂修：《同治丰城县志》，《中国地方志集成·江
　　西府县志辑 44》，江苏古籍出版社 1996 年版。

王剑：《方回〈瀛奎律髓〉研究》，硕士学位论文，上海师范大学，2003 年。

王奎光：《论方回〈瀛奎律髓〉中的"拗字"格法》，《中国韵文学刊》2007
　　年第 4 期。

王奎光：《方回的"吴体"诗论及其诗学批评意义》，《文学遗产》2008 年
　　第 4 期。

王岚：《宋人文集编刻流传丛考》，江苏古籍出版社 2003 年版。

王顺娣：《宋代诗学平淡理论研究》，巴蜀书社 2009 年版。

王先谦注：《庄子集解》，中华书局 1954 年版。

（宋）王应麟：《小学绀珠》，中华书局 1987 年版。

韦兵：《五星聚奎天象与宋代文治之运》，《文史哲》2005 年第 4 期。

（宋）魏庆之：《诗人玉屑》，上海古籍出版社 1959 年版。

（五代）韦縠编，（清）冯舒、冯班评点：《才调集》，《四库全书存目丛书》本。

文师华：《金元诗学理论研究》，博士学位论文，上海师范大学，2000 年。

闻一多：《最后一次的讲演》，内蒙古人民出版社 1999 年版。

（唐）魏征等：《隋书》，中华书局 1973 年版。

（宋）吴沆撰，陈新点校：《环溪诗话》，中华书局 1988 年版。

吴文治主编：《宋诗话全编》，江苏古籍出版社 1998 年版。

（梁）萧统编，（唐）李善注：《文选》，上海古籍出版社 1986 年版。

（梁）萧统编，（唐）李善、吕延济、刘良、张铣、吕向、李周翰注：《六臣注
　　文选》，中华书局 1987 年版。

（宋）谢枋得：《叠山集》，《四部丛刊续编》本。

（明）谢榛著，宛平校点：《四溟诗话》，人民文学出版社 1961 年版。

（唐）徐坚：《初学记》，中华书局 1962 年版。

徐美秋：《纪昀评点诗歌研究》，博士学位论文，复旦大学，2009 年。

（唐）许浑著，罗时进笺证：《丁卯集笺证》，江西人民出版社 1998 年版。

许清云：《方虚谷之诗及其诗学》，博士学位论文，台湾东吴大学，1981 年。

（汉）许慎撰，（清）段玉裁注：《说文解字注》，上海古籍出版社 1988 年版。

（明）许学夷著，杜维沫校点：《诗源辩体》，人民文学出版社 1987 年版。

（清）许印芳：《律髓辑要》，《丛书集成续编》影印《云南丛书》本。

（清）许印芳：《诗法萃编》，《丛书集成续编》本。

许总：《论清人评〈瀛奎律髓〉之得失及其启示》，《江海学刊》1982 年
　　第 5 期。

许总：《论〈瀛奎律髓〉与江西诗派》，《学术月刊》1982 年第 6 期。

许总：《唐宋诗体派论》，江西人民出版社 2008 年版。

严北溟、严捷编著：《列子译注》，上海古籍出版社 2006 年版。

严可均校辑：《全上古三代秦汉三国六朝文》，中华书局 1958 年版。

严绍璗：《日藏汉籍善本书录》，中华书局 2007 年版。

（宋）严羽著，郭绍虞校释：《沧浪诗话校释》，人民文学出版社 1983 年版。

（隋）颜之推著，王利器集解：《颜氏家训集解》，中华书局1993年版。

杨波：《方回〈瀛奎律髓〉的唐诗观》，硕士学位论文，河南大学，2005年。

杨伯峻编著：《春秋左传注》，中华书局1981年版。

杨伯峻、杨逢彬译注：《论语译注》，中华书局2009年版。

（元）杨公远：《野趣有声画》，《文渊阁四库全书》本。

（宋）杨简：《慈湖遗书》，《文渊阁四库全书》本。

（明）杨慎著，王仲镛笺证：《升庵诗话笺证》，上海古籍出版社1987年版。

（清）杨守敬撰，张雷校点：《日本访书志》，辽宁教育出版社2003年版。

（宋）杨万里撰，辛更儒笺校：《杨万里集笺校》，中华书局2007年版。

（宋）杨亿编，王仲荦注：《西昆酬唱集注》，中华书局1980年版。

（清）叶德辉：《书林清话》，中华书局1957年版。

（宋）叶梦得撰，宇文绍奕考异，侯忠义点校：《石林燕语》，中华书局1984
年版。

（明）吴纳著，于北山校点：《文章辨体序说》，人民文学出版社1962年版。

（金）元好问著，狄宝心校注：《元好问诗编年校注》，中华书局2011年版。

（元）袁桷：《清容居士集》，《丛书集成初编》本。

（唐）元稹：《元稹集》，中华书局1982年版。

（宋）曾季狸：《艇斋诗话》，《历代诗话续编》本。

曾枣庄、刘琳主编：《全宋文》，上海辞书出版社、安徽教育出版社2006
年版。

查洪德：《关于方回诗论的"一祖三宗"说》，《文史哲》1999年第1期。

（清）查慎行：《敬业堂诗集》，上海古籍出版社1986年版。

（清）查为仁：《莲坡诗话》，《清诗话》本。

（宋）詹初：《寒松阁集》，《文渊阁四库全书》本。

詹杭伦：《方回的唐宋律诗学》，中华书局2002年版。

张伯伟：《中国诗学研究》，辽海出版社2000年版。

张伯伟：《中国古代文学批评方法研究》，中华书局2002年版。

张伯伟：《朝鲜时代书目丛刊》，中华书局2004年版。

张宏生：《江湖诗派研究》，中华书局1995年版。

张健：《清代诗学研究》，北京大学出版社1999年版。

张少康、刘三富：《中国文学理论批评发展史》，北京大学出版社1995年版。

（清）张泰来：《江西诗社宗派图录》，《清诗话》本。

张巍：《论唐宋时期的类编诗文集及其与类书的关系》，《文学遗产》2008 年第 3 期。

张毅：《宋代文学思想史》，中华书局 1995 年版。

（清）张载华辑：《查初白诗评十二种》，民国上海六艺书局石印本。

张哲愿：《方回〈瀛奎律髓〉及其评点研究》，花木兰文化出版社 2008 年版。

（清）张之洞撰，范希曾补正：《书目问答补正》，上海古籍出版社 2001 年版。

（元）张之翰：《西岩集》，《文渊阁四库全书》本。

（宋）张镃：《皇朝仕学规范》，《北京图书馆古籍珍本丛刊》本。

赵昌平：《唐诗三百首全解》，复旦大学出版社 2006 年版。

（五代）赵崇祚辑，李一氓校：《花间集校》，人民文学出版社 1958 年版。

（宋）赵蕃撰：《章泉稿》，《丛书集成初编》本。

（宋）赵蕃撰：《淳熙稿》，《丛书集成初编》本。

赵捷：《〈瀛奎律髓〉"格高"、"律熟"与杜甫律诗之成就》，硕士学位论文，西北师范大学，2009 年。

（宋）赵彦卫撰，傅根清点校：《云麓漫钞》，中华书局 1996 年版。

（清）赵翼：《瓯北诗话》，人民文学出版社 1963 年版。

中国科学院图书馆编：《中国科学院图书馆藏中文古籍善本书目》，科学出版社 1994 年版。

（梁）钟嵘著，曹旭集注：《诗品集注》，上海古籍出版社 1994 年版。

（宋）周弼辑，（元）释圆至注：《笺注唐贤绝句三体诗法》，《四库全书存目丛书》本。

（明）周弘祖：《古今书刻》，古典文学出版社 1957 年版。

（宋）周密辑，（清）查为仁、厉鹗笺：《绝妙好词笺》，上海古籍出版社 1984 年版。

（宋）周密撰，朱菊如、段飏、潘雨廷、李德清校注：《齐东野语校注》，华东师范大学出版社 1987 年版。

（宋）周密撰，吴企明点校：《癸辛杂识》，中华书局 1988 年版。

周裕锴：《宋代诗学通论》，上海古籍出版社 2007 年版。

（宋）周紫芝：《竹坡诗话》，《历代诗话》本。

（宋）朱弁撰，陈新点校：《风月堂诗话》，中华书局 1988 年版。

朱东润：《中国文学论集》，中华书局 1983 年版。

朱秋娟：《何焯诗歌评点之学刍议——以何评义山诗为例》，《江南大学学报》

（人文社会科学版）2008 年第 6 期。

祝尚书：《宋人总集叙录》，中华书局 2004 年版。

（宋）朱熹：《晦庵先生朱文公文集》，《四部丛刊初编》本。

（清）朱学勤：《结一庐书目》，《丛书集成续编》本。

朱一玄编：《〈聊斋志异〉资料汇编》，南开大学出版社 2002 年版。

（宋）朱翌：《猗觉寮杂记》，《丛书集成初编》本。

朱自清：《宋五家诗钞》，上海古籍出版社 1981 年版。